集五谷酿琼浆人神同醉
行侠义重诚信天佑烧坊

薛世荣 著

天佑烧坊

人民文学出版社

图书在版编目（CIP）数据

天佑烧坊/薛世荣著. —北京：人民文学出版社，2022
ISBN 978-7-02-017200-9

Ⅰ.①天… Ⅱ.①薛… Ⅲ.①长篇小说—中国—当代 Ⅳ.①I247.5

中国版本图书馆 CIP 数据核字(2022)第 085553 号

策划编辑　脚　印
责任编辑　王　蔚
装帧设计　刘　静
责任印制　宋佳月

出版发行　人民文学出版社
社　　址　北京市朝内大街 166 号
邮政编码　100705

印　　刷　三河市鑫金马印装有限公司
经　　销　全国新华书店等

字　　数　364 千字
开　　本　890 毫米×1290 毫米　1/32
印　　张　13.75　插页 3
印　　数　1—12000
版　　次　2022 年 7 月北京第 1 版
印　　次　2022 年 7 月第 1 次印刷

书　　号　978-7-02-017200-9
定　　价　55.00 元

如有印装质量问题,请与本社图书销售中心调换。电话:010-65233595

脚印工作室

前　情

　　公元 1644 年，农历甲申年，神州大地风云激荡。从北到南，曾经大一统的大明王朝版图上，四个政权南北共存，相生相杀。

　　山海关外。

　　经努尔哈赤和皇太极两代苦心经营，建州女真统一满蒙各部。1636 年，皇太极定国号为"大清"，组建起强大的满、汉八旗军队，虎视眈眈关内国祚已逾两个半世纪的大明江山。

　　于大清，是顺治元年。

　　山海关内。

　　自 1368 年洪武帝建国始，大明王朝延续了 276 年的统治，早已风雨飘摇。明思宗朱由检 1627 年继位后，虽锐意改革，奈何王朝体系朽腐，已积重难返。是年春，李自成率军攻破北京城，朱由检慌忙在煤山自缢，宣告了一个王朝的覆灭。

　　于朱明王朝，是崇祯十七年。

　　西北。三秦大地。

　　农历新年第一天，就建起一个新政权。闯王李自成于 1643 年在湖北襄阳称新顺王后，一路北上，攻陷潼关，直逼西安。大明朝西安守将王根子率部归降，秦王朱存枢向闯王投诚，献出自己的秦王府。1644 年正月初一，李自成在西安旧秦王府登基建国，国号大顺。

　　于闯王而言，是为永昌元年。

　　西南。成都平原。

　　1642 年，张献忠在舒城和六安两度创立政权，并于 1644 年在成都称帝，建立起大西政权。在这里，张献忠将原大西大命年号改作大西大顺。

于这位大西王而言，是为大顺元年。

秦失其鹿，天下共逐之。

在这场风云际会的王朝更迭中，李自成的大顺国占尽先机。

1644年二月初二，李自成兵发西安，挥师东征北折。大顺军经山西、直隶，直趋北京。兵锋所过，官降民顺，除在代州和宁武遭遇抵抗外，其余所向披靡。到三月十九，发兵不到两月，大顺军就兵入紫禁城，饮马中南海，队伍壮大至百万。

胜利得来太快，让这个以农民、叛兵、市井小贩和下层文人为主建立起来的大顺国竟不知将要何为。

大顺王李自成进京后不思建朝立政，成天价忙着"追赃助饷"，纵兵拷掠。血腥的掠夺，从前明的官宦开始，最后推及寻常商贾市井。大顺军的种种行径让百姓"打开城门迎闯王，闯王来了不纳粮"的热切希望梦碎一地，也让同样在观望中准备归降的前明官宦们下定决心改投他门。

山海关总兵吴三桂旗下的关宁铁骑欲降终叛。李自成欲派兵征讨，手下大将刘宗敏却忤逆顶撞不受。只得负气亲率四十万大军出征，却在一片石遭遇关宁军殊死抵抗，随后被多尔衮铁骑重创，只好败逃回京。

引

1644年，四月二十九。

败退回北京的李自成，在大顺国左辅牛金星操持下，于明王朝故宫武英殿匆忙登基。面对多尔衮和吴三桂紧随其后的追兵，登基次日就抛却龙椅，率部回撤河南、山、陕。

"鞑子来了！"

大顺军一路溃退，一路将关外满人屠戮百姓的信息散布开来。一时间，三百年前蒙古人屠戮汉人的恐怖场景在溃兵所过之处复活。惶恐的百姓被溃军裹挟，汇成滚滚人流，如决堤洪水，向南奔涌。

故事的主人公，当时尚年幼的天佑烧坊创始人王秉正，就是这洪流中的一分子。

一

六月上旬。汾阳东郊尽善村，正是杏果成熟时节。满山虬枝盘曲的杏树，与村里出产的汾清、竹叶青及羊羔美酒一样古老，驰名远近。

午后，烈日将繁茂的杏树叶晒得萎靡。空气中没有一丝风，沉闷燥热。金蝉在树上拼命嘶鸣，撕心裂肺的声音更增加人内心的烦躁。

村外驿道旁，旌善亭内。一群村民正在歇脚躲避暑气。其间有人摇着蒲扇，有人晃荡着衫摆，却都无法阻挡滚滚热浪。汗水在每个人脸颊、额头上恣意流淌。

未时末。这群人忽然将目光聚向一处。从亭中望去，远远见得驿道东北方向尘土飞扬，黄旋风般，径向亭子这边移来。

约莫半个时辰，一大队人马来至亭前。

这支队伍旌旗半掩，衣杂甲乱，疲惫不堪。不论是行走的大兵还是骑马的将校，一律汗流浃背。脸上，汗渍将征尘冲出一道道痕迹。

队伍中那些半掩的旗帜上隐约可见"闯"字，显然，这是李自成的大顺军。

队伍前面，一骑银鞍白马分外显眼。马上的汉子头戴缀有红缨的土黄色毡笠，内穿绣蟠龙图案的蓝色单层锦袍，外披红色薄氅，脚蹬黑色尖头牛皮长筒马靴，腰悬长剑，高大魁梧。

毡笠下，一张脸棱角分明，面色刚毅，肤色赤黑，左眼下有一道明显的伤痕。只见他剑眉紧锁，双目不怒自威。随着马行，汉子身子上下颠簸。他不时将手压住左肋，伤痛难掩。但是，生就在骨子里的戾气仍旧弥漫开来。

这正是大顺国皇帝李自成。

对于尽善村，李自成是深有感情的。

几月前东征途经此处，尽善村人夹道相迎，除献出珍藏多年的美酒劳军外，村里的许多丁壮也义无反顾地投身大顺军中。

大顺军离村征伐，尽善村举村设案送行。畅饮美酒之后，李自成倚马题写"尽善尽美"的情景恍然如昨。时间也就过去几月，再到尽善村，李自成已没了当初的意气风光。而彼时那些舍身忘家投身大顺队伍的尽善村丁壮，转眼间就纷纷埋骨他乡。想到这里，李自成心中生出一种无颜见江东父老的悲情。

但无论如何，这支人困马乏的队伍需要在这里休整。李自成稍加思忖，打马奔向了杏花村。

在尽善村诸多客栈酒楼中，杏花村无论是历史还是规模，都算是首屈一指，这也是在这种百业凋敝的日子里，杏花村还能坚持开门迎客的基础。

杏花村老板姓王，大名耀文。自祖上起，王家好几代人都在经营酒楼，豪门不算，但也始终殷实。

富不离书，穷不离猪。照祖父的计划，王耀文幼读诗书，本期成年后博取功名光耀门庭，奈何时势弄人，连年灾荒兵祸，酒楼生意一落千丈不说，还屡被官府横征暴敛，数遭游兵劫掠，家道逐渐中落。大明朝廷的腐朽和现实的残酷，让王耀文黯淡了博取功名、入仕为官的宏愿，流行的疫病也让家中男丁几近殁没。退而修身齐家，最后不得不接掌了祖传的酒楼。

酒楼生意清淡。接掌家业后的王耀文自己做着掌柜，把原来的伙计多数做了遣散。偌大酒楼，就他自己领着一个老掌勺和一个无处栖身的小伙计艰难维系着。虽然生意清淡，王耀文却总是把店面客房打理得干净清爽。仗着祖传秘技酿制出的醇香美酒，杏花村酒楼生意也还能勉强支撑。

大顺军东克汾阳后，李自成曾在杏花村小住，对老掌勺烹制的饮食，特别是掌柜亲酿的羊羔美酒甚觉赞赏。因此，再进尽善村，李自成就径直赶往杏花村酒楼安顿。

酒楼前的街巷早已被清空，沿街除了禁卫兵丁，连只野狗都见不到。

王耀文站在酒楼门楣下迎客。待李自成到了跟前，他迎上前，接下卫兵手中的缰绳，扶李自成下马，带着他穿过酒楼前厅来到中堂贵宾厅。

中堂前的院子里，两株古杏树硕果累累，高大浓密的树冠荫蔽着整个院落，使得中堂显得没有那么燥热。

推开双扇镂空雕花木门，中堂迎门墙上是一幅巨大的孔子画像。画像左右两侧唐楷书写着一副对联，上联"读书耕田两件大事"，下联"忠臣孝子一等人家"。左右墙上挂着"梅""兰""竹""菊"四幅条屏。

虽还不到傍晚，中堂内却已掌起了灯。地面铺着青砖，房间正中摆一张大圆漆桌，桌子四周围着几个圆鼓漆凳。

酒菜早已备好，卤煮牛肉、红烧河鲤、烧鸡及几个小菜、干果，自然也少不了一大盘当季的橙红鲜杏。一坛窖藏多年的羊羔美酒已经启封，屋内酒香四溢。

从下马到进入中堂，李自成一言不发，王耀文自然也不敢吱声。

进屋后，李自成摘下头上毡笠，解开披着的大氅，松开腰带，取下佩剑递与王耀文放置，然后在卫兵端上的铜盆中净手擦脸。做完这一切，他径直坐到了孔子画像下的鼓凳上。在李自成坐定后，王耀文捧起酒坛，将李自成面前乌黑油亮的平阳窑酒盏徐徐斟满。

整个过程，李自成仍没有话。酒盏斟满后，他抬手向外轻摆两下。王耀文和在旁服侍的卫兵立即识趣地退出中堂。跨出门槛，王耀文回身把两扇木门轻轻掩上。

众人退下，李自成伸手抓起一颗鲜杏扔进嘴里。唇齿蠕动间，一股香甜略带微酸的汁液溢漫整个口腔，让酷热带来的烦躁得到些许缓解。李自成有了吃东西的欲望。他伸手端起酒盏，抬头一饮而尽。一股辛辣滑下喉头，留下满嘴清爽干净的酒香。

对杏花村羊羔美酒的滋味，李自成不仅记忆深刻，更是情有独钟。但今天品来，又是另一番滋味。

自斟自饮，李自成一边喝酒，一边回想数月以来的遭际，盘算着大顺朝的未来。时间在这一斟一饮中悄然流逝，小半坛酒下肚后，外面天色也暗了许多。酒意和困顿一并袭来，李自成不由伏在桌上沉沉睡去。连日鞍马征战加上强大的酒力作用，李自成这一睡就是五六个时辰。

一觉醒来，李自成招呼侍从，简单洗漱一番，喝了碗小米粥，开始阅批公文快报。当天快报内容除了通报追兵情况外，仍是一些前明降官重新叛离的消息。李自成越看越心烦。对一些急需处理的要务简单批复完毕，他扔开文牍，起身开门，走到院子里。

辰巳交替时刻，高悬的太阳热力四射。院子里有两棵高大杏树荫护，倒还能感觉到几丝清凉。

李自成走到院中活动四肢，他准备打趟拳舒展下筋骨。忽听杏树上有异响，一颗杏子掉在了身上。抬头望向杏树，头顶上，一个光腚小孩正骑坐在树桠之上，一双乌溜溜的大眼睛正好奇地望着他。

贫苦出身，少年命运多舛，成年后又四处征战，李自成虽先后娶了三房妻室，却一直未能诞下子嗣。他骨子里渴望有一个儿子，对于乖巧可爱的小孩，更是本能地喜欢。

"你是谁家的娃？爬树上干嘛？快下来。"李自成招呼树上的孩子。

树上小孩的嘴里含着杏子，两腮鼓鼓囊囊的。可能是没听清树下的人在说什么，也可能是嘴里含着东西不方便说话，孩子只是看着李自成，并不吱声。

"来，下来"，见孩子不理会自己，李自成把声调调高几度。

树上的孩子明白了李自成的意思，麻利地顺着树干溜到地面，站到了他面前。

面前的孩子五六岁年纪，光着脚丫，身子也近乎光溜，只系了一块绣着鲤鱼的红色肚兜。只见他一张小圆脸胖嘟嘟的，头顶扎着冲天小辫，额前梳着稀疏刘海，肤色红黑，身体敦实，但五官端正，眉清目秀。

"你叫啥？"李自成心里的郁结被孩子的可爱模样冲淡许多，他伸手摸摸小孩的头。

"你就是我大说的那个大英雄？"小孩吐出嘴里的杏核拿在手上，没直接回答李自成的问话，却反问他。

"你大是哪个？"

"我大就是我大。"

"闯王，娃没有惊扰到您吧？"

这时，王耀文慌忙从前厅走进了院子。他一边向李自成赔不是，一边斥责小孩："还不快到外面去！"

"弄啥呢！"李自成摆手制止了王耀文。他蹲下身子把小孩拉得与自己更近些，指着王耀文问："他是你大？"

"是嘛。"

"那你叫啥？"

"我大说，我叫王秉正。"

"秉正、秉正，秉性正直，秉承正道，这名好呢。"李自成将目光从孩子身上移开，转向了恭立一旁的王耀文。

"谢闯王夸奖！就怕孩子不懂事，惊扰到您。"

"没，没。"李自成再次摆手。

看到李自成待孩子和蔼亲切，全然没了平素的冷酷与犀利，王耀文悬着的心放了下来。又见他与孩子玩得高兴，王耀文道声"闯王先忙"，识趣地退了出去。

正午光景，王耀文和几个兵士带酒菜进入中堂。酒菜摆放好，李自成玩兴未尽，留下王秉正同自己一起用了午饭，才放他离开。

前后不到两个时辰的相处，小秉正的聪慧、天真、活泼，让连日来战事不顺带给李自成的烦恼缓释不少。下午处理军务，他感觉顺畅了许多。这样的感觉，他已很久没有过了。

追兵急！

在汾阳休整一天，大顺军开拔西撤。

安排好军务将要离开前，李自成把王耀文叫进中堂，问他："吴逆和鞑子的追兵已逼近山西，你对未来有啥打算？"

"这些年，官府苛敛，兵连祸结，商旅停顿，做这生意也只是艰难度日。闯王东征时，我已有意追随，奈何良妻早逝，家有幼子，诸多不便，便止了念想。本想闯王功成，能重振天下，我也好重振家业，传续香火。可这时局弄人，大顺军暂遇挫折。想当年，蒙古鞑子占我华夏，我汉人被屠无算，苟生者被视为两脚畜生。这满清亦是蛮人，倘让他们占了这山河，又怎会有我等的安生日子！我盘算好了，待闯王离开，我一把火烧了这酒楼，替老掌勺寻个去处，带孩子和伙计逃往他处，避避兵灾。想我幼读诗书，能写会算，煮酒搬甑也还有一把子力气，谅走到哪里，也该能讨个活计，把娃拉扯大。"说着，王耀文竟红了眼圈。

"东征西撤，大顺军两过汾阳，我都入驻你家。你和我大顺军，和我李自成的关系，这里的官绅村民人尽皆知。一旦我军西去，吴逆和满鞑子追来，你一家人必定凶多吉少。不如，你就带着家人随我去吧？"李自成说得中肯。

"我也有意随您而去，但带着家小，恐怕在军营里多有不便。"

"毋须多虑，大顺军亦有妻小。你会酿酒更懂酒，随我后无须冲锋陷阵，可在后营当值，为我大顺军采办酒水。你的伙计可编入前营，娃随在你身边就可。"

"闯王美意，我自当遵从！"王耀文当即允诺，现实，也令他不得有丝毫犹豫。

"那好，你着即拾掇，来得及的话就随队伍一起走。"

"家虽不大，却也有些事体须待收拾，不如闯王先行一步，我少则一日，多则三日，一定赶到营前效力。"说着，王耀文拱手一拜。

二

送走李自成，王耀文摘了挂在酒楼檐角的酒旗，向老掌勺和小伙计交代了目前面临的情势。

老掌勺已在杏花村干了大半辈子，虽有千般不舍，考虑到自己年岁已高，不能随东家远遁，只能含泪接了王耀文给的两大锭银子，计划回老家投奔子女。银两之外，王耀文让老掌勺将酒楼的铺褥盖垫，用得上的家什器物，能带得动，拿得走的，都尽量拿走。还找来一辆大车，帮老掌勺把东西放到车上，送出了村。

小伙计是王耀文收留的逃荒孤儿，别无去处。在征得他的同意后，王耀文决定带他一起投奔大顺军。

送老掌勺离村后，王耀文将家里的金银细软收拾成两个大包袱。随后带着王秉正和小伙计，到纸货铺购了香烛纸钱，一起来到村后山坡的王家祖坟，逐个坟头叩首跪拜作别。

从坟地回来，三人早早睡下。

就要背井离乡，未来的日子会怎样？王耀文心里没有底。但他清楚，再也不会有在杏花村守着酒楼讨生活的安逸了。

第二天一大早，王耀文带着伙计，套上平日间酒楼购物进货的驴车，将收拾好的包袱和王秉正抱到车上。

他本已安排伙计在酒楼里堆上了柴禾，想一把火把酒楼烧了。临要点火，望着这祖上几辈人传下来的家世，终是不忍。于是吹灭手中油灯，把大门锁了，转身离去。

挥鞭赶着驴车来到村里，与平日有交道的人家一一道别。他告诉这些世代生活在一起的乡亲，兵祸将至，生意难做，他要南下淮扬，

7

寻条活路。

这些年虽已见过太多的生离死别,可听说王耀文要走,很多乡邻还是不舍。大家跟随驴车将王耀文一家送出村口,直到驴车在视线里消失。

三

驿道西去,尘土飞扬。沿途,伤兵和逃难百姓三五成群,每个人脸上都写着焦虑、疲惫甚至绝望。

王耀文星夜兼程,超越大顺军殿后的队伍,在潼关附近追上了李自成的御营。之后,他被安排随大顺军一路到达西安,伙计则被编入御营做了李自成的亲兵。

到西安后,王耀文被派遣到老营的饷资营,专事酒水采办。此前,大顺军并没有设过这一职位。

饷资营主要负责后勤供给,是大顺军老营的一部,与女营、家眷营同场驻扎,日常归闯王夫人高桂英节制。因事关钱物,营内管事的人多是李自成从陕北带出的亲信,像王耀文这种从他地投附还被委以重任的,并不多见。

出征誓师、犒军庆功、寻常宴饮,大顺军对酒水需求量很大。但连年灾荒兵祸,三秦之地出产的粮食养人尚且困难,更别说耗粮巨大的酒水酿造,因此,秦地的烧坊自然也是十之七八熄火封窖,好酒更是难得找寻。好在大顺军官兵多是农民出身,对酒的要求除了"有劲"之外,并无他项。寻觅好酒,主要是为满足李自成和一干高级将官之需。

王耀文家杏花村酒楼所售之酒都是祖传家酿,醇酒早已香飘百年千里。当年,南来北往的江湖豪客、文人商旅,途经汾阳时,无不到杏花村一饮求醉。

好酒难觅，自己又懂酒善酿，加上大顺军仓廪里追赃助饷得来的粮食堆积如山。就任酒水采办后，王耀文就琢磨着要自建烧坊酿酒。可自到西安，他就再没见到李自成。他向李自成上疏，也像是泥牛沉海，不见音讯。

老营里的家眷营收纳的都是大顺军高级将官家中妻小，日常由高夫人领导的女营官兵保护。

家眷营是大顺军中最庞大的非战斗存在，仅黄口小儿就有近千人。为有效管理，也为大顺军储备未来人才，高夫人又专门成立了童子营。把这些随军的男娃娃们集中在一起，按年龄大小编队，安排先生和将校教他们读书习武。

王秉正初到军营时不仅和父亲同住，就连日常王耀文办理公务时，他也随在身边。

一天，王耀文到高夫人帐前汇报事务，带王秉正同往。

高夫人帐前的校场坝子里，童子营的娃娃们正在操练。孩子们挥舞木刀竹枪，排兵布阵，童稚的喊杀声此起彼伏，煞有气势。

同龄人对于小孩子来说，有着天生的吸引力。父亲同高夫人说话的当口，留在帐外的王秉正循声跑到了训练场外。孩子们有模有样的操练，让幼小的王秉正好生羡慕。

王耀文同高夫人谈事结束退至帐外，发现孩子不在，瞬间就着急起来。

"正娃！"他大声呼喊，四处寻找。

听到王耀文的呼喊声，高夫人从帐内走出来。

陕北出身的高夫人端庄美丽，且长期随李自成东征西讨，带兵打仗，早已历练成女中豪杰。纵是英豪，作为女性的她仍有着丰沛的母性情感。成为李自成夫人后，她也曾有过身孕，但因征战中马背颠簸，胎儿早夭腹中，从此便再无生育。自己没娃，高夫人却非常喜欢童子营里那些可爱的娃娃。在她心里，这些孩子每一个都像是自己的亲娃。

因此，只要有空，她就会到童子营看看，了解娃娃们学习、训练和生活情况，有时还亲自指导娃娃们操练。

冲天辫、小圆脸、两颗黑眼珠滴溜溜转，小胳膊小腿新藕般嫩实。王耀文带在身边那个伶俐可爱的小孩，高夫人虽只见过几次，却印象深刻。

"莫急，四周都有兵士，娃跑不远。"高夫人安抚着焦急的王耀文。

"惊扰到夫人了！"见自己的呼喊把高夫人从帐内引了出来，王耀文觉得有点不妥，他弯腰向高夫人道歉。

"莫事。"高夫人一边向王耀文摆手，一边提高了音量："卫兵！"

几个卫兵闻声，立即跑步近前听命。

"看没看到王先生带来的小娃跑哪里了？"

"回夫人，那娃看童子营娃娃操练去了。"一卫兵禀报。

"哦，那我们去那边看下。"高夫人挥手让卫兵退下，转过头对王耀文说。

跟在高夫人身后，王耀文来到校场。

远远的，他看到王秉正正全神贯注地盯着操场出神，直到他跟高夫人来到身后，小家伙也未曾察觉。

"正娃。"王耀文呼唤一声。

听到父亲的声音，王秉正猛地回头，看到父亲身边还站着个美丽英武的女人，竟有点羞怯，一只手习惯地抓了身上的褂角，在手指间用力绞绊。

"好乖的娃，过来让我看看。"高夫人蹲下身，把王秉正拉到自己跟前。

"叫啥，几岁了？"高夫人问。

"我大说我叫王秉正，今年六岁了。"王秉正习惯性地望了王耀文一眼，大方回答。

"想跟他们一起不？"高夫人指着操练中的童子军问王秉正。

王秉正心里很想说想，但他不知道父亲是否同意，又抬头将目光望向王耀文。

"多谢夫人！容我们回去想想。"王耀文弯腰代王秉正做了回答。

"好",高夫人松开王秉正的手站起来说,"回去先想一下吧。"

王耀文弯腰行礼,牵了王秉正的手离去。一路上,王秉正很是不舍,频频回望。

"是想和那些娃们一起耍？"回到驻地,王耀文问王秉正。

"想！"王秉正用稚嫩的声音大声回答。

三年前,王秉正的爷爷、奶奶和母亲殁于一场流行疫病,那时的王秉正还不足三岁。这几年,王耀文当爹又当娘,一手拉扯着他。在王耀文亲自教导下,六岁的王秉正对很多幼学启蒙书籍早已烂熟于心。心痛孩子无娘,王耀文教子虽严厉,也不免较寻常父亲多些宠爱。每天课余,王耀文对孩子很是放任。上山下河,摸鱼掏鸟,王秉正和汾阳街坊里的孩子并无两样。自随王耀文来到西安,城市大了,王秉正的活动空间却小了。很多时候,王耀文办理公务,无趣的王秉正只能守在父亲身边瞌睡。

"和那些娃娃们一起会很累,还不自由,你不怕？"王耀文问。

"不怕。"可能根本不明白累和自由的含义,王秉正没有丝毫犹豫。

见王秉正态度坚决,王耀文下了把儿子送进童子营的决心,"那大明天就帮你给高夫人说去"。

第二天,王耀文领着王秉正一同来到营外的早点摊上吃过早饭。回营打了一铜盆清水为王秉正梳洗。收拾停当,正打算去高夫人处回禀时,两个女营士兵就来到他屋前。

"王先生可在？"女兵叩门发问。

"在,在。两位有啥吩咐？"王耀文一边答应着,一边带王秉正开门走出屋外。

"夫人让我们过来问问先生想好没有,如果想好了,让我们接你家娃去童子营。"一位女兵答道。

原来,头天王耀文走后,高夫人就一直惦记着。为了让王秉正更好地成长，也为了王耀文能全心办差，高夫人思虑再三，决定一大早就安排亲兵来到王耀文处询问，希望能接孩子入营。

见高夫人派人上门催问，王耀文连忙应道："想好了，想好了。收拾一下，就让他随你们过去。"

"不劳收拾。夫人说您这离校场近，您家小娃不读书不操练时，可先回家住。就是不回家住，童子营里也啥都整齐，您放心就是。"一位女兵保证道。

"好，好。"王耀文回身掩上门，拉起王秉正就随两个女兵往校场方向奔去。

到童子营做完登记，王秉正被一个女兵领走。王耀文远远看着王秉正被编入童子营小娃娃的队伍中，才起身离开。

头一天孩子不在身边，王耀文很是不习惯，做事时偶尔也会分神。一天之中，他无数次抬头看日头，希望时间过快一点。申时左右，王耀文刚放下手中事情，准备去接王秉正时，孩子就被一个女兵送了回来。她对王耀文说："夫人说，王先生事情忙碌，让我们先负责接娃送娃。等娃习惯了那边，还是同营里娃娃一起住训才好。"

"好的，好的。多谢夫人！劳您费神了。"王耀文一边从女兵手里接过王秉正，一边应诺着。

送走女兵，不待王耀文问起，王秉正就忙不迭地向父亲讲起自己当天在童子营里的经历。看着孩子眉飞色舞的样子，一颗悬着的心终于放下了。

自那以后，只要天不下雨，每天在相同时辰，就会有女兵来接王秉正。刚开始时，早接晚送都很准时，时间稍长，王秉正在童子营认识了很多小伙伴，有时与他们玩得忘了时间，就会在童子营留宿。接送他的女兵也会上门通报一声。时间越久，王秉正对王耀文的依赖就越小，在童子营留营的时间就越多起来。王耀文再出西安办差，只要先说一声，几天不回，也不担心孩子出啥问题。

王秉正在童子营如鱼得水。读书习字上，由于早得父亲教习，营中孩子所学课程他早已烂熟，对于先生提问自然对答如流，深得先生喜爱。练功演阵，自幼发育健壮的身体和爬树上坡练就的灵敏，使他一说就懂，一点就会，处处都胜其他孩子一头。教习的兵士自然也就呵护有加。没多长时间，王秉正不仅诗文方面有大长进，对排兵布阵也学得有模有样，特别是一套闯王刀法，王秉正舞将起来，手里的木刀竟也虎虎生风，杀势凌厉。

四

没王秉正在身边羁绊，王耀文差事也办得更卖力得体。为买到好酒，他以西安为中心，活动半径越拉越大。

一次例行尝检一批新购来的酒水。两坛酒一开坛就醇香盈鼻，引起了王耀文的特别关注。他用清水漱了口，用竹提从坛内舀出一碗，先轻轻抿入一小口，一股清爽甘冽的酒香顿时在唇齿间弥漫开，干净醇厚，无丝毫苦、涩、酸等杂味。

"好酒！"擅长酿酒、品酒的王耀文，有如君子遇到美玉，伯乐得见良驹。

用唇舌味蕾细细品咂一番，王耀文端起酒碗大大地喝了一口，然后将酒压在口中，让它顺着喉管慢慢流下去。一股热辣从喉头传开，却没有烧灼，舒畅、绵柔之感随之而来。

王耀文此前品酒无数，但是这坛美酒，仍然让他怦然心动。

王耀文当即让士兵将两坛美酒单独搬到一边，对装坛、封签进行了细致研究。

当夜，王秉正又住童子营。不用照顾孩子，为进一步检验酒的品质，王耀文睡前又舀了足足一斤喝下。

大顺军中，很多将领都嗜酒如命，醉酒之事稀松平常。很多酒饮过之后，隔日就会上头，有人甚至要几天才能缓过劲来，大大影响了大顺军的战力。

王耀文觉得，美酒是粮食之精，就该养人，而不是伤人。这是他在酿酒生涯中一直竭力追求的效果。

酒力作用下，王耀文当夜睡得很香。一觉醒来，已是第二天辰时。睁开眼，不但不会头晕头痛，而且格外神清气爽。

难得的美酒！要能让大顺军都能饮上这样的好酒，那伤身、误事的情状，就会大大减少。王耀文这样想着，一骨碌从炕上爬起，顾不得洗漱早饭，就又去库房摆弄那两坛酒。他要知道，这酒是哪家酒坊酿制的？咋酿的？可两坛酒的酒坛与别的酒坛并无太大差异，除了封签上能看到"谪仙烧坊"字样外，没找到更多有用的信息。

王耀文找来昨日运酒的兵士，在他的带领下，找到了供应这批酒水的酒商。

从酒商的叙述中得知，谪仙烧坊在凤邠道凤翔府柳林铺。因为每坛酒的价格要比别人家贵上几钱银子，酒商平日里是不从他家进货的。但这次，因为大顺军中催要得急，别家的酒又不够，所以才出高价，从谪仙烧坊买了两坛凑数交差。

凤翔府柳林铺出好酒，王耀文自是知晓，此前也没少品尝。但如谪仙烧坊这般好酒，王耀文却是头回喝到。回营后，他舀了一罐，急匆匆地去找高夫人。

禀报后，等待了约一袋烟的工夫，一女兵将他带到高夫人面前。

"王先生此来何事？"见过礼，高夫人问。

王耀文将手中的酒罐双手放置于高夫人面前，向高夫人作了介绍。

"有这等好酒？我倒要尝尝。"高夫人听罢，将信将疑，令身旁女兵取来一只酒碗。

王耀文上前捧起酒罐给高夫人斟满。

高夫人长期征战，是能喝善饮的懂酒之人。美美地尝了一口，高夫人忍不住赞出声来。

趁着高夫人好兴致，王耀文禀告说，打算到凤翔府寻找谪仙烧坊，为大顺军采办一番。

高夫人当即应允，让其即刻动身。还赐给王耀文一块自己的令牌，以便他在有人、财、物等需求时，可就近寻找大顺军将领调度。

五

隔天一早，王耀文略作收拾，去童子营与王秉正叮嘱一番，便带两个随从，轻装赶往凤翔府。

凤翔府地处关中平原，是周秦发祥之地，华夏九州之一。相传秦穆公之女弄玉善吹笛，引来吹箫的华山隐士萧史，知音相遇，惺惺相惜，后终成眷属，双双乘凤飞去。唐时，凤翔即依此意得名。

出得西安，王耀文一行星夜兼程，两天就赶到了柳林铺。

柳林铺位于凤翔城西。关中平原富产高粱，镇上有清冽的柳林井水。以此为基础，这里自殷商时期就有制酒传统，至今已逾两千年。唐时，当地出产的柳林酒就已被列为贡品。北宋，苏轼曾任职凤翔，留下"花开酒美曷不醉，来看南山冷翠微"等佳句。到明王朝鼎盛时期，柳林铺酿酒业繁盛到了新高度，遍地烧坊，满城酒香。

王耀文一行寻了一家客栈住下。饱睡一夜，简单用过早餐，就到镇上寻逛。

眼中见到的柳林铺与传言相去甚远。整个镇子行人稀疏，大多店铺大门紧闭。尚在营业的，也是门庭空寂。镇上酒坊很多，却没见到几户有煮酒烟火，一些酒坊的院子已长满荒草。

谪仙烧坊位于镇东头，在清冷的镇子里，是难得还有人气的烧坊。烧坊外面是高大木栅围起的院墙，偶有一两处朽坏也不见修换。从几根高大圆木支起的门下穿过，里面是一个很大的院子。院子中间是青砖砌成的通道，一边整齐码放着酒坛，另一边是一些废旧的藤条瓮。一根旗杆立于院中，巨幅蓝地白字锯齿的白边酒幡上，写着"谪仙烧坊"几个大字。午时光景，阳光灼热，没一丝风，酒幡在旗杆上耷拉着，一动不动。

王耀文踏着青砖走到院内一排青瓦屋前。屋门半掩，不见人影。

他轻叩门环："有人吗？"

"有人，要弄啥？"门吱呀一声打开一扇，一着青布长裤、白色褂子，头上包着帕子的汉子推门应答。只见他三十出头，脸色黧黑，肌肉健实。

"买酒呢。"

"我这不零卖"，汉子转身要走。

"我也不零买！"

汉子停下脚步，回头仔细打量王耀文。见其气宇轩昂，不像普通酒贩，回身把两扇门同时推开，说声"请"，将一行人迎进屋内。

安排三人在一张八仙桌旁坐下，汉子拿出三只茶碗，拎出一只铜把陶瓷茶壶，为三人倒上茶水。

"客人哪里来？咋挑中了我家？"

"从东边来，被你家酒香引来的。"

"客人懂酒？只是，我家这酒，酒好，价钱也大哦。"

"酒要好，就不怕价大。"

"客人既然懂酒，看看此酒如何？"汉子回身从屋内排列的众多酒坛中捧出一只，在几人面前摆上酒碗，挨排斟满。

一股酒香扑鼻而来，在碗沿上溅起了豆大酒花。酒体清澈透明，见不到丝毫杂质。

王耀文端起来小酌一口，干净醇厚、甘润挺爽，口感优于他在西安时品过的所有好酒。

"先辈创立谪仙烧坊以来，一直像做人一样做酒，凡事不敢大意凑合，只求把酒做好！"在王耀文的赞美声中，汉子对自己家的酒毫不自谦。

酿酒如做人，王耀文接掌杏花村酒楼时，父亲也曾这样教诲。但连年乱世，社会礼崩乐坏，好多做酒的也丢了做人根本。市面上，假酒、劣酒自然就多了起来。有些酒坊用霉粮坏米酿酒，有的酒坊摘酒时不再掐头去尾，更有酒坊在酒中掺水。好酒如好人，已成为乱世中的稀罕物。

王耀文深有同感："要酿出好酒，不光靠技艺，确实更靠人品。"汉子点头认同。

谈得兴起，王耀文将碗里的酒一饮而尽。汉子立即拎酒坛再满上。自己也摆上一只酒碗，坐到桌前陪王耀文。

喝酒，也聊酒。不知不觉已是日沉西山，汉子的酒坛见底，王耀文带去的两个随从也早已烂醉如泥。掌灯时分，王耀文起身作别，与汉子约好，第二天去看他家酒窖。

半日欢饮，二人互相熟识起来。王耀文得知，汉子名叫李明道，是谪仙烧坊的掌柜。二人经历类似，李明道祖上经营烧坊，传到他跟前已有五代，历时超过百年。

李明道告诉他，祖上创立酒坊时，因感念李白、苏轼等文人好酒，自家又姓李，所以取名"谪仙"。这个名字，也寄寓了李家祖先的另外一层意思，就是希望自家酿出的美酒能够引得好酒的天人也垂涎来饮。

在柳林铺遍地的烧坊中，谪仙烧坊规模不算最大，名声也不算最响，但贩酒人却都知道，谪仙烧坊的酒好，价钱高。

次日一大早，王耀文用过早饭，吩咐随从在客栈待命，准备按约前往谪仙烧坊参观李明道的酒窖。

正要起身，就听客栈外有人呼喊。

"耀文大哥起床了吗？"是李明道的声音。

"起了。"王耀文一边回应，一边走出客栈。他看到，李明道已赶着马车迎在门口，马车上铺着干净褥子。

互致问候，王耀文坐上李明道的马车。穿过几条小街，马车在李明道家烧坊后院门外停下。李明道下车将马系在院门外一截枣树桩上，从怀里掏出一把锁匙，透开门上的大铜锁。

推开院门，李明道弯腰，右手伸向王耀文说："大哥请。"

"不用客气。"王耀文习惯性地抖了一下衣摆，伸手拉着李明道一起跨进院门。

后院很大，有道路与外界相连。从后院门进入，院内建筑以一条青砖小道为轴，左边临近院门处是一库房，用于堆放粮食及一些重要杂物，旁边有单独房间用于堆放曲坯。同一边靠近前院的位置是酒窖，长宽二十余丈，用厚厚的麦秆盖顶，半沉于地下，占了整个后院的二分之一还多。青砖道的另一边，进门处是一盘大石碾，石碾后有一处蒸煮粮食的灶房。灶房两头无墙，一头连着石碾，一头连着发酵窖池房。窖池房往前院方向，是蒸馏酒的场地。

穿过后院青砖路，二人来到酒窖门口。酒窖门开在靠近烧坊前院的地方，很大，足以通过一辆大马车。在紧闭的大门上，还有一道小门。李明道打开小门上的锁，扶着王耀文的腰，让他先行。小门不足容纳两个人同时通过，王耀文也就未做客套，率先迈进了酒窖。

光线很暗，但很是清凉。里面的地面与院子相比，落差足有一人高。

除深入地下的空间外，酒窖上部也砌有一人多高的青砖墙。墙柱间大多数面积都被一扇扇可以启闭的气窗占据。由于是夏季，那些气窗扇都支开了。借着由气窗透进来的光线，王耀文看到，酒窖的屋顶是被几抬人字梁支撑着的。除几根安放人字梁的柱子外，整个酒窖是一个浑然一体的大空间。

并没有一般人想象中扑鼻的酒香。窖内放置的竟然不是酒缸，而是清一色用荆条编成的大瓮。这些荆条瓮有大半个成人高矮，两三人合抱大小，外表呈土黑色。

王耀文自幼伴酒长大，对酿酒工艺的每一个环节乃至细节早已烂熟于心。可是，用荆条编制容具储酒，他还是头一次见到。

"这是三年的酒,这些是五年的酒……"李明道领着王耀文,沿窖中青砖过道一路介绍。王耀文压抑着心中的好奇,一声不吭地随着他在酒窖里转悠、讲酒。

半个时辰左右,二人转完了整个酒窖,先后走了出来。

李明道回身锁上窖门,引领王耀文到蒸酒房和窖池处参观。王耀文看到,窖池空空荡荡,设备上也已积满了厚厚的灰尘。

"好几年没有开锅了。"李明道看出了他心中的疑惑。

"为什么呢?"。

"连年天灾人祸,粮食连养人都艰难,哪有余粮酿酒。早些年,一两银子可以买两石粮,现在是二两银子买不来一石。就算有粮,也买不起,更别说无粮可卖了。"李明道摇头叹息。

"哦。"王耀文应着,没再往下说。

从谪仙烧坊出来,已近午时。李明道解下马缰,邀王耀文坐上马车,打马径直往自家赶去。

六

土黄泥墙,青瓦盖顶。李明道家并不起眼,是一座典型的关中院子。

进得院内,李明道老远就大声喊:"婆姨,贵客来了。"

一衣着朴实的中年妇人应声掀开门帘。只见她手中端着一个老葫芦瓢,走到街沿前,将瓢中的水倒进木支架上的陶盆里,一边招呼着:"饭菜都弄好了,先招呼客人洗洗吧。"

"您请!"李明道弯腰对王耀文做了一个手势。

王耀文走到陶盆边,先把双手放进水里润湿,然后弯腰低头,捧水清洗脸上的尘汗。清洗停当,李明道把一块干净的布巾递了过来。

进得堂内,堂屋中间八仙桌上除了酒,还摆放着一盘、一碟和一钵。盘里装着暗红发亮的酱牛肉,碟里是炒好的花生米,而陶钵内,是一整只热气腾腾的炖鸡。桌子左右两边,各摆着一副碗筷。

"请!"

李明道将王耀文请到左边位置坐下,拎起酒罐将酒碗斟满,自己转到右边与王耀文对坐。

李明道端起酒碗说:"昨天喝了一通寡酒,今天备了点下酒的小菜,大哥莫嫌寒酸。"

"哪里话!"王耀文也端起酒碗,两只碗在桌子中间上方一碰,发出清脆响声。

一碗酒下肚,王耀文拿起面前的筷子,从碟子里撮起两粒花生米扔进嘴里。李明道又起身,拎起酒罐,把两只酒碗再次斟满。

"你们的酒咋装藤条瓮里呢?"花生还未嚼完,王耀文打开话匣。

"那是荆条瓮,叫酒海。用酒海储酒,是我们柳林酒的特色,好多辈前就开始了,镇上烧坊都这么弄。"

在李明道的娓娓叙述中,王耀文知道了柳林铺诸家烧坊储酒所用酒海,是选用产自秦岭的荆条编制而成的。长期以来,柳林铺的烧坊在每年秋后荆条落叶时,就会派人从凤翔赶往秦岭,精选品相合格的荆条。运回后,在水分尚未完全消失前,利用荆条自身的韧性将其编制成大酒瓮。酒瓮编成后,用鸡蛋清合成黏合剂,以上等白棉布裹糊内壁,待其干透,再以麻纸进行多层裱糊。每层麻纸需自然晾干后才能裱糊下一层。最后以菜油、蜂蜡涂封。

酒海上涂封用料会影响到酒的醇化,带来酒品口感的差异。所以,虽说酒瓮制作的大体工艺基本一致,但涂封用料和配料比例,以及在酒海的具体使用上,各家烧坊都有自己秘不示人的方法。

"你家酒窖还有多少存酒?"听到酒海制作和使用的"秘技",王耀文不好再往深处打听,就转了话题。

"七八万斤吧。"李明道说。

"都这样品质？"王耀文举起面前酒碗。

"都一样。"李明道举碗迎上，言语间满是自信。

"这一次全部给你买走！"王耀文一口干了碗里的酒说。

李明道笑笑，再次起身斟酒："知道大哥是大主，买下我那点酒不成问题，但我不能全都卖给你。"

"为哪样？"

"自我祖上开始，我们谪仙烧坊就立了规矩，不好的酒不卖，不熟的酒也不卖。我家的酒，须窖藏五年，才能达到可售的熟度。这窖里的酒，有些才储存了三年多，我怎么能把未熟的酒卖给大哥呢！"李明道看着他，眼神里满是诚恳。

"哦。"王耀文略一沉吟，问："已熟的有多少？"

"这些年世道不好，我家酒价钱又大，很挑买主。每年窖熟的酒都未卖尽，可卖之酒，咋样也有三五万斤，想来卖给大哥还是够的。"李明道端起酒碗敬王耀文。

"全部要下。你要咋卖？"王耀文端起酒碗一饮而尽。

李明道没回王耀文，拎起酒坛再次走到王耀文身旁，为他斟满。待回到自己座位时，才不紧不慢地说："我家卖酒，祖上也有规矩，就是酒价是在粮价、人工、柴火成本上翻一番。现在，市上见不到粮食卖。就是偶有粮食，每石价格也不会少于二两银子。无粮可用，我家酒也卖得不好，烧坊已经歇火两三年了。"他叹一口气，接着说："现在工价不贵，但粮食价大。加上我家酿酒摘酒时要求很严，一石粮只能出二三十斤酒，所以，现在我家酒价是每斤一钱五分。大哥要，算一钱二分如何？"

"这么好的酒，怎能让兄弟让价！一钱五分就一钱五分。"王耀文端起面前的酒，回敬李明道。

"大哥不只懂酒，还难得地爽快！"李明道有点激动，将碗中的酒一饮而尽。因喝得太快，从嘴角洒落一些，沾湿了衣襟。

"都是做过酒的，知道做酒不易，怎会像寻常酒贩一样斤斤计较。"

王耀文也一口把酒喝了个底朝天。

把酒互敬，相谈甚欢。不觉时已过午，桌上的酒菜也所剩无几。不久，一个十岁左右的孩子又端着一盘酱牛肉送了上来。

"过来。"小孩放下牛肉要退出时，李明道叫住孩子，眼里满是怜爱地把他拉到自己面前，向王耀文介绍："这是我娃。"回头对孩子说："快叫大伯。"

"大伯。"小孩有点羞怯，叫人的声音并不大。

"好乖的娃，叫啥？到这来。"王耀文伸手把小孩从李明道身边拉到自己这边，用筷子夹起一块牛肉递给小孩。

小孩没接，只是抬头用目光征询自己父亲的意见。

"大伯让吃，拿着就是。"李明道发话，小孩才伸手从王耀文筷尖上轻轻把牛肉拿下来。

"娃叫李有德，还是我大给取的名。前两年在镇上学馆读书，这两年世道乱，学馆散了，就待在家里，让我使使口。"李明道对王耀文说。

"遭孽的娃。"王耀文用手抚摸着李有德的头，想起了儿子王秉正。

李有德手里拿着王耀文给他的牛肉，目光不时瞟向父亲。得到父亲默许后，向王耀文弯腰鞠躬，转身跑出堂屋。

"按规矩，做生意现钱现货，我是不问客人出处的。大哥说自己不是酒贩，小弟就好奇了。想知道大哥到底是做哪样的，不知是否唐突？"小孩走后，李明道端起酒碗问。

"不妨，你就是不问，我也会告诉你。我是大顺军的酒水采办。"王耀文端起酒碗迎上。

"原来大哥是闯王的人。"李明道一愣。

王耀文点点头，碗中酒全部送入口中。

"难怪大哥如此大手笔。"李明道又来斟酒。

"周围乡邻怎样看大顺和闯王？"这其实也是王耀文非常想知道的。

"大哥是要听真话还是假话？"李明道反问起来。

"当然听真话。兄弟只管说就是，别顾虑。"

"说闯王的，好歹都有。这几年，闯王队伍一直追赃助饷，但凡有土地家资，无不受其搅扰。虽说佃农雇工受到些照顾，但穷人的境况，更甚以前。乱世苟生，人人自危，农商都凋敝啊。"李明道将脸转向窗外，神情瞬间落寞了。

"由乱而治，乱久必治，总需些时日的。"王耀文没有正面回应。他知道，李明道说的是实情，他也早已看在了眼里。

酉时中，桌上菜尽，坛内酒干。王耀文和李明道约好，明天再谈生意细节，便起身告辞。

李明道执意要相送，两人执手走出院门。

屋外，空气早没了午间的暑热。一轮残阳如血，挂在西边天际的山垭上。

七

醉意蒙眬的王耀文回到客栈，简单洗漱便上床睡了。一觉醒来，又是巳时时分。起床洗脸穿衣，不及用饭，王耀文就带了随从，径往谪仙烧坊去了。

李明道青布长衫，头发用结节系得整齐。早在烧坊等候了。

"大哥早。"李明道见面一揖。

"早。"王耀文回揖，在李明道前面进了正屋，在茶案主宾位上坐下来。

王耀文一行坐定，李明道到主位坐下，将倒扣的茶盏一一翻转。拎起炉上煮着的茶罐，从王耀文开始，为每人倒上茶水。茶盏白中泛青，茶汤红酽透亮，二者相衬，甚是好看。

李明道端起茶盏示意，待王耀文等都端起茶盏，说个"请"字，将茶盏递近嘴边，深呷一口，又再放下。

待王耀文等人也将茶盏放下，李明道直奔主题："大哥确定要买下我窖中熟酒？"

王耀文给出了肯定的回答，并补充道："窖中陈熟了的酒我要了，不熟的酒，我也全部都要。熟一批运走一批，酒价就按兄弟开的，一斤一钱五分银，再往上加一点也无妨，你看如何？"

王耀文本以为李明道会为自己给出的价钱欢喜，但李明道的表现却显得平淡。

"酒全部给大哥没问题。但在酒资上，我还想和大哥商量商量，不知可否？"李明道有些犹豫。

"商量啥？是嫌给你的价低了？"这次轮到王耀文惊诧了。交往几天来，李明道给他的印象是个真诚爽直、诚实守信和讲义气的人。他想，贪婪不应是李明道的性格。

"我不会为多几个钱跟大哥讨价还价的。我说过，大哥要酒，价钱就算比市价低些，我也给。但我想跟大哥商量的是，这桩生意能不能换成以物易物。"望着王耀文脸上的惊诧，李明道再一次举起茶盏，笑着解释。

"不想要银两？你想要啥？"王耀文更是好奇了。

"粮食。"李明道的回答很直接。

"哦……为啥？"王耀文似乎明白了李明道的意图。

"烧坊快三年没开锅了。如果没粮，窖里藏酒又全部卖给了大哥，我以后卖啥？"

李明道的说辞印证了王耀文心中所想。

"现今乡里粮食奇缺，但在大顺军多年追赃助饷和缴获之下，那是仓满库实啊！我想要的那点粮，对大哥来说，肯定没问题。"李明道望着王耀文，眼里充满期待。

王耀文认真思考着李明道的提议，没接话。

见王耀文沉思不接话茬，李明道有点着急："若大哥能用粮换酒，小弟愿意在酒价上再让一些。给大哥一石精粮换二十斤酒。如何？"

"不是多换少换的事。"见李明道着急，王耀文接了话。

见王耀文仍不应承，李明道起身弯腰邀请王耀文到厅外一叙。

王耀文呷口茶，从茶案旁站起，转身走出屋门。李明道紧跟其后。

时近午时，炙热的阳光下，蝉虫正在院外的泡桐树上嘶鸣。街上不见一个人影。两人走到一棵泡桐树荫下站定，王耀文回身对李明道说："兄弟有啥话，这里就你我两人，敞开说。"

"多谢大哥。"李明道拱手一揖，"几天交往，虽时间不长，但看得出大哥是极仁义之人。这兵荒马乱灾祸不断的年月，不要说一日三餐，勉强活命的粮都保不了。我要大哥以粮换酒，不光是为我有粮做酒，更是想换些粮食周济乡亲四邻，让他们能在这乱世中活下去。所以，恳请大哥成全！"

一番剖白听罢，王耀文心中豁然。他没有想到，在这个人人自危的世道里，李明道心中还装着街坊乡邻的死活，并不惜拿自家窖藏的美酒换他们的活路。

"兄弟这份良心，自当成全。但是否能找来粮食，我心中也还无底。但我一定会尽力而为，帮兄弟完成心愿。"话音未落，王耀文同样对李明道深深一揖。

"谢谢大哥。"李明道眼中似有泪光闪动，他急切地把王耀文的手抓起，紧紧握住。四目相对，从王耀文的眼神和有力地回握中，李明道感觉到了支撑的力量。"剩下的，就听大哥安排了。婆姨已在家里备了酒饭。就请大哥带兄弟们一起到家喝酒。"

王耀文没做客套。两人回到烧坊前院，叫上王耀文的随从，去了李明道家。

简单的生意谈判，直白的诉求承诺，让王耀文和李明道对彼此的性格和人格有了更新的认识。

酒逢知己，至醉方归。

八

次日，王耀文早起，带人策马赶往凤翔府。

政权初立，凤翔府尚未设立文官衙门。凤翔卫指挥使隶属于高一功，总理当地军政事务，日常居住和公干都在校场的军营内。他们在大顺军东征北伐时一直做后卫留守，署理兵员粮草，和高夫人交集颇多。

王耀文在凤翔卫兵营外下马，将缰绳交与随从，拿出高夫人所赐令牌与卫兵交涉。

"在下是大顺军酒水采办，速通报你们指挥使，说我有要事求见。"

卫兵不敢怠慢，持令牌一路小跑到主帐，将令牌递与凤翔卫指挥使，陈明营外情形。

长期办差，那指挥使自然认得高夫人令牌，更明白持牌者不是娘娘亲近之人，就是必有要务者。于是急忙叫上帐前亲兵，和通报卫兵一起到营门外迎接。

见到王耀文，指挥使双手将令牌递还，将王耀文迎入主帐。

"不知采办此来凤翔，有何要务？但请明示，属下自当为娘娘和采办尽心。"置座，奉茶，一阵忙活之后，指挥使小心地询问。

"将军不必客气。此番奉娘娘之命来凤翔，只为给宫里和军中采办酒水，确有些事务需劳烦将军。"王耀文也不客套，冲指挥使一揖，开门见山地说。

"采办持娘娘令牌而来，就如娘娘亲临，不论钱物人力，但请吩咐就是，在下敢不尽心。"指挥使起身回礼。

"有劳。"

王耀文向指挥使简单介绍了情况，明确提出需精粮万石用于换酒，以利谪仙烧坊重新点火，为大顺军开锅造酒。

要粮之外，王耀文还要指挥使安排大车五十挂，用以运粮解酒。

"我凤翔府下辖数县，扫灭朽明，只官仓就缴获十数座，加上这两年追赃助饷从劣绅地主处所得，存粮在数十万石以上。采办所需，满足就是。"听了王耀文要求，指挥使爽朗一笑，当即应允。之后，他还询问了王耀文具体需要的时间

"五十挂大车即刻就要。明日先载上一千石酒粮，随我送往柳林铺，再装酒前往西安。余下酒粮可陆续送往。"

明白了王耀文的意图，指挥使当即叫来手下头目，当着王耀文的面把一切安排停当，然后吩咐营中伙夫置办酒菜，留王耀文一行宴饮至夜。

当夜，王耀文被凤翔卫指挥使安顿在城中住宿。次日一大早，指挥使就来到客栈，等候王耀文起床。一起用过早饭，一行人赶往校场。

校场内的空地上，五十挂装满高粱、小米和麦子的双辕大车排列整齐，每挂大车由两名军士操驾。领头大车上，悬挂着大顺军军旗，阵式庞大。

"一场买卖，弄忒大阵势，会骚扰一路百姓。能不能撤下旗帜，藏匿兵刃，扮作普通商旅前往？"王耀文眉头一皱，轻声与指挥使商量。

"在下考虑欠周，按采办意思办就是。"指挥使应承着，立即叫来领头校佐，令其撤旗易服，只将短兵刃藏于粮车之中。

整理停当，指挥使抬手一挥，车队有序驰出营门。王耀文和指挥使一行走在队伍最后。待出了凤翔城门，王耀文与指挥使在马上拱手揖别，然后率队伍往柳林铺去了。

王耀文去凤翔城后，李明道心中一直不踏实，已数次去王耀文住的客栈和镇口官道打探。第二天午时光景，他又到镇口守候，见到凤翔府方向官道上一支队伍逶迤而来，就策马迎了上去。远远的，他看到走在队伍最前头的王耀文。

王耀文见状，想必应是李明道，于是也策马前趋。两骑相近时，二人几乎同时勒马。

四目相对时，"妥了"，王耀文只说了两个字。

李明道藏不住满眼的感激，但一言未发，只拱手一揖，然后掉转马头，与王耀文并肩而行。

车队径直开到谪仙烧坊后院外，沿街依次停罢。王耀文与领头校佐交涉，让其率军士略作休息，然后入院，先把已满是积尘的粮库收拾好，再将车上酒粮卸下，在库内分类堆放。

李明道在镇上为运粮军士联系好住宿伙食，又招来自家原先的伙计和一些乡邻，安排次日酒水装运诸事。

次日一大早，王耀文安排带队校佐留下二十挂大车运酒，其余大车回凤翔继续运粮。

李明道招呼的伙计和乡邻也纷纷赶到了。他们清洗好酒坛，按五十斤一坛将窖藏陈熟之酒从酒海里取出分装，又找来高粱秸秆和麦草铺垫，将分装好的酒坛装车，绑扎结实。

一切处理停当，李明道发给临时帮忙的乡邻每人二升小米作酬劳，伙计们则留下来清扫洗涮，准备重新点火开锅做酒。

很长时间没有吃到饱饭的乡邻得到粮食，无不欢喜，万谢而去。

当夜，李明道再邀王耀文到自己家中饮酒。席间，王耀文告诉李明道，已为谪仙烧坊安排了粮食万石，嘱咐他在酿酒之余，可酌情周济乡邻。如再有需，自己尚可想法筹措。

能得粮万石，是李明道此前想都没敢想过的事。听王耀文说完，李明道端酒离席，走到他面前。没待王耀文反应，就双膝跪地，双手将酒举过额头："大哥，这杯酒，我代柳林铺乡邻敬您！"

王耀文弯腰将李明道扶起，端起酒碗跟李明道手中酒碗一碰，仰头一饮而尽。

九

率运酒车队回到西安，王耀文将运回的酒和运酒军士安顿停当，带了两坛好酒，往高夫人处复命。离开好一阵子，他也想去看望童子营里的王秉正。

经女兵通报，王耀文一行入得高夫人帐内，两个随从放下酒坛后退出。高夫人让人将酒收下，示意王耀文坐下说话。

"王先生这一趟差事，可还顺当？"高夫人问。

"有夫人令牌在身，凤翔卫指挥使当您亲临般尽力用心，差事一切顺当。"刚落座的王耀文复又起身，弯腰拱手回复。

"坐。"高夫人挥手示意王耀文坐下。

听王耀文简禀了凤翔办差经过，高夫人没像王耀文担心的那样，对他以粮易酒之事有啥说辞，反而对他让谪仙烧坊为闯王和大顺军酿造更多好酒的做法表示了赞赏。

"外出时间不短了，先生也该去看看娃了。"听完王耀文禀报，略作评点，高夫人即嘱王耀文退下。

从高夫人帐内出来，王耀文一路小跑前往校场童子营。他忽然发现，当身上系着的一切公务交付后，自己竟是如此渴望立即见到儿子。

训练场内，王秉正和小伙伴们在教官指导下，正持木刀对练闯王刀法，劈砍之间，喊杀声起，有模有样。

王耀文本想立即上前抱王秉正在怀，却被两名迎上来的女兵制止。她们陪同王耀文站立场边，静静地看着王秉正训练，直到操练完毕整队解散，王秉正才在一名女兵带领下前来见他。

"大。"好长时间没见父亲，王秉正看到王耀文时很是激动，挣脱拉着他的女兵的手，向父亲飞奔而来。

王耀文弯下身子，张开双臂，先给扑上来的王秉正一个结结实实的拥抱，然后才把着王秉正双臂，仔细打量。虽说分别时间不长，但王耀文明显感到，儿子看起来更加结实，似乎还长高了。

一番亲热，王耀文拉着儿子就想返回住处，王秉正却不配合，反是抬头望向站在一旁的女兵。

"你大外出很长时间，今天准你回家住。"女兵屏住笑，以教官的姿态向他发话。王秉正这才拉上王耀文的手,跟着父亲一同离开。

"娃现在晓得规矩了。"王耀文心里的话没有说出来,只是慈爱地看着他。

一路叽叽喳喳,王秉正不停地向王耀文讲述自己在童子营的趣事。望着小嘴讲得头头是道的王秉正,王耀文感觉到,儿子已然不再是原来的野孩子了。他不仅懂得了规矩,学业、武功也有长进,还有了许多要好的小朋友,懂得与人相处了。

看来,小娃娃的快乐真是在同龄人的世界里。王耀文暗自庆幸,能把王秉正送进童子营。

父子俩出营后,在街边寻了一家食店。用完晚饭已是戌时,父子俩回到住处继续闲扯,直到王秉正困倦,呼呼睡去。

次日一早,王耀文不想惊扰儿子,悄悄起身。没想到,王秉正也翻身下了床。他要为儿子穿衣洗漱,却被儿子拒绝了。王耀文又惊又喜,和儿子各自收拾整齐,出门寻了一家早饭铺子。

早饭后,王耀文先将王秉正送回童子营,然后回到自己理事的地方,分别给李明道和凤翔卫指挥使写了封信,信中就下一步酒及粮食的交割、运送做了安排。

写好信,王耀文带随从找到运酒的带队军士,将信给他,打发队伍返回凤翔。

根据王耀文安排,此后每半个月,就有一批谪仙烧坊的好酒送到西安。

十

率大军撤回西安后,李自成心里一直憋着一股气。再次拿下北京城,在紫禁城面南背北,成了他每时每刻的念想。

甲申年十月中，李自成指挥晋南袁宗第、刘忠两部发起对河南怀庆府的反攻，围了怀庆府城沁阳。

大清摄政王多尔衮大惊，急令准备南下攻击南明政权的多铎停止南进，转而向西救援怀庆，并顺势西进潼关，与在陕北进攻大顺军的阿济格部一起，对西安形成了两面夹击之势。

多铎率军疾援怀庆，大顺军遭受重创，余部退至山西。多铎乘胜从孟津渡渡黄河，直指潼关。

李自成原准备到陕北和高一功会合，迎战阿济格。得到清军主力西进这个消息，他非常震惊。北上还是南下？他举棋不定，所率大军因此在洛川一带停留近十日，才最终决定南下救援潼关。

甲申年腊月二十二，清军多铎部抵达潼关。李自成据关坚守，多铎指挥旗下一部从山西蒲津渡渡黄河入陕，直接从后方威胁潼关。

潼关战役从腊月二十九一直打到次年正月十一。中间，大顺军多次出关迎战清军，皆失利。

潼关战况不利，陕北李过、高一功部又无法阻挡阿济格大军夹击西安。得到消息的李自成唯恐西安陷落后陷入两面受敌的窘境，无奈之下，于乙酉年（1645）正月十一，将大军尽数调回西安。

高夫人所率大顺军女营，本是同闯王一同北上陕北会合李过、高一功部的，在洛川李自成决定回兵南下救守潼关时，就已与李自成分兵。

凭着女性本能的敏感，她嗅到了大顺军此次面临的危机，深为在西安的老营担忧。闯王走后，她留一部人马与自己继续驻扎洛川，寻机与陕北李过和高一功会合，另遣一部人马急返西安，做老营撤退的准备。

陕北和潼关一带的大顺军均遭清军逼压。老营妇幼和辎重物资的最好去处，只有凤翔和陕南汉中一带。

甲申年大年三十，潼关战役开打的第二天，留在西安的老营就开始撤离。童子营在最先撤离的队伍里。

童子营的撤离，让王耀文感受到了巨大的危机。

李自成率部弃守潼关当天，潼关即被清军占领。多铎和阿济格两路大军兵锋直逼西安。李自成仅在西安耽搁了一天,于乙酉年正月十三就率所辖队伍经商州、南阳,撤往荆楚。

作为非战斗人员,大顺军出征时王耀文就留在了西安。这一次,他也不在随大部队撤离的人员之列。

但是,当大顺军大部队撤离西安,王耀文也匆忙离开。他没追随战斗部队前往湖北,而是循着童子营的撤离路线,向凤翔方向追去。他知道,放弃西安,大顺军将再次陷入流寇状态,后勤保障将陷入困难,酒水采办更会是一个多余的角色。在这种情况下,儿子才是他更重要的选择。

战事吃紧,童子营撤离西安到凤翔一带后,没有了明确方向,一直滞留在凤翔待命。

王耀文离开西安后只人快马,于次日就追上了童子营的脚步,并一同滞留在凤翔。

乙酉年正月十八,西安陷落。清军主要目标是追击大顺军主力,凤翔、汉中一带仍为大顺军据有,童子营也算暂时平安。

十一

到凤翔后,王耀文无事,常会去谪仙烧坊看看。

跟王耀文以粮易酒后,谪仙烧坊已恢复活力。李明道心存对王耀文的无尽的感激和敬仰,但对大顺军,他却不很认同。

西安陷落的消息传到凤翔,清军善待百姓的传闻也在凤翔坊间流传开。当地一些前明降官和富绅更是闻风欲动,巴望着天下赶快定于一尊。

李明道内心很是矛盾。作为汉家子弟,他对做异族子民也心有不甘,但作为一介平民,他对战争和兵祸极度厌恶,对太平世道非常向往。他明白，自己想要的这些，已无法指望大顺军来帮助实现。

而王耀文显然也已无事可做，李明道生出了把他留下来帮衬自己的想法。王耀文和自己同样出身于酿酒世家，懂酒也懂技术，他更敬佩王耀文的人品，不想这么一个能干的好人就殉了大顺朝。

这天，王耀文又来谪仙烧坊，李明道置了酒席。

酒至半酣，李明道再次举碗敬酒："你我萍水相遇，大哥于我，于柳林铺的众多乡邻，都是大恩人。小弟敬佩大哥的人品和能力，有个想法，不晓得可不可以讲？"

"你我早已如兄弟，啥事，讲开就是。"

"好！"李明道一口饮尽碗中的酒，"如大哥所说，你我早已如兄弟，不如就结为异姓兄弟，同经苦难，共享荣华，大哥意下如何？"

"兄弟秉性豪爽纯善，能与你做兄弟是大哥的荣幸，有何不可？"

"这样就好！"李明道把两人已喝干的酒碗再次斟满，转身找来一把短刀，率先在自己手腕上划出一道口子，将涌出的鲜血滴入两个碗中，然后将刀递给王耀文，眼神中，是期待，也是托付。

王耀文没犹豫，接过李明道递来的短刀，也在自己腕口拉开一道，鲜血滴滴入碗，和李明道的血渐渐溶在一起。

两人端起酒碗，掀开门帘，走到院子正中。

早春的寒风仍然凛冽，雪花飞舞下来，扑入院中。两人在晶莹的落雪里并排跪下，各自将酒碗举过额头，一番盟誓，各叙庚年，随后将碗中血酒一饮而尽，起身双双将碗摔碎，之后携手返回屋内。

李明道重新摆上酒碗，扶王耀文上座坐下，将一碗酒递给王耀文，端起自己的那碗酒，单膝跪下，将碗举起："按年庚，哥哥年长，往后您就是我大哥。请大哥受小弟一拜。"王耀文将手中酒碗与李明道一碰，两人仰头，将酒饮尽。之后，他放下手中酒碗，回身扶起李明道说："兄弟快快起来。"

二人坐下饮叙。饮至酣处，李明道借着酒劲对王耀文说："哥哥，你我已是兄弟，有一事，可能不妥，但我还是想跟哥哥说说。"

"但说无妨。"王耀文道。

"哥哥是大顺朝的人,这西安城破,闯王南逃,大顺朝已岌岌可危,前途未卜。说来,这些年闯王起兵,我等百姓也未享安泰。话传,这辫子军入西安后,并未危害百姓,反是安抚民生,眷顾商贾。哥哥那么懂酒,不如脱离大顺,随小弟在这柳林铺安顿,好好做我们的酒。此前承哥哥帮忙,我已存下几千石粮。足以让我兄弟俩将这烧坊再做红火。"

带孩子离开大顺另谋生路?这想法其实自逃离西安来,一直都在王耀文脑海里萦绕。但自己得闯王眷顾和高夫人信任,真要离开,王耀文心中多有不忍。毕竟,在他自幼所承的教诲里,忠孝都是极紧要的内容。

他没有接话,只是端起酒碗,示意李明道同饮。

王耀文不表态,李明道也不方便再深说。酒尽兴余,王耀文要回凤翔,李明道送出门外。扶王耀文上马离开前,李明道轻声说了句:"小弟的话,哥哥要好生思量啊!"

十二

李自成放弃西安率部南撤后,阿济格和多铎部一直尾随追杀。陕北的大顺军李过、高一功部压力陡减,很快就与北上的高夫人会合。

会合一处的队伍一度想向甘、宁退却,却接到大顺军在湖北、江西屡战屡败,闯王处境危急的战报。这使救夫心切的高夫人最终决定率部南下。

乙酉年二月中,高夫人所部兵至凤翔,与从西安撤出的童子营等部会合。

战事紧迫,童子营该何去何从?高夫人也很是纠结。为不拖累部队行进和战事,也为给大顺军保留更多血脉,她与部将商议再三,最终决定,就地疏散童子营的娃娃兵和老营的一些非战斗人员。

接到疏散的指令，王耀文找到高夫人，请求留下照顾儿子，等大顺军杀回西安时，再回归投效。

其实，高夫人何尝不曾考虑到，战事紧急，酒水采办已不再急需，索性同意了王耀文的请求。

按照确定下来的疏散办法，童子营的孩子有亲投亲，有友靠友，余下的要么送与无子人家抚养，要么暂时寄入寺庙、道观为沙弥、道童。

疏散之前，高夫人找来工匠，用老营所携部分金饼，为每个孩子铸了一把纯金实心长命锁，每只足有三两重。锁正面如普通长命锁一样镌刻着"长命富贵"几个字，锁背面却不是寻常的金鱼、牡丹、蝙蝠、荷花等，而是一幅寨门下有马奔腾的图案。

童子营解散当天，带队教官将换上便装的孩子们再次列队集合。高夫人让手下女兵将长命锁发放到每个孩子手中。

料峭春寒中，高夫人走到队伍前面，身上的大氅被寒风不时掀起。看着面前这些就要分别，也不知将来能否再见的孩子们，这位早已见惯生死的女中豪杰，也不禁潮湿了眼角。

台下的孩子们也晓得这一幕的意义，有人已忍不住小声抽泣起来。

高夫人收拢情绪，举手示意大家安静。然后凝重地说："娃们，你们是我大顺军的将来。目下战事紧急，将你们疏散是没办法的事。发给你们的长命锁，大家都收好了，它不仅可以应急救命，更是你们兄弟间以后相认的信物和将来归队的令牌……"

训完话，孩子们按事先确定好的去处被分别领走。王秉正与小伙伴们一一拥别后，抽泣着下场，跟着王耀文转身离开。

高夫人所部在凤翔轻装整顿后，翻越秦岭到达汉中，随后沿汉水东下，往湖北寻闯王李自成去了。

王耀文虽获高夫人准许离开，但想到此前在大顺军中受到的礼遇，真要走时他又很是不舍。所以，直到高夫人的队伍离开凤翔，他才收拾行装，带着王秉正往柳林铺而去。

自与王耀文结拜，并提出让王耀文离开大顺军与自己一起经营烧坊的想法后，李明道的内心一直很是忐忑。特别是在高夫人的队伍到达凤翔后，李明道更是以为，留下义兄的想法已经凉了。

这天午后，李明道正在烧坊前院房内独自饮茶，忽听院内有马蹄声。他掀开门帘，见王耀文已经下马，正准备把马背上的小孩抱下来。

"哥哥到底是来了！"李明道大喜过望。他立即迎上前，帮王耀文搬卸行李，然后拉起王耀文父子往屋里走。

进得屋内，李明道一边寒暄，一边忙着给王耀文倒茶。他还特地给王秉正翻出干枣、柿饼，摆上茶案，让他品尝。

待李明道忙完，到茶案旁坐定。王耀文指着李明道对王秉正说："娃，来认一下，这是你李叔，大的兄弟。"他又对李明道说："以前没跟兄弟说过，这是我娃，叫王秉正。"

"好着呢，好着呢，以后有德就有伴了。"

"叔好。"王秉正也是乖巧，父亲介绍完后，他弯腰向李明道鞠了一躬，甜甜地叫了一声。

李明道赶紧拉过王耀文，倚在自己身边，并抓起茶案上的大枣，往王秉正手里塞。

茶叙一阵，李明道拖过王耀文的行李，要他们父子住到自己家去。

王耀文去过李明道家，知道他家虽有院落，但房屋并不宽敞，还有女眷小孩。怕自己住进去诸多不便，他坚拒了李明道的邀请。

李明道也没有坚持，叫人在烧坊就近处寻得一间客栈，安顿王耀文父子暂且住下。

之后，他着人买了菜肴，当夜在家为王耀文父子接风。为陪王秉正，李明道特地把儿子李有德也叫上了桌。年龄相近，王秉正和李有德见面后，竟也如父辈一般投缘。

第二天，李明道让儿子李有德陪王秉正玩耍，自己陪着王耀文，在烧坊附近寻了一处空置的小院典下，给王耀文父子暂时安身。

为减少麻烦，李明道对外说王耀文是自己远房表哥，为躲兵祸才前来投奔的。好在镇上认识王耀文的人不多，加上王耀文带着个孩子，更像一个逃祸之人。对于王秉正，王耀文也再三叮嘱他，要严密封口，不能透露在大顺军中的经历。

高夫人带领队伍离陕之后，陕西全境很快被清军占领。满清采用范文程"少杀多抚，轻徭薄赋，鼓励垦植，安抚农商"的治理方略，加之上天眷顾，陕西竟迎来了一段久违的太平。

战事平息，百业逐渐恢复，官道上商旅往来开始多了，冷清很久的柳林铺逐渐热闹起来。

往来客商一多，酒的需求也就大了。好在，粮食也是连年丰收，柳林铺再现了"遍地烧坊，满镇酒香"境况。

谪仙烧坊在大顺军未撤离时，因以酒易粮，储备甚丰，早已开锅启灶。以李明道的柳林酒酿酒技艺为基础，在生产工艺上，又融入王耀文带自汾阳的碎粮和两次蒸酒技术，使得谪仙烧坊出产的酒不仅品质更好，产量也更高了。其他酒坊一石粮出酒不过二三十斤，谪仙烧坊却可出六十来斤的酒。

别家酒坊尚在建设中，谪仙烧坊已有酒可售，加之质高价好，在柳林铺上，谪仙烧坊的门庭首先热闹起来。

衣食足而礼仪兴。百业恢复的同时，镇里的学馆也恢复开课。这边，王耀文和李明道忙于酒坊生意，那边，王秉正和李有德双双被送入学馆读书。

十三

岁月静好。

谪仙烧坊生意逐渐兴隆起来。李明道同王耀文商量，在烧坊比邻处买下一块面街空地，连墙新起了两处同等规模的宅子，兄弟两家终于住到了一起。酿酒和生活中同进同退，两人兄弟感情历久弥坚，还互认了对方的儿子为干儿。

王秉正和李有德渐渐长大。

王秉正有父亲早年教习和童子营的基础,不仅学业优秀,平日早晚还拿锁举鼎,舞刀弄枪,身体结实健硕。李有德对读书习武全无兴趣,老早就离开学馆回到酒坊,跟着父亲和王耀文学酿酒做经营,接手了收粮、出酒等一些具体事务。

虽也同常人一样剃发留辫,但童年时的经历,让王秉正在骨子里一直认定自己是大顺军的人。在长大的过程中,他和散在近处的原童子军中的小伙伴也常有走动。逐渐成年,一些原来的小伙伴前往湖北寻找队伍,王秉正也不免生出同样的心思来。可自幼所受的教育又让他明白,自幼相依为命的父亲正在老去。在无君可忠时,守住至孝何尝不是大事?

王秉正的心思,王耀文自然明白。半生战祸,他已看过了太多人间疾苦,对"宁为太平犬,不为乱世人"的渴望更为深切。

满清虽为异族,其惜恤民生的治国方略,确让包括王耀文在内的寻常百姓感觉到了久违的安定。王耀文不愿这种幸福祥和被再次打破。

知道儿子心里总憋着一股劲,王耀文决定找机会跟他好好谈谈。

酿酒行业,从仲夏到初秋相对轻闲。

一个初秋的午后,王耀文从烧坊拎回一罐酒,在镇上切了两三样烧卤,回家等王秉正散学。

黄昏光景,王秉正从学馆回到家。王耀文招呼儿子上桌坐下,先给自己斟满一碗酒,也给儿子倒了一个满碗。虽然年少,烧坊长大的孩子,还在襁褓中就尝过筷头上沾着的酒,已受酒精考验多年,不仅能喝,且懂酒性。

但是,父亲这么凝重地为自己倒酒,还是头一回。王秉正感觉得到,父亲有事要跟自己说。

"大,有啥事?您直说就是。"净手落座,王秉正说。

"来!我俩好久没一起好好喝酒了,干一碗再说。"王耀文端起酒碗,先一饮而尽。

见父亲喝干了碗里酒，王秉正也毫不犹豫端起酒碗一口喝下。酒入口的瞬间，他更能感觉到父亲的郑重。因为他品尝出，这是烧坊里最好的陈酒，平日里，父亲和干大都不舍得喝。

酒喝干了，王秉正碗放回桌面。王耀文马上起身，又把两个酒碗斟满，他问王秉正："这酒美不？"

"最好的酒！"王秉正答。

"到你大我这，我们家酿酒最少有五辈了。你干大家酿酒的时间也不比我们家短。这十多年，我俩能将谪仙烧坊做红火，靠的就是我们酿的酒好，人事诚信。"王耀文说。

"您和干大做的事，孩儿早看在眼里了。"

"我和你干大都想让谪仙烧坊红火百年。娃，你咋想？"

这一刻，王秉正明白了父亲跟自己喝这顿酒的意思了。

王秉正已经二十出头，虽然整日读书习武，但心中始终牵念的是那面"闯"字旗，始终认为自己是大顺军的人。所以，他不参加朝廷的科考，也很少过问家中生意。对父亲的问题，他压根没有想过，也从不愿意去想。

"大，您有啥安排？"王秉正没直接回答。

"我知道你的心思。圣人说'良禽择木而栖，贤臣择主而事'。如今的天下，虽是异族治理，但他们能恤农抚商，让百姓安居乐业，不仅远胜前朝，就是闯王也远不能及。"

顿了一下，王耀文接着说："听说，闯王早已殁了，高夫人带领的大顺军也与残明结盟，现在退困于西南蛮夷大山之中。想再问鼎天下，断无可能。再说，兵燹战祸，生灵涂炭，遭殃的不都是老百姓？现天下思安，大顺军难有作为。即便有所作为，也是助造乱世，非君子所为啊！"

读圣贤书多年，这个道理，王秉正怎能不懂？这么多年，很多小伙伴都去寻找队伍了，但他没有去，一方面是不想远离父亲，另一方面也是矛盾于，见不到大顺军有民心所向的未来。

见王秉正犹豫不决，王耀文试探性地说："晓得你抵触异族，无意功名。但圣贤讲，治国之外，君子还有修身齐家之责。我和你干大都老了，烧坊生意兴隆，事务繁多。如你愿意，也到烧坊来，和你干哥一起，帮我们打理烧坊如何？"

到烧坊做事。父亲的要求如此直白，王秉正一时不知如何作答。他端起酒碗起身："大，您说的事，容我考虑，儿敬您一个。"

王耀文没有起身，他端起酒碗一饮而尽，说："好，你好好想想。"对儿子，王耀文一向很尊重。

酒罢回屋，王秉正很难平静。他再一次翻出那把长命锁把玩。他明白，民心思安。自己日夜牵挂的大顺朝，是再也回不来了。这些年，不管是清廷官吏或是民间绅儒，都一律称闯王为贼寇。还有传言，说闯王早死于汉家农民之手。

大顺朝梦灭，效力异族朝廷确非自己所愿，看来，在这样的世道，只有父亲的指引，才是自己人生最好的去处。既然无忠可尽，也只能把孝尽好，修身齐家了。

第二天一早，王秉正一如既往地起了大早。他抓锁举鼎，练了几趟拳脚刀法。待王耀文起床，王秉正上前请安："大，我想了一晚，以后，就跟您和干大一起干烧坊！"

"好，好！"对儿子的答复，王耀文并不意外，他知道，他终究会想明白。

用过早饭，王耀文去了酒坊。王秉正先去学馆找先生辞了学。回家后，他脱去长衫，换上短褂，就去了烧坊。

十四

王秉正进谪仙烧坊时，王耀文和伙计正在商量选派人去秦岭买荆条之事。

柳林酒一年一个生产周期，依节气，分为立窖、破窖、顶窖、圆窖、插窖和挑窖等阶段。每年九月开灶立窖，次年七月炎夏到来前挑窖停产。七到九月这段时间，就是一年当中唯一的停产期。按烧坊旧例，这段时间要清理工具及环境，为下一轮生产做好准备。

其中，收储荆条，是烧坊准备工作的重中之重。

谪仙烧坊生意红火，每年需要添置很多新的酒海。加上修缮旧酒海所需，荆条需求量都很大。

收荆条是个耗时费神的苦差，每年都要委派得力的伙计去完成。

今年，正在商量人选的当口，王秉正进来了，他向父亲汇报了已经辞学的事情。

虽说儿子已经答应他要加入烧坊，但王耀文完全没有想到，竟然这么快。他委实有一些意外。

但是，拿得起，放得下，说干就干，雷厉风行，对王秉正这样的行事作风，王耀文很是赞赏。同时，他对今年收荆条的人事安排有了新的想法。

"娃，你过来。"王耀文招呼王秉正。

王耀文跟前的伙计，都是跟随他和李明道多年的，所以对二东家的公子，伙计们也都认得。过去，大家对王秉正的印象是文武双全，温文儒雅，觉得他会走科考之路，求取功名。没想到，二东家非常正式地为大家介绍了王秉正。

"各位师傅，往后，我娃也来烧坊和大家一起做事。烧坊里的事，还烦请师傅们多帮衬。"一边说着，王耀文一边把王秉正推到了大家面前。

"请各位以后多多关照。"王秉正四顾，弯腰向大伙行礼。众伙计揖手回礼后，大家接着商量收荆条的事。

"今年让娃也随你们去收荆条子，大家看要得不？"王耀文拍着王秉正的肩，对准备派去收荆条的伙计们说。

"少爷知书达理，身体壮实，有啥要不得？只是收荆条子这差事，是个苦累活,就怕让他遭罪。"领头的老伙计回道。

"大家都能去,我怕遭啥罪!"王秉正接过话茬,替父亲回答。

拿定派王秉正外出收荆条的主意后,王耀文当夜就到隔壁找了李明道。

烧坊生意红火,王耀文日常在烧坊内主理生产,李明道父子在外联络客商采买送货,两人见面的时间并不多。

这天,恰好李明道外出送酒收款回家,见王耀文进院,李明道立即出门将他迎入堂内,安排弄菜备酒。

"本说明天到烧坊和哥哥说说这趟差事,不想您就过来了。咱俩已有日子没在一起喝酒,今天就喝个痛快。"李明道说。

"酒自然要喝。今天我还有要事同你商量。"王耀文入堂坐定,对李明道说。

"哥哥有啥事,直说就是,哪需这等阵仗!"说话间,李明道夫人送酒进来,一并端上了一碟卤牛肉和一碟油酥花生米。十多年来,这已成为兄弟二人喝酒的标配。

"我想让秉正娃到烧坊做事。"王耀文接过李明道递来的酒碗,深呷一口说。

王耀文说出的话让李明道一怔,以为自己听错了。

自王耀文父子留在柳林铺,俩人互结干亲,李明道一直把王秉正看得比亲儿都重。特别是儿子李有德无意读书,李明道就更看重这个干娃。干娃读书习武,品学皆优,在李明道心里,王秉正未来的出路,早被他锁定在科举功名上,而不是来干煮酒熬糖这等苦事。

"说啥呢?"李明道放下酒碗,不可思议地瞪着王耀文。

"我想让秉正娃到烧坊做事。"迎着李明道目光,王耀文说得很坚定。

"不同意,我不同意!娃寒窗苦读多年,又读得那么好,怎能不去考个秀才、举人?凭啥跟着你我干这等苦差事?你如果不让考,我就是捐,也要给娃捐个功名!"李明道激动得提高了声调。

"穷不离猪,富不离书,读书博功名。道理我懂,也是我这些年一直的梦想。现在是满清的天下，做官的大都是满人和前明降臣，秉正娃不愿与这样的人为伍，心里又老是牵挂着大顺军，再不用事情将他的心安顿下来，怕哪一天人都没了。"王耀文说出了自己的担忧。

听闻此言，李明道恍然大悟。王秉正品学皆优，年龄也不小了，却从不提参加科考之事，长大后也不大主动与他人交流，原来是心中藏着事啊。

对李自成的大顺朝，李明道心里从未认可过，加上这些年总听闻有人去投奔大顺军，也都是一去之后就杳无音信了。相比这个去路，确实是做个寻常人更合适。

"娃同意不？"李明道转了口气。

"同意，今天已经来了。"王耀文答。

"唉，可惜了这娃！"李明道心里充满了无奈和不甘。

第二天，王秉正跟两个伙计收拾出发。对儿子的适应能力，王耀文心中是有底的。除帮儿子收拾衣物，带几本书籍外，他没操太多的心。

倒是李明道，对第一次出远门的干儿这也放不下，那也放不下，几次到王家叮嘱，还专门把带队伙计叫到跟前，交代一定要照顾好王秉正。出发时，他还亲自牵着王秉正的手，送到镇口，直到王秉正一行上马，消失在路的尽头。

十五

出柳林铺后，王秉正一行沿着陈仓古道，当天就赶到陈仓住下。

陈仓位于秦岭北麓，是南通四川、陕南，北上西安及中原京津的古道重镇。平日里，南来北往的客户都会在此云集。

荆条属于冷门物资，主要产在秦岭南麓的沟谷低处。每年秋季，都会有商贩运到北麓陈仓贩卖。为让第一次出门的王秉正少受苦累，带队伙计打算就住在陈仓等货。

第二日，伙计们带着王秉正到陈仓街市闲逛。十多年天下太平，陈仓街市已非常繁荣，诸般商品应有尽有。时节尚早，市面上没见到荆条。

早听说收荆条须翻越秦岭，可只走了一日路程，不见翻山越岭，市集之上也见不到荆条。王秉正很觉奇怪。从伙计那里了解情况后，他坚决不同意驻留陈仓等待现货。

"人又不是泥捏的，不用怕我不禁折腾。还是按往年做法，明日进山。"

王秉正表了态，伙计们只好听从。第二天一大早，一行人开始往秦岭腹地挺进。

一日艰辛，终于爬上了秦岭。他们在主峰南面的一个小镇住了一晚，次日再次上路。由此全是下坡，近一百里地的路程老早走完，下午就进了秦岭腹地的留坝古镇。

留坝古镇因汉留侯张良得名，地处驿道之上。当地还有炼铁厂，是秦岭深处一个热闹所在。这里海拔不高，沟壑纵横，是优质荆条产地。

从山西到陕西，王秉正一直在平原坝地生长。第一次进入山高林密，清流奔泻，鸟飞兽突的环境，他对一切都充满了好奇。

编造酒海，荆条嫩了不行，老了也不行，最好是中秋之前刚开始落叶的。这年，王秉正一行到达时，荆条尚枝繁叶茂，恰到好处的荆条，还须再等上一段时间。

且安排在留坝住下。王秉正同伙计们跑了几处往年供货的山民家，交代了今年收货的质量、数量要求，就再没多少事。

无事，王秉正喜欢独自到镇上一家叫"太白"的酒楼坐坐。从酒楼的名字，王秉正感觉这家酒楼和自家的谪仙烧坊仿佛天生有缘。他还品出，太白酒楼卖的酒中，最好的也是谪仙烧坊出的柳林酒。

一日午间，王秉正又到酒楼，在二楼挑了清静的临窗位置，要来一壶柳林酒，一碟干腊青麂肉丝，一碟野兔肉和两个小菜，一边浅斟慢酌，欣赏窗外的层峦叠嶂，一边翻看带在身边的书卷。

坐下不到半个时辰，壶中酒还未饮去几杯，就听到有杂乱沉重的登楼声。多次到这里，王秉正对太白酒楼已然熟悉。若非大集天，打尖的客人多在一楼用餐。除非像自己这样图清静或有要事相谈，一般客人不会上二楼。

王秉正趁放酒杯的间隙，目光从手中书上移开，瞟了一眼来人。这伙人有五六个，年龄与自己相仿，上穿白布短褂，下着青布白腰长裤，个个孔武有力。

这不经意的一瞟，王秉正的注意力立即被吸引过去。他看到领头汉子白布短褂的领口处，有用红丝绳系着的物件若隐若现。看那轮廓，定是一把长命锁。这样的长命锁王秉正再熟悉不过。

"是遇故人了！"王秉正内心忽地有了种莫名欣喜。

那伙人似乎和店家很熟悉，坐定不久，没见点菜，就有小二送了酒菜上来。盛菜用钵，装酒用坛，喝酒用碗，打开始就一边饮食一边大声划拳喧嚷。

选择二楼独酌，王秉正要的就是清静，但那伙人无视他存在的吵嚷却没引起他的反感。瞅了闹得不凶的间隙，王秉正拎了自己的酒壶和酒杯走到那伙人桌前，笑对领头汉子说："几位好热闹。不知在下可否加入？"

见有陌生人搭讪，一伙人顿时安静下来。领头汉子仔细打量王秉正，看他手持青白细瓷酒壶，着干净长衫，但在儒雅的外表之下，身材敦实，目光炯炯，该不是寻常的贩夫走卒。

"我等吵着兄台了？"领头汉子说话时，并不像外表看起来那般粗犷随意。

"哪里！哪里！只是觉着一个人吃酒寡淡，想来凑个热闹，交些朋友。"

"兄台是斯文人，要不嫌我等身上的汗臭，这寻常烧酒太烈下不了喉，同饮就是。"

见领头汉子并未排斥，王秉正放下手中壶杯，同汉子一根长凳坐了，挽起衣袖大声呼唤："店家，换个酒碗来。"

应声中，店家送了酒碗。王秉正起身，捧起桌上酒坛，给自己的碗倒满，双手端起，环顾桌上："在下王秉正，从凤翔过来，很高兴得识诸位。现在，借诸位美酒敬各位一个，我先干为敬。"言毕，一仰头饮尽。

见王秉正面不改色地豪饮，桌上气氛立刻活跃起来。旁边的店小二识趣地把王秉正的碗碟从邻桌移了过来。王秉正身旁的汉子开始带头回敬王秉正，并做自我介绍。

有人拎起王秉正的酒壶，将酒倒入口中，随后大呼好酒。王秉正借机说："兄弟喜欢，我们换酒再喝。"招呼店家重新上酒。

酒过几巡，话题自开。

谈话中，王秉正得知，这几个年轻人都不是当地人，有的祖籍陕北，有的祖籍关中，都在镇外铁厂讨营生。而这太白酒楼的东家，也是从山外进来，是这伙人的师傅。平日里，太白酒楼就是他们的家。

闹了一个多时辰，汉子们要回铁厂干活，王秉正送他们下楼，自己去结了酒账，与领头汉子约好，明日午时，再聚一起，好好喝酒。

次日巳时末，王秉正赶到酒楼，在二楼常坐的临窗位置坐下，要了一壶秦岭当地的炒清茶，一边慢饮，一边等候。正午稍前，楼梯上沉稳的脚步声响起，见只有昨日领头的汉子一人到来。

王秉正迎着汉子，一起到窗前坐下，互相问安。汉子说，铁厂有事，另几个兄弟今天不能来。王秉正表示遗憾，并呼店小二上楼安排了酒菜。

小二下楼后，四顾无人，王秉正试探着问汉子："想请教大哥一事，不知妥不妥当？"

汉子未假思索："兄台有啥话，但讲就是。"

"那，我就讲了？"

"讲！"

王秉正再次打量四周，确认近旁无人，低声问道："大哥可曾是闯门中人？"

话音一落，汉子脸色骤变，刚才的豪放随意顿时变成了警觉敌意，眼里瞬间布满杀机。

"你说啥呢？我听不懂。"

见汉子神情，王秉正更坚信眼前人就是昔日童子营的兄弟。他伸手解开领扣，从胸口掏出长命锁摘下，然后拉起汉子的手，将长命锁放在对方手中："大哥别误会，我也有一小物件，只是想请大哥掌眼，得教一二。"

手中握着长命锁，汉子紧张的神情稍有缓和："兄台，这东西你是哪里得来？"

"十年前在凤翔，一位夫人所赐。她说，这是他日兄弟相认的信物。"

言语间，登楼声又响起，两人停了话题，看着小二送酒菜上来。

汉子当天穿着长袖布衫。他拉起王秉正的手，两人长袖相罩，汉子把长命锁还给了王秉正。王秉正将其揣入怀中，两人帮着小二把酒菜摆好。小二道声"二位慢用"下楼后，两人就面对面落了座。

王秉正把两人面前酒杯斟满。汉子问："兄台是？"

"曾是童子营中人。"王秉正没拐弯抹角，干脆直接地回答。

"兄台现在何处贵干？"汉子又问。

"童子营解散后，家父经夫人许可也离了营。这些年，家父带着，自讨营生。"

见王秉正话语靠谱，汉子放下警惕，承认自己就是出身于大顺军童子营。他告诉王秉正，童子营在凤翔解散，他及一帮兄弟无家可归，无亲可投，也没人认养，就被安排由一个教官带领，集体到秦岭山中一处小庙出家栖身。那小庙前明时便已破败，几亩薄地根本无法养活大家。待大伙都成了人，教官就领着大伙一路南下，原想去找队伍，却听说队伍早被打散，夫人率余部投了前明。大家商量后，决定暂时就地讨个活计。这些年来，虽清廷对大顺军旧人并未太过为难，但一些前明降清的官家及地方财主乡绅却记恨当年大顺军"追赃助饷"，

47

对大顺军旧部一直未停止追杀。大家后来到留坝，见这里铁厂大量雇人，且厂里工人来自四海五湖，便于藏身，就留了下来。

明了彼此底细，汉子离席下楼，稍后引一年约五十的男人上来，向王秉正介绍，说这是他们的师傅。师傅姓李，就是这太白酒楼的东家兼掌柜。

虽已分别十多年，王秉正还是认出李掌柜是当年童子营中的教官之一。王秉正弯腰作揖行礼。李掌柜入座，简略道了别后情形，当王秉正说自己父亲就是当年闯王亲自招纳的酒水采办时，李掌柜也记起了当年的王秉正。

这意外的相认，让几人都很激动。在把酒叙旧的同时，李掌柜让店里伙计去铁厂传话，让在厂里的兄弟下工后都到酒家会合。

酉正时分，兄弟们陆续下工赶到酒家。李掌柜安排重置酒席，庆祝与王秉正相遇相认。所有弟兄，拼了两张八仙桌，才安排坐完。

接下来一段时间，王秉正除同烧坊伙计去各山民家查看荆条砍伐情况之外，都会抽出时间到太白酒楼与一众弟兄小坐欢饮。

相聚中，难免谈论时局，大家对大顺军的未来都失了信心。相比于王秉正，铁厂兄弟们都是战乱中亲人尽失的孤儿，历经离乱悲痛，包括李掌柜在内，大家面对眼下的太平，都倍加珍惜。

过了中秋，王秉正的荆条采买工作基本完成。安排好车马运送荆条回柳林铺，王秉正又让李掌柜约齐了众弟兄喝酒道别。席间，众弟兄送了一把在铁厂用精钢打造的大刀给王秉正。一众约定，今后无论谁有难事，兄弟间一定相互帮衬，鼎力相助。

十六

珍惜当下，好好生活。一趟秦岭差事，不意与众兄弟相遇，王秉正对大顺军的牵念，算是又放下了几分。

回到柳林铺，除坚持晨练夜读外，王秉正把大部心思用到参与打理烧坊之上。潜心学习加上本身的聪慧，父亲王耀文和干大李明道的酿酒技艺很快就被王秉正尽数掌握。日积月累，他还摸索出一些独到技艺。渐渐的，他酿的酒，品质更胜父辈。

随着儿子们的成长，王耀文和李明道渐渐老去。谪仙烧坊的生产和经营，主要就落到了两个年轻人的肩上。

王秉正主掌烧坊酿酒，李有德则负责酒粮采购及对外卖酒。兄弟俩默契配合，把烧坊的生意打理得更加红火。

王秉正不大喜欢与外人交道，除了每年以收储荆条为名赴秦岭深处与童子营弟兄相聚外，他的生活内容主要就是酿酒和读书、习武。那把兄弟们赠送的精钢大刀，成了他最爱的物件。一套自幼习练的闯王刀法，更是被他舞得出神入化，碗口粗细的柳木桩子，手起刀落间，就被他轻易劈为两截。

李有德长期结交商贾，流连市井，精明圆滑。为做好生意，在迎送陪同中，他竟也染上了听曲狎妓的爱好。

兄弟俩虽一个过于内敛，一个又过于轻狂，但情同手足，从无二心。而且，在不觉间，二人都年近而立，又都无意婚配。

王耀文和李明道都是中年得子，眼看自己年过花甲，却无孙儿绕膝，自然着急。老哥俩难免四处寻觅打探，看可有门当户对人家，好为两个儿子安排亲事。

对此，王秉正和李有德倒也并不排斥。

最后，李有德身体纤瘦羸弱，选定的妻室却高大健硕，是凤翔府城一酒楼老板的独生女。这家酒楼与谪仙烧坊素有生意往来，两家可谓门当户对。王秉正选择的妻子是镇上学馆先生的晚生老女，虽知书达礼，身体却瘦弱多病。

婚后，王秉正夫妻日子寻常，倒也恩爱。

李有德仍旧一边忙于生意，一边花天酒地。李有德老婆自幼被娇宠，不沾诗书，喜拈酸吃醋，吵吵闹闹自是成为日间常事。

在对孙子的期盼中，先是李明道的妻子因病离世。不久，古稀不到的王耀文也在一年初冬染上风寒，不治仙逝。

王秉正的妻子身体孱弱，一直未能生养，难免抑郁。公爹去世，她又心怀愧疚，因此也一病不起，没能挺过去。

父亲和妻子相继过世，对王秉正的打击过于沉重。他更加沉默，只能忘情于诗、书、刀、酒之间。

老妻和兄弟过世，对李明道的打击也是巨大的。身体一向壮实的李明道，这一年老去了很多。但是，两个儿子让他有了更多的挂碍。尤其是秉正干娃，李明道不禁要为他再娶妻室延续香火操心。

王秉正生于戊寅年（1638）农历正月，年庚中年月均属虎。父去妻丧，街坊间难免传言说他命硬犯克，正常人家对这门亲事都避之不及。加上王秉正开始对续弦也无兴趣，事情也就耽搁了下来。

王秉正这边续弦无甚进展，李有德媳妇的肚皮却鼓了起来。丙辰年（1676）九月初九，两家人终于迎来了渴盼已久的第三代孙。让人遗憾的是，李有德媳妇产后不久就患上了羊癫风，时好时坏，一个原本结实的身板，不久就被折腾得形如枯槁。李明道不得不找到奶妈和用人来照顾孙子和儿媳。

李有德儿子出生后，在李明道的安排下，认王秉正做了干大。两家人中，王秉正最有学识，他建议给小孩起名法天，意为承禀天意，敬天守地，刚直正气。

十七

满清占领陕西后，汉人孟乔芳督陕十年。这十年及之后的十来年，是谪仙烧坊生意红火，发展最快的阶段。

李法天出生前几年，康熙大帝裁撤三藩。平西王吴三桂癸丑（1673）年冬在云南起兵叛清，得到多地前明降将反水响应。康熙遣重臣莫洛出京赴陕，赋予他全权调动山陕兵马的权力。当时，前明降将王辅臣因平定南明有功，驻扎平凉，督办陕甘兵务。王辅臣之前与莫洛有过节。莫洛到陕，一开始对王辅臣就很不友善，处处掣肘。甲寅年（1674）冬，因与莫洛积怨太深及粮草马匹分配不公，王辅臣同手下杀了莫洛，起兵附逆吴三桂。

王辅臣一反，谪仙烧坊西出甘宁，南往汉中、四川的商路断阻，生意大受影响，大量货款因商家逃乱，成了死账。好在前些年积累甚丰，在很多烧坊纷纷倒闭的时候，谪仙烧坊仍能点火开锅。

生意清淡，老婆又长期卧床，这倒给了李有德更多的自在时间。西面和南面不能去，西安、咸阳成了他长期流连之地，铺货收款之余，听曲狎妓，很是舒坦。反倒是王秉正，因窖中存酒太多，不忙生产，读书习武之外，有了更多时间陪李法天成长，把个干儿逗弄得比亲儿还亲。

对儿子在外胡为，李明道心里是有数的。在生意红火的日子里，钱款流动频繁巨大，李有德在外的花销隐于其中，不甚显眼。现在生意清淡，银流减少，一切很快就水落石现，李有德难掩账面亏空。

对李有德的应酬花销，王秉正从不在意也不过问。但在李明道心里，亏空却是眼里容不下的沙子。他觉着，谪仙烧坊虽是自家祖上传下来，但能在乱世中存活并发展起来，义兄王耀文功不可没。加之王秉正又是自己干儿，无论从哪方面说，烧坊都该有王秉正的一半。

多年打理烧坊，传自祖上的诚信和仁义早已深植入李明道骨髓，他无法容忍亲儿的胡作非为，更无法接受亲儿对干儿利益的侵害。

一次，李有德长时间外出，带回的货款却与应收货款差距甚大，李明道终于对李有德发了火。父子俩大吵一通，李明道收缴了儿子手中账簿，决定亲自过问生意。

李有德有愧在先，只能依了父亲。

这些事体，都是李明道当年铺垫下来的，重新上手，自是轻车熟路。查看账簿后，李明道决定带着李有德，对有生意往来的客户逐一拜访，弄清往来款项虚实。

王秉正知晓李明道父子的争吵，起初并未在意。但得知李明道要亲自出山催收货款，才晓得问题有点严重。

干大要过问生意，王秉正没意见，但是要亲自出门催款，就当另说了。

李明道年过古稀，操劳一生，早已日渐佝偻。王秉正说啥也不同意他再次出门奔波。但任王秉正怎么劝阻，李明道心意已决，王秉正也无可奈何。

年事已高，骑马不便。李明道收拾好行装，让李有德陪同，驾辆马车，沿扶风、岐山、周至、咸阳，一路向西安奔去，边走边拜访客户，核对账目，视情况催收一些欠账。一路下来，李有德瞒下的亏空基本暴露。好在问题并不是很严重。李明道虽对李有德常有责骂，但悬着的心终于安稳下来。

尽管西南边战火炽烈，在西安城里，仍是市井繁荣，商贾云集。新筑的满城钟楼门外，西门大街和南门大街两街交会处，是西安最繁华的所在。这里店铺林立，又数酒楼、娼寮和赌坊生意最为红火。白日人山人海，晚间张灯结彩，见不到一点战争迹象。

李明道在西安落脚处为临潼酒楼，是西安最好的酒楼之一，也是谪仙烧坊在西安城里较大的一家客户。东家姓陆，人称陆老秀才，本是临潼县一豪绅，家在临潼有良田千亩，在西安也有多处生意。

在大顺军治理西安的年月，陆老秀才吃过苦头。满人攻占西安后，他最早依附。受新朝庇护，其名下的生意自然兴隆。经历过生死荣辱的沉浮，晚年的陆老秀才喜好享乐。

听乱弹是他的一大喜好。陆老秀才家中，除夫人外，还有姜室三房，最小的陆孙氏，就是陆老秀才听乱弹时相中的花旦，喜爱之下重金购娶。

这孙氏是米脂人，打小就声甜音美，模样俊俏。自小在戏班里混，练就了一身狐媚之术。但年岁不饶人。嫁入陆家，好日子没过上几年，陆老秀才就中风染病走了。陆家诸事，全由陆夫人做主。

由于前面两房妻妾皆有子嗣，自然分家随父过日子。唯有这孙氏，不仅膝下无子，平日里恃宠而骄，是已招得上下忌恨。更为难堪的是，当年被陆老秀才纳娶时，孙氏和乱弹班子签了赎身契约。陆老秀才当时没毁了这契约，孙氏也忘了这茬子事。

陆老秀才死后，孙氏的赎身契约，落到了陆夫人手中。陆夫人早已不待见孙氏，在处理后事之时，她随即夺了孙氏私人财物，并着人联系，要把孙氏卖入青楼。

临潼酒楼和谪仙烧坊生意往来多年，这陆老秀才、陆夫人和李明道，更是多年的老交道。入住酒楼第二天，李明道拜访陆夫人的时间，正赶上青楼老鸨来谈买孙氏之事，见到了被叫出来见人的孙氏。

其实，在陆老秀才死后，孙氏本可逃遁。却因想着再得点陆家遣散的资财，就耽下了。待陆夫人派人夺了她财物，再想走时，为时已晚，被人看了起来。被叫出来见人那天，孙氏素面清衣，梨花带雨，楚楚可怜。

姣好的姿容打动了李明道。一番讨价还价，老鸨出银一百两要买走孙氏。陆夫人卖孙氏并不全是为钱，只想出了心中长憋着的一口恶气，不让孙氏好过罢了，就爽快地答应了。但是，就在这生意将要达成时，李明道请陆夫人借一步说话。

两人移步后院，李明道开门见山，希望陆夫人把孙氏卖给自己。

陆夫人很感诧异，又不好深问，更因长期生意往来，相处甚洽，也不便拒绝。就说："李掌柜要，我回了那家就是。"

两人回到屋中，不待陆夫人开口，李明道便对老鸨说："对不住大姐！这妇人我要了。"那老鸨不甘，欲再说道，被陆夫人干脆地拒绝了。为平息老鸨怨气，李明道让李有德给了老鸨五两银子，将她打发走了。

　　李明道进屋拜访，陆夫人知道他是来收酒账的，随即安排了账房理账备银。

　　老鸨前脚刚走，账房就用掌盘端着账簿和银两进来。

　　翻着账本，陆家账房说当期要结的酒账共是一百六十两银子，递上账本要李明道过目。

　　李明道接过账簿后并没细看，随手把账一勾，连同掌盘里的银两一起往陆夫人面前一推，说："账不用瞧了，多年往来，哪有信不过的。这期酒钱也不收了，就当我赎人的款子，如何？"

　　"李掌柜大人大面，说了就是。"陆夫人吩咐账房拿了银两和账簿退下，安排其去准备孙氏的赎身文书，自己和李明道品茶聊叙。

　　不多时，账房将契文送上，李明道着李有德阅后，和陆夫人在上面画押互换，完成了对孙氏的买卖。签订契约后，李明道恳请陆夫人暂时代看孙氏，自己回程走时再来领人。

　　"这下，秉正兄弟有艳福了。"父子俩回到房间，李有德对李明道说。

　　其实，孙氏的姿色让李有德也觉心动，但凭他对父亲的了解，知道父亲买下这妇人，一定不是为自己。

　　"你秉正兄弟屋里确实该有个人了！"李明道头也不抬，回了他一句。

　　处理完西安附近生意上的事，李明道一行准备打道回柳林铺。为路上方便，他专门为孙氏雇了一辆驴车。

　　准备停当，李明道到陆夫人处接了人。上路之前，他给孙氏做了交代，明确告诉孙氏，赎她是为给干儿做填房。他承诺孙氏，只要她安守妇道好生过日子，不敢说锦衣玉衣，能保她衣食无忧。

　　孙氏自被陆夫人收去财物派人看管起来，心中一直战战兢兢。尤其是看到老鸨上门，以为自己后半生将被囚青楼受千骑万跨。绝望之中，早已万念俱灰。不想，半途杀出个程咬金，李明道出面把自己买了下来。开始她以为，是给这个老头做小妾，不想是给他的儿子做填房，心中顿时释然了许多。更让她想不到的是，陆夫人给李明道面子，虽收了她的首饰财物，但把她日常所穿衣衫裙襦都尽数还给了她。绝处逢生之感，让这个妇人能安静体面地跟着他们登车上路。

回柳林铺当天晚上，李明道将王秉正叫到自己家里，说明了情况，让王秉正将孙氏领走。

鳏居很久，王秉正也是正常男人。李明道叫出孙氏那一刹那，他也被孙氏姣好的容颜所吸引。

一路上，孙氏对王秉正的样子有过无数次想象。当王秉正出现在面前时，其沉稳的气质、敦实的身板和端庄刚毅的脸，还是让她感觉意外。自入陆家，红颜伴白发，梨花压海棠，虽物资丰饶锦衣玉食，但身体总难免干渴。不曾想，在绝路的边缘，上苍竟会转头赐给她一个理想中的男人。

当晚，两人在李明道家里用过晚餐，王秉正便搬了孙氏的包袱回到隔壁自己的家中。都是过来人，都很久没有体会过温存，两人干柴烈火，一夜没消停。

次日午前，起床收拾停当，两人一起到李明道家中道谢。

见到两人气色，李明道明白好事已成，便开始张罗为两人置办新家什，还择了个好日子邀请宾客，办了一场虽无鼓乐吹打，但也算隆重的喜宴。

十八

脸蛋乖巧，身姿婀娜，穿上在西安时置下的绫罗绸缎，孙氏在柳林铺算是冠压群芳，远近知名。但是，对操家理事，孙氏是一窍不通。不要说在洗衣煮饭等生活事项上照料王秉正，就连自己的日常生活，也得王秉正雇请用人来打理。

经历了命运的跌宕，在初入家门那一阵，孙氏自是本分。并且，她多年历练的媚惑本领，确实带给了王秉正许多欢愉，王秉正对她很是娇宠。

王家在王耀文处理山西家业时就有些积蓄，加上在大顺军中得到的赏赐和这些年谪仙烧坊分得的例银，王秉正的家底甚是厚实。在孙氏入门不久，他便将家资交由孙氏打理。这孙氏本就是个会花钱的主，首饰脂粉，被褥家什，吃食零用，她想要的，都可以任着性子买来。

但是，与过去在西安的生活相比，柳林铺的日子是枯燥的。王秉正做事认真执着，短暂的如胶似漆过后，他的生活又恢复到原来的规律。晨练夜读，白天忙烧坊诸事，虽未冷落孙氏，但也不会时时陪伴取悦。

闲极无聊，孙氏也常到邻院李有德家坐坐，陪李有德卧床的媳妇说说话。

而自父亲加紧管束后，李有德的花花公子做派也有所收敛，在家的时间明显多了。

在孙氏眼中，李有德和王秉正是两种完全不同的人。李有德精于应酬，平日里衣着也甚讲究，再加上形体高瘦飘逸，虽年逾不惑，也算是翩翩美男。王秉正呢，虽是满腹经纶，但长期习武，加上在烧坊难免参与一些下力的活，主要是以短褂示人，也多少会有些汗味。最主要是的，与李有德相比，王秉正显得很是无趣。

两家关系本就亲密，走动多了，孙氏一张巧嘴总能哄得李家老小开心。偶遇李有德在家，也会相互闲聊几句。每次李有德外出，孙氏不免托他带这带那。李有德精于此道，每次带回的胭脂水粉、袄裙钗饰，都能令孙氏欢喜过望。时间久了，孙氏内心对李有德不再淡定。

一个秋日，李有德又要押货出门。在烧坊装置货物停当，伙计牵车上路。李有德要上马时，被孙氏叫住了。

"弟妹可是有啥需要捎带？"李有德问。

"眼见要过冬了，屋里该添的东西还多，具体得买什么，我又说不上来。如大伯方便，我去给你秉正兄弟说一声，随你一同去西安，自己置办。"孙氏盯住李有德，一双杏眼里满是挑逗。

自打第一次见到孙氏，李有德对她的姿色就很喜欢，加之多年流连欢场，怎会读不懂孙氏眼里的风月。但李有德风流自有底线，他视王秉正为手足，知道父亲赎买孙氏是给王秉正填房后，就掐灭了对孙氏的非分之念。日常交往，也是止乎于礼。平日给孙氏捎东带西，更多是对王秉正兄弟情义的投桃报李。

"这一趟要去的地点多，没太多时间在西安盘桓。弟妹如想逛西安城，可与秉正兄弟商量，你们单独前往就是。"李有德婉拒了孙氏的要求，上马追送酒的车队去了。

孙氏的激情被李有德浇灭，感到浑身冰冷，只能独自一人在秋风中萧瑟。目送李有德远去后，她黯然返回家中。

王秉正从烧坊下工后，见孙氏蜷在床上，问她咋了。孙氏回声"身子不舒服"，晚饭不吃就睡了。

王秉正也没有多问，吩咐用人给自己做面吃了，看一会书，也不惊扰孙氏，另展一床被子睡下。

王秉正上床不一会儿就鼾声起伏。一旁的孙氏并没有睡着。听着王秉正的鼾声，闻着王秉正身上散发出的汗味，她脑子里满是李有德光鲜的外表和身上香囊的味道。她倍感寂寥，不由怀念起当年和陆老秀才整日流连酒楼、戏院的奢靡生活来。

心有旁骛，孙氏就连与王秉正的夫妻生活，也慵懒了许多。总找各种借口，能推就推。但在面上，她仍恭谦温良，与王秉正相处甚好。孙氏知道，虽然王秉正有些木讷，不解风情，但能带给她的丰足生活，并不是随便就能得到的。

自那次挑逗失败，李有德虽然还会为孙氏帮忙，但每次都尽量避免独处，疏远之意明显。时间一长，孙氏对李有德也死了心。觉得无聊时，就把自己捯饬一番，去镇上转一圈，收获些来自外人的艳羡。

日子如常地过着。可能因为早年的经历太多，很长时间过去，孙氏肚子并不见反应。王秉正倒没有什么，但对急于想要替义兄家延续香火的李明道来说,就不淡定了。他经常叫王秉正两口子到跟前问话,这让孙氏很是烦躁。

其实这事,王秉正真没少努力,可就不见成效。

由于年事已高,李明道终没能等到王秉正抱上儿子,得病走了。

李明道走后,谪仙烧坊的生意完全落在了李有德和王秉正肩上。好在从父辈开始,李有德外主买卖,王秉正内理生产的格局早已定下。随着年龄增长,李有德虽仍好享乐,却已沉稳许多。李明道的逝去,对谪仙烧坊生意并无多少影响。倒是孙氏,没了老一辈督管,生活自然又放肆许多。

十九

丙辰年中,清廷派图海征平凉,王辅臣再次背叛吴三桂降清。

辛酉年(1681),三藩之乱平息。

按照满清朝廷对汉将"降又复叛必诛"之法则,随吴三桂叛乱的王辅臣知道自己被清廷清算的日子已不远。为保全家人,王辅臣在奉诏入京前选择了自杀。自杀前,他以重金遣散了跟随自己多年的亲信。

三秦大地自此恢复安宁,进入又一个太平时期。

官道又见车马喧嚣,贾旅再现繁荣,柳林铺烧坊的生意也再次红火起来。一度相对清闲的王秉正,又开始忙碌了。

烧坊吸引了大量的粮商、酒商和酒工。有人就有买卖,一时间,镇上客栈、酒楼,乃至布庄、赌坊、青楼都先后开起来。谪仙烧坊原来在镇子外围,随着商铺不断增建,镇子越扩越大,不几年,竟成了热闹所在的集镇中心。

距王秉正和李有德两家院子不远的地方,新开起一家荣昌绸布庄和一家好运来赌坊。这两处生意的掌柜同为一人,对外宣称姓江,其实姓姜，是前明大同守备姜瓖后人，王辅臣的旧将。

这姓姜的因随王辅臣附吴三桂反清，亲手参与杀害了莫洛，害怕被清廷追究，在王辅臣临死前被遣散。随后带着一彪人马逃到陕北与蒙古相接的长城一带，在沙漠里做了马匪，靠劫掠过往商旅为生。

清廷平定三藩之乱后，加强了对蒙古的用兵，边地的匪患也被整肃，马匪的生存空间越来越小。这姜掌柜有一亲弟弟，也曾是王辅臣手下军官，虽也随王辅臣反清，因未做出太过招眼之事，在图海再次逼降王辅臣后，他并没有离军避祸，而是随后被编入绿营，任了凤翔府守城营守备。

马匪不能做了，这姜掌柜化姓为江，带人投奔弟弟而来。在其弟的安排下，趁着柳林铺兴盛，开起了自己的买卖。可他明面上经商做生意，暗地里仍干些劫掠绑票挣快钱的勾当。

在柳林铺久了，生意越来越红火的谪仙烧坊成了江掌柜一伙人的目标。

丙寅年（1686），是王秉正的本命年，李有德儿子李法天也已十岁，早进了镇上的学馆读书。这一年对谪仙烧坊来说，仿佛注定会有许多事发生。

秋天，王秉正趁烧坊开锅立窖之前的空闲，想再次亲往秦岭收储荆条。

前些年由于战事影响，生意清淡，烧坊已很久没添置和翻修酒海。如今市场需求日增，储酒能力已成为烧坊扩产必须解决的问题。除买荆条，看望山里弟兄也是王秉正的心愿。

王秉正把出行的日子定在农历八月初八。照他计划，准备在山中待上一月，九月初九前赶回，一为赶上新酿酒季立窖，二为干儿李法天过十岁生日。

对王秉正的行程，孙氏并未在意。几年的平淡生活，王秉正对她好像已经成了可有可无的存在。她养成一套自己打发时间的习惯。除了到酒楼小坐，去绸布庄做做衣服外，她还迷上了去好运来赌坊耍钱。

那些骰子牌九，当年在西安随陆老秀才时，她就已玩得烂熟。

自己忙着没有时间陪孙氏，王秉正对孙氏日常的行为也并不管束。吃吃买买逛逛玩玩，在他眼里不是好大的事，家中也不短那点银子。

平日在赌坊，孙氏也就是几钱几两银子下注，有输有赢，每日输赢不过就几两十几两。钱的输赢孙氏看得并不很重，她在意的是银子易手间的快感。

送走王秉正当天下午，孙氏又到好运来赌坊消遣。

已是常客，赌坊前厅掌柜见她进门，立即迎了上去。

虽然时间尚早，赌坊大厅里已有很多人。这些在大厅里玩的，多是些贩夫走卒，酒工伙计，赌注和输赢不大不说，堂子里烟味汗气还重。

孙氏是不在大厅玩的。前厅掌柜把孙氏迎到赌坊后院侧房雅间，那里赌客较少，赌注也稍微大点，还有茶水侍候。

孙氏到的时候，雅间牌九桌前已坐了好几位赌客。与外面大厅相比，这些人的衣着明显要光鲜很多。他们以中小客商为主，虽也喧嚷，却不那么粗俗。

孙氏找一个位置坐下，开始要牌下注。当天的牌局，孙氏手气一直很顺。不到一个时辰，竟赢了近三十两银子。见孙氏手顺，很多赌客都围着她起哄叫好，这让她更加兴奋，注也越下越大。

在为孙氏叫好的人中，有一三十出头，衣着华贵，白面有须的俊俏男子，声音最有磁性。每当孙氏回头，男子总是脉脉含情地与她对视。

孙氏本就来自风月场中，见过了太多的引诱挑逗。这些年跟了王秉正，面上算是本分，心底总有一种躁动。这样的诱惑，正是她已然陌生却又深深渴盼着的。

仗着赢钱的兴奋，孙氏对身后俊男的好感回应得很是直接。开始，派牌下注时，她偶尔会回头用眼打探男子的意思，按男子示意买大买小，总能把握好机会。她志得意满，觉得遇到的是福星财神，以致最后每次下注，都会直接征求男子意见。

当夜，孙氏一直玩到亥时初才下桌，由赌坊伙计挑灯将她送回。

回家清点，当天所赢银两竟已过百。更让她兴奋的是，她身后站着的那个男人，他俊朗的模样和身上淡淡的香味，他那充满磁性的嗓音和满含秋水的目光，令孙氏久久无法入睡。

好不容易睡去，春梦竟然来袭。梦里的良人，正是赌坊里的男子。

第二天，孙氏醒来时已是巳时末。她慵懒地躺了好一会才起床。精心梳洗打扮后，吃了午饭，她又去了好运来。当天，她并没有等到想见的人，不温不火地玩了个把时辰，失落地回了家。她吩咐用人去镇上一家酒楼切了两三样卤菜，温了一小壶酒送到自己房间，独斟自饮，至半醉后，了无情趣地睡了。

照平常习惯，孙氏在暴赢及手气下行时会休息两天，换换手气。次日起床后，她没有去赌坊的打算。

天渐凉，用过早饭后，孙氏叫上用人去了趟绸布庄，找裁缝给自己做了件小夹袄。从绸布庄出来，打好运来经过时，她习惯性地向赌坊望了望。这一望，立即改变了她的安排。因为那不经意的一瞥间，她看到前日的男子就站在二楼一扇打开的窗前，似在冲她微笑。

这一望，把孙氏的魂勾住了。她想立即就去，但赌坊的惯例是，上午不开门迎客。孙氏只好回到家里，潦草用过午饭，又一番打扮，未正时分，就出现在好运来昔日的牌桌上了。要牌、下注，手气不错。但孙氏的心明显不在于此，她一边玩牌，一边偷眼四顾。

约半个时辰后，孙氏闻到了似曾相识的味道，接着，是那绵柔而又具有磁性的嗓音，要搭着她下注。

孙氏回头看。依旧精致的华服，依旧勾魂摄魄的眼神，四目相对间，孙氏简直快被融化了，她的神情立马抖擞起来。

孙氏要牌，男子跟着下注，八成时间两人都在赢钱。玩了半个多时辰，男子开口说："小娘子这般好手气，在这里小打小闹，太浪费。不如我们合股，到楼上玩点大的，我也好倚着小娘子发财。"

好运来楼上有豪局，一局牌有几百两银子的输赢。孙氏虽然晓得，但从来没有上去玩过。一个妇道人家，孙氏赌钱，多是为了好玩消遣，

61

真没有过发横财的算计。经该男子鼓动，孙氏竟然动了心。"我们上去看看。"孙氏离座，在男子的引导下走上二楼。

二楼玩的是牌九，房间比一楼雅间更为清静，也更为豪华。赌客在这里不仅有茶水瓜果和糕点享用，房间里还有年轻的婢女服侍。与楼下的赌局不同，这里赌局人不杂，每桌只容四个赌客，并不设固定庄家，由每名赌客轮流坐庄。桌上没有现银往来，赌客都用从赌坊换来的牙筹下注。那牙筹有两种，一种为犀角，一种为象牙，皆为一寸宽，二寸长，半寸厚。象牙筹一块代银十两，犀角筹一块代银五十两。每局赌完或有赌客离场，用牙筹从赌坊再换回现银，而赌坊按十抽一比例收取乞头。

孙氏和汉子二人来到楼上，刚好一张赌桌上有赌客要离局。汉子让孙氏接位坐了，然后吩咐一婢女端了一千两的牙筹上来，交到孙氏手中。孙氏看到筹码盘有点尴尬，出门时并没想大玩，身上怎会有上千两银子。孙氏望向汉子。汉子明白孙氏意思，体贴地说："小娘子放心去玩就是，银子我先垫着，输赢都算我一份。"

孙氏从男子宽慰的话语中找到了底气，伸手接过了筹码盘。按规矩，换人新上的赌客坐头庄。其余三位赌客都扔下筹码后，孙氏熟练地投下骰子，开始派牌。

派好牌，孙氏抓起自己的牌看，是一对鹅牌，推牌后，她将桌上一块犀角、四块象牙全收了。

旗开得胜，孙氏信心大增。她抬头看那汉子，得到的是他眼神中的赞许。

当天手气不错，无论庄闲，都赢多输少。酉时末，有两个玩家下桌，赌局结束。汉子吩咐婢女将牙筹换成现银。扣掉乞头，孙氏共赢了现银五百多两，二一添作五，她和汉子各分得一半。

局散时，时辰尚早，孙氏不想离开。她考虑是否再到楼下玩一会。这时汉子对她说："今天借小娘子手气，赢不少银子。为表谢意，我在隔壁备了酒菜，不知小娘子能否赏光共进晚餐？"

孙氏不想离开赌坊的原因本就是不想离开那汉子，汉子的邀请正中她下怀。略作忸怩，她跟汉子走进了二楼的一间屋子。屋里点着两盏高柱油纸灯，甚是明亮。圆桌上已摆了几碟精致小菜，些许肉食和干果，还有一个青花瓷凤嘴酒壶。桌前两个鼓凳，桌上两套碗筷。

邀孙氏入座，汉子将孙氏和自己面前的小白瓷杯斟了个满盈。他举杯轻声说："谢谢小娘子。"然后仰头一饮而尽。举杯间隙，孙氏借着灯光第一次正面打量，才发现这汉子不仅身形俊朗，穿着讲究，还有一张线条清晰、棱角分明的白净脸庞。唇上两撇胡须经过精心修整，看起来很是有型。

看孙氏用袖掩面将酒饮尽，汉子再次拎壶斟酒，并柔声说："这酒就是娘子家烧坊酿的，很不错，今天一定多饮几杯。"

"连酒是我家出的都知道，看来你对我知道不少。但你是谁？是否也该给我说道说道？"一杯酒下肚，孙氏没了拘谨。

成人以来，孙氏阅人甚众，但无论是陆老秀才还是现在的王秉正，包括当年不得不陪侍的那些人，孙氏都是被选对象。她从未有过主动选择的权力，却多么渴望有朝一日，能有机会亲自选择一个俊俏又体贴的如意郎君。今天，与这汉子两人独处，孙氏心中蠢蠢欲动，话自然也多了。

"娘子不认识我，这正常。但这镇上的男人，要说不认识娘子的，可能就不多了。你是谪仙烧坊二东家屋里的，人和你家的酒一样美。不管是镇上的人还是南来北往的过客，谁不知道你是这镇上的花中魁首，女里翘楚？"

"就你嘴巧。我咋就没听人这样说过？"孙氏虽嘴上不认，心里却很美。

"平日间谁敢和你亲近？不得亲近，你自然就听不到了。"汉子端起酒杯，美美地把酒喝下后说。

"你又是谁？"又一杯酒下肚，孙氏忍不住追问。

"在下姓江，就是这赌坊和隔壁绸布庄的掌柜，这两处生意是我和凤翔府及西安府几个老爷同开的,日常由我打理。我们来柳林的日子不太长,以前没机会与娘子亲近,娘子自然对我不熟悉。"汉子说话间,两眼间闪烁着柔情爱意。

"原来是江掌柜。你家这生意体面干净,可比我家那酒坊挣钱多了。"孙氏主动拿起酒壶,给江掌柜和自己的酒杯斟满,回敬江掌柜一杯。

"托当今圣上洪福,现在天下太平,街市繁荣,我们这行才有钱可图。但这钱来去皆易,哪及娘子家生意稳固长久。"觥筹交错间,江掌柜似乎很是实诚。

"长不长远,稳不稳固,与我们妇道人家何干?我只要无忧衣食,有酒有乐就行,别的,就是你们男人的事了。"孙氏举杯投箸,脸上泛起春色,眼中溢满了秋水。

"娘子成天锦衣玉食,又有下人支使,难道还有啥不快乐的?"江掌柜的话音里,包含了对孙氏的关切。

一声叹息。

江掌柜干脆起身离座,绕到孙氏面前,为孙氏斟满酒后,亲手端起酒杯递给孙氏。趁孙氏接酒杯时,伸手握住了孙氏手腕:"娘子有啥不快乐,可说来听听?"

孙氏的身体微微震动了一下。但她没有挣脱,只把酒杯换了个手,一口喝干了杯中酒。见孙氏没有拒绝,趁她扭身放下酒杯的空当,江掌柜轻轻用力,就把孙氏拉入怀中。他触近孙氏的耳朵,热乎乎的气流震荡着:"娘子要啥快乐,我来给你……"

"你能给我啥样快乐……"孙氏口中呢喃,身子已然瘫软。

江掌柜不再言语,他径直抱起孙氏,回身踢开房内那扇镂空雕花的隔门。原来,这房间还有一豪华内室,置有床褥。

罗帐低垂,锦被温软,烛火正红。江掌柜比陆老秀才有力量,比王秉正温柔而多机巧,令孙氏蚀骨销魂,鸾颠凤倒。如此酣畅淋漓,在孙氏,还是第一次。

事罢,两人又温存许久,直到夜深,孙氏才依依不舍穿衣回家。

二十

  王秉正出发去秦岭时，专门带了两坛烧坊储存十年以上的好酒。多年来，在山中的那群兄弟，在他心中已是手足。

  留坝镇也比当年更加繁荣。铁厂里,烧炭的"黑山"和炼铁的"红山"，人数都过了千。来镇上买铁、收山货的客商络绎不绝。

  太白酒楼的生意依旧红火，当年的教官李掌柜年过花甲，须发已然花白。

  这些年里，兄弟们有人垦田置地改行做了农耕，有人收售山货开了买卖，仍在铁厂做工的人已不多。大家各自忙碌，去太白酒楼聚饮相对少了些。王秉正到留坝当天，李掌柜依例传话叫齐了众兄弟。

  岁月改变了每个人的容颜，但在你来我往的酒杯中，每一个兄弟心中都和王秉正一样，珍藏、珍惜着那段共同的过往。

  除开买荆条的事务，王秉正在秦岭山里的每一天都没闲着。除了他的宴请，每一个兄弟也都轮流做东，把酒言欢。王秉正也几乎每一天都在故人的陪伴当中。看到兄弟们如今的安宁，他从心里开始服气当下朝廷的治理能力。天下是天下人的，谁能给老百姓带来幸福安康，老百姓自然就拥护谁。

  王秉正在秦岭的日子惬意自在,孙氏在家中的时光更是风流快活。

  她春情勃发。每日除了深夜回家睡觉，其余时间都待在好运来和江掌柜缠绵不休。在江掌柜的支持下，就是牌越玩越大。到后来，去玩牌连银子都不自带，只需画个押，要多少牙筹向婢女取来就是。每日里下桌时，赢了结钱走人，输了就直接挂账。

  九月初，王秉正在秦岭诸事告了段落。安排好车辆运输荆条，他急于给干儿过生日，骑马先回了柳林铺。这些年朝夕相处，李法天在他心里已似亲生，李法天对他，也比对亲生父亲李有德更亲。干儿十岁生日，他想弄得热闹点。

王秉正回到柳林铺，最不高兴的自然是孙氏。与江掌柜处近一个月的风流，孙氏几乎忘了还有王秉正的存在。现在王秉正回来，她的行止势必得有所收敛。虽然这是不得不面对的现实，但显然她是很不乐意的。

王秉正回家当夜，难免向孙氏求欢。不好推托，孙氏只好闭着眼睛敷衍了事。在她的脑海中，全是和江掌柜交欢的场面。

旅途劳顿，草草释放了身体里一个多月的积蓄，王秉正沉沉睡去。孙氏躺在床上，怎么也睡不着。眼前的这个男人，了无情趣，嫌恶之感油然而生。

但王秉正毫不察觉。次日，他很早醒来，先到烧坊，把开灶立窖的繁琐事体都过问一遍，又回头去找李有德，商量怎样操办李法天的生日。

儿子要行十岁生日礼，李有德也赶回了家。两人最终决定在烧坊前院空地上张罗酒席，请亲朋好友和客户乡邻都一起来好好热闹一番。

主意打定，李有德负责去寻庖丁厨工，租借桌凳餐具。王秉正则回到烧坊，带闲着的伙计一起清理场地布置酒席。

王秉正忙活这些的时候，孙氏在家用过午饭，又悄悄来到了好运来。她径直来到二楼，推开了江掌柜的房门。

时间尚早，二楼几间贵宾房都还没上客。江掌柜正一个人坐在桌旁品茶。见孙氏进门时脸色不对，江掌柜一把把她拉到自己腿上坐了，搂着孙氏的腰，在孙氏的脸上嗅了一下："小心肝，谁招你生气了？"

孙氏回身，用双手搂着江掌柜脖子，把脸埋在他的胸前，幽幽地说："那个人回来了，以后我过来，恐怕就不方便了。想着还要去侍候他，我这心里就憋得慌。"

"你是别人家娘子，侍候人家是天经地义的。其实我也不愿别人碰你，想和你天长地久，但你家也不是寻常小户，真要长久在一起，还要长远计议才是。"江掌柜搂着孙氏上下其手。

"唉……"孙氏叹一口气。这些道理她何尝不懂？都是不得已，只能把那些不愉快的事都暂时抛开，专心迎合江掌柜。

完事后，两人相拥，在床上算计将来王秉正在家的情况下如何来往。说话间，江掌柜问孙氏，近来手头是否方便，说近期赌坊的其他股东要到柳林铺核账，账房告诉他，孙氏在账上已挂了两千多两银子。他希望孙氏在方便时，先把这些账销了，让他好给其他股东交代。

因不是现银交易，又可以随意领取牙筹，孙氏近期一直玩得潇洒，不曾想已经输了那么多银子。原来王秉正给她的几千两银子，经她这些年挥霍，早已所剩不多，要销这两千多两赌债，已是不够。

"这如何是好！我手上虽还有些银两，但是家里给娃娃办宴席要支出，我也不敢全部拖出来。"孙氏霍地一下坐起来说。

"不着急，我们一起来想办法就是。"江掌柜重又把孙氏拉进怀里，拍着她的后背宽慰道。

"想什么办法？"孙氏问。

"你说你们家娃娃要办宴席。娃娃是不是谪仙烧坊大东家的那个儿子？"

"是呢，那娃也是我们家干儿。我家那死鬼，把他娃宠得像心头肉，对他比对我还好。"

"那我有办法了。你明天把娃娃领到绸布庄来，你还账的钱我来帮你筹。"

"你想做什么？"

"绑他个肉票，先前我就是干这个的。"江掌柜很坦白地告诉她。

包娼聚赌无好人！从一开始，孙氏就没有把这个开赌坊的江掌柜想得太好。但是要把眼前这个衣着光鲜、倜傥风流的意中人和杀人越货、绑票勒索的马匪联系起来，孙氏还是有些愕然。

"当年，我们都是王提督部下，随平西王起兵反清，断了在朝廷的生路，只好落草为寇。这些年，官兵剿得紧，才收手，跟在衙门谋事的兄弟们合伙做了这买卖。帮你找那点钱，不在话下。"

经逢乱世，像江掌柜这种亦官亦匪亦商的人，孙氏其实也是见惯不怪的。再说，自己出身本不干净，现又有把柄在他手中，她只有用手指狠狠地抠住江掌柜的胸口，叹口气说："你呀，真是我命里的冤家！"

二十一

孙氏答应帮着绑李法天做肉票，也不只是对江掌柜欲罢不能。还有一个原因，就是对于李法天，她打心里忌恨。

自己半生风流生不下孩子，孙氏觉得每个出现在她视线里的可爱小孩，都是对自己的无情嘲弄。况且，李法天还深得王秉正喜欢，让她也不得不做出一副母慈子孝的关爱模样。再加上当年被李有德拒之千里，那种隐隐约约的羞辱感，也早在无形当中转为顾忌。多重因素，使她对这个孩子有深入骨髓的排斥感。

第二天，在王秉正、李有德和所有伙计的忙碌中，烧坊及两家人的院子开始张灯结彩。喜庆气息弥漫，就连李法天那长期卧床的娘也难得起床下地，梳妆打扮帮起了忙。

家里上下为自己十岁生日礼忙碌，李法天的生活却依旧规律。当日用过早餐，自己去了学馆读书。

中午，李法天散学后刚走出学馆，就被干娘孙氏叫住。李法天本能地感觉到，干娘不喜欢自己。在只有他跟孙氏两人在的场合，孙氏的眼中只有阴冷。她能到学馆来接自己，李法天感到非常诧异。

"干娘，有啥事？"李法天问。

"娃要过生了，干娘来带你去做两件新衣。"孙氏在他面前，展露着难得的笑容。

尽管不明就里，李法天仍然跟着孙氏来到了绸布庄。按事先跟江掌柜商量的，孙氏没有带李法天量身形尺寸，而是直接把他带到了后院。安顿他在一间小房里坐下，孙氏借口没带银两得回家取，就回身走出了绸布庄。

李法天乖巧地坐在小屋里等待。未几，就听到有人推门。本以为是干娘回来了，谁知却是两个大汉。他们没等李法天反应，就麻利地用布塞上他的嘴，扎扎实实把他捆了，塞进一个布袋里。

李法天不明白发生了什么，突如其来的遭遇吓得他连哭都忘记了。

李有德常年在外，李法天母亲又常年有病卧床，对李法天的日常照顾，大多是家里的女佣。这一天，用人也忙着酒宴场地的布置，竟忘了过问李法天中午有没有回家。镇子不大，学馆又离家不远，小孩贪玩忘了回家，在外面随便对付一顿的事过去也常有，大家都没在意。

孙氏从绸布庄出来，整理一下发髻衣衫，若无其事地回了家。吃过午饭，她没去赌坊，帮着大家忙活起来。傍晚，当一切准备得差不多时，大家停下手，才发现李法天没有回家。

着女佣到学馆去看，才晓得，李法天中午散学离开后，下午根本就没回到学馆。先生知道小孩要过十岁生日，以为被家里留下了，正纳闷怎么连个假也没告，不想家里也不知孩子去了哪里。

李法天是聪明懂事的娃娃，虽也贪玩，但这种长时间脱离学馆先生和家长视线的事还从未发生过。现在两头不见人，王秉正和李有德感觉事情有点不妙，立即发动烧坊伙计和家里用人，分成几路，在镇里镇外寻找。可直寻找到深夜，镇上几乎被他们翻了个遍，还是没见到李法天的身影。

二十二

江掌柜一伙绑了李法天，当即就将他装在一个不起眼的绸布货箱内，用马车运出了柳林铺。待王秉正和李有德发现孩子不在时，人已经被运到了几十里外。

孩子不见了。这一夜，王秉正和李有德两家人及整个谪仙烧坊上下都无法入眠，一种不祥的预感，令两个家庭从喜庆的气氛中陡然跌入了冰谷。

没了主角，设宴待客的事自然只得放下。

短时间的忙乱后，王秉正很快镇定下来。他跟李有德商量后认为，孩子很可能被人拐了，决定将伙计们分作几路，第二天一大早沿官道、商道骑快马追，希望能找回孩子。

第二天卯时末，王秉正和李有德正在安排各路人马正准备上路寻人时，李有德家女佣急匆匆拿着一把锋利小刀和一封信赶到了烧坊。信是用小刀扎在李有德家门上的，她们一发现，就赶快送来了。

王秉正拆开信封，里面就简单几行字："李、王二掌柜，娃在我们手上。想要娃，黑龙寨山寺面谈。切记，勿报官府。"

娃不是被拐，是被人绑票了！读完信，知道了李法天去向，王秉正心里倒踏实了许多。

按常理，绑匪拉票，不过是要银钱，只要人无事，其余都是可想法解决的。

黑龙寨在凤翔府北面的老爷岭群山之中。岭中原有一庵，香火鼎盛时有女僧沙弥上百人，靠周围山间的几百亩田地及信徒敬奉的香火钱过活。前朝万历年间，庵中女僧与人私通，被人告于官府，官府依例将女僧全部强制还俗，以猪肉价论斤卖与民间鳏夫为妇，庵寺就此没落。

女僧散去，庵寺田地被当地百姓拾耕。明末那阵，为避兵祸匪患，人们在上山的险要处以石垒寨，以拒兵匪。江掌柜一绺人马从沙漠转徙而来，以垦荒为名，将原来几户山民产业强购，全部逐下山，加固寨防，整修山寺，做了据点。这帮人明里耕作养殖，暗里劫掠商旅，绑票富户，依然是些马匪勾当。由于他们行事隐秘，又有官兵内应，竟无人知晓这座匪巢。

明了李法天的去向，王秉正叫停准备外出的人马，跟李有德商量后，决定到黑龙寨赴约。

虽在凤翔居商多年，但对老爷岭，王秉正和李有德却都陌然。两人一路打探到黑龙寨，又在一山民的带领下，来到寨中山寺。

行至寺外，两人被一穿黑衣的汉子截住。那汉子腰间别一把关山刀子，一脸凶悍。问明两人身份，汉子让两人将马系在寺外，随他进寺。

山寺内并无香客，也不见僧人沙弥，显得阴森可怖。往寺内去时，李有德一直紧靠着王秉正，他颤抖的身体，让王秉正不得不压制住紧张的情绪，内心强悍的一面被无限激发了出来。

王秉正镇定了下来。他相信，自己和李有德只是本分的生意人，平日里不结仇家。绑匪拉票，应只是为了钱。给钱，事情自然就了了。

行至大雄宝殿，已有几个同样黑衣的汉子在候着。

"知道找你们来弄啥不？"领头的汉子语调轻松。

"晓得。只要娃没事，你们划个道道，我们尽力满足就是。"王秉正泰然回答。

"有胆识。掌柜痛快人啊！"虽然绑匪对他们的底细已经摸盘得很清楚，但对于王秉正的表现，领头汉子还是有几分吃惊。"甭担心，娃好着呢。只要按我们说的做，娃就没事。"他许诺道。

"道道你们划，我们想先看看娃。"王秉正开始提要求。

"你痛快我就痛快，行，就让你们先看看娃。"领头汉子答应了王秉正，并冲着佛像后面大喊一声："把娃带上来。"

几分钟过去，李法天被一黑衣汉子带了上来。他没有被捆绑，脸上有泪痕，眼里满是惊恐，但衣衫还算整齐。看来，绑匪没太为难孩子。

"大！"见到王秉正和李有德，李法天就往两人跟前扑，却被带他的汉子控制住。领头汉子一挥手，那人又把李法天拉进佛像后面。

"大，我要回家！"李法天的挣扎声、哭号声，像锥子一般，刺进了两个父亲的心里。

王秉正想冲上去抱抱孩子，但他身后的手，像钳子一样死死地抓住了他。"娃莫怕！大会带你回家。"

"娃看到了，你们该放心了吧？"孩子的哭号声渐渐远去了，领头的汉子开了腔。

"把娃放了！啥要求你们讲就是。"此刻，王秉正心痛得有些窒息，但他仍故作镇定地说。

"王掌柜莫着急，你要的道道，今天真还划不好。娃你们看到了，你们就先回去，等我们商量商量，商量好了，再告知你。"领头的汉子卖起了关子。

王秉正本欲继续争辩，但对方并没有给他机会。只见他挥手道声"送客"，王秉正和李有德就被人强行推出了大雄宝殿。

二十三

王秉正和李有德去黑龙寨那天午后，孙氏又来到了好运来。

趁二楼贵宾室还没上客，两人免不了又一番云雨。事后，江掌柜向孙氏打探谪仙烧坊底细。虽说平日里不参与烧坊事务，但毕竟一起生活多年，对烧坊的大致状况，孙氏还是有数的。她告诉江掌柜，就是不算房产，烧坊仓中存粮，窖里藏酒再加上各地可收酒账及储备现银，三五万两银子是少不了的。

未时四刻，有赌客上楼。两人收拾停当，江掌柜让婢女给孙氏端五百两牙筹上来。毕竟家里有事，孙氏玩了约莫一个时辰，不见输赢，下桌结账回了家。

王秉正和李有德从黑龙寨回柳林铺时，已经很晚，一天旅途劳顿加上昨天一宿未眠，两人都很困顿疲乏，各自回了家。

王秉正进屋时，孙氏已经睡下，他吩咐女佣做了碗面，草草吃了，正准备洗漱睡觉，就听到一阵紧似一阵的拍门声。开门后，李有德家的女佣冲了进来："王东家，王东家，我家太太不行了。东家请你过去一趟。"

"慌慌张张说啥呢？再说一遍！"王秉正怀疑自己听错了。

"我家太太不行了，东家让你过去一趟。"

祸不单行！李法天娘牵挂儿子，一直未睡。李有德回家，她没见到儿子随男人回来，听说孩子确是被绑匪拉了票，一激动，癫痫当即发作，倒地抽搐一阵，再也没有缓过来。

王秉正顾不得疲惫，立即起身赶到李有德家。他进屋时，李有德正呆若木鸡般坐在卧室中的方桌前。短短两天时间，儿子被绑，老婆离世，一连串的打击让他几近崩溃，不知道接下来该怎么办才好。

王秉正没有言语，只走过去轻轻拍了李有德肩膀。李有德抬头望了一眼王秉正，浑浊的泪水瞬间夺眶而出。

无暇安慰。王秉正让女佣暂时照看着李有德，自己去烧坊叫来几个伙计，吩咐他们去镇尾寿材店为法天娘订购棺木寿衣，安排殓葬。

把所有的事铺排好，疲困不已的王秉正才陪着李有德，在桌旁伏案打了个盹。

次日辰时不到，寿材店就把棺材、寿衣等丧葬用品送到了。被吵醒的王秉正指挥伙计把两家院子及谪仙烧坊前日挂上的红布和大红灯笼撤下，换成黑白挽纱。在李有德家院子南墙下设了灵棚。天亮后，殓婆赶来，用烈酒为法天娘清洗了身子，整理妆容，换上寿衣后入棺。两根高脚凳支着棺木，放在灵棚正中。忙完这些，王秉正差一伙计去了凤翔府城，将丧讯报告给法天娘的娘家。

丧事有序进行着，但王秉正最揪心的，仍然是干儿的安危。绑匪还没有明示拉李法天肉票的目的，他只能一边忙碌，一边焦急等待着新的讯息。

两家上下都沉浸在巨大的悲痛和忙碌中，唯有孙氏无所事事。平日里，大家都知道二东家太太十指不沾阳春水，所以，有事也不会想到她。

趁着大家忙碌，王秉正也无暇顾及，这天午后，孙氏又来到好运来找江掌柜。亲热之余，孙氏照例把家中之事和盘通报给江掌柜，之后又玩牌到天近黑才回了家。

尽管王秉正内心焦急，但在为李法天娘办丧事的几天时间里，他却没收到绑匪传来的任何消息。直到把李法天娘送上山，过了头七，李有德家女佣又在院子里捡到一个小包袱，包袱里装着一块石头和一封信。李有德收到绑匪的信后，立即叫女佣去通知王秉正。王秉正到李有德家时，信已被李有德拆开。只见李有德满头大汗，神情呆滞，拿信的手还在发抖。

王秉正一把从李有德手中抢过信，也被信的内容惊呆了。

内容依旧简短："十日内，五千两黄金换人。"

绑匪要钱，要很多钱，对这，王秉正和李有德是有心理准备的。但是要五千两黄金，这太超出预料了。要说凑个一两万两银子，对两人来说还不是问题，但是要五千两黄金，两人也不知道整个谪仙烧坊是否值这个价。便是值这个价，要在十日内变现，也根本没有可能。

短时间的震惊之后，王秉正决定再上黑龙寨找绑匪交涉。鉴于李有德的状况，这次他决定自己单身前往。

打定主意，王秉正嘱咐女佣照看好李有德，也没回家给孙氏打招呼，就骑了一匹快马，直奔老爷岭而去。

二十四

黑龙寨的绑匪先前都是兵士。虽平时化身为民，明面上也没人站岗巡逻，但外松内紧，对这老巢的看护，倒是很周全。

王秉正的造访虽是突然，但从他入山开始，行踪就被传到寨里。当他一路顺利赶到寨中山寺，寺里四下无人，却在寺边一块地里，遇到一名居士。

"敢问老乡，可知前几日这里那伙好汉去了哪里？"

居士手中活计不停："那些人来无影去无踪，我咋知道去了哪里。"

"咋样才能找到他们？"

"这荒山野寺很清静，现在找不到他们，但他们却常到这儿歇脚。有啥事，你写封信留下，他们再来时，我帮你转交。"

"在下空手而来，没带纸笔，咋写？"

"庙里时常有功德要写，纸笔倒是现成，拿给你用就是。"那居士说着，从地里走出来，用袍摆兜了土豆，领王秉正回到寺中自己住的厢房。放下土豆，净手后为王秉正找来笔墨纸砚，盯着王秉正写信。

研墨铺纸，王秉正把希望绑匪减少赎金、宽以时日、善待孩子几条想法写在信上，交给这人。临走，留下一锭银子，千叮万嘱，一定把信转到，随后骑马下山。

王秉正前脚刚走，那居士就换了服装，从寺外农舍中牵出匹马来，下了山。信当夜就到了江掌柜手中。

对孙氏有一套说法，但在江掌柜的心中，其实还有更大的计划。

柳林铺遍地烧坊，满镇飘香。在所有烧坊中，规模最大，生意最好，商誉最佳的，非谪仙烧坊莫属。

江掌柜一干人明白，刀口舔血的马匪营生终不会长久，只有像谪仙烧坊这样的生意，才是不会枯竭的财源。夺占谪仙烧坊，才是他的真实目的。而勾搭孙氏，只是他算计外的收获而已。

收信次日，孙氏又来了。江掌柜对谪仙烧坊的情况再次进行了详盘。当夜，李有德家又收到绑匪投书，同意宽限时日，善待李法天，但对减少赎金一项做了拒绝，且在信里申明，只有将赎金备齐送到，才会放人。

虽争取到了时间，但绑匪在赎金额度上的坚持仍让王秉正感觉绝望。怎么筹齐这五千两黄金？与李有德反复商量，两人心中都没实底。正常的赎人之路摆明了走不通，王秉正萌生出把人强抢回来的想法。

二十五

  王秉正觉得，黑龙寨中山寺纵不是绑匪老巢，也必是绑匪哨点。要抢回李法天，先得弄清人被藏在哪里。他决定再去黑龙寨山寺探看一番，看能否找到点有利线索。

  绑匪能这么快回复，自己这里的情况，绑匪一定了如指掌。这说明，在自己身边，定有绑匪眼线。把李法天抢回来的想法，王秉正连李有德也没有告诉。明里，他放出消息，自己和李有德都要外出收账筹钱，然后两人分头离开了柳林铺。

  出柳林铺后，李有德往咸阳、西安方向走，王秉正则选择去往千阳、平凉方向。

  到得千阳县，为行动方便，王秉正在城外随意寻了一家客栈住下。花钱从一卖柴樵夫身上买来一身打柴衣物行头，准备再上老爷岭。从千阳城郊到老爷岭，比柳林铺去老爷岭路途更近也更好走。

  在这大山里，打柴砍樵是很多山民的营生。王秉正乔装成樵夫，沿山间小道接近黑龙寨，没有引起谁的怀疑。只是他在进黑龙寨寨门时，被两名大汉驱逐。

  王秉正表面应诺着离开寨门。回头走不远，就闪出道路潜入密林，借着树林掩护，再次回头接近黑龙寨寨墙，隐在暗处，等候时机。

  寨门前设有暗哨守卫，这坚定了王秉正的判断。他相信，这黑龙寨就是绑匪老巢，李法天应该就关在里面。

  黑龙寨寨墙都拿大石块砌成，砌缝粗糙，看似高厚，其实很易攀爬。多年以来，王秉正从未停止习武，身手灵活。入夜，寨门关闭，估摸着寨里人已睡了，王秉正藏好扁担绳索，只带一把柴刀，爬墙潜入。凭以前两次进寨对地形路径的了解，他摸到山寺后面高处，在一片灌木丛里藏好。

深秋，霜浓寒重，好不容易熬到天明。

申时前后，头两次来时看似无人的寺前空地上竟热闹起来。原来，江掌柜这伙人虽已为匪，却保持着当年军人习惯。平日里在寨内各处农舍散居。无外人时，只要没有风雨，大家每日上午，都会到山寺前集会操练。

舒展拳脚，舞弄枪棒。马匪们在山寺前练得放肆，呼喊之声不绝于耳。根本就没想到已经潜入了外人。

趁匪徒们练得热闹，王秉正借着灌木掩护，悄悄接近山寺。他要探明寨里情况，找到李法天的准确关押地点。

山寺本不大，四周围墙也不高。除前山门外，东西院墙中间都留有小门，以便进出。寺里建筑也不复杂，进山门后，左右都是回廊，里面塑着天王、罗汉等佛像。穿过山门，是一处放生池，有石拱跨越，过石拱桥后不到二十丈，是大雄宝殿，这是整个寺院的中心。

东西两侧厢房，为僧房、客房和伙房。大雄宝殿三世佛祖像后有门通向后院，后院是法堂、经室和方丈寮。

也许是对于前面哨卡过于放心，寺内戒备并不森严，寺前操练的匪众也不警惕，两处小门并未闭锁。

王秉正接近山寺，从东院墙小门潜入。寺里前院空无一人。他小心翼翼地穿过大雄宝殿，向后院接近。第一次来这时，李法天就是从大雄宝殿三世佛像后面被带出的。王秉正想，如果这山寺就是绑匪老窝，李法天被关在后院的可能性很大。

绕过三世佛像，依仗后面观音塑像的掩护，王秉正一眼就看清了整个后院。经室和法堂门敞开着，方丈寮门却紧闭，还有一黑衣汉子把守。王秉正听到黑衣汉子与关在里面的人对话，听声音，寮内关押的，正是李法天。

王秉正停止了进一步行动。

趁匪徒还在寺外操练，王秉正循原路退到山林里，居高临下，对在寺前操练的匪徒人数进行了清点。

人数超过三十。练至中午，他们在寺院客堂里用过午饭，大多回了各自居住的农舍，留在山寺的不过五六人。这种情况，直到天黑，也没有再发生变化。

根据看到的情况，王秉正估算出寨子里匪徒总数就在三十来人，且住得分散。这样，他心里基本有了底。

入夜，他沿来时路径翻出寨墙，拿上藏在寨外的绳索扁担，在密林里摸出好远一段后，才又走上正途下山。到藏匿点换回自己衣物，回了客栈。

歇了一宿，王秉正按李有德提供的账簿，往平凉方向讨账去了。

二十六

王秉正李有德外出讨账期间，烧坊诸事基本停顿下来。少数几个伙计打理着烧坊日常事务。

孙氏没了顾忌，每天从午后到深夜，大部分时间都泡在好运来，要么耍钱，要么与江掌柜大行云雨。

江掌柜知道王秉正和李有德都外出收账筹钱，心中舒坦。夺下谪仙烧坊前，能让王秉正和李有德贡献出更多的资财，是再好不过的事情。

阵势做足，也收到一些银两，王秉正几天后回到了柳林铺。待李有德回来时，两人一对账，尚不足万两。王秉正把这些银两并在一处让李有德收了，向外放话说，要优价处理窖内存酒。安顿好这些，他和李有德再次外出"催收酒款"。

这次，两人同时出发，走到镇外官道，王秉正叫住了李有德，说出了抢回李法天的计划。

对谪仙烧坊的家底，李有德比王秉正更清楚。要想把钱筹够去赎回李法天，李有德知道，几无可能。但要使别的法子救人，李有德又不敢想。自己精于生意算计，动手却并无缚鸡之力，更没这方面可靠的门道和朋友。

话从王秉正嘴里说出来，李有德就相信有戏。打小一起长大，李有德知道这弟弟的见识和身上的武功。他知道，只要王秉正看准的事，还真没有做不成的。

计划说完，王秉正也告诉李有德，两人的身边有绑匪眼线，叮嘱他要严把口风，继续努力做收款筹钱的样子。不管收账结果如何，都必须在十三之前赶回柳林铺。

随后，两人分头而行。李有德仍去咸阳、西安方向，王秉正则回头往南，直奔陈仓秦岭方向而去。

兄弟二人前脚一走，孙氏就去了好运来。她的身子是如此渴望亲热，她的心里是如此渴望关心。为了得到她想得到的一切，她一再地向江掌柜和盘透露家中情形。这使得江掌柜不断产生了坐收渔利的期待。

当夜，孙氏留宿在了好运来。

快马加鞭，王秉正连夜赶到留坝，敲开太白酒楼的大门。

这本应是各家烧坊最为忙碌的时节，加上王秉正才离去不久，对他星夜再访，李掌柜甚觉诧异。把王秉正迎进屋，李掌柜立即叫醒伙计，为他准备茶水饭食。稍后，王秉正一边吃饭，一边对李掌柜说出了自家遭遇和自己的想法。此次突返留坝，是为搬兵而来。

大场面，李掌柜见得多了。听了王秉正的诉说，他镇定有加，只安排王秉正吃饱洗漱，开了客房，让王秉正先睡一觉再说。

在太白酒楼，王秉正终得放松，连日的紧张劳顿，让他一直沉睡到正午。而在天亮以后，李掌柜已差伙计通知住在镇上的几个兄弟分头找来其他兄弟到酒楼碰头。待王秉正醒来，十多个兄弟都已聚齐。酒饭已备好，李掌柜在酒桌上向众人说明了事由。

尽管都已人到中年，这帮兄弟的血性还在，在童子营里学来的拳脚刀枪也都没放下。得知王秉正的遭遇，大家同仇敌忾。

王秉正把自己掌握的绑匪及匪巢情况做了详细介绍。李掌柜带领大家，对救人行动做了全程推演。大家觉得，只要智取，不惊动全部绑匪，以现有弟兄，把孩子抢出来是胜算满满的。条件许可，还能顺便灭了山寺中的匪徒。

有大家的支持，王秉正当然欣慰。他与众兄弟约好，当月十五在陈仓悦来客栈见面。就这样，用过午饭，一众兄弟便散开各自准备了。

后，李掌柜与王秉正又有了单独一番长谈。他告诉王秉正，无论此次抢人成功与否，都需做好遁去他乡的准备。因为绑匪到底有多大实力，谁都不清楚，但这些匪徒敢在关中地面上拉票，还藏得如此隐秘，其背后势力肯定不简单。

这也正是王秉正的判断。

离开留坝，王秉正到周边几个城镇收了一圈账，回到柳林铺。他以低价卖酒换钱为由，给烧坊众伙计发了银两，把大家遣散。

当月十三，李有德从西安回到柳林铺。兄弟见面一合计，决定在次日再次以筹钱为由前往陈仓，与山里兄弟会合。对王秉正要放弃谪仙烧坊的打算，李有德虽然不舍，但也只能如此。

强行救人的计划，两人没有走露一丝风声。他们盘算，待救人成功，再回家打发佣众，并带孙氏遁去他乡。

从柳林铺出发时，王秉正把第一次去留坝时兄弟们赠给他的精钢大刀带上了。

二十七

十四日下午，王秉正和李有德赶到陈仓县悦来客栈，将客栈第二天的客房全部包下来，安排店家准备上好酒菜。

十五中午，李掌柜一行赶到。

店家引众弟兄把马牵入后院马厩，然后按王秉正安排，各自住进自己房间。王秉正吩咐店家在一连桌大雅间里摆上酒菜，待大家洗漱完毕，招呼入席就座，并将李有德介绍给了众弟兄。

用过午饭，店家撤去碗盏盘碟，将房间清扫干净，大家关上房门，再一次推敲救人行动的细节。

据王秉正踩点获取的情况，大家决定十六一早，乔装成商旅，先沿官道分散前行至老爷岭山中集结等候。天黑后走猎樵小路潜入黑龙寨下树林，翻寨墙进寨。进寨后先解决寨门守卫，打开寨门，再冲进关人的山寺。除清除掉寺内绑匪外，要尽量避免惊动其他匪众。救人后，大家立即沿原路回撤。

为行动方便，众弟兄决定不让年迈的李掌柜和瘦弱的李有德参加行动，暂留陈仓等候。但李有德死活不同意留守，非得参与救人。最终，大家同意了李有德参加抢人行动，李掌柜也不留守陈仓，大家去救人时，他先返回留坝。救人后如何走，视情况再定。

方案敲定，王秉正和李掌柜上街买来所需物资。当夜，用了晚饭，众兄弟各自回屋睡了，为隔天的行动准备体力。

陈仓出发到关押李法天的老爷岭黑龙寨，约有一百里路程。十六，大家按事先的商定，睡了懒觉，到巳时末起床，吃了个早午饭，结账出了客栈，然后按计划分头行动。

临别，李掌柜又对王秉正千叮万嘱，要他注意每个行动环节，救人为主，切不要贪杀戮，更不要伤了自己人。现在，每个兄弟都有家室，都是家里的顶梁柱。王秉正明白老教官所想。这些年来，这帮兄弟都是教官看护着长大，早有了父子般的感情，他不愿任何一人受到伤害。

一路从容，从陈仓县城赶到老爷岭时，是酉时初刻。一行人找一僻静山弯换了夜行装束，给马喂足豆料，用棉纱缠了马蹄，还用布条系了马嘴，然后吃了些准备好的熟牛肉。酉时末，大家借着月色上了山。

往黑龙寨的正道上多处设有暗哨。但山里空寂又长期无事，伪装成农户的匪徒早早就上床睡了。王秉正所选路径远离农舍人家，一行人赶到寨墙下树林时，一声犬吠也没有。

时候尚早，山间农舍和寺院内如萤的灯火隐约可见。一行人在林中潜伏等候，到子正时刻，所有灯火都熄灭，行动开始了！

二十八

王秉正率一身手敏捷兄弟，把着寨墙石缝先攀进寨子，沿寨墙内侧运动到寨门处，准备夺占寨门。其余弟兄从寨外潜到寨门外等候。

王秉正靠近寨门时，在寨门石阶通道处发现一点灯火。悄悄抵近才发现，是一间砌在寨墙内的哨室。白日里寨门打开，哨室刚好被寨门遮挡，从外面看，根本看不到。

确认寨门附近无人，王秉正摸到哨室门口。门半掩着，里面一灯如豆，一值守匪徒已歪着睡去，鼾声均匀传出。两人推门蹑入，那兄弟手起刀落，鲜血呼地喷出，匪徒登时身首异处。

虽多年习武，王秉正却未参与过实战，更遑论杀戮。匪徒这一腔鲜血令他一怔，生出几分不忍。但只有瞬间，这样的不忍就消失不见。他早有心理准备，今天这一行动，不是你死，就是我亡。

两人对视一眼，没有丝毫犹豫就走出了哨室，悄声蹩到寨门前，取下粗大的门闩。寨门是两扇粗糙厚实的木板。为减少响动，同行兄弟又折身回到哨室，将室内油灯拿出，倒了部分灯油在嵌立门轴的海窝内。一扇寨门从内被悄然拉开。

夜色中，早已候在门外一众兄弟鱼贯而入，在王秉正的带领下摸到山寺前。

山寺前门已经关闭，一众人决定从东墙小门进入。摸到小门外才发现，小门也是关着的。一兄弟上前，拔出身上小刀探进门缝，拨开门闩，众兄弟得以潜入寺内。按事先计划，入寺后，王秉正带两兄弟和李有德直接去方丈寮救人，住僧房及客房的其余匪徒，则由其余兄弟解决。

王秉正带着李有德和另外两个兄弟，悄无声息地穿过大雄宝殿。后院很清静，确定相邻法堂和经室都无人，几人迅捷无声地围向方丈寮。

方丈寮没上锁，用手却推不开。看管肉票的匪徒和李法天同住一室，门是从里面被别上了。一兄弟又拔出短刀去拨门闩，刚拨两下，就惊醒了里面的匪徒。

"谁？"

门外立即停手。

无人回应，匪徒下床燃灯，开门出来查看。王秉正伏在门口，待匪徒开门探出头时，抬手就是一刀。由于心存善念，刀砍下去时，他将刀刃改成了刀背。纵是如此，他手头强劲的力道，还是将匪徒当即拍昏了过去。

两个兄弟把守门口，王秉正和李有德快速进入寮内。借匪徒点亮的灯火，王秉正看到，靠里一张大榻上，李法天正在熟睡。看来，在被绑架的一个多月里，李法天已经有所适应了。

王秉正从床上抱起李法天，轻声说，孩子别怕。李有德将他扶着放到了王秉正的后背上，抽身就往屋外走。忙乱中，他一脚踩到昏迷的匪徒身上，竟将匪徒踩醒了。王秉正还没迈出门，匪徒已从地上弹起来。他手中的一把关山小刀，在跳起来的瞬间，已深深插入李有德的后背。与此同时，他大喊一声："有人……"

一切都只是瞬间尔。来不及多想，王秉正本能地一手扶着背上的孩子，另一只手挥刀便劈了下去。王秉正平日练习的闯王刀法，从实战中来，又快又狠又准。加上他长年练就的力道，匪徒嘴里刚喊出两个字，人已经从斜拉里被劈成了两半。

但这一声并不小。所幸，寺里的匪徒已被众兄弟一一解决，其余匪徒住得较远，这个意外，并没有惹出太大的后果。

来不及查看李有德的伤势，王秉正背着李法天，让另两个兄弟架起他就往寺外撤。一众兄弟已等候小门外，两队人会合，即按既定计划向寨外撤退。

李有德被那匪徒一刀从右后背刺入，刀深入肺，在两个兄弟的搀扶下，开始仍顽强行走，但一路鲜血涌流，越走双脚越无力，到寨外藏马的树林时，已然全身发冷，呼吸急促，再也站不起来了。

王秉正把已经醒来的李法天交给一个兄弟，要为李有德包扎，却被李有德制止了。

"我，我不行了，别劳神费事。只是，只是今后……娃，就拜托……你了。"

"别乱说！你必须和我回去，我兄弟俩换地再弄个谪仙烧坊出来。"王秉正扶李有德躺下，撕下衣襟，动手止血。

"没用的，别，别耽误时间。你，你快过来，我，我，我有话说。"一躺下，李有德更加瘫软，表达也更加艰难了。

王秉正把头凑近李有德嘴边，他已气若游丝，但仍然断断续续地交代了自己存放银两的位置和进入方法。随后，他勉强提高音量："从今后，你，就是娃的亲大，照顾好、好他……"说完，头一歪，没了声息。

扶李有德躺下时，王秉正已感觉到他的衣衫已被鲜血浸透。他知道，在这荒山野岭，想要救回李有德绝无可能。且身在匪窝中，也没有时间去救。如再拖延，一旦被匪徒发现，兄弟们恐难全身而退。

连悲伤的时间都没有。

王秉正把李有德绑在他来时骑的马背上，从兄弟手中抱过李法天，先放在自己的马背上，然后把两匹马的缰绳都挽在自己手里，翻身上马，领头下撤。

一路马不停蹄。寅时正，一行人回到柳林铺。王秉正带大家驱马进入谪仙烧坊，然后徒步走到李有德家，用刀拨开院门闩，进了屋。李有德家女佣听见动静，穿衣出来，见是王秉正和小少爷李法天带着一群人回来，也就没多问。

王秉正安排众弟兄在屋里坐了休息。自己按李有德所说，在李有德卧室床背后找到银窖暗室入口，打开，招呼几个弟兄和自己一起进窖，把里面几千两银子及一千多两金铤搬出来。除留少许自用，按兄弟们人数，人手一份分了。备下百两金铤，用绸布包了，着领头兄弟带回交与李掌柜。做完这些，王秉正让女佣先看护着李法天，自己同众兄弟回烧坊牵马，送大家离开。

二十九

待一众兄弟消失在夜色中，王秉正从马上解下李有德的尸体。

如果不是自己妇人之仁，没果断了结那匪徒性命，义兄是不会丧命的。王秉正内心充满了自责。他很想为义兄风光厚葬，但天亮以后，绑匪一旦发现今夜变故，必然会对他们展开追杀。

他已没时间从容善后。

王秉正再次回到李有德家。屋里，李法天已醒。被绑一个多月跟土匪一起生活，他早已忘记了恐惧。

看着李法天，王秉正一阵心酸。他抱起李法天就往自家院子走。时间紧迫，他必须先把孙氏接出来。

一脚蹬开院门，王秉正径直走到自己的睡房。见屋内无人，王秉正一怔。他知道孙氏在柳林铺并无亲戚朋友，晚上怎会不在家？

王秉正踹门，已惊醒了自家女佣。未及女佣起床，只听王秉正在屋外喝问："太太呢？"

女佣慌忙开门迎接，但她欲言又止，低头不敢作答。

"干娘带我去做衣服时，我才被抓的。"说到孙氏，王秉正怀里的李法天接了话。

李法天是如何被绑的？这段时间一直是困扰王秉正的一个大疑团。

娃是被孙氏带出去后被绑的！难道孙氏和绑匪有牵连？王秉正不敢相信。

"问你，太太呢？"王秉正再次厉声问女佣。

"可能在赌坊。最近这段，只要您不在家，太太经常去了赌坊就不再回来。"女佣低头嗫嚅。

孙氏耍钱，王秉正知道，但她耍钱耍到彻夜不归，王秉正还是头一次听说。他意识到，问题定是出在这女人身上。

"把娃看好。"王秉正把李法天交到用人手上，决定去赌坊探个究竟。为防意外，他到李有德家，带上了自己的刀。

天色已近黎明。王秉正赶到好运来时，赌坊二楼有一间屋子还亮着灯火。

命里注定。头天孙氏和江掌柜睡得早，醒来后兴趣盎然地做了晨戏，此刻正偎在一起调情。他们屋子里的光亮，正好为王秉正指了路。

轻松攀上二楼，王秉正来到江掌柜卧室窗外。

孙氏的娇喘，男人的淫笑，声声刺入了王秉正的心尖。

"嗯嗯，好舒服呀……要是天不亮该多好……"

"小骚货，天亮了也可以做呀！你只要日日来我这里，我要让你日日春宵……"

"别闹，别闹，那个死鬼就快要回来了……"

"娘子放心，他的命在我手上。只要他把钱筹回来，弟兄们会把那一家老小全都……"灯影一晃，一只手臂的影子在窗棂上一挥，有两个字他没有说出口，但他表达的意思，让王秉正倍感寒凉。

"以后，这逍遥的日子，就是咱们二人的了！"

王秉正一阵眩晕，伴随着屋内床榻的呻吟和孙氏一阵紧似一阵的娇喘，还有她已经连不成句的"你快点，弄死他们，弄死他们……"

想不到，如此漂亮的躯壳内，竟藏着这般蛇蝎的心肠。更想不到，绑匪的首领，就在离自家不远的地方，搂着自己的女人，在盘算如何置这一家人于死地!

他再也按捺不住,一脚踹开窗户,跳进屋内。在两个贱人的惊叫声中,他一声不响地撩起帐子,一刀劈了过去。那孙氏枕着江掌柜的一只胳膊,赤裸的身子还没有反应过来,就被劈成两半做了艳鬼。江掌柜本是行伍出身,但手臂被孙氏压着,未及抽出,也被王秉正剁下半只。只见他忍住巨痛,赤条条地跳将起来,号叫着寻着武器,却被孙氏的尸首和被褥绊倒,一个趔趄摔在床边。王秉正疾跨一步,又是一刀,这只恶贯满盈的头颅便从脖子处滚出老远。

王秉正余恨未消,顺手将油灯扔到那张刚才还软玉温香,但瞬间已被血腥漫透的床上,这才回身跳下楼,奔自己家去了。在他身后,赌坊很快燃成一片火海。

在熊熊的火光当中,王秉正再无半点退路。这柳林铺,一刻也不能待了。回到家,他给两家用人留了些银两,交代其天明后各自再寻出路。然后,将金铤等紧要贵重物品一股脑地装进包袱背上,牵着李法天向谪仙烧坊而去。

既然已无法为李有德操办后事,干脆就让它为义兄殉葬。

来到烧坊,王秉正把李有德的尸首扛到酒窖放好,劈开一个酒海。酒浆喷涌而出,强烈的香气顿时弥漫开去。王秉正退出酒窖,把手中的灯笼扔向地面流淌的酒液当中。

火燃了起来。王秉正拉着李法天,迅速奔到前院,骑上坐骑,迅速消失在柳林铺熹微的薄雾当中。

数万斤好酒,足足燃烧了三天三夜。

三十

逃!必须逃!

但逃向何方？王秉正决定先去秦岭李掌柜处暂避，视情形再作下步打算。

为避免把祸事引到留坝，一出柳林，王秉正先骑马往东北方向到达凤翔府，在凤翔高调租来一辆双辕马车驰向扶风。在扶风，王秉正打发走马夫，随后购来一匹好马，绕过凤翔，经郿县赶到陈仓。

王秉正逃出柳林当天，江掌柜被杀，赌坊和谪仙烧坊的两场大火就已报到凤翔姜守备那里。第二天，老爷岭绑匪的相关信息也送到了。两条信息一对，姜守备顿时明白了。

在姜守备眼里，谪仙烧坊的掌柜只是两个普通的商人。按他与哥哥的布局，吃掉谪仙烧坊应该是顺理成章之事。不想，天天打鸟，竟被小鸟啄了眼睛，不仅没能霸占谪仙烧坊，还搭上亲哥的性命。更让他心疼不已的是，渐成气候的赌坊也毁于一旦。

姜守备恨得牙痒，但是在场面上，自己虽身在官府，却又不敢惊动官府，因为江掌柜一伙叛军马匪的身份，终究是见不得光的。一旦官家正经追究起来，事情败露，自己也得遭殃。他只有打掉牙齿往肚子里咽，私下安排兄弟们翻天覆地地寻找王秉正和李有德。明里却只有想办法去凤翔府、县衙门活动，将柳林铺两场大火当作意外销案。

姜守备通过守城兵丁和江湖中人探知，王秉正去了东北方向。还探得王秉正祖籍就是山西，于是，他把追杀的重点放在了东北方向。

在陈仓盘桓几日，王秉正确认身后已干净，才进了秦岭。到留坝找到李掌柜，住进了太白酒楼。

开始，王秉正计划待风声平息，就留在留坝做事谋生，可姜守备在凤翔全境及东北方向追杀无果后，扩大了搜索范围。不久，留坝也出现了拿着图形，许以暗花寻找王秉正和李有德的江湖人士。所幸王秉正在留坝期间行事低调谨慎，除众兄弟外，并没与外人交往，自然也无人认识。在李掌柜和众兄弟的庇护下，暂时还算安全。

留坝无疑是待不住了。为了不连累众兄弟，王秉正与李掌柜反复商量后，决定从汉中沿汉江去湖北。李掌柜隐约知道，大顺军虽被剿灭，却还有很多弟兄在湖北四川交界一带占着地盘。到了那里，马匪的势力就鞭长莫及了。

为不招人注意，辞别众兄弟，带着李法天离开留坝时，王秉正把兄弟们送给自己的大刀也留下了。

父子俩先沿陈仓故道向南，到达沔县。在沔县租条小船，沿汉江而下，也就十天光景，便到了襄阳。在襄阳弃船上岸，雇了辆马车，沿荆襄古道径直到达了夷陵。

王秉正原本打算从夷陵沿长江上行，往夔州找寻大顺军旧部。可一路上打探的消息都告诉他，大顺军旧部"夔东十三家"早已被清军清剿，或死或降，已无当风旗帜。现夔东一带深山之中，虽还有寨子，却多是当年摇黄残部，那是真实祸害百姓的棒客。

陕西回不去，投靠的大顺军旧部的希望也已灰飞烟灭，下一步去哪里投身？一时间，王秉正心里也无答案。

三十一

水至此而夷，山到此而陵。

夷陵古称彝陵，位于长江西陵峡外，是长江中上游的分界点。三藩平定后，长江黄金水道繁盛景象再现。南下江浙湖广商贾弥聚，北上川渝黔滇樯橹云集，夷陵一时间热闹非常。

投大顺军旧部已然梦破，北上还是南下？王秉正一时难做决断，只好带李法天在夷陵盘桓下来。

夷陵上行至重庆朝天门处，有水汇入长江，这水叫嘉陵江。而涪江则是嘉陵江重要的源流之一。

涪江源头在龙安府与安多藏区接壤的雪宝顶。

龙安府自古以来藏、羌、氐、汉杂处。前明嘉靖前，由土司治理，唤作龙州司。后当地土司薛兆乾谋逆被诛，这里遂改为流官治理，制龙安府，辖平武、江油、石泉、彰明四县。

龙安府时任知府陈于朝，是生于奉天的汉人。其父本是直隶一书生，早年清太祖征掠关内，陈父被代善所掠，赐给八子祜塞做了奴才。因其饱读诗书，被安排做了汉文先生，教府中子弟读书。陈先生膝下育有子女多名，却多早殁，仅存长子陈于朝和小女陈于珍。

陈于朝忠厚聪慧，自幼伴读祜塞子嗣，习得满腹经纶，私下与祜塞三子杰书交谊甚好。

三藩乱起，杰书受皇命征伐江浙福建，携陈于朝于帐下。因其文采人品，被推举到地方为官。康熙二十一年，祜塞因救援前方不力，被调回京。陈于朝也从福州知府任转任蜀地龙安府。

陈于珍也自幼读书习字，侍候王府女眷，习得一手漂亮女红，更谙熟满人插戴技艺。父母归山后，陈于珍被主子赐婚正红旗一牛录章京。进到夫家，蜜月未满，丈夫即随军南征三藩，一去数年，音讯渐无。直到公婆安归仙乡，陈于珍入关寻夫，才得来确实消息，其夫早已阵殁。

孤苦无依，陈于珍只得只身前去福州投靠兄长。千辛万苦赶到福州，却被告知陈于朝已转任龙安府。于是，她只能再次孑然上路，奔龙安府而去。

一路艰辛，从福州到夷陵，陈于珍身上盘缠所剩无几。可从夷陵租船上行到龙安府，尚有两千余里水路，所费自然不是小数。不得已，她只得暂栖在夷陵。

其时，满清早定了天下。官绅富贾对满人服饰，也由最初被动改转为追捧。陈于珍刚好精于此道，就在夷陵做起插戴婆营生，为官绅富贾人家妻妾小姐插戴修容，指导缝制满人衣物，打造满人钗饰。存身之余，攒些盘缠。

王秉正盘桓夷陵，正好与陈于珍同栖在一家叫望蜀楼的客栈里。

望蜀楼东家名左钧，出身绵州铜牟镇一乡绅人家。年轻时为避大西军祸，也为追逐未遂功名，沿江南下，投了南明弘光朝廷。朱由崧被俘后,左钧辗转西南,再投了永历皇帝朱由榔,被授户部员外郎。永历政权内斗,朱由榔本人随李定国南遁云南。左钧对南明王朝彻底失了望,借机辞官。他本想回归乡梓耕读度日,却又害怕被满清官府追究,于是在行至夷陵时止了步。

多年在户部协助税务催收和钱粮调度,虽不事贪腐,却依例得了不少俸银和地方孝薪。留驻夷陵后,左钧开起了客栈,本为谋生,却不意抓住了社会由治到繁盛的机会,逐渐积起些名望身家。

望蜀楼矗在夷陵文昌门内,一面紧邻水神奇相庙,一面靠近城墙。

左钧本就是读书之人,只思生计不图暴利。他将望蜀楼环境布置得幽雅别致,房价也定得公道。生意开张后,虽未刻意运营,却一直源开财茂。

望蜀楼客栈有三重院落,前面门庭是三层框架木楼,做酒楼用。客栈在第二重院落内,是两层木楼。底层正房是左钧卧房及书房,两厢则是几间招待船工挑夫的通铺大房。二楼是套房单间,有回廊相连。第三重院落也是四合院,作马厩及库房。

王秉正父子租住在二院西楼一个单间,陈于珍住的小房间,在他们房间斜对面的东楼最里处。

左钧是个明眼人,也是个厚道人。陈于珍入住客栈时,知道其寻亲不遇陷入穷途窘境,左钧给陈于珍安排了一间不大,但相对清静的房间。房价上,主动以长租为由,给她打了对折。为帮助陈于珍脱困,了解陈于珍的过往后,他给陈于珍提了做插戴营生的建议。陈于珍最初的客户,也是他帮忙给联络介绍的。

陈于珍很感念左钧相助。相处久了,就以叔父尊称。左钧半生颠沛流离,无妻无子。见陈于珍乖巧坚韧,甚是喜欢,慢慢地,也将其当作了亲人,平日里照顾有加。

与陈于珍不同,王秉正单身带一个小孩,长住单间上房,不见跟班随从,也未带货物车船。偶尔也会外出,却不见与生意人有瓜葛往来。平时进出遇见虽会点头致意,却与谁都不熟络深交,显得特立独行。

这是个心里有事的汉子！左钧对王秉正多了一份关注。

转眼间，丁卯年（1687）春节临近。

年关前，商贾回乡，船工挑夫归家，热闹的夷陵码头开始清静起来，望蜀楼的生意也日渐清淡。

"长工短工，腊月二十四满工"，大批客人散去时，左钧也给望蜀楼的店员伙计们放了假。客栈除了他自己，还有两三个无家可归的外地伙计留了下来。按惯例，几人利用客少时机，对客栈设施进行了整理维修，贴了门神春联福字，挂了红灯笼。

大年三十，客栈里的客人多已散去，整个客栈，也就剩陈于珍和王秉正爷俩三个客人。

当天，左钧亲自下厨，置备了一桌丰盛酒菜，招呼还迁延在客栈的客人和伙计，一同过年守岁。

王秉正父子本就避难而来，入住客栈后，为防言多有失，一直深居简出，从不主动与人交往。东家邀请一起过年，王秉正本不想参加，但年三十，街上各家店铺都关了张，父子俩无处可去，只能应了下来。

一如很多读书人，左钧是个好吃会吃的老饕，对厨艺也颇有研究。年三十，左钧亲自下厨，腊肉、香肠、风干鸡外，川味十足的豆瓣鱼、回锅肉、红烧豆腐也热气腾腾地端上了桌。

按当地风俗，年三十各家基本都会禁足。没了生意，难得空闲的陈于珍也系上围裙，与左钧一同下厨，打理年夜饭。

当陈于珍把最后一道小鸡炖蘑菇端上桌时，所有人早已入座等候着她。

酒席摆在酒楼一个大雅间内。一张精美大八仙桌，左钧在上方坐了，下方是酒楼两个伙计，左边是王秉正和另一个伙计，留给陈于珍的座位在右方，李法天紧挨着她坐，正好与王秉正面对着面。

人齐落座，左钧让伙计抱出一坛自己珍藏的蜀地杂粮酒。启了封，倒入一个青瓷酒壶，随后给每人面前的酒杯斟满。

酿酒多年，王秉正对酒格外敏感。这种四川杂粮酒注入酒杯时，会有一股浓郁酒香弥漫到周遭空气中。王秉正准确地感觉到,那香味既不同于自己所酿的柳林酒,也与汾阳的清酒和羊羔酒相异。

逃离凤翔以来,王秉正一直谨慎,几乎滴酒未沾,却在这奇异酒香的诱惑下,忍不住俯下身去,深嗅了一口。

应是个懂酒好酒之人!见王秉正这一不经意的举动,左钧想。

倒好酒入座,左钧端起酒杯致了祝酒词,大家起身碰杯,共道一声"过年好",各自把杯中酒饮了。

把酒倒入口中,王秉正没有直接吞下。他用舌头搅动口中的酒,让酒沁润口腔内壁的每一个细胞,再用舌头细细品咂,一种协调纯净的浓郁酒香在嘴里弥漫开来。

好酒!酒入咽喉,王秉正不禁在心中赞叹。

左钧持壶敬了头三杯,大家一同饮了。后面的时间,开始单个敬起酒来。王秉正的位置在首席,自然头一个被敬。

左钧下座持壶,给王秉正把酒杯斟满,然后端起自己已斟满的酒杯,拍拍王秉正的肩头:"我看王先生沉稳,行事低调,定是个做大事的人。先生能入住我的客栈,也算我们有缘。先生要有难处,尽管开口,要老夫能帮得上,绝不推托。"

"多谢掌柜!"王秉正起身,双手端杯,以示敬谢。在对视当中,他读到了老人眼中的慈爱与真诚。

女人和孩子,天生就是容易亲近的一对。东家掌柜单独敬酒的空隙,陈于珍和李法天套起了近乎。

自小在柳林铺生活,虽说家里殷实富足,但关中人家对于饮食,一般都不太讲究。这一路逃亡,无暇更无心去琢磨吃喝。这顿年夜饭,对李法天来说,是好久未见的美食。特别是桌上的那些川味香肠、腊肉,从蒸笼里端上桌面时颜色鲜艳红亮,香味扑鼻,更吸引着小孩子的垂涎。

李法天自小家教极严,有长辈外人同桌,吃东西都随大人同时举筷放箸,只取就近菜肴,不敢随意造次。

虽是克制，孩子的渴望却是不会掩饰的。陈于珍从李法天眼光中捕捉到孩子喜欢的吃食，就伸筷各拈了两块放到李法天碗里。李法天冲陈于珍腼腆一笑，道了谢，然后才拈起一片香肠塞进嘴里。

"小嘴挺乖。"陈于珍忍不住伸手在李法天鼓起的小腮帮上轻捏一下，两人间的距离一下子近了许多。

左钧敬完一巡酒，将酒壶递到王秉正手中。王秉正先将左钧的酒杯斟满，然后请桌上其他人干了杯中酒，再为每人的酒杯续满。接着，双手端起左钧面前酒杯，递到左钧手里，邀大家一起为左钧敬酒。

"我等都是沦落天涯无家可归或有家难归的人。所幸老掌柜热心，大家才能坐到一起来，共享这顿丰盛的年夜饭。除了感谢，就借老掌柜这杯酒，我们来共同祝老掌柜健康长寿，来年生意兴隆，心想事成。"话毕，王秉正站直来，带头饮干，其他人也站起来，附和着饮了酒。

气氛热烈，左钧示意大家坐下："谁都会遇到难处。大家既然坐在一起，那我这客栈就是大家的家，我们就是一家人。大家放开了喝个高兴酒，过个快活年，用不了太多客套。"

敬酒一巡，王秉正的酒要敬到陈于珍处结束。

在关外满人王府出生长大，又经历过婚姻，陈于珍没有关内女子的拘谨，却有酒量。当王秉正敬到自己面前时，她没有半点扭捏和推托，直接伸杯接了。

借着给敬酒的机会，王秉正第一次正视了这桌上唯一的女子。三十来岁年纪，皂褥素裙，发髻高绾，端庄清秀的脸上未施粉黛，却在酒的作用下显得温润潮红。举手投足间，显露出非一般人家女子所没有的优雅大度和从容。

孙氏也是美女啊！但是，与对面的女子做比，就如剪纸窗花与空谷幽兰，远远不在一个境界。

王秉正敬酒，陈于珍也第一次正面瞧了这个被安排在首座的男子。只见他四十多岁，中等身材，壮实而不油腻，国字方脸尤显刚毅，眼神中透出的是冷静沉稳，给人一种历尽世事的练达和厚重感。

"祝妹子万事顺意。"迎着陈于珍的目光，王秉正竟有点躲闪，简短说了祝词，先喝干了杯中酒。

"多谢大哥"，陈于珍以袖掩面，把杯中酒啜入口中咽下，落座后，继续逗李法天说话。

深夜，大家酒足饭饱，仍兴致未尽。左钧吩咐伙计撤去碗碟，换上花生瓜子糖果及茶水，把院里院外灯笼全部点亮，招呼大家一同守岁。

子时交岁之际，左钧拿出早已备好的爆竹，让伙计和陈于珍领着李法天到院子里燃放。热闹了很久，左钧还给了李法天一袋铜钱压岁，各自回房睡觉。

李法天和陈于珍已有点恋恋不舍。临别，他们约好，第二天一起去奇相庙烧香。

借着酒劲，一夜香眠。初一大早，王秉正被驱邪迎祥的鞭炮声吵醒。习惯早起的他穿衣下床，出客栈后到江边码头空旷处舞了一趟拳脚。再回客栈时，左钧已吩咐伙计将煨了一夜的鸡汤端上桌，招呼大家一起用新年第一早。

王秉正应诺着，回房叫醒李法天。他俩赶到摆餐的酒楼时，包括陈于珍在内的所有人都已到齐。陈于珍招呼李法天坐到自己身边，塞给李法天一串用红线编的钱龙串压岁，那是陈于珍昨夜回房后连夜赶编的。

待大家都坐定，左钧执勺分菜。一只煨得软烂的肥鸡，雪白鸡汤上面浮着黄黄的油珠，汤里点缀着红色大枣和枸杞，浓香扑鼻。

左钧先将两只鸡翅尖挑给李法天，又把两只鸡爪分别给了王秉正和陈于珍，然后才把鸡头放入自己碗中，招呼几个伙计自由取食。

新年第一天早上喝鸡汤，是夷陵当地沿袭的讲究，取祈"清泰平安"之意。其中，主要劳动力吃鸡爪，寄意"新年抓财"，后生小子吃鸡翅膀，寓意"展翅高飞"，当家人则吃鸡头，取"出人头地"之意。

用过早餐，大家同左钧一起到客栈隔壁奇相庙烧香祈福。

相传，奇相水神是黄帝时震蒙氏的女儿，因窃据了黄帝喜爱的玄珠被追究，含辱投身长江。黄帝有愧，遂封其为长江水神。

夷陵奇相水神甚是灵验。祭拜奇相的人，除了在江面上讨活路的渔家、船家和沿江居民外，江上往来的生意人亦是常客。

一行人到庙里上香祭拜之后，陈于珍征得王秉正同意，带了李法天去庙前广场玩耍。

初一天，广场上人山人海，各种小摊小贩齐聚，这般热闹对于自幼在北方小镇长大的李法天来说，满眼都是稀奇。陈于珍很宠溺李法天，年糕、冰糖葫芦，见什么都给他买。一路逛下来，李法天的嘴巴基本就没有空下来。

初一到初三，陈于珍没有生意传召，几日里，李法天几乎天天和她腻在一起。

按照楚人风俗，正月初四新嫁娘要回娘家，陈于珍又开始忙活。但每日做完活计回客栈，她总不忘带给李法天各色零食。李法天每日里姑姑上姑姑下顺溜地称呼，让陈于珍心里很受用。

三十二

正月初八一过，望蜀楼恢复了生机。

春节期间的数次接触，让王秉正和左钧间关系近了许多。彼此接触当中，左钧感觉得到王秉正的睿智和教养。知道他短期内并无明确去向，就邀请王秉正到客栈帮忙做前厅掌柜，开出免父子俩餐食房费，每月再给工钱三两白银的条件。

王秉正明白这是左钧好意，自己虽不差钱，但家有万金不如日进一分，再说，自己确实也没想好要去哪里，就应了左钧。但他与左钧约定，双方不签契约，如果自己有事，可以随时离职。左钧本意也就是想帮帮王秉正，自然就答应了。

自幼读书，又打理谪仙烧坊多年，对于管事记账，王秉正自是轻车熟路。每日里把客栈进出账目，物资购进耗损弄得汤清水明不说，对客栈上下十几个伙计，更是管理得井然有序。

观察一段时间，左钧发现在生意经营上，王秉正能力远胜自己，且其品行端正，值得信赖。就渐渐放手，把生意更多交给王秉正去做，自己空出更多时间读书饮茶。

闲了，左钧和李法天也日渐亲近。知道李法天进过学馆，他把李法天带进了自己的书房。自己读书之余，也教李法天读书习字。私下里，他让李法天叫自己爷爷。

陈于珍生意传召多在上午，每日下工回客栈，大多时间她都会与李法天、左钧待在一起。三人要么上街市逛逛，要么到江边玩耍，相处如一家人般，甚是温馨。

在打理客栈酒楼时，王秉正与南来北往的客商接触渐渐多了。通过闲扯海侃，王秉正对时局有了更多了解。

多年战乱过去，满清治下的国家，已然河清海晏，雨顺风调，百姓均得安居乐业，乡间耕无余田，路上商旅络绎，城镇街市兴隆。

业兴资厚，家有余钱，酒逐渐成为各阶层人物的必需。王秉正心想择一佳地再建烧坊的念头，开始变得愈渐强烈。

作为长江黄金水道上下游分界点，夷陵货集东西，人汇南北。不同地方来客有不同的饮食习惯，对酒的消费，也大不同。从江浙上来的客商所喜之酒，以黄酒、花雕为主，待客佐饭，每餐必备，但均不多饮。黄酒是发酵酒，味道清甜，酒劲不刚。而来自北方和西南的客商、船工、劳力挑夫，则喜欢口味浓烈的蒸馏酒。在夷陵，虽也能见到柳林酒和汾阳清酒，但所喜者，多是从中原秦晋而来的客商，不占主流。酒楼里卖得最好的，是来自蜀地的杂粮酒。杂粮酒酒劲刚烈，味道醇厚，虽装盛不甚讲究，但客商好其饮来尽兴，劳工喜其除疲解乏。

琢磨清楚自己掌握的酿酒技艺所对应的市场，王秉正打算着，还是得北上中原、直隶或晋鲁,在那里重建烧坊。他觉得,那一片地域与秦地风同俗,食同款,才应该是自己施展身手的地方。

从蜀地来的客商嘴里,陈于珍知道哥哥任所龙安府地处西蜀之僻,路途遥远艰险。其时,蜀地很多地方,因兵燹战火,仍甚荒凉。对未来旅途,陈于珍内心并没有底,她打算在夷陵多待一段,到秋冬时节江水回落,盘缠更丰了再搭船上行。

王秉正也将北上时间确定在秋冬季节。

有王秉正帮着打理生意,又有活泼可爱的李法天和知情识趣的陈于珍陪在身边,多年孤身的左钧,享受了一段难得的家庭温馨。左钧内心清楚,王秉正父子及陈于珍终究是要离开这里的。为把这种美好感觉延续得更久,也基于对王秉正和陈于珍人品的逐渐了解,左钧生出把两人凑一起的念头。

他在心里盘算,先将两人凑一起,自己再收王秉正做义子,把客栈生意交给他打理,这样,就可以把三个人长期捆在自己身边,这种天伦之乐也就能长长久久,自己百年之时,也有人尽孝送终。

人勤春早,不知不觉间,东风送走春寒,到了桃花盛开的季节。季节变化也表现在人的着装上。气温上升,陈于珍将深色襦裙换成了鲜艳的榴裙。在榴裙的映衬下,陈于珍桃花净面,显得更为妩媚动人。

一个晴好午后,陈于珍小睡起来后,到左钧书房找李法天玩耍。闲聊一阵,左钧指了李法天,试探陈于珍:"法天这孩子聪明伶俐乖巧,可咋就跟着个老子四处奔波,不得娘亲痛爱,想想也怪可怜的。"

"也是啊!"陈于珍未假思索,随口附和。

"你也喜欢这娃,跟他相处甚似娘亲,不如就做他娘亲可好?"左钧盯着陈于珍的眼睛问。

陈于珍未曾料到左钧会有这样的意思。

几个月相处,李法天已成为自己每日生活里的重要内容,那种感觉实在超越一般意义上的喜欢。但陈于珍明白左钧所说肯定不只是孩子之事。对王秉正,陈于珍虽了解不深,但日常从左钧嘴里,也多少知晓他是难得的能人。可陈于珍从未想过,要与王秉正有点什么。在她心里,眼下唯一的目标就是找到哥哥陈于朝。

"喜欢归喜欢,法天毕竟是别人孩子,该有娘亲的。我怎么可以夺人所好呢?现在这样,甚好。"陈于珍思忖一阵,把话题掐断。

左钧明白陈于珍话里的意思,觉得在很多事没通透之前就说这件事,着实有些唐突,也就没把话往深处说。

话虽没往深里说,左钧的点拨却如石子入水,让陈于珍本来平静的心泛起了涟漪。从那以后,她对王秉正多了一份关注。

左钧从陈于珍的表态中也看出,她对王秉正至少是不抗拒的。他觉得,该找个机会把王秉正的情况弄弄清楚。要有可能,就把两人往一起凑。

每天忙完,王秉正往往会到左钧书房坐一坐,报告当天的经营情况,或是翻阅一阵左钧的藏书,最后接李法天回房睡觉。偶有兴致,左钧也会备一壶酒及几个腌卤小菜,与王秉正小酌几杯。

这天,王秉正忙完生意,时间还早,习惯性地抱着账簿去左钧的房间。

天渐热,白昼长。读书玩耍一天,李法天累了,已在左钧的榻上睡着。左钧戴着老花镜,坐在书案旁正就着灯火看书。书案上,摆着几碟凉卤,一壶汾清及两副碗筷酒杯。见王秉正进屋,左钧掩上书卷,摘下眼镜,阻止了他的例行报告,一边招呼他入座,一边为他倒上一杯酒。

汾清是王秉正喜饮的酒。自幼在父亲带领下品饮,王秉正喜欢这酒的清爽和绵软甜香。自家谪仙烧坊所出的柳林酒,就承袭了部分汾清工艺,植入了汾清的风味特质。

在夷陵,汾清市场不大,街面上也不好买。左钧收藏的汾清,是托在夷陵贩南丝及盐茶的晋商回乡时专程带来的,平时并不饮,只在兴致高时,才会汲上一壶。

见桌上摆着汾清,王秉正知道左钧兴致很高,随手将账簿放到书案上，就入了座。彼此已非常熟络，王秉正没等左钧发话，就低头呷了一口，细细品味后才慢慢下咽。待酒落咽喉，他的眼睛半眯了起来。

"美啊？"左钧问，一边执壶给王秉正续酒。

"美！"王秉正仍陶醉在酒的美味里。

"更美的事，想不？"左钧笑盈盈地盯着王秉正。

"啥事？"王秉正举筷拈一片油酥腌鱼干，清脆地咀嚼后咽下，笑着回问左钧。

"你一个人带娃，蛮辛苦的。你家里有媳妇不？"左钧问得很直接。

"有过婆姨。但我属虎，命硬，都被相克死了。"王秉正调侃作答。

"想要个媳妇不？"左钧问他。

"谁不怕死敢嫁我？"王秉正又拈起一片鱼干送入口中。

"于珍那丫头如何？"

老先生要给自己和陈于珍保媒？王秉正调侃不下去了。几个月相处，王秉正早看出陈于珍是难得的好女人。他已在心里视她为异姓小妹妹，亲人一般，却从未往儿女情事这方面想过。

"那使不得，我一浪迹天涯无家可归的鳏夫，还带着个孩子，可不能坑了那么好的妹子。"王秉正正言拒绝。先有丧妻之痛，后受孙氏之伤，如今流落天涯，未来尚未可知，他怎敢有再娶妻续弦的打算呢？况且，等躲过姜守备的追杀以后，他还要完成义兄的托付，找个合适安稳的地方，把谪仙烧坊再建起来，好好把李法天养大。

"于珍有过男人，战死了。现在也是无家可归，才想到要投奔兄长。你觉得她是好妹子，为啥就不想想，走一处去，好好痛惜照顾她？"左钧没管王秉正的意思，认真地往下问。

"真不行！就怕我跟于珍走到一起，不但照顾不好她，还会拖累她！"王秉正端起酒杯，敬左钧，自己先干了杯中酒，很认真地对他说。

"为啥？"左钧没有动酒杯，追着问。

王秉正把左钧面前的酒杯端起，递到左钧手中，回手执起酒壶将自己酒杯满上，"唉，说来话长……"

"乱世活命，哪个人又没点故事？你要觉得老夫我还能信赖，有啥事，不妨说来听听。"说完这话，左钧一口干了杯中酒，盯着王秉正。

几个月朝夕相处，王秉正已视左钧为忘年挚友，有些事早想对他说，只是没找到机会而已。今天，既然左钧问起，王秉正决定把自己的遭遇说出来。他一口干了杯中酒，说："几个月里，您待我和法天亲如一家，我也把您视作父兄，有什么话不可说的！"

"那，就说来听听。"左钧执壶，把两人面前酒杯斟满，语气柔和了很多。

酒一杯接一杯地喝着，王秉正把自己一生的遭际，和盘向左钧托出，也包括父子正被马匪追杀的境况。

左钧虽从乱世走来，但听完王秉正的故事，仍不免唏嘘。对王秉正的坦荡和他在遭遇如此变故后的镇定更为欣赏。几个月相处和观察，左钧坚定了自己对王秉正的判断。现在来看，王秉正不仅是一个能干之人，更是重情知义。

鉴于王秉正正被马匪追杀，可能拖累陈于珍，左钧没有再把撮合他跟陈于珍的计划往下说。

说亲之事没能继续，但经历过这档子事，王秉正和陈于珍彼此对对方的注意却更多了，关照也更多起来。

萍水相逢却能相处相惜，这本就是值得珍惜的缘分。

三十三

夷陵紧邻归州，同称屈子故里。为纪念屈子在汨罗江上那一跳，这里兴起了端午赛龙舟的特殊习俗，且两千多年来从未间断。

夷陵人赛龙舟，是个城乡齐动、官民皆与的大事，在夷陵民间，有宁荒一年田，不输一年船之说。

与其他很多地方赛龙舟主要以竞技和娱乐为主不同，夷陵人的龙舟赛祭祀成分更重。

每年五月初五黎明，参赛龙舟下水前，龙舟划手们会跟着站头叩拜天地，饮鸡血酒，隆重地将长块红布系上龙头。之后，众人齐到江边安龙头下水，同时龙舟上击鼓人扮屈原之妹屈幺姑，唤"我哥回，我哥回……"，站头点标、吹哨，划手们舞动桨片，龙舟开始游动，众人唱起《起桨曲》。舟至江心，接唱《游江》，呼唤屈子魂归："安安然然回故乡，好和乡亲过端阳……"岸上的乡亲们把一串串粽子抛入江中，用这种最虔诚的仪式迎接屈子魂魄归来。

岁月已太平，丁卯年端午的赛龙舟，夷陵操办得比以往更隆重。四月中旬后，江畔就不时传来龙舟训练的锣鼓和呐喊。

五月初五当天，陈于珍早早忙完两个客户传召，回到望蜀楼去找李法天。两人早就约好，端午节要请李法天吃粽子和皮蛋。

上午祭祀，龙舟竞渡在下午。午饭后，陈于珍精心给自己和李法天梳洗打扮，同左钧一起出城门，到江边上选一视野开阔处站了。

此时江边早已人头攒动。除了空巷而来看赛的市民，各种卖茶水小吃的热灶，卖艾叶菖蒲的乡民也都连摊相陈，更有那卖瓜子花生的小贩在人群中穿梭，扯着长声，吆喝"瓜子……花生……桂花糕……"。

粽子和皮蛋午饭时已吃过。陈于珍待小贩游走到自己跟前，哪样都买了一点，三人一边兴高采烈地嗑瓜子剥花生，一边等着龙舟赛开始。

未时正，一阵鞭炮声起，龙舟竞渡开始。几十艘龙舟在江面一字排开。那些龙舟都有数丈长，被漆成红、黑、黄等颜色，每艘龙舟上均有划手十多人，两人一组持桨并坐，站头立在龙头之后，支一架鼓。岸边主持赛事的官员敲响开赛锣，各站头挥槌擂鼓，在鼓点和划手齐声呐喊中，龙舟如离弦之箭冲出起点。

岸边观赛者的情绪即刻被点燃。加油、叫好之声此起彼伏。无论男女老幼，都像打了鸡血，顾不得平时的矜持仪态，放声呐喊。

在夷陵，端午龙舟赛一如上元佳节，不仅男人参与，更是闺阁妇孺难得出门的日子，自然就给了纨绔子弟、登徒浪子猎艳寻花的机会。

在江边的人群中，陈于珍本就如出水芙蓉，鹤立鸡群，加上所站位置突出，口音又和本地人有明显的不同，难免成了一道特殊的风景。

有无数双眼睛盯着她看，广帮船运总管事的公子苟蛟就是其中一位。

苟蛟三十来岁，生于船运世家。他出生后，其父找先生为其推算，起名为蛟，是希望他能如蛟龙入海，未来将家族生意发扬得更加光大。奈何苟蛟在下生前胎位不正，其母九死一生产下他后就再无能力生育。因此，自小被母亲视若珍宝，溺爱有加。在溺爱之下，苟蛟读书不成，学商不进，日日声色犬马，纸醉金迷。家里早早就为他娶了妻室，却不能拴住他那颗寻花问柳之心。

夷陵码头是长江船运川帮和广帮的业务分界点及接驳处，也是苟家生意可触及之地。这年五月，苟蛟刚好随船帮到此，自然不会错过这场热闹的节庆赛事。

龙舟赛时，苟蛟与两随从看龙舟的位置刚好在陈于珍下方不远。陈于珍带着北方口音的叫好声，一开始就引起了苟蛟注意。

久在湖广江浙，苟蛟所经历的女子，多为吴侬软语、江南莺燕。陈于珍北方人特有的健硕之美和自幼在王府熏陶出来的大家气质，一下就让苟蛟魂不守舍。他忘记了看向江面，目光一直围着陈于珍转。还不时冲她晃折扇打口哨，意图引起注意。

陈于珍见过的大场面多了，任凭多少双眼睛，她都可以视若无睹。

酉时初，龙舟赛结束。陈于珍与左钧带着李法天意犹未尽地往回走。苟蛟贼心不死，带着随从远远跟着。他想摸清楚陈于珍的底细，好找个机会下手。

眼见陈于珍一行进了望蜀楼客栈二院，苟蛟一行也跟了进去，直到三人进了左钧房里，才退了出来。

已到晚饭时间，几人又来到望蜀楼前楼，准备在酒楼用饭，以便进一步打探陈于珍底细。

端午当天，望蜀楼酒楼、客栈都爆满。

在柜台后的王秉正从苟蛟一行进门时的咋呼和油头粉面的扮相，就判定这不是个好招待的主。他亲自迎上前，问明需求，将一行人带到二楼一个临窗可望见二院客栈的雅间，倒茶安顿下来。

苟蛟一行要了几个淮扬菜及两壶花雕酒。王秉正安排完酒菜从雅间退出，专门嘱咐小二，上菜侍候时要多加小心，免生事端。

约莫过去一刻钟，苟蛟一行所要酒菜备齐，小二和传菜师用两个掌盘将酒菜碗筷送进他们所在雅间。摆放停当，小二道声"几位慢用"，正要关门退出，就被苟蛟叫住。

苟蛟将小二带至窗前，指着二院客栈左钧居住的屋子问："那房里住的是谁？"

顺着苟蛟手指方向，小二看到在左钧屋内，东家和陈于珍、李法天一边嗑着瓜子，一边说着什么。小二告诉苟蛟，那是我们东家和长租客人陈家小姐。

听小二说陈于珍只是长租客，苟蛟色心更炽。放小二下楼后，他和随从一边喝酒，一边谋划着怎样把陈于珍搞到手。

三十四

广帮在夷陵有馆舍。过去，苟蛟每来夷陵都住在那里。为接近陈于珍，苟蛟决定搬到望蜀楼住。

酒足饭饱，苟蛟着随从到一楼柜台结账，还要订两间客栈上房。

王秉正从小二口里得知，苟蛟一伙在打探左钧和陈于珍，但不知这伙人是什么目的。出于本能，王秉正收下酒饭钱，以上房已经客满为由，婉言拒绝了他们。苟蛟一直在观察二院，见王秉正所言不虚，当天只好悻悻离开。

人虽离开，陈于珍的容貌却让苟蛟不能释怀。隔天一大早，他就派随从到酒楼候着，待有人退房，马上要下两间上房。

不想将房间租给这伙人，但开店不拒上门客，别人又是在柜台候着等来的房，王秉正也没理由拒绝。

接了苟蛟一伙入住，王秉正很不放心。他找到左钧，把苟蛟一伙人的行迹说给他听。听完，左钧也觉得怪异。多年在江湖边缘行走，左钧所经之事已太多，嘴上轻描淡写嘱咐王秉正多留点神，心里不免也多了个心眼。

租到房间，苟蛟几人当天就住进了望蜀楼。

租客现退的两间房并不相连。苟蛟入住时，正好看到陈于珍进自己房间，就挑离陈于珍最近的套房住了。

自视欢场老手，这些年寻花问柳，拉良家妇女下水的事，苟蛟做得还真不少，他喜欢勾搭过程中的那种刺激。虽说他也曾被拒绝和斥责过，但各种手段之下，还是屡屡得逞。他想，一个寄居客栈的异乡女子，上手应该不会太难。

住在望蜀楼，苟蛟的注意力一直都放在陈于珍的行踪上。

陈于珍每天忙完回到客栈，一般会待在房内休息一会，然后下楼去一楼正房，和左钧、李法天一直待过亥初时分，才回到自己房间。

他开始想扮个翩翩君子，也就没太放肆。当他打探到陈于珍做的是插戴营生后，觉得陈于珍简直就是唾手可得。他想，一个抛头露面毫不顾忌的单身女子，断不会是三贞九烈之人。

几日后一个中午，见陈于珍下工回客栈较早，苟蛟就让随从到前院酒楼要了一桌丰盛酒菜，送到自己套房。然后让随从以有家眷需做插戴为由，邀陈于珍到自己房间。

长期在客栈租住，陈于珍已习惯左邻右舍租客走马灯一样来去，并不去关心哪个房间住着什么人。此前，被入住客人邀请前去插戴的事也曾有过。因此，被苟蛟随从敲门传请后，陈于珍并不疑心，略作收拾，就带着行头随苟蛟随从去到了隔壁房间。

等陈于珍进房，苟蛟随从回身退出，反手拉上了门。

陈于珍将手中行头放在外间靠墙的茶几上，随意在茶几旁的木椅上坐了，静等需要插戴的女眷出来。少顷，苟蛟衣着光鲜地从里屋出来，嬉皮笑脸地盯着陈于珍。

看到苟蛟油头粉面的猥琐眼神，陈于珍像吞下苍蝇一般。好在，陈于珍是见过世面的，她在警惕中不失淡定："谢客官传请！不知是夫人还是小姐需插戴，烦请出来。"

陈于珍认真的模样，让苟蛟愈加心痒。他到房中间摆满酒菜的桌旁坐了，嘻笑着对陈于珍说："不急，不急，已是正午，小娘子先请坐上来，用过晌饭再说，如何？"

被人传请入府插戴，留饭之事不少。但总是由女眷或婢女陪食，男东家亲自请饭，显然极不正常。

"多谢好意！我已定了饭食。如贵眷要先用饭，等她用过我再来。"陈于珍起身，拎起茶几上的行头就要退出。

苟蛟立即从桌旁起身，走到门前伸手一拦："小娘子别急！女眷插戴先放一边，我见娘子孤单一人，特意定了这桌酒菜，邀娘子过来同饮。要是娘子高兴，这银子嘛，少不了你的！"苟蛟一边浮言浪语，一边伸手拉扯。

陈于珍闪身躲过苟蛟，正色说道："还请客官放尊重些。我们做插戴的，虽不如府上夫人小姐高贵，但也不是青楼女子，可任人轻薄。如无女眷要插戴，我就退下了。"然后侧身从苟蛟旁边擦过，拉门走出房间，回到自己屋里。

陈于珍的拒绝更加激发了苟蛟的欲望，他随即叫来随从陪自己喝酒，并淫邪地回味说："不错，有味道！"随从贱笑着附和："凭爷的手段，拿下这女人不在话下。"

苟蛟的轻薄，让陈于珍十分懊糟，连午饭也没有心情吃。回自己房里坐了一会，估摸着左钧和李法天已午休醒来，她下楼去了左钧书房。

陈于珍进房间时，左钧正在指导李法天练字。见平日里开朗乐呵的陈于珍沉着一张脸，左钧奇怪地问："闺女，遇啥事了？"

本就想找左钧倾诉，见左钧主动问起，陈于珍就把午间发生的事一番诉说。

这和王秉正先前的描述合上了辙，现在，左钧终于知道，这伙人可能就是冲着陈于珍来的。他叹口气安慰道："好在没吃啥亏。咱们相机让法天爹找由头将他们清退了。"

"开客栈做生意，和气生财，哪有撵客的道理。对这样的纨绔子弟，我以后小心避开就是。"这会儿，陈于珍心里的憋屈劲已舒缓很多。见左钧要撵苟蛟，反倒回头劝起了他。

三十五

目的暂未达成，苟蛟还有别样心思。他思忖，一个女人抛头露面做插戴，就是图钱。图钱的女人，就一切都可出卖，不同的是价码高低有别而已。而钱对自己来说，正好不是问题。

多年勾搭女人，苟蛟知道，但凡女人，对金银头面及脂粉珠翠，一般难有免疫力。他相信以插戴为生的陈于珍，不会不喜欢这些。于是安排手下，找到夷陵最好的头面铺子，花大价钱定制了一副插钗耳环，想用来讨好陈于珍。

但那次被骗去陪酒饭后，陈于珍就尽量躲着苟蛟一伙，不与其照面。可陈于珍越是躲，苟蛟对她就越上心。头面做好，一天中午，苟蛟瞅陈于珍回屋，就跟着想进她的房间。

"想做啥呢？"陈于珍把住门，脸上挂着愠怒。

"前日唐突了小娘子，来赔个不是。这点小心意，请小娘子收下。"

107

苟蛟脸上觍着笑，拿出白绸裹着的插钗耳环，往陈于珍手里塞。

"东西就不稀罕了，以后自重就是。"陈于珍本能地把手一缩，苟蛟递来的东西掉在了地上。陈于珍回身插上门，毫不理会仍在房外拍门的苟蛟。

苟蛟只好捡起掉在地上的插钗耳环，恨得牙痒地回到自己房间。

两次勾搭，两次碰壁，让苟蛟有些恼羞成怒。在欲望的烈火之下，他决定改"软磨"为"硬泡"，毕竟，霸王硬上弓，也是他擅长的手段。

打定主意，剩下就是找机会了。可这机会却不好找。望蜀楼平时人多眼杂，陈于珍出门都是在上午人多之时，在哪里动手都不合适。连续关注多天，也没找到机会，苟蛟的耐心最大限度地被消磨掉。得占有陈于珍，他内心里一刻也不想等了。

苟蛟的纠缠，陈于珍都如实告诉了左钧。虽摸不清这伙人底细，左钧断定他们不是好打发的善茬。

从左钧得知了情况后，王秉正对这伙人也更加防范起来。见他们两次碰壁仍不肯退房走人，定是有恃无恐。

时间又去几天。一晚，苟蛟叫了酒菜到房间。一边饮酒，一边跟两个随从大肆意淫陈于珍，言语粗鄙，下流不堪。

三人谈得兴起，听到房外木楼板上有脚步声由远而近。随后，陈于珍的身影从门口闪过。

天气渐热。陈于珍单衫薄襦，身影在楼道隐约灯光的勾勒下，更显高挑婀娜。

小主子急色垂涎的模样，随从全部看在眼里。在他们的怂恿下，苟蛟尝鲜的恶意更加强烈了。

但是，夷陵的情况错综复杂，相互克制，是各方势力在这个码头共处的前提，也是川广两帮之间不成文的契约。广帮在这个口岸有些势力，但也不敢像在江浙湖广一样随意造次。苟蛟知道这一点，所以在夷陵他一般不会为所欲为。但在这一刻，酒壮色胆，又有两个随从怂恿，苟蛟的心中有了不同以往的决定。

苟蛟站了起来，让两个随从在走廊把风，自己径直闯进了陈于珍房间。

当天，陈于珍同李法天在左钧屋内用过晚饭，又玩了一会，才拎着装有洗漱用水的水壶回到房间。照日常习惯，她并没插门，而是借门外走廊上的微弱灯光，摸索着拿出纸捻，晃亮后去点屋里的油灯。油灯还没点着，就有人闯进房间，身后一个熊抱，一张满嘴酒气的脸向她凑过来。

这阵仗，饶是见过世面，也是令人惊恐万分。陈于珍本能地惊叫："啊！放开！"同时，她开始拼命挣扎。

背后的手搂抱得更紧了，脚边的铜水壶被踢翻，发出了响亮声音。

此刻，陈于珍已被按在了床上。屋外，两个随从正在对视奸笑。

正在洗漱的左钧听到了声音，在瞬间，他意识到，多日的担忧马上就会变成现实。没丝毫迟疑，他冲出房门，向二楼跑去。

客栈里住满了人，但大多为多一事不如少一事的往来商旅。陈于珍房内的动静，很多人也听到了，但并没人出手干预。相反，一些原本还开着的房门，也匆匆被关上了。

左钧冲到二楼，却被苟蛟的随从截住了。

"我家爷正在办事，识相就快走开，莫管闲事。"两个随从凶神恶煞，险些将左钧推一个仰摔。

与此同时，王秉正刚回到自己房间，正要兑水给李法天洗脸。

"姑姑遇事！你坐着别动。"他把李法天按在凳子上坐好，回身冲出门，沿走廊往陈于珍的房间跑去。在陈于珍的房前，两个随从推搡左钧的一幕，正好被他撞见。

他一把扶住左钧，说声"东家让开。"一步上到了左钧前面。未及两个恶奴动手，王秉正双手一边一个用力一拖，两人被齐齐地甩了出去，重重摔在了走廊上。无暇纠缠，王秉正直接向陈于珍房间冲去。

屋内，陈于珍经历过最初的恐慌，很快就回过神，明白了正在发生什么。

109

虽是妇道人家，但生长于关外尚武的满人王府中，陈于珍并不羸弱。相反，长期耽于酒色的苟蛟想要制服陈于珍，倒有些力不从心。

把陈于珍推倒在床上，苟蛟想压上去撕开她的衣服，却遭到了陈于珍的强烈反抗，几度把他蹬倒在地，屋内案几摆设也被撞倒了一地。

这挣扎令苟蛟的决心更加强烈了。他一次又一次地扑向面前的女子，直到把她逼到了最里面的角落里。

在像两头雄狮一样拥有决心的攻击和反抗中，苟蛟几乎快要得手了。但是，此刻，王秉正跑进了房间。

"妹子莫怕！"王秉正左手抓住苟蛟衣领，用力往后一拉，右手一拳砸在他的脸上。

这一拳很重，剧痛让苟蛟的酒醒了一半，但脑袋也昏了一半。对于作恶多年的帮派公子而言，这是生平第一次。

他用手背揩了一下嘴角的血，冲王秉正破口大骂。

此时屋外，被王秉正摔翻的两个随从已爬起来跟进了房间，苟蛟心里有了底气。

"你不想活，爷就成全你。"

"揍他！"

苟蛟一边命令两个随从，一边顺手抓起滚落脚边的水壶，冲王秉正砸去。王秉正一抬手，水壶被格掉在地，同时，一脚飞去，正踢在苟蛟私处。这个气焰极度嚣张的流氓，瞬间痛得蜷下了身子。

看到苟蛟已经丧失了战斗力，王秉正迅即回头，怒目圆睁，面对着那两个随从。

那两个随从经过刚才一摔，早有气馁。见王秉正轻描淡写地就把主子废了，知道遇到了硬茬，怎敢造次？只好扶起蜷在地上哀号不止的主子，如丧家之犬般从陈于珍房里退出。他们也不敢回自己住的房间，直接下楼往客栈外窜了。

对于苟蛟，平生哪遭遇过这般羞辱？负痛逃窜时，他还在不甘心地叫嚣："爷跟你们没完！你们给爷等着！"

苟蛟几人的声音迅速消失了，刚才蜷在床角的陈于珍虽松了口气，但仍然禁不住全身颤抖。她站起身，一头扑到王秉正怀里，忍不住"哇……"的一声哭了出来。

面对紧紧抱住自己的陈于珍，刚才还能沉着应对歹徒的王秉正，只感觉害臊心慌。他抱也不是，推也不是，只好把双手张着。

看着苟蛟一伙狼狈逃窜，左钧也得以进到陈于珍屋内。看到在王秉正怀里痛哭的陈于珍，左钧伸手拍了拍她的肩头："孩子莫怕，坏人走了，事情过去了……"

陈于珍慢慢止住哭声，有些不好意思地松开了抱着王秉正的手。

闻讯赶来的伙计们帮着把陈于珍的房间收拾好。左钧又同王秉正一起，陪着陈于珍说了些话，直到她的心情看来已经平复，两人才准备离开。

见两位要走，心里仍有惊悸的她和王秉正说："王大哥，能不能叫法天过来陪陪我？"

王秉正明白陈于珍心里的害怕，点头答应了。

他回房间，对李法天说，姑姑希望他过去陪陪，李法天很懂事地答应了。莫说是姑侄二人平日培养的情感，就是面对陌生人，如果有需要，这个孩子也是会帮忙的。

把李法天接进屋里，陈于珍向王秉正道了谢，回身插上门闩，和衣同李法天上床，一人坐了一头。经历了刚才的惊吓，陈于珍睡意全无，她也不敢熄灯，只能和李法天相对坐着。

"姑姑睡吧，不用害怕。有我大在，没有坏人敢再来欺负您。"李法天坐在床上，用小手抱着自己膝盖，小眼睛望着陈于珍，很自信地安慰她。

心有余悸的陈于珍感觉很奇怪。这么大的动静，才过十岁的李法天，怎么就不害怕？"怎么知道有你大在，坏人就不敢来了？"陈于珍问。

"比他们更坏的人，我大都没怕过……"心里早已不把陈于珍当外人，李法天忘记了王秉正平日的嘱咐，随口就给陈于珍讲起了自己遭人绑架又得到营救的故事。

李法天说得云淡风轻，陈于珍却听得惊心动魄。她没想到，这孩子小小年纪竟有如此经历。在更加疼惜李法天的同时，她对王秉正的侠义果敢，又多了些钦敬。

闲聊之后，困倦的孩子终于撑不住，沉沉睡去了。但陈于珍在苦苦思忖着自己的未来。还有，对王秉正这个人的认识，以及自己在不知不觉间对他产生的依赖……陈于珍屋里的灯火，一直亮到了天明。

第二天，左钧托人，通过各种渠道去打探苟蛟一伙的情况，却无人知道他们的来历及过往。

苟蛟一伙人就此从夷陵的地界上消失了。

三十六

望蜀楼之夜出逃，苟蛟先是跑回了广帮馆舍。王秉正那一脚着实不轻，苟蛟下体红肿难当，痛不欲生。

广帮只是夷陵的势力之一，苟蛟对自己招惹之人，并不清楚底细。他做贼心虚，连夜安排船只，溜去下游的荆州，找人治家伙去了。

在郎中的精心料理之下，苟蛟下体肿疼经半月时间终于消退。但善恶有报，伤疼虽慢慢好起来，可这迷恋奇淫之技的浪荡公子，也就此丧失了人事能力。如此大仇，他赌咒发誓，定要报复。

作为广帮船运总管事，苟蛟的父亲对这个唯一的儿子既无奈，又心疼。他支持苟蛟找回在夷陵所受之辱，并向荆州、夷陵的广帮堂口传话，要他们全力相助。

再回夷陵，苟蛟带来的是大仇未报的决心。

这次，他不事张扬。原来身边的随从一个没带，就连下船的时间也选在了晚上。

苟蛟一到,夷陵广帮船运堂口的船老大叶七就带着几个得力弟兄去保护苟蛟安全,并听候他差遣。

叶七年过半百,陕西人,是当年追寻大顺军到夔东地区来的。小闯王李来亨兵败后,叶七不愿降清做奴才,也不愿留山里为匪,就沿长江而下,在广帮船运谋起了营生,并且一干就近二十年。由于处事谨慎精明练达,在船工弟兄的推举下,做了夷陵、荆州一带广帮船运堂口的管事。

平时,苟蛟到夷陵,很少与叶七的堂口发生瓜葛。叶七对他也是敬而远之,但作为地方堂口管事,对自己属下江段、码头的事情,叶七自是了然的。有人在望蜀楼调戏良家妇女被痛殴之事,叶七也是早就知晓。对叶七来说,这种祸害良家妇女的登徒浪子,就是落在自己手里,也不会对他客气。

直到接到总管事指令,叶七才晓得,故事的当事人就是总管事的儿子。

协助苟蛟寻仇,叶七内心极不情愿。但接了总管事指令,叶七也只能尽心办差。将苟蛟安顿好,叶七立即安排人打探望蜀楼情况,找寻机会下手。

望蜀楼这边,时间消磨了耻辱,生活恢复到往日模样。唯一不同的,就是李法天在陈于珍房里过夜,已成常态。

经踩点打探,叶七基本掌握了王秉正、左钧和陈于珍儿人的作息规律。王秉正整日打理客栈生意,几乎足不出户。陈于珍出门有客家车马接送,对这两人下手都不方便。

除王秉正和陈于珍两个主要目标外,叶七也弄清了这两人和客栈老板左钧、小孩李法天之间关系。

按江湖规矩,寻常寻仇只针对当事人,可王秉正这一脚了却了自己平生所好,苟蛟要的,是把这四人全部解决掉。

广帮在夷陵的势力不小,但太平年月,官府管制周全,任何势力

113

行事，都不敢明火执仗。既然直接对王秉正和陈于珍动手不便，苟蛟指示叶七，就先在左钧和李法天身上打主意。

天热，左钧每天生活的日程里又多了一项重要内容，就是如非雨天，会在李法天去陈于珍房间前，带他去江边散步纳凉。

对老人、小孩下手，叶七本极度不愿，但他又不能违拗苟蛟。他只能设法先拿下这一老一小，迫使王秉正和陈于珍就范。

中元节后，夷陵的天气越发燥热。一天气晴好的夜晚，陈于珍上楼后，左钧照例带着李法天到江边散步。

深夜的江边码头渔火点点，但没了白日的忙碌和喧嚣。左钧和李法天刚走到近水台阶处，就被几个斗笠遮脸的汉子围住。他们用刀架在左钧脖子上，不许他声张，再用破布带勒住二人的嘴，把他们不声不响地捆扎结实，塞入麻袋扔进船舱。

忙完当天客栈诸事，王秉正回自己房间时已是亥时末。不见左钧房里点灯，李法天也不在屋里。王秉正以为他们不是睡下，就是在陈于珍屋内。自己确已困顿，就先洗漱睡了。

第二天，王秉正一早起来就开始忙事。直到午时左右，陈于珍匆忙跑到前台来找他，才知道，左钧和李法天整夜未归。直觉告诉他，出事了！

他没有慌张，平静地向伙计交代了一些要紧事体，就带陈于珍尽可能地寻找。整整一下午，还是不见爷孙俩的踪迹，也没找到丝毫有用信息。

陈于珍急得像热锅上的蚂蚁，但王秉正不露声色。

经历过人生的大开大合，王秉正清楚，这大概又是一次绑架。但是，老人和小孩肯定不会是绑匪的终极目标，他们一定会设法与自己联系的。

一夜难熬的等待。

次日一早，伙计早起开门，在酒楼门缝里发现了一封信，立即送到王秉正手中。

"该来的总会来。"王秉正不动声色,把当天客栈诸事安排妥帖,才回到自己房间,拆阅信札。

只有简单的几行字:"你东家和伢仔在我们手上。想见,晚上到码头来。勿报官,否则后果自负。"

绑匪说见人,却不提要求,王秉正感到这问题有点复杂。

因家中有事,陈于珍把当天的传请都回了。见王秉正回房,她也跟了进去。

"有消息了?"陈于珍急切地问。

王秉正没说话,只冲陈于珍点了点头。

陈于珍看见桌上摆的信,没多问,拿起就看。王秉正也没阻止她。

"你准备怎么办?"陈于珍看完信问。

"得去会会他们,看看到底是何方神圣,究竟想干什么。"王秉正很冷静。

"把我带上。"陈于珍说。

"你好好待在客栈。我自己去,更方便些。"王秉正直接拒绝了。陈于珍还想再说,见王秉正抬手制止,就没把话说出来。

两人对坐在房里,各自想着事。午时三刻,王秉正说:"前面酒楼的生意可能忙了。"就起身往外走。陈于珍帮王秉正关好房门,回了自己房间。

王秉正的沉着让陈于珍稍觉心安。她知道,这个男人经过大事,他会有自己的章程和办法。但她打定主意,不管要面对的会是什么,今夜都要和王秉正在一起。

表面虽波澜不惊,但王秉正心里并没底。忙完午间生意,他把客栈伙计召集到一起,说自己和东家可要出门几天。将接下来一段时间要做的事做了细致安排。

他已做了最坏打算。

入夜,王秉正如往常一样,一直忙到酒楼大多数客人都离去,伙计们准备打烊了才回到二院,换一身短装,随身藏把短刀,准备出门。

115

自铁了心要跟王秉正一起去，陈于珍就一直密切关注着王秉正举动。虽是女流，自幼在尚武环境中长大，不敢说不让须眉，但陈于珍自信地认为，关键时刻，自己是可以帮上一点忙的。

平底软鞋，紧袖衫裤，陈于珍早把自己收拾停当。瞅着王秉正出门，她悄悄地跟了上去。

从客栈到码头边，不过半袋烟工夫。

七月流火。王秉正赶到时，码头江边仍有人在纳凉洗澡，时不时还可听到有人用蒲扇拍打蚊子的声音。

王秉正不知对方藏身何处，只得漫无目的地在江边来回踱步。跟在他后面的陈于珍，远远地找个石阶坐下，直直盯着王秉正的一举一动。

亥时中，乘凉人等逐渐散去，约他的人还没有出现。

其实，王秉正和陈于珍的行踪一直都在叶七的视线当中。他吃定王秉正不可能不顾左钧爷孙的安危，一定会按要求来码头相会。他计划等夜半无人之时，悄无声息地动手。

亥时末，码头上人群几乎散尽。王秉正见到两三个人影向自己靠拢。

"王掌柜？"来人低沉地问。

"是。"王秉正答。

"随我们走。"来人中的两个，一左一右架住王秉正，搜出了他藏在身上的短刀。王秉正没做丝毫挣扎，他知道，只有无条件配合，才能见到左钧和李法天。

陈于珍躲在暗处，目睹了王秉正被架走的全过程。王秉正被带走时，她本想悄悄跟上，可螳螂捕蝉，黄雀在后，还没走几步，就被人从脑后一拍，竟什么都不知道了。

王秉正被几人架着，沿江往下走不远，经一根长跳板，带到了一条大木船上。

他前脚刚上船，陈于珍就被两个人架着拖了上来。架陈于珍的两个汉子一松手，陈于珍软瘫在甲板上。

"你们把她咋了？有事冲我来，莫难为一个女人家！"本来沉着的王秉正，见到陈于珍已经昏迷的样子，有点急了。

"逞啥英雄？给我绑了！"叶七盯了王秉正一眼，吧嗒两口手中的烟锅，吩咐手下。

没见到左钧和李法天，对方也没提任何要求便要绑人，还把陈于珍一起弄上了船，王秉正感觉到，这次遭遇超乎寻常。他断定对方不单纯是为了银钱。

照叶七吩咐，一人拿了粗麻绳就要捆王秉正。见情况不对，王秉正开始挣扎。

他一动手，两个打手立即被甩得东倒西歪，但抓他的手却没有放开。船上几个汉子见状，一同扑向他，却仍不能将他完全控制住。

碰见了练家子，叶七只能自己动手。几个回合下来，费了好大力气，叶七一伙才把王秉正按住。王秉正的衣衫已被撕破，多年来从不离身的长命锁绳也被扯断，长命锁落到了叶七手中。

王秉正被捆住了。借助船上昏暗油灯，叶七认真审视把玩着从王秉正脖子上扯下来的长命锁，眼神变得异样起来。

第二天一早，叶七将情况禀报给了苟蛟。

苟蛟甚是兴奋，当即就要赶到船上。他要在处理掉几个人之前，好生羞辱他们一番。

苟蛟上了船。叶七吩咐把王秉正和陈于珍带上来，又从底舱把装在麻袋里的左钧和李法天放出来，带到苟蛟面前。

装麻袋里两天多时间，水米未进，此时的左钧和李法天都已虚弱不堪。王秉正和陈于珍虽只被捆着关了一晚，看上去情况也好不了多少。

看到苟蛟，王秉正全明白了。但未及多想，苟蛟就已冲上来，一顿拳打脚踢和恶毒的咒骂，直到自己累得抬不起手。

但他还没有忘记陈于珍，只见他狞笑着，揪起陈于珍的头发，左右开弓,狠狠地抽打着,叫骂着,似乎要发泄掉一生的遗恨……

叶七一直不吭声,在一旁吧嗒自己的烟锅。等到苟蛟闹腾够了,让他把老少四人一齐扔进江中喂鱼,才磕掉烟锅里的烟灰起身:"四条人命不是小事,现在是大白天,江上人来船往,咋能说沉就沉。少总管事,你的气也出了,恨也解了,余下事交给我们办就是。"

"你想等到什么时候?"

"请少总管事放心,等到夜深无人时,我把船撑到江心,亲自把他们扔进去,保证做到神不知,鬼不觉,不惹麻烦。"

苟蛟想想,叶七说得在理。并且,他大伤刚愈,身体尚虚,也确实闹腾累了,就再交代叶七几句,转身下船上岸,寻自己的口腹之欲去了。

入夜,叶七吩咐手下备了些酒饭到船上,差人把他们嘴上的布带解开,给四人喂饭。"阎王不收饿死鬼,你们吃饱些好上路。冤有头,债有主。你们晓得是谁要你们的命,到那边后,可不要来找我们寻仇……"叶七依旧蹲在一旁,一边吧嗒着烟锅,一边念念叨叨。

受了长时间的折磨,老少四人狼狈且绝望。尤其是一场横祸因自己而起,陈于珍心中的愧疚难以言表。在勒住嘴巴的布带被解开后,她忍不住哭出声来:"对不住,是我害了你们……"

船舱里,一灯如豆。她在等着责怪和埋怨,恨不得以一人之死,换他们三个男人的生路。

"生死有命,不关妹子的事。"王秉正的声音传来,一如既往地平静。

说话间,左钧和李法天这一老一小已经开始狼吞虎咽。两天多的饥渴,两人的身体已到了极限,根本就顾不得王秉正和陈于珍在说什么。

"你也吃点东西吧。"王秉正一边安慰陈于珍,自己一边也吃上了。看着三个就要陪着自己一同死去的男人竟如此镇定,陈于珍的恐惧开始释然。

一刻来钟,叶七见四人都停止了进食,习惯地在船板上磕掉烟锅里的烟灰,站起身说:"吃好没有?吃好就该上路了哦。"他吩咐手下重新把四人的嘴勒上,还是用麻袋装了,在每个人的麻袋里塞进一大块卵石,将麻袋抬到系在大船旁的一条小船上。

手下人把这一切弄停当后,叶七才把手中烟锅和烟袋一挽,插在腰带上,跳上小船。"你们都上去,这事我自己去办。不要每个人都拉上命债,省得以后遭报应。"

被安排动手杀人,几个伙计本不情愿。听叶七这么一说,连连应诺。

手下人退回大船后,叶七解开系着小船的缆绳。回身,在夜色中将小船划向江心。

就要离开这个世界了,王秉正想了很多,又什么头绪都没理清楚。懵懂中不知过了多长时间,也不知小船走了多远。蜷在麻袋里的他感到船身一顿,停了下来。

王秉正以为船上的人就要对他们动手了,这已是生命的最后时刻。可他又感到,来人并不是要把他往江里掀,而是在解绳子。

麻袋口打开的那一瞬间,繁星漫天,是一个晴好的夜晚。而此时的船,已停在码头下游的一处岸边。

"当年,你是闯王的人吧?"王秉正听到叶七的声音。他嘴上的布带,身上的绳索被依次解开。

长时间被捆,手脚麻木的王秉正被解开捆绳后并没能马上站得起来。嘴上的布带被解开后,说话已没障碍。"你是谁,怎么知道这?"隐约间,王秉正有一种预感。

"给你们的长命锁大家都收好了。它不仅可以应急救命,更是你们兄弟间相认的信物,将来归队的令牌⋯⋯"高夫人的话语还犹在耳畔,叶七平淡的声音就已传来:"你身上的长命金锁,我也有一个。"

"大哥原来也是童子营出来的?"生死关头遇到故人,向来从容的王秉正显得有些激动。

"是啊!童子营解散,我被安排到当地一无儿无女的老乡家。后来,干大干娘老了,我就南下找队伍,找到了小闯王。再后来,队伍被打

119

散,就开始在大河上讨生活。你是我这些年遇到的第一个兄弟。昨天捆你时,我就认出来了。"叶七放开王秉正,一边和他说话,一边去解另三个麻袋。

王秉正稍微能动弹了,也爬起来摸索着帮忙。

听到外面王秉正和叶七对话,麻袋里另外三人感到了生机。很快,他们也被放了出来。

待四个人都解下了捆束,叶七将四只麻袋连同里面的石头捆于一处,掀到了江里。之后,他回头与王秉正说:"我们船帮平日是绝不会做杀人越货之事的。但这次,你们把总管事的公子弄得太惨,让他今后不能做人,所以才会遭此报复。"他顿了一下,说:"我本不能为虎作伥,但总管事之命难违,只能帮他出了气再说。现在,你们自由了。"

听到叶七说话,王秉正才回过神。刚才,只顾着照顾自己人了,现在,王秉正面对叶七,双手一揖,准备跪拜下去:"多谢大哥救命之恩。"

他还没跪下去,就被叶七伸手托起来:"既是自家兄弟,何必如此客气!是我们少总管事作恶在先,就算遇见的是别人,我也会设法相救的。"

说话间,叶七从怀里掏出那把长命锁,塞回王秉正手中。

此时,左钧也缓过神来,他插言道:"原来你们是广帮的。这广帮势力我早有耳闻,知道你们的规矩严。如果你放了我们,你回去咋办?"

"现在,你们已经被沉江了!只要以后不被广帮人看到,我就不会有事。所以,夷陵你们今后是断然不能待了,否则,不仅我叶七性命不保,你们也难逃广帮追杀。"

"是得走,而且今晚就得走。可广帮势力范围那么大,我们能往哪里走呢?"左钧的脸上,布满了愁容。

"我好办,本来就是去找我哥的,有没有这搭子事,迟早都要离开夷陵。"陈于珍一边安抚着李法天,一边搭话,"只是左叔经营几十年的望蜀楼该咋办？"陈于珍既担心，又愧疚。

"树高千丈，落叶归根。钱财乃身外之物，一个望蜀楼，我还放得下。我老家就在龙安府方向，可以和你结伴同行。不知秉正你有何打算？"

"我也是流落江湖之人，四处无家四处家，随时都可以离开。原想秋后去北边讨营生，不过现在把计划提前一点而已。"望着漫天繁星，王秉正用手搂住了李法天的肩膀。

"去西南西北都可以，去津京还是有问题。广帮的船不仅在长江大河里跑，汉江和京杭运河里也有。有广帮势力的地方，都不能去。"叶七接了王秉正的话。

西北回不去，江浙湖广去不得，现在，中原京津方向也不能去。王秉正一时间竟没了方向。

"秉正哥，如果没有好去处，不如跟我们一同去四川吧。那里没仇家，我们一路上也有个照应。"陈于珍的语气里满是期待。

"于珍说得不错。"王秉正还在思忖，左钧跟着帮腔。

"那我和法天同你们去四川吧。"同是天涯沦落人，这共同的遭遇，使王秉正与左钧、陈于珍的情感早已非昔日可比。况且此时，还有其他选择吗？

"你和秉正是兄弟，今日放了我们，未来必然凶险，不如，也跟我们一起走吧？"同王秉正商量好去向，左钧动员起了叶七。

"我在夷陵一带跑船已近二十年，这里有我的兄弟和需要我照顾的人。你们已经'沉江'，我没有危险，以后的日子还是照旧。"叶七拒绝了左钧，又催促道："现在夜短，你们赶紧上岸。回去收拾收拾就离开，不要再耽搁。"

"现在水还很大，要逆行川江，船也不好找啊。"左钧说出自己的担心。

"我认识在川江讨营生的兄弟，船由我来安排。你们赶紧回去收拾，天亮前出来就是，我在出城往码头的路边等你们。"

左钧和王秉正都是明事理的人，知道叶七急啥，绝不能拖累救命恩人。四人决定按叶七安排，尽早离开夷陵这个是非之地。

离船上岸后，叶七把小船划回大船系上。沉着脸告诉还在大船上等着的兄弟们，说事情已经办妥，让大家上岸回家休息。

王秉正四人乘着夜色赶回望蜀楼，翻墙潜入客栈，各自回房收拾东西。

从凤翔柳林逃离以来，王秉正便把所携金铤缝在一个不显眼的厚布裹肚里。入住望蜀楼后，一直将其藏挂于所睡的床架之上，显得很不经意。平时里有麻帐遮掩，谁也不会想到那里竟藏着千两黄金。回到房间，王秉正先把自己和李法天穿的衣服换了，将平时用度的散碎银子及轻便衣物用包袱系了，然后从床架上取下裹肚，系在腰间衣下，回身拉着李法天就下楼往左钧房里去。王秉正知道，要离开自己经营多年的生意，左钧有很多事情需要做。

左钧一生的积蓄，除了望蜀楼外，也就只黄金二百来两和几百两银子。王秉正下来时，他已换好衣服，把要带走的东西收拾停当，正伏在书案前写着什么。

相对王秉正和左钧，陈于珍要带的最少，几件衣物，一套插戴行头和不多的银两。简单收拾好行李，陈于珍草草梳洗整理了一番，也下楼到左钧房间里与大家会合。

陈于珍进房时，左钧已写好了文书。他望了其他三人一眼，说声"走！"伸手去拎自己的包袱。王秉正抢先一步帮他把包袱拎起。

四人一起翻出望蜀楼，奔江边码头而去。

王秉正一行回望蜀楼收拾东西期间，叶七到码头靠上游角落里，喊醒一位运送急货的船拐子。

长江夷陵往上经三峡到四川江段，跑船人习惯叫川江，与下游江段相比，川江面窄、水急、滩多，一到洪水季，大船一般不敢行驶。但有一批熟悉川江水势江情的船拐子，凭借自己的高超技能，敢接一些小宗急货运输，不过船资要高出很多。

这些船拐子吃住都在船上，遇有需要运送的急件，谈妥价钱，不分昼夜，随叫随走。

船拐子操弄之船，是一种被称为"小麻秧子"的平底快船，吃水不深，轻便快捷。动力以一双木桨为主，配有风帆和长竿撑篙。夏季水急浪大之时，老船拐子们利用江边回旋的水势和风向，操帆划桨在江面上逆流飞驶，已然是川江上一道奇丽风景。

作为下游广帮船运的管事，叶七和这些船拐子交道很多，而做急货运送生意，有一条大家都明白的规矩，就是不问送的是什么人、什么货，也不向其他人讲送到了哪里。叶七找的这船拐子，是他关照多年，做事极稳妥的人。

交代了有几人要走，让船拐子在江边候着，叶七自己就到进城方向的路边等候。

寅时正，王秉正一行匆匆而来。

没说话，叶七径直将四人带往安排好的小船。

在船拐子接引下，陈于珍和李法天先登上船。王秉正握住叶七的手说声"大恩就不敢言谢了！"要扶左钧上船，却被左钧推开。

他拉着叶七往岸上走了一小段，估摸着船拐子已听不到自己说话时，才从怀里掏出刚才在屋里写好的文书塞给叶七。

"感谢船老大救命之恩。这是望蜀楼转让契约和我给伙计们的一封信。望蜀楼是我多年心血，现在逃命也带不走，从今往后，它就归恩人你了。恩人你可雇人打理，有了这份基业，你以后就不用再去吃那风里来浪里去的苦了。"

"这咋使得？"叶七想要拒绝，他知道这份礼有多重。

"不仅使得，还只有这样！望蜀楼是我多年心血，生意和伙计我都带不走，只有托付给你这样的人，我才能放心。"左钧挡回叶七往回还契约的手。叮嘱一句"好好打理！"就转身同王秉正一起上了船。

叶七没再多说，等王秉正和左钧都上了船，他吩咐船拐子："走了！注意把稳一点。"

"好嘞。"船拐子应声将小船驶离了夷陵。

三十七

从西陵峡口南津关奔泻而出,汹涌的长江水摆脱了几百里峡江约束,江面从最窄处的二百多米,迅速扩展到两千多米,江面的宽阔让水流变得和缓而从容。

流至夷陵城区,江面被西坝和葛洲坝两个沙洲分切成三道。靠夷陵城的是主河道,江面最宽,水流湍急,多为下行船只和大船选行。

小船驶离夷陵码头,船拐子先是横渡主河道,再从西坝和葛洲坝之间的"小河"江面摇橹逆江上行。

船到南津关时,天色已大亮。

"不知几位客人要往何处?"进峡江前,船拐子将小船泊在近岸一处洄水小湾,走到年纪最长的左钧面前弯腰揖问。

找船时,叶七只想着尽快安排左钧一行离开夷陵,可要怎么走,叶七不便代为安排。跑快船有规矩,船拐子不会打听客人是谁,要去哪里。按惯例,客货上船,去哪里客人会主动告知,以让船拐子决定带多少桡夫子和纤夫。

长期待在夷陵,左钧知道川江行船很多规矩。他回问船拐子:"老大这船,往上可走多远?"

"一般情况,峡江快船,上不过归州,下不出夷陵。您几位是叶老大安排,只要不是太远,我都该送你们过去。只是这季节峡江仍然水大浪高,就怕我这小船支应不了。"

"到归州既可。"左钧决定。

"这样。这段江面天天跑着,有我和随船桡夫,雇一个纤夫就行。"船拐子说。

"您按规矩安排就是。"左钧回道。他明白,船拐子说这些,是按峡江规矩，上行船只，要雇纤夫背船过滩。这背纤的钱，在船钱之外。

"明白了。"船拐子将船摇到江边，赤脚跳下船，往聚在江边的一堆人走去。那些人是职业纤夫，长年聚在峡江口，等待上行船只前来雇佣。船拐子在人群中挑了一年轻力壮的熟人带回船上。

从南津关起算，上行到峡江中间的归州，有一百四十里地。虽说船轻道熟，但在这水大流急的季节，咋算也得三五日行程。船拐子雇来纤夫后，没做耽搁就挂帆系纤，驾船起航。

许是天助，那日早间还酷热无风，船一入南津关，竟吹起东南风来。无须纤夫背拉，船拐子调帆摇橹，小船取道江流与岸间的回旋处，借了风力，竟能逆流飞驰。暮色起时，赶到江流势缓的三斗坪歇了。

隔日，天刚麻麻亮，船拐子就起来招呼船工和纤夫，一起收了船篷，熬些稀粥。叫醒王秉正几人，起来就着咸菜用了早饭。随后解缆张帆，继续赶路。

东南风依旧劲吹，凭借风力，在船拐子的熟练操作下，早行暮栖，第三日申时，船到归州码头。

左钧给了船拐子十五两银子做船钱，另付二两银子纤费。船拐子和纤夫对左钧一行的大方很是感激，执意帮着把行李送到归州城门口，才千恩万谢告辞回船。

归州在峡江北岸，是峡江一处热闹所在。

一行人进入归州城内，寻得一处干净客栈，要了两间清静客房住下。

已连续几天没能好好休息。在客栈，左钧和王秉正住一间房，陈于珍和李法天住一间房。几人好好一番洗漱，一起匆匆吃些东西，分头早早睡下。连日的疲倦加上远离危险后的放松，四人睡得很香。

可能是上了年纪，到归州第二天，左钧第一个醒来。那天，连日的东南季风带来的水气，结束了归州的伏旱，一场喜雨降落这座古城。听到旁边王秉正的鼾声，左钧轻脚轻手下了床，来到窗前。

窗外屋檐下，雨水自屋顶汇集流下，串成珠帘，远处起伏的群山在雨中色深如黛。细想自己这几十年人生，犹如这群山一样跌宕起伏，左钧不由感慨万千。

　　归去来兮，田园将芜胡不归！在左钧心里，归乡念头不知闪过多少次，却总有太多顾虑难得成行。这回因突然变故，倒最终促成自己踏上了归途。

　　王秉正那一夜睡得特死。他醒来时，见左钧披衣伫立窗前出神，就没整出动静惊扰他。自逃离凤翔，身如浮萍飘零，去向哪里，定根何处，他没太在意。这次变故迫使他又一次改变行程，他也无怨无悔。王秉正打小就明白，为人做事，有所不为，有所必为。不要说对长期相处，已心中喜欢的陈于珍，就是面对陌生人，遇到那样的事，他仍会出手相救。

　　虽不想整出动静，王秉正细微的声音左钧还是感觉到了。

　　"醒了？"他回头问。

　　虽萍水相逢于江湖，几个月相处下来，特别是有了同生共死的经历，左钧对这位至情至性的汉子有了更深的认可。

　　"这一觉睡得很好。您咋这么早就起了？"见左钧与自己说话，王秉正索性披衣下床。接下来该怎么办，他想跟左钧好好商量商量。

　　"今天这场雨，是伏旱后第一场秋雨，看样子一时半会儿停不了，估计得在这里待上一阵。"左钧望着窗外的雨说，"不过不用担心，广帮到不了这，只要我们不弄出太大动静，在这里会很安全。"左钧安慰王秉正。

　　"哦。"王秉正应了一声。自幼的经历，让他对凶险并不在意，但要加上左钧、李法天和陈于珍老幼几个，他心里确有顾虑。

　　正说话，就有脚步声来到门前，接着是一阵拍门声。

　　左钧过去把门打开，李法天已穿戴齐整站在门前。

　　"爷爷，我肚子饿了。姑姑让我来问下，啥时去吃饭？"李法天一进门，就拉着左钧的手晃悠。

　　经过这段时间相处，这对没有血缘关系的爷孙，亲热已胜过很多亲生。

"你不说饿,爷爷也没觉得,你这一说,爷爷也觉得饿了。"左钧笑盈盈地回答,回头招呼王秉正:"问下客栈掌柜,能否整桌饭菜,送到房间来?要不行,我们就到前厅去吃。"

"好呢。"王秉正应一声,穿好衣服,去前厅找客栈掌柜。

两个房间紧挨着。让李法天去叫左钧时,陈于珍早把自己梳洗收拾停当。虽没说什么,隔壁房间的情况陈于珍都听到了。王秉正从房间门口经过时,不经意抬头向陈于珍房间望了一眼,见陈于珍就站在门口,目光中自有款款深情。

对这双眼睛里的火热,王秉正竟觉得有些惶然。他羞赧一笑,没有言语,扭头走了过去。

起得晚,王秉正到前台时,已近午时,大厅已有客人在用午餐。他到前台询问,知道可以送餐到房间,就冷热荤素点了一桌,还要了一小坛杂粮酒,交代好几人用餐,叮嘱掌柜抓紧时间送到,便起身回房。

约莫一刻钟光景,掌柜带两个伙计将酒菜碗筷送到房间。左钧盼咐李法天到隔壁叫来陈于珍,四人一人一方坐了。

劫难过去,终于可以再安心坐在一起用餐。王秉正和陈于珍四目相对,眼光里流溢着与往日不同的光彩。与对面的女人虽无太深瓜葛,但王秉正感受得到,在陈于珍身上,有一种难于抗拒的吸引。这种感觉在他的前半生中,还不曾有过。

素昧平生,这个刚刚相识不久的男子,竟愿意出手相助,涉生死之险而不悔,其伟岸的人格,令陈于珍相信,他可以全情信赖和依靠。在她的目光中,不仅仅有感激、欣赏和关爱,还带有点点娇羞。这点娇羞,让她不自觉地面泛桃红,眼溢秋水,小女儿情态,在这个大气的女子脸上,暴露无余。

李法天早已饥肠辘辘,但三个大人没动箸,他只好忍着。左钧见王秉正和陈于珍走神,就一边执壶倒酒,一边故意轻咳。王秉正和陈于珍回过神来,意识到自己失态,二人均羞得满脸通红。

"来,我们好好喝一个。"左钧不动声色地端起酒杯提议。

王秉正和陈于珍随即举起酒杯。

饮了杯中酒，左钧要去拿壶，却被陈于珍抢拿了去。陈于珍倒酒时，左钧调侃道："这杂粮酒我不是第一次喝，咋今天就觉得特别好了？是酒好呢，还是人心情好呢？"说话间，他拿筷子夹一块软烂的红烧肉，放到李法天碗里。李法天一边大口吞咽，一边抬头对左钧说："谢谢爷爷。"

"快吃。"左钧用手摸一下李法天的头。

为掩饰尴尬，陈于珍斟好酒，举杯转移话题："拖累叔和秉正哥了。你俩的恩情，怕这辈子于珍都还不上。两位恩重如山，于珍也不敢说谢，先干了这杯酒。从今往后，叔就是我亲爹，秉正大哥就是我亲哥。两位要有什么事，只要于珍做得到，尽管吩咐，于珍定不会有分毫推托。"说罢，她端起酒杯，一口喝了。

王秉正和左钧也端起酒杯，王秉正站起身子，左钧没起身，二人各自把酒喝了。老爷子不愿把刚才的话题岔开，继续调侃："捡个女儿，我老头子高兴。你秉正大哥是要认妹妹还是要做啥，我老头子就不知道了。"

陈于珍脸色更红，不知怎样回应，只好又执起酒壶，一边倒酒，一边用眼神向王秉正求助。

陈于珍的心思，王秉正自然心知肚明，他端起酒杯说："老掌柜，我也要对您说声谢谢。一来感谢您这么长时间的收留和关照，二来感谢您对法天的教诲。既然于珍认您作爹您都答应，不如往后我就叫您叔吧，您就将法天当作自己的亲孙子。于珍她说是哥，我当她哥就是。这杯酒，算我敬叔和我妹子的。"说罢，把杯里酒喝个底朝天。

"你就一只不开窍的猪！"左钧见王秉正不顺着自己的意思走，端起酒杯，一边喝酒，一边嘟囔着笑骂。

乱世中的每个人，都有自己的过去和故事，在酒的作用下，三人放下心中所有顾虑。那顿饭吃得很长，话也很多，每个人都毫无保留地讲述了过往。

窗外，秋雨如注。酒尽菜残，三人半醉之间，天色渐暗，李法天吃饱了饭，跑回房间玩去了。

几个月来的际遇，王秉正已不在意去向何方。酒桌上知道，将随左钧而去的地方，就是谪仙李白的故里，他有点兴奋。到谪仙故里重做"谪仙烧坊"，也许是冥冥之中的天意。他的心中，不由地开始向往。

闲聊间，左钧建议，该给李法天改个姓。因为在长期相处中，左钧早已觉察，这并非一对亲生父子，但感情胜过亲生。况且，将李法天改姓为王，以后行走也方便很多。

对左钧提议，王秉正此前也不是没有想过，但心里总是过不去义兄李有德这道坎。

"乱世求生，遇事从权。以后娃娃大了，开枝散叶时让出一脉，去续李家香火就是。"左钧坚持。

"也是。但不知娃会咋想。"王秉正仍有顾虑。

"这个我找机会去说。"左钧一口应承下来。

连天秋雨驱走夏季以来的酷热，空气里有了一丝凉意。第二天王秉正早醒，起身披了一件褂子，调整一下枕头，斜靠着床架，双手枕头半坐起来，天马行空地想起事来。

昨天一顿酒饭，让王秉正如卸下了甲胄一样轻松。

在他心里，已逐渐喜欢上了真实、执着、美丽而又善良的陈于珍。他明白，陈于珍心里也有了自己，更了解左钧想撮合自己跟陈于珍的心思。但想到陈于珍的出身和她知府哥哥的背景，王秉正不由得又犹豫起来。但究竟顾虑的是啥，王秉正自己似乎也不确知。

"想啥呢？"左钧的声音传来，原来，老爷子也醒了。

"乱想，没得个定准。"王秉正侧身望向左钧，回答他。随即，他下床穿衣，走到窗前活动筋骨。

左钧也跟着下了床，出去招呼客栈伙计送热水上来洗漱。出门后，他看到陈于珍和李法天房间的门洞开着，姑侄二人已收拾停当。见左钧出来，李法天立即跑出房门叫声"爷爷"。

左钧心里很是受用，一边应着，一边拉李法天同行。

走到柜台前，左钧安排了早点。每人一份醪糟鸡蛋，一个米糕。昨天酒重，吃一点清淡甜食，心里会好受许多。再说，李法天也喜欢。

店家把早点送过来，四人欢欢喜喜用了早点。左钧决定，邀王秉正同去码头看看水势。

晌午时分，阳气炽，雨渐小。

王秉正从店家处借来两套蓑衣斗笠，和左钧穿戴停当，出了客栈。两人沿青石砌成的街道一路向下，去往江边码头。因为下雨，街上行人稀少。虽两旁店铺都开着，店里却鲜见人影。

才出城门，就听到峡江里浪涛咆哮。

"涨水了，还不小。"左钧边走边同王秉正念叨。赶到码头边，只见江水已涨高数尺，浑黄的浊浪溅起一人多高。往时热闹的码头基本没有人影，只有几条船被竹缆系着，在江边随浪涛起伏。

"看这架势，十天半月是走不成啦。还是回客栈安心待着。"左钧招呼王秉正往回走。

"出门由路，该等就只能等。"王秉正迎合着说。

回客栈用了午饭，雨也暂时歇了。到归州两天时间里都被雨困着，几个人憋得难受。陈于珍到左钧屋里，说想带李法天出去逛逛，看能不能买点布料，给李法天做件衣服。

秋雨中的归州已有些许凉意。他们逃离夷陵时很匆忙，除了贵重物品，每个人衣物带得都不多。渐渐天气转凉，大人尚可忍忍，小孩却不能着凉。

本就无事，左钧、王秉正也表示要一同出去走走。

雨住之后，街面与早间去看水势时相比，人多了起来。

四人一路寻逛，找到一家布店。进店，陈于珍挑了颜色鲜艳的绸缎和两丈厚实靛青棉布，待掌柜撕剪折叠包好，左钧抢着付了银。买好绸布，陈于珍又寻到一家杂货铺，买了针剪和各色丝棉线头。置办齐全，四人又在小城里逛了一大圈，寻到一家热闹酒楼，用了晚饭，才在薄薄暮色中回到客栈。

入夜，雨又下了起来。陈于珍安顿好李法天，又敲了隔壁房门。

"爹，您起来。"陈于珍叫左钧站起，然后做个动作，示意左钧将双手平举。自前夜酒后，陈于珍对左钧不再叫叔，改口称"爹"了。

"干嘛？"左钧有点狐疑，但还是听从陈于珍安排。陈于珍笑笑，没再多说一句话，上前用手开始在左钧前胸后背和腰肩手臂处比画，一边比画一边"一、二、三、四……"地念叨。

折腾一阵，陈于珍说声"好了"，请左钧坐下，转头对王秉正笑说："秉正哥，该你了。"

联想到白天买的布料，王秉正明白了。但他没多问，笑着站起来学左钧模样，把双手抬起，任陈于珍摆布。

陈于珍娇羞一笑，就在王秉正身上折腾比画起来。间或，她瞄一眼王秉正的唇角，看到他的眼光跟踪自己的双手移动，碰到她的眼神，又匆忙转了过去。

这撩人的温度，令二人都慌乱不已。他不敢直视陈于珍，却又在不停地找寻。

左钧笑吟吟看着他俩，不言不语。当陈于珍偶尔抬头打量一下周围，见左钧明察秋毫的样子，脸腾地又红了。

一会工夫，陈于珍就将王秉正的身形尺寸量好了。她觉得，待下去不是很方便，就向左钧说声："爹和秉正哥你们歇着。"起身欲走。

"不坐会儿了？"左钧一边口头上挽留，一边用眼神示意王秉正去送一下。王秉正会意，腼腆地将陈于珍送出房门。

跨出门槛，陈于珍回头拦住王秉正，粲然一笑："回去歇着吧。"飞快地转身回了自己房间。

看陈于珍关了门，王秉正回房把门掩上。

陈于珍并没有歇下。她将已经熟睡的李法天摆正，上上下下量好手臂胸肩，之后给他盖好被子，回到自己床边，把床上被褥抱到李法天的床脚，借着油灯的微光，在自己床上摊开布料，自顾自地忙活起来。

没多大工夫，整块布料就变成了大小不一的布片。陈于珍将这些布片分别叠起，看时间尚早，就拿出针线开始缝制。直到夜很深，李法天的衣服缝制成了形，才吹灯睡去。

头晚睡得最早，李法天也是第二天醒得最早的。准确地说，小家伙是被尿胀醒的。他一骨碌跳下床，睡眼惺忪地从床底下摸出夜壶，对着壶口就开动了。憋了一夜，李法天这尿拉得很长，整出来的响动吵醒了陈于珍。她看到李法天尿完又钻上床，就披衣坐起，揉了揉还迷糊的眼睛，开始做事。

李法天的小衣服虽已缝好，但要穿，还有些收尾活得做，最关键的是盘衣扣。

陈于珍找到剩下的几块碎布，拼拼剪剪，先是做成了几根细长布条，然后两绾三结，就做成一个纽，用针线固定在衣襟上，又用布条对应着钉上一个扣。小半个时辰过去，李法天的新衣就缝制妥当了。

做好所有细节，整摆一番，陈于珍招呼李法天下床，给他换上了新衣。左右端详，确认衣服合身好看，再去把李法天换下的衣服用水泡了。

陈于珍搓洗李法天的衣服时，左钧、王秉正也收拾停当，出门来招呼他俩一起去寻早饭。

辰时时分，天空虽然还很阴霾，雨却住了。在陈于珍答应着擦手上的水时，李法天已经跑出门去。

陈于珍走出房门时，左钧和王秉正正围着李法天的新衣看。见陈于珍出来，两人都说衣服很好，夸陈于珍手巧。陈于珍被夸得有点不好意思，笑说："好长时间没动针线，也就随便做做。"说着，拉住李法天的手就先往客栈外面走。

上街逛了一段，四人在街边找到一家热闹的早饭铺子，每人要来两根油条，一碗稀饭，就着老板赠送的咸菜丝，吃得甚是香甜。用过早饭，左钧让王秉正再随自己到江边码头看看，陈于珍就带着李法天回客栈，继续缝制衣服。

雨虽暂时住了，峡江的水势却有增无减，浊浪翻滚，江边码头石阶较前日，又多没了几级。

察看完水情，左钧二人到码头附近的一家茶楼坐下。长期在江边做生意，左钧知道涨水季节，峡江船老大们一般都会聚在茶楼里。这些风浪里讨营生的人，大多走到哪里黑就在哪里歇着。没家人在身边，耍钱、喝酒、找女人，成了他们中很多人的爱好。近码头处，也总有些茶楼提供这些服务。这种场合，当然也是各种信息汇集交换的所在。

两人进得茶楼，穿过喧闹的一楼厅堂，到二楼找到一处临窗清静的位置坐了。然后向小二要了一壶上好的桂花香片和两个杯子。

小二送上茶。左钧向小二耳语两句，小二应声"好呢"，就下去了。

之后，左钧先拎壶倒茶涮杯，再给每个茶杯斟上八分茶水，将其中一杯递给了王秉正。

王秉正接过茶杯，轻呷一口。顿时，一股带着桂花香味的茶水就浸润了整个口腔。那感觉，在北方吃茶多年从未体味过。

一杯茶尚未饮尽，小二就领一盘着头巾，麻衣短打扮的人到了跟前。

小二向双方做了介绍。左钧和来人相互拱手揖过，让来人同桌坐下，吩咐小二添个杯子，拎壶倒一杯递给来者。

来人道声"谢了"，接过茶杯喝上一口，然后开门见山："听说老板要雇船，不知是要上行还是要下行？赶得急不？"

"上行，不赶。"左钧回答。

"到哪个码头？走几个人？拼船还是单雇？带多少货？"

"去绵州府，大小四人，不带货，也不拼船。"左钧答。

"按川江船帮规矩，这边下河帮的船只能走到重庆府，往上是小河帮地盘，你们得再作打算。"

"那，就先到重庆府。"左钧说。

"这个季节涨秋水，啥时候可以走船还不好说。船钱要看船和行船时江里水情来定。你们留个找人的地方，我寻好来知会你们。"

王秉正一直没发话。通过两人对话，他大致听出，来人是码头的

133

牙人。

牙人离开后,王秉正和左钧继续品茶。茶楼外,秋雨不知何时又下起来。雨势很大,每一处檐口流下的水都集成小酒杯大的水柱,奔泻而下,冲刷着檐下的青石板。那些青石板上,已形成大小不一的坑洼。

"瞧这雨,我们真得在这里停留很长时间了。"左钧说。

"得多久?"王秉正问。

"今年雨下得晚。按过去多年经验,伏旱之后秋水都比较长。具体多长就很难说了,少则十天半月,多则一个多月甚至更长都可能。"

雨一直下,两人也一直天南海北地侃着,不觉已到正午时刻。左钧又向小二要了三荤两素的炒菜和一壶酒,边吃边聊。

那边,陈于珍带李法天回到客栈,让李法天在房间里玩耍,自己翻出针线继续忙活。午后李法天叫饿时,才去柜台安排店家炒了两三个小菜,让将饭菜送到房间。匆匆填饱肚子,又继续忙自己手上的事。酉时光景,窗外雨小起来,左钧和王秉正回到客栈时,两件青布长衫已整治完毕。

陈于珍将衣服送到左钧和王秉正房间,让两人把衣服换上试试。自己反手掩门,退到门外等着。

半袋烟工夫,左钧和王秉正换好衣服把门打开。陈于珍进屋后让两人站着,围着两人看,对两人穿得不到位的地方进行调整,还自言自语地说:"还算合身。"

"啥叫算合身?简直是太舒服了。这领口、盘扣和针脚,就是专门的裁缝师傅,可能也没几人赶得上吧!你说呢,秉正?"左钧接了陈于珍话茬,把王秉正也拉了进来。

"好,真的很好。"王秉正顺着左钧话说。

"啥子好?衣服好呢还是人好?"左钧仍不放弃。

"都好,都很好。"王秉正盯着正在为自己整理衣服的陈于珍,由衷地说。

"说啥呢?"陈于珍轻推了王秉正一下,脸上泛起红晕。

试好衣服，已是戌时初。三人一起说笑着走出房间，叫上李法天，到客栈前堂用晚餐。

接下来的日子过得安静而舒怡。雨停的时候，四人会一起出门逛逛街，寻找归州城内美食享用。不出门的时候，王秉正和左钧会带着李法天读书习字。陈于珍仍继续着自己的针线手工。

转眼就近中秋。这期间，陈于珍为四人从内到外缝制了几身衣物，包括冬天穿的夹袄和背心都整置齐备。

那年中秋，峡江一带少见地连续多日晴朗。是夜，天空清净，空气通透。一轮皎月将清辉布洒在峡江峰峦起伏的群山上，临窗倚望，如诗如画。

月饼、麻糖……虽客居他乡，在陈于珍操持下，月圆夜晚的餐桌上，过节该有的东西，一样不缺。

左钧、王秉正所住房间的几扇窗户都洞开着，桌子被移到窗前，抵窗安放。桌上，除丰盛菜肴外，还摆了一坛杂粮酒。屋内虽然掌着灯，那灯火和直接透窗洒进来的月光相比，已显得可有可无。

左钧面窗而坐，王秉正一方，陈于珍带着李法天坐一方。

落座后，王秉正去开酒坛，李法天和陈于珍剥着煮花生。接过王秉正递来的酒杯，左钧站起身，举杯揖月，饶有兴致地吟哦起《水调歌头》："明月几时有……"

"今昔是何年……"王秉正也陶醉于笼纱般的明月清辉当中，轻声附和起来。在吟诵中，左钧示意陈于珍也端起酒来，三个人向月举杯，百感交集地各自饮尽。

击碗而歌，起身弄影而舞，待菜残酒尽月西沉，李法天已伏桌睡去。三个大人也累了，醉了。王秉正抱着李法天送陈于珍回房，左钧不胜酒力已发出鼾声。

第二天日上三竿时，王秉正和左钧才先后醒来。洗漱停当，就见那日在码头茶楼约见过的牙人找上门来。

"这几天雨住了，河里的水也退下去，要不再有大雨，估计少则三五天，多则七八天，就可以走船了。我帮你们联系了两条船，都是中等大小的麻秧子。其中一条船只有一个大统舱，不含我的费用，去重庆府要船银六十两。另一条船成色新，有三个分开独立的舱，包括路上吃食，要一百两银子。你们要不要去看看，决定雇哪条，也和船家讲下价，定下来。"没客套，牙人进屋后，直截了当地向左钧介绍了情况。

"谢谢你！还是劳烦你带我们去看下再定，如何？"左钧说。

"那就走。"牙人起身。

左钧叫上王秉正，同牙人一道出了门。

牙人一路上详细介绍了船的情况。左钧决定先看看那条有三个客舱的新船。

船停在归州码头上游不远处的河湾里，被一根粗麻缆绳系在江边一棵大黄桷树外露的气根上。河湾里，水流相对平缓，是个天然避风浪的港湾。正是涨水季，里面已被各式大小船只塞满。

上了牙人介绍的那艘新船，一股新木材和桐油混杂的气味扑鼻而来。船有六七丈长，双桅，两层船楼。说是三个客舱，但这三个客舱都在二层船楼上，一层是一间大统舱。二层船楼除三个船舱外，还有一片空着的甲板，可供走动及凭栏观景。船每处细节都做得精巧，不仅二楼客舱雅致，就连一层的大统舱也干净整洁。

船家是重庆府人，性格耿直。几人上船后，船家带着他们上上下下通逛一遍。对这艘船，左钧相当满意，于是约船家到一层船舱中谈船资。

与牙人递话不同，船家所要一百两银子到重庆府的船钱，只是二层船楼上三个贵客舱的价钱，并不是包船的价。在这价钱上，船家提供一路饮食，但要沿途捎带其他客、货。

左钧大体也懂峡江上船价行情，没跟船家讲价，但提出所有顺捎散客不得上二楼。船家见左钧爽快，对他所提要求都尽数答应。

意向达成，左钧向船家付了十两银子定钱。双方约定待峡江水势再平一些就动身，到时由船家安排人到左钧住的客栈接人和物品。

谈好,船家送左钧几人下船。上岸后,左钧向牙人道谢,给了牙人二两银子做辛苦费,让他把另一艘船回了。然后和王秉正一路聊着,回了客栈。

回到客栈,左钧把陈于珍叫到他和王秉正的房间,向陈于珍通报了雇船的事。

就要起程向巴蜀,三个人虽期盼不一,心境却都一样,喜悦中带着渴望。

接下来几天,几人开始张罗路上需用物资。陈于珍买来很多肉干、果脯一类零食。左钧吩咐客栈老板为其备下两大坛上好杂粮酒。这一去,路途遥远时间漫长,有酒的旅途才不会无聊。而王秉正,则抽空背着左钧和陈于珍,取出一锭五十两金铤,找一家钱铺,置换成五百两银子,以供路上所需。自夷陵匆忙出逃,自己身边的散碎银两不多,一路开销主要由左钧支付,王秉正心里早已过意不去。

江中水势随时间一天天回落。几天后的一个下午,船老板带一个船工亲到客栈拜访,知会左钧,说次日来接他们上船。

当夜,四人各自收拾行李。与匆匆逃到归州时只有简单随身的物品不一样,这次出发,各种吃穿用度,竟收拾了好一些。

第二天一大早,王秉正抢先一步起来,到柜台把几人这段时间的饭钱房钱付清。待船工到来,三个大人将贵重物品随身带着,陈于珍牵着李法天,随挑着他们物品的船工,离开客栈奔码头而去。

三十八

水位虽不在最低处,但没上游暴雨的水支撑,峡江水势已平缓很多。原来泊在河湾里的船只,陆续回到码头泊位。

左钧一行来到码头,船老板下船前来迎接他们。上船后,船老板直接将四人引到二楼。

二层船楼，以主桅为界，前半部分甲板上空着，周边有精雕围栏。三个客舱在甲板中后部，呈一字纵排。每个舱开间约六尺，进深约九尺许。舱室里除床外，还有一张小条桌和两把椅子。床和舱壁连在一起，床下储物柜可锁闭，舱室显得宽敞。除前面舱门外，前后窗都可开启，有支架和插销，可支撑和锁闭窗户。三个舱室门外，是一条走道，三尺来宽，走道尽头就是船尾，船尾有间带门的恭房。

征询了三个大人意见，船老板将左钧安排进最里临近船尾的房间，陈于珍和李法天住中间，王秉正住外面舱室。

如船一般，船舱里被褥都是崭新的，叠放得整整齐齐，散发着布料被阳光暴晒后的特殊气味。

天气晴好，船老板安顿好几人，把几间舱室后窗支起。叮嘱说："新船，味重，如无风雨，把窗户打开最好。"忙完这些，船老板下楼，吩咐船工搬了一张小茶几和四个马扎上来，放到靠舱室外的甲板上。随后亲自送来一壶茶和四个茶杯，邀左钧几人到外面品茶吹风晒太阳。

困居归州一个来月，大多时间都是阴雨，今日踏上归途，又遇晴好天气，左钧兴致很高。船老板下去后，他亲自把陈于珍和李法天叫出来，吩咐拿些花生糖果，四人一起晒太阳。

江风习习，阳光和煦。面对未来的行程，四个人心情似箭。

"少小离家老大回……快四十年了！也不知家中现在是哪般模样？"左钧感慨。

"是啊！我也不知哥哥现在是什么样了。"陈于珍附和着。

与左钧、陈于珍两人不同，王秉正对将要去的地方没有牵念，却对未来充满了期待："相信一切都会很好！"他端起茶杯，以茶当酒，邀左钧、陈于珍同饮。

茶汤清亮，入口一股淡雅清香，在颊舌间弥散。"峨眉明前炒青芽，好茶！"左钧赞道。

不觉已是午时，船老板带船工上来。船工手上端一个陶炉和一小竹筐木炭，船老板一手端着一个大盘，里面拼了几样荤菜，另一手拎着个篮子，篮里是各色菜蔬。

放下手中的食材，船工下楼，转眼又端上一中间有分格的红铜小锅子及几副料碟碗筷。船老板掏出随身带的纸捻筒，拿出纸捻吹出明火，引燃一张草纸，点燃陶炉里的木炭，将锅子坐到陶炉上。左钧几人把茶几上的茶具移开，空出正中间位置，将锅和炉子还有菜篮肉盘放到几上。

锅灶及菜蔬放置停当，船老板又把装有蒜泥、香油和精细井盐的浅口料碟放到茶几四周，招呼左钧几人围坐。

"贵客在船上的第一顿饭，就用我们川江船上人家最喜好的小火锅来招待几位。锅中汤底红味白味都有，各位按自己的喜好挟菜涮煮，蘸了碗中调料再食。这些菜和肉，虽不是什么名贵东西，但保证新鲜，希望几位贵客喜欢。"船老板边说边拿起筷子，在已翻煮的白味汤中涮熟一片黑毛肚，放入李法天面前的碗中。

火锅对王秉正和李法天来说，是完全陌生的饮食。这种鸳鸯汤底的做法，陈于珍也是头一次见到。对这种川江船家独有的饮食形式，大家感到新奇不已。

"老板费心了。你也坐下，一起喝上两杯。"左钧招呼船老板，让陈于珍去舱里汲壶酒来。

"哎呀！咋就忘了问贵客要不要饮酒。"船老板冲左钧一笑，笑中带有歉意。

"不关事，我们备着呢。您只管坐下就是。"左钧再次邀请。

"今天客货先后上船，需要招呼的事还多，就不叨扰贵客了。路上时间不短，改天方便，请几位好好喝上一回。"船老板婉言拒了左钧邀请，告辞下楼。

这样，左钧招呼王秉正和陈于珍入座。大人的酒才倒进碗，李法天早把那片毛肚挟进嘴里，有滋有味地嚼起来。

次日是农历八月二十八，宜出行，经商，嫁娶。

人货安置停当。辰时初，船老板在船头焚香一炷，船工随即解开缆绳，升起夏布风帆，调好船帆受风朝向，将船撑离码头。船驰离归州码头，逆流奔巴蜀而去。

朝行夜宿，上客下货。从归州到重庆府，近千里航程，行了二十多天。虽行程漫长，峡江两岸风光旖旎，船上有书酒为伴，加之抢滩过激流时船工纤夫们高亢激昂的号子……使这段旅途变得美妙而短暂。

三十九

船到重庆府朝天门码头，已是九月下旬霜降时节。

在北方，眼下正是寒意初起、黄叶落风时令。但在重庆府，群山苍翠，暑意仍未消退。渐入深秋的重庆，竟比沿途各地都热。

朝天门城门上书"古渝雄关"四个大字。在长江嘉陵江交汇处，襟带两江，壁垒三面，地势中高，两侧渐次向下倾斜，有人沿山拾级而上。

重庆十七座城门，朝天门规模最大。因历代官员都在这里迎接上差和皇帝圣旨，故被命名为朝天门。

朝天门也是川江船帮最重要一个节点。川帮船运自此分界，下往江汉荆楚的由下河帮打理，上到宜宾、成都府的由上河帮把持。左钧一行将去的绵州、龙安府一干区域，正是小河帮地盘。三帮各自划段经营，虽不免会有交叉往来，原则上互不越界抢揽生意。

一路走来，左钧一行早与船老板混熟。都是耿直人，自然容易成为朋友。听说左钧一行最远要上到龙安府，船老板在途中就主动提出到重庆后帮他们联系小河帮的船。

船到重庆，船老板让左钧几人先在船上住着，直到帮他们联系到满意船只，才安排船工为他们搬行李换船。

下船时，定金之外，左钧又补整一百两银子，以答谢一路上的悉心照顾。那船老板稍作推拒，也就笑纳了。待王秉正一行在新船安顿好，船老板盛邀左钧几人游览山城，找了重庆地道的火锅庄，请他们美美地吃了一顿，才将几人送回新换的船上。

朝天门码头往上，经嘉陵江、涪江到龙安府，因航道变化大，不是所有船只都可直达。船老板介绍的是一条大船，舱室条件不错，但最远只能到达龙安府辖的江油县。

左钧同王秉正、陈于珍商量一番，决定就先走到左钧老家铜牟镇，下步陈于珍怎么走，到时再想办法。

由于是船帮朋友介绍，新船东在船价上要得也很合理。到铜牟码头，四人三间舱室，包路上饮食，要了九十两银子。左钧明白路程情况，直接答应了。左钧还表示，路途如有额外消耗，单独再算。

船老板配齐人货，第二天一早，扬帆驶离了朝天门码头。

从朝天门沿嘉陵江逆流而上，只三四天航程就从合川进入了涪江。

巴蜀之地，此前几十年战火硝烟，被大西军、南明军、清军及摇黄等流寇反复蹂躏。但涪江沿岸诸州县与成都等平原区域的城镇相比，被毁损程度相对好得多。再加上是朝廷大移民的主要承接地域，人口恢复得很快。这时的涪江，不仅江上桅樯如云，沿途集镇也日渐繁盛。

一路往上，天气渐寒，江风更劲。所幸有陈于珍在归州置备的棉衣夹袄，几个人都未遭风寒所欺。

冬日寒风如画匠之手，把涪江两岸丘陵山峦涂染得五彩斑斓。特别是两岸江滩上那大片大片洁白如雪的芭茅和荻花，更是王秉正和陈于珍前所未见之美景。

又是二十多天行程，左钧几人抵达铜牟镇时，已是小雪时节。

铜牟镇位于涪江右岸，始于汉代，有"涪江水运第一码头""绵州南大门"之誉。因当地丘陵之下有盐泉水脉，民众因盐脉而聚，最终为市。

与很多地方汲卤熬盐方式不同。铜牟镇盐井又叫皮袋井，因这里盐工在制取井盐时，每日携皮袋盛水而得名。铜牟所产的盐西往康藏，北去陇陕，得地利之便，价钱实惠，深得民众喜爱。因为盐，即使是在烽火连天的岁月，铜牟镇人气商气也所减不多。

左钧几人所乘之船到达铜牟镇码头时正是酉时光景。

阔别近四十年，左钧近乡情怯，船尚未靠上码头，已有两行浊泪流出。

几十年间生死两茫茫。亲人如何？家况如何？左钧心中有急切相见的渴望，更有未曾尽心尽孝的愧疚和自责。

结完船资，带好行装，王秉正扶左钧走下跳板。陈于珍拉着李法天，跟在王秉正和左钧身后。因时间已晚，回乡前也未能联系上家人，左钧领着王秉正父子和陈于珍在镇上寻了一家客栈住下，打算休息一夜，了解家里情况，再作下步打算。

从中秋到初冬，漫漫旅途，以舟为房，总难睡得踏实。上岸后，无风声水声相扰，王秉正、陈于珍和李法天都睡得特别香甜。

唯回到故土的左钧一夜无眠。

左钧家在铜牟镇江对岸一个叫左家岩的坝子上，家里原有大片良田，当年是镇里殷实绅。左家以耕读传家，在铜牟镇已绵延数代，在当地修桥补路，做了不少造福乡梓之事。

为更好地教育子孙，左钧父亲拿出银两，联合附近几位乡绅，在铜牟镇建了义学性质的学馆。在父亲督导下，左钧一直是学馆中学得最好的学生，先是考取了秀才，随后参加壬午（1642）科乡试，得中举人。

癸未年，兵祸骤起。年轻的左钧满怀豪情仗剑去国。谁知与故乡一别，就是大半生。

战祸已结，唯愿亲人们都安好！左钧在心中默默祈祷。

次日一大早，左钧起床后，领王秉正、陈于珍和李法天到铜牟镇了解情况。

时近冬月，川西北的早晨，已然霜重寒浓。左钧先找到一家街边小铺,给每人要了一份醪糟粉子加荷包蛋,待大家吃得饱足暖和后,又一起沿江边的临江街,向镇子上的渡口而去。

临江街是条半边街,面江而建,房屋门面在街的一边,街道和江堤合二为一,堤顶就是路面。街道二丈宽阔,条石铺成。街临江一面有石围栏,围栏每隔二三丈左右有缺口,缺口外是大块条石垒成的台阶,一直延伸到江面。

从昨天左钧一行下船的下渡口到今天去往的上渡口,涪江在这里形成一个深弧形洄湾。整个洄湾都是码头,泊满各式船只。

临江街建筑风格很杂,有穿斗扇木架青瓦房,也有草顶泥墙的茅房。这些房屋临街面,大都无墙,主柱之间支着抬梁,抬梁和地面石墙基上有对应的卡槽。晚上不营业时,在卡槽里装上铺板,就是墙,可以锁闭房屋。白天,把铺板取下用两根长条凳一支,就成台面,在上面把要卖的东西一放,就可做买卖。

街中心位置,有一栋建筑与周围所有房屋风格都不同。建筑虽也是穿斗扇木架结构的青瓦房,但比周围的房屋却要高大,位置也从街面退后两丈有余。临街一面,不是铺面,而是青方砖墙。砖墙正中是一道双扇大木门,高出街面九级台阶,青石门槛外有两只石狮子。狮子两旁的空地上,靠墙种着两株枝繁叶茂的桂树。大门上方,挂着一块大匾,虽已漆色斑驳,但"潼绵学馆"几个字,仍可看清。

潼绵学馆就是当年左钧家与几位当地乡绅共同兴建的义学。当年,学馆里的学生,潼川和绵州两府都有。

左钧很长时间驻足在潼绵学馆前。学馆大门紧闭,门前空地的石缝里长出的荒草很高,冬日里已见枯黄。

左钧抚摸着学馆门前的石狮子,用手转动狮子口中的石球。少年时的情景,一幕幕浮现脑海。

离开学馆,再往上走约一里地,就是铜牟镇上渡口。上渡口在一个小山脚下,相比于洄湾里的码头,渡口没有其他用途的船只,来往穿梭的,是两条对划的渡船。

左钧家所在地左家岩，要从上渡口过江后，再沿江上行几里地才能到。左钧一行赶到左家大院时，已接近午时。

田舍依旧。

虽是冬日，但坝田里麦冬苗生机盎然，墨绿一片。麦冬田间，星布着一堆堆立放的玉米和高粱秆堆，远看，犹如尖顶小草屋。

左家大院被一大片竹林围拥着，大院三跨两进，是当地最大的深宅。

沿着熟悉的青石板路，左钧几人径直来到大院门口。院门大开，落在青石板路面上的竹叶被扫得干干净净。从这些迹象，左钧知道，家还在，家人还在。

进入第一道院门，左钧便顾不得身后的王秉正父子和陈于珍，快步向第二重院门走去。一行人刚走到二重院门内的天井，就见一穿长衫戴瓜皮帽蓄豹尾发辫的年轻后生迎了上来。

"你们找谁？"后生向走在最前面的左钧作了揖，问道。

左钧上下左右打量一番，试探地报了自己父亲名字，问是否健在。

"祖爷这会儿估计在堂屋里喝茶。我领你们去看看。"年轻人打个请的手势，在右前侧领左钧几人穿过第一道天井，向内院走去。

听到父亲还健在，左钧心情更加激动。他顾不得理会带路的年轻人，几乎是小跑着从回廊奔向内院最里的堂屋。

看起来，连年战火对于左钧家，并未伤及根本，只是不再如过去般富罢了。左钧父亲左老太爷虽过耄耋之年，却依然健硕，能当家理事。

堂屋的门洞开着，因背着光源，左钧刚进堂屋时，觉得屋里很暗。待适应了屋里的光线，他看到自己面对的神龛右侧高木椅上，坐着一个老人。老人穿青布长棉袍，手里把一小茶壶，穿船型棉鞋的脚下，还踩着一个大烘笼。

虽已分开几十年，左钧还是一眼就认出椅子上坐着的正是自己的父亲。甚至不及撩下袍摆，他就双膝跪在老人面前。一声"爸"才叫出口，两行热泪就泉涌而出。

从左钧进屋那一刻起，屋里老人也在打量他。背光看不清脸，老人没有认出左钧。乃至左钧喊了声"爸",老人还是很惶惑地问:"你,你是哪个?"

"爸,我是钧娃子,您的儿啊!"左钧跪着,膝行到老人面前,抓住老人空着那只手,捂在自己脸上。

"啥?你是钧娃子?"老人明明已听清,还是不相信自己的耳朵。他把另一只手上的小茶壶放在神龛下的八仙桌上,起身拉起跪在地上的左钧,向堂屋外走。

午时,冬日阳光接近垂直地洒满天井。左钧一手握着父亲的手,一手扶着父亲的腰,走出堂屋,走过檐廊,来到天井里的阳光下。

从暗的屋里出来,左老太爷还有点不适应正午的强光,他半眯着眼打量着左钧。在左老太爷心里,对儿子的记忆还是他年轻时意气风发的样子,眼前这个叫自己"爸"的人,已然是个小老头。但那脸庞、眉宇和眼神中,又依稀可辨,这就是自己朝思夜想了几十年却音讯杳无的儿子!

"真是我钧儿啊!"老人抬手抚摸着左钧的脸庞,喃喃中包含着辛酸。

"爸,我是您的钧娃子!"左钧压住父亲在自己脸上的手,回道。

"钧儿回来了!我钧儿回来了!"老人激动颤抖,老泪纵横。

这时间,家里许多人围了过来,但左钧却一个也不认识。

"这是你儿子、媳妇和孙娃?"从与儿子相认的激动中稍微平静后,左老太爷开始关注和左钧同来的人,他打量着王秉正、陈于珍和李法天问。

左钧想做解释,话还未出口,被王秉正用手止住,并接过话茬说:"就是呢,爷爷。"他用眼神示意着陈于珍,陈于珍和左钧都明白了这里面的意思,自没声张。王秉正叫过李法天,让李法天跪下,向左老太爷磕头,叫声"祖爷"。李法天乖巧地照做。

"嗯,嗯,好了!赶快起来!"左老太爷兴奋地起身拉起李法天,牵着李法天的手久久端详,嘴里不停念叨:"好啊,这下好啊!一家人总算齐全了。"

未时左右,一个干练的老妇出来向左老太爷禀报,招呼大家去吃饭。

"嫂嫂。"不等父亲介绍,左钧一眼就认了出来。

"哎!"老妇应道。她招呼左钧说:"快招呼娃儿们上桌吃饭。天冷,一会饭菜就凉了。"

一家人入座,坐了满满三大桌子。相互认识,彼此敬酒。待酒好人欢,已到申时末。

左钧领王秉正和家里成年男丁闲坐茶聊。嫂子找左钧商量晚上住宿之事。说准备腾出一间跨院让左钧一家住,但还需要时间。一旁的王秉正又抢了话说:"今天就不住家里了。我们行李还在镇上客栈里,就先在镇上暂住几日。"

两人目光一对视,左钧附和着说:"对,就先不住家里,以后再说。"

怕时间太晚渡口停摆,小坐一阵后,左钧同王秉正父子及陈于珍就起身要回铜牟镇。家人见他们态度坚决,也没强留。临行,嫂子再三叮嘱左钧,让其明天回家吃饭。然后由一个侄子套车将几人送到渡口。

回到客栈,各自回房。王秉正和陈于珍扮了一天自己家人,左钧认真对王秉正道了谢。

"谢啥!这么长时间相处,我和于珍不是早把您看作父亲了?法天更是将您当作亲爷爷。再说,您有一个家,有儿孙,老父亲也高兴啊!"

"还是得谢你们。"左钧话语间透露着几分凄凉。大半生飘零,忠没能匡扶国本,孝尚无一儿半女,左钧心里,早已涌动着无限的失落。

四十

第二天,王秉正醒来时,左钧因前两夜未睡好,还在沉睡中。为让左钧多睡一会,王秉正轻手轻脚下了床,穿好衣服后悄悄开门,想出门走走。他刚掩好房门，回头就看见陈于珍从房里走了出来。

"妹子也起来了？"

"昨天回来倒头就睡。一觉醒来，想了些事，就再也睡不着了。想出去走走。"经历了最初的羞涩回避，陈于珍和王秉正已经能够从容交道了。

"那一起出去转转，等阵他们都醒来，再一起吃早饭？"

"好呢。"

虽时间还早，但小镇街面已经很热闹，特别是往码头方向，扛米、运盐的挑夫已是三五成群，步履匆匆。

两人沿着青石板街面信步走到江边。迎面有江风吹来，感觉凉冷却很清新，风里掺着码头特有的腥味。

江水奔流有声，江面有淡淡的水汽飘起，如丝如缕。空气通透，江对岸的天际，橙红朝霞相托，朝阳冉冉升起，霞光将江滩上的大片荻花染成了红色。

陶醉于眼前美景，二人沐浴江风，顺流向下，缓步轻行。

涪江奔流，在铜牟镇外几里地处被一山头阻挡，拐了个弯。江堤就修到那山的脚下。

"接下来，你有何打算？"走到江堤尽头，两人停了脚步。望着湍急江流在拐弯处打着的漩涡，陈于珍轻声问王秉正。

"还没想好。我觉得这里条件不错，估计就在这里安身，也好陪着左叔。"王秉正似乎是在回答陈于珍，其实也是在回答自己的内心。

"要不，你陪我再往上走走？"陈于珍把目光收回，盯着王秉正脸，试探着问。

"这……一路劳顿，几个月了。现在，左叔才和家人团聚，我们又被当成了家人，现在就走，也不太好！不如先在这儿安顿一段时间，再作下步打算如何？"

"也是，爹这么好的人，想想其实也蛮可怜。"见王秉正不回答自己，陈于珍也不继续纠结刚才的话题，而是顺着王秉正，将话题拐了个弯。

"所以啊，我们这儿子、媳妇得装下去。"

"爹为我，差点把命都搭上。不如，不用装，直接就认他老人家作爹吧！这样相处和称呼，都方便一些。"陈于珍建议。

"说到我心里了。"王秉正望向陈于珍，再次为她的侠骨柔情打动。

估摸左钧和李法天该醒了，王秉正和陈于珍决定往回走。回到客栈，左钧已起床梳洗穿戴停当，正帮李法天整理衣衫。

"出去转了？"见王秉正和陈于珍回来，左钧起身问。

"嗯呢。"王秉正和陈于珍几乎同声回道。

"感觉这里怎样？"左钧盯住两人。

"只是到江边转转。江边薄雾日出好漂亮，码头人气也很旺。"王秉正回答。

"嗯，你感觉得很对，不要以为这是小镇。它下接潼川，可达湖广入海。上到龙安，直通康藏。东往梓潼，能从金牛古道到长安中原。西去成都，可往云贵边陲。既是水运重镇，也是陆路枢纽，很多商贾和货物在这里集散，咋会不热闹嘛！"左钧说起铜牟，言语间流溢着不加掩饰的自豪。

"喔……"王秉正应和。

"等你深入了解了这个地方后，一定会喜欢上它。"左钧说。

收拾好李法天，几人考虑早上吃点什么。三个大人都不想拿主意，左钧就问李法天有啥想法。毕竟是北方出生长大的娃，啃惯了面食。自从到夷陵，主食主要是大米，李法天总是馋面，随口就答了左钧："我想吃馍。"

知道娃娃馋面，却又怕铜牟镇的馒头让李法天失望。左钧想到了潼川、绵州一带一种特有的面粉制品，就说："走，爷爷带你去吃酵果子砣砣，喝豆浆。"

酵果子在当地是一种老少咸宜的食品。用面粉加红糖发酵，团成团状，沾上芝麻。放油锅里，先低温炸熟，后高温挂色。炸出来的成品比一般馍略小，外表黄中泛红，开花爆朵，绵软香甜，特别解馋抵饿。铜牟镇附近，这酵果子，往往是大人们上街赶场，回家带给孩子们的最好礼物。

左钧带着几个人往半边街方向寻去。找到自己儿时记忆中就有的那处油饼子摊。摊主早就换了茬，但摊点格局依旧。轮候着在小几旁坐下，左钧为每个人要了一碗豆浆和一个酵果子，一个油饼子。摊主应了声，先在四人面前摆上大土碗和筷子，然后拎起茶壶，给每个碗里倒上满碗稀豆浆，再用一根竹片制成的长夹，从油锅中将酵果子及油饼子捞起，放在托盘中滚一层黄砂糖，然后用一个小筲箕盛着，给四人端上来。

左钧用筷子夹起一个酵果子，拿到手中扳开，一股香甜味道随着热气扑鼻而来。

"就是这个味。"左钧一边说，一边把手中的酵果子扳碎，将一块喂进李法天嘴里，"快尝尝，看好吃不。"

李法天一阵咀嚼，把口中食物咽下，不住点头："好吃，好吃！"一边自己伸手去筲箕里拿起一个酵果子，然后迫不及待地张口就咬。

"慢点，慢点，莫烫到噎到了。"左钧笑吟吟地望着他说。

左钧及李法天的动作，被王秉正和陈于珍看在眼里。他们不说话，只相视而笑。

"你们也吃啊，这个东西就要趁热吃，味道才好。"安顿好李法天，左钧又回头来招呼王秉正两人。

"爹，您这么喜欢法天，不如就认他作您孙子吧！"陈于珍挑出刚才和王秉正商量的话题。

"本来我就把他当成孙子啊！"左钧随口回道。

"我不是说当成，是说认下。"陈于珍强调。

"你这话，是，是啥意思？"左钧觉得陈于珍另有深意，抬头问。

"我的意思，就是您认法天作您的孙子，以后您就是他爷爷。"

这种想法，左钧心里早就有了，可他一直不好说出来。听陈于珍这么说，左钧略作思忖，将目光盯向王秉正，问："秉正你咋想？"

149

"我俩一个意思,就是只要您愿意,今后法天就是您的孙子,我们就是您的儿女,就是一家人。"迎着左钧目光,王秉正回答得平稳而笃定。

"你们,你们都想好了?"左钧有点不相信自己的耳朵似的。

"想好了!"两人异口同声。

"谢谢,谢谢你们!"左钧鼻子一酸,眼泪奔涌出来。他扭头用衣袖拭了眼角,平稳一下情绪,才又回过头来。

"镇子往西十来里地,有个关帝庙,那里供奉的关老爷很灵验。你们要真想好了,我们今天就去神前铭誓,把这事情定下来。"左钧说。

"您觉得怎么合适,就怎么办。"王秉正说。

"那好,那好!"因为激动,左钧声音都有些变调。

吃过早饭,左钧先去买下一整个猪头,让客栈伙计打理干净,煮熟,又去买来两样糖果和香烛,雇了辆马车,带上王秉正父子和陈于珍,奔关帝庙去了。

到得关帝庙,几人在关老爷神像前跪拜、上香、铭誓后,互报了生辰八字。王秉正和陈于珍认了左钧为爹,李法天拜认左钧为爷爷。左钧还出面,说服李法天,随了王秉正改姓王。

各行跪拜时,陈于珍跪下,一边磕头一边说:"爹,女儿给您磕头了。"左钧待她三个头磕满,拿出一锭银子塞给她做认亲礼,然后扶她起来,也不看王秉正一眼说:"我更希望你是作为儿媳妇给我磕头喔!"

陈于珍和王秉正相视一笑,未置可否。

从关帝庙回到客栈,已是未时,四人早已饥肠辘辘。左钧找了镇上最好的桂园酒楼,要来一桌丰盛菜肴,还点来酒楼最好的酒,要好好地庆贺自己有了儿女孙儿。

山上野味,江里鱼虾,菜肴色、香、味、形、意都很撩人,但酒却是米酒。王秉正也和左钧一样高兴,很想好好喝上一顿,就问小二,酒楼可有劲大点的酒?小二应声"有",把米酒坛子抱下,换来一个小酒罐，并把酒碗换成了酒杯。

四人分四方坐了，王秉正捧酒罐把三人面前的酒杯斟满，然后和陈于珍起身，端起酒杯向着左钧说："从今往后，我们就是一家人了。大，哦，这边该叫爸的，我和于珍敬您老人家一杯。"

"好，好！"左钧一饮而尽。

王秉正和陈于珍也仰头干了杯中酒。那酒确实有劲，令喉咙感觉到烧灼，尾味还略苦。

"这是啥酒？"王秉正皱了一下眉头。做酒喝酒几十年，这么难喝的高度酒，他还是第一次喝到。

"哈哈哈哈，在这里要喝酒劲大的酒，就只有这种苞谷烧了。这种酒都是这边山里人家或一些小烧坊以苞谷为料，小灶酿的，口感肯定好不到哪里去。我们这边，一般跑船、放排这类做苦力的人，才喜欢这酒，有劲、过瘾、解乏。想喝到你们那边的汾酒、柳林酒或者四川南边的杂粮酒，在这里很难，做不出来，得从外地运。山高路远，价钱大得很，没几个喝得起。"左钧确实是十分熟悉情况。

"哦。"王秉正一边重新斟酒，一边若有所思。

一台酒喝得很久，兴尽下桌，回到客栈，已到戌时。

不适应这苞谷烧，王秉正第二天醒来时，头痛得厉害。他心里嘀咕道，这酒是咋酿的，不是害人吗？

四十一

这一天，左钧没回左家大院。正稀罕着儿子的左老太爷一整天都盼着，等了一天，却不见左钧影踪，老人甚至怀疑儿子是否真已回来。等得焦心，左老太爷隔天一早就让媳妇安排一个孙子到铜牟镇上找人。

当天大家都起床后，王秉正找陈于珍商量，早饭后去街上买些礼物,再去左家大院拜访左老太爷一家。

前天虽回了左家大院,因不清楚左家几十年后的情况,大家是空着手去的。现在,既认了左钧作爹,按正常礼仪,也该正式去左家拜门。

陈于珍也有一样的想法。两人和左钧说了,左钧也很高兴。四人兴高采烈地上街,吃过早饭,在镇里找到糕点铺和布庄,给老爷子及家人买上一大堆吃、穿用品带回了客栈。

回到客栈时,左老太爷派来寻找左钧的人也找来了。

一行人跟着回到左家大院时,左老太爷双手把烘笼抱在胸前,已在院门外迎候多时。左钧和王法天走到他前面,一左一右扶老爷子往院里走,王秉正和陈于珍拎着大包小包礼物跟在后面,回到最里面的堂屋。

左钧搀扶老爷子坐下。老爷子先把烘笼放在两腿下面的地上,然后一只手拉着王法天,一只手给他抓备在桌上的糖果。王秉正和陈于珍把手中东西放到八仙桌上,自顾自地拎壶倒水。

"咋没把行李带回来?"待大家都坐下来,左老太爷问。

"爸,我现在年纪大了,又不懂稼穑,回来也帮不上家里啥忙。在镇上时,我看咱家出钱修的那个学馆荒着,怪可惜的。现在,世道太平了,我们自家和乡里乡亲的孩子也多。我想把学馆打整出来,教娃娃们读书。至于住,学馆里不是有一个小院?原来是住先生的,整理出来,我们一家人住绰绰有余。"左钧一股脑地,把想法给父亲说了。

"你想做先生?"父亲问左钧。

"从小您除了要我读书,也没让我碰过别的。现在,除了教娃娃们读书习字,我也干不了别的啊。"左钧笑着回答。

"也是,先是兵荒马乱关了学馆,世道太平了又找不到合适的先生,这一关就是好多年。你能把学馆重新开起来,教习一方子弟,确是功德无量的好事。"

在家迁延一日,左钧一家要回铜牟镇时,左老太爷吩咐大儿媳翻出镇上学馆的大门钥匙,自己拿出一包银两交给左钧。左钧从嫂子手里拿了钥匙,拒绝了父亲的银两。

"在外这些年,虽没能光宗耀祖,但翻修学堂的银两,儿子还是挣下了的。"

回到镇上,第二天吃过早饭后,左钧就带着王秉正、陈于珍和王法天奔学馆而去。

打开院门铜锁,呈现在左钧眼前的院内景象,更显破败。多年无人打理,学馆青瓦屋顶好多处漏水,屋里各种案几朽损,就连院里青砖地面上长出的荒草和灌木都比人高了。

前前后后一番踏勘,左钧对学馆翻修有了计划。他又带着王秉正几人回到左家大院。向父亲汇报了自己翻修学馆的计划,然后又找到嫂子,说冬日地里活少,希望嫂子能安排几个长年和自己回镇上,帮着一起整修学馆。

左钧重修学馆,开馆授课,也是为了左家子孙。嫂子对左钧的要求自然满口答应。让左钧把家里长年都带上不说,还叮嘱如果人手不够,需要多少短工也可尽量开口。

沉寂多年的潼绵学馆,转眼间变成工地。附近乡邻听说左家中过举人的老二回来了,要重修学馆招收学生,都跑来看热闹或帮忙。消息甚至传到县上衙门,县太爷也派人送来银两,说义学开馆之日要来捧场。

忙碌月余,学馆在春节前翻新完毕。左钧带着王秉正、陈于珍和王法天从客栈搬到学馆内的小院住下,还从镇上请来一姓顾的大嫂,照料一家及以后学馆学子的生活。

学馆翻修期间,左钧就在铜牟镇码头、镇口和镇里火神庙戏台等处张贴通告,告知乡邻,潼绵学馆将于戊辰年(1688)正月十五重开,附近乡邻有适龄子弟,可送学馆就读,学费随喜。消息散开,不断有街坊乡邻领着子弟前来咨询报名。

戊辰年初二后,左钧带王秉正父子和陈于珍拜访了一些故交旧友,又去了一趟绵州城,买来些文房用具和书籍,把学馆开课的各种准备

153

都做得充足。

上元佳节，潼绵学馆重新开馆。当天，不仅要入馆就读的学子家长前来祝贺，就连潼川和绵州两地衙门，也都派人送了贺仪。

义学重开，无疑是当天铜牟镇最大的喜事。乡邻们特意为学馆前的临江街挂上了花灯。夜幕降临后，整条街流光溢彩。左钧一家饭后出门，加入赏灯的人群中。此时，铜牟镇天空晴好，月出半空，皎皎如轮。清辉洒在江面，被微波破碎成万片金鳞，与河边街上各色花灯相互辉映，美不胜收。

夜深，灯残，左钧兴致仍旧很浓。走到学馆前，他还不想进屋，几人又到馆前江边石阶上坐了，要听江赏月。月已凌空，月光下，近水远山映像依稀。左钧应景，诵起《春江花月夜》来。

与左钧父子持续的兴奋相比，陈于珍望着天空皎月，心情忽然低落起来。都说月圆人圆才是人间最好的景致，现在左钧已叶落归根，如愿重开学馆，可自己的亲人在哪里？何日才能相聚？想到这些，她忍不住叹了口气。

兴奋中的左钧没发现陈于珍忽然变化的情绪，但王秉正却捕捉到了。他扭头问："想啥呢？"

"想我哥哥现在在干什么，何时才能见到他。"陈于珍语意幽幽。

"放心吧，你哥是一府父母官，此刻定是春风得意，好着呢。而且我听说，从铜牟镇到龙安府，距离也就三五百里，相比我们已赶过的路，只算咫尺。相信你和他的相见，就在眼前。"王秉正安慰道。

这段对话，被左钧听到，他瞬间收了诗兴。从心里讲，左钧不愿王秉正及陈于珍任何一人离开自己。但他知道，自己不能勉强别人。见王秉正的话没让陈于珍高兴起来，左钧接着王秉正的话茬说："真用不了太长时间。从这沿江往上最多百里，就是你哥哥龙安府的辖地。一到那里，就等于到你哥家了。"

"只百来里？"听左钧这么一说，陈于珍立即兴奋起来。

"我几时骗过人？"左钧说。

话至夜深，街上观灯人群已散尽，王法天依着陈于珍打起了瞌睡，四人这才离开江边，回到学馆，各自睡了。

正月十六，潼绵学馆正式开馆授课。除了走读短学的弟子，住馆长学的学生超过了二十人，王法天自然也在其中。

四十二

左钧忙碌起来。虽然忙，陈于珍的事还是挂在心上的。翻查黄历，发现正月十八日子很好，适合远行，就安排王秉正找到一条送山货下来的返空船，送陈于珍到龙安府辖的江油。

左钧得在学馆授课，王法天得念书，送陈于珍到江油，只能是王秉正了。

下来的一天多时间，陈于珍忙着打点自己的行装。哥哥是一定要去投的，真要离开一年多来朝夕相处的左钧和王秉正父子，她心里又是千般不舍。

正月十八一大早，三个大人天不亮就起了床。怕王法天知道会伤心，大人们一直瞒着他，是日启程，更是不敢去惊醒他。

左钧送王秉正和陈于珍穿过半边街，登上泊在码头的上行船。天色微明，船家用竹篙将船撑离码头，张帆起航。左钧站在岸边，盯着远去的船帆，直至帆影消失在眼里，才若有所失地回了学馆。

一年多来，王法天与陈于珍形影不离，很多时间晚上还跟陈于珍同屋而眠，情感上与陈于珍已形同母子。

早上醒来，王法天第一个习惯就是揉着眼睛找姑姑。可这天他睁眼后连叫几声姑姑，都没听到陈于珍回应。他感觉不对劲，下床连衣衫都没穿周正，就跑出房门，在学馆小院里不断喊"姑姑，姑姑……"

"姑姑和你爸，有事出远门了，要走一段时间。快把衣服穿好，洗脸吃饭，开始读书。"爷爷左钧对他说。

听说爸爸和姑姑都走了，王法天心里非常难受。但他也经过很多事，一向很懂事听话，应一声"哦"，整理好衣衫，自顾去洗漱早饭。

正月十九黄昏时分，王秉正和陈于珍到达江油。天色已晚，两人当天没去惊动当地官府，寻了家干净客栈住下来。

隔日大早，两人整理清爽，到街上用过早饭，就去了县衙。王秉正找到门口当值衙役，对其双手一揖，说："麻烦老哥去通报县大老爷，说龙安知府陈大人胞妹，有事求见。"

衙役把两人上下一番打量，见他们装扮虽然不够华丽，却是气宇不凡，自不敢怠慢，回一揖说："二位稍等。"一路小跑进了衙门。

当天无事需升堂，江油县令正在后院喝茶弄鸟。见衙役一路小跑进来，斥道："慌啥？"

"外面来了两人，说是知府陈大人胞妹，所以着急向老爷禀报。"衙役说。

作为属下，江油县令熟知知府陈于朝的出身。俗话说，宰相丫鬟，七品官员，来者称是自己顶头上司胞妹，县令哪敢有丝毫怠慢。顾不得辨识真假，就着急吩咐衙役："快请进来！"他一边放下手中紫砂小壶，一边整理好顶戴衣衫，迅速跟了出来。

将王秉正和陈于珍迎至后堂安顿，县令安排奉上香茶，询问陈于珍和王秉正从何而来，是否已知会知府大人。

陈于珍谈了自己与陈于朝的关系，简单讲述了自己一路追兄寻亲到这里的经过。

听陈于珍讲得真切，县令即令衙役找来师爷，让师爷领王秉正和陈于珍到县里官驿，安排两间最好房间。还特别交代驿卒，一切依两人需要，按最好的标准供给。

安顿好陈于珍两人，县令决定将这件大事以最快速度向陈于朝禀报。当即修书一封，派专人快马向龙安府衙递送。临行，县令要送信衙役不得以普通公务文书对待，务必亲手将信送到知府本人手上。

正月下旬，龙安府衙所在地平武，寒风仍甚凛冽。远处高山顶上，白雪皑皑，只在低处河谷地带，能见到绿色植被。便是如此，涪江河谷两岸山腰下散布的大窝茶，依然顽强地萌出了新芽。这种社前芽茶尤为珍贵，很长时间都专供皇家。

正月二十二上午，陈于朝因前夜处理公文晚睡，起得也晚。收拾停当，他到府衙后院空地上舒展筋骨，见院里一棵老楠木上飞来一对喜鹊，叽叽喳喳，吵闹不休。

不会有啥好事吧？陈于朝寻思。

用过早饭，陈于朝依例让人在院子里摆上茶案、椅子，用细白瓷茶碗泡了一碗新青芽茶，那是头天属下一羌家土官送来的今年的社前新茶。在沸腾山泉水的冲泡下，每一颗茶芽柄朝下，叶尖向上，栩栩挺立，每一片嫩芽都完整无损，茶汤清亮透明，掀开茶碗盖，一股清香扑鼻而来。轻啜在口，味道香中略苦，瞬间一股回甜晕散在口中。

"真好茶也！"陈于朝由衷赞叹。在龙安府这等边地为官，衣食方面无江南富足之地的排场可讲，但要论尝山珍品好茶，江南很多地方都难及这山野之地。

虽出身包衣，仕途上陈于朝却颇有追求。就任龙安知府后，日常治理外，他开始编纂《龙安府志》。

几口香茶入腹，陈于朝让手下人去书房抱出收集到的当地史料校阅。还没翻看几页，就有当值衙役进院禀报，说江油县令有紧急文书送达，且强调，需要面呈。

以为是紧急公务，陈于朝放下手中文稿，令衙役传送信人从速呈上。

拆开信，所书内容让一向沉稳内敛的陈于朝不禁惊喜于形色。

随军征伐，入仕为官，几十年辗转四方，陈于朝对家及家人的思念，不是一星半点。以前父母在时，频有书信往来，偶尔他也会托人带些银两特产回家，以慰相思之苦。自父母仙逝，家人与他就失去了联系。虽多次托人打探已出嫁的小妹陈于珍的情形，却只得到妹夫战死沙场，妹子离家寻夫后杳无音信的消息。妹妹怎么样了？她在哪里？陈于朝设想过无数种结果，甚至有过妹妹在前面兵荒马乱的岁月里早不在人世的最坏料想。看到江油县令紧急送来的信，说妹妹不但来寻，且人已到江油，他的激动万难形容。

打发走送信的衙役，陈于朝把来信反复展看。他甚至怀疑自己的眼睛出了问题，看错了文字。放下信，他叫来夫人和师爷商量，准备亲自下江油迎接。

听到老爷的妹妹有了消息，夫人和师爷都大喜过望。陈于朝让师爷叫来府衙同知，做了工作交代，就命人备船，要即刻动身。

但他对行程的安排却被师爷劝止。

从龙安府往江油，一路崇山峻岭。无论是水路还是旱路，都有三百来里的路程。旱路翻山越岭，坐轿少则三天，多则五日。即使快马加鞭，也需两日左右。走水路，因是顺流而下，如有熟练船夫驾舟，快行只需一日便可到达。但这段涪江水路都在山岭中穿绕，河面狭窄，水急流深，乱石密布，任是哪等熟练船夫，行船也只能在白天。当时时已过午，如发舟向下，当天难走一半路程。而一路高山深峡峻岸，很难找到夜泊之处。普通行船人可随便找地方将就过夜，但作为一个已不年少的知府老爷，陈于朝要在这料峭春寒夜去吃那样苦头，确不是最好选择。所以，不妨稍等明日的早行船，一天就能到达。

虽恨不能立即见到妹妹，陈于朝还是听从了师爷建议。当天，师爷就将舟船诸事安排妥当。次日一大早，随老爷、夫人和少许护卫，登船出发。

江油这边，县令每日都会派人前往官驿探望王秉正和陈于珍，尽力满足所需。闲来无事，他还陪王秉正游历了李白故里青莲，登临了李白诗里"樵夫与耕者，出入画屏中"的川西北胜景窦圌山。

朝发平武，一路顺风顺水，舟轻驾熟，陈于朝一行到达江油时，暮色刚起。船一靠码头，师爷就差一随从前往县衙通报，自己侍候陈于朝和夫人上岸，向县衙而去。

江油县令当天陪王秉正和陈于珍游玩窦圌山后回到县衙，有些疲惫，刚要休息，就见手下带着府衙衙役赶到。

照县令计划，当天最快也只是送信人起程返回江油的时间。下一步怎么办？他在等候知府指令。可信使未回，却说知府已到江油，这一结果让他颇感意外。县令顾不得疲惫，整理衣衫，招呼人一同往码头方向迎接。才出县衙不远，就与陈于朝一行碰个正着。

"她在哪里？"不待县令客套，陈于朝急不可耐，开门见山。

"府台大人别急，属下已将令妹安置在官驿，今天还陪他们出去走了一大圈。估计这阵他们也刚回驿馆。"县令回复。

"带我过去。"

"好。府台大人请随我来。"县令在前侧领路，陈于朝一行直奔驿馆而去。

连续游玩两日，王秉正和陈于珍难免疲倦。两人回到驿馆一番洗漱，商量就在驿馆简单要些饭菜，用过后早点休息。谁知菜刚上桌，还没动箸，就见一大堆人拥了进来。

见陈于珍坐在桌前，县令上前招呼："姑奶奶，陈大人看你们来了。"

说话间，一年近半百的男子已来到陈于珍面前。

虽一别十数年，但是这轮廓眉宇，陈于珍还是一眼就认出，眼前人正是自己找寻多年的亲哥哥。陈于朝也同样认出了经历岁月沧桑的小妹妹。

"大哥！"陈于珍站了起来，疾步上前，双手把着陈于朝手臂，泪水自由自在地冲刷下来，"哥，你咋变样了呢？"

"岁月不饶人，你也变了不少啊！"陈于朝抬手摸摸陈于珍的额头，同样是老泪纵横。

兄妹俩阔别多年，相对喜极而泣，打动了在场的每一个人，王秉正也觉着鼻子酸酸的。

相认时刻，江油县令叫来驿官，让其准备雅间，置办两桌酒席。陈于朝夫妻同妹妹、王秉正一桌，其余人围坐另一桌。

酒桌上，陈于珍向哥哥讲述了分离这些年自己的遭际，并专门介绍了王秉正在夷陵为保护自己，父子俩差点丢掉性命之事，也包括双方彼此认作兄妹，以及同拜左钧为父等等。

听过妹妹介绍，陈于朝起身离座向王秉正鞠躬揖谢。

"兄弟义薄云天，于朝钦佩之极。本当厚谢，却因思妹心切来得匆忙，未带财帛在身，礼情只得后补了。今后兄弟如有需要，于朝定当倾尽全力，以报照拂小妹之恩。"

一方父母官的知府能纡尊降贵地向自己鞠躬行礼，王秉正也起身回礼。

他执壶把陈于朝的酒杯斟满，递到他的手中，再为自己斟满，举杯说："我与于珍妹子同为天涯沦落之人，彼此照应自是本分，从未想过什么回报。再说，这一年多朝夕相处，于珍妹子给我父子的照顾也是良多。大人的谢意，秉正心领了。这杯酒，秉正敬您，祝大人兄妹重逢外，也为于珍妹子从今往后有了依靠，再不受颠沛流离之苦高兴。"

言毕，王秉正干了杯中酒。

虽是官驿奉给知府饮用的酒，苞谷烧入口辣喉这点却未见变化。

陈于朝也一口干了。他示意王秉正坐下，执壶给双方酒杯斟满，端着酒杯说道："兄弟这样说，让我惭愧了。兄弟古道热肠，又跟舍妹有金兰之义。按理我们也就是兄弟了。从今后你不要再叫我大人。只要你不嫌弃，从我妹，我就是你的大哥。"

"大人贵为知府，是朝廷命官。我一介草民，怎敢高攀！"王秉正说得非常认真。

"你我虽一个在江湖，一个在官场，谋生之途有异。于朝一直认为，做官就是做人。为人之道，不仅得讲孝、悌、忠、信、礼、义、廉、耻，更要讲知恩图报。你对于珍有恩，就是有恩于我。我所在的平武城，有座前朝土司建的寺庙，寺名就叫报恩寺。连山里的蛮夷之人尚知感天子之恩，百姓之奉膳，何况我等读圣贤书之人。于朝之心至诚，兄弟切勿疑虑，我们同饮了这杯酒，如何？"

陈于朝之言意切情真，陈于珍望着自己的眼神也满是殷切。王秉正不好再拒，改了口说："大哥不嫌弃兄弟身在江湖，小弟荣幸之至，哪敢疑虑兄长。自今日起，大哥和妹子有事驱使，秉正断不敢辞。"

　　"好个爽直兄弟！"陈于朝端酒和王秉正手中杯子一碰，刚要开饮，就被陈于珍叫住："等等，加我一个。"陈于珍起身，端起酒杯。三只酒杯一碰，三双眼睛透射着柔光。

　　"大哥人情浓酽，这满桌山珍野味也甚是可口，只可惜这酒确实不咋地。"苞谷烧咽下，嘴里满是辣苦，喉里阵阵烧灼，王秉正只有伸筷子挟菜压酒，自顾叹息。

　　"兄弟说得甚是。这山高路远之地，真无中原或江南的美酒佳酿待客。"陈于朝何尝没有同感。

　　"秉正哥懂酒，还是做酒的高人呢。"不待王秉正说话，陈于珍抢着向哥哥兜了底。

　　"啥子高人，不过一点祖传的吃饭技艺罢。"王秉正还要谦虚。

　　"哦，兄弟有这工夫？啥时让为兄尝尝你酿的酒？"陈于朝笑问。

　　"此来巴蜀，除送妹子寻兄，送义父归乡之外，就是想觅一方合适的土地，建一烧坊谋生。待我事成，定当奉于大哥品饮指教。"

　　"好，好！绝不推辞。"陈于朝笑着，向王秉正举杯示意。

　　酒至深夜方散。

　　接下来几天，陈于朝除陪妹妹之外，也顺便过问一些江油县政事。在江油盘桓几日，因府衙公务要紧，不得不带妹妹返回平武。

　　刚享受到寻得兄长的幸福，转眼又得和王秉正分别，陈于珍心中的不舍和纠结，难以言表。她很想让王秉正与她同去，但也知道，这根本不现实。她也想过陪王秉正回铜牟镇，却又舍不得才找到的哥哥。

　　陈于珍的纠结，陈于朝也看在眼里。相处几天，阅历丰富且一向细腻敏锐的陈于朝早就看出妹妹对王秉正的情意，远不止是义兄义妹那么简单。通过妹妹的介绍和自己的感觉，陈于朝对王秉正的人品已有了初浅的了解。但是，半生为官，陈于朝见多了世态炎凉。嘴里虽认作兄弟，真的要让唯一至亲的妹妹跟着王秉正，又另当别论。一个出身商贾流落江湖的人，与自家的门第，未免距离太远。就算不计较门第出身，王秉正的身世是否清白，有没有能力给自己妹妹幸福，陈于朝也吃不准。

不过，王秉正帮助妹妹的情义，陈于朝还是真心想回报的。临回平武之前，陈于朝问王秉正是否愿意和自己同往，就在平武兴建烧坊，却被王秉正毫不犹豫地婉拒了。

在王秉正心里，做酒也是做人，只能凭自己手艺，仁义为人，诚信经商，赚来的钱才踏实。依靠官府势力做生意，断不是王秉正所愿。

虽拒绝同去平武，但越是临近分开，王秉正心中对陈于珍的不舍也越是强烈。可基于自己的际遇，他比较抗拒陈于珍的背景，更担心自己会拖累了陈于珍，所以一直躲闪着陈于珍抛来的绣球，也回避着左钧的撮合。可是，临到真正的分别，他心里有一种割肉般的痛楚。

四十三

不舍归不舍，离别依旧会到来。

戊辰年二月初二，龙抬头。

陈于朝安排两辆马车，带陈于珍离开江油回龙安府。王秉正同江油县令在官道送行，直到马车消失在道路尽头，才回头登上江油县令安排的轻舟快船，回了铜牟镇。

从江油回铜牟后，王秉正过了一段舒坦日子。每日晨练夜读之外，偶尔也在学馆替左钧教授孩子们一些蒙学内容。更多时间，他用来对铜牟镇周边地形地貌、来风去水诸多项目进行考察。他想尽快寻得一合适地点兴建计划中的谪仙烧坊。

铜牟镇面向涪江，建在两山之间的一条龙沟里由一条长石堤围起的大片冲积河滩上。镇子上北下南,设有两个渡口。上渡口所在位置,有一山嘴如饮水龙头探入江中,把铜牟镇和上游塘坊坝切开。山嘴虽耸峙,其身后绵长的山体却山势柔和,草木繁盛,是当地人放牧牛羊的好地方,被称为放羊山。名虽为山,其实也就是一座稍大的丘陵而已。

王秉正反复寻找中,时令已到谷雨。暮春的铜牟镇一带,群山笼翠,气温升了起来,行路之人已著薄衣轻衫了。

一日午后,王秉正小睡起来,想想下午学馆也无啥要紧事,打算再去江对岸转转。他沿江堤而上,来到上渡口。这时天热人少,渡船还泊在对岸候客。

王秉正在渡口山边的一棵大黄桷树下等渡船过来。待了好一阵,仍不见动静。这时,他觉得烦热,走到江边,想捧江水洗洗脸凉快凉快。就在弯腰捧水时,不经意间他发现江边蒿草中,一道潺潺溪流静静淌入江中,那溪流和江流相比,要清澈明净许多。

王秉正离开渡口码头石阶,沿江上行十来步,走到溪流处,捧一捧溪水拍在脸上。瞬间,一股凉爽传遍全身。那水,竟比江水更加清凉。王秉正忍不住又捧起一捧送入口中咽下,<u>丝丝甘甜直润心脾</u>。

"这不是寻常溪流,应是一道泉水。用这水酿酒,不会比柳林井水差。"作为一个经验丰富的酿酒师傅,王秉正对水的敏感,远胜常人。

他起身观察周边地势,见自己所站位置与山嘴切入江水处不远,有峭岸所阻,断无溪流过来的可能。"泉眼应离此不远,一定在山嘴附近",王秉正兴奋起来,他拨开荒草,循着泉流逆流寻找。

不过百十步距离,王秉正在山嘴断崖下,看到一股茶碗粗细的水流,从地下一个泉眼汩汩冒出。他蹲下身子,捧一捧泉水送入口中品咂,那感觉,比江边的更清冽甘甜。

"好水!"王秉正从兴奋转为狂喜。他四周打量,周边并无房屋建筑,只是块条状台地,有八九亩大小,种着油菜。

"把这地买来建成酒坊,有这泉水打底,定可以酿出好酒来",王秉正思忖着,又把周边地势细细查看了一遍。

"今天发现一个地方,很合适建烧坊。那里有一片空地,关键,还有一眼活泉。"回到学馆,晚饭桌上,王秉正把白天的发现告诉了左钧。

"在哪里?有多远?"听到这个消息,左钧比王秉正还兴奋。

"就在上渡口那里的山边上。不晓得地是谁家的,别人愿不愿卖。"

"你是说上渡口山边那地方?"

"对啊。"

"那地方应该好办。我记得那是渡口的公地,佃给人在种,收租子以维持渡口开销。那块地不保水,只能种旱地作物,地租不高,想来地价也不会贵。明天我先去打听一下,看啥情况,再想办法。"左钧非常积极。

"谢谢父亲。"

第二天散学后,左钧安排好住馆学生,叫上王秉正,去了上渡口。没费多大神,就从艄公嘴里打听来,那块地仍属渡口所有,归镇里义渡管理公会。这管理公会由当初捐田捐产的乡绅后人组成,日常由镇上里长打理。

在艄公指点下,左钧找到镇上管事的里长。左钧虽对这个里长不熟悉,但对在镇上重开学馆教育乡梓子弟的左钧,里长却是认得的。

把左钧父子迎进屋,里长亲自泡茶待客。一番忙碌,大家都端起茶盅,里长才开口询问:"先生登门何事?"

"冒昧打扰,是想向里长大人打探,上渡口山边那块义渡公地,现为何人佃耕,可否转让?"左钧向里长作了一揖,开门见山地问道。

"哦,先生问的那块山边旱地,现在是镇边一户人家在佃耕。先生想接手耕播,我倒可帮忙去说说。那地佃租每亩每年一石黄谷,不算多。"

"能否要下那地,做些别的营生?"

"这个,这……个嘛,恐有难处。当年镇里兴建渡口时就有纸约,所有义渡公田,限定世代传承,许租不许售,以租金维护义渡运转。这卖田卖地属于败家行径,在下还真不敢做。"里长蹙着眉头,认真地回答。

"可有变通之法？"

"据说早年间镇里也有人需用公田他用，不过别人是以田地置换。如先生实在需要，我去与会里乡亲商量，看可否按以前办法处置。"

"那有劳您！"左钧再次揖谢。

"不需客套，先生是体面人，做的又是造福乡梓的好事，您有需要，我定当尽力。"

几人喝茶闲聊一阵，约定由里长出面，与义渡管理公会各会员商量出结果，再给左钧回话。

第二天下午，里长赶到学馆，告知义渡管理公会成员都同意把地转给左钧，只要用等值田地置换即可。

左钧父子高兴万分，吩咐顾嫂置备菜肴，又去铺上买了酒，挽留里长共进晚餐。左钧在酒桌上还委托里长，帮忙寻一块置换所需之田，并希望事情越快落实越好，许诺事毕一定重谢。

喝得尽兴，里长一口应了左钧委托，再三言称，无须道谢。

不过几天时间，里长就来学馆，告知用于置换的田地已经寻到，且已经义渡管理公会成员共同审看同意，现只需支付地价，对方就可将田地转至义渡管理公会名下，义渡管理公会就可将山边那块地块置换出来。

左钧询问地价后，王秉正取出二百两银子交给里长。其中，一百八十两田款，其余二十两做里长斡旋帮忙的辛苦费。

一番推辞，里长最后还是将银两收了。此后，里长更加卖力，左右奔忙，也就几天时间，就将变更好的地契送到左钧父子手中。里长同时也带来现在佃耕人家的要求——夏收之后再交地。

不等王秉正说话，左钧就一口答应了，还让里长传话，不仅夏收前可以不交地，就是夏收后夏播仍可继续，只要赶到霜降前把地腾出来就行。他还托里长告诉对方，这一季的佃租也免了。

王秉正本想说给佃租者赔付田里的青苗损失，尽快拿地尽快开建，听到左钧如此说了，也不好反悔。送走里长，心有疑虑的他忍不住问左钧，为啥答应缓半年时间？

原来，这蜀地气候不比秦陇，一过夏至，就进入雨季。这时天气酷热，不宜室外施工不说，那有一场没一场的雨，也让人干不了什么。所以在铜牟这里，修房造屋这等大事，在深秋雨季结束前是没法干的。这个时间里，要回地也无用。那么好的土地，糟蹋一季多可惜，不如让人种了，还落个顺水人情。

对家乡风情，确实是左钧更加了解。但虽不能立即入场施工，该做的准备却不能拖延。王秉正根据柳林铺烧坊的布局，自己先动手画了一个草图。左钧也托人寻了当地最好土木匠人到现场踏勘丈量，绘制了烧坊的施工详图，测算出所需物料，以便制备。

芒种后，雨季如期而至。涪江进入汛期，开始涨水。

这期间，王秉正一边在学馆帮着左钧教孩子们一些课程，一边在左钧带领下，镇里镇外转悠，联系采买各种建房所需材料。

铜牟镇对岸有石灰窑，镇子往西山丘里有砖瓦窑，江滩河坝里，人头石到处都是。在所有必需的建材中，需求量最大，也最让左钧父子操心的是木材。按照当地建房造屋习惯和木匠要求，木材必须在冬季砍伐，自然阴干，且必须经过至少一个夏季近半年的周期才能使用。只有那样，木材才不会变形、开裂和生虫。虽然说在当地山丘沟壑里有的是树木，但这些活立木就是砍下来，也赶不上秋后建造时使用。

四十四

建房缺木材，左钧父子很是犯愁。夏至前的一个上午，学馆午课尚未散学，一汉子来到学馆叩门，说有事要找左老先生和王秉正。顾嫂将他迎到学馆小院客堂奉茶。

午课散学，左钧和王秉正一同接待了他。

汉子自称姓王，说自己是龙安府往上的"新人"，家里是当地世袭的土官，跟知府陈于朝交好。家中守着大片山林，做着伐木放排的生计。今年放第一批木排前，王汝照例去平武拜访了陈知府，受知府胞妹所托，捎了东西来探望左钧老先生和王秉正。

得知是陈于珍遣人看望，左钧父子都很高兴。收下来人捎来的礼物，吩咐顾嫂准备菜肴。还去镇上的富乐烧坊叫来一坛米酒。

来人爽直，不拘礼拘仪。席间放开豪饮，喝得高兴却连称酒味太柔，不得劲。左钧只好叫顾嫂去沽了两壶苞谷烧，才让来人过了酒瘾。

席间，汉子告诉左钧父子，他汉名叫王汝，是白马氏人，住在平武往上的雪山脚下。

这白马氏又叫白马人，讲白马话，敬奉山神，拜菩萨。白马人平日里放牧牛羊，也种庄稼，主要是靠山吃山，以伐木为生。

平武的楠木，一直被列为"皇木"。白马人伐木一般在秋冬季木材停止生长后，所伐木材从山上先溜到河谷，以赶羊流送的方式，单根漂送到主河道较宽的河滩收漂，然后再将单根木材用竹篾捆扎，集成木排，再往下游城镇漂送。

白马人的木排往往是水杉等木材垫底或捆在外围，桢楠等贵重木材扎在中间。木排由数段组成，前尖后宽，排上一般三到五人，搭简单窝棚，吃住都在其上。木排只在白天漂行，由经验丰富的放排人在前端撑排引漂，每日算好行程，天黑之前寻滩搁排过夜，次日天明再又起程。

一般情况，白马人将木材送出涪江六峡后，到江油境内就会找个堆场，将木材分类，估堆卖与木材商人，又从陆路返回，再次结排下放。每个周期，大约需半个月左右。也有些放排人会把木排放到绵州府或更远的地方，漂放行程虽远了点，还多些税赋，但木材售价就会大好多。

得知王汝做放排营生，王秉正顿时来了兴致。推杯换盏间，王秉正说了自己要建烧坊，需要木材，希望王汝能放一批木材下来。承诺价钱上可比绵州的木材商人更优。

王汝点头允诺，说："您是知府妹妹的义兄，我们又同姓王。这天下一笔难写两个王字，这点小事，我做好就是，哪是钱不钱的问题。"

言语投机，王汝和王秉正的酒一直喝到深夜，被留住一宿。次日送王汝上路时，王秉正让他给陈于珍带去一封回信。

陈于珍走后，王秉正心里会时常想起这个义妹，这样思念一个人的感觉，是王秉正几十年来从不曾有过的。临到提笔写信时，心里虽是万语千言，笔端却不知该说什么，只是简单地说了自己和左钧、王法天一切安好，望于珍妹妹能照顾好自己，以及向陈于朝及家人问好的话。

临别，王秉正就买木材之事一再叮嘱，王汝再三应承，两人才挥手作别。

有了王汝的承诺，王秉正和左钧悬着的心略得放松。

王汝回到平武，即到知府衙门复命。看到王秉正回信中那些干瘪的言语，陈于珍心中有些失落，但得知王秉正已找好场地准备建烧坊，她又很是替他高兴。王汝告辞时，陈于珍打赏了他一些物件，请他对王秉正的要求务必做到、做好。

虽相处不到一天，但一顿酒，一席话，王汝对于王秉正却十分欣赏。加上有知府和其胞妹的嘱托，王汝对为王秉正办木材的事，自然十分上心。

平武自前朝改土归流后，境内土司、土官虽仍世袭罔替，手中权力和所得俸养，少了不是一星半点。于是，许多土司、土官家族，都在寻自家的营生。伐贩木材，本就是王汝家的选择。

退出知府衙门，王汝回到江滩上的自家堆场，吩咐手下人按王秉正所需木材数量的双倍，寻上好冷杉和桢楠结扎成排，编入下批木排中段，寻机放漂。

龙安府驻地平武，民族众多，民风淳朴，在山外人眼里，算是夷地。

这里山高谷深，既有一年中大多数时间都结冰积雪的雪山林海，也有四季温润的河谷。对生长于北方，见惯了酷夏严冬的陈于珍来说，平武的夏日极其惬意。只是，在这闲适的日子里，随着分别时间的增长，她对王秉正、左钧几人的思念也在与日俱增。

陈于朝看得出妹妹的心事，尤其痛惜她多年际遇坎坷、颠沛流离的命运。他希望，未来，自己能照顾好妹妹，让她能够开心、幸福地生活。

在平武的崇山峻岭中，生活着一种被当地人称为白熊的动物。这种动物以山间箭竹为食，通身以白为底，眼、耳、足纯黑，样子憨态可掬，很是招人稀罕。

一日，一山里土官得了两只白熊幼崽，送来给陈于朝。见得此物，陈于朝很是欣喜，当即将小白熊转赠给妹妹。还让人教了陈于珍饲养之法。对这两个圆润可爱的小家伙，陈于珍甚是喜爱，整日里喂养打理逗弄戏耍，少去了许多无聊。

王汝回家待了几日，排工已把下批漂放的木排捆扎停当，又将下行领放。为给王秉正送木材，王汝决定这一排木材，漂放到绵州再出手。

上排前，王汝找来几个羊皮水袋，满满地灌了几袋子山里人自己酿的苞谷酒带上。一年当中，一半生活在山林，一半漂流在水里，酒是王汝和排工们离不得的东西。虽山下也有苞谷烧卖，可同为苞谷酿造，王汝觉得，同平武人自酿的苞谷酒相比，山外的苞谷烧喝起来就不是一个味道。那日同王秉正饮酒，他觉出王秉正是一个好酒善饮之人，得让他尝一尝山里的好酒。

小暑，王汝木排放到绵州。

找到日常有交道的木材商人谈好价钱，王汝解了排，划出备给王秉正那一排，其余木材全部卖掉。见王汝划出那一排木材都是难得的好料，商人欲出高价购下，却被王汝干脆地拒绝了。

处理完木材，王汝让其他兄弟在绵州等候，自己只带一个排工，将木排放向铜牟镇。

从绵州城外河滩出发，到铜牟镇约四十里水路。王汝一大早出发，排到铜牟镇时，刚好正午，学馆午学才散。正在收拾桌凳的王秉正见王汝进门，立即放下手中活计，迎了上去。

"来了？"王秉正一把握住王汝的手。

169

"来了。你要的东西也弄来了，就停在渡口上面的江边，得找人去弄上来，找个宽敞地方堆放。"王汝抽出被王秉正攥着的手，把肩上装酒的皮水袋放在一张课桌上。

"好！马上安排。还没有吃饭吧？待我叫上父亲，咱们去酒楼，喝个高兴。"

"早上从绵州出发，紧赶慢赶才放拢，哪吃啥饭？不仅我没吃，排上还有兄弟也跟我一样，饿着肚子呢。"王汝乐呵呵的。

"赶紧喊人去，把木排照看到，把排上兄弟换下来吃饭休息。"王秉正和王汝的对话，引来本就在小院的左钧，此时，他插话说。

半边街多的是挑夫。正是午时，挑夫大都在街边一排茶摊上啃干粮。左钧出门只一招呼，就聚了几十人过来。左钧、王秉正和王汝挑了几个解过木排的挑夫领头，把他们带到上渡口上面的木排泊靠地，一同清点了木材数量，指定了堆放场所，说好搬运价钱，就领着大家一起回了学馆。

王汝说自己带了酒，不愿去酒楼用餐，王秉正只好在回学馆的路上进了一家烧腊铺子，买了几包腌腊凉卤。回学馆后，左钧吩咐顾嫂继续备菜，几人把凉菜铺开就喝起来。喝得高兴，左钧连下午学馆的课也做了调整。

半下午左右，几人正喝得高兴，领头搬运木材的挑夫来到学馆，说已搬完堆好，让东家验看。王秉正让左钧陪着王汝继续喝着，自己带着银两去了渡口。

在水里看着不显眼的木排，被解开搬上岸堆一起，王秉正才看到了真相。这批木材不仅数量多出了要求的一倍以上，还都是最好的云杉和桢楠。

"这兄弟是真用心了。"王秉正想。

时在雨季，怕木材露天堆放被淋坏，王秉正支付挑夫工钱后，又拿出银两给领头挑夫，让他帮忙去买些稻草把木材盖上，在木堆四周挖了条排水沟沥水。安排了这些，王秉正才又回到学馆，坐回到酒桌上。

"东西都看到了？可还要得？"待王秉正坐下，王汝问。

"好得很，就是有点多。"王秉正回答。

"多点好啊，多那几根木头，是兄弟我送大哥的。修房子用不完，打点用具也要得，不算钱。"王汝端起一杯酒，递到王秉正手中。

"那咋行？"王秉正接过酒。

"木头是我的，我说行，就行。"王汝一口干了自己手中的酒，示意王秉正也干了。

王秉正干了酒，没继续和王汝争。几人的酒一直喝到深夜。

王汝带来的酒，劲大，尾味苦涩虽不明显，但喝多了，第二天醒来仍是头痛。王秉正跟左钧因学馆有午课，起得早，无事的王汝和手下排工仗着酒力，睡得很香酣。直到中午，王秉正和左钧去客栈叫，两人才慢吞吞地起来。

午饭时，王秉正又要安排酒。王汝因要返程，提出不喝了。

用了午饭，王秉正送王汝上路，按铜牟的木材行情，将王汝漂来的木材估了价，临别时把银两递给王汝。

王汝接过银包一掂，估摸有三百两。立即表示太多，要拒收。王秉正拉住他，好说歹说，王汝最后取了一半带走，还留下话说，如果王秉正实在觉得欠着啥，等烧坊建好，用酒来还。

犟不过王汝，王秉正只好应诺了。

四十五

落实好木料、砖、瓦、石灰及人头石等建材，根据酿酒需要，王秉正找到坛罐窑定制了陶缸、陶罐和陶坛，还找石匠錾出一副八尺碾盘。

置备这些物件，不觉间已过秋分，雷收雨歇，田里秋收也都完结。佃户将腾空的土地交给了王秉正。

地空，农闲，天无雨。霜降后，进入一年中搞建设兴土木的最好时段。

左钧托人找来铜牟镇附近最有名气的风水先生，根据天干、地支、五行及王秉正的四柱八字，测算好动土开工的吉日吉时。

在测定的日子和时辰，在风水先生主持下，王秉正和左钧带上雄鸡等供品，还有系了红布条的锄头，到地里一番祭祀后，王秉正挥锄刨了第一锄土。随之，土木匠人陆续进场，泥工石匠平地、垫基、码堡坎，木匠改木、刨柱、制梁檩，现场一下就热闹起来。

忙碌到大寒，烧坊主体基本完工，接下来是安门窗、装墙板、修围墙和打地坪，一直忙到腊月二十四。

照例，这天工匠和学馆学生都得回家。王秉正早早换回银两，给匠人们团了年，把前期工钱结了，约好年后开工时间。

己巳年（1689）正月十六，烧坊建设工地复工。此时木工的房建工作已近收尾，泥水匠人开始建酒窖、安碾盘、砌发酵池、砌灶等。这些工作，都由王秉正亲自指挥，所有设施、布局和式样，也都按照他记忆中柳林铺谪仙烧坊的样子，再结合新烧坊的地形条件而建。

王秉正当初寻找场地时发现的那一眼泉水，在建房时被围在烧坊里面。他指挥工匠把泉眼周围清理一番，用三合土胶人头石，围着泉眼砌出一个高过地面约六尺的六角井台。待井台干结凝固，封堵了井下面的排流缺口，泉水就慢慢溢满了，并从井上面预留的缺口流出。王秉正用几根长竹破节贯通后做水管，将泉水导向了烧坊各用水处。按他的设计，平日不用水时，泉水自井沿缺口漫出，从烧坊地下排水阴沟流入涪江。如用水，只需将竹管往缺口处一放，调整竹管角度，泉水就可自流到每个用水节点上。

随着建设工作的陆续结束，王秉正定制的各种烧坊用具也陆续送达。他开始物色烧坊所需的伙计和学徒。

新建成的烧坊就在铜牟镇上渡口靠山一面。半年来，烧坊建设的过程一直在东来西去的乡亲和路人眼里。大家看得出，这新烧坊不仅是铜牟镇从未有过的,就是跟方圆百里其他州县的烧坊相比,也堪称最大。

出于对如此规模烧坊的好奇及王秉正开出的诱人工价,好多乡亲踊跃来报名。烧坊伙计和学徒工,很快就招收齐备。

四十六

左钧和王秉正在忙碌中度过了回到铜牟镇的第二个大年。

山外年味浓郁,山里的春节也不清冷,特别是作为知府的陈于朝,门庭自然更是热闹。从初二开始,各式拜会宴邀就没间断过。

考虑到年前没请同僚和当地知名商贾土官团年,陈于朝决定在正月初八摆一场春桌,一来答谢各方拜会,二来也让妹妹体味一下蜀地的年味人情。

春桌虽是家宴,但知府设宴,辖地大小流官和土官商贾,却无人缺席。

初八那天,十几张八仙桌摆满府衙后院,每张桌前座无虚席。

陈于朝安排府衙同僚和自己家人同桌。自己跟夫人居上,陈于珍坐左席,对席和右座,通判和同知坐了。

跟陈于珍相对而坐的是府衙崔姓通判,此人四十多岁,陕西人氏,只身在龙安府就任。

早听说知府有一胞妹千里寻亲而来,也曾远远看到过陈于珍在府衙后院出入。但此前,崔通判对陈于珍并没有特别在意。与陈于珍近距离相对而坐,他才真切看到陈于珍容貌如此姣好,举手投足也大方得体。偶尔四目相对,从陈于珍眼神中透露出的从容淡定,更是让他倾倒。只一席饭,崔通判就对陈于珍有了别样感觉。酒席散后,陈于珍的样貌举止刻在他脑海里挥之不去。

"该不会是喜欢上这个女子了？"崔通判心想。

又一次，陈于朝召集属官到府衙议事，待其他同僚离去，只剩自己和陈于朝时，崔通判说出了自己的想法。他向陈于朝保证，将风光迎娶陈于珍，并与她白头偕老，永无二心。

听过崔通判的表白，陈于朝一阵哈哈大笑后，正色说："难得你一朝廷命官能看得上我那孀居之妹。按理说，舍妹能跟你做个偏室，也是好归宿。可我那妹子性子硬，不是我这个哥哥轻易能安排的，你只能自己努力争取。她要答应，我们夫妻定然支持。不过，据我所知，舍妹心中已有人在，你面对的难度不小。"

"喔，是哪家老爷？官居何品？能得令妹垂青？"崔通判很觉好奇。

"据我所知，我家妹子钟情的人，既非望族名门，也不是贵人高官，只是一个江湖间行走的匠人而已。但此人文武兼备且忠肝义胆，与舍妹曾共患难，历生死。所以，你要在舍妹心中与其一争高下，有些难度。"陈于朝很是认真。

"大人这一说，倒是把下官的兴致唤起来了。在下也想领教一番，看大人所说的是何方神圣。"崔通判也非常执拗。

"真要争？就怕那是一堵南墙哦！"陈于朝提醒他。

"就是南墙，撞一下也要不了命。没准我脑壳硬，能把南墙撞出个窟窿来，也不是不可能的。"崔通判垂首正色。

"犟！"陈于朝用手指点一下崔通判，没再往下说。相比于王秉正，在陈于朝心里，妹妹跟崔通判似乎更靠谱，更有保证一些。

四十七

烧坊建好，人手备齐，时至处暑，到了巴蜀之域的夏收时节。

王秉正在烧坊外贴出求购大、小麦及豌豆、高粱的告示。声明质量要求，收粮价在当地市场同品种粮食均价基础上，每石调高一成。

收来第一批小麦和豌豆，酿酒工作的第一步，便是制酒曲。

对酿酒人来说，要把酒做好，每个步骤都很要紧。好酒不仅需要好水、好粮，更需要好曲。制曲这一关键环节，很多酿酒师都有自己秘不示人的独门技艺。

王秉正从父亲和干大手里学来的酿酒技艺，所用酒曲是以大、小麦为主，以豌豆为辅的麦曲。这种酒曲以麦草包裹，呈大块砖状，因此又称为大曲。王家制曲工艺，是王秉正祖上从淮安师傅那里学来，经几代人摸索总结，改良而成的。

这种大曲，原料中小麦和大麦占比在七成，豌豆占三成。制作时先将大、小麦和豌豆润水堆积，待水湿均匀，以细磨磨碎，加水拌和，装入曲模，经过多人赤脚踩踏，入制曲室培养，再经翻晾、堆码，最后制成。

制这种大曲，细节极其讲究，不仅用料和曲种讲究，关键在于踩踏。按王秉正家传要求，制曲全过程都必须在他本人组织和监督下进行。量料量水和拌料得有专人，曲面装入木模后，踏曲工人必须在三十人以上。每个工人踏三五脚，就转给第二人，翻一面后再踏三五脚，继续传与第三人……如此下去，经几十人踩踏，再由专人修曲，使曲块平滑，然后搬入制曲室培养。这样严密的踏曲组织系统，目的是为了使曲块紧密，让酒曲中的微生物加入曲工个体携带的微生物，使其均匀融合繁殖，确保酒曲品质。

酒曲踩踏成型后，送入曲房，在密闭的曲房内，多种渠道自然接种的微生物开始繁殖，散发热量。温度升高加速水分蒸发，使整个曲房内温度和湿度都大幅上升。使用在这种高温环境下制成的酒曲，酿出的酒才更香、更醇。同样的粮食，出酒也才更多。

在柳林铺时，父辈传下来的酿酒工艺是以高粱为原料。在四川，特别是在铜牟一带，作为旱地作物，高粱的产量并不多。庄户人家偶有种植，目的也不是为收高粱，而是为获取高粱穗来扎笤帚。高粱本身，若非灾荒年月粮食短缺,很少有人食用,大都是拿来作饲料喂养牲畜。

自开秤收粮,到王秉正做好第一批酒曲,一个多月时间,大、小麦和豌豆已库满仓实,收得的高粱却不过三五石。

王秉正知道,很多粮食都能酿酒,西南的杂粮酒他也品尝过多次。杂粮酒那醉人的浓香是他所喜爱和向往的,但用了哪些原料?如何酿制?他心中却没谱。对他来说,要做出品质稳定的酒,用高粱更为稳妥。

买不到高粱,成了王秉正一块心病,这自然逃不过左钧的眼睛。

一天晚饭时,左钧拿出一壶苞谷烧跟王秉正对饮。席间左钧问起,王秉正说出了市面上收不到高粱的忧烦。

"没高粱就酿不出好酒?要真买不到就找人种吧。"左钧随口答道。

"好主意!目下正是高粱播种的时节,我们找人来种,秋后收获,完全赶得上用。"一句话点醒梦中人,王秉正瞬间走出了困惑。他兴奋地举杯表达谢意。

"自家的事,谢啥子谢。明天我就回家,安排家里人把用不上的旱地都种上高粱。烧坊招来的伙计,大都是本地人,你定好价钱,让他们回家,动员乡里乡亲的,都把旱地种上高粱,问题不就解决了。"

"好!就这么干。"

第二天回到烧坊,王秉正招来所有伙计,把左钧的主意说给了大家。他承诺,由烧坊提供种子,秋收后按黄谷价钱尽数回收。种得多的,烧坊还可按每亩地五钱银的标准,见苗付定钱。

铜牟镇当地,除沿涪江两岸的冲积坝区外,丘陵区域田地分为两种。山丘之间低平处叫龙沟,龙沟里多是一年四季都不干的冬水田,用来种水稻。两边山丘上是旱地,一般是春种麦、豆、油菜,夏种红薯、苞谷。这些旱地作物大都不值钱,听说好种好收的烂贱高粱也能卖到黄谷价钱,当地庄户人的积极性一下就提高起来。分光王秉正收到的高粱做种不说,还想方设法找种子来扩大面积。不过三五天,王秉正就得到了几百亩种植面积的保证。

做好一曲房的酒曲后,王秉正留下几个伙计继续收粮跟照看烧坊,把别的伙计放回家去帮助农忙。自己也细致地做起烧坊的生产准备，添置尚不齐备的用具。

过了白露，秋收忙活渐渐松下来，天气也渐渐凉了。回家农忙的伙计依约回到烧坊，随后，乡亲们种的高粱也先后送到，数量竟超过了五百石。

伙计们对烧坊环境做了细致清扫，王秉正还安排人用鲜活柏树枝焖烧出烟，对整个烧坊细熏一遍，采购来新鲜谷壳和烧柴等酿酒必需的辅料。

重阳后，一切准备都已妥当。王秉正择了吉日，由左钧出面，请铜牟镇上乡老，办了台酒席，正式开锅立窖做酒。

开业前，王秉正请左钧写下"谪仙烧坊"四个楷书大字，让匠人制成大匾，在开业当天披了红，挂在烧坊大门的门楣上。

四十八

谪仙烧坊开锅前那段时间，王秉正多次以买酒为名，去附近酿酒小作坊和庄户人家酿酒现场观摩，弄明白了当地人酿酒的弊端。

酿酒技术门槛不高。一口灶，两口锅，加上几只皇桶，就可酿出酒来。但是用等量粮食酿出更多好酒，却是一门高深技艺。

相比之下，王秉正对自己的酿酒技术非常有信心。从汾阳到凤翔，综合两家祖辈传下来的技艺，并经自己摸索改进，王秉正掌握了独家的碎粮蒸，辅料间，大曲拌，两次发酵，两次蒸酒的生产流程，这种工艺可让酒粮中的淀粉最大程度地转化为酒。当年在柳林铺，谪仙烧坊的酒，品质在众多烧坊中算是翘楚，就是同样的酒粮，出酒也要高出其他烧坊一倍还多。产酒多，成本就低，价格空间就大，这也是柳林铺谪仙烧坊比其他烧坊生意红火的原因。

王秉正确信，自己的酒出来后，无论品质或价格，当地的烧坊都无法跟他竞争。

在铜牟镇酿酒，要用自己的独家秘技，但王秉正又不想被固有的技艺所囿。他想结合铜牟当地物产，作一些改变性的尝试。他喜欢杂粮酒的浓香，也知道杂粮酒用了多种酒粮酿成。因此，从第一批酒粮上碾，他就在高粱里混入了小麦和苞谷。相比于高粱，这两种粮食在铜牟当地更易获得。

石碾滚动中，高粱、小麦和苞谷被碾成油菜籽大小的碎粒，泼入烧沸的泉水后拌匀，堆粮均匀润化，再入甑高温蒸熟。将蒸好的酒粮出甑摊晾，温度合适时拌曲，送入发酵池。经二十天左右发酵，形成酒醅，酒醅加入经过清洗熏蒸的干净谷壳拌匀，再次入甑蒸馏，蒸吊出冷却后的纯净液体就是酒的原浆。原浆中的酒精含量大都在百之六十往上。

虽已酿酒几十年，对每个环节都了然于胸，但蒸好酒粮拌曲入窖以来，王秉正却一直感觉心悬在半空。在全新环境酿酒，特别是在酒粮中混入小麦和苞谷后，会有怎样的变化，还难以完全预料。酒粮蒸熟拌曲入池后，他一直细致观察着发酵池中的细微变化，直到揭开封池窖泥，闻到酒醅中溢出的酒香，他才有了些许轻松。

新谪仙烧坊第一次流酒，刚好是立冬，一个无边落木萧萧下的日子。

一甑数百斤的酒醅，被小火缓慢热蒸，酒变成蒸汽，上升到甑顶加有冷却水的大铁鏊子上，冷却后形成酒液，然后汇集滴落，从出酒口流出。

摘去头酒，王秉正接下一碗中段酒，他要品品自己在南方酿成的新酒。

新酒口感较烈，酒液入口那一瞬间，王秉正知道，自己成功了。这加入大、小麦和苞谷酿成的酒，既有柳林酒的清爽，也有杂粮酒的浓香。他确信，用上一些时间陈化，这酒的品质将优于自己先前所酿的柳林酒。

压着心中的兴奋,当天晚上,王秉正舀了一小坛新酒带回学馆。这是他离开柳林铺后,在完全不同的环境里,用不同配料酿成的第一锅酒。他想让左钧也好好品尝品尝,给些意见。

对王秉正的烧坊,左钧也一直都很上心。以他对王秉正的了解,他相信,这是一个能成事的主。酿酒行有句"煮酒熬糖,充不得老行"的老话,更何况,王秉正是在与柳林铺完全不同的环境酿酒,用的原料也有很大变化。所以,酒未出来之前,他也少不了日日担心。

晚饭桌上,看到王秉正带回的小酒坛和压不住的喜色,左钧猜出了十之八九。

"赶紧倒出来,让我尝尝!"他有点迫不及待,主动把酒壶递到王秉正面前。

"不着急。今天酒一定管您够。"王秉正笑着回应时,已把坛中酒先倒进了左钧那只带扟的白瓷酒壶内,然后,拎壶往左钧酒杯里斟。酒液注入酒杯,溅起一层酒花,一股酒香自然溢出散开。酒花碎裂消失后,在白瓷杯的映衬下,酒液亮澈通透。

不待王秉正说话,左钧就自顾端起酒杯,先是深嗅一口,随之一仰头,把整杯酒倒入口中,眯起眼来细致品咂。

酒液在左钧嘴里散开,绵密浓郁的酒香弥漫在整个口腔,那香味虽还说不上醇厚,但干净悠长,有别于左钧此前喝过的任何酒。

一番品咂,左钧将酒慢慢咽下。酒液流入咽喉,炽烈,却无苞谷烧那般烧灼。这感觉,让遍尝好酒的左钧,感觉到无比妥帖。

从左钧端杯嗅闻开始,王秉正就一直紧张地望着他,像弟子做完考卷,等着师长阅评。

过了将近十分钟,王秉正终于听到左钧嘴里蹦出一句:"好酒啊,好酒!"

王秉正松下一口气,一边将左钧杯子再次斟满,也给自己满满斟上一杯,一边说:"这是新酒,香味还不够醇,口感有点燥。按我们柳林铺的规矩,调和一下,存放三五年,酒就熟了。那时的味道和口感，会比新酒好出不知多少倍。"

"就是这新酒，口感虽说还赶不上最好的陈年杂粮酒，但跟铜牟镇上的苞谷烧比，已是天差地别了。"左钧端起面前酒杯，也不管王秉正，自顾自又一口干了。

回铜牟镇已快两年，这酒是左钧喝到过的最好的酒。

干完杯中酒，左钧不待王秉正给自己斟，抓过酒壶又给自己满上，然后端起酒杯对王秉正说："来，咱爷俩干一个。"

"好，我敬父亲。"王秉正起身，双手端杯向左钧示意。

两人干了杯中酒，王秉正要去执壶，酒壶却被左钧先抓在手中。这次，左钧先给王秉正的酒杯斟满，再给自己倒上，他抬手示意王秉正坐下，说："秉正啊，从买地盖房算起，这烧坊的事你忙一年多了。现在酒酿出来，对我们来讲，可是一个天大的喜事。我想找时间，请乡亲街坊好好庆贺一下，让大家好好品尝一下你酿的好酒。"

"酒席要办，但现在办合适不？过去柳林铺老人传下规矩，酒才出来，不可示人。现我们爷俩自己喝喝无妨，拿来待客，恐怕不妥。我看还是等等，等酒熟了，可上市卖了，再办这顿酒如何？"王秉正握杯思忖一番，对左钧说。

"你见到的，这边人喝酒没那么多讲究。再说，这方圆百里，你这酒，当之无愧就是最好的。不要想那么多，现在上市，保证大家都会喜欢。"左钧禁不住鼓动他。

"办酒时间真没必要赶。一方面是祖传规矩，另一方面是我们刚在这里立足，得拿出更好的酒来，一上市就把我们谪仙烧坊的牌子打响，让街坊乡亲喝一次就记住。再说，这头一锅酒是成了，接下来的酒会不会有闪失，也要再观察观察嘛。"王秉正坚持自己的意见，他端起酒杯，边向左钧敬酒边说。

"那好，就依你，请客这事我们再等等。但从现在起，每天你都得带点酒回来陪我喝两杯。"左钧干了王秉正敬的酒，妥协了。

"放心，从今往后，您老人家想喝多少，都少不了您的。"

从流出头锅酒起,烧坊工作算进入了正轨。从早到晚,王秉正大多数时间都在烧坊里忙碌。再怎么忙,他仍坚持每天都回学馆,带回当天新摘的酒,跟左钧对酌品鉴。虽每一锅酒的品质不能做到绝对一致,但在王秉正的严格把控下,谪仙烧坊的酒,总体是稳定优良的。

给弟子授课之余,左钧也喜欢往烧坊跑。看着存在酒窖库中的巨大陶缸陆续装满,闻着烧坊内弥漫的浓浓酒香,左钧比王秉正更兴奋。王秉正不仅把烧坊做得很大,还把酒做得这么好,在此前,是左钧想也不敢想的。

四十九

自从向陈于朝挑明自己喜欢陈于珍,崔通判就开始刻意向她靠近。他总找各种借口往府衙后院跑,一有机会,还会留在陈于朝家蹭饭。

一开始,陈于朝夫人只当崔通判单身赴任,缺乏家人照料。可时间一长,她也看出来,崔通判踢断府衙后院的门槛,其实是醉翁之意不在酒。

陈夫人出身大户人家,知书识礼,温良贤淑。自陈于珍到家后,姑嫂相处也亲密融洽。渐渐地,她也知道了陈于珍情感上的一些端倪,但她也同夫君一样认为,一个江湖里觅食的酿酒匠人,配不上自己的妹妹。因此,对于崔通判的追求,陈夫人明里暗里都会提供帮助,还有意无意地配合夫君,在妹妹面前对崔通判多多美言。

陈于珍性格大方外向。崔通判作为哥哥的亲近同僚到家中走动,在她看来也属正常。刚开始时,每当崔通判到家,她总主动端茶递水。待崔通判忙完正事,她也会主动向其打探一些山里山外的趣事。但凡她有询问,崔通判也总是不厌其烦,尽心讲解。一来二去,两人也就熟络起来。慢慢的,崔通判过府时,还会给陈于珍捎来些钗头水粉、时令水果小食。

陈于珍是过来人，时间一长，也读懂了崔通判对自己的想法。于是她开始有意回避，尽量不单独与其相处。

从陌生到熟识，崔通判以为自己这是有希望了。可他还没来得及高兴，陈于珍就开始躲他，连他精心找来的各种小礼品也都拒收。崔通判不清楚自己是哪里做错了。他找陈于朝商量，可陈于朝虽内心支持他追求自己妹妹，却又表示自己爱莫能助。崔通判决定，找个机会亲自跟陈于珍谈谈。

一个旬假，崔通判估摸着陈于朝兄妹都已起床，就带了糕点香茶伴手，来到陈于朝的府衙后院。守院衙役跟崔通判早已熟络，没通报就将其放进了院内。

崔通判进院时，陈于珍刚浇完院里花草，用嫩竹枝在逗喂两只白熊。

见崔通判进来，陈于珍起身说去内堂通报知府大人，想要避开。崔通判伸手拦住她说："妹子，我今天登门，不是找知府大人议事，是为你来的。"

"我一妇道人家，知少识浅，又不担公务，崔大人找我作甚？"陈于珍仍是想走。

"找妹子肯定不是要说公事，只想说一点妹子和我的私事。"崔通判伸手欲拉陈于珍。

"我一孀居寡妇，跟大人有什么私事可说。还请大人自重！"陈于珍愠怒道。

这时，陈于朝夫妇也闻声来到了前厅。

"崔大人是我同僚兄弟，绝不是那种随意轻狂之人。你们二人好好说话。"陈于朝见崔通判有些尴尬，只好出面圆场。

"听大哥的，有些事说开也好！"见崔通判急促面红，陈于珍似也觉得刚才过了点，就顺势给了他一个台阶。

"你们好好说，我们出去转转。"陈夫人识趣地挽起陈于朝的手臂，退出前厅,把崔通判和陈于珍留在厅里。

哥嫂走后,陈于珍见崔通判还不知所措,心下有些不忍:"崔大人请坐,刚才是我话重了,待我去泡壶茶来,给您赔个不是。"

"男女授受不亲。"崔通判也为自己刚才的唐突而道歉,说,"妹子不生气就好。"然后在桌旁坐了下来。

陈于珍没接话,回身到厨房拎来一壶开水,为崔通判泡了一壶清茶,与崔通判对桌坐了。

崔通判翻过桌上盘里倒扣的茶杯,拎壶给自己倒了一杯热茶,小抿一口,平复一下情绪,才又开了口。

"妹子,我是个直人。实话说,从见到你的第一面开始,就很喜欢。我知道我有家室,没法给你一个太太的身份。但我可以保证,只要你愿意跟我,我一定把你带在身边,好好地痛你、照顾你。"把这些话说出来,崔通判先前的紧张反倒松弛下来。

陈于珍见崔通判说得坦荡,心中生出些许不好意思。她略作思考,然后正色道:"一向以来,大人的心意于珍也看得明白了。但我一寡居妇人,确实有负大人垂青。"

"我不在意你的过去!"崔通判以为陈于珍是顾虑自己的过往,忙接话说。

"不是怕你在意我的过去,是我无法接受你,因为在我的心里,已满满地住了一个人,再也腾不出一点地方来装别人了。"对于"过去",关外长大的陈于珍并无耻感。但被人反复提及,她感觉很不舒服。

"此前也听知府大人说了。但那不过是一个流落江湖的匠人,这门不当,户不对呀?"

"外人怎么看,我不管。在我心里,他是个顶天立地的真男人。"见崔通判说话激动,陈于珍反而冷静了下来。

"士学农商,四民之中,商居贱尾,更何况他还流落江湖,那难道不是贱民吗?他咋配得上你的出身?"崔通判有些口不择言。

陈于珍不由火起:"我本就奴才出身,哪有挑剔别人的份!再说,人品高低贵贱，非出身可定，关键在为人处世，能否守君子之德！背后说是道非，大人你就高贵了吗？"

"我无意背后说人，只是不想妹子所托非人。"崔通判已非常紧张，急切地做着解释。

"我是否所托非人，就不劳大人操心了。这些年追夫寻兄，于珍虽未读透万卷书，却也走了不下万里路，形形色色的人，千千万万的嘴脸都见到过。这茫茫人海之中，人品如我意中人般伟岸的，真是凤毛麟角。再者说了，我看好的，就算他将来一无是处，我也不惜飞蛾投火！"

"他，真就那么好？"崔通判的语气软了下来。

"好与不好，我自有评判。要不是秉正哥舍命相助，于珍不仅贞节难保，就连这小命也早丢在异乡了，何来今日的兄妹相聚呢……"陈于珍长叹一声，声音充满了悲凉。

"我很好奇，他到底为你做了些什么？"崔通判低下声调说。

"想听？"

"想！"

"那我就给你说道说道。"

调整好心情，陈于珍把自己多年的经历、遭遇统统说给了崔通判。一帧帧、一幕幕，说者真切，闻者感动。

陈于珍讲完，崔通判起身向她深深一揖："当初，是在下一叶蔽目，不见泰山，不知江湖当中，尚有如此义薄云天之人。如今看来，秉正兄确实值得妹子托付。从今往后，我祝妹子有情人终成眷属，保证不再有非分之想。如有机会，还望妹子能做引荐，让我也结识一下这位好汉。"

说罢，崔通判欲起身离开。

"大人稍等。"陈于珍先站了起来，走向自己的卧房。少顷，她拿出一个锦帕包袱递与崔通判："这些是先前大人送于珍的钗头水粉，细想来，于珍本不该受，否则也不会引起大人误会。好在这些东西于珍也未动过，现还与大人，待大人觅得佳人，或许有用。"

"妹子何必太见外，我与知府大人既是同僚，又情同兄弟。既然你我无缘，拿你当妹子总是可以的。"见陈于珍要退还礼品，崔通判有点不知所措。

"如只是些玩意儿吃食，于珍收下无妨，但这些钗饰水粉，另含意义，于珍真不敢受，还是恳请崔大哥收回吧。"陈于珍顺着崔通判的话把称呼改了，但态度仍很坚决。

"好，好，依妹子就是！"怕再引陈于珍生气，崔通判拿了锦帕包袱起身退出。

走到后院门口，遇到刚刚回来的陈于朝夫妇。

"情况咋样？"

"唉！南墙太厚，撞不动哦！"

五十

烧坊闭门酿酒，不对外卖，浓浓的酒香却盖关不住，弥漫在整个铜牟镇的上空，挑逗着人们的味蕾鼻腔。没活可干时，一些码头挑夫和船工，在酒香的吸引下，往往三五成群地往上渡口溜达，趸摸着哪里能找到一口好酒。

但是，一般人尝不到，唯有左钧是个例外。王秉正不仅会把每锅新酒中最好的部分带一点回家同左钧一起品鉴，空甑换粮时，王秉正还会把正在熟化的陈酒沽回几罐，供左钧日常饮用，也用于他观察酒质在存储过程中发生的变化。

烧坊流酒后，左钧骨子里那种文人好酒的天性被更大程度地激发出来。授课之余，一天两台酒，渐成他生活的新习惯。晚上和王秉正对酌外，每天中午，他要么自斟自饮，要么邀请镇里文友乡绅酒聚，反正得喝上几口，心里才舒坦。

谪仙烧坊的酒好，很快就在镇里传开。但是，这酒又买不到！镇里的体面人，听说在学馆左老先生处可以先尝为快，就找了各种借口，在中午拎着佐酒卤腊菜肴登门造访。一时间，中午上学馆蹭酒，成了左钧在铜牟镇上交好的乡绅人家的一大爱好。

学馆里的酒总不够喝，王秉正心知肚明。但他并未说破，除严控新酒不多留学馆外，对于已陈化的酒，如左钧有需，还是随时沽回。

忙碌的时间过得最快，不经意间，又来到了小年。按民间规矩，学馆停课，烧坊熄火封灶。这天，王秉正请烧坊伙计学徒团了年，结清工钱之外，还用五斤装的陶罐，将烧坊陈熟得最好的酒，送了每人一罐。

五十一

自与王秉正在江油别过，陈于珍跟随兄长回到平武已近两年，七百多个日日夜夜，时间未能淡化她对王秉正的思念，反而显得更为浓烈。

头年春上，陈于珍托王汝给王秉正和左钧捎去山货和问候后，得知王秉正已着手烧坊建设，怕打扰，就没再过问。但在她心里，却无时无刻不在惦记，烧坊建成啥样了？

在平武的日子里，陈于珍除偶尔会陪兄嫂外出巡视，参加一些番人土官举办的活动外，其余大多时间都待在府衙后院，做做女红，照料哥哥送给自己的两只小白熊。

小白熊送进府衙时，每只不过几斤重。在陈于珍的精心照料下，两年时间已长成半大小熊。两个小家伙胖胖墩墩，活泼可爱，整日里除了吃食爬树，就是跟前跟后缠着陈于珍玩耍。陈于珍给它们取了名字，一个叫圆圆，一个叫滚滚。

平武是高原山地气候，冬日气温相对山外要冷很多。但空气通透，阳光晴好的日子也多得多。时值年关，陈于朝无公务时，就会差人在府衙前报恩寺外的广场上摆一张茶几和几张椅凳，邀夫人和陈于珍一起，在银杏树下饮茶晒太阳。

陈于珍出府衙，小白熊圆圆和滚滚总会跟着出来。吃、睡之外，两个小家伙已养成习惯，只要陈于珍出门，就一定会缠着她。在不大的平武城里，知府妹妹带着两只小白熊逛街，已然成了一道风景。

一个晴好的下午，陈于朝又带着夫人和妹妹到报恩寺广场喝茶。

见妹妹跟两只白熊嬉闹，陈于朝调侃说："现在，你已经被白熊当成妈了。"

"再咋说，也就是两只熊，熊哪能当得成自家孩子。于珍啊，你才三十出头，长得又好看，人又能干，就不想有个自己的家吗？"嫂子接着话茬关切地问陈于珍。

"是不是嫌我碍你们事，吃你家饭了？"陈于珍怕哥嫂再折腾上次崔通判一类的事，回嫂子的话有点搅蛮。在心里，她又禁不住想起了王秉正父子和义父左钧。

"怕是有人心里本来就有人了吧？"陈于朝明知故问。

"说些啥呢？我守着你和嫂子，抬头就平武这簸箕大个天，心里会有谁？"心事被哥哥说中，陈于珍的脸腾地红了。

"平武城确实不大，但山外天大地大啊。我可听说我那王家兄弟的烧坊已经开起来，找时间我们也去讨口酒喝？"陈于朝不理会妹妹的羞涩，把话挑明了。

"快两年了，连个音讯都没有，他的烧坊开不开与我有啥关系？再说，他一个流浪江湖的人，有啥本钱来高攀您这个知府的妹妹。"说起王秉正，陈于珍心里很是润甜，在嘴上，却表现出不屑和怨怼。

"我咋觉得有的人心口不一呢。"陈于朝继续调侃。

"就是，虽然接触不多，我觉得王家兄弟也还不错。"嫂子附和着。

187

陈于朝夫妇打心里心痛妹妹。自崔通判表白失败，夫妇俩就彻底明白了王秉正在陈于珍心中的地位。

"哎呀！说不过你们。你们是不是真觉得我拖累了你们呀？想随便找个人把我打发出去！"

"怎么说你喔！这么大个人，啥风浪都经历了，咋还害羞起来了？"陈于朝笑起来。

"我害啥羞？你要寻好酒，还要拿我打岔！"陈于珍的嘴更硬了。

"就是呢，你要说事就说事，别跟妹子兜圈子。"嫂子笑着圆场。

"好，我们说正事。开春后我要去下面巡查一圈，也顺便去绵州府看望下王家兄弟的烧坊开得如何了，看他将来有没有实力养活好我的妹子。你跟我同去，如何？"陈于朝借夫人的话下台阶，很正经地对陈于珍说。

"看不看他不要紧，但在这个小地方待了快两年了，出去转转倒真是个好主意。"陈于珍仍旧嘴硬。

"那就这样说定下来，过完年我就安排行程。"

"到时可以把它们带上不？"陈于珍指着在地上撒欢打滚的圆圆和滚滚，涎着脸问陈于朝。

"到时再说。"

五十二

正月里，四川商贾人家有七不出门，八不归家的讲究。就是说，在正月初七人日之前，人们一般不会外出做事。但到了初八，所有店铺作坊，怎样也得开门。

正月初八，王秉正和返回烧坊的伙计一道，先给烧坊牌匾上挂了红，一同放了开门迎财炮仗，随后把已熄了十多天的甑锅点了火。中午,安排烧坊伙计喝过一台开工酒,新一年的营生就正式开启了。

上元节后,新年过完,学馆开馆授课,所有人的生活又步入了正轨。

每天忙完烧坊的事,王秉正依旧会陪左钧喝上几杯。虽说这酒远没有达到祖上陈放五年的要求,但在每天的品饮中,王秉正能明显感到,由于铜牟镇的温度远比凤翔柳林铺要高,酒熟化的进程显然更快。才半年左右时间,虽说酒香没有柳林铺陈够五年的酒那样醇厚,但按柳林酒的标准,也已熟到了诸味调和的地步。而自己现在酿的酒与柳林酒相比,因在酒粮中加入了大、小麦和苞谷,酒香更为浓烈,更接近四川南边的杂粮酒。

"酒这么好,为啥还不开卖?满镇酒鬼,早就等不及了!"左钧无数次催促过王秉正,但他都置之一笑。一次对饮,品尝着已甘洌醇净的酒,他又一次向王秉正提议。

"酒是陈的香。我相信熟化的时间越长,酒的品质就会越好。这些经验,是老师傅祖祖辈辈总结传下来的,我不想坏了规矩。"王秉正第一次正面回答了左钧。

"地方不同,用料不同,做出的酒肯定就有所不同。再说,这地方人就喜欢喝新酒,你还怕大家不喜欢吗?"左钧继续劝。

"不是怕别人不喜欢,只是想着祖训,想给爱酒之人更好的酒罢了。"

"你啊,就是一根筋,犟!"

五十三

春社过后,陈于朝动身下县巡查。为方便更多了解治下吏治民情,他选择以旱路车马为主。

行前,陈于珍原想带上圆圆和滚滚,到铜牟镇后好与王法天玩耍。

考虑到旅途饲养照顾不便,最后只好将两个小家伙留在平武,让衙役代为照看。

离开平武,沿涪江向下,过阴平古道南起点的江油关,江岸油菜花和山间梅花已竞相开放,沿途,满眼都是浓浓春色。

陈于朝把巡查第一站安排在了石泉县。这石泉县也处于群山之中,是治水英雄大禹故里,居民以白草番为主,民风彪悍。

在石泉稍作停留,听当地县令及土官禀报生产收获诸般民情社况后,陈于朝一行即起身前往江油。

处理完江油公务,一行人换了便装,就奔绵州府而去。当天赶到绵州城时,已经入夜,一行人寻家上等客栈住了。

第二天大早,陈于朝带了两个衙役到绵州知府衙门作例行拜访。陈于朝出身于满人王公门下,素有官声。帖子递进去,绵州知府随即迎出衙门,把陈于朝迎至后院客厅奉茶。两人一番客套,陈于朝向绵州知府讲了自己此行的目的,婉谢了绵州知府要陪同前往的好意,起身告辞。

客栈里,陈于珍和嫂子已收拾停当,结了房钱。陈于朝一回到客栈,一行人就动身往铜牟镇而去。

申正时刻,左钧刚送走散学后不留馆的弟子,就见一行人进了学馆院门。走在前面的是个衣着光鲜女子,大老远就冲他喊:"爹。"

是陈于珍。

"丫头,你这是好久来的?可想死你爹了。"左钧快步迎了上去。

"我也想你们啊。"陈于珍小跑了过来。

父女俩一番亲热,左钧回头招呼同陈于珍一起到来的客人。看到为首那个笑吟吟注视着自己的男子,左钧抬手阻止了陈于珍介绍:"不用说,气宇轩昂这位,一定是龙安知府陈大人了。"

"爹你眼力真好,这就是我哥!"陈于珍欢快地晃动着左钧的手臂。

陈于朝自然早已看出,面前的长者就是自家妹子念叨了无数次的恩公左钧老先生。他弯腰一揖:"哪里是什么大人!在这里,您是妹妹的父亲，自然也是我长辈。最困难时候，您帮我照顾了妹妹，真不知该怎么谢您！"

"于珍是我女儿，一家人，照顾那还不是应该。谢啥谢！快进屋。"左钧一边回揖，一边忙着把一行人迎进小院客堂。

安顿大家都进房坐下，左钧让顾嫂泡上几碗盖碗茶。此间，陈于珍向左钧介绍了自己的嫂子，陈于朝也介绍了一干随从。

一一见过礼，左钧一边同陈于珍兄妹说话，一边让顾嫂去叫来王法天。待王法天跟陈于珍及陈于朝夫妻打过招呼，左钧吩咐他去烧坊叫回王秉正。

烧坊春季的作息时间一般是辰时四刻点火，粮甑上粮，酒甑上醅，戌时初闭火，清粮退糟。到这个时候，王秉正一天的工作才算告一段落。此后，伙计学徒们要打扫卫生，清洗完器具，才收工用饭。一般情况，工作时间内，王秉正是不会离开烧坊的。

王法天到烧坊时，酒甑里的酒还未流尽，王秉正正指挥伙计们给当天蒸好的最后一锅酒粮拌曲。因为安全、卫生和技术保密等诸多原因，王秉正规定，烧坊各个环节作业的伙计不许串工，更不容许非烧坊人员进入作业现场。王法天也不例外。

王法天到烧坊后，看门伙计进入作业现场，向王秉正做了通报。听说儿子到了烧坊，王秉正感到诧异。因为这个时刻，他本该在学馆里温故功课的，跑到烧坊来，一定有啥事。

不顾作坊内外温差变化，穿着短薄衣服，王秉正就跑出了烧坊。

"爸爸，姑姑来了。爷爷让您赶紧回家。"不等王秉正说话，王法天就急匆匆地说。

"谁来了？"王秉正怀疑是自己听错了。

"于珍姑姑来了，爷爷让您回家。"王法天把刚才的话又重复一遍。

虽然很多时间都在思念着，但陈于珍主动回铜牟镇来看望他们，却是王秉正从未想过的。他忙对王法天说："好，好！等我先安排一下，我们马上就回。"

留下王法天在外等候，王秉正返回烧坊。他先叫过伙计中的带班领头，将接下来要做的事情及注意事项交代一番，才去换洗间换下作业时的衣裇。穿好日常衣服，出来叫上王法天，俩人才一路小跑回到学馆。

"秉正哥。"见到王秉正父子，陈于珍最先坐不住了。

"于珍！"王秉正抢步上前，本想先跟陈于珍说说话，但看到在场还坐着陈于朝夫妇和另外的客人，他收回炽热的目光，礼貌性地跟大家见礼。

一番招呼下来，尚不及坐下寒暄，左钧就问王秉正晚上如何安排。

王秉正想先安排贵客住下时，陈于朝接了话："不用费心，来镇上时，我已着人去寻好了客栈。今天是我夫妇第一次拜见左叔，晚上的酒饭，就由我来安排。"

"那要不得，你们亲自到铜牟镇来看望我们，已让老朽受宠若惊。你们远道而来是客，得由我们尽地主之谊。由你请，这是要打我们的脸喔！客栈的事我们就不管了，这台酒，你们不许争，必须我们来安排。"左钧说得真切而坚决。

"对嘛，到了铜牟镇，大哥这样，就真不合适了。"王秉正温和地附和着。

"那就客随主便，不和你们争。但我提议，我们不去什么酒楼，就在这学馆备桌家宴。秉正兄弟亲自酿的这口酒，我可盼了快两年了。"陈于朝的话语，有着发自内心的亲切。

"酒嘛，管够！今天一定陪大哥一醉方休。"王秉正和左钧对视一下，接受了陈于朝的提议。

确定在学馆家宴，王秉正让左钧陪着陈于朝一行喝茶聊天，自己告退出来安排。王秉正往外走时，陈于珍对兄嫂说："大哥嫂子，你们陪父亲坐一会儿，我出去看看能帮得上啥忙不。"就起身跟着王秉正出了客堂。

虽在学馆待的时间不长，又离开了约两年时间，但陈于珍对学馆里的一切，依旧觉得熟悉亲切。相跟着王秉正，两人先去厨房找了顾嫂，要顾嫂以学馆常备食材做好炖、炒、蒸、煮等特色热菜和时蔬，又一同出学馆，到街上找到最好的烧腊摊，将摊上最好的腊、凉、卤菜各切一大包，最后直奔烧坊而去。

知道王秉正建了烧坊，陈于珍心中对烧坊模样猜想了无数次。见到烧坊时，她还是被它的规模和气势震撼了。一年多时间的相处，陈于珍知道王秉正不是穷人，但王秉正到底有多厚的家底，她也没数。一出手就建这么大个烧坊，王秉正的实力有点出人意料。

进入烧坊，王秉正叫上一个伙计，抱了一个可容五十斤酒的陶坛，跟陈于珍一起进入酒窖，找到感觉摘得最好，也存得最久、最熟的酒缸，小心启封。再用瓢将酒舀出，灌满酒坛。之后把酒缸封盖，让伙计抱着酒坛，跟自己回了学馆。

掌灯时分，厨房热菜大都做好，王秉正和陈于珍也把酒桌上的餐、酒具布好，将凉菜摆放停当。在小院檐下洗脸架上用铜盆盛满热水，邀请大家净手入席，分宾主上下就座。

入座后，王秉正把从烧坊带回的酒分沽进白瓷酒壶内，执壶给每人面前的酒杯斟满。

官场多年，应酬无数，陈于朝是茶酒双好。从王秉正斟酒时嗅到的酒香和酒杯中溅起的酒花，酒未入口，陈于朝已判断出，这应是当地酒市中从未出现过的好酒。

左钧举杯发话，双方又一番客套，陈于朝一口把杯中酒啜进嘴里，那齿颊间弥漫的独特香气和入喉时的舒爽绵柔，再次印证了他的判断。

"好酒！兄弟，你好手艺啊！"陈于朝放下酒杯，竖起了拇指。

"大哥谬赞。这酒存放的时间还不够，陈化效果尚有不足。如能再存放两年或更久，再开坛饮用，其香更浓，其味更醇，那时才当得这好酒之称。"王秉正一边执壶给大家续杯，一边谦虚地回应。

"兄弟莫谦，就这酒，现在这香味和口感，也是为兄这几年来在这方圆几百里地上喝到过的最好的酒了。"

"就是嘛，酒这么好，他硬说没有陈好，不愿上市。他就不晓得，只要尝过这味道的人，早都等不及了。"左钧接住陈于朝的话说。

"这么好的酒，为啥不开坛售卖？做手艺是该追求尽善尽美。但做生意，首先该考虑的是需求。你愿买，我愿卖，不欺不诈，不背良心就好。"干了第二杯酒，陈于朝挟食了一口桌上的瓦块鱼。

"真可上市卖了？"王秉正给大家斟上第三杯酒，入座后以询探的口气问陈于朝。

一段时间以来，王秉正虽然坚持着要按祖辈传下的规矩，把酒陈够时间再卖，但左钧经常的念叨也让他动过心思。

逃离柳林铺时带的一千多两黄金虽然基本还在，但买地和建酒坊之后，所余的部分要支撑够五年，确实会影响到后续的大量收粮，更不要提甩开膀子大干了。

"为啥不可以？这么好的酒，只要你价钱不卖太高，我相信不仅可以卖，还可以大卖、热卖。现在已是太平世道，平时消遣解乏，礼仪宴席待客迎宾，哪里少得了酒？只怕你酿不出来，不够卖啊。"陈于朝把第三杯酒也干了。

"陈大人都这么说了，你还有啥不放心的？开坛卖吧。"左钧干了杯中酒，顺势附和。

"也好，下来我就拿部分酒，开坛试着卖卖看。"有了陈于朝的意见，王秉正下了决心。

"酒这么好，卖酒还得有个响亮的招牌。兄弟的烧坊叫啥名？"

"叫谪仙烧坊，父辈在柳林铺时就有的名字。"王秉正回道。

"这名如在他地，也算不错。但谪仙太白的故里就在我辖下彰明、青莲。在这周遭，凡做酒卖酒的，都喜欢用'谪仙''太白''诗仙'之类，显得有点滥了。"陈于朝的言语里有些遗憾。

"这是。但秉正沿用这名，是想光大祖上的家业和技艺。"左钧接了话说。

情浓！酒好！潼绵学馆院内的宴饮一直进行到深夜，陈于朝和左钧都已醉意醺醺时，才意犹未尽地散了。

陈于朝一家在随从服侍下，由王秉正和左钧送到客栈。几人约下第二天的酒，才揖别散去。

五十四

一夜好睡。

第二天醒来，陈于朝神清气爽，并无平日醉酒后的不适感觉。"秉正兄弟这酒是真好！"陈于朝心中感叹。

起了床，陈于朝遣人找到镇上最好的桂园酒楼。定下酒楼最宽敞的雅间，安排好菜肴，吩咐随从到学馆告知王秉正和左钧，明确中午的酒局由自己来安排，王秉正父子和左钧带上酒即可。

再驳陈于朝不妥，王秉正和左钧一商量，欣然应了。之后，王秉正到烧坊安排伙计学徒们封灶休息一天，左钧也吩咐弟子们温故一日。

午时正，王秉正父子和左钧带着一大坛酒，赶马车到桂园酒楼时，陈于朝一家已在此候着了。陈于朝和夫人等在雅间内，陈于珍及陈于朝的随员就等在酒楼门外。见王秉正一行到来，陈于珍跑上前去迎接。安排人将酒坛从车上抱下来，几人一起进了房间。

陈于朝起身相迎，几人一起在茶几旁坐下。

订座的客人尊贵，当天，酒楼掌柜在雅间盯着服侍。

客人到齐后，掌柜让伙计用铜盆打来净手水，奉上崭新的土白棉帕，让每个人都净了手。待餐具、凉菜摆好，掌柜过来禀告，陈于朝于是招呼大家入席。

定酒席时，陈于朝已让人嘱咐酒楼，当天用酒自带。陈于朝随员把酒坛抱进雅间，酒楼掌柜让伙计将坛里的酒分沽到酒壶。分酒时，浓香四起，沁入心脾。饶是卖酒多年，那诱人酒香，令酒楼掌柜也流连忘返。

烧坊开建至今已快两年，开锅酿酒以来，谪仙烧坊的酒香已在这铜牟镇上隐隐约约飘了快一年之久。能尝到烧坊所酿之酒的，仅限于与左钧有交往的少数乡绅人家。

谪仙烧坊的酒好，但好到什么样，多是坊间传说。酒楼掌柜是这铜牟镇里的万事通，自然对酒的讯息很是关切。彼此虽无交往，谪仙烧坊的王掌柜，他却认得，所以从王秉正和左钧踏进雅间那一刻起，他就明白，客人带来的酒，定是坊间传说的谪仙酒无疑。

待客人落座，酒楼掌柜执壶给客人斟酒。酒注入杯中，酒香越发浓郁，未及品尝，只从酒形、酒色和味道来看，掌柜就判定了它的分量。看来，方圆百里的传说，绝非虚言。

这台酒从中午一直饮到黄昏。席间，桂园酒楼掌柜因替宾主敬酒而成为席中人，好好地体会了一回谪仙酒。席散，他找到王秉正，提出想买些到酒楼来卖的想法。王秉正还在犹豫时，左钧就先一口应承下来，他只好顺势答应了掌柜。但他言明，家中有客，卖酒这事，得待客去之后再谈。

陈于朝一家在铜牟镇盘桓了三日。三天里，王秉正和陈于朝相互做东，把酒喝了个欢实。

公务系身，不可擅离辖地太久。陈于朝返程的清早，王秉正和左钧到客栈送行。王秉正特意灌了两坛酒，让陈于朝带回。

又要离别，彼此心中最不舍的当然是王秉正与陈于珍两人。虽是不舍，一翻嘱咐后，陈于珍还是登上了马车。

车辚辚。王秉正和左钧将陈于朝一行一直送到镇口，目送车马消失在大路尽头。

盯着空荡荡的道路，王秉正心中有种被抽空的感觉，他怅然若失。

"咋不把她留下来？"左钧问。

"人家是官宦人家，我等怎能高攀？"这是王秉正第一次在左钧面前流露真情。

"我说啊,你颈上真是长着一颗猪头。难道你就没看出,于珍和陈大人都很喜欢你?"左钧忍不住替王秉正着急。

"怕,说不出口哇!"王秉正也为自己的怯懦叹息。

马车上,陈于珍的心也被离别的车轮轧得隐隐作痛。虽经历过一段婚姻,但那是主子之命。婚后聚少离多,彼此尚未熟悉,就已天人相隔。王秉正是住进她心中的第一人。

"你的心思,他晓得不?"嫂子看得出陈于珍心中的不舍,问她。

"他又不是瞎子,难道看不出来?"陈于珍说。

"咋就不直接告诉他?"嫂子说。

"这种话,我一个女子,咋说出得口?"陈于珍话里,有着对王秉正迟钝的明显幽怨。

五十五

陈于朝离开次日,桂园酒楼掌柜一大早就来到烧坊买酒,开口就要五百斤。

不陈足时间不卖酒,是王秉正一直坚持的。但经左钧不断游说和陈于朝的劝说,王秉正同意尝试着卖一部分。可怎么定价?怎么卖?他还真没想好。

男人一诺千金,做生意或做人,都很要紧。答应酒楼掌柜要卖酒给他,就算没准备好,酒还是得卖。

王秉正安排伙计将十个酒坛灌满,从酒窖里搬出,酒楼掌柜自然喜不能抑。能成为第一家售卖被传得神乎其神的谪仙酒的酒楼,掌柜深感荣幸。而且,他相信,这谪仙酒,定能给他的酒楼带来滚滚财源。

"请王掌柜示下,该付您多少钱?"

卖多少钱,也正是王秉正犯愁的事。过去在柳林,卖酒收钱等事都是由义兄李有德来操持，王秉正只管专心酿酒。按柳林铺谪仙烧坊的规矩，酒价一般以粮价为基础，视酒质优劣，人工成本多少，再参照市场其他酒价最后确定。目前，王秉正除对粮价、人工心里有数外，其他各项都还不清楚。特别是酒未陈够五年，外面客人会不会认同，心中更是忐忑。考虑到这许多因素，他没法直接给酒楼掌柜报出价来。

"这酒是我谪仙烧坊卖出的第一批酒，也不知外面客人会不会喜欢。同在一个镇上，你就先拿去卖着，根据你可以卖出的价，减去你们一般的利润，再回来结给我就成。"思忖一番，王秉正对酒楼掌柜说。

谪仙烧坊的酒有多好，酒楼掌柜是尝过的。酒这么好，还可以赊，且是以销定价，酒楼掌柜有点不相信自己的耳朵。

"这样不好吧？"掌柜很忐忑。

"没啥不好的。你是我谪仙烧坊的头一个买主，吃亏赚钱，今后路还长。"

"那就依您了。"酒楼掌柜没再纠缠，兴高采烈地同伙计赶着马车回了酒楼。

回到酒楼，掌柜吩咐伙计找人重做一面酒幌，酒幌上书"独家售卖谪仙烧坊酒，太白闻香不醉都不走"。

谪仙烧坊的酒好，铜牟镇附近的好酒人士早已知晓。听说在桂园酒楼开卖，这些酒客一时趋之若鹜。那酒楼老板甚是精明，把酒拉回酒楼后，着人将酒分灌入青花细白瓷小酒壶中。一壶盛酒半斤，以红绸扎口，每壶售价五十文，且每客次限买一壶。

酒好，又限买。许多酒客喝后意犹未尽，心中牵念，只得多次到酒楼寻饮。酒卖得火爆，硬生生把酒楼的生意也拉了个门庭若市。没过一旬，酒楼掌柜又到烧坊买酒，顺便结算上一批的酒钱。

见他递上来的银子足有三十两，王秉正内心猛然一怔。天年丰顺，烧坊所买酒粮中，小麦、苞谷和高粱的均价，每石不过五六百文，使用自己的独家技艺做酒，谪仙烧坊每石酒粮均可酿好酒六十斤以上，加上雇工费用，一斤酒的成本不到二十文。在王秉正心里，做酒成本加上利润后的售价，每斤只需在三十文以上既可。可酒楼掌柜给的酒钱，折算下来每斤却过了六十文。这个价，大大出乎王秉正意料。

"不是算错了？"王秉正把银两推回。

"王掌柜觉得价钱不合适，我们酒楼就把利润再让些，等会我让伙计再送十两过来，如何？"酒楼掌柜心里有点紧张，生怕因酒价弄砸了刚开始的好生意，满脸堆笑地对王秉正说。

"掌柜误会，不是说钱不够，我是说钱多了！"王秉正解释。

"不多，不多！我们酒楼，普通苞谷烧一斤都卖六十文，谪仙烧坊的酒这么好，给您六十文，已留足利润了。再说，这酒现在卖这个价，客人们都觉得太值，喜欢得很。"酒楼掌柜虚惊一场，再次把钱递到王秉正手中。

"真是那样？"王秉正有点狐疑。

"真的，真的，绝对真的！"酒楼掌柜拍着胸口说。

"那我就收下了？"

"该收下，必须收下！"

收下第一批酒钱，王秉正安排伙计为酒楼灌了第二批酒，依旧是整十坛。

五十六

离开铜牟镇，陈于珍和兄嫂经过几天旅途颠簸，回到龙安府衙。这次铜牟镇之行，见到王秉正两年时间就操持出那么大一个烧坊，陈于珍对王秉正的能力，又多了一分把握。一方面，她为王秉正已渐渐得偿所愿而高兴，另一方面，她也为王秉正的辛苦而心痛。

人回来，一大半的心却留在了铜牟镇。好在平时有嫂子、圆圆、滚滚为伴，陈于珍对山外人的思念，才多少得些消缓。

199

那一年涪江涨水很晚，直到立夏过后，才下了第一场透雨。

江里水涨，又到了山上王汝放排下山卖木头的时间。依例，放头一排前，他会按父亲的安排，带上山货到府衙向陈于朝请安。

两年前给王秉正送木头后，各忙各事，几乎没再听到对方的消息。这次恰逢陈于朝带着妹妹去过铜牟镇，王汝进府衙问安时，免不了也向陈于珍请个安。与陈于珍闲谈中，他得悉，王秉正的烧坊已建成，而且已酿出难得的好酒。高兴之余，他想，等放排下去时，一定要找王秉正好好喝上两顿。

以伐木放排为生，王汝对酒的喜爱是深入骨髓的。听闻好酒，往往趋之若鹜。为喝这酒，临行前，王汝专门为王秉正捎了两腿山里制成的老腊肉。

头年收储的酒粮不多，谪仙烧坊酿酒的活计做到立夏前，就早早歇了工。正值夏收农忙，王秉正把家在附近的伙计放回家助收助播。留在烧坊的伙计，安排清理好烧坊器具仓室，就又开始开秤买豆麦，做制曲准备。

眼下，涪江水量还不算丰沛。照水情，王汝头一批木排扎得也不太厚，两层浅排。只四五天，就从平武城放到了绵州，整排卖给了当地的木材商人。结算好银两，在绵州住了一宿后，王汝安排随行排工先回平武，自己却一大早找了一艘顺风船，往铜牟镇而去。

从绵州赶到铜牟镇时，潼绵学馆的大门紧闭着，有琅琅的读书声传出。

学馆内，难得清闲的王秉正打完一套拳，正把茶几摆放院内，享受着上午的温柔阳光。他一边品茗，一边拿本书翻看。

听到王汝的敲门声，王秉正亲自去开了门。

"王老板，一向可好？"双方相见，王汝抬手一揖。

王秉正认出是王汝，一把抓住他的手说："是你喔，真是稀客，赶紧进来！"就把王汝引到茶几旁。他搬出一个马扎，添个茶杯，邀王汝入座，并为他斟一杯茶递上，才又反身去关了学馆大门。

"这两年,兄弟一切都好吧?"王秉正再次回到茶几旁时,王汝刚喝完杯里茶水,正自顾拎了茶壶给自己续杯。

"砍木头,卖木头,就干这些事。这两年不说好也不说孬,总体还算顺当。"王汝又仰头一口,把杯里的茶水饮下,回王秉正问话。

"顺当就好。"王秉正继续为他把茶杯续满。

"听知府妹妹讲,王老板这两年手笔大得很。烧坊修好,酒也烤了出来。这次下来,我就是来讨酒喝的,王老板不会让我失望吧?"王汝说话,永远有山里番人的直率。

"说哪里去了!我那烧坊的门、柱、梁、墙都是兄弟你送来的木头支撑着。那么大的人情,一直在我心里压着,就想找机会还呢。这酒啊,已欠兄弟两年了,这次你一定多待几日,咱们喝个痛快!"

"那还在这喝这寡淡茶水做啥?带我去看看你的烧坊,尝尝你的好酒啊。"王汝起身,有点急不可待。

"酒肯定管,烧坊也会带你去看。兄弟你远道而来,得先喝口茶,好好歇息一下啊。"王秉正起身,双手搭肩把王汝按回马扎上坐下。

"昨夜在绵州已睡个饱觉,还有啥好歇的。就是馋你的酒来,茶有啥好喝的?"王汝真有点急了。

"好,好,好,这就带你去烧坊。"王秉正让顾嫂把王汝的包袱提到自己房内搁好,再去打来一盆热水,让王汝擦了脸。两人开门走出学馆,奔谪仙烧坊去了。

烧坊没开锅,伙计多已回家农忙,只两个伙计撑了摊子在烧坊门外买酒粮。时令也还不到庄户人大规模卖粮时间,显得有点冷清。

简单过问一下伙计收粮情况,王秉正把王汝领到烧坊内。先参观酿酒的作坊,再去了储酒的酒窖。

一个酿制周期,烧坊酿出的酒只产不卖,酒窖存酒已有几万斤。那盛满酒的大酒缸一排排整齐排列,让王汝大开眼界,更让他腹中的酒虫闹腾不休。

"馋死人了,快弄点来让我尝尝!"王汝口水都要流出来了,吧咂着嘴催促王秉正。

"不急,有你喝的。"看王汝的馋相,王秉正很想笑,但还是忍住了。他把王汝领到最里面已开封取酒的酒缸前,掀开酒缸木盖,用覆在缸盖上的瓜瓢,舀了半瓢酒递给王汝。

山里生活粗犷惯了,王汝本就无仪态的顾虑。接过王秉正递来的酒瓢,咕噜咕噜就是两大口,吧咂着嘴品咂一番,说:"喝着舒服,可入口劲头还不够大。"

"你是说酒不够烧喉吧?这酒味道醇和,劲道在后面。多喝几杯你就晓得了。"王秉正笑着解释。

在烧坊逛了一圈,王秉正叫来一个伙计,让伙计灌一坛酒带上,同王汝一起回了学馆。

已是午课散学时,左钧见有客人,很是高兴,同王秉正商量,决定还是去镇上的桂园酒楼宴请王汝。

王汝原本想在学馆喝酒,见王秉正父子意见一致,只好客随主便。临出门,王汝见王秉正没拿烧坊里带出的酒,着了急:"咋不把酒带上?刚喝几口,瘾都没过到。"

"莫急嘛!有的是酒,管你喝够。"

"我来可是要喝你酿的酒!"

"放心,就是我酿的酒,管够。"

一行人来桂园酒楼时,已到午客的饭点。

在柜台后支应客人的掌柜见王秉正和左钧一行来了酒楼,很是高兴,立即从柜台后面迎了出来。

"王掌柜今天有客?里面请吧!"掌柜把王秉正一行领到酒楼贵宾区一雅间内,吩咐伙计送净手水上来。

"好朋友来了。我不会安排菜,就管你酒楼好的菜给我整上来,要管够。酒就喝我家那酒,你按价收钱或下次买酒时我给你补上,都可。"王秉正指一下王汝,对酒楼掌柜说。

"王掌柜就管吃好喝好,这些小事,今天就由我来安排。"酒楼掌柜向王汝拱了拱手，笑着对王秉正说。之后，转身退出房间。

伙计打来净手水，送上热茶，布好餐具。不多时，凉菜和酒也送了上来，王秉正邀左钧和王汝入座。

望着桌上摆放的白瓷酒壶和小酒杯，王汝立马跳了起来："用这秀气的东西搞啥？换碗来，换碗来！"

放排汉子，平日在林子里和排上喝酒，都是轮流对着酒壶口灌。王秉正和王汝喝过酒，知道用小酒杯浅斟慢饮会让王汝觉得不过瘾，于是吩咐酒楼伙计撤去小壶小杯，换小酒碗和酒罐上来。

虽然王秉正和左钧都想把喝酒的节奏控制住，但还是压不住王汝性急。不及走热菜，桌上每人已灌下了三碗酒。酒劲上来，王汝连呼好酒，不等谁给自己倒酒，每次干了，就自顾抓过酒罐来给自己满上。不觉间，王秉正和左钧每人都有一斤多酒下肚，王汝则更多。酒劲开始起作用，这时王汝很兴奋，一边夸酒好，一边更猛地灌自己，不到一个时辰，就醉伏在酒桌上，打起了鼾。

好在王秉正和左钧喝得还算节制，虽有点高，但人终究还是清醒的。结了酒楼的账，两人找两个酒楼伙计帮忙，寻一家干净客栈把王汝安顿下来。

王汝这一醉很沉，晚餐时刻也没唤醒。守至夜深，王秉正和左钧在客房桌上备好茶水，就回学馆各自睡了。

次日上午左钧学馆有课，王秉正一大早到客栈陪王汝。他到客栈时，王汝仍沉睡未醒，直到巳时将尽，日上三竿，才翻身坐起。

王秉正递给王汝一杯热茶，王汝接过牛饮几口，渐从懵懂中缓过来："这是哪里？我睡了多久？"

"在客栈呢。该是午饭时间了。"王秉正一笑。

"昨天酒席后半截我记不得了，没出啥丑吧？"王汝憨憨地问，竟有一丝腼腆。

"兄弟海量，性情中人，醉也醉得豪气，咋会有丑可出？"

"都怪你那酒，好喝又劲大，还没感觉就高了。不过我也好奇，平日醉了酒，会口干舌燥头痛，今天咋就没那样感觉？好轻松样。"王汝说。

"喝酒的好处，本就为强身益体，消困解乏。伤身太甚的酒，我可酿不出来。"王秉正很是自信。

"你这酒真好，今天我们接着干？"说起酒，王汝又来了精神。

"你先洗漱清醒一下，哥哥我开酒坊的，还怕没酒给你喝？昨天你也看到，把你用酒泡起来，都不是啥问题。"王秉正大笑。

王汝洗漱完毕，两人出了客栈，往学馆走去。叫上已散学的左钧，三人仍去了桂园酒楼。

一样的精心安排和管够的酒。但这一顿，已醉过的王汝不敢像昨天一样张狂，酒喝得斯文了许多，也更细地品咂出了王秉正所酿之酒与别家的不同。

在铜牟镇盘桓三天，王汝就醉在王秉正的酒里三夜，好在后面两天有所收敛，没有像第一天那样失了记忆。

但毕竟铜牟镇不是王汝的家，山上还有他的林子和待放的木排。第四天临别，王秉正在镇上雇了一辆马车送王汝回平武。在车上，他把最好的酒放了十坛，让王汝带回平武自己饮用。

带酒走本就是王汝所愿，但十坛酒足有五百来斤，王汝感觉人情太重。他想要客套却被王秉正堵回："我们约好的，这酒，是你送我木头的利钱。本钱，哥还欠着。兄弟一有时间就下来收点回去。"

五十七

芒种后，铜牟镇附近水旱作物收种基本完毕。

谪仙烧坊酒粮收储做得也很顺利。由于出价高于周边，所收豆、麦数量和质量都较前一年更好。

气温适宜，伙计们忙完家里的农活，王秉正通知大家复工，开始制曲作业。经过一年的尝试和调整，他已掌握了在高粱中掺和大、小麦和苞谷的杂粮酒酿制技艺，对酒的品质也更有把握。他计划当年多收粮，多酿酒。所以，制曲量也较头年高了许多。

卖酒方面，王秉正虽没做啥大动作，但凭着酒客间口口相传，谪仙烧坊的名声已经走了很远。铜牟镇一线酒楼纷纷找来买酒，上到绵州，下到潼川，也有人上门来买。王秉正按照桂园酒楼给的价钱，五十斤装的酒坛，卖三两银子。每个月竟能卖出几千斤去。所有客户中，桂园酒楼销量仍算最好，纵使天热，每月拉的酒也不下二十坛。

农历七月，是铜牟镇一年中最热的季节。忙完制曲，王秉正又有了清闲。一日黄昏，晚饭后王秉正正在学馆小院桂树下摇着蒲扇纳凉，就听有人敲学馆的门。

"王掌柜在吗。"声音很熟悉。

"谁？"王秉正一边应着，一边走向大门。

打开大门，门外站的是桂园酒楼掌柜。

"有事？"王秉正把掌柜让进学馆。

"上午我来灌的那批酒，有些卖出去后，有老主顾说味不对。我尝了，感觉真有点问题，想请王掌柜去看一下。"

王秉正心里一惊，虽说过去在柳林铺不是自己卖酒，但酒卖出去客户说有问题的，这还是头一遭。

"咋会味不对？走，去看看。"王秉正没作迟疑，就跟着掌柜往桂园酒楼走去。

虽已过饭点，但天气热，夜来得晚，酒楼里仍有零星几桌客人。柜台上立着一个牌子，写着"今日烧酒售罄"几个大字。

王秉正被掌柜领着去了酒楼库房。

上午从谪仙烧坊拉回的这批酒，是王秉正看着烧坊伙计从两个储酒大缸中灌的。拉回酒楼后，伙计们分装入壶。中午饭点，头一批一百壶酒无事，但第二坛分装的酒才一上桌，老酒客就把掌柜叫到桌前，告之酒味不对。酒楼掌柜不信谪仙烧坊的酒会出问题，斟了一杯自饮，发现酒味寡淡不说，入口还能品到一丝淡淡的酸苦。他怕这酒卖了伤客，就让伙计把所有酒都封了，对外称当天谪仙烧坊的酒已售罄。好在客人多是相熟主顾，大家除了遗憾之外，并未深究。晚上饭点一过，掌柜就来找王秉正，通报这个情况，商量应对办法。

进入酒楼库房，王秉正先尝一口已分装进酒壶的酒。酿酒多年，壶中酒的味道，让王秉正几乎不相信自己。

为什么会这样？他难以接受这样的事实。

虽难以接受，但王秉正并未显于形色。他让酒楼掌柜取来一个小酒提，将库房中封着未卖的酒逐坛打开品尝。

八坛尚未分装的酒，王秉正品出五坛有问题。他将有问题的酒做了标记，让酒楼掌柜倒掉，让掌柜加上已分装的那一坛坏酒，明天到烧坊再拉六坛补上，其余三坛正常售卖。

到底是哪里出了问题？离开酒楼，天已黑定。王秉正没回学馆，直接去了烧坊。他叫上守夜的伙计，挑上灯笼就去了酒窖。

酒窖按柳林铺时模样，半地下修建。搁平日，酒窖温度当是冬暖夏凉，很宜人才对。铜牟镇地处四川盆地周边，受气候影响，到夏季最热时，高温一旦集聚形成，就不分室内室外，只剩两个字——闷热。特别是晚上，室内空气不流通，甚至会比室外更热。

王秉正一进入酒窖，体感似被蒸汽包围，不一会儿，汗水就湿透全身。

桂园酒楼是当天唯一来烧坊拉酒的主顾，给桂园酒楼灌酒时新启封的那缸酒还剩多半。王秉正掀开缸盖，舀出半瓢来尝，与他在酒楼所尝到的坏酒一个模样。

为弄清原因。他拿过灯笼，让伙计一连敲开几缸酒的泥封取尝。大多数酒的味道都正常，但还是又发现了一缸有问题的酒。

同样的酿造流程，酒都经过初步勾调，亲自品尝，明确无问题后才装缸封存的，为什么大多数酒无问题，部分酒缸里的酒会变味？王秉正很是疑惑。他仔细观察出了问题的酒缸，发现与酒味正常的酒缸比，那些出问题的酒，酒缸泥封都已干裂、松动。

多年浸淫在制酒环境当中，王秉正找到了问题所在。相比于陕西，四川气温总体来说要高出许多，这种温差的好处是可以加快酒的陈化老熟，同时也会加快封存不严实的容器内，酒的挥发和酸败。酒质变坏，应该是那些泥封开裂松动后酒缸跑气，以及近期连续高温，导致这几坛酒变了味。

找到原因，王秉正对酒窖所存逐缸检查，发现泥封干裂松动的酒十有二三。这些酒即使全部倒掉，也伤不到烧坊筋骨，这让王秉正松了口气。

夜已很深，王秉正安排伙计去休息，自己在回学馆的路上，一直思考着解决办法。

"保证封缸严实紧密，想办法降低酒窖温度。"第二天醒来时，王秉正找到了解决方案。

吃过早饭，王秉正跟左钧道声别，就去了烧坊。他让一个留守伙计叫回几个住附近的伙计，开始对酒缸封泥进行处理。

酒缸的封泥，是一种特制的三合土，以黏性很强的白黄泥为主，加入少量熟石灰拌匀后精细过筛，然后以糯米熬出的米汤调和成可塑性很强的软泥块，连盖酒缸的缸盖一起糊封。一般来说，这样的泥封不是温度过高，是不会开裂的。

王秉正先将酒窖里所有存酒再次逐一检查。泥封完好的不动，凡泥封开裂或松动的统统撬开，对缸内存酒仔细品鉴。还好，大部分泥封有问题的酒缸内，酒并没有酸败变质，须倒掉的酒，加一起也就不到十缸，几千斤酒而已。

王秉正让伙计把变质的酒舀出倒掉，将酒缸也搬出酒窖彻底清洗晾晒。然后熬一大锅糯米汤，和着黄白泥和熟石灰粉调成糊，用高粱穗做成的小笤帚蘸着泥糊。对没出问题的酒缸，挨个在原泥封上重新涂一层，以确保泥封不跑气。对那些已撬掉泥封但酒质尚好的酒缸，又重新配制封泥封好,并全部以湿布覆盖,以免因温度过高而再次干裂。

盯着伙计们把活干完,王秉正又亲自逐缸检查一遍,才让大家歇了工。

加固泥封的时间,桂园酒楼掌柜带人来拉酒。为确保酒质万无一失,王秉正从已开封的酒缸里舀酒给酒楼掌柜品尝确认后,才让伙计灌装。为表示对酒楼昨日停售损失的歉意和补偿,王秉正特意让伙计多灌了两坛。酒楼掌柜再三推辞,但王秉正仍是坚持,最后还是把八坛酒全部拉走了。

加固了酒缸泥封,王秉正只是稍微松了口气。和酒打交道多年,他熟悉酒的脾性。要陈化好一缸酒,酒的存储环境必须讲究,温度和湿度,最好有一个恒定的数值。铜牟镇酷夏太长,久散不去的闷热对酒的存储来说,绝对是一件糟糕的事。怎样解决酒窖恒温问题,王秉正心中一时无解。

"父亲,我们这一带热天要保存东西,是咋降温的?"晚饭时分,王秉正在饭桌上询问左钧。他希望,以左钧的学识和对铜牟镇的了解,能为他找到一条解决办法。

"我们这里,热天降温的办法无外乎就遮阴、通风和淋水几种。有的东西易坏,储存上大家讲究不过六月,就连村民窖里的白薯,梁上的腊肉,一到热天,特别是六月之后都注定会变质,我真还没听说过有啥好的方法。"左钧想了半天,说。

酒窖在烧坊的院内,是一座较大的青瓦建筑。要人为地通风和淋水,很不现实。

别的办法无用,左钧说的遮阴,倒给了王秉正一点启示。如能在酒窖屋顶上再覆盖一层隔热的材料,至少会对酒窖温度的改善起一定作用。

"父亲,如果在酒窖屋顶盖一层隔热材料,盖什么效果最好?"

"草帘啊!我们这边保温、隔热,乃至室外防水,都用这个。"左钧不假思索地回答。

"好，就盖这个东西。哪里能买得到好草帘？"

"这个简单。这边麦草和稻草都不缺，明天去镇旁柴草市场看看，有现成的就买现成的。要没有，买草回来找人扎也行。"

"哦。"王秉正知道这样做可能仍无法从根本上解决酒窖高温的问题，但他希望，如此处置后，情况会有些改善。

他第二天到镇上的柴草市场，问了人才知道，与陕西的麦秆草帘不同，在铜牟镇一带，最好的草帘是糯米稻草帘。这种稻草有近一人高，质地柔软有韧性，一张稍厚一点的糯米稻草帘，正常使用能用三个夏季。

根据左钧建议，王秉正就选购了这种糯米稻草帘。

王秉正把覆盖捆扎固定的活一并交给了卖草帘的人。两三天后，酒窖瓦屋顶上就全部被一层草帘覆盖。不进窖细看，酒窖俨然就成了一座草房。

覆上草帘的酒窖，下午和晚上温度确有改善，但因大环境条件，窖内气温对于酒的陈化，仍有妨害。这时，王秉正明白了当地作坊为什么都卖新酒而不经营陈酒的习惯。

"既然没有条件去熟化最好的酒，那就边酿边卖吧。"虽然心有不甘，但现实条件又一次动摇了王秉正要把酒熟化到最好最醇的念头。

为确保酒质不再出现闪失，王秉正每隔三五天就会安排伙计调一桶糯米汤三合土泥浆，对酒缸泥封进行加固。

五十八

前两年因筹建烧坊和忙于酿酒，王秉正平日里很少过问王法天的事。对王法天的管束，都由左钧代劳。几年时间，王法天已经长成快和自己齐肩的大小伙子了。

少年时几经生死，王法天和学馆其他同龄孩子相比，明显要懂事得多。聪慧的王法天在读书这件事上，遗传了亲生父亲李有德，不管左钧怎样开小灶，学业就是不温不火。好在左钧父子也无意要他考取功名。读书，仅为明理知事，将来做事时能知轻重，晓进退，守规矩而已。

见王法天已到该学着做事的年纪，王秉正和左钧商量，决定从新的酿酒季开始，让他上半天在学馆继续读书，下半天跟着王秉正到烧坊学着酿酒和做买卖。左钧同意了这个提议。耕读传家是中国乡绅人家传承千年的古训，王法天是该学着怎样谋生了。

王法天对王秉正的提议也很是欢喜，与整日待在学馆面对枯燥的书本相比，外面的世界对他来说，更加充满诱惑力。

转眼，又到中元节。从七月十一开始，涪江两岸的河滩上，每到夜幕降临时都可以看见祭奠先人的纸钱烛火。学馆也按旧例，从十三到十五散学三天，让学子们回家参与祭祀。

学馆放假，王秉正有闲。左钧和王秉正合计，带上王法天，回左家大院参与祭祀，然后到绵州城好好转转。

十三清晨，三人饭后到镇上的纸货铺子里买了祭奠亡灵用的纸钱香烛，乘船过江回到左家大院。傍晚，一大家人在河滩上找了块空地，由左钧领着完成了祭祀。几人在左家大院过了一夜，十四一大早，三人沿涪江右岸的旱路，奔绵州城而去。

从左家大院向上往绵州城的旱路，有三十多里，穿过小枧沟和五里坝的涪江冲积小平原后，就绕上了山。

山叫富乐山，山头在绵州城旁的芙蓉溪边，山尾一直逶迤到潼川府属的永明坝子。三人从左家大院出发走到富乐山中间的白云洞，用了一个多时辰。

时近午时，太阳热辣。三人感觉累困，特别是上了年纪的左钧，已有点喘息。照涪江边赶路人的习惯，三人打算在白云洞暂做歇息，躲会阴凉，喘口气再走。

白云洞是一座规模不大的禅寺，不知建于何年，庙里亦无僧侣，只有一居士在做日常打理。因处在往来绵州的道路旁，周围又无人家，往往成为赶路人休息打尖的一个处所。

白云禅寺里没有宏伟建筑，几间半截的建筑依山面江一字排开，由一条石板小路相连。庙前就是悬崖，崖下是奔腾的涪江。

说几间殿宇只有半截，是因为这些殿宇除前部有一道墙和造型的檐宇外，殿内空间，都是嵌入山体的洞穴。这些山洞由什么人开凿，连守庙的居士也说不清楚。只晓得这种洞穴被当地人世世代代称为蛮子洞，小的一室，大的几室带厅，开凿在沙岩山体上，像嵌入山体的民居。有人说，这些洞是千年之前蛮子的住所，也有人说，这其实是古人仿人生前住所建的一种墓葬，叫崖墓。

三人进了白云禅寺大门。

见有人进寺，驻寺居士迎出，双手合十见过礼，将他们带到寺内最大的观音殿内，安排几人在佛像前的蒲团上坐了休息。居士拎了茶壶，给三人各倒上一碗冬桑叶熬的茶水，问明一行人不在寺里用素斋后，自顾忙别的事去了。

从炎热的阳光下走进殿内，燥热感瞬间退去，周身清凉舒坦。那佛殿内，除了殿门之外，也没有通风透气的窗户，但是与外面相比，气温却明显低了很多。稍微久坐，王秉正甚至感到胸背有丝丝凉意。这种凉，在洞的深处更加明显。

"外面那么热，殿内咋就如此清凉呢？"王秉正若有所思。

"山体厚实，夏天外面的热，冬天外面的冷都穿不透山体，所以这大殿就冬暖夏凉啊。"左钧回答得很不经意。

"铜牟镇后的山上有这样的洞穴没？"王秉正沿着自己的思路，继续问。

"肯定有啊。这种蛮子洞在整个涪江两岸都有，你烧坊后面的放羊山上也有，早年读书的时候，我就和同伴们在里面躲过猫猫。"

"找到解决办法了！"王秉正喜形于色。

"啥子事哦？那么高兴。"左钧还没明白王秉正的意思。

"藏酒，挖洞穴藏酒。再也不用担心这热天的高温了！"

左钧恍然大悟："对啊，烧坊就是傍着放羊山建的。放羊山也是这样的沙岩山，开挖方便，又隔水滤湿，不易坍塌。在山里挖一个深一点大一点的洞，冬暖夏凉，不就把存酒的问题解决了！"他的心情也同样兴奋起来。

大口灌下几口茶，王秉正叫上左钧和王法天，将庙里的佛殿挨个仔细查看一遍，心中对要建的储酒洞窟也就有了个大致的构想。

因为兴奋，祖孙三人决定在寺里多待些时间，找守寺居士了解一下洞穴日常维护事宜。这回，他们找到守寺居士，让其为三人安排一顿素斋。

用斋时，王秉正从守寺居士处了解到，这种洞穴，日常无须刻意维护。

用过素斋，三人又在白云洞凉爽舒适的洞殿内同居士一起闲话，直至未时末，才告辞离开。王秉正兴致颇高，给了守寺居士一块近二两银子的斋饭钱。

从白云洞出发，约半个时辰的距离就是芙蓉溪。

芙蓉溪畔，有一家叫治平书院的古老书院。千多年来，被众多文人骚客在诗文中称为左绵公馆的治平书院，历经数番毁建，早已不复当年风光，只遗一座白墙青瓦的院落，矗立在富乐山和芙蓉溪之间。

此时，治平书院依然开馆授课。坐馆的老先生姓沈，是左钧少年时的同窗学兄。到书院探访老友，是左钧此行绵州的目的之一。

一行人到达书院时，见门半掩着，一只黄狗蜷在门前荫下。许是见惯了熙熙攘攘的人流，那狗对路人都懒得搭理。

"有人在吗？"确认门口的黄狗没有敌意，左钧先叩了叩门环，推开院门走了进去。书院内，满是青翠的木芙蓉和桂树，那种木芙蓉树，书院门前的溪边也尽栽着，溪也缘此得名。

"是哪位贵客？"一老叟迎出，长须和头发皆已花白。

"左钧前来拜望学兄。"几十年未见，二老都已无当年风采，但左钧还是一眼认出了当年的同窗。

"是左钧学弟？"老人有点不相信自己的眼睛。

老友相见，物是人非，不仅江山社稷易主，就是服饰发肤，也早已不是旧时模样，两人难免浊泪对流。

泡来一壶香茗，沈老夫子招呼左钧和王秉正父子在院内芙蓉树下石桌石凳上坐了，四人一起纳凉，听两位老人深叙过往。

话多时短。不知不觉间，茶淡味寡，日头西沉。因计划当天夜宿绵州，左钧起身告辞。沈老夫子再三挽留不成，执手送左钧过了仙鱼古桥，目睹三人消失在往绵州的大路尽头，才掩面回了书院。

三人从东城门进入绵州城，找到一家客栈住下。

这绵州城兴于西汉，因城依涪江而建，初时唤涪县。千多年来几经兴废，其城廓为前朝所遗，被一长约十里的巨型条石筑成的城墙环围。

隔天，三人早起，在绵州城游览一圈，从南门出了城，到东津渡口寻得一艘顺流江船，回了铜牟镇。

节后，王秉正请风水先生在烧坊后面的山崖上定了点位，择了吉日，找来匠人小工，动手开挖储酒的洞窟。

考虑洞内储物防潮等方面需求，王秉正把藏酒洞窟的位置设置得较烧坊地面高出许多，由一个斜坡和烧坊连通。库门只留可容一辆马车进出的宽度，往内挖约三尺余，留墙后，再往深处和左右扩展。

中秋之后，秋粮收储开始，新一轮的酿酒作业进入紧锣密鼓的准备阶段。第一间储酒洞窟也已挖好，宽有八丈，深约十丈。窟内除留有一可供马车通行的铺砖通道外，分了四排，可放置口阔四尺半的大酒缸八十余只，存酒量可逾三万斤。

修好第一个洞窟后，王秉正又紧傍其左右，各开挖一间洞窟。照他的规划，以平均五年为一个酿销周期，至少也需三间洞窟，才能有空间倒腾得过来。

五十九

  天年顺意，加上王秉正在外的诚信名声，铜牟镇周边的农户都愿将所产高粱、苞谷等杂余粮卖给谪仙烧坊不说，周遭保宁府、潼川府的一些粮贩，也闻讯把收得的杂粮倒卖过来。当年秋，谪仙烧坊购得的酒粮，比前一年多了五成。

  在这些外来的酒粮中，王秉正发现一种籽实更饱满，颜色更红亮的糯高粱，便将这些单独进行了存放。

  重阳节后，烧坊开锅立窖，蒸了第一锅酒粮。王法天也第一次走进烧坊，随王秉正学习酿酒技艺。

  经过泥封加固和草帘隔热，前一年的酒未再出现明显的衰败。虽然新的储酒洞窟已经建成，考虑到酒入缸存放后以不扰动为好，且气温已逐渐凉了下来，王秉正决定洞窟只存放当年的新酒，老酒库的存酒仍原地储存，通过售卖逐步处置。

  霜降后，新年的第一锅酒流出，有前面摸索出的经验，杂粮的配比已到最合理状态，酒的品质，较最早的一批又提升不少。酿成的新酒，王秉正经初步勾调后，悉数放入新挖洞窟密封存放。

  秋渐深，卖烧酒的旺季又一次来到。不仅几家已有合作的酒楼酒家销量见长，一些外地酒贩也慕名而来。

  一天晚饭后，王秉正同左钧到学馆前的半边街散步。刚走不远，两人被一正领着一帮挑夫在路边吃猪下水的中年男子叫住。

  "左老生生可还记得我？"中年男子拱手向左钧一揖。

  "你是？"左钧觉得似曾相识，但又一时记不起名字。

  "在下是镇旁汲水熬盐的老何，我家犬子在先生学馆承教。"中年汉子自我介绍。

"哦，原来是何掌柜。"经来人一提醒，左钧记起学馆中确有一盐商子弟，就拱手回了一揖，问："何掌柜有何见教？"

"我一熬盐的粗人，哪敢对先生有见教。刚才柜上盐工刚送了一批盐上船，见大家累饿，我邀大家一起吃点下水，喝点酒解饥御寒。有幸遇到两位先生，斗胆过来相邀，去这街边小铺小抿两口，缓缓这秋夜寒气，不知道两位先生能赏脸不？"

左钧父子平日里本就不是很讲究的人。见来人如此客气，又闻到了小铺毛边锅里食物翻滚出的香气，左钧用眼神征询王秉正。见他无反对的意思，就应道："啥赏不赏脸的，只怕叨扰各位，有所不便吧？"

"啥叨扰。能请得两位先生在街边共饮，是我姓何的天大的面子呢。"那中年汉子见左钧父子没有拒绝，喜形于色，立即邀两人入座。那边的挑夫伙计也马上为左钧父子腾出两个上位。

这种煮猪下水售卖的摊铺，是四川沿江沿河码头的普遍存在。在干体力活人员密集的码头街边，租一间铺子或占一片空地，摆几张简陋桌子或条几，支一黄泥糊膛的篾编圆灶，架上黑铁大毛边锅，锅里的食材以猪的肝肠肺为主，也包括猪的头尾和乡里人家淘汰的老牛肉等，都是讲究人家不吃的东西。放点生姜、桔皮和盐，一大锅煮了，熟后将肉捞出切碎，用一大筲箕盛着架在毛边锅上。遇有客人来食，用锅里的原汤煮点萝卜青菜，再把肉在汤里冒热，撒点葱花芫荽，喜辣的再撒点糊辣椒面，就可热腾腾、香喷喷地上桌了。这样的东西，下酒送饭两相宜。更为关键的是，价钱公道，贩夫走卒，都享用得起。

左钧父子虽不认识同坐的盐工挑夫，但学馆就在码头旁临江的半边街上，很多人都认得左老先生。平日，大家对读书教书的先生都心存敬畏，今日见两位先生不拿架子，与自己同坐街边，不分彼此，大家的兴致一下就高了起来。那边小摊老板才把一大碗下水汤端上来，这边就有盐工倒了两碗酒端来。

"这酒烧喉，喝了还会上头。你们咋不换个酒来喝喝？"在众伙计的起哄下，王秉正和左钧端起酒碗喝了一大口。喝惯了王秉正酿的酒，对过去当地普遍喝的苞谷烧，左钧已有点不适。忍着烧灼把酒吞下喉，他问。

"换啥？那米酒甜腻腻的，我们喝来哪过得到瘾。"一盐工抢着回答。

"上渡口谪仙烧坊做的也是烧酒，那味道和劲仗，比这苞谷烧，好得可不是一星半点喔。"左钧有推销家产之嫌。

"那酒是好，我在桂园酒楼请客时也喝过，但那酒的价钱太大，合下来一斤一百多个钱，我等日常都喝不起，更不要说是下力的人了。"姓何的盐商接着说。

"哦。"王秉正呷一口酒，接住话，意示左钧别把话再说下去。

"你那酒价，确实太大了，寻常老百姓，真没那口福哦。"从下水铺子回学馆的路上，左钧像是在埋怨王秉正。

谪仙烧坊目前的酒价，都是桂园酒楼试销后，以销定价的。虽然王秉正最初也觉得酒价太高，内心有点不安，但从几个月卖酒的情况来看，来买酒的客户都能接受这个价，王秉正心里也就踏实了。

但听人说自己的酒价太高，很多乡邻都喝不起时，王秉正的心里五味杂陈。他很清楚，自己的酒好，是因自己掌握着独特的酿酒技艺。所酿之酒的成本，根本没有那些苞谷烧高，就是卖苞谷烧的价钱，自己也有稳定的赚头。可是已经约定俗成的酒价怎么去改变？如何让一般百姓能喝上自己的酒又不碰触现有客商的利益？王秉正自己一时半会也想不出好的办法。

隔天晚上，王秉正从烧坊回学馆时顺道切了包卤菜。爷俩对饮时，王秉正把自己的顾虑讲给了左钧。

"多买点粮，再开两口锅，把好酒做得更好，维持原价供酒楼这样的客商。一般的酒把量做大，满足普通百姓。做到优酒好价，好酒平价，问题不就解决了？"左钧在关键时刻，总能想出好的点子。

"优酒好价，好酒平价"，真就是啊！王秉正心中有了方向。

把好酒做得更好，王秉正决定在加大产量，确保酒质的前提下，将原粮酒醅所酿的中段酒单独入缸陈化，至最佳状态后再上市，专供上等酒楼消费。而继糟所蒸和头尾酒提纯的酒作为普酒，经过一定时间醇化后，以现在市场上苞谷烧的价钱售卖，让好酒的寻常百姓，也能喝上自己酿的酒。

六十

吃过一次猪下水后，王秉正竟喜欢上了那种汤酽肉烂、入口留香的感觉。以后，每每晚上和左钧对饮，王秉正就会叫顾嫂去街边摊铺端回一钵佐酒。

顾嫂夫家姓顾，是铜牟镇上游不远的塘坊坝人。顾家男人会屠宰，以猪下水做菜，也算顾嫂的拿手本事之一。但这猪下水，在一般人家是上不得台面的粗鄙食材，做不好也膻腥难食。

考虑到左钧父子都是读过书的体面人，过去顾嫂在学馆从不买烹此类食材。现在，见王秉正和左钧都好这一口，顾嫂在上街买过几次后，对左钧建议说："街上的下水做得简单，味道也不好，两位先生爱吃，不如我去买材料，在学馆里做给先生们？"

左钧讶异顾嫂竟还有这等本事，有点不相信。但不忍拂顾嫂好意，信口敷衍道："可以试试，切不可让那膻腥异味弥漫学馆。"

"先生放心，肯定不会的。只是做的时候，会要一点烧酒。"顾嫂见左钧答应自己在学馆里拿出看家本领，乘兴提了一点要求。

顾嫂自己会做猪下水，而且还能比街上做得更好，王秉正听了很是兴奋，不等左钧说话，就欣然应允："尽管去做，要多少酒，自己取就是。还需别的物料，也可放手去买。"

第二天，顾嫂一大早去集市上，买了两副猪下水。她先用江中流水逐一清洗，然后才拿回学馆烹煮。待晚上左钧散学王秉正收工，一盘红亮的辣酱烧猪下水和一罐乳白的黄豆炖猪肠头已摆在桌上，两道菜颜色鲜亮,升腾的热气中散发出诱人的浓香。

王秉正最先忍不住,拿起筷子拈了一块辣酱猪下水送入口中。与过去吃惯的大锅烂炖相比,顾嫂做的猪下水,不仅无丝毫异味,还软硬适中,入口一嚼,浓烈而特殊的香味顿时在口腔四散。嚼一口下水,再抿上一口酒,酒和食物的香味在舌尖碰撞交融,相比别的食物佐酒,感觉更加带劲。

"不错,不错,真不错,这该就是人间美味了!"王秉正赞不绝口。

"有那么好吃?"对于王秉正近乎夸张的表情,左钧表示狐疑。不就是一道猪下水,至于吗?当他舀出一片黄豆炖的肠头放进嘴里咀嚼后,也不由得感叹,原来粗鄙的猪下水也可以做得如此美味。

"真不错呢!"左钧也忍不住称赞。

"来来,你也坐下来一起吃。"兴之所至,王秉正邀顾嫂坐下同食。

进学馆几年,被先生相邀同桌饮食,在顾嫂还是头一遭。她有点受宠若惊,忙不迭地推说:"不了,不了,不就是一道猪下水嘛。两位先生喜欢,以后常给你们做就是。再说,我受着先生的工钱,把饭菜做好,也是分内的事。"

顾嫂坚拒,王秉正也没勉强。左钧入座后,两人一边酌饮,一边专心品尝,动都没动其他菜肴。

"要是在街头支个摊子,一定会把街上现在的那些个小摊铺都抵垮。"左钧笃定地说。

"对啊,你家里还有别的人吗?有这么好的手艺,何不叫来,就在这学馆外的空地上支个摊子,生意肯定火爆。多好的一个养家糊口营生。"王秉正附和着。

"家里除了老头,确有一个儿子闲着。但支摊子做生意,我们没经验,也没本钱。"顾嫂回应。

"几张桌凳,一副锅灶,再加上些碗筷,支个小摊,用得了多少本钱?想做,我们支持你就是。"王秉正动员她。

"那就多谢两位先生了。我捎话把家中老头、儿子都叫来,商量一下看。"顾嫂被左钧父子一鼓动,有些心动。

次日一早,顾嫂在镇上买菜时,找了熟人带话,当天下午她的男人和儿子就来了铜牟镇。

平日里,顾嫂的男人做完家里的田地外,逢场天也会屠猪上市卖肉。儿子未读书,平日帮父亲照看肉摊,人也比一般村民灵光很多。听顾嫂说了左钧父子的建议,三人一合计,认为这真是个可以着手的营生。父子俩待到晚上,就摊子怎么支,生意如何做又向左钧父子讨教了一番。

为帮顾嫂家人把生意做好,王秉正现场给了顾嫂家五两银子,让她男人和儿子置办用具和租房,承诺顾嫂家的猪下水摊开起后,可以拿烧坊的酒供她卖。

不过旬余,顾嫂家的猪下水摊就筹备好了。同此前街上的猪下水摊只卖一锅烂炖不同,顾家这摊子支了一大一小两口灶,大灶的毛边锅依旧卖清汤乱炖,小灶的鼎锅里,温热着红烧的猪下水。开业之前,顾家父子将两种口味的拟售菜品都试做了,邀请左钧父子试菜。两个汉子打理出的猪下水,虽没顾嫂在学馆里做得精致,但与街上的下水摊子相比,好了不止一星半点。

左钧尝菜时,发现顾家父子所烹的猪下水虽味道鲜浓,却也和街上摊子所卖的东西一样,有股淡淡的膻味。问其原因,不待男人解释,顾嫂就接下话:"学馆里煮给两位先生吃的,制作中是用了烧酒除腥提味。这摊子上卖的东西,哪能打理得那般精细。再说,烧酒那么金贵,哪又用得起哦。"

"你们只管把菜做好就是,我一个开烧坊的,你们做菜用的那点酒,送你们就是。"王秉正说。

"那咋好意思!今天请两位先生来,一为试菜,另一件事就是想问下,王先生前面说让我们卖烧坊的酒,是咋个卖法?"顾嫂的男人接过王秉正的话问。

要让普通百姓也喝得到、喝得起自己的酒,这在王秉正和左钧心里,是有共识的。但是怎么个卖法,王秉正还没有想清楚。前面承诺让顾家父子在摊子上卖自家的酒，只是一闪之念。今日别人问起，对王秉正而言，真是一个问题。

"摊子支起，去烧坊把酒拉来，挑一个谪仙烧酒的幌子出去，有人要喝，你卖就是。"见王秉正沉思，左钧担心他是为了惜售而犹豫，就替他作了答。

王秉正明白左钧的意思，他的骨子里是个文人，对于商品的过度暴利，左钧是不认同的。"赢利必然，但不可奸"，左钧有一套自己的营商理念，并且一直坚持着。他不愿王秉正这么好的酒，只去满足小部分有钱人的口腹。

"酒肯定要卖，父亲您说的打个幌子叫谪仙烧酒也是不错，但窖里存的可卖之酒并不多，这酒怎么个卖法，真得好好想想。"

"老顾你先去把酒幌子做出来，秉正那里陈酒不够就卖新酒，哪有那么多顾虑喔。"在卖酒这件事上，左钧总表现得比王秉正更着急。

见左钧犟上了，王秉正也不好再按自己的思路说下去，笑着答应说："好，好，既然父亲都答应了，那老顾你准备就是，我管你开业有酒卖。"

"这还差不多。"左钧见状，满意得很。

隔天到烧坊，王秉正让伙计专门用再次发酵后的续糟填了一甑，将蒸出的酒按新二陈一的比例，勾调了一缸酒，多次品咂，感觉五味协调后，灌装进坛。这酒和完全熟化的酒相比，酒劲不相上下，口感同样舒适，只入口的醇香，要差上一大截。

另一边，顾家父子也在做开业前的最后准备。为方便顾家卖酒，左钧专门找到镇上一个篾匠，用大小不等的楠竹做了一两、二两和半斤容量的三个酒提送给他们。

烧坊酿的酒是有限的，现在几家酒楼正常卖酒，每月的数量都超过了两千斤。如果降低酒价面向寻常百姓大量卖酒，王秉正有两个顾虑，一是酿造跟不上，酒不够卖，二是谪仙烧坊的酒入口绵柔舒顺好喝，会在街上制造更多的醉汉。就这两个问题，王秉正专门跟左钧商量过，最后确定，酒要卖，但要走限售的路子。

开业前期，王秉正让伙计将专门为顾家勾调的酒送到学馆。顾家父子来领酒时，王秉正明确了与左钧商量出的三条规矩。

一、每天摊子售卖的酒最好不要超过一坛（五十斤）；

二、所卖的酒按量分段计价，每客每次不超过半斤的，酒钱按每两三个铜钱收，超过半斤的，酒钱按每两五个铜钱收；

三、每日卖酒在两坛以内的，每两酒老顾得一个铜钱，另两个铜钱交烧坊为成本。如卖酒超过两坛，酒钱全部交回烧坊。

做生意的人，最重要的事就是把东西卖出去，顾家父子弄不明白王秉正多卖还要少得的规矩。但酒是王秉正的，王秉正定什么样的规矩，他们也只有遵从，不好提什么意见。

左钧父子为顾家确定的摊位在学馆出门的右下方。顾家父子在此处的空地上支了个顶棚，也是用青瓦盖顶，一为给食客们遮阳挡雨，同时也显美观。摊子搭起来后，远望去，和学馆融为一体，并不刺眼。但在棚子外一根斜出的竹竿上，一幅写有"谪仙烧酒"的蓝地白字大酒幌迎风飘摇，远远地昭示着行人，这是一个饮酒吃食的所在。

简单择了个吉日，顾家的猪下水摊子就在炮仗声中开张营业了。

六十一

或许是基因决定，聪明伶俐的王法天学习酿酒一点就通。

但毕竟王法天还未成年，刚进烧坊时，王秉正不舍得让他干重体力活，大多做的是清扫地面、整理器具等等杂活。生产过程中，拌曲、测温、观察酒醅发酵、熟度等需其他人回避的技术环节，王秉正都会带上他。凡王法天有问，王秉正都会不厌其烦地耐心讲解传授，直到他弄明白才止。

在学馆，左钧对王法天教导的重心也开始偏移，虽说也还让他读经、史、子、集，重点已转移到讲习算术和计账等经商必备的知识上。不得不说，遗传对人的影响。王法天对别的学问提不起兴趣，对算术却非常上心，诸如鸡兔同笼等经典算例，几乎一点就透。

顾家小摊开卖低价的谪仙烧酒后，桂园酒楼掌柜的心里就犯了嘀咕。一次到烧坊进酒，掌柜没能忍住，向王秉正打听。

王秉正没多说明。在为桂园酒楼装完酒后，他带着掌柜到烧坊里去看为顾家父子勾调的酒，还从酒坛里舀了半瓢递给他品尝。

瓢里的酒喝入口中，掌柜的马上品出了不同。同是谪仙烧坊的酒，顾家父子卖的，多数是二糟蒸出的新酒，酒味与卖给酒楼的相比，无论是酒香还是口感的醇厚度，都有明显差别。他细细品咂一番后说："确实不一样！"

"本就不是一样东西。"王秉正肯定。

"这些酒您也可以调和在一起，卖个好价钱啊。王掌柜来此一着，是作何想？"

"您也是好酒之人，那些劣质小灶苞谷烧，摘酒时头尾不分，喝来口感不好不说，还上头伤身。我将稍次的二糟酒勾调，卖给那些下力的人，主要是不忍看到他们被劣酒伤身。再说，优酒价优，普酒低价，也是生意场上大家能明白的事。"

"哦……"酒楼掌柜似乎明白了王秉正的心思。但放着钱不赚，作为商人，他对王秉正的做法还是搞不懂："两种酒都为谪仙烧坊所出。虽品质不同，我等对外，又如何区分和说辞？"

"我也一直在考虑这个问题，还没想好。看能不能用不同的品名来进行区分？"

"用不同名字来区分，这主意不错。你看我们卖的酒叫啥名字好？"酒楼掌柜比王秉正急切。

"没想好。我再想想，回去商量商量，定了再告诉你，如何？"

"好，好，就盼王掌柜给这好酒尽快取个好名。"酒楼掌柜厘清疑感，带着酒告辞离去。

当晚在学馆，王秉正把这件事同左钧和王法天讲了。

自让王法天到烧坊做事，王秉正和左钧都会带着王法天饮酒。每晚三人一起同饮几杯，所议之事，也不再让孩子回避，有时还会专门征询一下他的意见。

"这个好办嘛。顾家摊子的酒幌上写有'谪仙烧酒'，今后可以叫'谪仙烧'。酒楼里卖的酒，可以叫'太白醉'。太白、谪仙同为一人，这样叫，既可以区分两种酒不同的档阶差别，也能暗示出两种酒的出身渊源。好叫又好听。"左钧拈着酒杯，没做太多思考，随口就来。

"爷爷这酒名取得好！"王法天首先附和道。

"确实不错！"王秉正领悟到左钧为酒命名的深意，领首同意。

次日，王秉正请左钧亲自书写了"太白醉"三个大字和"谪仙烧坊制"五个小字，找到镇上一家做招牌布幌的铺子，以黄绸为底，红布为边，黑布为字，制了一幅大酒幌。拿到酒幌，又央左钧写了几张"太白醉"的红纸黑字四方坛帖，给桂园酒楼送过去。

桂园酒楼和顾家的摊子，一个铜牟镇，两个迥然不同的场所，以相差巨大的价钱，同时卖谪仙烧坊的酒。有了不同的酒名，再加上卖酒人的推介解释，两端客人都平和地接受了酒价和酒质的差别。

酒楼里卖的太白醉，价钱高，不限量。价低的谪仙烧，很得寻常百姓喜爱，但每天供应数量却有限制。很多人为过酒瘾，或亲友相聚，要喝烧酒，还是只得选择劣质的小灶苞谷烧。

王秉正把谪仙烧坊产量做大的想法更加迫切起来。

六十二

冬至，一年中黑夜最长的日子，阴气至极，阳气始升。在铜牟镇一带，冬至日均气温降至十度以下，对酿酒业来说，这是最好的季节。

经历了两个年头的生产，谪仙烧坊的每一甑酒，无论品质还是产量，基本都能稳定。这个黄金季节，王秉正想做些新的尝试。

以多年的经验，王秉正感觉，粮仓中单独存放的那些糯红高粱，可做出更好的酒来的。

单独碾粮，混入杂粮和纯高粱堆润，而后蒸粮拌曲发酵。王秉正精心关注着这种新酒粮所制酒醅的发酵变化。二十多天后，他发现混入杂粮的糯红高粱酒醅成熟，入甑蒸制，流酒量明显优于普通高粱。入口后的感觉，除醇香柔顺之外，余味更为绵甜。但纯糯红高粱制的酒醅，发酵时间会长一些，蒸出的酒甜味略重，出酒量也低于混入杂粮的酒醅。

试制几甑，无论怎样配搭杂粮，糯红高粱的表现都优于普通高粱。

结果验证了王秉正的判断，他为发现这种新的优质酒粮而暗自兴奋，决定在次年秋季，多购进这种糯红高粱。

六十三

小寒后的一个午后，王秉正带着伙计刚上好一笼酒醅，看门的伙计跑进作坊，说有个怪异客人到访，点名要见掌柜不说，还不听劝阻，要闯进烧坊。现在被拦在大门口，很不安分。

王秉正很纳闷，除桂园酒楼掌柜和少数几个客商外，出入烧坊就只有自己的伙计。这个时段，照理不会有客商来买酒。再说，买酒的客商看门伙计大多认识，一般也不会硬闯。

作坊生产现场不对外人开放，这是酿造行业的规矩。王秉正眉头一皱，整理一下衣衫，随伙计走出烧坊。他要去看看，究竟是哪路神仙，有这么大的脾气。

王秉正一出作坊门，就看见烧坊大门口站着一魁实汉子。黑色长棉袍，上身套一件羊皮马甲，马甲边沿处，有长长的羊毛自然露出。最与众不同的是，那汉子头上还戴着一顶精巧的白色圆毡帽，毡帽顶盖边沿，插着两根白色长羽毛。汉子嘴里正嘟嘟囔囔，听声音似乎熟悉，可这奇怪的装扮，让他难以辨认。

说来好笑，来人正是王汝。冬季不放排，也不干伐木这样的体力活时，他习惯穿白马人的服饰。插着白羽毛的白毡帽，是每个白马人必有的行头。

王秉正在远处没认出王汝，王汝同样也没有在第一时间认出王秉正来。过去几次相见，王秉正都著长衫。酿酒作坊内，几口大锅长时间架着火，纵在冬季，气温也让人只穿得住短衫。王秉正在作坊里做事时，也和其他伙计一样着短衫短裤。

记忆中本该穿长衫的人短打扮，本该短打扮的人着长衫马甲，两人都走了眼。

走到近前，两人同时认出了对方："你咋这副打扮喔？"王汝甚感惊诧，首先冲口而出。

"作坊里面热。你为啥这时候下来了？"王秉正同样意外。说话间，他拉王汝一起来到更衣间，换回了长裤棉袍。

"这次来，是专程来买哥哥的酒来了。"看着王秉正换衣服，王汝说。

"觉得酒好喝，来拉就是。你我兄弟，你能喝多少？啥买不买的！再说，你的木头钱，哥还没付完呢。"王秉正一边换衣一边回答他。

"不行。这次不讲木头那事，我是受几个寨子长老指派，专门下来买酒的。"王汝说话，照样直而急。

"好，好，今天先啥都不说，回去叫上父亲，先说喝酒的事如何？"看王汝着急，换好衣服的王秉正换了话题，拉起王汝就向外走。

回到学馆，左钧还未散学。王秉正吩咐顾嫂泡一壶茶来，安排她去将酱烧猪下水和清炖猪下水各端来一大钵，还切了些凉卤，等会用来下酒。

之后，王秉正和王汝聊起买酒的事。

原来头次王秉正送给王汝的十坛酒。翻山越岭送回龙安府时，一路颠簸摔了四坛。王汝送了一坛到知府衙门，余下的都带回了山寨。白马番人无论男女都爱饮酒，王汝做土官的父亲品尝了儿子带回来的酒，非常受用，就邀请治下所有寨子的长老到自己的官寨宴饮。相比于当地流行的烈酒苞谷烧，王秉正的酒，入口醇香绵柔，不杀喉，醉后还不上头，让长老们都饮上了瘾。品饮过后，长老们纷纷要求分酒。王汝的父亲兴奋之余，给每个长老分赠了一陶罐。可不久，各寨长老又登门求酒，有的长老甚至愿意用二两银子换一罐酒，那一罐也只有五斤左右。

奈何王汝家酒也无多，长老们最终求而不得。

大年后，按照白马人习俗，山寨要跳曹盖，王汝父亲想要招待贵客，安排王汝专程下山一趟，拉些好酒回寨。各寨长老闻讯，都给王汝送来定钱，每坛酒定银最高给到了二十两，最少的，每坛也交了十两。

申时末，学馆散学，左钧回到小院。顾嫂买回猪下水和凉卤菜后，还准备些热炒，荤素搭配，摆满了一大桌。

净手入席。酒刚斟上，王汝不待主人发话，就迫不及待地端杯海喝。又经半年熟化，那酒入口后不仅更纯，且更醇。这味道，让他牵挂大半年了。

见王汝惬意得摇头晃脑，王秉正笑眯眯地不停给他斟酒。但王汝已有了上次宿醉的经历，不敢再喝太猛，而是随着左钧父子的节奏，细斟慢饮，直至夜深。等到一罐五斤的酒喝了个底朝天，才尽兴而去。

次日上午，王秉正先去烧坊把当天活计安排妥当，才去客栈接上王汝。昨夜的酒喝得克制，他到客栈时，王汝已经起床收拾停当。两人出客栈寻了一间早饭铺子，要了两笼包子和两碗青菜稀饭，吃了个浑身舒坦。

"这次得买四十坛。"饭后到烧坊，王汝报了数量。

"多少？"王秉正一怔。

"四十坛。没问题吧？"

"没问题。"

安排伙计开缸分装，王秉正寻思，这酒当如何帮王汝运回呢？

"四十坛酒，雇两台大车可以装下不？"王秉正问。

"我们山里运货，一般都人挑马驮。我想好了，这次雇挑夫来挑，免得车马颠簸，把酒洒路上。"

"人挑损失是少，可时间长，运价大，还得帮补食宿费用哦。"王秉正提醒。

"头次车运，一车装十坛酒，我那么小心，路上都打掉四坛。这次是四十坛，按这个比例，车运至少损失十坛。那样，和挑夫脚钱相比，亏得更大。反正有的是时间，雇挑夫更划算。"

龙安府山上那些番人山寨，喝自己的酒，是要花很大价钱的。王汝的考量，肯定有他的道理。

"那我们去码头找人。"王秉正说。

"好。"

两人来到半边街码头中间的一棵黄桷树下，一群正在闲侃着等生意的挑夫就围了上来。听说是挑酒，且路程有五六百里的山路，很大一部分人就散了。这些挑夫，大多是附近农民，最喜欢的状态是白天干点短工零活，晚上回家陪老婆孩子，每日挣个八十文足矣。

见很多挑夫都不愿走远途，王汝有点失望。当两人准备采用王秉正的建议，依旧雇车运酒，并欲离开时，被一壮汉叫住。

"走这趟货，不知掌柜的如何出脚钱？"汉子问。

"你觉得什么价合适？"王秉正问。

"我们这里如按天雇人，视活轻活重，时长时短而定，脚钱每天一百个钱上下。你这趟货路远活重，按每人每天一百二十个铜钱价，掌柜的可愿出？"汉子询问。

"没问题。"王秉正回道。

"长途活计，按规矩，返程时间按半数算。"汉子补充。

"按规矩办就是。"王秉正也爽快答应。

最后谈成，每个挑夫负责挑两坛酒，实重不超过一百二十斤。每人每天脚钱按一百二十个铜钱计，每天的脚程不超过八十里。食宿由东家负担，每天每人提供二两消乏烧酒。另外，汉子要了一两银子，作为招集和路上招呼人的费用。

王秉正讲好的价钱，王汝很认可，还与汉子说定，需要二十一个人，第二天一早到谪仙烧坊门口领货上路。挑运用的扁担绳索等工具，由挑夫自带。

事情谈好，已是午时光景，两人轻松愉快地回到学馆，叫上已散学的左钩，径直去了桂园酒楼。

次日早起，王秉正再次赶到客栈叫上王汝，退房吃饭。赶回谪仙烧坊时，挑夫们已等在那里。

王秉正把一行人领进烧坊院内，叫来伙计，一同从酒窖里把已分装好的四十二个酒坛搬出酒窖，在院子里捆扎成二十一副挑子。

安排停当，王秉正叮嘱王汝，有一个挑子的两坛酒，是他带给义兄陈于朝的。趁着这个间隙，他问了王汝一些陈家兄妹的近况。王汝就自己所知，尽告了王秉正。

挑夫队伍出发，王秉正携着王汝的手，一直送到镇外。临别，王汝从身上褡裢里掏出一包银子递给王秉正说："这是酒钱。"

王秉正没客套，接过钱包一掂量，感觉足有二百两。

"钱多了。"王秉正说着，从里面取出几锭纳入怀里，将余下的重新塞回王汝手中。王汝本想再塞回来，被王秉正抬手制止了："这事听我的，大哥我没亏着。"

见王秉正坚决，王汝也不再说什么，把银子塞回褡裢，跟王秉正揖别，领着挑夫们上路了。

从铜牟镇出发，一路翻山越岭晓行夜宿，赶到平武城时，用了整整五天时间。

到平武的第二天，王汝让挑夫们先在城里歇逛半天，自己带着那个领头人，挑着王秉正送给陈于朝的酒，去了知府衙门。

王汝到时，陈于朝正好早班。简单说几句话，就让一衙役领着王汝去后院，将酒交与夫人和陈于珍收了。

陈夫人收了酒，倒是平和。陈于珍听说王汝去了铜牟镇，就不再淡定。抛下两只纠缠不休的小白熊，亲自泡了茶，留着王汝，问了很多事。

从平武城往上，再走三天，就到了王汝家所在的官寨。虽说时间长，但四十坛酒完好无损。王汝情绪高涨，除大方给每个挑夫打发了一两五钱银子外，又找了些山货让挑夫们带往龙安和绵州，添挣些脚钱。他还另备下一担腊味和山货，让挑夫带给王秉正一家。

挑夫队伍浩浩荡荡，王汝把好酒带回官寨的消息不胫而走。第二天，各寨的长老头人就赶到官寨提酒。王汝以每坛酒十五两银子的价钱将酒分出去三十坛，价钱多退少补。一算账，这趟去铜牟镇买酒，扣除买酒银两、挑夫脚钱和路上所有餐宿开支，赚十坛酒外，还余出现银二百来两。

六十四

王汝拉走一批酒，潼川和绵州府城几个客商又拉走一批，头年酿出并存在原酒窖的酒所剩无几。王秉正让伙计将余下的酒全部分坛装了，让桂园酒楼掌柜来拉走一批，其余搬入了新挖的酒窖。

随后找来匠人，他要把原来的酒窖改建成一间作坊。

顾家的猪下水摊开售谪仙烧以后，潼川、绵州城及附近集镇都陆续有人找来求购。受产能所限，王秉正只得暂时回绝。山体里开挖的三间洞窟早已完成，将原酒窖改建成一间作坊，就有条件把烧坊产量增加至少一番。

忙碌中，不觉间来到了庚午年（1690）春节。

己巳年所备酒粮，较戊辰年多出不少。因伙计做事更加熟练，生产流程更为顺畅，到庚午年清明后，所储酒粮已基本耗尽。

王秉正只留下几个伙计整理烧坊，其余放假回家，他将接下来的重点放到了改建新的作坊上来。

有第一间作坊两年多的生产经验，王秉正在新作坊的生产流程和布局上，有了更合理的设计。

小满时，新作坊改建工程收工。

附近陆续有百姓送小麦和豌豆上门。王秉正根据当年收成情况及周边市场行情，与部分百姓商量确定了粮价，夏粮收储就正式开秤。

他把王法天派到第一线和伙计验粮看秤和算账。既然接掌烧坊是迟早的事，他打算让王法天尽快熟悉烧坊生产和经营的每一个环节。

芒种一过，夏季收粮就忙碌起来。前两年收粮时给的优惠，为烧坊团结到一批固定的农户和小粮贩。大量粮食涌来，为王秉正扩大生产提供了保障。他吩咐王法天，按质论价，尽可能给予优惠，对送上门来的粮食，有多少就收多少。

王法天有着骨子里的精明。没用多少时间，验粮定价，就能一看一个准，让卖粮人信服不说，就连算盘也拨弄得比"师傅"左钧更加熟溜。每日里入粮出款，账面理得清晰明了。王秉正开始会去现场看看，每日晚餐时也会过问一下收粮的账目情况。见王法天很快上路，账目条条是道，也就慢慢放手，不再过问，除非王法天有事请教。

夏至后，气温日高，烧坊所收豆麦已比往年翻了一番不止。考虑到秋收时主料高粱的收购量还不确定，王秉正就收了收粮的秤，叫回一些伙计，开始当年的制曲。

制曲的每一处细微环节，他照例会把王法天带在身边。除悉心讲授，还让他亲自动手参与操作。在王秉正的计划中，王法天必须尽快独当一面。

秋后开灶立窖，谪仙烧坊的酿酒将在两个作坊同步进行。

处暑过去，稻粱渐熟。制曲工作完毕，秋粮收储尚未开秤。王秉正将新作坊收拾停当，甚至连秋后立窖需要新添的伙计，也通过老伙计邀约落实好。

六十五

"我想带个伙计跟天娃一起，去保宁那边梓潼县及潼川府盐亭县这些地方走一圈，看能不能多收一些糯红高粱。"一天晚餐，王秉正跟左钧商量。

"要去多长时间？"左钧问。

"说不定。短就十天半月，长不超过二十天。"

"去吧！算好行程，中秋前赶回来。过节，得有人陪我喝酒。"

"父亲放心，这个一定。"

次日一早，王秉正安排伙计到镇上雇来一辆载人马车，带上包袱行装，渡河往绵州去了。在绵州城用过午饭，几人沿金牛古道奔梓潼而去。

梓潼县是古蜀道的重要节点，离绵州约八十里，建县比绵州还早，隶属保宁府。梓潼之名，源自夏商，因其"东倚梓林，西枕潼水"而来。

王秉正一行从绵州出发，缓辔而行，当天在一个叫魏城的集镇住了一夜。次日早行，午时之前赶到梓潼城外的长卿山下。从这里入城，需先乘船渡过潼江河。

潼江河是涪江的重要支流，河有两源，均在江油。一源叫马角水，一源叫文胜河，两源汇合后，一路积溪纳流，到梓潼县境内时，已成滔滔巨流。再往下，流经盐亭后，在射洪汇入涪江。梓潼县城往下，潼江河所有河段四季都能行船。

过得潼江河，从渡口通往梓潼县城内的青石板古道旁店铺林立，其繁华程度，不输绵州府城。

王秉正在码头附近寻得一家酒楼坐下，叫来伙计安排饭菜，还随意打听了一些梓潼粮市的情况。

听说王秉正要寻粮米市场，伙计正经回答："这个时节，夏粮卖过了，秋粮还没上市。市场上除些杂粮，估计啥粮也买不到。"

"高粱呢？"王秉正一边点菜，一边随意问他。

"那玩意在我们这边都是拿来喂牲畜的，卖不起价，卖的也少。你们买那玩意干啥？"

"做酒。"王法天接了话。

"用高粱做酒？这事，我听东北边来的客人说起过。那东西又糙又涩，做出来的酒有法喝？我们这边，还是喜欢糯米酒和苞谷烧。糯米酒喝着舒服，苞谷烧喝来过瘾。"伙计自顾自地说着。

王法天想回驳，被王秉正抬手制止："我们就随便一说。你还是去安排饭菜吧。"

下午有事，午饭没叫酒。几个家常菜，就着白米饭，饱肚解饥。

饭毕，几人按酒楼伙计指点，去了城北粮市。

淡季，又是炎热下午，整个市场不见多余人影。守店人看到王秉正一行，大多也懒洋洋的爱搭不理。

在市场转一圈，见虽有摊铺售卖杂粮，却都是些豆类薯干和大麦苞谷。真如酒楼伙计所言，不见高粱影子，更不要说糯红高粱了。

哪里才能找到高粱？

一无所获之时，当王秉正一行正欲转身离开，从一间不起眼的小铺走出个四十岁上下汉子。那人冲王秉正上下一番端详，然后弯腰深躬作了一揖："敢问，先生是绵州府铜牟镇上谪仙烧坊的王掌柜吗？"

"您是？"王秉正上下打量那汉子，感觉似曾相识，又记不得是何处故人。

"掌柜贵人多忘事。去年秋天，我往您烧坊送过高粱的。"

"原来是你。"王秉正记起来了。

"王掌柜远来梓潼，有何贵干？如不嫌弃，请到小店坐坐？"汉子做了请的手势。

王秉正正愁找不到熟人了解当地行情，自然也就不客气，坦然接受了邀请。

在梓潼这本就不大的粮市上，这是家小得很容易就让人忽略的店铺。店铺简陋，所售之物也不过只是些寻常作物。进店后，汉子拭干净两条矮长凳，请王秉正等坐了。然后搬来一个小方几放在中间，再找来四只半釉土红碗，拎起凉水壶，给每人倒了一碗冬桑叶凉茶。

"这个小店铺是我平日用来买冷僻杂粮的落脚点，也不指望在这里卖啥东西，简陋了些，还请王掌柜莫要见笑。"汉子讪笑着，将茶水递了过来。

"场地这么小，收来粮食咋放？"王秉正环顾小店，喝了口凉茶。

"做的就是小本生意。东西收上来，立即找下家卖了，不用囤放。"

"哦。记得去年你给我送过高粱。可这市上，咋就没见到几颗高粱呢？"

"高粱这东西，梓潼这边种得不少，没人吃，也不值钱，所以没人愿卖。再者，这季节，新高粱还在地里灌浆，市上当然没有了。"

"哪里才能买到高粱呢？"王秉正直奔主题。

"真要收，梓潼附近地界，一年收三五百石应该可以，但得到乡里去收，更好收也更划算。我们一般都用盐茶和针头线脑这些东西去换。"

"值当得啥价？"

"辛苦费在内，一石合下来也就五六百个铜钱。"汉子对王秉正打了埋伏。在当地，一石好稻谷的价钱也就五六百文，高粱杂豆及苞谷这等杂粮，收售价钱只有稻谷的三分之二不到，最高也不会超过四百文。

"如果托你来买，每年最多可以给我买到多少？"王秉正倒是并不介意。

"那得看王掌柜能出什么价了。价钱合适，多托几人，跑远一点，一年收个千八百石不是问题。"

"去年你给我送过粮，应该知道我们的价钱。我按黄谷同期价钱给你如何？"

"那运费呢？"

"按规矩，我们不管运费。你能收到五百石往上，保证高粱干净，我可以雇车来拉，也可以像过去一样，由你送到烧坊，我在黄谷价上可再涨一成。"

"一言为定？"

"可以与你写纸约，付定钱。"

"那我们先小人，后君子。"

"好！去找纸墨笔来。"

"稍坐。"这么好的生意送上门来，汉子如同被金元宝砸中，立即出门找纸笔去了。

待他找来笔墨，王秉正吩咐王法天执笔，按商定好的内容，写了一份纸约，明确了不同种类粮食的计价及付钱方式。此外，王秉正还专门就糯红高粱列了一款，要求是能收尽收，需单独存装。

写好纸约，阅看无误，再誊写一份，双方签字画押，交换收起。王秉正依约给汉子付了十两定银。

办好这些，汉子喜形于色，当即关门，要请王秉正一行喝酒庆贺。王秉正推辞不得，只得应承。

汉子关好铺门，一行人出了粮市。听说几人还没住下，就将王秉正一行带到梓潼最好的一家客栈住了。

安顿好后，天色已不早。汉子领几人出了客栈，找了家当地有名的酒楼，要来一桌看家菜肴来招待这伙财神爷。酒自然是免不了。原本打算一人一壶苞谷烧，却被王秉正叫住，最后只上了两壶酒。

王秉正达成了此行的目的，汉子找到发财的机会，两方皆大欢喜，席间气氛自然欢愉，但那酒却总也喝不动。汉子频频举杯，除他自己和车夫外，王秉正、王法天包括烧坊伙计，都只是皱着眉头干了头三杯，其余的，则是浅尝辄止。

汉子似有疑虑："王掌柜,这酒老喝不走,是不是对我做事有所顾虑,信不过我曹某?"

汉子姓曹,名家富,双方签纸约时,王秉正已经知道。

"我家掌柜做事,一向大气。这酒喝不动,不是他信不过你,只是这酒确实太难喝。等你送粮下来,让掌柜请你喝一顿我家的酒,你就晓得啥是好酒了。"接话的是随行的伙计。

"真那么神奇?"曹家富瞪大了眼睛,将信将疑。烧酒他喝过不少,哪有那么大的区别?

"以后你就知道了。"王秉正一笑,给了曹家富许多宽慰。

饮酒虽不能尽兴,但宾主相处甚欢,这顿很早就开始的晚饭还是吃到了掌灯之后才告完结。王秉正吩咐伙计结账,被曹家富死活叫住,最后只得让曹去付了钱。

从酒楼出来,曹家富热情不减,直到把王秉正送回客栈房间。在王秉正房间内,曹家富央王秉正不要急着离开,多在梓潼盘桓一天,他好做东,带王秉正去县城外的七曲山参拜文昌帝君,求神仙保佑,大家共同发财。

本不是此行安排的内容,但自幼读习诗书,王秉正对文昌帝君多少有些向往。既然来了文昌祖庭,要做之事也办得顺利,不去参拜一下文昌帝君,仿佛真还说不过去。他欣然接受了曹家富的盛情。

次日一早,曹家富来到客栈,等几人起床洗漱完毕,一起出街早饭。除稀饭、包子外,曹家富还让摊主给每人上了一碗稀奇吃食。

"这是啥子?"王法天虽已同王秉正一样高矮,毕竟还是孩子,对一切都充满了好奇。动筷之前,他指着碗中浇着鲜亮红油的翠绿"面片"问道。

"片粉。这东西走出梓潼,你们就吃不到了。"曹家富告诉他。

"用什么做来,有这般好看颜色?"确实从未见过,王秉正也感到好奇。

端粉上来的女摊主滔滔不绝地介绍了一番。原来,这是绿豆芡粉做成的食物。是用韭菜或菠菜捣碎的青汁，和着甜井水一起，将芡粉调成稀浆后，舀入平底圆锅内荡平，再放入沸水水面摆动。等粉浆凝结，将平底锅氽一下沸水后提出，再放入清水冷却。最后起出，平铺在桌上。照此法一层一层码，码到三寸上下，用刀切成一寸宽长条。吃时一片一片撕开，所以叫片粉。

明白了制作过程，王秉正拿筷子拨弄面前的食物。只见这片粉色绿质嫩，层次分明。用筷子挑起，柔滑而富有弹性。拌匀后挑一片送入口中，凉爽筋道，麻辣鲜香，还带有一点芥末的冲味，真是一道爽口小食。

尤其是王法天，在王秉正细细品味之时，已将自己那份吃得干干净净。见他意犹未尽，曹家富让摊主又上了一碗。

用过早饭，一行人挤在王秉正带来的马车之上，奔七曲山而去。

七曲山在梓潼县城的东北方向，距县城约十八里地，被森森翠柏覆盖着。

这是一片罕见的古柏群落，最老的植株已近一千六百年。这里的古柏大多是秦始皇当年诏令种植的，所以被当地人称为皇柏。除皇柏外，这里还有汉代张飞镇守阆中时，为拓宽驰道增植的汉柏，人称张飞柏，以及文昌帝君亲手植下的晋柏等。这些历时千年的树寿星们，根如铁石，壮若苍龙，树干粗壮，高耸入云，虽饱经岁月沧桑，依然生机勃勃。

初秋虽是酷热，但一入柏林，透骨的清凉令人不觉神清气爽。

文昌帝乡就在古道旁。首先进入几人眼里的，是一座气势恢宏的三层楼阁，叫魁星楼。魁星楼正中有"帝乡"匾额，匾额之下是皋门。

在庙祝带领下，王秉正一行登上魁星楼。楼上供奉的神祇，是文昌帝君的第一化身魁星。只见那魁星蓝面赤发，右手高举朱笔，左手执富贵花，右脚直立鳌头，左腿朝后翻蹬，怒目圆睁，青面獠牙，肌筋暴胀，右膝盖上是一方孔金钱。

庙祝介绍，七曲山文昌帝君执掌人间功名利禄，作为其第一化身的魁星,就是给科举高中魁首的士子们赐予富贵的。于是读书人中就有"魁星点斗,金榜题名"的之说。读书人怀着敬畏之心,来瞻仰朝奉文昌帝君,是渴望被魁星右手那支笔点中,文运、官运齐来,独占鳌头。

过魁星楼迈进帝乡大门,迎面是中间嵌九龙石壁的二十四级石阶。这二十四级石阶象征的是二十四孝。登上石阶,就是名为真庆宫的文昌宫正殿。真庆宫中所供神像,头戴冕旒,身着九龙袍,慈祥和善,这是文昌帝君本相。

在文昌正殿参拜文昌帝君时,王秉正嗅到幽幽的桂花香味。从正殿穿出,果然看到几株古桂。时近中秋,那些古桂翠绿的叶片下,已有红色的桂花悄然绽放。

读书人把科举及第称之为蟾宫折桂,在主管功名的文昌帝乡,怎能少了桂花!王秉正心中思忖之时,竟忍不住深深地吸了一口。

几株桂树后,有一大殿,名为"桂香"。庙祝说,桂香殿是前朝所建,采用了减柱造法。围绕殿内四根粗大柱子细看,它们都向不同的方向大幅倾斜。而随着人的方位变化,柱子倾斜的方向也随之变化,很难确定它是如何倾斜的。

桂香殿里供着三尊神像,正中头戴王帽的是文昌帝君被封为济顺王、英显武烈王时的形象,两侧是他的两个随从。右侧是傻得可爱的天聋,左侧是憨态可掬的地哑。聋者欲言而一无所知,哑者尽知之而不能一言,这样就可以保证谁中状元、谁当大官、谁得多少利禄等天机不被泄露。

在大庙里一路瞻仰,不觉已到午时。庙祝征询得知,王秉正几人要在庙里用素斋,就领几人在古柏下一角小亭内坐下,泡一壶清茶,嘱斋堂居士备餐。

用过午饭,王秉正留庙祝同坐。换了香茶,一边品茶,一边请庙祝为自己讲授更多文昌帝君的掌故传说。直到酉时初,太阳西沉,给了庙祝二两银做香火钱,下山回了梓潼城。

晚餐时,王秉正向曹家富询问,如何能便捷迅速地去往潼川府盐亭县。

多年贩运粮豆，曹家富对附近州县都很熟悉。这一路，地理环境相同，百姓耕种习惯相近，都有零星种植的高粱。所以，他建议王秉正弃车，沿潼江河走水路出发。在盐亭办完事后，可沿水路从射洪进涪江，再沿江上行回铜牟。这样走，可联络更多地方，以便购入更多的高粱。

这个建议不错，王秉正欣然接受了。回客栈结了车夫车钱，打发他先回铜牟，又请曹家富帮忙联系船只，确定了第二天的行程。

次日一早，曹家富先到潼江河边，联系了一艘成色较新的小客船，讲好价钱，交代好行程细节，才去客栈叫王秉正几人。

客栈这边，几人起得很早。车夫最先离开客栈，要去城边道旁看能不能找点顺路人货捎带，赚点费用。王秉正让伙计结了店钱，按约在客栈大厅等曹家富。

进客栈就租船事宜向王秉正交代一番，曹家富借客栈掌柜纸笔，给王秉正写下一个地址。他嘱咐王秉正，到盐亭后按地址去找一个姓赵的粮米商。这人是他的朋友，对潼川府粮市行情很是熟悉，去年秋也曾到铜牟镇给谪仙烧坊送过粮。他介绍说，这人十分靠谱，有需要，可以和他合作。

要事说完，几人同出客栈早饭。王法天念叨着昨日吃过的片粉，曹家富就将三人又领到了昨日的早餐摊点，依昨日例，每人上了一笼包子，一碗稀饭，一份片粉。王法天例外，直接给他叫了两碗。

吃过早饭，四人步行向城外码头而去。船家已做好准备，就等客人到来。

六十六

从潼江河走水路往盐亭属顺水。沿途二百多里地，得经过多个集镇。如无意外耽搁，正常也就是两天的行程，不会很赶。曹家富事先与船家商定，船资三两。考虑到一路都在出产高粱的区域，王秉正可能会登陆一些逢集的集镇，路上会多耗一点时间，就与船家沟通，最后商定，船资在三两银子的基础上，以三天为限。如途中耗时超过三天，每天加银五钱。

交接完毕，王秉正一行上了船。船家解缆前，曹家富将拎的两个捆扎精美的纸包递给了王法天。他告诉王秉正，这是梓潼特产酥饼，让几人路上饭食不便时拿来充饥。

算来，正式认识也就两三天，王秉正很感激曹家富的用心。送曹家富下船时，他再三道谢，还嘱咐曹家富说："秋收很快开始，放手多收高粱就是，特别是糯红高粱。要本钱周转不开，可边收边雇车送到铜牟来，我这边会及时把粮钱给你带回去的。"

"王掌柜放心，按我们约定，我多收粮食就可多挣钱，自然不会错过傍着王掌柜发财的机会。"曹家富乐呵而爽快。

各自别过，船家解缆，把船撑到河心，张帆，调整方向。顺风顺水，小船沿河而下。潼江河两岸，除大片已渐黄待收的稻田外，还有许多青油油碧沉沉的桑田。

梓潼之行顺心顺意，潼江河风光旖旎，王秉正心情大好："汉女输潼布，巴人讼芋田……"望着岸边桑田里忙碌着的蚕妇，他不由得信口吟出。

潼江河流域，古来都是栽桑养蚕的所在。黄帝元妃、蚕桑之祖嫘祖就出生在潼江河下游的盐亭境内，而"潼布"就是指潼江河旁出产之蚕丝织成的锦缎。

"掌柜是个风雅之人啊。"船家搭话。

"商贾之人，哪敢称风雅。只是这两岸景致太美，没忍住，随意吟哦几句。"王秉正笑答。

"随意就来，说明肚里有货哇！我们这些跑船的人，嘴里除了乡野号子，啥都吼不出来。"船家快言快语，很是开朗。

"那，你来一段号子听听？"王秉正兴致很高。

"真要听？"船家也来了劲。

"来！"

"别见笑哦。"

"哪会呢。来吧！"

"那好。"船家先清清嗓子，盯着岸边采桑的蚕妇，扯开喉咙，吼起一段涪江滩坪号子。

"哟嗬哟……坎上那幺妹哟……长得标，小脚尖尖吔……蚂蝗腰，哥哥看着哟……想不到，整夜整晚喔……睡不着哦……"声音高亢嘶哑，更显力道雄浑。

令人意想不到的是，这边船家的号子才停，那边桑林里竟有了回应。

"那船上的艄公莫发骚，坎上的妹子哟……你别瞵，不要走神撞了礁，自己的婆娘吔跟人跑……"同样高亢的女声，俏皮泼辣，不遑多让。歌声未毕，一阵笑声就从桑林传来。

听了岸上的回应，王秉正饶有兴味地转脸看向船家。那船家不愠不恼，扯开嗓子接着唱："坎上的妹妹吔，心莫操，哥哥舵儿把得牢，想要靠岸把妹抱，妹妹你看好不好？"

王秉正一行忍不住拍手叫好，但只见轻舟飞过，笑声渐远，余味不消……

时间飞快，船行一个多时辰，右岸一小码头上，有船只拥停。王秉正询问船家："那是啥地方？"

"玛瑙。"船家一边回答，一般掐指一算："今天正是逢场天。"

"我们靠岸，上去看看，顺便吃个午饭。"

"好嘞。"船家应声调舵，向岸边靠拢。

降帆，系缆，上岸，一行人沿着青石路走了很长一段，到了玛瑙场镇小街。

初秋酷热，时辰近午，街面上人影稀疏，茶馆酒楼内却人头攒动。

王秉正找到一间气派酒楼，要了一雅间，领一行人入内坐了，吩咐小二安排饭食。

"瞧几位客人不像本地的，也是来拜二九老爷的？"上菜时，酒楼掌柜随小二一同进房，与众人搭讪。

"二九老爷是什么东西？为啥要拜？"刚才兴奋过了头，王法天忍不住抢话。

"呸！呸！呸！不能乱说。二九老爷是求雨得雨、求财得财的神仙，灵验得很。你说他是东西，不怕他在你梦里用他的'啄啄'啄你？"酒楼掌柜正色道。

"哦，那么神奇？烦劳掌柜详细说道说道。"王秉正止住王法天，自己接过话。

酒楼掌柜也不见外，同几人一桌坐了，讲起了二九老爷来。

原来，玛瑙西北大约十里地的地方，有座山叫兜鍪山。相传，蜀王遣五丁往秦国迎接屙金子的石牛和美女，遇大蛇开蜀道，地崩山摧遇难时，其头盔滚落化成。明皇幸蜀时，因其形赐名兜鍪山。

在兜鍪山上，有一间山祠，供奉着被称为兜鍪神的蛟龙。古时，此地每年六月初十，有把活人丢入山下黑龙滩祭祀蛟龙的习俗。当地人认为，不如此，就会有瘴疫水患为害。后来，这一恶俗被天师张道陵阻绝。为永绝后患，张道陵还在这里设道场传教收徒。道徒首领名鬼吏，又叫二九。二九常率道徒在当地施善道、驱妖魔。二九死后，道徒于蛟龙祠塑像祭祀，以后，乡民就称此神为二九老爷。

二九手中所执法器为一弯曲物体，似犁非犁，似弓又非弓，似锄也不是锄，乡民们称之为"啄啄"。因此又称二九老爷为啄啄神。每遇天旱，乡民只要请道士装扮成啄啄神模样，手舞足蹈，鸣锣鼓角，祈求雨水，就能得来甘霖。

因二九老爷灵验，寺庙在前朝景泰年间得以重建，建成改名为大安寺。长时间里，频繁有信士慕名前来参拜，以消灾解难，得福得禄。

"真有这等灵验？"王秉正非常好奇。

"灵与不灵,我说了不算,客官可自去看看。烧三炷香,磕几个头,求求不就知道了?"酒楼掌柜说。

"那咱们饭后就去兜鍪山看看。"王秉正决定。

据酒楼老板介绍,镇西头有专去兜鍪山的马车,一人单程才十个铜钱,方便得很。饭后,几人果然在镇西北的路口找到了马车。谈定以五十个铜钱的车价,让车主不必再等其他客人,专送几人去了。

常年车来人往,往兜鍪山的路早被践踏碾压得接近于官道。路一直缓缓上行,一匹马拉着五个人,在路上仍可小跑。

道路两旁,平地里的稻谷都已散籽,沉甸甸的稻穗下垂着,穗尖部分谷粒已黄,稻草叶尖也开始脱水。远望田垅,青黄相间。

旱地坡上,种着红薯、黄豆、花生一类作物,枝藤都还青翠,呈现出旺盛的生机。

蜀地生长的高粱,也在路边见到了。

这里的高粱不似北方在低洼地里成片种植,而多在花生等伏地庄稼地垅或田埂边上间种。偶或见到一块单独栽种高粱的地块,面积也非常小,几乎都是不方便播种其他作物的所在。

在一片间种着很多高粱的花生地旁,王秉正让车夫停车,下车近距离观察了一番。他发现,当地的高粱不仅种植方式不一样,就是高粱本身也与北方的高粱有很大区别。北方高粱粗短,籽实集中,整个粮穗呈纺锤状。当地高粱不论禾秆还是穗秆,都较北方的高粱更高细,禾秆多倾斜而非直立,籽实在穗顶分布,不密实,细长而散开。

秋收将近,高粱穗上的籽实都已灌浆。兴许是间种,没有同类植物争夺阳光雨露及地里养分,这里的高粱,每一粒都非常饱满,很少有未灌浆的谎壳。

见了这种高粱,王秉正想明白了,购买大量优质糯红高粱的愿望是很难达成的。如何才能尽可能多地把如此零散的高粱都收集起来呢?

回到车上,车夫好奇地问:"看那些扫把秆秆做啥?鸡都不爱吃,只能跟大麦、黄豆和苞谷一起，炒熟磨碎了喂猪牛。"

"为啥不拿来卖钱？"王秉正问。

"没人买那玩意。隔三岔五遇到一个杂粮贩子来收，一升也才给三几个铜钱，比稻谷和苞谷少一半都不止，还不如喂猪牛划算。"马夫悠闲地驾着马车。

"关键还是在价钱上。"王秉正想起了在铜牟镇发动老乡为自己种高粱的事。

"要是用黄谷价钱来收，你们愿意多种不？"王秉正问他。

"肯定愿意啊！高粱贱，好种又不择地，要是高粱米米都能卖到黄谷的价，还可卖穗秆秆，这旱坡地种起来比水田都划算了，哪个还不种哦！"不过他又说："哪有那么傻的人，会用黄谷价来买高粱哦。"

王秉正没说话。下一步怎么做，他心里有了底。

上了兜鍪山，王秉正施了香火钱，虔诚地给啄啄神上了香，才返回镇上。看天气还早，船家建议，上船再赶一段路，根据天色决定靠哪个码头过夜。王秉正应了。当夜，一行人在一个叫交泰的小镇靠岸食宿。

由于已经了解到两岸高粱种植的情况，又不在售粮季节，王秉正决定不再在路上耽搁。次日早起，一行人饭后登船，紧紧赶路，中午也没靠岸餐歇。途中充饥，王秉正拆开一包曹家富送的酥饼。

开始以为是寻常点心，直到打开包才发现，这酥饼色泽浅黄，质感很强。此时，原先透过纸包飘出的淡淡香气浓烈起来。轻轻一咬，酥脆即化成渣，一股鲜甜的奇香散开来。

"咋弄的，这么好吃！"

"肯定好吃了。酥饼是我们梓潼的特产，给皇帝老爷的供品，一般人可舍不得吃，吃不起哦。"船家接过王秉正分给他的一份，用手接着，以防碎渣掉落，小心翼翼地咬着，细细品味，良久方才咽下。

原来，这竟是梓潼人的贡饼。听船家说，时间久得很了，至少在汉武帝那阵子，就有了这种酥饼。老辈人讲，当年司马相如跟卓文君寄居梓潼，经常以酥饼下酒吟诗，所以有"金樽美酒香酥饼，相如弹琴醉文君"的句子。唐玄宗入蜀时，途经梓潼，尝过此饼赞不绝口，就让这边的官员按期上贡朝廷。

看来，曹家富真是个有心之人。王秉正想。

紧赶慢赶，天黑之前船到盐亭。王秉正依约付了船家三两银子，又按一天的耽误，另加给船家五钱银，一行人便进了盐亭县城。

六十七

盐亭地处四川盆地中部偏北的丘陵和山地之间，南至郪水，北到西河，西临涪江，东近西充，因古人在治内官道筑亭而得名，很长时间被称作潺亭。盐亭境内多盐井，是巴文化和蜀文化的过渡区，历史上既是两种文化交融的前沿，也是对抗冲突的战场。上古时，政权核心位于黄河流域的中原地区，而丘陵之地盐亭位于国之西南，故又有西陵之称。

炎黄时，作为中原迁来的蜀山氏一支，盐亭已有人类繁衍生息。与中原已进入父系社会不同，当时这里还处于母系社会晚期。在盐亭南部的西陵氏部落中，有一智勇双全的女首领嫘祖，治理部落有方。

嫘祖在山间采摘时，发现了天蚕吐丝结茧的奥秘。通过长期细心观察其生长规律，嫘祖掌握了野茧家养的技术，并能剥茧抽丝编织衣物，使西陵氏人告别了穿着兽皮树叶的时代。

嫘祖聪明美丽，心性也很高，拒绝了西陵氏内很多男丁的追求。虽为母系氏族首领，她却懂得依靠男人的力量，才能驾驭天地万物。她心中向往的伴侣，必是经天纬地的英雄。

嫘祖心仪中原部族的强盛，膺服于黄帝的逐鹿威名。她携自己发明的丝帛前往中原觐见黄帝，为仍着兽皮草叶的中原部族带来了生活水平的上升。黄帝不仅喜欢她所献之物，且与嫘祖其人惺惺相惜。后，两人结为夫妻，嫘祖成了轩辕黄帝之元妃。自此，中原与西蜀结成联盟。

婚后，嫘祖用一生辅弼黄帝，教民众栽桑育蚕，抽丝织锦，鞠躬尽瘁，最终在随黄帝南巡时病逝途中。按其遗嘱，嫘祖归葬盐亭。鉴于其养天虫以吐经纶，始衣裳而福万民的功德，周公制礼时，将其列为国家祭祀的对象，被华夏儿女尊奉为"先蚕"。

潼江河贯穿盐亭全境。河道进入盐亭后水势渐缓，河水变深，河面变宽，水草丰茂，出产很多美味的鱼虾，尤以鳜鱼最为肥美。在当地，人们习惯把鳜鱼叫"母猪壳"。这种鱼稍微过油，再以发酵辣酱干烧，味道尤为鲜香。

在盐亭县城段的潼江河岸，建着许多吊脚木楼，多做了饭馆酒楼。几乎每家酒楼门口斜挑的招幌上，都写着"干烧母猪壳"字样。

正值晚饭时间，潼江河边的酒楼饭馆人声鼎沸，很是热闹。王秉正随意挑了一家体面客多的酒楼进去，见雅间早已人满，就在大厅找到一临窗桌子，三人各选一方坐了。

伙计上来倒茶荐菜，自然少不了这道著名的干烧母猪壳。王秉正为每人点上一条，还要了几个特色菜肴。虽然知道酒不好喝，但是赶路太累，还是要了一壶半斤的苞谷烧。不多时，酒菜上来，王秉正从自己面前的盘子中剥下一块鱼肉，蘸满汤汁送入嘴里。那鱼肉紧实细韧，味道麻辣鲜嫩，真不是一般的鱼肉可比。

酒饭之后，倦意更浓，三人回到客栈，各自歇息。

第二天，王秉正醒得晚。起了床，三人到街上用过早饭，就按曹家富给的地址，一路打探过去。

这是盐亭县城中心的一家粮铺，门面很大。王秉正找到那里时，粮铺伙计正在提铺板开店。

"请问小哥，这里可是赵昶家的粮铺？"王秉正冲那伙计作了揖，客气打问。

伙计一边忙着手中活计，一边抬头看了一眼来人，客气对答："是赵家粮铺。我们东家一般不在店里。您若买粮，马上就好。有别的事，就得麻烦等上一会。等账房先生来了，我领你们去东家宅子。"

"那有劳了。"

巳时前后，粮铺伙计忙完开门活计，一着青布长衫的中年人姗姗来到店里，进了柜台。伙计与来者一阵耳语，出来带王秉正离开粮铺。

跟着伙计走约一刻钟，几人来到一处背山面江的青砖青瓦大院前："先生稍候，我先去通报。"

"麻烦兄弟。请对你们东家说，梓潼曹掌柜介绍，绵州铜牟镇谪仙烧坊王掌柜有事拜访。"

"明白了。"伙计登上门前台阶，叩门进了大院。

这赵昶家在盐亭，算得上一等殷实富户。除在乡下有大量田地农庄，在盐亭县城里，赵家粮铺也是买卖做得最好的。赵昶既做坐贾，也当行商。去年秋收，赵家粮铺在收黄谷及苞谷时，应一些庄户人请求，收进了一些高粱。原打算用这些高粱做牲畜饲料，梓潼贩杂粮的曹家富到粮铺卖绿豆时对他说，绵州府铜牟镇上有家烧坊以黄谷价在收高粱。

几代人种庄稼卖粮食，高粱可以卖出黄谷的价，赵昶还是第一次听说。这信息要是出自旁人嘴里，他是断然不会信的。但长期生意往来，赵昶对曹家富人品是了解的，知道这人虽家底不厚，但人勤耳快，消息灵通，做事很靠谱。

将信将疑，赵昶决定带着手里的几十石高粱到铜牟镇试试。他不在乎这批高粱能不能挣到钱，只想核实一下信息，以做更多打算。

从盐亭出发，走旱路经潼川府到铜牟镇，二百来里路程，两辆大车，两天时间，赵昶在曹家富的带领下找到了谪仙烧坊，把高粱以比黄谷更高的价钱换成了现银。

心里有了底，今年夏播时，赵昶将自家数百亩的坡台旱地都种上了糯红高粱。

有潼江河水运的便利，过去多年，每到秋收后，都有客商专程到这一带买高粱穗，然后制成笤帚扫把贩到重庆乃至更远的湖广、江南等地。现在高粱可卖出黄谷价，低产坡台旱地种植高粱的收益就比上好的水田还划算了。作为生意人，这个账，赵昶自是算得过来的。

当地很少有人连片种植高粱。但高粱在这里几乎没什么病虫害，加上天年顺意，赵昶家几百亩高粱自种下后就长势喜人。眼看丰收在望，赵昶心中早有去铜牟镇走一趟，把今年卖高粱的事情敲实的想法。

伙计进院通报时，赵昶正泡了一壶青茶，在院里的桂树下打太极。

这是赵昶一年中最悠闲的时段。听伙计说绵州铜牟镇滴仙烧坊掌柜登门造访，赵昶显然不敢相信。询问确定，忙吩咐看门人把两扇院门全部打开，同伙计一起迎了出去。

因有昨秋的铜牟之行，赵昶早认得王秉正。出院门下台阶，赵昶急急拱手一揖："想不到王掌柜会光临我这寒舍，真是蓬荜生辉，蓬荜生辉呀。快请进，快请进！"

从县城中心的粮铺到面前的深宅大院，赵昶显然是个家大业大有实力的人。他的热情，令王秉正颇为意外。他拱手回揖："冒昧登门，实在唐突。"

"说哪里话！王掌柜要无事，估计请也请不来。不要站在这里说话，快请进屋。"赵昶拉了王秉正的手，将几人领进院子，进了客堂。

安排落座，他吩咐伙计泡好香茶，端上点心，才问："王掌柜远道而来，可有何事吩咐？"

"岂敢吩咐！无事不登三宝殿，此来盐亭，确有事与赵掌柜相商。"王秉正呷一口茶说。

"但说无妨。"

"此番来，主要为联系买高粱。前日在梓潼，曹掌柜向我推荐了赵掌柜，提起你的人品和实力，也是赞不绝口。说在这盐亭地界，没有赵掌柜做不成的事。"王秉正一番溢美。

"谬赞，谬赞！在盐亭地界，王掌柜有事差遣，赵昶必将尽力。"

"就不客套了。我计划扩大烧坊。拜访赵掌柜，就是想请您出面，帮我买更多更好的高粱。"

"我做粮食买卖，收各类粮食都轻车熟路。不知王掌柜要多少，能出什么价？"

"听曹掌柜说，赵掌柜去年也给我的烧坊送过高粱，定然知道我出的价格。一般高粱，我们按送到时的黄谷价结账。在你们送来的高粱中，我发现有一种糯红高粱。这种高粱，我在一般高粱价钱上再加一成。要是量大，从盐亭到铜牟镇的运费也由我这边支付。但望赵掌柜收来的高粱，能分类存运。"

"多少算量大？"

"超过五百石。"

"就这么定了。"赵昶爽快答应。

王秉正端起茶杯向赵昶示敬："那我们还是签个纸约，我也给赵掌柜下些定钱。"

赵昶端杯回应，抿一口茶说："照买卖规矩，写个契约需要，定钱就不必了。王掌柜大人大面，难道我还害怕您赖账不成？放心，秋收之后，我保管把不少于五百石的糯红高粱送到谪仙烧坊。"

"那，烦请赵掌柜安排纸笔。"

"何须安排。王掌柜请随我移步书房。"赵昶起身，对王秉正做个请的手势。

到了书房，仍由王法天执笔，将双方约定形成合约条款，一式两份，两边签字画押，将签画好的纸约交换保存。

事毕，已到午时，两位掌柜都心情大好。但当王秉正邀赵昶一同外出共进午餐时，却被赵昶否决了。

他让伙计唤来自家厨师，吩咐一番，同王秉正几人回客堂品茶等候，中午就在赵家用餐。

闲谈间，王秉正问起赵昶，如何才能收足他所说的五百石糯红高粱？赵昶说："王掌柜尽管放心，赵昶承诺的数量，就是钻天入地，也不会少您一粒。"

之所以敢这样打包票,是因为赵昶自己家土地上种的,正好全部都是糯红高粱。几百亩地,盘算下来的收成,至少会在五百石以上,更别说还有零散购得的。

半个时辰过去,赵昶的伙计进客堂报说,午餐已备好。赵昶起身邀请一行人移步餐厅。

一张大鼓型圆桌上已摆满菜肴。守着潼江河,盐亭人家宴请贵客时,"母猪壳"自然是餐桌上不可或缺的一项。赵昶家宴上做出来的母猪壳,只从形色来看,都比王秉正几人昨日所用要好上许多。

一鱼形大白瓷盘,足有一尺半长,六七条形体均匀,单条重约一斤的干烧"母猪壳"斜叠排放,上面浇淋的汤汁鲜艳红亮,撒着细碎藿香,点缀着细葱白丝,撩人食欲。

一青瓷大汤钵,一条超过一斤的大母猪壳从腹部剖开,全鱼匍匐钵中,翘嘴全尾,被白如膏脂的鱼汤隐约淹没,下面压着煮熟的青菜,上面点缀几片香菜叶,鲜香随着蒸腾的热气弥漫于空气当中。

两道主菜之外,其他热炒和凉、卤、腊味,大盘小碟共有二十几道。

桌子旁边摆放着镂雕鼓形圆凳。进餐厅后,赵昶按方位把王秉正请到主宾位置坐了,自己入座主位,示意王法天等依序入座。

所有人坐定,赵昶吩咐伙计抱出一深绛色酒坛,当众撬开泥封,将坛内藏酒分装进一精美的凤嘴白瓷酒壶内,再斟到桌上每人面前的小白瓷酒杯当中。

酒杯斟满,赵昶端杯,客套礼数周全,并且先干为敬。

桌上每个人也都把杯中酒干了。虽仍为苞谷烧,但王秉正品出,这已是苞谷烧里的极品。因已充分熟化,酒香重,且不太杀喉。问题在于,摘酒时头尾分得不到位,咽下后,余味仍有微苦。

"酒不错!存了有些年头吧?"放下酒杯,王秉正问。

"王掌柜是真正的行家。这坛酒到今天,已超过十年了。"赵昶从侍立一旁的伙计手中要过酒壶,给王秉正和自己斟满,然后把酒壶还给伙计,示意伙计给其他人也斟满。

"酒虽不错，还是不能多喝，伤了酒，头会痛的。"王秉正说。

"哪有喝了不上头的酒！"赵昶端起酒杯，并未在意。

王秉正笑而不语，伸手端杯。

他的小伙计忍不住接话："谪仙烧坊的酒就不会上头。不论多醉，一觉醒来，照样神清气爽，周身舒展。"

"谪仙烧坊的酒好，赵某确有耳闻。但喝醉不上头的酒，先前倒是未曾听说。"

"送粮时，烦请赵掌柜亲临铜牟。届时，秉正定与赵掌柜一醉方休。"王秉正将杯中酒干了，接着他的话说。

"那好，那好。秋后送粮，我一定到铜牟镇品尝王掌柜的好酒。"

宾主俱欢的氛围里，大家你来我往，那桌酒喝到申时前后，大家都微醺才散。王秉正起身告辞，赵昶携手相送，直到王秉正住的客栈门庭，才相互揖别。

王秉正洗漱完毕，倒头就睡，直至次日巳时左右，才被头痛唤醒。

醒得虽晚，但比王法天和伙计却还是要早。拍拍沉甸甸的头，王秉正下床，依次叫醒了他们。

此行诸事圆满，中秋将近，他必须要赶在中秋前回到铜牟镇。他答应过父亲，中秋之夜，要一起赏月对饮。

从盐亭回铜牟镇，有水旱两条路可走。水路如曹家富所说，沿潼江河下行，到射洪境内入涪江后，再沿涪江上行，过潼川府回铜牟，路程约三百来里，一路均有船可乘。但从射洪到铜牟是逆水，路上所需时日在七天以上，一定赶不上跟左钧的中秋之约。

旱路从两河镇翻山，到潼川府的涪江之滨，有官道直达铜牟，路途二百来里。租辆好马快车，两头不见日地赶路，只需两天就可到达。但旱路颠簸，会很辛苦。

要赶路，他们并没有其他选择。等王法天和伙计都起了床，洗漱完毕，三人上街用过早餐，就去寻回铜牟镇的车马。

天气燥热，听说要在两天内赶到铜牟镇，很多车夫都不愿意接。

好不容易有一车夫愿意接活，但一般人只要三两银子的车资，对方却要价四两，还提出要多赶早晚，中午歇息的要求。王秉正考虑对方说得在理，就答应了。双方约定，车夫次日尽早到客栈接人。王秉正付了几钱定银，掉头回了客栈。

次日卯时初，车夫如约前来。这边，王秉正几人已收拾停当，结了房款，候在大厅。

上车出发，出城门赶了好长一段路，天色才微明。

一路沿潼江河上行，到两河镇时，在街边小摊用过早饭，几人又登车赶路。

出两河镇，官道往左离开潼江河，开始爬坡。这是又一条出川的官道，西南接潼川，中江往成都，东北往南部、巴中对接米仓古道。

虽也是山丘起伏，路却比较好走。

一路紧赶慢赶，正午之前来到一个叫富顺的小镇。车夫常走此路，寻了一卖茶饭的车马店，在路边草棚当中。先安顿好车马，问了王秉正的意见，叫来店家安排饮食。

照惯例，车夫收足车资路费，途上的生活得自理。为王秉正几人安排好伙食后，车夫给自己叫了一壶凉茶，坐到一旁，准备嚼食自备的干粮，却被王秉正叫住，邀到了同一张桌上。王秉正吩咐店家，多加一个人菜饭，要车夫与大家同桌而食。车夫客套不过，只好从命。

中秋前的蜀地山川，除了田里的庄稼因丰收泛黄外，山川沟壑，仍是一片厚重的绿色。趁店家准备食物，王秉正信步走到草棚外。

路边，一篷篷比人略高的灌木，顶梢开着蓝色小花。那东西似曾相识，很像他在秦岭收过的荆条。王秉正不敢确认，叫来随行的伙计："这是什么东西？"

伙计只看了一眼就回答："黄荆，我们那边山坡上多得很，秋天落叶后砍了晾干，是很好的烧柴。这东西年年砍年年发，长得快得很。"

"这就是黄荆条？铜牟那边也有？"王秉正问。

"对，我们这边也叫它黄金条子，铜牟镇周围山上多的是。大人打小孩子，这也用这个。"

"这里有人用它编东西不？"王秉正只关心它的正经用途。

"见过有人用它编筐子篮子，但很少。这个编东西没有竹子编的方便好看，但听说，很结实耐用。"

在柳林铺时，很多烧坊不仅用荆条编制酒海，也将荆条破开后编成酒坛，依照酒海的方式处理，可以盛酒，用来对付长途搬运的颠簸。到铜牟后，王秉正在储酒器皿上，也依当地惯例，采用了陶制的缸、罐、坛。铜牟镇附近就有窑场，获得也非常方便。但酒坛易碎，无法应付路途颠簸，王汝就曾吃了大亏。所以，王秉正动过自家烧坊编造荆条酒坛的念头。但只知道荆条产自秦岭，购买过于困难，就没有行动。不曾想这蜀地也到处都有荆条，王秉正心中有种按不住的狂欣。

乡村野店，本就是赶路人休息打尖的处所，也无甚饮食讲究。一大钵柴火烧鸡，一碟香肠，一盘腊肉，加几个现炒的时令蔬菜，就是一大桌子。

四个人各坐一方，用过饭菜，店家收拾干净桌子，拎来一壶荷叶加薄荷熬的凉茶，让四人继续休息。

草棚外，蝉声阵阵。饱食后，困倦袭来，四人先后伏案打起盹来。

申时中，车夫先醒来，唤醒王秉正三人。王秉正找店家结了账，登车续行。

日头偏西，虽秋老虎还很凶，但因一路多是下坡，走得也还算不慢。戌时初刻，一行人在潼川府城东渡过涪江，夜宿在潼川府牛头山下的客栈内。

"世乱郁郁久为客，路难悠悠常傍人"，这是杜甫当年从西川、成都流寓到此时写下的两百多诗篇中的一句，所说的，就是古称梓州的潼川府。在唐时，这里是与成都齐名的繁华所在。

北宋咸平四年，西川被分为益州、梓州二路。重和元年，升梓州为潼川府。

入住下来，王秉正很想带着儿子，在这里多多延宕几日，感受一下唐宋先贤笔下的大好山河。但是，与父亲尚有中秋之约，次日卯时，仍要起程赶路。

从潼川府到铜牟镇，路程约一百里地，官道依涪江而建，多为坦途。巳时末，赶到一唤芦溪的大集镇。几人寻一家饭店，早饭并着午饭一起吃了。

按事先约定，在芦溪用过饭，要休息躲阴一阵。当天的天气起了变化，前日炙热的烈日被北来的厚重云层遮住，阵风又起，气温明显下降了许多，一场秋雨眼看就要到来。

蜀地秋日，那雨一下，往往就没完没了。从芦溪镇到铜牟镇，不过二三十里地，一个时辰的路程，王秉正未觉不安，车夫却害怕雨下起来耽误回程，吃了饭即动员王秉正，要放弃午休，趁天气阴凉，继续赶路。

王秉正应允后，只未时初，几人便回到了铜牟镇。伙计回烧坊，他和王法天回了学馆。

左钧正在教授下午课，父子俩洗漱一番，上床补了午觉。连续多日路途颠簸，两人确实都累了。左钧散学回小院时，王秉正父子还在沉睡。

他没惊扰睡梦中的父子二人，只吩咐顾嫂去她家摊点，把红烧和烂炖的猪下水各打一份回来温着，计划待他们醒来后，爷仨好好喝一台。

王秉正这一觉，直睡到酉时才醒。自家床榻一觉，把连日来的困顿劳累一扫而空。下床走出房间，已然精神抖擞。

"醒了？"正在院子里跟王法天说话的左钧见王秉正走出来，问他。

"嗯，这一觉睡得舒服！"王秉正说，还伸了个懒腰。

"酒菜都在桌上了，快去擦个脸，陪我好好喝两杯。"

"好。"

爷仨入座，桌上酒杯已经斟满。左钧端杯在桌沿轻磕一下："来，先走一个，给你父子俩接风。"三人纷纷把杯中酒干了。

"还是自家这酒好喝。"王法天把酒咽下去，伸手去取桌上的酒壶斟酒。自从允许王法天同桌饮酒，在只有爷孙三人的场合，续杯斟酒，一般都是王法天的活。

"这一趟咋样？"趁王法天斟酒的空当，左钧问王秉正。

"诸事顺意，收获颇多。"王秉正毫不掩饰心底的熨帖。

"说来听听？"

此时，王法天已把三人酒杯斟满。王秉正端起酒杯说："父亲，这一路事太多，一时半会讲不完。可以向您保证，今年开锅立窖，有信心让烧坊酿的产量翻上一番，酒质还更好。到时，就能如您所愿，让更多人喝到我们谪仙烧坊的酒了。"

"那好，那好啊！"左钧很是欣慰，跟王秉正父子又干了一杯。

爷孙三人兴致浓，心情好，把这台酒一直喝到深夜。酒菜之间，王秉正把两地之行的经过一一说给左钧听了。

六十八

那夜，一场久违的秋雨落下，伏旱结束，秋凉渐起。

蜀地秋雨总是缠绵。

便是下雨，王秉正也没让自己闲着。回铜牟镇第二天，左钧和王法天在学馆午课，王秉正就披蓑衣、戴斗笠，让一同外出的伙计带他再去镇子周边的山丘沟壑之间考察，看是否有荆条。

果然看到了野地里野蛮生长着的荆条。他找到镇上一家篾匠铺子，画了个大致的荆条坛图样，希望篾匠能为自己编制。

相较于北方，在盛产竹子的蜀地，用荆条编制器物并不普遍，铜牟镇上更无先河。但那篾匠看了，答应试做一下。

"您篾货做得这般好，换成荆条来编，肯定也错不了。"王秉正鼓励篾匠说,并示意,只要坛子做出来,价钱好商量。

在王秉正走后,时近午时,阳气炽盛,雨势稍缓。篾匠叫上学徒,披了蓑衣,戴上斗笠,赤着双脚就出了门。常在深山阅鸟性,对王秉正的需求,多年编制篾器的匠人大致有了底。他要去砍些好的荆条回来。在当地,中秋前后的荆条,韧性最好,可塑性堪比竹篾。

心中惦念着荆条酒坛,过了两天,王秉正一大早又到了篾匠铺。篾匠拿出两个样坛让王秉正验看。那荆条酒坛有两尺多高,圆形,长颈,跟正常酒坛大小相近。由于篾匠在编制前都用锲刀将荆条剖开,坛子外观的精美及内壁的平整程度,都远超王秉正预期。

"好,好,就是这样子的!"王秉正翻看把玩,有点爱不释手。他最后选定其中器型略方,容量稍大的坛子说:"照这样子做。你看,一个得多少钱?"

篾匠在心里嘀咕盘算半天,试着报价:"包括荆条、工钱在内,一个得要一百二十个铜钱。"他的底价其实是八十铜钱,但按一般小生意的规矩,先多报五成,以防买家讲价。

不料,王秉正并未还价,而且,开口就要一百个。

这完全出乎篾匠的预料,他激动地保证:"请掌柜的放心,再做,保证比这两个样品更好。"

听闻此言,王秉正当即拿出了二两银子做定钱,要篾匠加紧赶制。谁知篾匠却不收:"这还不到中秋,荆条刚开始停止生长,水分还重得很。要编出的坛子好看、结实耐用,砍回来的荆条必须阴晾脱水,处理后才能编制。昧心活我不会做,掌柜要是实在要得紧,这活我就没法接了。"

听篾匠这么一说,王秉正觉得非常在理,就问:"照你说的,这一百个坛子,要多长时间?"

"少则一个月,多则一个半月。"篾匠说。

"时间就依你,把活做好就是。"王秉正答应了,篾匠才收了定钱。

离开铺子时,王秉正提出要拿一个样坛回去做验证。

"有用您拿去就是。这坛子用鲜活条子编成，干后肯定会有轻微松动变形。"篾匠嘱咐。

"知道了。我拿去试一下，不成也没关系。"

铜牟镇一带的田坡山野荒地上，出产苎麻。当地人用苎麻纺线拧绳外，也会把麻头等下脚料拿来做成一种纸，叫麻头纸。这种纸看似粗糙，筋力却很好，常用来包裹点心食物。

王秉正把样坛拿回烧坊，还买回了一刀麻头纸，然后让顾嫂熬了一盆浓酽的糯米汤。之后，他先用这糯米汤将酒坛内壁涂了数遍，直到手感已经平滑后阴干。又找来鲜猪血和鸡蛋清调成糊，把麻头纸放进去浸湿，分多层糊在酒坛内壁，再次阴干，再用鸡蛋清涂刷三遍。处理完毕，王秉正将酒坛放到阴凉处，使之彻底干透。后将酒坛盛满水，用一高脚凳支着，放在屋檐下观察。连续几天，酒坛外壁一直保持着干燥。王秉正知道，他的荆条酒坛算是做成了。

中秋前夜，持续几天的秋雨终于收住，雨水洗过的天空湛蓝纯净。学馆小院内，一直被阴雨压着的丹桂花香愈加浓郁。

中秋当天，学馆散学，烧坊亦未开工，顾嫂家的下水摊也歇业了。左钧专门嘱咐顾嫂把她的丈夫、儿子叫上，一起好好过节赏月。

那父子俩在左钧父子的帮助下，摊子生意一直火爆，赚了不少钱，一直想找机会答谢左钧父子。中秋当天一大早，他俩就到市场上弄来了野兔、斑鸠，还从涪江渔夫手里买得一只大甲鱼。

到学馆后，顾嫂一家人下厨烹饪。他们知道，给左钧父子送钱送物都不会接受，弄点佳肴补品，可能才是最好的回报。

夜幕降临，学馆小院的桂树枝挂上了灯笼，席桌摆在桂树下。在顾嫂一家人的精心准备下，桌上菜肴异常丰富，就连开过酒楼的左钧也不得不连叹丰盛。

六个人围桌而坐。皎皎明月高悬，月光洒遍学馆庭院，桂树蜡质的叶片如雪霰般闪亮。在清凉夜风的鼓吹下，桂花的清香沁人心脾。

酒至酣处，左钧讲起了酒经。从典籍中的仪狄造酒、杜康造酒，再到传说中的猿猴造酒,借着酒兴,讲了个遍。他讲到了杜康以空桑酿酒,讲到桑木可促进剩饭自然发酵成酒,这不由得触动了王秉正。

在铜牟镇周边,特别是潼江河沿岸,千百年来人们都植桑养蚕。所植桑木,多为高大的乔桑。这种乔桑到一定年限就会退化,长出的桑叶叶张变小,产量降低,蚕农们就会将其淘汰换植。

前次去梓潼和盐亭的途中,沿途就看到有大量桑木被弃。王秉正想,如果将这些桑木做成酒醅发酵的容器,酒质是不是会更好呢?

六十九

中秋一过,秋粮收割临近尾声。伙计陆续返回,谪仙烧坊进入开秤收粮阶段。

立窖后,两间作坊要同时开酿,王秉正把伙计重新编组,以老带新,开始打扫烧坊内外环境,清洗器具,做立窖的准备。

他跟左钧商量,新生产季,王法天不再每天读半天书,而是要带着一队人,盯住一间作坊,尽可能多地参与到酿酒的全流程中,尽快成为能独当一面的酿酒师傅。

秋粮收储比预想更好。立窖前,当地的苞谷、高粱和糯高粱的收储已超过五百石。仅曹家富从梓潼送来第一批就是清一色的糯红品种,数量也有二百多石。

重阳。立窖。两个作坊同时开锅蒸粮,每天消耗的酒粮多达十数石。原来的发酵池已满足不了日渐增加的酿酒需求,用桑木做桶代替发酵池的想法,再次在王秉正心中活泛起来。

当地人家中,都有一种叫皇桶的大木器,用来储物盛粮。王秉正想依皇桶样式,做一批更大更深的桑木桶来发酵酒醅。他要在木桶下装上木轮,这样装粮出糟,都会方便许多。

他找到铜牟最大的木工作坊，为自己定制想象中的大皇桶。做皇桶对当地木匠来说，只算普通活计，可听说要用桑木来制，木匠师傅就很犹豫。

原来，老桑之木特别柔韧且多树瘤，开锯、用斧和刨光，都较常用的松柏木难度大，做起来费工费时。

"费工费时，可在价钱上找补嘛！"弄清木匠的顾虑，王秉正给出解决方案。

"我们做个三尺高、三尺阔的皇桶，含木材一般要价是银一两。你用桑木做，能给啥样价？"木匠问。

"你给我做四尺半高、六尺阔，我直接给三两银一个。但桶板必须用一寸厚的桑木，下面底板销条上，得安上半尺阔的木轮。"王秉正粗算一下，大方报价。

三两银子一个桶，这个价对木匠来说太有诱惑力："先按你的要求试做一个看。如果行，再接这活。"他暂时答应下了王秉正。

在当地蚕农眼里，淘汰的老桑木连好柴火都算不上，木匠没花多少钱，就从镇子附近蚕农那里买来一大车上好的干桑木。改板、清面、钻孔、打销、围成上大下小的桶壁。用青篾绾成桶箍，倒过来再箍了三道，然后把拼锯好的桶底板铺上销牢，用干锯末把边缝扎实。

木匠严格按照王秉正要求的尺寸，做好后的大桶，一人竟无法自如搬动，要两三个人一起动手，才能安放。让人挑水做了防漏检测，四十挑水，连木桶的一半未装到。除了桶身过大之外，木匠还面临着另一个难题，就是如何安装木轮。

这个过程中，王秉正三天两头都会抽空跑一趟木匠铺。看到做出的样桶，连他自己都被吓了一跳。

与木匠商量，王秉正决定把木桶口径缩小一尺，保留五尺内径。直接在桶上装轮的计划也调整为加一个青杠木桶底座，将木轮装在底座下。方案变更了，但木匠提出，价格不能变，还是要三两银子一只。王秉正应了，并按照这种新定的尺寸，一次性要了二十只。

两间作坊四口锅，原来的发酵池只半个月工夫就已全部装满。此时，最早发酵的酒醅还未发酵成熟，不能挖醅蒸酒。王秉正只得把火歇了，一边催着木匠加快做桶，一边等着酒醅成熟。

七十

十月，涪江汛期结束，黄金水道又开始繁忙，整日里舟来船往，号子震天，好不热闹。

烧坊歇火，无甚大事。这日黄昏，王秉正和王法天一道，早早离开烧坊回了学馆。父子俩还没坐定，就有伙计赶来说，有一姓赵的掌柜到烧坊，是送粮食来的。

"赵昶来了，快过去看看！"王秉正心中一激动，叫上王法天就往烧坊赶。

他一进烧坊大门，就见赵昶穿长衫马褂，被伙计安顿在烧坊院内的一张八仙桌旁喝茶。

"人经不住念啊！昨天还在想，赵掌柜该来了，今天真就来了。"王秉正上前，抓住赵昶的手，热情地招呼。

"答应了王掌柜，赵昶不敢食言。您要的高粱送来了。走,看看去？"

"在哪？"见赵昶只带着一个随从，王秉正问。

"码头船上。"赵昶伙计说。

"走，走，看看去。"王秉正急切地拉起赵昶，往烧坊外走去。

两人疾步寒暄着，来到了铜牟镇的码头上。顺着赵昶手指的方向，王秉正看到，三艘已落帆的大木船依次泊在码头边，船上满满地码放着粮包，甚有气势。

"验验，全是糯红高粱。六百石，只多不少。"赵昶带着胜利会师的喜悦。

"好，好，很好！不用验。马上找人搬。"王秉正也是大喜过望。

"天色已晚，我又不急着走。让船家们先看着，明天再搬不迟。这一路将近十天，劳累了，心里就惦着你许下的酒。"赵昶急切地提出了要求。

"哎呀！我这一高兴把礼数都丢了。走，走，先住下来。今晚这顿酒，一定喝个痛快。"王秉正哈哈大笑，将赵昶手臂一揽，引一行人往桂园酒楼方向走去。

送赵昶到桂园酒楼住下，宴席自然也设在这里，还邀了酒楼掌柜作陪。

菜肴丰盛自不用说。

王秉正拿出一整坛酿得最早，存得也最好，平日只他和左钧私饮的好酒，送到桂园酒楼。安排好，差王法天回学馆把左钧也请到酒楼。

那夜的酒喝到亥时才作罢。经近三年熟化的太白醉，五味调和已至臻境，胜似琼浆。不说头一遭品尝的赵昶，就连卖太白醉快两年的桂园酒楼掌柜，也深感惊艳，他一面喝，一面抱怨王秉正"藏私"。喝到兴处，王秉正对酒楼掌柜承诺，时间到了，酒自然会更好。今后桂园酒楼所售，慢慢都会有如此品质，甚至有望更妙。

酒喝很多，睡得也迟。赵昶一觉醒来，不见平日醉酒后的晕痛，反觉神清气爽，精力充沛。原来，好酒真可以养身！

惦着码头上的高粱，赵昶起床整理下楼。

"起来了！"赵昶刚到客栈大厅，就见王秉正迎了上来。原来王秉正早已赶来，就等着赵昶睡罢起身，一起早饭。

"您太客气！"赵昶叫起随从，同王秉正上街用了早饭，一同赶到码头。

十几名挑夫已在此等候。王秉正和赵昶一番交接，就让挑夫往烧坊粮库搬粮，连计量打斗都统统免了。

几百石高粱，十几个挑夫折腾一个上午才搬完。

"算过没，粮价一共多少？"王秉正问赵昶。

"所有费用加一起，五百两银子。"赵昶说。

"算错了。"王秉正说。

"王掌柜说错了，您报个价就是。"赵昶心中一梗，以为王秉正要砍价。

"我看了，这批粮真如您所说，六百石只多不少。现时铜牟好的黄谷每石八百钱上下，您的高粱都是糯红品种，又是从盐亭远道运来，说好的五百石以上运费另计，也说好价钱再上浮一成。以高粱价加运价和上浮的价格，该是一两银子一石，合计应为六百两。六百石以外的零头，算我占的便宜了。"王秉正细细算来。

"这，要不得，要不得！您给的已是精米价钱，哪还是啥黄谷价哦！"赵昶大感意外，也十分不好意思。家里做着粮食买卖，他对粮食的行情再熟悉不过。按王秉正的算法，这利润就太大了。商人逐利，但赵昶做生意也有自己的原则，就是绝不在朋友面前占欺头。他当即提出了反对。

王秉正一笑，没和赵昶争辩。他拿出一大一小重约六十两的金铤塞给赵昶："银两太重，携带不便，直接给您金子，还麻烦您回去兑换。"

"多了！多了！"赵昶尽力推辞。

"不多。就算多了，算我先付明年定钱，如何？"王秉正把金子强塞给赵昶："事就这么定了，还是来说今天中午的酒吧。"

赵昶无奈，只得把钱收下。

中午依旧安排在桂园酒楼。为喝得尽兴，左钧调整了当天下午的课程。酒从中午开始，跟晚餐连席，直到戌时末才尽兴而散。六个人，三顿饭，五十斤装的一坛酒，竟被喝去近一半。

次日，赵昶准备返程。

王秉正起得很早，正打算先到烧坊转一圈，再去客栈与赵昶一同早饭，之后再考虑送别。但他刚到烧坊，就见赵昶竟已先到一步。

昨日睡得早，加上酒的作用，赵昶在卯时初就睡不着了。宿醉后依旧毫无不适，赵昶不由对王秉正所酿之酒心生膜拜。喝了半生酒，原来竟是"不知酒好",作为一个精明的商人,赵昶生出了许多新的想法。

"咋不多睡会?起来这么早干啥?"王秉正接连发问。

"来与您商量个事。"赵昶近身上前。

"粮价的事莫再说了!"王秉正怕他来退粮价,准备先把话头掐断。

"今天不说粮价。我来是说,我想卖您烧坊的酒。"

"啊!"王秉正惊了一下,"做粮食买卖,咋想起来卖酒?"

"谁说卖粮的就不能卖酒了?我就是想把太白醉卖到我们盐亭去,让乡亲们知道啥是好酒。"

烧坊此前出酒有限,第一年约二三万斤,现已所剩无几。第二年约四五万斤,几乎未动。王秉正一直想把所有的酒都充分熟化再卖,所以对熟化好的太白醉惜售,主要供几家有来往的酒楼和部分官绅商贾。对新酒熟酒调配的谪仙烧限售,目前只限量供给顾氏父子。赵昶提出要卖酒,王秉正有些为难。

"我帮太白醉扩大销量是件好事,王掌柜何必犹豫?"赵昶没想到,王秉正会面露难色。

"赵掌柜所有不知。烧坊到今年,才是第三年开锅造酒。俗话说,酒是陈的香,这酒不经过足够的陈化,是达不到最好效果的。按我祖上的规矩,酒不存够五年,本是不允许卖的。现在拿一少部分酒边酿边卖,是因父亲一再催促,再加上这边的气温较高,酒也熟得略快。但我总是认为,不熟化到位,新酒如同生瓜,饮起来总差一点。所以,目前我对烧坊的酒,都是多存少卖,就为等它熟到最好,以最甘美的状态示人。"王秉正认真地解释道。

为免赵昶误解,王秉正又带他到存酒的洞窟。那里除了有严封的大缸存酒外,确实只有很少一部分分装待售的太白醉和谪仙烧。他打开一坛谪仙烧,舀出一些让赵昶品尝。虽说这谪仙烧多已存放快一年,酒入口后,其口感和前两日王秉正用来招待自己的酒相比,在绵柔、醇香和口感的饱满度上,确有一定差距。

"我们盐亭那边,啥时才能喝到您的酒？"赵昶相信了王秉正所说,放下酒瓢。

"您和您招待亲朋好友的酒,已给您备好,伙计送到船上去了。您要卖酒这事,最早也得明年秋冬了。"王秉正笑答。

"那咱们说好,明年送粮来时,我以高粱换酒,不拿钱了。"赵昶逼着王秉正。

见拖不过去,王秉正在心里估摸一下,以现在的存酒环境,去年酿的酒到明年秋冬,应该能熟化到位,就答应了赵昶。

二人在烧坊里转了一大圈,王秉正叫上王法天,要同赵昶一起出去早饭。这工夫,赵昶的随从也从客栈赶来,告诉他,客栈的账已被王秉正安排结了。

四人一同用过早饭,王秉正亲自送赵昶登船。

上了船,赵昶见到十只酒坛被稻草包捆,整齐地排在船舱,心中感动莫名。盛情的款待,多算的粮价,甚至连住宿的房钱都替自己付了,眼前又是整十坛好酒,赵昶十分过意不去。他返回船头,想和王秉正说点什么,话没出口,就被王秉正堵了回去。

"船上那酒,是送给您自己喝的。您要觉得好,来年就收更多、更好的高粱给我。"

做了多年生意,各色人物赵昶见得多了。像王秉正这样把人情看得酽浓,把细节做得到位的生意伙伴,还是头一次遇到。他不知再说什么好,只好与王秉正挥手作别,并承诺说:"放心,明年,我给您送一千石高粱来。"

船到江心,起帆,顺风顺水而去。王秉正一直目送帆影消失,方才返回。

有了赵昶这批高粱压库,王秉正对接下来的酿酒更有底气了。

此时,最早蒸制的酒醅已发酵成熟,可以蒸酒了。木匠作坊做的桑木大桶也陆续送到,两间作坊再次火力全开,每天处理酒粮都在十石以上。

冬至前，梓潼曹家富又送来两批约三百石高粱，王秉正封了收粮的秤，开始专注酿酒。

是年，烧坊收粮已过一千五百石，全部用尽，酿酒可超过十万斤，规模开始超越当年柳林铺的谪仙烧坊。如今，烧坊成功重建，发展蒸蒸日上，儿子王法天也渐渐长大，开始掌技酿酒。多年来的心愿，就要实现了。

两间作坊满负开工，到小寒时，库存酒粮已消耗大半，存酒占满两间洞窟。

经过一年半时间的熟化，再加上洞窟内恒温恒湿的环境，前一年存放的太白醉渐次陈熟，口感与用新酒调制的谪仙烧间的差距越发明显。

七十一

大寒前，王汝从山上下到平武城。春节后，山寨里又要祭祀白马老爷、跳曹盖，大家又都开始惦着让他买酒。今年，不仅原来那些山寨长老和头人要酒更多，松潘等安多藏区的藏人贵族，沿茶马古道北线贩马匹、茶叶物资到龙安府，接受王汝父亲招待后，也对这种烧酒产生了强烈兴趣。他们央着王汝父亲，要重金买酒。

入冬以来，在父亲的多次催促下，处理好手中难缠的事务，王汝再次安排时间下山。

几次出入府衙见面陈于朝兄妹，也多次帮他们给铜牟镇捎带东西，王汝对陈于珍和王秉正的关系也看出了端倪。这次，他离开平武前又去了府衙，专门找到了陈于珍。

春季一别，转眼又是二百多个日夜，闲在府衙的陈于珍几乎每天都在惦记着铜牟镇的人。她知道山下的忙碌，有好多次想下山去看看，却不知如何跟哥嫂表达。

平时，总觉得自己有好多话要对王秉正说，可王汝上门问她，有什么话要带时，她倒不知该说些什么了，只好翻出两件她用山里的羊羔皮亲手缝的皮袄和一件给王法天缝的棉袍，让王汝带下山去，并嘱王汝转达王秉正和义父，要注意身体。

搭顺风船走水路，只两天时间，王汝就赶到了铜牟镇。上午巳时左右上了岸，他径直去了烧坊。

有了上次的不愉快，看门伙计对王汝记忆犹新，知道他是东家朋友，就先给王汝倒了茶，并安排他在院里的桌旁坐了，转身去作坊通报。

伙计走后，王汝环顾四周。才一年多时间，烧坊已发生了很大变化。原来看着低矮的酒窖被改建成了一间新作坊。房屋变高不说，也向外扩展不少。加上院子里又摆放了两排覆着草帘的大桶，原本宽阔的大院，现在显得有些拥挤。

"东家，东家，您那个蛮子朋友又来了！"看门伙计前来通报时，王秉正正在烟气蒸腾的作坊里指挥伙计给蒸好的酒粮拌曲。

听说是"蛮子朋友"，王秉正马上把接下来要干的活向伙计做了交代。他一边往外走，一边让看门伙计喊了王法天来。

见到王秉正，王汝也迎了上去："哥哥，你这生意是越做越大。往后，我不漂木头，专门来卖你的酒可好？"

"好啊！"王秉正一边往更衣间走，一边答他。

换好衣服，王秉正跟王汝一起在烧坊大院里等王法天："这次准备带多少酒回？"

王汝没直接回答，只伸出一根手指。

"十坛？那哥哥送你。"

"啥哦十坛？这次我要一百坛！"王汝见他"不识数"，又要起急。

"一百坛就一百坛，急啥？"王秉正拍了下王汝的肩膀，笑他。

王法天换好衣服出来，三人一同回到学馆。等左钧授课回到小院，王汝才打开带来的大包袱，拿出陈于珍亲手缝制的皮袄棉袍，连并她的嘱咐，分别捎给了三人。

几人拿到陈于珍缝制的新衣，都很高兴，当着王汝的面各自试穿，相互品评一番。陈于珍在女红方面的眼力和手艺不得不让人佩服，虽只是凭着记忆，且王法天还在长高中，可她缝给三人的袄袍，竟比很多裁缝拉着尺子比了又比做的还合身。

试完衣服，已到午饭时间。

还是去了桂园酒楼。

循惯例，好友相聚的午酒都是午晚连台。当天的酒，东道主爷仨喝得很开，但王汝却很拘谨，甚至多次提议结束酒席，特别反常。

"咋了？"王秉正小声问。

"这次是一百坛酒，要五十个挑夫。人不落实，我不踏实。"王汝忧心忡忡。

"我已有安排，你只管放心喝酒就是。"王秉正拍拍王汝肩膀说。

"你咋安排？"虽说对王秉正有足够的信任，但是他的性格，就是有爱操心的一面。

"山人自有妙计。"王秉正卖起了关子。

"你不说，酒我喝不下去。"

见王汝不经逗，王秉正只好掀开谜底："这次不用人挑。我为你定制了专门的酒坛，可以车载，不再怕颠簸碰撞。一百坛酒加上你，三台大车足够了。所以，你只管喝酒就是。"

"早说嘛，让我这酒都没喝踏实！啥样的酒坛不怕颠簸？"

听王秉正介绍完换用荆条酒坛的事，王汝在王秉正肩上擂一拳，说句"真有你的"，端起酒杯招呼大家喝起。

篾匠铺把一百只荆条酒坛做好后，王秉正全部按照凤翔处理酒海的方法，将每一只酒坛做了更精细的处理，之后就酒坛如何封口密闭等细节进行了一系列尝试，摸索出用棉布做包，内装干燥细糠压口，并用鲜猪尿脬撑大，用熟糯米浆泡后套口的方法来封口。用这种方法，内封的糠包受酒里水汽浸润后变密变重，猪尿脬风干后收缩变小，一胀一勒，加上糯米浆填隙，整个酒坛被封得严丝合缝，任是怎样放置也不会有半点滴跑漏不说,关键还不惧摔碰。

次日大早,王秉正先到镇上叫来三辆大马车到烧坊。王汝赶到时,一百坛酒已装了大半。荆条编的坛子也可以拿来装酒,昨天虽然听了介绍,但毕竟还是第一次见,王汝好奇地围着酒坛打量、抚摸:"太稀奇了,太稀奇了!"

王秉正趁空把他叫到边上,询问陈于珍兄妹的情况。王汝将自己所知全数告诉给他,还把拜见陈于珍的细节,绘声绘色地讲给他听。

听着王汝讲述,王秉正内心有些酸涩。年过半百,已经历过两次婚姻,按理,对于男女之间的情事,他早该云淡风轻。可他发现,对陈于珍,他的洒脱都只是装出来的。分开的时间越久,这个女人在他心里的位置就越重。平日里虽忙碌,但好多个孤枕长夜,他都会反复想起跟陈于珍在一起的细节。他知道,自己确实是爱上了陈于珍。

想象着陈于珍当下的样子,王秉正走了神。

"想人家就八抬大轿去把人娶回来,光想有啥用?看到你们两个,我都着急!"王汝调侃。

王秉正尴尬一笑,岔开话题:"现在只有一百只酒坛,如果再夹杂陶坛,装和运都不方便。所以这次只能给你九十八坛,你还是替我送两坛给于朝大哥。"

"知道你会这么安排。"王汝说。

把酒装完捆好,王秉正领王汝上街早饭,还就运费等问题向王汝做了详细交代。饭后,王汝拿出三百两银子给王秉正作酒钱。这次王秉正没客套,直接收下,把王汝和运酒马车送出镇外。

七十二

王汝走后,年味渐浓。

物阜民丰的年岁，人更重礼仪，岁末年头的宴请迎送，酒自是少不得的东西。有了产量支撑，王秉正不再惜售，无论是太白醉还是谪仙烧，都卖得火爆。快歇业过年的前几天，上至绵州，下到潼川，好多酒楼、酒贩上门拉酒，谪仙烧坊门前车水马龙，日日不衰。

这一年，对于谪仙烧坊来说，购、产、销三旺，作坊甑灶增加，存粮存酒增长不算，光是回笼银两，也开始净增长。王秉正心里清楚，烧坊的投入期已结束，今后只要做好收粮、酿酒和卖酒三项工作，赚回来的就是净钱。

连续三年的投入和建设，伙计们都巴心巴肝地干，正常工钱外，还没有过另外表示。今年，王秉正决定从官例，给每个伙计包括学徒，发个荷包过年。

钱要发，但怎么发，王秉正决定跟左钧和王法天商量好再说。

一天晚餐桌上，王秉正把自己的想法摆出来，询问左钧和王法天的意见。

"大气，没有把你看走眼！孟子都说，为人穷则独善其身，达则兼济天下，可见做事，绝不能仅只为我，亦要为人。不管给多给少，你心里想着大伙，说明你这商做得不奸，仁义！宽厚为人，诚信为商，寡欲律己，这样下去，想不做成都难！"左钧听罢，拍着桌子赞同。

"父亲，您干嘛一惊一乍的？吓人啊？"王秉正笑着示意左钧不要激动。

三人最后商定，包括学徒在内，每人一个荷包，每个荷包内装上三两银子。这笔钱，可买四石糙米，能养一家三口活一年。

腊月二十四散工前，王秉正为烧坊伙计学徒团了年，团年饭就安排在桂园酒楼。

因为是铜牟镇的顶级酒楼，桂园酒楼内是个什么样，普通百姓大都不甚清楚。现在，烧坊伙计、学徒们竟可登堂入室做座上宾，令大家欣喜振奋。很多人为这一餐，还洗漱干净，换上了箱底的新衣。酒过三巡，王秉正让王法天把事先已准备好的荷包发到大家手里，众人的情绪又瞬间沸腾到高点。

谪仙烧坊过年，给每个伙计都再发了一年工钱！一时间，此事在铜牟镇流传开去。很多人发动关系，也想到谪仙烧坊做事。

烧坊散工，学馆散学，左钧跟亲人约好，还是回左家大院过年。父亲日渐老去，他想尽可能多地陪陪老人家。

七十三

辛未年（1691）是岁试之年，潼绵学馆复学已是第四个年头。左钧征询里长及一些家长、学生意见后，决定推荐几名得意门生参考。

为准备这场考试，左钧在初八之前就同王秉正一起回了铜牟镇。县试春上二月就要举行，很多程序上的事，还得他帮着考生一起办。

初八那天，王秉正燃放鞭炮，置办了开工酒席，继续点火生产。

两间作坊酿造，头年收的一千多石粮食只坚持到清明就已耗尽。储酒洞窟单层已放满，为放更多的酒，王秉正在后两间洞窟的使用上，采用了双层叠码的方式，暂时解决了存酒问题。

虽然说山体洞窟恒温恒湿，只要一次性做好酒缸密封，就不用再为酒的熟化操心，可要叠码又大又重的酒缸，还有诸多不便。王秉正决定，酿酒季结束，再扩建两间存酒洞窟，还要加大卖酒的力度。

清完最后一甑酒糟，把两间作坊和器具冲洗收置完毕，王秉正准备把烧坊伙计和学徒都放了。这一年，大家干得都很卖力，他想让大家提前回家，好好休息一下，再帮家里夏收和栽种。可是伙计和学徒们都不愿意走，他们推选了两个带头酒工找到王秉正，说夏收还早，要帮王秉正开挖洞窟。带头酒工告诉王秉正，不用再去雇小工，这些活计都由烧坊伙计自己来干，声明不用另算工钱，而且态度非常坚决。

王秉正很是感动。今年的活完成得早，到立夏后收麦，时间还有一个多月。他不便拒绝也不能拒绝，索性答应了。对于工钱，他没做表态。

买回工具，只请来一个老石匠做技术指导，新酒库的挖掘就轰轰烈烈地干起来。

为弃放挖出来的土石，王秉正决定在烧坊外渡口的上方，放羊山伸入涪江的山嘴处，修一段与烧坊现有墙基齐平的堤坝。修这个堤坝，不仅可以围出弃土的场地，还能预防涨大水时洪水淘空岸基，危害烧坊和镇子安全。

王秉正做了计划，这段江堤修起来，把堤后面的空间填满夯实，可形成一个长三十丈余，宽五丈多的平台。经过一个雨季，填土夯实后，他想在上面再建间粮仓。

但他还拿不准，那一片荒江滩当初并没在自己置换田地的范围内。如果修建，会不会有麻烦？只能回学馆与左钧商量。

左钧很是支持。为解决这个顾虑，他又找到了里长。

听左钧说道，里长显得相当兴奋。原来，铜牟自建镇以来，几次大水漫灌，都是从镇子上方涌进来的。自前朝开始，当地就曾上报官府，提议兴堤建坝拦水。但因战火连绵，想法一直难以落实。现在有私人愿出资建堤，当然是好事。里长答应了左钧父子，只要王秉正愿意，他定向县衙奏报，将堤坝围起的荒空地确权与王秉正。

说干就干，左钧当即书写了一份奏报，许了里长些银两，让其按规矩上报。不过两三日，县衙批复，准允。确权的地契官纸，也由里长带回给他。

一切胜意，工程开始。伙计们先是在江水的岸线处挖出一条深沟，然后用三合土和大人头石往上砌了一道厚约三尺、高约九尺的斜面堤墙。这堤墙与街对面下游方向的镇子相比，高出三尺还不止。

对于滴仙烧坊修堤，铜牟镇人议论纷纷。古来修堤都是官家衙门的事，一个开烧坊的自掏腰包建堤，而且修得还么高大结实，人们不知道王秉正的葫芦里卖的什么药。但是，大家也都看得到，这段堤坝从山嘴接下，如遇大洪水，可削水势，防止洪水从上游直接冲入镇内。

四月，经过县考拔选，潼绵学馆举荐的学子中，有三名获得资格参加府考。府考之后，三名考生均获得院试资格，等候学政巡考。

学生们学有所成，王秉正同左钧一样高兴，公开向学馆所有学生承诺，往后有意参加科考博取功名者，只需用心读书，认真应考，所有应试的支出，都由自己承担。

七十四

堤墙建好，新洞窟挖掘排在开头。王秉正把烧坊的事情向左钧和带头的酒工伙计做了交代，就打点行装，雇了辆车，带着王法天出发前往龙安府辖的彰明、江油、石泉等地。

此行目的有两个，卖酒和教王法天卖酒。

两年多时间在烧坊打磨，酿酒的工艺及流程王法天已然掌握。如何卖酒，也是他必须掌握的技能。

出发前，王秉正带了几坛用新制荆条酒坛盛着的酒。自增加烧坊产量以来，王秉正定制了更多这种酒坛。未雨绸缪，他知道将来要大量卖酒，这种酒坛是最合适的装运工具。

铜牟镇那间篾匠铺，现在主要的生意就是给谪仙烧坊做酒坛。鉴于王秉正的诚信和巨大需求，篾匠主动将每个酒坛的价钱降到了八十个铜钱。王秉正明确表示，这种酒坛，篾匠做多少，谪仙烧坊就要多少。

出门带的酒，以谪仙烧为主，占六成。与很多生意人一样，王秉正开烧坊买卖是为赚钱。但又与许多生意人不一样，在王秉正和左钧的意识里，做买卖又不只是为赚钱。太白醉的品质好，利润很高，就会让很多寻常的好酒之人望而却步。谪仙烧利润较低，价钱亲民，所有人都能买来喝。

在左钧的影响下,"酿百姓喝得起的好酒",是王秉正重建烧坊后逐渐形成的一种理念。所以,他最希望大量售卖的,还是谪仙烧。

选择彰明和江油方向为出门推销的第一组目的地,是因为王秉正心中有一个情结。自打他童年随父亲做酒,家里的烧坊就一直叫"谪仙"。而且,打小他就知道,"谪仙"即是重度嗜酒的诗仙李白。如今定根铜牟镇,与谪仙故里近在咫尺。能把自己的酒卖到真正的谪仙故里,用以表达对这位大诗人的敬仰,是王秉正一直以来的梦想。

以前在凤翔,烧坊卖酒诸事皆由义兄李有德承担,王秉正只管酿造。虽也听李有德和父亲谈论过一些卖酒收账的技巧,毕竟没有亲身经历过。

王秉正相信一句古话,"好酒不怕巷子深"。基于对当地烧酒品质的了解,对自己的酒,他的底气十足。这次出门,他想让更多人了解自己的酒。卖多卖少,他并不担心。

离开铜牟镇,到绵州府用了午饭,了解了一些绵州城酒市的情况后,王秉正父子当天下午就赶到了彰明县的青莲镇。

几年前他到过青莲,但当时是为陈于珍寻亲,时间紧,心情也不闲。对这一方养育了伟大诗人的沃土,他只有浮光掠影、走马观花的感受,并没有特殊的了解。这次,他想静下心好好感受一下这个被诗意浸染的小镇。关键是,他要把自己酿出的好酒,卖到谪仙太白的家乡来。

领着王法天,王秉正在青莲镇流连。既为怀古凭吊,也为寻找一家商旅之人集中,有品位的酒楼。

几番观察对比,他们最后走进了一家叫太白居的酒楼。这酒楼人来人往,不仅热闹,而且出入皆为衣着体面的大雅之人,远非一般的贩夫走卒可比。在青莲故居,王秉正只想卖最好的太白醉。唯有如此,才不会辜负诗人之盛名。

虽这家太白居酒楼也同兼食宿,但走进酒楼,却不嘈杂。王秉正一行先安顿住下,洗漱一番,换了整洁衣服,到酒楼上要了雅间,安排下酒菜。

如王秉正的判断，太白居酒楼在青莲古镇算得上是最好的酒楼。环境幽雅，设施一流，凭着较高的价钱，把很多寻常的消费者都挡在了酒楼之外。酒楼的客人多以官绅士子、商贾人家为主。为了对得起酒楼的价钱，酒楼的各类食材和烹饪甚是讲究。所售酒水，无论是米酒还是烧酒，都是当地所能进到的最佳上品。特别是烧酒，更是出自当地名优烧坊内存储一定年份，已经充分熟化的品类。

　　"你家酒这么难喝，咋对得起太白居这块招牌！小二，把你们的掌柜叫来。"席间，王秉正故意找碴发飙。

　　正在晚饭当口，掌柜正在柜台里拨拉算盘，算计当天的进账。听到伙计禀报，有客人找酒的麻烦，掌柜相当意外。

　　他放下手中活计，一路小跑到了王秉正所在雅间。"客官觉得哪里不对？"掌柜赔笑问道。

　　"酒难喝！"王秉正装作不悦。

　　"可否让我尝尝？"生意之人，掌柜非常谨慎。

　　"请。"王秉正单手一摆。

　　伙计递上一个酒杯，掌柜拎起酒壶斟满，用袖子挡着，把杯中酒倒入口中。

　　"我尝这酒，没问题啊！"

　　"没说酒有问题，是太难喝。"王秉正继续为难。

　　"我太白居的酒难喝？"掌柜知道，来人是来找碴的。

　　"对，实在难喝。"王秉正并不看他。

　　掌柜脸色一变，弯腰冲王秉正作了个揖："不知道贵客是何方神仙，太白居何时何处得罪了您，有什么要求，不妨直说。"

　　"没有什么地方得罪过我，我也没有什么要求，只是告诉你，这酒实在难喝。"王秉正转过脸来，一本正经地看着掌柜。

　　"客官是来找碴的吧？您去打听打听，方圆几十里地，还有哪家的烧酒敢说比我太白居的好喝？"掌柜正色，身子直了起来。

　　"我有！"王秉正一副凛然的表情。

"拿出来让我们长长见识?"来人两手空空,掌柜的倒想看看,下一着棋,王秉正怎么走。

"见识可以,不知贵店可许带酒自饮?"王秉正一步一步地激掌柜进套。

"本酒楼原本是不许外带酒水的。客官若真有好酒,不妨拿进来亮亮。但要是些乡野劣酒……"掌柜有了威胁的意思。

"好!我的酒要不如你,双倍付你菜钱。"

"快去取来!"掌柜双手背后,身板站得越发直了。

"您稍坐,这就叫人取来。"王秉正粲然一笑,一边伸手示意掌柜同坐,一边向王法天使了个眼色。

半刻钟时间,王法天就和车夫一起,把酒坛搬进了雅间。启封,分装,斟酒。当王秉正笑着把酒递向掌柜,不俗的酒香早已把掌柜的怒气打消了大半。

"我说您的酒难喝,并非故意挑剔。只是觉得,以太白居这样的档次,应有更好的酒才配得上。掌柜请尝尝,看我这酒,是否配得上您这样的酒楼。"王秉正恢复了他的儒雅之气,端起酒杯:"请。"

掌柜的余怒尚在,但还是端起了酒杯。在这几分钟的时间里,他早已想好了对付闹事之人的办法。但浓烈的酒香,可能会让他改变计划。自己的"薄面"将如何放下?他竟生出了很多矛盾。

酒一入口,醇厚绵柔。和酒的交道打了半生,这样的好酒,竟是第一次喝到。一时间,掌柜五味杂陈。他知道,王秉正的笑话,他看不成了。他觉得,对面来人说得很对,太白居这样高档的酒楼,是不该错过这样的美酒。

将口中美酒慢慢咽下,掌柜愣了好一会才缓过神。以一个生意人的精明,他转而笑面相迎:"敢问客官,这酒是哪里来的?什么价钱?有多少?我全要了。"

"酒是我酿的,价钱也会让你满意。但全给你,怕你消化不了。现在,我们先不忙着说买卖,一切等酒喝好了,你充分了解这酒以后再谈如

274

何？"王秉正诚意相邀，起身，再次把掌柜的酒杯斟满。

掌柜刚才还端着的架子和燃烧的怒火被彻底打消了，他再三品咂之后，不禁发问："如此好酒，你是咋酿出来的？"

"咋酿的不能告诉你。但这酒的好可不止在口感上。今天你尽量喝，明天就可以体会到。我还想告诉你，我这酒和你这酒楼，天生就有渊源。"王秉正自信有加。

"此话怎讲？"掌柜把玩着手中的酒杯。

"你的酒楼叫太白居，我的美酒叫太白醉，我说有渊源，可否？"王秉正举杯邀掌柜同饮。

"太白居、太白醉，这不注定就是一家人嘛！"掌柜饮尽杯中酒，点头同意。

"我就是来卖酒给你的。"又是一番斟酒……

这顿酒，一直喝到夜深。席间，双方商定在青莲的地界，太白居是谪仙烧坊高端品类太白醉的唯一专供场所。除酒不卖其他酒楼外，王秉正还同意酒楼视情况自行确定酒价。他还答应配合酒楼，防止太白醉通过其他渠道流入青莲。

美酒相伴，谈好了生意，买卖双方都心情大好。

太白居本是天下文人雅士来青莲怀古缅今的聚集之地，雅趣风行自是常事。当日，有一群读书人在酒楼聚会，酒席间竟操起了丝竹。王秉正一时兴起，仗着酒劲，与隔窗宾客同吟太白诗章，癫狂之时，已毫无商人之态。酒楼掌柜叹道："原来，兄台是个读书人！"

把自己的太白醉卖到了太白故里最好的太白居，又同素昧平生的文人雅客们对酒当歌，共话了"谪仙"，那一夜的王秉正，不禁有种春风得意马蹄疾的振奋，以至很晚方才入睡。

那太白居的掌柜也同喜，甚至当晚的营收账务也不去亲自打理。酒酣而卧，一觉天明。次日醒来，竟无一丝酒醉后的倦怠头痛。他神清气爽，周身舒泰，终于理解了王秉正所说的，太白醉还有口感之外的妙处。有如此好酒为饵，掌柜仿佛看到了如过江之鲫的客人，还有滚滚的财富正在疾驰而来。

"得把有些细节写成合约!"掌柜担心变故,一骨碌翻身下床,寻好纸笔,将昨夜跟王秉正在酒桌上的约定写成条款,疾步来到王秉正所在的房间。

此时,王秉正尚未起床。被拍门声吵醒,他翻身下床,披衣开门。

"本想来约王掌柜共进早餐,不想扰了您好梦。"酒楼掌柜进了房间,笑着说。

"懒倦晚起,让掌柜见笑了。"王秉正略表歉意,一边说,一面整理着衣衫。

客套一番,酒楼掌柜直奔主题,拿出草拟的合约请王秉正过目。王秉正接过合约,把条款浏览一遍,见都是昨日双方的承诺,欣然同意。

但酒楼掌柜仍要确认:"王掌柜您看仔细了,酒的价钱再上浮些许我们都可商量,但此酒在青莲的独家售卖权,请您务必给我保证。"

"没问题!"王秉正回答干脆,他明白酒楼掌柜的顾虑:"为让掌柜放心,我们不妨先小人后君子,这就同你签字画押。"

"谢谢!"酒楼掌柜满面堆笑,引王秉正走出了房间。二人到柜台处,掌柜的先自己签押后,又将合约和笔递给王秉正,待王秉正签押完,各自收了一份纸约。这时,王法天和车夫也起床洗漱完毕,来到大厅。酒楼掌柜执意领三人一起用过早餐,并把他们在酒楼的一应费用免了。

谈好送酒结账的一些细节后,掌柜送王秉正一行继续北上。

七十五

过青莲往北,有一块唤作江彰平原的大坝子。

涪江挣脱了大山的束缚,水势不再湍急。江流从大山里卷出的泥沙沉积于此，聚成了一大块坝子，江油县城就坐落在这块坝子上。

官道平坦。动身虽晚，路平马快，中午在一个叫太平的小镇歇息用餐，下午一大早就到达了江油县城，找到城内一家气派的客栈住了。

歇息一夜，几人恢复了精神和体力。早饭后，王秉正带王法天对江油逐街踏勘。

江油是一个较大的县城，在这里卖酒得兼顾酒楼食客和寻常百姓的需求。王秉正决定找一家酒商来合作。

江油城最热闹的所在，是城东北临涪江的码头。上游来的山货、药材、茶叶，下游来的盐、米、白面、布匹，有些落地消化了，有些换船再行。从码头往上，入城门不远，有一家专卖酒水的太白酒铺。

太白酒铺不酿酒，代卖附近各家烧坊的酒，也是烧酒从涪江进山的主要货栈。

王秉正几人找到太白酒铺斜对面的茶摊，要了三碗盖碗茶，一边喝茶，一边观察太白酒铺的生意进出。

铺面不小，摆满了盛酒的缸、坛、罐。几口大的酒缸和酒坛上，贴着红纸书写的"酒"字。

整个上午，太白酒铺的生意都很忙碌。王秉正计算着，酒坊伙计往上行的船上送酒三趟共五坛，十余个背背篓的乡民沽走约一坛，伙计分送出去约两坛。在一个县城，一个上午卖酒超过三百斤，这酒铺生意算很不错的。

午饭后，王秉正决定跟酒铺掌柜正式接触。

一行进店时，伙计正把一个大酒缸里的酒分灌入坛。曲尺状的柜台后，一中年男子正在理账。见几人进店，从柜台迎出："客官想要烧酒还米酒，要啥价位的？"

"想见一下你们掌柜。"王秉正答。

"鄙人就是小店掌柜。"中年男子很客气。

"哦！敢问掌柜贵姓？"王秉正问。

"免贵姓林，经营烧酒铺子多年，街坊都叫我林烧酒。客官不要看我这店小,凡江油城周边的大小烧坊,没有哪家的酒我这没有。您需要什么,尽管吩咐。"

"你这卖了几家烧坊的酒?取最好的来我尝一下如何?"

"客官稍等。"林烧酒转身从一个酒坛里找出一个酒提,揭开一个看似已很陈旧的酒坛盖包,从里面舀些酒倒进一个坦口的红酒碗里,将酒碗递给了王秉正。

王秉正把酒碗凑前一闻,酒香寡淡,笑说:"是寻常苞谷烧嘛。"

"客官说笑了,烧酒不是苞谷烧,难道还有别的?我这苞谷烧可不是一般的苞谷烧,它出自有名的诗仙烧坊,是过了五年的老酒。"林烧酒不仅怼了王秉正,而且不免炫耀起来。

王秉正笑笑,没接这话,直接挑明了目的:"今天,我不是来买酒的。我这有一款更好的烧酒,想拿给你卖,掌柜可有兴趣?"

看王秉正气度不凡,说话又带些外地口音,林烧酒最初以为遇到的是一个从陇陕过来的大买主,可以好好赚上一笔。但王秉正说他是来卖酒的,林烧酒有些失望。但作为一个老江湖,他没有丝毫的表露:"开门做买卖,只要有利可图,买也好,卖也罢,生意我都做。您说您的酒比我这最好的烧酒还要好,它在哪里?什么价钱?"

"价钱好说,看了酒再谈,如何?"

"好,酒在哪里,拿来看看?"林烧酒以为是王秉正的托词,言谈间有了明显的挑衅味道。

"不着急,现在天时还早,你店里还有生意要做。晚些你打了烊,找一家酒楼,我做东,请你尝尝我的酒。尝了再判断好坏,差了可以不买,只当我们交个朋友。"

王秉正说得有理有节,林烧酒不好再杠:"那我就信了哦。我早点关门,等着喝您那好酒了。"

"一定。你先忙着,我们告辞。"王秉正领着王法天及车夫,走出了太白酒铺。

与王秉正不同,那林烧酒做生意,是个真奸实滑的油子。他经营的酒，多是一些小灶烧坊酿成。卖酒的对象，也以小餐馆食店、山里乡民为主。因为处在山区和丘陵的过渡带，江油这边除小灶苞谷烧外，从未出过好的烧酒，对于好酒，人们也没啥概念。因此，卖酒的时候，好次杂兑、掺水造假的事没少做。当地百姓缺乏辨识力，就算明知不好，也不知不好在哪里，有亏，只能自己吃了，大不了下次买酒时另换一家铺子。江油城几家卖酒的铺子与林烧酒都有关联，生意也一样做法，换铺子买，买来的同样是掺假的劣酒。时间一长，百姓渐渐习惯，也就认为烧酒就该是这个样子了。

离开林烧酒的酒铺，王秉正回了客栈，在酒楼定了一桌菜肴。他跟酒楼掌柜商量，许以菜肴加价两成，得到同意自带酒水。

一切备好，酉时末，王秉正打发车夫去林烧酒的酒铺接人。原以为只林烧酒一人来，人到酒楼后，林烧酒却又带了一人同来。

来人姓魏，跟林烧酒一样，也在江油城里开酒铺。很长时间，江油城里几间酒铺，都被林烧酒和这人把持着。当天王秉正离开太白酒铺，林烧酒就叫来这姓魏的，两人商量，如果王秉正手中真有好酒，怎样能以更低的价格吃下来。

林烧酒和姓魏的酒贩到酒楼时，菜肴和酒都已备好，王秉正在雅间外迎候。

对于姓魏酒贩的不请自来，王秉正有些意外。听林烧酒说他也是卖酒之人，生意还做得很大，王秉正还是表示了欢迎。进入房间，王秉正让酒楼的伙计添了一套碗筷和椅子。宾主坐定，王秉正执壶斟了第一杯酒。

酒注入酒杯的过程中，酒香溢满了整个房间。虽然卖的多是掺杂使假的劣酒，但对酒的好坏，林魏二人自是识得的。只从酒香和杯里的酒花，两人就已明白，面前的酒，确实比他们见过的任何酒品都要好。

王秉正端起酒杯："有幸邀请到两位掌柜，我先敬一杯，请品鉴品鉴我这酒。"

一路走来，王秉正对自己的酒早已有足够自信。在这片只有小灶苞谷烧的地方，他更加不需谦虚。

果然，林魏两个酒贩端杯尝过，瞬间刷新了他们对烧酒的一贯认知，惊艳错愕的表情，也没有丝毫的掩饰。

王秉正一边举筷邀两人用菜，一边让王法天继续斟酒。一口菜下肚，王秉正放下筷子，面向林烧酒："这酒如何？"

林烧酒未想好说辞，话被姓魏的酒贩接了过去："这酒嘛，香醇不错，口感不辣，估计酒劲不会太好。"

王秉正没有想到，酒不辣口，不杀喉，自己极力追求的效果，会成为对方挑剔的说辞。他不做解释，只招呼两人干杯。又一杯酒下肚方才开口："二位不着急，酒有不有劲，多喝两杯，自能见分晓。"

见王秉正不接话茬，常用的那套踏货杀价的伎俩就也不好使出，只得随着王秉正的劝敬，喝酒用菜。

天南海北地吹侃，觥筹交错之中，半个时辰过去。不需王秉正殷勤相劝，林魏两人已是停不下来，渐渐有了醉态。

"这酒劲不差吧？"王秉正借机问。

"还行，还行！"酒劲上来，林烧酒端杯回敬，顺便说了实话。

"那林掌柜要不要拿些试卖？"王秉正饮过追问。

相比于林烧酒，姓魏的似乎酒量更大，也更有城府。他抢先接了王秉正的话："林掌柜酒喝得高了，这时谈生意不合适。今天只喝酒，把酒喝好了，买酒的事明天再说。"

姓魏的一番表态，那林烧酒本来还想说点什么，被他扯了一下衣服。王秉正把这些都看在眼里，搞不清楚对方葫芦里在卖什么药，只能随声附和。

戌正时分，林烧酒醉态毕显。姓魏的推说酒已尽兴，欲起身告辞。王秉正没挽留，安排车夫送客。

一台酒后，林魏二人心下早已折服。现在卖的酒，就算不掺杂使假，也与王秉正的酒相去万里。尤其是姓魏的酒贩，他更加清楚，这酒，必须得接下来。如若不然，王秉正的酒一上市，他们现在的买卖断然是做不下去的。

第二天一大早，林烧酒醒来，发现自己无丝毫伤酒不适，心下更加焦灼。但是他想，这酒怎么接，又怎么卖？还是得找魏掌柜商量一下再说。于是他起床穿衣，顾不得洗漱和早饭，就奔魏掌柜的酒铺而去。

魏掌柜的家在酒铺后面。林烧酒绕过酒铺，到在他家合计了一番。二人明白，为争取更大的利益空间，要接下王秉正的酒，还得先抻抻才行。

按过往的经验，王秉正认为，这一顿酒下来，酒贩自然会自动找上门来。但当天在客栈一直候到午时，却不见有任何来人。

无法判断对方的想法，午饭后，王秉正决定去林烧酒的铺子看看。

按照两个酒贩的预估，王秉正最迟午时之前会寻到铺子里来。可是一直候到午时过完，林烧酒也没见到王秉正的身影。正当他考虑是否再去找人商量，下一步棋该怎么走时，就远远看到王秉正几人向自己的酒铺走来。

早上，林烧酒早已与魏掌柜商量过应对之策。此时，林烧酒装作没看见王秉正，兀自忙碌。直到王秉正一行进了酒铺，他才做惊讶状地迎出柜台说。

请王秉正坐了，他安排铺里的伙计奉茶，但并未做任何打探。

王秉正并不想和他绕圈子，他开门见山："林掌柜觉得我那酒如何？有意卖不？"

"酒是好酒，没得说，我也想卖。就怕这么好的酒价钱太大，我们这里地贫人穷，没人喝得起。"见王秉正着急，林烧酒反而稳起了，不急不慢地说。

"原来是顾虑价钱。那你说说，什么样的价钱可以接受？"王秉正松了口气。

"我们这里的烧酒，好的零卖每斤超不过八十文，整坛卖每斤也就六十文。"林烧酒试探性地压价。

"觉得这个价钱你做得出来，我就给你卖。你认真把酒卖出去就

281

好。"王秉正回答得很干脆。他想，如果卖谪仙烧，林烧酒报出的这个价是可以做的。

虽心里已准备好王秉正会把价钱提一提，但见王秉正答应得如此干脆，林烧酒生出了再压一压的想法。

"您这酒从哪里来？我说的价钱，是把酒运到江油后的价钱。此前的运费，得由您承担。"

"这个……"王秉正略一沉吟，也答应了。

"酒钱如何结？我们这里的都是垫一批，后一批酒来再结上一批的钱。"林烧酒得寸进尺。

但这种结钱方式，在凤翔时却很普遍。王秉正略作思忖，也答应了。

见王秉正如此耿直豪爽，林烧酒也不好再说什么。他提出，第一次先进二十坛酒试卖。约定把酒送到江油的大概日子后，王秉正几人起身离开。

照江油的模式，次日到石泉，王秉正也只是找了一家酒铺来代销自己的酒。所不同的是，江油只卖谪仙烧，而在石泉县，王秉正把谪仙烧和太白醉都交给了一家酒铺代销。酒也是由谪仙烧坊负责运送，价钱在铜牟镇卖酒价格的基础上，每斤加运费十文，酒到石泉，现金结算。

七十六

出门不过十来天，王秉正回到铜牟镇时，新开挖的两间储酒洞窟已基本完工，石匠正对洞窟做最后的整理。烧坊外，原来一直到江面的斜坡，在堤坝的围挡下，填出一大块空地。这样的进度，说明他外出的日子，烧坊的伙计们卖了十二分的力。

回铜牟第二天，王秉正雇两辆马车，按约定数量，分别往江油和石泉送了酒。除太白酒铺外，石泉酒商和太白居酒楼回的都是现银。特别是太白居，不仅付钱干脆，还对第一次只送去十坛酒很有意见。现场就让送酒车夫带话给王秉正，让尽快安排再送一车，数量嫌少不嫌多。掌柜一再声明，王秉正定的酒价外，运费也由酒楼另付。

烧坊藏酒洞窟挖掘工作一结束，王秉正就安排家在附近的伙计回家农忙，其余的人略作休息，就做开秤收夏粮的准备。王秉正预估，有了赵昶和曹家富的支持，今年收回来的高粱一定会比往年更多。这需要更多的豆麦酒曲和掺料的小麦。他决定，夏粮也要敞开了收。

五月中旬后，来卖粮的人逐渐多了。集够一定数量的豌豆小麦，制曲开始。

经两年口授身传，酿酒每个环节的关键技艺，王法天都了然于胸。烧坊伙计也都是熟手，王秉正决定今年制曲，放手让王法天去干，自己只盯关键环节。

父亲要他来主持今年的制曲，王法天虽内心忐忑，却还是勇敢地应了下来。只是请求王秉正："那大要看着我，有哪做得不到位，及时告诉我。我害怕学艺未精，坏了事情。"

"只管放手去做就是，没弄明白的问大，坏不了啥大事。"王秉正安慰他。

嘴上虽说让王法天单独主持，可头一年放手，王秉正还是有些不放心，开始时，每天都会跟王法天去烧坊。几天下来，王法天在现场对伙计的调度，对每个环节一丝不苟的把握，以及制出曲坯的效果，王秉正都很觉满意。他再一次意识到，王法天天生就是块酿酒的好料，心里觉得可以对义兄李有德有交代的同时，也为谪仙烧坊后继有人而暗自欣喜。

六月初，农事忙毕，学政到绵州巡考。有三名学子将参加生员考试，这于潼绵学馆和铜牟镇来说，都是大事。学生赴考那天，王秉正出面租来两辆光鲜马车，跟左钧亲往绵州送考。

父亲不在跟前，王法天独自主持烧坊制曲，把每个环节都盯得更仔细。把酒酿好是烧坊的立世之本,王法天明白父亲一直教导他这句话的重量。

送考回铜牟镇,王秉正到曲房验看了王法天独自领做的曲坯。从曲粮碾碎情况到踩踏成形,每一块曲坯都中规中矩。王秉正思忖,到了让王法天独立承担更多事务的时候了。

七月初,院试布榜,潼绵学馆所送三名考生都榜上有名,其中一名被录为廪生,余两名为增生,都进了秀才的行列。

读书人考上秀才,算是有了初步功名,有了免除差徭,见知县不跪,不能随便被用刑等权利,秀才中成绩最好的廪生,公家还按月发给粮食。

七十七

夏粮收储和制曲结束时,已到七月。

蜀地七月,正是苦夏。到当年立窖还得两个多月,距收购秋粮也还得月余。王秉正把烧坊的伙计尽数散去,让大伙回家避暑。

烧坊没了修建,酒粮有了来源,卖酒的渠道也初步搭建起来。这个暑期,是王秉正到铜牟镇后最闲适惬意的一段。

没了日常压力,对陈于珍的思念,开始紧紧地攫住了王秉正。瞬息之间,这个人越来越多地浮现脑海。

天下形势已稳,烧坊风生水起。

过去的很多顾虑现在都不再有,王秉正掂量着,现在的自己,已有能力照顾好陈于珍。只是他不知道,一别又是年余,现在的陈于珍和陈于朝会咋想?每念及此,饶是已年过半百,内心仍旧慌乱不安。

一个铮铮铁汉,王秉正的优柔思念流露起来也不加掩饰。阅事无数的左钧,自然能懂得其中玄机。

一日晚餐，爷仨三杯酒下肚，左钧提起了话头。

"想她了？"左钧探身，关切地问。

"想谁了？"王秉正有点猝不及防。

"别给我装傻。"左钧嗔怪地瞪着他。

"谁，咱姑呗。"王法天已初懂人事，父亲的反常他也看在眼里，斗胆替爷爷说出了答案。

"想又能咋办？于珍妹子出身官宦人家，就算她也有此意，知府大哥又该咋想呢？"王秉正没有回避，幽幽说出了一直以来深深的顾虑。

"我敢打赌，你那知府大哥不会反对。"左钧抿一口酒，肯定地分析。

"我觉得也是。我心里把姑一直当作娘。大，您是该想点办法把我姑娶回来了。"

"想办法，想啥办法？一个小孩懂啥？"王秉正瞪了王法天一眼。

王法天做了个鬼脸，不敢再往下说。但左钧并不管顾，他说："想不到办法？这话我听起来咋不像我们王大掌柜说的！你要真无办法，我来出个主意。你帮我把学馆的学生看好教好，我上山去知府衙门为你提亲，如何？"

"那怎成？山高路远，又在雨季。您老人家要是有个闪失，我可担罪不起。"王秉正当即否了左钧的意见。

"我是老了，但你不老，这点路途算啥？你自己去啊。"左钧的反应依然很快。

"现在烧坊收秋粮的时间未到，立窖更早，如果有事，您昐咐我来看着。您就放心去找我姑，把她接回来最好。"王法天究竟还是没能忍住，接了左钧的话。

这次，王秉正没再瞪眼睛。他细一思忖，父亲和儿子说得在理。陈于朝公务那般繁忙，去春都能带着全家来铜牟镇看自己。自己现在有了空闲，上龙安府回访，也是情理中的事。他动了心思，却没当即表态。怎样去龙安府才更为妥当呢？他要好好想想。

见王秉正闷不作声，左钧着了急："一个大男人，还婆婆妈妈的，瞧你那点出息！"

王秉正对此不愠不恼，笑着答说："晓得你们都是为我好。就算要去，也得准备一下嘛。四川不是有句俗话吗，'心急吃不了热豆腐'。"王秉正刻意学了句四川话，但仍很蹩脚。

接下来，就是鼓捣带些什么礼物了。不论是对陈于朝，还是他计划一并探望的王汝，酒自然是最好的礼物。但对于陈于珍和她嫂子，选择什么样的礼物，都让王秉正感到犯难。这样的事，他确实没有用心做过。

"女人嘛，哪个不喜欢绫罗绸缎，胭脂水粉。你去龙安府必经绵州城，到时你在城里挑好的多买些，分作两份，送给于珍和她嫂子就是。于珍那丫头精女红，又善插戴。你将这些东西送她，她定把自己装扮得闭月羞花，馋死个你。"还是左钧更精于世故，出主意的同时，也顺带调侃了王秉正。

想好了伴手礼物，王秉正还要考虑怎么走。要带酒，最好的工具是马车。考虑到雨季天气不确定和马车在速度、灵便方面的局限，王秉正选择了骑马。他准备同时雇两匹好马，一匹骑人，一匹驮货。这样虽说最多只能带四坛酒，但轻骑快马，不受天气和路况的约束，可节省时间。

但左钧不同意王秉正一人独往。最终，争执之下，王秉正答应带个烧坊伙计，以便使唤照应。

主意一定，王秉正次日就收拾出发。一行两人三马，不到中午就来到了绵州城。寻家门面气势宏伟的绸布庄，将各色绫罗买了许多，再去胭脂店把胭脂水粉，拣好的一式两份包了。之后，两人找到一家酒楼用了饭菜，又开始赶路，当天赶到江油过夜歇脚。

江油往龙安府的官道依涪江而建。出江油城不远，官道就进入山区。涪江江水湍急，两岸青山对立，危崖耸峙，道路险峻异常。好在天气争气，虽在雨季，却已多日不雨，路不泥泞，天象也呈晴好态势。

有利就有弊。晴天，将苦夏的炎热推到了极致。一大清早，太阳还未登顶，热浪就已滚滚来袭。一路蝉嘶虫鸣，也很是扰人。

进山开始，道路几乎都是上坡。天热路陡，王秉正不忍马儿太累，放慢了速度。

进山，越走越深，遮天蔽日的树荫下，体感较山下舒适了许多，空气也逐渐清爽起来。枯燥的蝉声渐少，耳畔全是鸟鸣泉流。座下的马儿，嘴边再无白沫，马蹄声音飒踏，主从二人也有了闲暇欣赏一路的景致。

时过正午，才赶到一个叫煽铁的古镇寻食歇脚。当晚，住在了阴平古道南起点的江油关。

第三天申正前后，王秉正一行到达龙安府衙驻地平武城。二人赶到府衙，正是陈于朝完成当天政务，回到后院之时。府衙正门紧闭，王秉正绕到后院门前，自报家门，说是知府大人义弟，请门房禀报。

门房哪敢怠慢，一溜烟跑进院内。

晚饭尚早，陈于朝正在书房看书，夫人与陈于珍在书房侧室探讨女红。听到衙役的声音，陈于朝大感意外，陈于珍更是吃了一惊。她抢在陈于朝前，向衙役确认，衙役大声重复："院外有一男子，说是老爷义弟，来看望老爷。"

这次，陈于朝兄妹俩都听得真真切切。

陈于朝立即放下手中已经蘸饱墨汁的笔，招呼陈于珍和夫人："是秉正兄弟上来了！"三人出了书房，紧跟衙役，向院门疾步走去。

到院门处，陈于朝让衙役把两扇大门全部打开，旋即迎出门外。

王秉正听得门响，抬头一看，见陈于朝在前，陈于珍和陈夫人随后，出院门向自己迎来，忙弯腰作揖："一别年余，大哥、大嫂、小妹可好？"

"好，好，好……"陈于朝一激动，连礼都来不及回，伸手就拉住王秉正的手，"来，来，快，进院再说。"

跟在后面的陈于珍和嫂子让衙役把马背上的东西卸下抬进院内，将马牵去马厩。妥善安排了王秉正带来的伙计，才又回到院内。

陈于朝把王秉正领进自己书房，一边叫人给他打水洗漱，一边动手为他斟茶。待王秉正洗漱完坐定，就开始询问山下近况。

听王秉正说，自去年以来，烧坊酿酒量已翻一番，产销两旺。学馆有三名学子通过县、府遴试，中了秀才以后，陈于朝拍腿叫好。

"啥事那么高兴？老远就能听见叫好声。"陈于珍和陈夫人处理好外围琐事，回到书房，看大哥跟秉正哥谈兴正高，忍不住插了一嘴。

"咋能不高兴！这才一年，你秉正哥和你左家老爹做成那么多大事。"陈于朝兴冲冲地。

"秉正哥做成了什么大事呢？"陈于珍转向王秉正，脸上是嗔怪的颜色。

"一年多时间，你秉正哥把烧坊规模和产量都扩大了一倍呢。还把酒卖到了我们龙安府的江油和石泉，这事算大不？"陈于朝代王秉正回答。

"情势所逼，顺势而为而已。哪算啥大事。"王秉正笑着摆摆手，眼睛艰难地从陈于珍的脸上移开。

"那秉正哥现在算是财主了哦？"陈于珍的语气有点艰涩。

"存身立命，找点粥饭钱，哪当得什么财主。"王秉正并不敢抬头。

"时间不早了，秉正兄弟来得突然，在家准备饭菜已来不及。今天就到外面找家酒楼，为秉正接风洗尘，如何？"陈于朝把话题岔开。

"客随主便，怎样方便，就怎样。"王秉正得体地应答。

这时，陈于珍的心里有压不住的喜悦。但喜悦之余，她也有难以忍受的嗔怪之情。此前她从来没想过王秉正会上山来看自己。可当王秉正出现在她面前时，她又怨他来得太晚。本想继续剜酸，见哥哥打断，只能望了王秉正一眼，识趣地打住，说："那好，我和嫂子去收拾一下。"便退出了书房。

陈于朝唤来衙役，嘱咐其先去酒楼安排。他让王秉正稍坐，自己也去了内屋把官服换下。再出来时，已是长衫折扇一翩翩儒者。

"你托人带给我的酒，我一直省着在喝，现也所剩不多。瞧你今天又带了酒来,喝你带来的如何?"陈于朝再进书房,直接跟王秉正谈起酒来。

"大哥是在说兄弟做得不好啊!兄弟酿酒,还让哥哥忍嘴,是我的不是。以后大哥放开饮就是,我会想法把酒准时送来。今天,兄弟也想与大哥好好喝一台,请大哥评点下技艺。"

"说得也是,有你这话,那大哥以后喝酒可不抠抠缩缩了喔!"陈于朝哈哈大笑。

"兄弟开烧坊,您放开喝就是,决不会再短了您的酒。"

陈于朝和王秉正聊酒正欢,陈于珍和陈夫人已收拾停当,来到书房。此时,衙役进来回报,说酒楼席桌已安排妥当。四人就一同走出书房,准备赶到酒楼畅饮详叙。

快到院门口时,陈于朝忽然记起酒还没带,忙提醒说:"酒,酒……"并安排衙役折回,把王秉正当天带来的酒抱了一坛,同去酒楼。

分宾主坐定后,衙役开酒坛分装入壶,然后给每个面前的酒杯斟满。

"今天仓促,算给秉正接风开个序。谢谢你大老远来看我们,我们仨先敬你一杯,给你洗尘。"陈于朝端起酒杯,盯陈于珍一眼,对王秉正说。

陈于珍知道陈于朝的意思,哥哥是怕自己再说出不知轻重的话。其实,经过前一阵折腾,她的小性子已过,这会莞尔一笑,端起酒杯附和着:"对,秉正哥,我们一家敬你一个。"

"这酒的口感,与你原来的酒相比,又好很多,入口香味更醇,下喉感觉更柔,看来兄弟的技艺又有精进啊!"一杯酒下肚,陈于朝总结得非常到位。旋即,他感叹一声:"这才是我喝过的最好的酒啊!"

听到陈于朝的夸赞,王秉正虽不露于形色,心里却很是满足。他拎壶给每个人的酒杯斟满,谦虚道:"哪是啥手艺精进,关键是得益于酒粮和时间。这酒,是我用绵州、潼川和保宁府一带特有的糯红高粱为主料,按汾酒和柳林酒综合的家传之法酿制的。只摘了偏前的中段酒，又在恒温恒湿的洞窟之中储存陈化了两年多时间，算熟化到了佳点，所以酒的口感才达到了五味调和的状态。要再静止储藏，这酒还会更香浓，更醇厚。"态度云淡风轻。

陈于朝主导头三杯酒后，王秉正依礼回敬三杯，接下来是大家轮流敬酒。

"你秉正哥远道而来，就不陪他好好喝上一杯？"陈于朝率先把妹妹推到了前面。

命运多舛，少年守寡，这么多年流离颠沛，妹妹的经历一直让这个兄长揪心。自妹妹投奔自己而来，他慢慢已全然知晓王秉正在她心中的分量。经过了几次的接触了解，他对王秉正的评价也在逐渐上升。他越来越觉得，妹妹没有看错人，这是一个值得托付的男人。

妹妹也该安个家了！陈于朝想。

陈于珍本就不是扭捏的小女子，没有哥哥的点拨，她也会来找王秉正喝这杯酒。现在，既然兄长已然发话，她应声起身，端酒起身，向王秉正走去。

本想说上几句久别重逢的祝福，可当她近距离看到王秉正的额角又多了几丝皱纹，嘴里进出来却只是一句："咋才一年多，你又老了许多？"

四目相对，王秉正看到陈于珍眼角的泪光闪烁。他不知如何回答，只喃喃地说："年过半百了，咋会不老。"酒杯一碰，他仰头一饮而尽。

看他饮尽，在微微的战栗中，陈于珍慢慢把酒送入口中。泪和酒一同洒出，她左手举袖遮面，趁机拭去了一抹泪痕。

陈于朝夫妇都看在了眼里。他不想让今天这场欢聚的酒席披上辛酸的色彩，心疼地埋怨说："久别重逢，只该高兴才是，咋还抹起了眼泪？"

"哪个在抹眼泪？蠓虫逐这酒香，飞我眼里了！"陈于珍才不承认。

"你看我这妹子，就是这般莫大莫小。"陈于朝冲王秉正一笑，言语间满是宠溺。

"于珍性直，心里是有数的。"王秉正笑答。

"放着这么好的美酒你们不喝，拿我来说事干嘛！"陈于珍平复了心境，端起酒杯招呼："来，大家一起干一个。"

"好，好，喝酒，喝酒。"陈于朝夫妇一同端杯招呼。

推杯换盏之间，酒美情浓，大家难免说些体己话。

陈于珍打听了义父左钧和王法天的情况。听说王法天已近成人，烧坊事业后继有人之时，王秉正很是感慨："烧坊开起来了，法天也快长大成人，我的心愿已近实现。等法天可以独立支撑烧坊时，我就可以去做些自己想做的事，照顾我该照顾的人了。"他望着陈于珍的眼睛，眼光中，竟有几许风霜。

月上三竿，直至陈于朝有点不胜酒力了，当夜的酒席才散。

王秉正被安排在府衙后院的客房住了。

山里的七月之夜，无一点山外的闷热。明月之下，清风徐徐，夜凉如水。有酒助眠，王秉正睡得无比香甜。

七十八

"秉正哥，起床没？"第二天一大早，王秉正醒来，刚披衣下床，就听门外传来陈于珍的声音。

"起来了。这就出来。"王秉正应着，快速把衣衫整理妥帖。

他拉开客房门迈出门槛，就被吓了一大跳。一只浑身毛茸茸，白中缀黑的动物正守在门外。他正想跟陈于珍打个招呼，哪料那小家伙竟冲上来抱住他一条小腿。王秉正一惊，本能去挣脱，偏又挣脱不开。

见到王秉正的窘态，陈于珍忍不住咯咯地笑出声来："圆圆，不要闹。"听到陈于珍的笑声，王秉正知道，这一定是家养的宠物，心中的恐惧顿消。他抬头望向陈于珍，见在她身边还有一只一模一样的家伙，正蹲趴在那里。陈于珍抓住它的背毛，不让它乱跑。

"这是什么？"王秉正只好拖着小家伙，艰难地挪向陈于珍。

"我的'猫'。"陈于珍笑答。她伸手拍拍王秉正腿上的那只，它竟放开了王秉正，转头又跟女主人纠缠。

"啥猫？咋这个样？"恢复了镇定的王秉正细看一番，竟有一般动物没有的憨态。

"啥猫，逗你玩呢！它们是白熊，这里人也叫它食铁兽，是龙安府山上特有的动物。它们很小的时候，被山里番人逮了送进府里，我养大的。你看它们乖不？"言语间，陈于珍很是自得。

"这么大的个儿，又是野物，就不怕它伤了你？"王秉正关切地问。

"打这么大我就养着，从小亲近。它们虽说调皮黏人，喜欢疯闹，但玩起来还是知轻重的。"陈于珍用手比了个筷子的长短，跟王秉正说。

一边说着话，陈于珍一边领着王秉正向院门处走。到院门处，她吩咐衙役把圆圆、滚滚挡在门内，自己和王秉正出了门。

虽说陈于珍说它们很乖，不会伤人，但王秉正心里多少还是紧张的。走出院门，他松了口气，问陈于珍："怎么就我俩？大哥和嫂子呢？"

"大哥上午要开衙理事，嫂子说不吃早饭，只好由我来陪你了。嫌我陪不周到？"陈于珍瞪了王秉正一眼说。不知咋的，王秉正上来，她说话总不由要任性些。在以前的相处中，这是没有过的。

"看你说些啥！哪是嫌你陪不周到，只是问候下大哥和嫂子。"王秉正一急，不自觉地冒出了一句陕西话。

看王秉正着急，陈于珍扑哧一笑，学着王秉正的口音说句："你急啥呢？"

说笑着，两人来到一家早餐铺子。

铺子里卖荞杂面、面饼，还有牛羊下水汤，吃法和陇陕相似。陈于珍给自己要了一碗杂面，给王秉正要了两个面饼，一碗羊下水汤。

太久没有吃过这样的食物，面饼和汤端上来，王秉正狼吞虎咽地吃起来。几口下去，额角就冒出了汗珠。陈于珍在一旁看着心痛，忍不住提醒："慢些吃,别噎着了。到了这里,爱吃啥都管够。"王秉正嘿嘿一笑,放慢了进食。

"大哥让我早饭后带你到城里转转。等会咱们去报恩寺看看。"陈于珍慢慢吃着,对王秉正说。

"今天,得去看看王汝兄弟。当初建烧坊,他送来的木材帮了大忙。我晓得这主要是看大哥和你的面子。后面交往,我发现他真是个爽直的朋友。这次,给他也带了两坛酒来。"

"你去哪里看他?从这到他家官寨,少说也有二百里地。来去没个三四天时间回不来。再说,正是放排季节,他十有八九在排上,就是去了他家,你也见不着人。"

"那咋办?"

"老老实实跟我在城里待着呗。王汝家在府城外的河滩上有处堆木场,一会我叫个衙役去知会一声。他要在龙安,让他到府衙来找你,这才是办法。"

"就按你说的来!"陈于珍说得在理,王秉正应了一句,低头继续吃东西。

早饭后,两人先回了府衙后院。陈于珍先安排人去找王汝,才又叫了衙役,带上王秉正和他的伙计,一起去报恩寺游玩。

报恩寺就在龙安府衙前不远。说是寺院,这处建筑却更似宫殿。寺的全称是敕修报恩寺,始建于前朝正统五年,完工于天顺四年,已有二百来年的历史。

地处汉藏交汇区域,报恩寺里无僧,也无喇嘛。平时照看寺庙的,只一个老庙祝和几位居士。

陈于珍和王秉正一行到寺之前,随行衙役跑到前面知会庙祝。两人来到庙前时,庙祝已率了人到寺外迎接,并要陪同他们入寺游览。

据庙祝介绍,这寺是前朝世袭土官佥事王玺所修。因姓王,名字中又有象征皇权的"玺"字,就认为是上天有意让他当这山里的土皇帝。他进京朝觐皇帝后,花钱雇了几个当年参与修建过紫禁城的工匠,带回平武，仿着京城皇宫的样子，偷偷为自己修了一座金碧辉煌的宫殿。

私建宫殿的行为属谋逆，虽然天高皇帝远，还是有人上告了朝廷。皇帝得知大怒，派钦差前来调查。王玺知道犯了死罪，为脱罪，忙把宫殿改为寺庙。请人在这里雕塑菩萨佛像，同时派人到途中去迎接并贿赂钦差。由于贿赂到位，钦差一路游山玩水，吃喝玩乐，慢悠悠地一走就走了三年。到这一看，只见被举报为宫殿的建筑门外，高悬"报恩寺"三字金匾。寺里天王金刚威武雄壮，千手观音慈祥肃穆，诸天佛圣、钟磬法器样样具备，主殿还设了"当今皇帝万万岁"的九龙牌位。

钦差拿人手短，回京复命，说王玺是被人诬陷，所谓宫殿，不过是一座寺院，而且还是一座"报恩"的寺院。寺院建好以后，王玺请人日日诵经祈福，为的就是报效皇恩。

皇帝听后大喜，念王玺一片忠心，就把寺名改为"敕修报恩寺"。

听庙祝讲述，王秉正观览得很是仔细。只见这寺，由东而西，地势次第升高，规模宏大，布局严谨，装饰华丽，工艺确实精湛。

另一边，衙役到城外涪江河滩王汝家的堆木场时，王汝刚从江油回来，正在指挥排工捆扎新排。听说王秉正到了龙安，他激动得立马扔下手上活计，连衣服都顾不得换，拉上衙役就往府衙跑。到了府衙，听说王秉正一行去了报恩寺，他又掉头直奔报恩寺而去。

报恩寺内，庙祝正说，建这寺庙用的木料都是楠木，虽已过去两百多年，却不生虫，不染尘。王秉正边听边细看那些门窗梁檩，发现果真如此，心里暗自称奇。

这时，一个身影急匆匆奔进寺来。大老远，王汝就大声叫唤："秉正大哥，秉正大哥，你在哪？"

"在这呢。"听见呼喊，所有人都止了脚步。王秉正回头，一边高声应答，一边挥手向王汝迎了过去。

两人相见，王汝一手抓住王秉正胳膊，一手冲他的肩膀就是一捶："你啥时上来的？咋不先捎个信？"

"临时有空，走得突然，没做准备，直接就来了。昨天到平武太晚，不好打扰,今天一大早就让人去看你在不在龙安了。"王秉正乐呵呵地解释着。

一番亲热,王汝细细打量了王秉正。不做事,不赶路,当天的王秉正穿着白色素棉布长衫,体形健硕,气质儒雅。

"你这样打扮,不像个烧坊掌柜,更像个教书先生。"王汝喜滋滋地,突然意识到,自己沾泥带水的短褂短裤似有不妥,于是自嘲道:"瞧我这身,大哥不介意吧?"

"自家兄弟,哪来那么多讲究!"这是在旁边看着兄弟相见,一直没说话的陈于珍接的。

这时候,王汝才注意到,知府妹妹正笑吟吟地看着他,连忙按规矩施礼。

"给我带酒了没?"问候了陈于珍和庙祝,王汝的注意力回到了王秉正身上。

"哪能没有!我一酿酒的,知道兄弟好这一口,没有不带的道理。"

"那咱还不喝酒去,在这闲转个啥?不就是一堆木头几片破瓦!"王汝还是那个大老粗的性格。

"可不能从我这抢人。早上我哥去理事前就交代,今天中午他会安排同僚一起,给秉正哥正式接风。你把人叫走了,我这咋办?"陈于珍否了王汝。

"哦。"王汝只得罢了。

瞧王汝一副失落模样,陈于珍倒是有些过意不去。她说:"你家和我哥一直有往来,着急和你秉正大哥喝酒,一起来参加中午的酒宴就是。"

"还是算了,和一帮穿官服的坐一起,这样规矩那样道道,我可喝不自在。"王汝连忙拒绝,"我还是候班,晚上再和秉正大哥好好喝一台。请您和知府大人到时赏脸。"

"这事我定不了,问你秉正大哥。"陈于珍望了王秉正一眼。

"就这么定了,你中午可要悠着点,留下肚子我们晚上再喝。"王汝抢着回答。

这次上山，拜访王汝也是王秉正的目的之一。他含笑点头应了王汝，却不敢做陈于朝兄妹的主："我来没问题，陈知府和于珍妹子，得你自己邀请。"

"这几年托你带东带西，没少麻烦你，你这酒我也应了。我哥那头，你单独说去。"不等王汝说话，陈于珍也表了态。

说话之间，时已近午。有衙役到寺里向陈于珍通报，说知府吩咐，午宴已安排好，让她带人过去。庙祝将一行人送出寺门，几人作揖暂别。

中午的酒席仍安排在昨夜宴饮的酒楼。王秉正和陈于珍到达时，陈于朝已带着手下两个同知及崔通判在座。四人均穿着官服顶戴，最小也是正六品。

这样的场合陈于珍已司空见惯，但一下和这么多品阶不低的官员同处一室，王秉正却有点找不到自己的位置。在陈于朝的招呼下，一名同知把王秉正引入主宾位置，酒宴正式开始。

虽是一介平民，作为知府大人的主宾，下属官员对王秉正自然也不敢怠慢。陈于朝的头三杯酒下肚后，另三名官员按品阶秩序，轮番向王秉正敬酒。

尽管几名官员态度谦恭，王秉正仍觉得不自在。彼此间客客气气，酒喝得不少，气氛却活跃不起来。

席间崔通判表现很活跃，说话随意，喝酒也耿直。事实上，他参加这次宴请，除了知府的面子之外，还有一层意思，就是想好好认识一下王秉正。当初追求陈于珍，就是败在了这个男人的脚下。所以，他一直憋着想看看，此人究竟何德何能，能让知府的妹妹死心塌地。

所以，从头一杯酒下肚开始，崔通判一直在不断地夸赞，让王秉正听得心里很是受用。例行敬酒三巡，听陈于朝说，所饮之酒正是王秉正所酿，崔通判还真是有些佩服。以酒为由头，他起身找王秉正单独喝了三杯。

交谈间，崔通判说，自己是陕西岐山人，未入仕途前常喝柳林酒，还说王秉正的酒有种柳林酒的感觉，但又有不同，其香更浓，其味更醇，算是他喝过的最好的酒。

幼时入陕，在凤翔生活做事几十年，王秉正心里，自己就是陕西人。岐山和凤翔本是相邻之县，这崔通判又如此懂酒，王秉正不禁有种他乡遇故人之感。而酒逢知己千杯少，王秉正自然要回敬崔通判几杯。

但听崔通判的意思，他的主要工作是协助陈于朝司掌捕讼之事，而自己在陕西的经历，是绝对不能透露半分的。王秉正说话时也多了几分小心。在崔通判提到柳林酒后，他只能承认，自己吸收了一部分柳林酒的酿制方法，并敷衍说，自己曾在汾阳学艺等等。所以，王秉正说："现在喝的这酒，既有汾清之艺，又含柳林之风，更具杂粮之香醇。"

"原来我们是半个老乡，这美酒背后还有这些故事。为老乡，为大哥做出这么好的酒，咱必须再喝三杯。"听王秉正讲了自己和酒的故事，崔通判又与王秉正同饮了三杯。

喝酒耿直，应对不亢不卑，谈吐大方得体，又酿得如此好酒，崔通判似乎明白了陈于珍为何专情于王秉正。再想想陈于珍给自己讲过的，王秉正为救她险些丧命的事，崔通判觉得这场角逐，自己输得不冤。

喝到高兴处，崔通判竟问起王秉正生辰八字，提议说："你我投缘，又是故里人，如您愿意，叙齿看看，今后兄弟相称。如何？"

虽话投机，但毕竟是头次相识，且崔通判的官服顶戴，王秉正感觉压抑，忙说："不妥不妥，您一朝廷命官，我乃一介草民，哪敢高攀大人。"

"我看无甚不妥，你是我兄弟，崔大人虽是我同僚，亦是我兄弟，哪存在什么高不高攀。你们就叙个年庚，定个大小，我和两位同知大人，来做你们义结金兰的见证。"旁边的陈于朝说。

崔通判有意，陈于朝又发了话，王秉正不好再推辞。一报生辰八字，王秉正年长几岁。在陈于朝主持下，两人举杯认了异姓兄弟，并共同向陈于朝和另两位做见证的同知敬酒致谢。

下午有公事，午宴至未时三刻散了。散席后，崔通判非要送王秉正和陈于朝兄妹回府。一行人到府衙后院时，王汝已穿戴停当候在院内，等着邀请陈于朝一同晚宴。

得知崔通判与王秉正认了兄弟，自然也就强邀了。职责缘故，崔通判常和三教九流交往。作为土官家人，对王汝本就认得。见是王秉正和陈于朝都应了的酒约，自然也干脆地答应下来。

七十九

和王秉正约好了酒，王汝即刻兴冲冲地投入了准备，他要给大家一个与众不同的晚宴。告别前，他特别嘱咐王秉正不要忘了带酒。

下午空闲，王秉正把带来的绫罗绸缎和胭脂水粉整理一番，分送给了陈于珍和陈夫人。女人对衣饰，天然钟爱，陈夫人说了些客套的话，欣然受了。陈于珍连客套话都没说，收下礼物的同时，还调侃王秉正："你咋有这心思，也晓得女人家的喜好了？"

送了礼物，王秉正回客房睡了会下午觉。他知道，以王汝脾性，晚上的酒不会很早结束。

时近黄昏，午睡醒来的王秉正和陈于珍在后院用嫩竹梢逗弄喂食圆圆和滚滚的时候，王汝就登门来接了。候陈于朝和崔通判回了后院，陈于朝换下官服，一行在王汝带领下向院外走去。

未带随从，王秉正的两坛酒被王汝左右各一坛抱在怀里。虽重逾百斤，王汝却依然健步如常。

一行径直出城去了河滩。

河滩上，大堆原木中央，有大片平整的坝子。坝子靠山一侧，有一排木头棚子，那是排工们平日栖身的地方。

王秉正一行到达时，坝子中央已用残木烂材码起一个巨大的篝火堆。

在篝火堆和木头棚子之间，几堆柴禾的明火已熄灭，余烬中的炭火仍炽热，闪着若明若暗的光。火堆上，湿木棍穿架着三只已近烤熟的整羊，有排工在旁不时翻转一下。轻柔的河风中，浓烈的香味飘得老远。

显然是王汝精心准备的酒席。堆场的每一个排工，包括帮忙做饭洗衣的女人们，都穿着白马人特有的鲜艳服饰。头顶的白毡帽上，白公鸡的尾羽随风飘摇。

王秉正一行被王汝安排在中间正对着篝火的位置。背山为上，下方空缺，炭火堆的三面已摆上朴拙的宽长木案，旁边配得是长条木凳。除炭火上烤着的全羊外，木案上还用木托盘盛着已煮熟的腊肉及盘羊、麂子等野味。

与另外两桌相比，主座的木案上放着几只精致的漆绘小木碗，而其他木案上只摆了一个小铜盆。

王汝引客入座，陈于朝和崔通判被安排在上座，陈于珍和陈夫人在右，自己和王秉正同坐在左。带来的伙计，被安排入了另外的席。

陈于朝等人坐定。王汝将带回的酒开启一坛。也不分装，先把其他木案上的铜盆倒满，然后回到中间座位，从陈于朝开始，依序把每人面前的酒碗斟满。之后，王汝站到自己的座位旁，击掌示意。待众人都安静下来，王汝向在场的族人隆重介绍了陈于朝、崔通判和王秉正，并邀知府大人给大家训话。

推辞不过，陈于朝起身讲了几句祝词。待他重新坐定，王汝喊声"点火"，篝火就熊熊燃烧起来。王汝招呼大家端起酒碗酒盆，同敬陈知府、崔通判和远道而来的王秉正等人，自己也气势如虹地灌下一碗。

在另外两个案旁，盛装的白马人依序传递盛酒的铜盆，每个人都有如牛饮。

之后，在场的白马人不分男女老少，吆喝着下场，围着已烧旺的篝火堆，手拉手跳起了圆圆舞。

王汝邀请陈于朝、崔通判下场加入了欢乐的人群。从未见过这样阵仗，王秉正苦拒着不想下场。在陈于珍的怂恿下，王汝领着一个白马姑娘一起动手，把他拉进了跳舞的人群中。王秉正不得不被人群推着，挪动着生硬的步伐，模仿着他人的动作，在白马姑娘的歌唱和白马汉子的吆喝声中，转了起来。

且歌，且舞，且酒。夜色中，河滩上，热情淳朴的白马人，把欢腾填满了堆木场。篝火点燃了所有人的激情，欢乐一直持续到深夜。

八十

玩得太嗨，喝得也太多，次日，王秉正起得很晚。推门出了客房，陈于珍正在院里跟她的两只白熊嬉戏。

"起来了？出去早饭吧！"陈于珍招呼王秉正，俊俏精致的脸上荡漾起灿烂的笑容。显然是精心打扮整饬过的，陈于珍的脸颊艳若春桃，双眸顾盼生辉，晨风吹拂，脂粉的芬芳袭来，令王秉正几难自持。这是他第一次如此真切地直视着心爱的女人，以至于忘了回复陈于珍邀请。

在这如火如炬的注视下，一向落落大方的陈于珍突然手足无措起来，淡施了胭脂的脸上，霎时红云飞布。她嗔看着王秉说："说吃早饭的事呢！你老盯着我看啥，我脸上有早饭？"

"好看！有你看着，不吃早饭也不饿。"王秉正说出的话，连他自己都觉得意外。

"一年多不见，你一张嘴倒是练巧了。"陈于珍自觉脸上更烫。

"嘿嘿……那，还是早饭去吧！"王秉正傻笑着应答。

让衙役把白熊带走，陈于珍领着王秉正出了院门。在头天那家早饭铺子用过早餐，已是半晌午。

街面上热闹起来，二人在城里并肩闲逛。这汉番两融的山间小城，风物别致，令人流连，但王秉正的心思却不在此处，他的心里，还有一番犹豫挣扎。

良久,他终于开口:"上山前,父亲和法天都说想你了,让我把你接下去。"

从王秉正到龙安府,陈于珍就猜到了他此行的目的,而这也正是她内心一直渴望的。只是她没想到,王秉正会用这样的方式来表达,心下不免愠恼。她反问王秉正:"那你呢?"

"我也想,比他们更想!"憋出这句话,王秉正心中没了阻梗,说话不再扭捏躲闪。

"以为说出这话,会要你命呢!"被自己逼着表白,陈于珍喜中带嗔。

"我把心里最想说的话说了。你咋想?"王秉正显得有些着急了。这个不懂风情的男子,竟在担心陈于珍会拒绝。

陈于珍知道王秉正不经逗,看着他渴盼的眼神说:"我啥心思你看不出来?可就算我愿意,也不能就这样随便地跟你走啊。父母虽已不在,可家中还有兄嫂。长兄为父,长嫂是母,我们的事,总得跟他们商量才妥吧?"

"不是让你跟我私奔。我会照规矩办,三媒六聘,风风光光把你娶走的。"王秉正像怕人毁约一样,急切地承诺。

"哪个会和你私奔!"陈于珍瞪了王秉正一眼。

两人一边逛着,一边商量着怎样向陈于朝夫妇开口。商量来商量去,最后都感觉,不管怎样,当事人自己去说亲,有点不着调。为示正式隆重,两人最后商定,不去请什么媒人,还是让左钧来提办这事更加妥当。

逛一圈回到府衙,已近中午。陈夫人正带着用人准备午饭。陈于珍安排王秉正在客房坐了,自己也过去帮忙。

一桌饭菜收拾停当,已到午正时刻。陈于朝忙完衙门上午的事,带着崔通判及另几个同僚回到后院。尚未开席,崔通判就知会王秉正,晚上自己请客,说已着人去通知王汝了。

许是怕王秉正拘束,家宴上的人虽变化不大,但上桌前,陈于朝和同僚们都换下了官服。无此一层服饰隔阂，多数人又是熟脸，王秉正在席间放开了许多。

牵挂山下的烧坊，也想尽快回去跟左钧商量提亲之事。在崔通判所办晚宴临近结束时，王秉正向陈于朝辞行。

山外暑热，陈于朝本想留王秉正多待几日，去些风景绮丽的番人山寨走走。听王秉正说到收粮等不能耽搁的正事，就没再挽留。

正好王汝的新木排捆扎完毕，也打算次日漂放。听王秉正说要回绵州，就邀王秉正随排同行。王秉正也很好奇，江上木排是怎样在急流险滩中漂行的？此回正好可亲历一番。可他自幼在北方长大，不识水性，陈于珍也明确反对，只好作罢，仍选了同伙计一起骑马走旱路回绵州。

次日，陈于朝和崔通判将王秉正送出城门后就回了衙门。陈于珍领一衙役，送王秉正直到城外短亭。一路上，衙役跟伙计牵马走在前，王秉正和陈于珍并肩行于后。诸事数番叮嘱过，陈于珍让王秉正忙过秋粮收储，就请左钧上龙安府来提亲。王秉正自是一一允诺不迭。

短亭话别，王秉正和伙计翻身上马，绝尘而去。陈于珍倚着亭柱，直望着王秉正身影消失，才慢慢回城。

陈于朝心底明白，王秉正此来龙安的真实目的，绝不只是来看自己。午餐时，他问妹妹："这次上来，秉正兄弟就没和你说点什么？"

"哎呀！你是不是又想撵我了嘛？"陈于珍道知道哥哥在问啥，面露娇羞。

"老大不小了，还稳起个啥？真替你们着急！"陈于朝说。

八十一

心急、人轻、马快，一路又是下坡，回程中只在煸铁小镇住一夜，第二天日落前，王秉正就回到了铜牟。还了马匹，打发了伙计，王秉正回学馆时，左钧爷孙正要晚饭。

左钧忙吩咐顾嫂添上碗筷酒杯，再去她家猪下水摊把两样吃食各端一钵回来。

候王秉正洗漱落座，左钧趁王法天斟酒的空隙问："这趟咋样？"自王秉正去龙安府，就这个问题，左钧和王法天已猜想谈论了多次。

"山上好凉快，陈知府也很热情，我还在山里认下一兄弟。"王秉正知道左钧想问啥，故意装憨。

"爷爷是在问你和我姑的事。"王法天边斟酒，边把话挑白了。

"你于珍姑姑很好，愈发好看了。"王秉正继续装憨，但脸上有憋不住的笑意。

"那你好久把她领回来？"左钧也不绕弯，端起酒杯示意王秉正喝酒，直接问他。

"就这样把人一个知府的妹子领走？你们是不是想得也太干脆了点？"

"那要咋办？说啊！"左钧一口干了杯中酒，心下有些急恼。

"就是。你只要把我姑接回来，咋做都行。"王法天一边续酒，一边给左钧帮腔。

"虽说我们都不再是绾发少年了，但我不想委屈了于珍。至少得风风光光地名媒正娶！"王秉正不再逗弄这爷孙两人，认真起来。

"这是必需的！就是于珍同意，我也不会同意你随意而为的。"左钧长吁了口气。

"那谁来发这父母之命，递这媒妁之言呢？"王秉正笑盈盈地盯着左钧。

左钧瞬间明白了王秉正的意思，他哈哈一笑："要为父为你出面，安排说合，直说就是，绕这一大圈做啥？"

"就这个意思。"王秉正端起酒杯敬左钧，"这事，还真得您老人家出面不可。"

左钧打了个响亮的哈哈，端杯干了王秉正敬来的酒。之后，他捋着颔下胡须说："你和于珍凑一块，一直是我的愿望。这事，在我莫属啊！"

"那要不了多久，我姑就成我娘了哦！"王法天听得高兴，不等左钧招呼，也自顾端起酒杯干了。

天年早，还不到中秋，就有乡亲上烧坊问收粮的事。所以中秋一过，王秉正安排烧坊伙计陆续返工，开秤收粮，为新酿酒季的到来做准备。

择期去龙安府提亲，准备聘礼这一系列事，都由左钧包揽了。左钧也乐此不疲，事无巨细，周到安排，生怕有半点遗漏。

八月下旬，铜牟周边乡亲到烧坊卖粮的人正多，曹家富的头一批高粱也送到了。只这第一批，就有三百多石。曹家富还告诉王秉正，年成好，加上去年给的粮价好，估计今年收上来的高粱会比去年增加五成。他问王秉正，是否还是应收尽收。

烧坊的酒本就卖得好，王秉正还打算秋冬把卖酒的地方再扩大些。有粮才有酒，听到有粮，当然高兴。他掷地有声地表态："尽管收，多多益善。"

送曹家富回梓潼时，王秉正在应付的粮价之外，又预付他一百两银，让曹家富放开手脚收粮。

曹家富前脚刚走，赵昶送粮的船队就到达了，运来的高粱较往年更是多出一番，超过一千二百石。

"今年我这粮，一颗也不卖钱，全部换酒，这可是去年就说好的。"赵昶到的当天，王秉正安排好第二天搬粮入库的事，又请赵昶去了桂园酒楼。酒尚未开喝，赵昶就开腔了。

"男人说话，吐个唾沫就是钉。今年，我定不让赵掌柜失望。"王秉正一点也不推托。

"那好，那好！这顿酒我就能喝得安心了。"赵昶忍不住拍手叫好。

一千二百多石粮，搬运要一天时间。挑夫们搬粮的时候，王秉正安排伙计们为赵昶分装酒。按每石高粱一两银子的粮价算，王秉正和赵昶一商量，决定给赵昶谪仙烧四百坛，太白醉二百坛。另外，王秉正又备下十坛太白醉，送给赵昶自己饮用。

下粮一天，上酒一天，赵昶带到铜牟镇的船队，一待就是两天多。王秉正得了粮，赵昶得了酒，两人各得所需，皆大欢喜。所以，两天多的时间里，两人轮番做东，在桂园酒楼喝了四顿酒。

赵昶到铜牟镇第四天的早上，王秉正约他吃过早饭，去码头送行。

码头上，几只满载着酒坛的大船令赵昶喜不自胜，一连向王秉正作揖致谢。以一个老生意人对市场的判断，赵昶知道，那酒坛里装的可不只是酒，而是白花花的银子。

回到烧坊，王秉正坐在满实的仓廪之前。凭已有的粮食储量及已调理顺畅的两间作坊同步开酿，王秉正似乎看到了一坛又一坛的醇酒。想到这些酒进入市场，好酒之人将不再为酒所伤，他也似乎看到了烧坊更为光明的前景。

重阳后，新酿酒季立窖。王秉正第一次宴请了附近乡绅、里长和客户，举行了隆重的立窖仪式。

到这个时候，以铜牟镇为中心的附近几个州县，谪仙烧坊已成为最响亮的一块牌子。

八十二

立了窖，酒坊开始正常酿酒。

霜降前夕，左钧准备去龙安府提亲。

秋深，雨水已经稀疏，涪江水流大量减少。左钧上龙安府提亲前，王汝放完头年采伐的最后一批木头，又到铜牟镇买酒。运酒两年，王汝获得了远高于伐木放排的收益。这个秋冬，他计划把王秉正的酒卖到更远的地方去。

时间凑巧,左钧跟王汝搭伴同行。

王汝这次买了一百二十坛最好的太白醉。除雇三辆马车运酒外,又专雇辆马车给自己和左钧乘坐。

有王汝与左钧同行,王秉正心里踏实许多。

左钧走后,王秉正担起学馆授课的任务。烧坊活计排开了头,王秉正每天除上、下午散学后去烧坊打一转,其余事项都交给了王法天打理。

到烧坊干了两年多,王秉正精心教,自己专心学,下来更是用心揣摩,王法天对酿酒的所有关键技艺都已了然。碾粮粗细,混粮比例,润粮干湿,蒸粮生熟,拌曲温度,封窖发酵时长短……每一个环节,王法天做起来都中规中矩。

押着三辆负重的酒车,左钧和王汝虽尽力赶路,从铜牟镇到龙安府,还是走了三天。第三天到龙安府时,已是暮色苍茫。

到了龙安府,王汝就是地主。他明白左钧同王秉正的关系和情感,自然在心里视左钧为尊长。当夜,先安排左钧在城内最好一家客栈住了,随后又请他去一家酒楼喝酒,其间商量了提亲的种种细节。

第二天一大早,王汝就到客栈叫上左钧,两人在城里找来一押礼先生,租三架抬货请六个抬礼人抬回。回到客栈,左钧和押礼先生指挥,把从铜牟带来的聘礼摆放在抬货上。

王汝随后去了府衙,通报左钧上门提亲这事。

自与王秉正别后,陈于珍心里一直都盼望着左钧出现。但她知道,秋末冬初,烧坊事务繁忙,以为提亲之事,再快也得到冬至。所以,衙役通报王汝来访时,陈于珍压根没往提亲的方面想,只以为是私事相烦,就自个传见了。

王汝进院,一见到陈于珍就拱手作揖,连道恭喜。陈于珍莫名其妙,问:"非年非节,恭喜个啥?"

"我刚从铜牟镇回来,秉正大哥的父亲与我同来,说是来给你跟我大哥提亲。你就要成我嫂子了,这可是天大的喜事,还不该恭喜?"

王汝说。

"义父在哪里？咋不见他人？"陈于珍见只王汝一人进院，以为他在说笑。

"急啥嘛？我是提前来报信的。你义父还在客栈打理聘礼，说要踩准时辰，隆重登门。"王汝得意忘形。

被王汝一呛，陈于珍的脸庞瞬间红齐颈根。偏在这时，陈夫人听说有客人到访，走了出来。

"哪个要来？还要隆重，是要干嘛？"只听得王汝的后半截话，陈夫人还不知发生了啥。

见知府娘子出来问话，王汝先是作揖请安，随后回道："回夫人话，山下我秉正大哥的父亲左先生来龙安了，是给知府妹子和我大哥提亲的，让我提前过来通报一声。"

"啥？秉正兄弟叫他父亲上门提亲？"

王汝给出了肯定回答。

"人呢？"

"还在客栈做准备，候时辰，估摸一会就到了。"

"哈哈……好事！好事！大好事！"陈夫人一改往日的稳重矜持，忍不住在陈于珍手臂上拍一巴掌，并笑出声来。

嫂子一笑，陈于珍的脸色更红，嗔一声"不想理你们"，转身跑开。

陈夫人一高兴，连招呼王汝都忘了，直接叫来衙役，让其去前衙通知陈于朝马上回后院，说家里有要事。

见陈夫人无暇顾及自己，王汝向陈夫人说声"一会见"，就离开府衙回了客栈。

陈于朝正在前衙翻阅公文，衙役急风火燎地跑到跟前说，夫人有急事请。陈于朝放下文书，起身向后院走去。一进后院，就被兴高采烈的夫人拉住："老爷，喜事，咱家有大喜事！"

"平白无故，啥事直说就是。干嘛一惊一乍的？"

"秉正兄弟请左先生上来，为妹妹提亲来了。咱妹子要嫁人了！"

陈夫人的兴奋，让陈于朝有点将信将疑："好久的事？我咋不知道？"

　　"叫你回来，就为这事。左先生在等候好时辰，还没来呢。"

　　"确是大喜事！我去换身衣裳，方便接待左老先生。"陈于朝稳定了一下情绪，转身回了房间。

　　王汝回到客栈，提亲礼物都已备妥，左钧也换了整洁的儒衫。巳时三刻，押礼先生指挥，六个抬礼人抬着三抬聘礼，同左钧和王汝一起，奔府衙而去。

　　府衙这边，陈于朝换妥衣裳，在客堂备好香茗，吩咐衙役将后院大门全打开。虽说在龙安地界上他是最大的官，但今天他的身份是家长，要处理亲妹妹的终身大事，要接待的还是一位饱学之士，这个接待，必须隆重。

　　左钧一行到了府衙后院。押礼先生在前，冲院门深深一揖，长声唱起来："登吉祥邸，求贤良人。今有绵州府铜牟镇显绅王秉正，闻贵府胞妹陈氏于珍贤良淑德，着同里贤达左钧上门提亲，期结良缘。求见……"声音抑扬顿挫，尾调拖得老长。

　　看门衙役从知府传令洞开大门，就知今天有大事，不想等来的是给知府胞妹提亲的队伍，哪敢怠慢。一路小跑就进院向陈于朝禀报。

　　"快请！"陈于朝一边让衙役传话，一边迎出客堂。

　　双方会于堂前。左钧先向陈于朝弯腰一揖，说："向知府大人请安。"

　　陈于朝急忙上前，双手托住左钧揖礼的手说："您是于珍的父亲，自是于朝长辈，哪需这些客套，快进堂内歇息！"

　　遂携左钧进得客堂。

　　陈夫人则指挥王汝和押礼先生把聘礼抬进厢房收拣，打发了押礼先生和抬礼人，才和王汝一起回到客堂。

　　"秉正和于珍，一个是我儿，一个是我女。两人曾共经生死，同历患难，彼此也有情意。早年老朽就有意撮合，彼时于珍要寻亲，秉正觉得飘零江湖，无所作为，怕辜负良人，所以耽误至今。如今，你们兄妹相聚已久,秉正也业有小成,养家足余。老朽此来,是为两人说合,请知府大人准允。"在客堂坐定,左钧就向陈于朝说明来意。

"有情人终成眷属,我和于珍嫂子都支持应允。"陈于朝不是俗人,对妹妹这段感情,早已心知肚明。待左钧说完,连个假意客套推辞也不做,直接爽快答应。等王汝和陈夫人也进到客堂,陈于朝让夫人去唤陈于珍出来跟左钧相见。

陈于珍虽躲在自己房里,却一直窥探着外面的事情。知道嫂子要进来,就回床沿坐了。听到敲门声,她故作不知地问:"谁呀?"

"你嫂子。"

"门没闩,进来吧。"

陈夫人推门进去,嗔笑着:"老大不小了,啥没见过,害啥臊?你义父已在客堂,不出去相见,妥不?"

"我害啥臊了?几时又说不见我义父了?"陈于珍尴尬中带着喜色。

"那就不躲了,出去见人。"陈夫人拉起陈于珍就往外走。

"爹,是哪阵风把您老人家吹到龙安府来的?"本以为自己会害羞,可是一见面,陈于珍却落落大方地同义父打起了招呼,还语带调侃。

"啥子风都把你爹吹不来,是人的喜气把我催上来的。来这,是给你跟秉正,向知府大人提亲。"左钧见到陈于珍,又激动,又辛酸。

"咋?我那秉正大哥啥时脑壳开了窍,想起这事了?"陈于珍这时又一点都不扭捏了。

"说那些作甚?你义父就在堂上,聘礼都带来了,你啥心思?"陈于朝坐得稳稳的。

"哎呀,我一孀居妇人,寄在哥嫂门下,欠着义父厚恩,我能有啥心思?哥嫂、义父咋安排,我能不应着?"陈于珍委婉作答。

"那好,那好,这事就算成了!"左钧抬须而笑。

"你这么说,好像我们要卖了你似的?看我不撕了你这张利嘴。"陈夫人笑着把手伸到陈于珍面前,作状要拧这个小妹。

"当着长辈的面,你们成何体统?"陈于朝难得地柔和起来,平日的威仪一点都没有了。

"于珍跟我是父女,哪来那些讲究。"左钧慈爱地为陈于珍开脱。

谈定正事,陈于朝着人安排酒饭,叫来几个同僚作陪。饭后,王汝辞行,忙自己的去了。

左钧在龙安府又盘桓两日,在陈于珍的陪同下,把龙安府城好好逛了个遍,才经陈于朝安排,乘船从水路回了铜牟镇。

送走左钧,陈于珍心里欢喜。陈于朝夫妇在高兴的同时,又觉得有些遗憾。夫妻俩相信妹妹的眼光,从几次短暂相处,对王秉正的为人和能力也认同。可作为一个官宦之家,虽不说要啥门当户对,但结一门亲,对对方的家世出身一点都不了解,总感觉有些不踏实。而这些,王秉正不说,陈于朝又不好主动问。

八十三

回到铜牟,左钧把龙安府提亲的经过详细说与王秉正听了,问他下一步做何打算。

"得先起座宅子,尽快把婚期定下来。"王秉正说。

自到铜牟镇,王秉正父子同左钧一起一直寄住在学馆小院。虽说学馆主要由左家出钱捐建,但既为义学,权属就是大家所有,寄住就罢了,还要在这里成亲安家,就显得很不妥当。再者,学馆小院也逼仄,确也不像个家的样子。

"对啊,该置个宅子了!"王秉正说的,也是左钧一直在想的,"你建烧坊花了那么多银两。我这里还有些积蓄,置办一处宽大宅子,还绰绰有余。这事,为父来安排。"

"这些年已劳父亲费心不少,离开夷陵时您又将客栈送了人,哪能再使您的银两!建烧坊虽耗费大,这几年卖酒也回来不少钱。我手上的钱，置家不成问题。"

"你就别管了！"左钧态度坚决，又提议说："下来就先看学馆周围有无宅子出手。有的话，买下来收拾，住这附近，离学馆烧坊都近，照顾两边都方便。"

"是得宽敞一点。我想有个大点的院落，种上桂树花草，建个亭子。将来干不动了，也好练练拳脚，和父亲一起看书下棋。"王秉正其实也早有规划。

学馆所在的半边街是铜牟镇最热闹的所在。左钧从街头到街尾细细探寻访问，见每个门面都在开门做买卖，没一户人家愿意转卖。自己找不到，左钧就想起里长。王秉正修烧坊、筑河堤，都是里长帮着办的，落下了不错的关系。左钧相信，这次这事，里长也定有办法。

左钧上门，里长知道他定有事相求。他把左钧迎进屋，拿出了自己寻常不舍得喝的好茶。

得知左钧来意，他当即应下。只是说明，需要点时间，让左钧回家等消息。

左钧说声"事就拜托你了"，起身离开，并在桌上留下一锭银子。里长也没客套，收了银子，送左钧出了门。

第三天傍晚，左钧爷仨正准备用饭，里长来学馆回话。

将里长迎进屋，左钧让顾嫂添一副碗筷，把里长按桌旁坐了。

"有眉目了！"里长美美地喝下一杯酒，咧嘴说。

"在哪里？快说说！"左钧一边斟酒，一边迫不及待地问。

"远在天边，近就在眼前。"里长端起酒杯说。

"莫卖关子，你要急死老朽不成！"左钧等里长把第二杯酒喝了，再为他斟满。

"就在这学馆后墙之外。"干下第三杯酒，里长答道。

"后墙外是一片荒地，三面都被街铺围死，咋修房？咋进出？"左钧的失望表露无遗。

"你看你，着急个啥？这些我都帮你想过了。学馆背后的北街上有处三间铺面相连的草屋，现被人租着开茶水铺，生意不好，每天也就做几百个铜钱的生意。我同房主商量过了，只要价钱合理，他愿意出让。拿下那三间铺面作门脸，后面就是您说的荒地，那地权属在官家，要用多少，我出面帮你斡旋，花很少银两就可得来。等新房修好，你们在学馆后墙上开个小门，建个廊道，不就可一步来回了？"说完，里长端起酒杯自顾干了。

"这事，得赶紧就办，先拿下那处再说。你去和房主谈，谈好价钱就签约付钱。开茶水铺子的，也给人些钱，别让人吃亏。"听了里长的话，王秉正比左钧还着急，端起酒杯敬谢。

同在一个镇子里，里长这一说，左钧立即想起来那个草棚茶铺。平时不经意，细想那茶铺确实和学馆背向斜对，若建宅院，当属上好。"对，对，就按秉正所说。先把茶铺买下来。"他连声附和。

"那这事我就帮你们去办。你们等消息就是。"里长干了杯里剩余的酒，大方应承。

隔天一早，里长找到茶铺房主，一番商量，对方同意按三十两银一间，连房带地一同转让。里长没耽搁，当即来找左钧，写下买卖纸约，双方签字画押，付了房款。里长和左钧又找到茶铺的租户，提出给他十两银做补偿，让他早觅新址。

买房的事落实好，买公有荒地的事，里长专程到了县衙。他向知县禀明，说潼绵学馆的左先生为方便起居和照顾学生，要在学馆旁购地置宅，打算购少许公有荒地，建个廊院，以连通私宅和学馆。

对左钧和潼绵学馆，县令早就熟知。听说是学馆左先生为方便教学，建宅用地，且是用长年闲置的公有死角荒地，当即就应允了，并安排里长找到相应人员办理地契。至于地价，象征性地收些银子即可。县令还告诉里长，用多少地，用什么位置，只要不引起纠纷讼争，让他权宜处置。

公地争取顺利，里长大喜过望。谢恩辞别县令，立即去找了县丞，呈述要办之事和县令意见。那县丞和里长本就熟悉，见此事县令已经应允，也乐得送个顺水人情。收了五十两银子，填了地契，将那片荒地授予左钧，注明在十亩之内，可取用铜牟镇上任何无争议的荒芜公地。

办全手续，里长当天就赶回了铜牟，向左钧、王秉正报喜。五十两银子买来十亩镇里荒地，与当初建烧坊的地价相比，这地算是白送了。

事情办得如此顺利，远超左钧父子预料。收下里长带回的地契，左钧拿出二十两银子给里长，以表谢意。左钧父子让顾嫂备菜，留里长一同酒饭。酒足饭饱告辞时，里长对王秉正承诺，建房时，有什么事，他都会出面协调摆平。

八十四

场地落实，心里最大的一块石头落了地。接下来，左钧马不停蹄地找人平了场地，找堪舆先生测了朝向布局，找来匠人设计画图，定了施工方案。

自然，请算命先生推算破土动工奠基上梁的时间也少不了。按算命先生测算，建房破土动工吉日，在壬申年（1692）正月初九。

忙完这些，接下来就是准备建材。无疑，最主要的建材仍是木材。

已过了放排季，又要赶时间，王秉正决定这次建房就不再去麻烦王汝了。自己上绵州或江油购买，即便价高一点，一定要买最好的木材。

左钧离开龙安府后，王汝在龙安府城将一百二十坛酒用车载换为马驮，领着马队，径直去了藏区。天渐冷，藏区高寒，这样的季节，藏区的贵族、头人们对烧酒的需求开始增加，好的烧酒，价钱很大。

酒一运到藏区，不到两天，就被抢购一空。在这里每坛酒售价十五两银子，这一趟买卖，盈利超过千两，超过他一年放排所得。但这批酒也没能从根本上解决藏区的需求。离开时，他又收下几十坛酒的定钱，决定再跑一趟铜牟镇。

王汝再到铜牟镇时,是冬至前。王秉正刚好准备去绵州或江油买木料,但他并未向王汝讲起。

安排好王汝要的一百二十坛酒,王秉正招待王汝吃了羊肉,爷几个又美美地喝了一回。

次日送王汝上路,王秉正不像以往那样只送到镇口大道,而是登马与王汝同行。

"大哥,你这是自己有事要去哪里,还是想把我送回龙安府?"酒车负重走不快,两人并骑好长一段路后,王汝忍不住问了王秉正。

"送到龙安府确做不到,陪你到绵州肯定可以,说不定还能到江油。"王秉正笑。

"是有啥要事要办?"在王秉正面前,王汝从无一点拘束。

"不是啥要事,是想起一座宅,去买点木材。"王秉正笑笑,"木头你懂得多,顺路,帮我掌掌眼。"

"要木头,咋不跟我说呢?"一听王秉正又要买木头,还没跟自己说过,王汝瞬间就急了。

"不知道你要下来,事前咋给你说?再说,冬天你家木头不早卖完了?这会又不能放排,给你说了有啥用?这回,我是赶着急用呢。"

"有不有用,你不说咋知道?说吧,需要多少?"王汝语带责备。

"这次量大。大小加一起,恐怕得要四五百根。"王秉正说。

"不就几百根木头嘛!我一卖木头的,还少得了你的?听我安排就是。"王汝说得不容置疑。

知道了王秉正要办的事,王汝交代三个赶车人一路自行安排,赶到江油时再见面。就同王秉正一起催马先行,奔江油去了。

涪江出山的第一站,江油城外的河滩堆场上,随时能看到堆积如山的木材。

二人轻骑快马赶到江油,才是正午时刻。用了午饭,王汝带王秉正来到涪江边最大的木材堆场,找了掌柜,背着王秉正一阵嘀咕,然后高兴地对王秉正说:"讲好!你回铜牟镇,最多三天,就会有人来找你。到时找人解排就是。"

木头的事被王汝轻描淡写地办妥,王秉正舒了口气,他拿出两包银子让王汝去付钱。两包银子中,一包是他带来买木材的,一包是王汝在上路前付他的酒钱。

"哪要得这么多!这些木头本是我存这里卖的,这里掌柜还没付我银两。现在给哥哥,我也按给贩子的价收钱。加上别人扎排及往铜牟放送的工钱,至多也就三百两银,你拿这么多干啥?"王汝不接银包。

"那这包银子你拿回去,就当哥哥用那一百二十坛酒换你这些木材,如何?"王秉正把王汝的酒银包扔回给他。

"也用不了。我给你的酒钱是三百六十两呢。"王汝接了银包,想取一些银两出来还给王秉正。

王秉正伸手按住王汝的手:"就这么定了,别再东说西说,我会生气的!"

见王秉正一脸严肃,王汝也只能听话地停下手:"就按大哥的意思办。要是这六百根木头不够用,你捎话给这家掌柜,让再给你送就是。价钱你不用管,到时我同他算。"

"好,先谢了。"

"酒肯定要喝,谢就不用了。自家兄弟,哪那么多客气!"

事情办妥,王秉正算算时间,当天已不能赶回铜牟,就跟王汝一起,找客栈住下来。

这夜,王汝肚里的酒虫又动了起来。才是申正时辰,两人就寻了一家酒楼,打算好好喝上一台。

八十五

这夜寻的叫武都酒楼。从气派来看,已算江油城中上好的场所。

时辰尚早，酒楼还没上客。两人上二楼，找一视野开阔的临窗位置坐下。王汝大喊一声"来客了"，就听得一楼有人拖长声回应"来……了……"接着有脚步声小跑上楼。

"两位客官够早。今晚咋安排？"上来的伙计冲俩人一喏，问。

"把你们这好吃的东西弄些来，管够管好。有啥好酒，先上二斤。"王汝说。

"现在有种新烧酒叫谪仙烧，价钱贵点，但味道好，不上头伤身。要不，给客官上这个？"

听说这里有谪仙烧坊的酒卖，王汝想要太白醉，但被王秉正制止了，他说："就谪仙烧吧。"

伙计应声退下，王汝扭脸问："咋不喝太白醉？"

"这江油城里，压根没有太白醉。"酒菜上来前，王秉正向王汝说了自己在江油卖酒的事。

少顷，酒菜上来。

酒用一土黄陶罐盛着，红绸系口，罐身贴着一方红纸，黑字写着"谪仙烧"。与酒菜一起上来的，是两只与酒罐同色的陶杯。

"换碗吧！"没外人在，王汝想痛快点。

"依你就是。"王秉正应允。

"换两个酒碗上来。"王汝吼一声。

"好呢！"伙计应答。取走酒杯，一会就送上了两个陶酒碗。

撕开酒罐封口，王汝把两人面前的酒碗倒满，端起碗先海喝一口，但旋即"噗"地喷了出来："酒不对！"

"啥不对？"王秉正讶然。

"大哥的酒我喝几年了，不是这味，从来都不是这味！"

王秉正没说话，自己端起碗尝了一口。

酒入口中，五味杂陈，虽有丝丝谪仙烧的感觉，但跟劣质的小灶苞谷烧相比，并无太大差别。

"酒假了，假太多了。"王秉正把酒吐了，肯定地说。

"将你的酒掺了假？"王汝问。

"不是将我的酒掺了假，是在别的酒里掺了我的酒，用了谪仙烧的名。是纯粹的假货！"

"狗日的！"王汝有点激动，一巴掌拍在桌上，就要喊老板上来发飙。

"先别着急，问下再说。"王秉正止住王汝。

"依我，就把这卖假货的烂酒楼砸了！"王汝声音虽压低了，却仍是恨恨的。

王秉正一边示意王汝克制情绪，一边大声呼声"掌柜的"。

一阵脚步声响过，伙计又来到面前。

"去叫掌柜的来。"王秉正语调平和，伙计狐疑地望了两人一眼，"喔"了一声，转身下楼。

"敢问客官有啥事？"伙计下去不一会，酒楼掌柜来到王秉正桌前，小心翼翼地问。

"这酒，你们作假了！"王秉正指着桌上酒碗，声音不大，话却严肃。

"酒作假了？我看看！"掌柜有些许惊讶。他先是拿过酒罐细细看了，然后让伙计取来一个空碗，捧起小酒罐，倒出半碗酒，端起碗来呷一口，细品一番，然后把碗放下，说："那就请客官说说，这酒假在哪里？"语气变得不客气了。

"你卖的是谪仙烧，可谪仙烧并不是这味。假在哪里，你的心里就没个数？"王汝听掌柜话里有刺，顿时火起。

"我这心里还真没数。这里卖谪仙烧几个月了，从来没听哪个客人说过酒假了！"掌柜并不示弱。

王汝起身就要动手，王秉正一把将其拉住，让他坐回座位，并示意掌柜也坐下说话。

掌柜不想把事闹大，见王秉正还算客气，顺势坐下来。

"我说这酒假了，是因为这谪仙烧酒，就出自我家烧坊。在你这酒里，真的谪仙烧不足三成，其余七成往上，是这边的小灶苞谷烧。"

317

"酒是你家烧坊酿的？酒有不有问题你自己不清楚？我想告诉你，这酒我买来就这个样。"酒楼掌柜对王秉正的话半信半疑，尽量压住火气解释。

"你们家的酒从哪里买的？"王秉正问。

"在江油城里，没有哪家酒楼可以自己酿酒煮酒。我们卖的酒，都是从几家酒铺买来。我们也就顺价卖出去，赚点差价而已。江油的酒铺，都是林、魏两姓人做的。这两姓人在江油的水食界大名鼎鼎，他们卖啥酒我们就买啥酒，没听说过哪里不对。酒楼这次定的酒，是从林烧酒的太白酒铺买来的。"掌柜气乎乎的。

"买酒时，酒是大坛装着，还是就这样的小罐装？"王秉正问。

"我们买酒，除散装的苞谷烧，像这种价钱大的酒，怎样买来就怎样卖，不操心包装，也不开零卖。这罐谪仙烧，我们拿来时一百六十个铜钱，卖二百四十个铜钱。喝这酒的人不多，淘那神去作假，有啥意思？"掌柜说。

"谪仙烧在你这卖得不好？"王秉正又问。

"不只在我家酒楼卖得不好，整个江油都卖得不好。味道差别不大，价钱差别却很大。我都不知道这酒好在哪里？"从酒楼掌柜的话里，王秉正感觉到掌柜对这酒不甚满意。

"喝过真正的谪仙烧没？"

"不晓得你说的真正的谪仙烧是啥味。我晓得在整个江油，谪仙烧就是这味。我拿来这个味，卖也这个味，客官您喝的也只能是这个味。在江油县，我这武都酒楼还是有口碑的，真犯不着为几罐酒来作假！"酒楼掌柜肯定地说。

明白了，这酒的问题，可能真不出在酒楼的环节。联想到当初卖酒时林烧酒的种种行止，王秉正意识到，自己的耿直和信任给错了对象。这合作伙伴，是找瞎了！

"如果我把酒直接给你卖，真正的好酒，有兴趣不？"王秉正萌出换人合作的想法，试探着问掌柜。

"拉倒吧！你说的好酒我没见着，也不知好在哪里，关键是我不想惹那闲气。我们这曾有一家新开的饭店，想多图两个利，直接去烧坊拿酒卖，店被砸不说，人还被撵出了江油。我开酒楼又不只为挣一点酒钱，惹那事做啥。"酒楼掌柜拒绝得干脆。

"难道，这江油城里没有王法？"王汝实在听不下去，插了话。

"王法？朝廷远得很，江湖却很近。这河水淹得死好多人呢。"掌柜白了王汝一眼，起身说句"饭点到了，客官没事，我还有别的事忙。两位慢用。有啥需要，招呼就是。"就兀自告退了。

"难道就拿这些家伙没办法了？"掌柜离开后，王汝气愤地说。

"不急，吃饭。你哥我凶险的事经得多了，这点事不怕解决不了。酒不好喝，我们吃饭。"王秉正说。

无酒佐餐，那顿饭吃得毫无兴致。草草了事，两人结账，出了武都酒楼。天色尚早，两人就在江油街头信步闲逛，顺便看看酒市。

正值饭点，很多街头小馆和酒楼人声鼎沸。留意了几家饭馆，王秉正均未寻到谪仙烧的踪影。看来江油这地界上，真的就没有好酒。王秉正开始盘算，如何重新开拓这儿的市场。

次日一大早，王秉正跟王汝道别，返回了铜牟镇。王汝送他出了江油南门，在路边寻得一家茶肆，喝着茶，等自己的酒车。

八十六

从江油城到铜牟镇，一百多里地，王秉正单骑急赶，也就三个时辰，未时初就回了学馆。左钧下午的课尚未开始。

"咋一个人空手回来了？午饭没？"见王秉正风尘仆仆回到学馆，左钧关心地问。

"急着赶路，饭还没吃。"王秉正只回答了后一个问题。

"顾家嫂子，给秉正弄点酒菜来。"

顾嫂准备饭菜的间隙，王秉正自己打水擦洗了脸上尘汗。左钧本想问下王秉正木材的事办得咋样，见王秉正忙着，一边学生也等着他上课。撂下一句话，让王秉正吃点东西好好休息休息，有事晚上说，授课去了。

就着顾嫂打回的红烧猪下水喝了两盅酒，啃一个馒头，王秉正就回屋睡了。一觉醒来，已是酉时初，他去了烧坊，找卖酒伙计一询问，才知道半年多来，江油那边要了头批二十坛酒，就没了下文。且那二十坛酒的酒钱，也还分文没有回账。

当年收来的酒粮超过二千石，为赶在来年气温起来前把酒都做出来，根据王法天建议，烧坊增加了人手。王法天与伙计们商定，以轮班形式，每天增加两个时辰工作量，多做一甑料。

自己不在现场，王法天也能把两个作坊的生产理得平顺快捷，王秉正很觉欣慰。更让他高兴的是，王法天在烧坊里同伙计们一起劳作，身体逐渐强壮起来。

王秉正在烧坊一直候着，等王法天把当天的事处置完，到更衣间换好衣服，父子俩才一同回了学馆。

父子进屋时，左钧已坐在桌旁，酒杯斟满，菜肴飘香。

"快来，坐下。"左钧招呼王秉正和王法天，眼里满是慈爱。

"咱爷仨有几天没一起喝酒了！"父子俩坐下。王法天端起酒杯深嗅一下，陶醉地说了句："咱这酒，真香！"在左钧父子的熏陶下，王法天年龄不大，已算资深"酒鬼"。

"急啥？等你大一起。"左钧怜爱地用手指轻敲一下王法天剃得光亮的前额，自己端起酒杯，示意王秉正喝酒。

爷仨头杯酒下肚，王法天按规矩去持壶倒酒。左钧问王秉正："说说，木头买得咋样？"

"唉，有喜有烦啊！"王秉正叹口气道。

"咋？"左钧紧张起来。修宅的事要赶，木料这事可不能有半点差池。

"烦的事和木头无关。我们要的木头，至迟后天就会到。王汝兄弟安排的，六百根，建房外，估计做家具用料都有了。我烦的是，在江油合作卖酒的人出了问题。"

"木头不出问题就好。"左钧松口气。

"江油卖酒的咋了？"与左钧所关心的不同，王法天更在意卖酒的事。

王秉正盯王法天一眼，然后把江油遇到的事细细讲了。

"现在最要紧的是修房造屋，办你跟于珍的大事，江油那样的地方多得很，少卖一点酒，影响不到我们啥。"听完王秉正的讲述，左钧宽慰他。

"话不是这样说。谪仙烧坊酿的太白醉和谪仙烧，从开始就追求品质，凭啥就要让那些人打着我们的幌子，去干坑人的勾当？"听了父亲的话，王法天表现出的却是愤慨。

王秉正投以赞许的目光："那你说说，下一步我们该咋办？"

"不有句俗话吗，使狗不如自走。江油市场找不到放心的合作者，我们就自己去开间铺子卖酒。"王法天提议。

"法天说得在理。"左钧附和。

"这倒是个办法。但江油那两个酒贩不是善类，自己去开铺卖酒，说不定会遇到啥麻烦。"王秉正有所顾虑。

"酒是我们的，怕啥麻烦！"王法天倒着酒，显得满不在乎。

"对啊！怕事，不是你王掌柜的风格嘛。"左钧也说。

"那就这么干了？"王秉正端起酒杯。

"就这么干了！"左钧和王法天也端起酒杯，三个酒杯碰在一起。

回铜牟镇第三天下午，有人到烧坊，说王掌柜的木头到了，让安排人去码头验货接收。

伙计到学馆告诉王秉正。王秉正立即叫上左钧往上渡口河边去。木排停在上码头前谪仙烧坊新修的护堤下。都是环抱大小，三四丈长短的杉木和桢楠。见到如此好的木料,左钧不停捋须叫好。王秉正则与几个排工商量,先将木排系牢,请排工们留一宿,另付工钱,明日帮助解排后再离开。

隔天一早,王秉正叫了几十个挑夫,在排工们解排后,按左钧安排,经过茶铺,把六百根木头都搬到茶铺后已经平整好的宅基地上。

午课散学,左钧到现场,看到堆积如山的木头,连饭都顾不上吃,就去叫来木匠,商量即日就开工先做梁柱这些构件。左钧想,工期尽量往前赶,一定要在来年雨季开始前先把宅子框架做完,屋瓦盖好。门窗壁板等小活计,就是在雨季也不影响了。

八十七

按当年收来的酒粮计算,烧坊酿出的酒将超过二十万斤。

去江油开店卖酒,是王秉正和王法天计划中的事。随烧坊生产的蒸蒸日上,王秉正想建一支专门卖酒的团队。他决定让王法天来担这个责任,就先拿江油来试水。

烧坊新招进的人中,除了一些别的烧坊来的熟手伙计,还包括一部分潼绵学馆的学子。王法天与王秉正商量,把那些肚里有点文墨,又愿意做卖酒之事的人抽出来,组建队伍。

王秉正同意了王法天的安排,识人用人,也是王法天今后必须面对的。

不过两三天,爷仨共进晚餐时,王法天就向王秉正汇报,说自己已经物色好了三个人选,两个曾在学馆读书,能写会算,另一个,是烧坊里一个灵活强健的年轻伙计。

"开间小铺子,需要用三个人?"王秉正想听听王法天的计划。

"只开江油一间铺子,当然用不着三个人。我挑出来的三个人,有两个是安排去江油开铺子的,另一个是想请您和我爷教教,给烧坊培养个账房。以后烧坊买进卖出的事多了,像现在这样,由您一个人拎着口袋来安排,不累坏才怪。我们必须得有一个账房先生,规矩地建账立簿,收多少支多少,到时您一看就了然,也就轻松了。"王法天的思路非常清晰。

"想得周到。我也觉得要找个账房管家,这事早就该做了。"左钧附和说。

对王法天的安排,王秉正非常满意,但他还是要继续考查:"那你选个酿酒的伙计出来,又算啥事?"

"铺子再小,做事总得有分工。再说,卖酒这事又不只是写写算算,有不少端上抱下的体力活。您讲江油的情况又那样复杂,安排一个健壮灵醒的伙计,不仅事情有人干,也多个照应。我算过,多个人的支出,也就是多卖一坛子酒的事。"

"不错,就依你的决定。"王秉正嘴上云淡风轻,心下却在想,儿子小小年纪,想事已是如此周全,我谪仙烧坊,未来可期呀!

第二天,王秉正让王法天把物色好的三人叫到学馆,父子俩一起,当面对他们以后的工作和薪水做了明确。三人除表示了谢意外,都立誓一定不负栽培,要把事情做好。

时近年关,王秉正原想等转年再有动作。可选出来去江油开店的两人和王法天的激情都很高,想即刻就动身。王秉正依了他们。放两人去江油前,王秉正对在江油要注意的事项做了交代,要求他们凡事稳健。在年前,只把店铺地址选好,将太白酒铺欠的二十坛酒钱收回即可。

八十八

腊月二十,茶铺摊主提前结束生意,把房子腾出来交给了左钧。

接房当天，左钧就找人把草屋掀了，把场地清了出来。

新宅的修建工作在木材拉到场的第二天便开始了。左钧让木匠提前带人进场开工。按他预期的进度，梁、柱、檩、椽的制作，得在破土动工前后完成。破土奠基后，择最近吉日就可立柱上梁。

腊月二十三，赶到过大年歇工前，派往江油开店收账的两人回到铜牟镇，带回的消息却不尽人意。开店的地方已经已找好，但太白酒铺的欠账，一分钱都未收回。他们找上门时，那林烧酒不仅拿出当初和王秉正的约定，以"进下一批酒时，结上一批酒钱"为由，拒绝付钱不说，还说了一大堆谪仙烧的不是，说酒次价高卖不出去，耽误了他们的生意等等。两人私下试着和一些酒楼、饭店联系，无论两人把真正的谪仙烧说得如何好，就是没有人接招卖谪仙烧坊的酒，哪怕只是试一试都不肯。

腊月二十四，烧坊封灶闭甑，收拾停当准备放年假。工地上，木匠也歇了工。王秉正计划把在工地干活的匠人和烧坊伙计、学徒都聚在一起团个年，就把桂园酒楼腊月二十五的午宴席桌全包了。另外，头一年已开始发放的荷包，这年又增加些容量，每个荷包都变成了五两银子。

爷仨依然回左家大院过了年。

正月初三，左钧就催着王秉正回到铜牟镇。在当下，没啥比起宅建屋让左钧更上心的事。他与王秉正商量，初九破土奠基时，要请铜牟镇及周边显绅、贤达及有生意往来的商贩们一起喝台开工酒，也算作请壬申年春桌。

王秉正自然是同意的。他还提议，要把烧坊的伙计、学徒们也都请上，在家同庆同喜。

左钧决定，将宴席摆在新屋的宅基上，请厨子做顿坝坝宴。

请客，备宴。新宅破土动工的喜宴在左钧张罗下进展顺利。

初九辰时正，阴阳先生着道袍持木剑，用罗盘定了方位，摆上刀头贡果，焚香燃纸，念念有词地掐开一只大红公鸡的顶冠，洒鸡血祭拜四方。

之后，左钧、王秉正和王法天爷仨按匠人用石灰粉画出的墙基线，刨了奠基的头几锄土，随后鞭炮点燃。鞭炮声止处，候在一旁的小工就在匠人的指挥下，热火朝天地干了起来。

摆了奠基开工喜宴，一年有序的忙碌也开了头。

王法天主导烧坊生产，左钧授课之外，重心放在了建房上。王秉正则学馆、烧坊和建房工地三头兼顾。

八十九

壬申年春节之前，崔通判找到陈于朝告假，说老家新起了祠堂，老父接连传书，要他回乡参与祭祀，迁祖先灵位。

大清朝管理官吏，有规定祖祭大事属可假之由。陈于朝准了崔通判的假，让他按例上报督抚。

临行，陈于朝设宴为崔通判饯行。桌上所饮，自然是王秉正所送之酒。

"这酒咋喝，都有一股老家柳林酒的味，但又比柳林酒香浓。"干一杯酒后，崔通判一边伸筷挟菜，一边说。

"你家距离柳林镇远不？"陈于朝问。

"不远，也就三四十里地。"崔通判答。

"头几次隐约听说，你秉正大哥先前曾在柳林待过，他们家祖上在那边还有家烧坊，名字就叫谪仙烧坊。这次你回家，如有空，过柳林镇去看看，打探打探那边的事情，看你秉正大哥家世如何？"陈于朝交代。

"一点小事，回家后我抽点时间去问问就是。"

过完春节，忙完家族祠堂的乔迁祭祀，崔通判专程去了趟凤翔。

他找到凤翔府通判，提起柳林铺的谪仙烧坊，那凤翔通判竟还有些印象，但具体情况怎样，又不很清楚。

凤翔府距柳林镇很近。为帮崔通判弄清情况，凤翔府通判带着他一道去了柳林铺，找到当地里长。

对几年前的两场意外大火，柳林镇的里长记忆深刻。当时，镇上生意最红火的谪仙烧坊同镇上一家叫好运来的赌坊都被烧了个精光。谪仙烧坊两个东家及家人也都没了影踪。当时他也觉得蹊跷，可这事在上官来勘验后定调说是一场天灾，也不见有苦主说事，他也不便去深理。但他知道，最后，是府县两级衙门以天灾销的案。原谪仙烧坊的两个东家都是匠籍，事后两家人也都以意外亡故消了门牌户籍。

了解到情况后，崔通判表面不动声色，心里却有一点兴奋。

回到龙安府，崔通判就在柳林镇了解到的情况，向陈于朝进行了禀报。

即将成为妹夫的王秉正是个活着的"死人"！对于这一结果，陈于朝很是惊诧。他跟崔通判一起分析，两个东家经营一家烧坊，两家人又都被销户，王秉正却为什么却活着？其他的人去了哪里？谪仙烧坊的大火同好运来的大火有没有关系？王秉正的过往不简单，很可能是个大奸大恶之人！

陈于朝下定决心，要找机会把王秉正的根底都弄个清楚。嫁不嫁妹另说，果真是个作奸犯科之人，一定要将其绳之以法。

九十

大年过完，赵昶又来到铜牟镇。去秋用粮从谪仙烧坊换回六百坛酒，他以自家的粮铺为基点，卖粮也卖酒。多年卖粮买米跟乡里建立起来的人脉网络，加上谪仙烧坊酒的上好品质，酒一上市就得到了盐亭周边百姓追捧。特别是那太白醉，不经意就成了区域内官绅贤达间宴饮的首选。

盐亭外，附近保宁府城的一些绅贾人家，尝过谪仙烧坊的酒后都欲罢不能，纷纷上门求购。

尽管赵昶尽量压着量卖，壬申年春节前，他手里所有的酒均告罄，连王秉正送他私人饮用的十坛，也被分走大半。

与铜牟镇的酒价比，赵昶在盐亭卖酒，谪仙烧要高十文，太白醉则要高出二十文。酒售罄时，赵昶算了账，六百坛酒扣除一千二百石粮的本钱外，有超过二千两银子的赚头，这利润比他家其他所有生意的盈利都高很多。

除开赚到手的钱，更让赵昶兴奋的是，买酒的客商越来越多。他粗略做个登记，春节前的需求，只要他手里有货，就可再卖三百坛不止。赵昶暗下决心，得用心把这卖酒的生意往更大里做。

年味未尽，盐亭县知县就差人召见赵昶。知县见面未问别的事，径直提出要赵昶卖五十坛太白醉给他。跟知县本就熟识，赵昶没客套，直接告知自己已无存酒，要酒，须得秋后。不想知县一听这话竟着了急，半命令半央求，要赵昶务必想办法弄五十坛太白醉来。

原来，布政使李辉祖年前自保宁府返成都，曾在盐亭歇夜。接待李辉祖一行时，县令用了太白醉。那布政使本是行伍出身，实乃好酒之人。喝过太白醉后甚是满意，临行还带了两坛走。

李辉祖在盐亭时，县令向其禀报盐亭风俗民情。得知当地每年二月初十，民间有祭祀蚕神嫘祖的活动，布政使兴趣盎然，明示要把这个活动由民间祭祀升格为地方官祭，以宣示皇恩，鼓励稼穑织纺。县令趁势请其垂临主祭，得了李辉祖应允。

年一过，布政使就蚕神祭祀一事遣人通令盐亭，对祭祀诸项提了要求，要盐亭县令妥善安排，明言届时将率附近州县官员同祭。得到通令，盐亭上下官绅无不兴奋。现诸事皆有妥当安排，招待宴饮所用的酒自然定为曾获布政使叫好的太白醉。

县令以为，官征且付钱买酒，本是易事，不想召见赵昶，得到的信息却是已无存酒。

明了县令的急忧，赵昶答应帮忙想办法。他决定即赴铜牟，除买酒外，还打算找王秉正沟通一下当年秋高粱的购买事项。如谪仙烧坊需要，他想鼓励当地百姓扩大高粱种植面积，用更多高粱换更多的酒。

赵昶到铜牟镇的时间是在未时前后，王秉正正在学馆照看学生。对赵昶在这个季节突然造访，王秉正确实感觉意外。安顿好学生，王秉正父子在小院里泡茶同赵昶小坐。

"这次到铜牟来，可有要事？"待赵昶饮下几口茶水，歇过气，王秉正问。

"唐突造访，确有急事！接了一单官差，急需一批太白醉。去年从你这里拉回去的酒，年前都已卖完。只好到铜牟镇来求酒了。"

"几坛子酒的事，说啥子求。要多少，说就是。"

"太白醉一百坛。"

数字一报，王秉正有数了。去年他要了六百坛酒，就是三万多斤。现在又要一百坛，看来这赵掌柜在盐亭，把我这酒的生意做得不错。

见王秉正没接话，赵昶就着急起来："实在没一百坛，至少也要想办法给我五十坛。"

"一百坛就一百坛。您这大老远专程为酒而来，想啥办法也得把酒给您。"

赵昶松了口气，抿一口茶接着说："买酒之外，我也想问，今年的高粱，还能要多少？如果需量大，我想办法再扩种一些。"

"有多少就送多少。"王秉正肯定地说。

"还能全部换酒？"赵昶问。

"依你。"王秉正答。

"爽快，剩下就是喝酒了。地点你选，客我来请！"铜牟镇之行的两个目的都顺利达成，赵昶一高兴，提出晚上要自己做东，请王秉正父子和左钧好好喝一台酒。

"到这铜牟镇,我就是地主。哪还有由您请客的道理。放心,酒一定陪你喝好。"王秉正说。

品茶聊到酉时光景,左钧从建宅的工地回来,四人一同去了桂园酒楼。酒席上,赵昶闻知王法天已能独力支撑烧坊事务,也为这对父子送上了祝福。他还向王秉正提出了邀请,请他跟自己同去盐亭,观礼盛况空前的蚕神祭祀大典。

王秉正本要拒绝,左钧和王法天考虑到他长期以来的辛劳,很想让他放松放松,就极力怂恿。架不住三人劝说,王秉正动了心思。算算行程,来往路途和观礼,也就五到七日时间,索性去盐亭看看,顺便了解了解那边酒市对自家产品的反映。

雇两辆大车拉酒走旱路,王秉正和赵昶骑马随行。两天后,两人到达盐亭。

九十一

赵昶把五十坛酒送到县衙时,距蚕神祭祀只剩下两天时间。见到赵昶送来的酒,县令松了口气。按日程,布政使率一众参祭官员,第二天就会到达。

赵昶虽百般邀请王秉正住自己家里,王秉正还是坚持在外找了家客栈。

余下两天,王秉正让赵昶忙自己的事,自己独自一人在盐亭县城和附近几个乡镇游逛一圈。他发现,虽说赵昶卖谪仙烧坊酒尚不足一年,可在盐亭的市面上,不管是酒楼饭馆还是酒铺,原来的小灶苞谷烧,已很少见到踪影。

第三日天色未亮,赵昶就带着一行人到客栈叫醒王秉正,一同出城观礼蚕神祭祀。

盐亭民间，蚕神祭祀分春礼（先蚕节）、秋礼（酬蚕节）两场。春礼是在嫘祖的生日二月初十，祭祀活动以祈求农桑丰收为主题。秋礼在九月十五，意在酬谢蚕神赐福，庆祝丰收。其中最隆重的，是每年二月初十的先蚕节。

　　祭祀的主祭场，在嫘祖出生并归葬之地，青龙山下青龙场的嫘轩宫。

　　嫘轩宫始建于武周时期，其时天下女权炽盛，女性祭祀亦火，盐亭地方官员为迎合上意，集当地绅贾之力而建。

　　嫘轩宫内，主祇蚕神娘娘是一尊真人大小，金丝楠木雕就，描金绘彩的女子形象。这蚕神娘娘云髻高耸，绸衣飘逸，双手托绢，脚踩桑叶和蚕茧堆垒的底座，慈祥、庄重、美丽。

　　与一般庙里塑的神像不同，蚕神娘娘装藏的脏填，不仅有五谷，还有绸绢和蚕茧。这些脏填每年迎祭之后，都会更换。

　　从盐亭县城到嫘轩宫有好几十里地。路不近，历代因祭祀需要，建有官道，道很好走。王秉正和赵昶共乘一驾马车，不到两个时辰，就来到祭祀现场。

　　祭祀的中心位于一个由青石板铺就的大广场上。广场区域和从广场到嫘轩宫的道路，均由差役把守。广场周边，前来祭祀的百姓穿着节日盛装，形成了一片欢腾的绚丽海洋。

　　巳时正，官员士绅列队鱼贯进入，祭祀活动正式开始。

　　广场正北方向中央，置有一黄绸围裹，直径长达五尺的圆形阔凳，那是祭祀的神座。神座前依次纵排着供桌，桌上已摆了三牲、五谷和锦帛等供品。其后，是一只长方形的长耳高足大香炉。

　　"迎蚕神！"祭祀主持官一声喊，丝竹管弦之音骤起。古乐声中，一持拂尘的白须老道领头，六名盛装的年轻蚕娘抬辇，蚕神嫘祖的神像被缓缓抬出嫘轩宫山门，到广场后被请上神座。

　　"沐蚕神！"神像安放完毕，主持官员一声喊，祭祀进入第二环节。只见那引路的老道用手中拂尘将神像从上到下，反复仔细掸了，然后接过一少年道童递上的白玉净瓶，用瓶里所盛的无根之水洒在神像上。

沐洗之后，老道自神像后背开启去岁的藏脏之封，将所藏的五谷锦帛一一取出，又将供桌上新备的五谷锦帛填入，然后塞封贴符，沐神环节就算结束。

道士退下，祭拜环节开始。主持官员发声邀请，主祭布政使李辉祖上前净手，诵读祭词。祭词诵毕，主祭亲手燃香三炷，领众官绅向神像鞠躬祭拜。

官绅人等祭毕退场，围观百姓祭拜才开始。与官员的鞠躬献礼不同，百姓在献供上香后，多以跪拜之礼礼神。

祭祀典礼结束，已是午正时刻。

王秉正同赵昶在庙会找吃食摊子，点了些小食果腹，再看一会大戏，就返回了盐亭。

次日，王秉正动身回铜牟。临行前，赵昶递给他一包银子说是支付酒资，被王秉正拒绝了："秋后送酒粮时再一起算就是。"

早春的天气很适合赶路。王秉正一个人轻骑快马，要是起早贪黑，两头不见亮地快赶，从盐亭到铜牟镇，骑乘一天也能到。但是王秉正还想在回程的时候到潼川府看看当地的酒市，于是就信马由缰地，边走边欣赏沿途的春色，当天下午老早就赶到了潼川府城。

住下后，王秉正随兴到潼川街头闲逛。这是他第三次来到潼川，头两次都是行色匆匆，没有切近了解过。这次，他要好好看看这座千年古城，特别是这里的酒水市场。

以大十字为城市中心，四条街道分别通向东西南北四座城门。南门外是凯江码头，东门外是涪江码头，这两条街所夹区域内的几条街道，就是潼川府的繁华所在。

王秉正趋着人气行走。暮色初上，两旁的商铺都点起了灯火。特别是酒肆，已到晚餐时刻，人气都很旺。

他看到，潼川府街虽有谪仙烧和太白醉的酒幌，但绝大多数酒铺出售的仍然以苞谷烧为主。

潼川府方向，该好好来卖卖酒了。王秉正想。

九十二

在左钧亲自操持下,到二月中旬,新宅的所有地基和地下部分工程完工。按阴阳先生测算出的吉日,立柱上梁日期定在春分。这之后,建房工地就一天一个样地起着变化。不到半月,开始布椽盖瓦,宅子的大致轮廓显现出来。

这新宅在铜牟镇上,真算有一等气势。

从盐亭回来之后,王秉正一边在学馆帮左钧授课,一边思考着烧坊的下步动作。赵昶在盐亭卖酒的情形,让他对自己未来的市场更有信心。有了赵昶的供应保障,让他对酒粮来源也有了底气。但是,烧坊的两间作坊,甑灶利用和人手布排都已饱和。照此,一个酿酒季最多也就消化三千石酒粮,出二三十万斤酒,再往大就没了空间。他考虑再建间作坊,可烧坊现在已没有多余地方了。

一日午课后,王秉正到烧坊转悠。

"大,想啥呢?"王法天悄然来到了他身后。

正为扩建之事发愁的王秉正回过神来,叹口气说:"我在想,是不是得再建一间作坊?要建的话,新作坊放哪里呢?"

"我也正想这事。要说再修间作坊添两口甑灶,地方还是有的。咱挖洞窟堆土填起来那块地,经过去年沉降,已基本稳定了。再补填补填,拿来修间作坊还够。可我还不想新建作坊,想先改下甑灶。"

"改甑灶!怎么改?"王法天的想法,一下拨明了王秉正。

"现在用的蒸粮灶跟蒸酒灶,开口都只三尺,每甑下来,最多不过蒸三五石粮。一天三甑粮三甑酒,也就酿十多二十石粮。我想把现在用的灶改成四尺半开口,在锅上再砌个瓮圈,放五尺大的甑子来蒸。这样每甑装粮可以增加一倍不止,还可节省柴火,不窝人工,轻松就能把产量做上去。"王法天似有成竹在胸。

"行得通？大甑蒸出的粮和酒能保证品质？"

"我也在担心这事。所以找您商量。今年的酿酒时间抓得紧，估计挑窖会比往年早点。我想用这个时间先改间作坊来试下。如果行，两间作坊都改了。"

"成！你放心弄，搞成了最好，搞瞎了改回来就是。"王秉正对王法天真的是刮目相看。

"那我明儿就去弄了哦？"

"弄。要大做啥，你说就是。"

父子同心，王法天说干就干。他先找到砌灶匠人，把最老那间作坊的两口灶扒了，按自己的要求画图重砌。又去镇上铸锅的翻砂作坊，定制了两口四尺半开口的大厚铁锅。然后让王秉正帮着联系原来给烧坊做皇桶的木匠作坊，用桑木打制了一个五尺大开口的甑子及天锅等配套用具。也就半个月时间，改灶之事就完成了。

新甑灶试火那天，王秉正一直守在现场。一甑七八石粮，蒸出的酒醅如何？流出的酒咋样，他不免有些忐忑。

润粮上甑，拌醅上甑，两口灶一起点火，按照既有流程，做得一丝不苟。王秉正同王法天一起，仔细关注着甑子蒸汽和流酒竹管的细微变化。连续两天，每天两甑粮，两甑酒下来，发现大甑除耗用时间较以往长点外，酒粮均匀熟化和酒质、出酒量，都能达到小甑水平。这时，父子俩悬着的心就放下了。

新宅那边，屋面盖瓦结束后，建房的其他工程由露天改为室内。墙体装板上泥，门窗制作安装，地面青砖铺设……每个环节依序推进，一天一个样。

芒种之前，烧坊用完所有存粮，一个酿酒季又告结束。

修宅那边，房子主体工程也告一段落，进入细节整理和漆画阶段。建房木匠退场后，左钧又请来一批木匠进场打制家具。从外到内，左钧都要最好的。

天气渐热，又过了最忙的时节，爷仨每天傍晚都会在学馆小院桂树下小酌一番。每日酒桌上总有说不完的话，大家谈论最多的，还是新家建好后，在秋冬季节择好日子，把陈于珍接回来，一起过大年。

九十三

壬申年大年过后，江油酒铺如期开张，酒铺就叫了"谪仙酒铺"。

在江油卖酒之事，进行得很不理想。同样是卖谪仙烧，无论卖酒的人怎样推广，江油这些酒楼、饭店就是不敢接手。

酒铺开张几个月，除逐渐增加些零散的民间购酒者外，对酒楼等经营场所的售卖，毫无进展。

酒卖不好，账更难收。几次找太白酒铺索要，不仅无果，还声称，谪仙酒铺不滚出江油，就别想收到一分酒钱。

开始一阵，派到江油的两个年轻人不愿麻烦王秉正和王法天，想自己处理。可几个月过去，问题处理不好不说，还被太白酒铺告上了公堂。

能霸得住江油的酒市，自然就不是寻常生意人。

林烧酒有一胞兄叫林古财，出身江湖。后趁战乱在江油县衙谋了个差役职。仗着心狠手辣和钻营弄巧，一路从差役、捕头干到了典史。品阶虽在末流，对外仍是朝廷命官。由于县令是流官，常有调换，这林典史就包揽了江油的狱讼裁决。

魏掌柜父亲魏家林，本是前朝一附生，科举屡试不中。早期为谋生活，在城隍庙外摆个摊子帮人写书信诉状，后来发现百姓大多不懂律令，遂研习起律法，做起讼师，代人打官司。上堂的时候多了，这魏家林和林古财就结成了朋友。二人相互勾结，原被告皆吃，捞尽了好处。

图海带兵入川，大清天下初定。两人看到江油酒水市场的空子，就差家人分别开了酒铺。之后，找各种借口寻事生非，由魏家林出面挑起诉讼后，林古财曲解律令，枉法裁判，巧取豪夺，两家人仗势逐渐独占了江油的酒市。

谪仙酒铺被太白酒铺告到县衙，出面的讼师自然是魏家林，案由是，谪仙酒铺冒用太白酒铺招牌，售卖假酒，败坏太白酒铺声誉。

魏家林在诉状中称，谪仙烧是太白酒铺专有的好酒牌子，谪仙酒铺进入江油后，擅自冒用，也出售谪仙烧，严重侵害了太白酒铺的买卖，要求有司判令谪仙酒铺关张，并赔偿太白酒铺白银六百两。

虽说怎么告，怎么判事先都已定好，但过场还是得走。魏家林提告，林古财公开升堂审理。在传带谪仙酒铺掌柜到堂后，依魏家林所言，林古财装模作样地传唤几名证人。证人证实太白酒铺卖谪仙烧确在谪仙酒铺开张之前。于是，林古财就不再听谪仙酒铺掌柜辩驳，下了裁断。依诉状所请，判谪仙酒铺关张，赔银六百两。裁断当天，林古财就让差役封了谪仙酒铺。

事已至此，谪仙酒坊在江油的两人知道自己已无力回天，只得连夜赶回铜牟镇，向王秉正和王法天汇报。

两伙计从江油回到铜牟镇时，王秉正和王法天正忙着改建第二间作坊的甑灶，着手在填起来的空地上修建新粮仓。

听闻江油酒铺遭提告，被官府查封，还被判赔银六百两，王法天当即火冒三丈，现场起嚷，说要立即上告，不吃这冤枉亏。王秉正稳沉很多，制止了王法天。父子俩把两伙计带回学馆，让其详细讲述官司经过。

了解了前因后果，王秉正也不由恶向胆边生。在江油卖酒时，林烧酒和魏掌柜的做派在他心头浮现。前后一联系，王秉正方才明白，这是遇到欺行霸市的无赖了。

思忖一番，王秉正决定去江油再会会林烧酒，看看官府咋断这案，官司到底输在了哪里。

出发前夜，爷仨共进晚餐。王秉正把江油所遇之事讲给左钧，以期为下一步官司找到更多的理和据。

"这官司虽有枉法的部分,但要说全部冤枉,也不尽然。"听了王秉正的讲述,左钧思索良久后说。

"哪里不冤?明明是我们卖自己的酒,却说我们假冒他的牌子。封我们的店铺不说,还判赔那么大一笔银子。我看,就是冤枉死了。"王法天不依。

"安静点,听你爷咋说!"王秉正打断了王法天。

"说不冤枉,因为在江油城里,人家确是先卖谪仙烧的。我们去卖同一种酒,别人说我们假冒,也算是有道理。"左钧端杯呷一口酒,慢吞吞地说。

"依您来看,这事该咋办?"王秉正问。

"官司输了,除我们能看到的理由外,背后肯定还另有原因。要扳回官司,现在首先要弄明白,是断案官员不明真相做的误判,还是颠倒黑白枉法裁判。如是误判,只需重新陈述事实即可。如是枉法,我看就只有上告了。"

"不管是误判还是枉法裁判,这官司一定得打。而且,在江油,酒我们一定要卖。"王秉正表了态。

"打到天上也要打!"王法天义愤填膺。

"官司是必须得打,但怎么打?得想清楚。"左钧说。

次日一早,王秉正将烧坊事务向王法天一番交代,带上在江油做酒铺的两个伙计,奔江油而去。到达江油,照先礼后兵的处事习惯,王秉正找了一处最好的酒楼,备下一桌酒菜,遣一伙计去请林烧酒共进晚餐。

林烧酒知道,王秉正迟早会露面。

对于这场官司的结局,他和魏掌柜早已合计好。首先,在江油的酒水市场上,他俩这个"卖面粉"的,绝不容许谪仙酒铺在这里"卖石灰"。把谪仙酒铺撵出江油,即使以后与谪仙烧坊再无生意来往,收不到六百两银子的赔偿,但自己差的二十坛酒钱也可以不用还了。顺便,他们还能吃掉谪仙酒铺被查封的几十坛好酒。

但对这二人来说，最好的结果，是王秉正能够妥协，不但关掉在江油的酒铺，而且能够照旧把酒交给自己代卖。这样的话，不仅可以继续用谪仙烧坊的酒挣钱，还可把官判的赔款慢慢吃扣回来。

接到王秉正邀请，林烧酒当即答应赴宴。前脚打发走王秉正的伙计，他后脚就去找了魏掌柜。两人又一同见了魏家林，就晚上在酒桌如何说道商量办法。

"要想抱着这棵摇钱树来慢慢摇，得让他知道我们在这方的势力，让他害怕。还要让他知道，必须得借重我们，他的酒在江油才有机会。"老奸巨猾的魏家林为儿子和林烧酒晚上的谈判定了调子。

芒种后，夏至前，白昼很长。

戌时初，林烧酒和魏掌柜应邀到王秉正定的酒楼时，天色还未黑定。虽然心里很不乐意，作为礼节，王秉正还是亲自到酒楼门口把两人迎进了贵宾间。

与王秉正的谦恭相比，林烧酒同魏掌柜的态度显得倨傲。气势拿够，先给王秉正一个下马威，是他们设计的第一步。

入席坐定，伙计把每人面前的酒杯斟满，王秉正端起酒杯。

"今天请两位来，就是想理理，看我们之间到底有啥误会。如此前有啥得罪之处，还请两位明示，我先向两位赔个不是。今后，我定当约束伙计。希望两位给谪仙酒铺一条生路。"王秉正开宗明义，说了自己的目的。然后说声"请"，率先把酒倒进嘴里，忍着酸苦辣烈的难受，把酒咽下去。

林烧酒见王秉正把酒干了，和魏掌柜相视一笑，也把杯中酒倒进口中。

"你家不是有好酒吗？干嘛让我们喝这等难喝的酒？"林烧酒不接王秉正的话，反而评价起酒来。

原来，林烧酒虽然卖酒时掺杂使假，但自己喝酒一直都是很好的。自有了谪仙烧坊的酒后，他一直喝的都是原装的谪仙烧。几个月下来，对自己售卖的劣酒反已不习惯。

"不晓得哪里得罪了我们？你敢跑到江油来开铺卖酒，是在我们的饭碗里抢食！你也不事先打听打听，在这江油，谁说了算？"魏掌柜没有纠结酒的味道，他说话的语气相当硬。

"江油也有那么多酒铺，为啥偏就容不得我一个谪仙酒铺呢？"趁伙计倒酒的间隙，王秉正不温不火地问。

"哈哈哈……这，你这个外地人就不懂了。在这江油城里，不管酒铺叫啥字号，背后的老板却只有两个，要么姓魏，要么姓林。"林烧酒洋洋自得地说。

"意思是说，这江油的酒水市场，被你俩全占着？"王秉正轻缓中带着刚硬。

"虽然你这话说得不那么好听，但也算实在。在这江油地界上，酒水这营生，除了我们两家，别人还真是碰不得的。"魏掌柜面色冰冷。

"凭什么呢？"王秉正笑问。

"凭什么？凭实力呗！看来你真是没弄懂，这江油地界是谁家的。你去用心打听一下，在这座城里，从官府到江湖，谁敢不给我林、魏两家面子。别说你一个外地人，那些世代在江油卖酒水的人，从我们两家卖酒水开始，他们还敢做吗？不要说我们动手，现在的江油，我两家不发话，谁的酒也进不来！"魏掌柜态度依然。

"弄死个酒铺，就像捏死个蚂蚁。告官没用的，王掌柜。不告官，江湖朋友嘛，也做得。"林烧酒话里有话。

"那我们之间这道坎，咋样才过得去？"听林、魏两人一唱一和，王秉正想听听两人的真实想法。

"我们也是讲道理的。话说好了，你把谪仙酒铺交给我们，按原来的约定，酒我们还是会帮你卖。六百两银子的赔偿，也不着急，在以后的酒账里慢慢抵扣就是。有我们的帮衬，你这'谪仙'才好在江油混嘛。"魏掌柜突然变得和颜悦色起来。

"怎样才算话说好了呢？"王秉正压住心中的怒火，依然不疾不徐。

林、魏两人相视一笑，以为王秉正已被唬住。那魏掌柜把桌上没

338

倒出多少的酒壶往王秉正面前一推,说:"你一口气把这壶里的酒喝了,再向我兄弟俩各鞠三个躬,这事就算过去了。以后就照我说的,咱们生意还继续做。"

这客气,是再也装不下去了。

"酒太差,伤人,实在喝不下去。我这腰不舒服,也弯不下来。看来这事咱们是过不去了。"王秉正凛然变色。

魏掌柜端起酒杯一边把玩,一边斜睨着王秉正:"不过去,你还想咋的?"

"我就不信,这江油城就没有王法了,衙门是为你两家开的?"王秉正还保留着君子之风。

"哈哈,哈哈哈哈,还真让你说对了,这江油的衙门,还真就是我家开的。在这个地界,咱两家说啥,啥就是王法。"林烧酒甚是嚣张,"别不服气,不信你就去衙门喊冤再告,我们哥俩陪你玩就是。看你的酒铺还能不能开,看你要赔我的银子能不能少一文。"

"别说告官,只要我俩一声吩咐,你在江油城里想走干路都难!我们现在不动你,你先好好想想。"魏掌柜继续威胁。

"话说到这个份上,今天这酒是吃不下去了。你好好想想吧,我们给你些时日。"林烧酒站起身,招呼魏掌柜一声,两人拂袖离席欲往外走。

原以为这样的恐吓,一定会让王秉正放弃抵抗,但王秉正只是冷笑,并不阻拦,两人也只好尴尬离场。

待他们离开,王秉正招呼两个伙计坐下吃饭,之后结账,回了客栈。

这一顿饭没有白吃,王秉正已经明白,自己的酒铺败走江油,不是江油的官吏失察,而是有人枉法。他决定到龙安府上告。

回到客栈,王秉正从掌柜处找来纸笔,连夜写好诉状。第二天一早,就带着两个伙计奔龙安府而去。

起早,贪黑,三人快马轻骑,二百多里地硬是在一天的时间里赶了下来。

次日卯时正,陈于朝和一众官员入府衙才坐正,王秉正就领了两个伙计来到衙前击鼓。

陈于朝很觉诧异。龙安府属番汉交融之地,民风虽剽悍但淳朴,人与人之间有了纠纷,多以私下请人调处解决。偶有讼争,也多止于县衙,很少有人到府衙上告。那府衙门口的鸣冤鼓,已有多年未曾响过。谁有多大的冤情?陈于朝很感好奇。他整理顶戴官服,和同知、通判一道上了大堂,令衙差带击鼓之人上堂。

"江油县衙枉法裁断,草民有冤,恳请知府大人做主。"王秉正一路喊冤,被衙差带上大堂,跪于堂下。

见被带上大堂的是王秉正,陈于朝和崔通判均惊讶万分。但身在公堂,陈于朝也只能正经问案。

"下跪何人,有何冤情击鼓,从速道来。"陈于朝发问。

"草民乃绵州府铜牟镇酿酒匠人王秉正,因卖酒到龙安府江油县,被恶贾捏讼诈财,江油县衙枉法裁断,现上告于龙安府衙,求大人做主。"王秉正跪地,抬头应答,一边从怀里掏出诉状,双手奉于衙堂。

陈于朝命衙役取来递上,展开阅读。

大清康熙三十一年五月,绵州府铜牟镇人王秉正,因恶贾捏讼诈财,为江油县衙枉裁,现上告于龙安府衙,祈府台大人依法明察,拨乱反正,为民做主。

草民现居绵州铜牟镇,酿酒为生。卖酒至江油,误结恶贾太白酒铺林烧酒。林赖付酒账,掺假坑民。为卫声誉,遂开店自营。恶贾诈财,构陷冒名,捏讼于江油县衙。江油县衙,不查实情,枉下裁断,封我酒铺,罚我赔银。现诉于府台,乞请明察,依法重断,还民公道。

具状人王秉正
大清康熙三十一年五月

诉状工整，诉由清楚，诉求明确。

九十四

崔通判回陕西省亲打探到王秉正的一些过往后，陈于朝一直在寻思怎样把王秉正的根底刨得更清楚。他想直接向陈于珍了解，又怕伤着妹妹。

纠结之中，他同崔通判多次商量，甚至动过跨府缉拿，把王秉正带回龙安府询审，把情况弄清的念头。但又怕把动静弄得过大，万一王秉正不是坏人，不好收场。

正当两人不知怎样处理这件事更为稳妥时，王秉正主动来了龙安府，而且是来告状的。陈于朝觉得，机会来了。

陈于朝将王秉正的诉状递给同知和崔通判传阅，又把崔通判单独叫到一旁商量，决定先把案子接了，再找机会向王秉正核实其在陕西的过往。如果王秉正说不清楚或真有作奸犯科，就将其控制，解往陕西追究。

主意拿定，陈于朝重回公堂后正声告之："具状人王秉正，你的诉状本府收讫。所诉之事本府即着人查核，查明后再作裁断。你先回家候传。退下。"

"谢府台大人！"王秉正磕头起身，退出了府衙大堂。

怎么向王秉正核实他的过往呢？退堂后，陈于朝又与崔通判商量。为稳妥起见，他们决定，在府衙后院设家宴宴请王秉正，直接在宴席上询问。如果王秉正说不出个道道，再将其拿下不迟。考虑到陈于珍曾说过，王秉正身手了得，两人决定让一班捕快到后院设伏，以防不测。

二人决定，此事先要瞒住陈于珍。回到后院，陈于朝找到夫人，向她讲了当天的计划，让她想法看住陈于珍。陈夫人明白丈夫苦心，答应配合。

安排好这一切，陈于朝派衙役赶到王秉正住的客栈传话，邀王秉正到府衙一叙。

为看住陈于珍，陈夫人以知府要设家宴请客，自己忙不过来，要陈于珍给自己帮厨为由，把她带进厨房，留在了自己身边。

午正前，王秉正略作洗漱，换了衣衫，安顿好两个伙计，随衙役去往府衙后院。

陈于朝和崔通判回到后院，一班捕快也随即赶到。他们在埋伏时，被陈于珍在无意中看到，心下不免奇怪。

"今天请的啥子客哦？这么多兵丁拿刀带枪的，未必我哥在设鸿门宴？"她问嫂子。

"男人的事，我们不要去管。"陈夫人遮遮掩掩。

"真是鸿门宴啊？那我哥请的是谁？"陈于珍有点兴奋。

"办公事，你莫打听！"

王秉正被带进府衙后院的客堂时，酒菜都已上桌，可桌上只有陈于朝和崔通判在，且都穿着官服，神情严肃。

"坐！"王秉正进屋后，陈于朝一言未发，崔通判指着下首的位置对王秉正说。

"大哥好，咋不见我大嫂呢？"王秉正觉得氛围不对，坐下的同时随口问。

"今天叫你过来，是有几件事要问你，大嫂在不方便。"崔通判示意在堂内侍候的衙役关门后退出，板着脸说。

"原来两位大人是要审案子啊！有什么问题但问就是。"王秉正很平静。

"你家过去在柳林铺是不是也有家谪仙烧坊？"崔通判起身，一边倒酒，一边问。

王秉正心头一震。虽然内心坦荡，但毕竟事关几条人命，他不愿与外人道,特别是向官家解释。

"你们的烧坊失火后,两个东家都神秘消失了。你的合伙人去哪了?你的填房孙氏又去哪了?你现在建烧坊的钱是从哪里来的?是不是谋财害命所得?"崔通判一连串地发问,语气越发严峻。

"不是你想的那样!"王秉正被逼问得无路可退,头上的汗珠瞬间冒了出来。他想解释,却又不知从何说起。

"那你说是哪样?诡辩还有意义吗?"崔通判想进一步证实自己的判断。

"来人,把这贼人给我拿下!"不等王秉正解释和陈于朝发话,崔通判就向藏在暗处的捕快们下了令。

埋伏的捕快立即拥向客堂。

被嫂子喝止后,陈于珍嘴上虽不再问,但好奇心让她对外面的事一直都很关注。见捕快们冲出,她再也按捺不住,跟着出来看热闹。

捕快们推开客堂后她傻了眼。客堂内,除陈于朝和崔通判外,只有王秉正一个客人!

见捕快要对王秉正动手,陈于珍顿时急了眼。她一个健步冲上前护在了王秉正面前。

"这是要作甚呢?"陈于珍冲着陈于朝和崔通判吼。

捕快们见知府妹子以身护人,有点不知所措,只好把两人围住。

"妹子你让开,你身后这人可能是个杀人放火的贼人!"崔通判对陈于珍说。

"你凭啥这么说?"陈于珍又吼。

短暂慌乱后,王秉正定住了神。他拍了拍张开两手,拦在他与捕快之间的陈于珍说:"妹子莫急,我想两位大人是误会了!那些事,我跟他们说清楚就是!"

"你为啥从陕西来的四川?你身边那些人到底去了哪里?你说得清楚吗?"一直稳坐的陈于朝终于发了话。他对陈于珍说:"于珍你过来,你身后的人在陕西可能犯了大案,你有可能被他蒙骗了。"

343

"我秉正哥没骗过人，你们要问的那些事，我都知道！"陈于珍听了哥哥的话，不等王秉正开腔，自己就把话接了。

陈于珍的话让陈于朝和崔通判心里都一震。

这里面可能真有隐情！陈于朝想。

"你们都先退下。"他指着一班捕快下令。

捕快们退出客堂，陈于朝亲自掩门，招呼大家重新坐下。

"你知道些啥？"场面平静下来，陈于朝没理王秉正，直接问陈于珍。

"秉正哥点了在柳林的烧坊逃亡江湖，最后跟我们来了四川，是被一伙马匪逼的。这些马匪，还有官家背景。"陈于珍端起桌上王秉正的酒杯一口干了，定了定神，顺了顺气，把自己从王秉正和王法天口中知道的，王秉正在陕西经历的事，一股脑都说了出来。

陈于珍讲完，陈于朝和崔通判又就一些细节询问了王秉正一番。见两人所说合情合理，再加上过往对王秉正的了解，两人心中的疑虑就基本解除了。

陈于朝让崔通判遣走捕快，还要求所有人对当天的事严密封口。然后重新布酒，邀陈夫人也一同入席。

"左老先生上来给你们提亲后，我心里对你的家世深感不安。崔通判回去省亲时，就托他去做了打探。发现很多事存疑，怕你伤害到于珍，所以才要找你询问清楚。希望你能理解，不要见怪。"大家坐定后，陈于朝亲自为王秉正斟酒致歉。

"是我顾虑太多，没主动跟大哥说清，让您起疑，做法欠妥。再说，大哥是为于珍好，我怎敢见怪。"王秉正起身，接了陈于朝递过来的酒杯。

"刚才我鲁莽了！还请大哥勿怪！"崔通判也向王秉正表达了歉意。

"崔大人这是关爱于珍，更是职责使然。把事情讲清楚后，我一身轻松。谢你都来不及呢，哪有责怪！"王秉正的确是这么想的。

话说开了，酒喝得也很放开。席间，陈于朝向王秉正询问起江油的案子。听了王秉正的讲述，陈于朝对崔通判说："这案子确实断得不合常理。崔大人司掌狱讼，当下江油亲自过问，看江油衙门中，究竟谁在枉法。待事实清朗后，具报督抚，严加整饬，既还你秉正大哥公道，也整顿我龙安吏治。清平世界，在我龙安府域内，绝不能有如此贪赃枉法、欺行霸市、鱼肉乡里之事。"

"小弟下午即做安排，明早就同秉正大哥同去江油。"

餐后，陈于朝和崔通判各自忙事，陈夫人也借口走开，留下陈于珍陪着王秉正。

"父亲上次上来提亲，转眼已半年过去，你们咋就没动静了？"待众人散去，陈于珍带着责怪语气问王秉正。

"到铜牟镇几年，烧坊倒是越修越大，可我们几人却一直寄住在学馆里。要娶你进门，总得给你一个像样的家吧？现在，我们的新宅在父亲操持下已快建成，大年前，就可娶你进门。"王秉正柔情地说。

"这些年颠沛奔波，身似浮萍，心亦无根，只要和你在一起，华府或陋室，对我都不甚重要。不过有房有宅，身才有所安。那些俗礼，能免就免了。就等你送喜期帖子来了。"陈于珍说话，声音娓娓，软甜腻人。

"从铜牟到龙安，路途遥远，有些礼数，真不可能全尽到。但我心会到，往后日子，定不会再让你经风历险。"

九十五

当夜，陈于朝又备下酒席宴请王秉正。崔通判作陪外，陈于朝还遣人去江边木材堆场邀请王汝，王汝却已放排下山去了。

次日一早，崔通判带了一干衙差到王秉正所住客栈。一行人简单用过饭,除留下王秉正一个伙计带马到江油外,其他人乘船赶往。

当晚到江油,崔通判安排所有人一并入住了官驿。第二天,他微服简从,由王秉正和伙计领着,到被封的谪仙酒铺实地转了一圈。

酒铺还挂着谪仙酒铺招牌,江油县衙贴的封条已被撕掉,门开着,有伙计守在里面。

"你们是谁?咋在这铺子里?"崔通判进铺询问。

"现在这酒铺由林掌柜接管了。我们是他伙计。"

"我听说这家酒铺东家姓王,铺子由衙门封着,咋就由你们林掌柜接管了?"

"这有啥稀奇的。我家东家的大哥就是衙门里的老爷,这家酒铺东家不识相,被我家掌柜和魏讼师告了。我家大老爷判这酒铺原来的东家赔我家老爷好多银子,那东家赔不起,跑了。这酒铺自然就归我家老爷了。封条不封条的算啥!在这江油城,还不是我家大老爷一句话的事。"伙计倒是实诚,不待逼问,就全说了。

"你家大老爷是谁喔,有这般能耐?"崔通判接着诱导。

"你外来的吧?"看铺伙计甩了崔通判一个轻蔑的眼神,"在这江油地面,哪个不晓得太白酒铺的后面,是大名鼎鼎的林典史林大老爷。"

本以为会费多少周折,不想伙计几句话,就帮崔通判揭开了太白酒铺在江油欺行霸市的后台。

"看来,你们东家在这江油真没人招惹得起。"崔通判弄明原委,和王秉正等退出了酒铺。

"知道就好!"伙计的话在身后传来。

回到官驿,崔通判换好官服,让王秉正先在驿馆待着,自己带着随行衙差,奔江油县正堂而去。

这江油时任县令本是湖广一举子,被朝廷授江油令后,在江油任职不到两年。因世道太平,自己对江油了解不深,平日里为官,多是无为而治。但凡县丞、主簿及典史能处理好的事,自己都不插手。专心之处,尽在上差,日常狱讼之事,更少过问。

这天县令刚到县衙，就听衙役来报，说龙安府通判到了衙门外，忙整理顶戴官服，迎出衙门。

到县衙大堂才坐下，不等县令的人把茶水送上来，崔通判就向县令讲述了太白酒铺讼谪仙酒铺一案。听崔通判讲完，县令竟很诧异，一来此前他从未听闻此案，二来，他也觉得这案子断得实在不公。

"平日公务繁忙，这些小事讼争，我县多由典史断处。等我唤他前来，给上官一个说法。"县令先向崔通判一揖，叫一个衙役立即前往典史衙门传林典史到正堂来。

典史衙门就在县衙右侧。衙役到时，林典史正欲外出，听县令传召，直接到了正堂。

进到江油县令的正堂，林典史见崔通判在场，就按例一一见礼。同为司掌狱讼的官员，对于同司的上官，林典史是认得的。

县令将王秉正的状子递给他。一边看诉状，林典史一边窥视崔通判和县令表情。只见县令表情凝重，而崔通判盯向自己的目光，犀利而且愤怒。

官司莫打贼莫做，两者都是败家路。官员牧民，息讼止争为要。江油百姓较别地更为淳朴，更不愿打官司告状。过去林典史和讼棍魏家林兴讼诈财，一般受害者都只是忍气吞声，上告的极少。就算有人上告，这些侵财小案，由上官亲临问的也几乎没有。

那林典史能从役吏混进"朝廷命官"之列，圆滑狡诈自非常人能比。看情况不对，他决定先探清虚实，再作应对。

"此案为侵财小讼，纵是下官所断，也是从简从快。现问现断，或许真有失察。日常处理诉争甚多，这等小事，职下已无太深记忆。具体情况，两位大人容我回去查明卷宗，再行禀报，可否？"林典史看完王秉正的诉状，冲县令和崔通判弯腰拱手一揖说。

"那你回去，立即查询，将诉案原卷尽快上呈，须书面明禀案情细由。"县令望了崔通判一眼，对林典史说。

崔通判心知那林典史在装糊涂，但县令所言也合程式，只好点头

347

应允说:"回去从速翻查,明日午时前,详尽报来。"

林典史满头大汗应诺退下。县令又和崔通判在堂上闲聊许久。介绍一些江油政事外,更多是说自己放任,对下属失察,表明案件如有冤情,定当依法明裁,请崔通判多包涵容情,勿要深究。

见那县令言语真切,崔通判多年为官,也明白官场不易,就向县令道明上诉人王秉正背景。表明对该案必将依法秉公严查,追究枉法者责任。他也安慰县令,只追究祸首,尽量不牵连上下左右。

崔通判如此承诺,县令当即作揖致谢,心里却不踏实。长期以来,县令虽说无为而治,但到江油任上也快两年时间,对林典史的作为多少有些耳闻。如果崔通判带着知府指令要查办林典史,真要细查起来,注定枉法事实一大堆。林典史被查,难免拔出萝卜带出泥。想自己也曾在林典史手上吃过拿过,届时想自身清净,注定万难。

崔通判在县衙与县令聊到午时。县令同他回到官驿,在官驿安排午宴,叫来县丞、主簿作陪。因心中无意针对县令,崔通判对其也不提防,用餐时邀王秉正跟自己同席,并向江油作陪的官员介绍王秉正就是所稽查案件的苦主等情况。

见崔通判邀王秉正同席,江油县令明白,这苦主背景肯定不一般,林典史这次是一脚踢到了岩石上,遇到了招惹不起的硬主。席间,他恭敬地频频地向崔通判和王秉正敬酒赔罪,心里盘算着,怎样让自己免遭祸殃。

照惯例,县衙接待上官,在职官员应尽数作陪,林典史是衙门老人,自是不可缺席。作陪的县丞、主簿见席间无林典史身影,开始时很纳闷,席间听崔通判和县令交谈,才明白这次是林典史惹了祸端。虽被查的并非自己,但几人私下也都受过林典史好处,心中皆很忐忑。

用过午餐,江油几名官员先送崔通判和王秉正回房午休,随后几人一道回了县衙。

林典史已等候在县衙。几十年官场经历,他从崔通判亲自下来问案,就知道这次是遇到事了。但是何方神仙用一个他眼里的小案来惊动上官亲临,他心里也很感疑惑。他到县衙等候,就是想看县令知道些什么,好一起想法应对。

平素有利益往来,林典史和江油几个官员都心知肚明,大家是拴在一根绳上的蚂蚱,说事也都不避讳。听县令说出自己诈坑的人竟被崔通判也当作上宾,林典史知道这次自己摊上大事了,直求县令和其他同僚出手相帮,助自己渡劫。县令及其他几名官员听林典史介绍过案情,却都心里发凉。弟弟提讼,哥哥枉断,这次林典史想抽身事外,看来很难。可林典史一旦被深究,江油官场上下,无一人能免。

大家商量来商量去,最后的方案是蚀财消灾,由林典史出钱,想办法收买苦主、贿赂府官之外,先更改卷宗,将提诉之人,太白酒铺的掌柜由林典史弟弟改为魏掌柜。反正裁断虽下,但王秉正手上尚无任何白纸黑字凭证。如果这些手段都解决不了问题,就只有由林典史一人出面扛祸,大家想办法助其减轻追究。

有了主意,林典史迅即开始行动。回到典史衙门,他唤来林烧酒和魏家林父子。先是将三人一顿臭骂,将接下来要做的事再一一做了安排。

本欲抓猫,不想捕来一只虎崽。听林典史交代事项,林烧酒和魏家林父子也吓得大汗淋漓,感觉这次吃人不成,一定会被人吃了,更不敢对林典史的安排有任何异议。两家人按林典史吩咐,各送五百两黄金到林典史手上。之后,林典史安排三人分头去重备诉状,叫人重写证词,并叫来自己的心腹门吏,把原来的裁断文书,完全重做一份。

到晚上,新的诉状、证词和裁断文书都备妥。林典史把旧卷宗里的内容换下,一把火烧了。做好这一切,他仍不放心,又叫来林烧酒和魏家林父子及证人,将各自的说辞串了一遍。还让林烧酒和魏家林父子提前时日,做了一份转让太白酒铺的契约。安排好这一切,林典史拿出五百两黄金,送到县衙。

林典史忙着做假卷串供的当晚,江油县令带着县衙其他官员,找了江油城里最好酒楼,再开宴席招待崔通判和王秉正。

这晚的酒席上，江油一干官员的态度更为谦恭诚恳。县令为主，县丞、主簿一齐上阵，借敬酒频繁向崔通判和王秉正道歉。恳请王秉正原谅的同时，希望崔通判能向知府禀报，将案子发回江油，由县令亲自再审，保证会给出一个让府衙和王秉正都满意的结果。

崔通判在席间没有松口，反倒是王秉正心软，在一再游说之下产生了动摇。

用过晚餐，江油县令送崔通判回房。进房之后，县令从袍袖内取出两个金锭放桌上。弯腰揖首，再三请求崔通判关照。

崔通判瞄一眼桌上的金子，估计在二百两上下。俗话说千里为官只为财，在官风如此的时代，崔通判亦不能免。此来，义兄王秉正的官司肯定是要拨乱反正，但追不追究江油官吏的枉法贪赃，追究到什么程度，就是两回事了。他心里明白，在一地，官吏所为，绝不可能只是某一人之事。作为一县之主，县令即使没参与，一旦属下官员出事，也难免有失察之责。如牵扯更甚，自己和知府也会被追究。家丑不可外扬，在龙安府内把事搁平，帮了王秉正也给江油官员一个教训，正是他的想法。适才在酒桌上，王秉正都松了口，他倒没松，只是想看江油官员如何表示罢了。

"都是同僚，我也想替几位方圆，但这事惊动了知府大人和同知，怕不是我一人说了能算。"崔通判拿捏着。

"通判所言极是，王掌柜刚才在酒桌上已答应放手，我会想办法尽快给他一个满意交代。至于知府衙门，等江油这边事了，我同通判一起往禀领责，届时但请通判助言便可。"江油县令立即应诺。

"你们先与苦主商量，让他撤告。如他撤告，则民不告，官不究，接下来的事才有可能。"崔通判点拨说。

"多谢通判指点，下官这就去办。"江油县令起身告辞。

崔通判随即把桌上的金子收了。他等着江油官吏们的行动。如果他们能让王秉正和陈知府都答应不追究，这金子自己就"笑纳"了。如果他们摆不平王秉正和陈于朝，这金子就是他们行贿上官，罪加一等的物证。到时，他只需把这金子和折子一同上送督抚即可。

出了崔通判的房间，江油县令立即敲开王秉正的房门。虽才两顿饭交集，他已判定，王秉正其实是一个服软不服硬的主。

一进房门，县令长叹一声，对王秉正弯腰作揖："让王兄受了委屈，是我公务繁忙，对属下督管不严所致。王兄有甚要求，尽管吩咐，本官保证悉数落实。但请王兄念我千里为官不易，家中尚有年迈双亲需奉养，妻儿要眷顾，能放我一马，让我不被责罚，保住顶戴。"县令说得情真意切。

见江油县令在自己面如此卑躬屈膝，王秉正诚惶诚恐，忙伸手把县令弯下的腰扶直，说："一间酒铺，我并非舍不起。到府衙上告，实因看不惯那林、魏两酒贩欺行霸市坑害百姓，也为他们在江油一手遮天所激，实非针对县太爷您的。早知对您牵连如此之大，这状不告也罢。现在状也告了，知府衙门也派人来查，我该如何去做？"

"王兄放心，那两个奸商恶讼，本官一定严惩，你在江油所受损失，本官也定会帮你全数追回，让兴讼之人翻倍赔偿。从今之后，我会将林、魏两家逐出江油，让谪仙烧坊的酒铺在这江油的地界上独树一帜。只要你向知府和通判大人进言，同意撤销上告，将案子改为向本官申告即可。"江油县令自有其道道。

"只要依法依理裁断，今后做买卖时不欺我讹我，其他的我也不求。如果撤告能不影响你，明日我向崔通判说了就是。"王秉正应诺。

"只要王兄撤告，余下之事本官自会处理妥帖。"得到王秉正应承，江油县令告辞出了房间。

江油县令宴请崔通判和王秉正时，林典史一直在县衙后院候着。银子花出去没？事情有没有回缓？他的心一直高悬着。

"事情进展怎样？对方和崔通判松口了没有？"待县令回屋坐下，林典史把早已泡好的茶递上，急不可耐地问。

平日里虽在心里并不把县令当回事，这时候，他知道只有县令这道挡箭牌，才能帮他化解这次危机。

"瞧你干了些啥事！"县令喝了口茶漱口后吐掉，回头瞪了林典史一眼。

"属下知错了！"林典史忙作揖弯腰。

"苦主答应撤告，崔通判也同意不深究。但此事已惊动了知府衙门，知府和同知尽知。就算苦主和通判放手，那几位大人不放，这事还是过不去。"县令不免忧心忡忡。

"属下明白，那几位大人确需疏通打点，银两的事属下这就去筹措。只是这事，还是得烦请大人您出面。"林弯腰讪笑着说。

"摊上你这么个下属……唉！我不使力又能咋办！"

"那，接下来咋办？"

"好在知府和同知，我平素都有走动。特别是同知大人，来往还算密切。明日你向崔通判禀报案情，苦主撤下在龙安府的上告，我把这里明面上的事处置停当，你再带上银两跟我一道上龙安府，想法花钱消灾就是。不过，你回去得管好你的人，这江油的酒水市场，今后让他们放手。"县令交代。

江油酒水市场，每年带给林、魏两家带来的利益至少近万两银子。要放手，林典史的心里确实不甘。但奸猾如他，自然明白其中的利害关系，如果自己这一关过不去，不仅没有将来，就连过去也难保，还有可能身陷囹圄，殃及家人。就忍痛答应了："只要能过这关，怎么做，大人您说了就是。"

"明日堂上，须有人来承受恶意兴讼的责罚，也平了苦主心中的气愤。你觉得罚谁为妥？"县令又问。

"我已将卷宗做干净，太白酒铺已转至魏家林儿子名下，告状之人变为魏家父子。责罚就责罚魏家父子。"林典史说。

弄出此等风波，在他眼里，纯粹是魏家林提告前未摸清对方底细所致。他心里本就憋恨得慌，让魏家父子被公开杖罚，正好也出出他的怨气。

"那你回去准备吧。我也困了。"

林典史回到自己家时，林烧酒和魏家父子也在候着他。他把情况做了通报，让两家各再筹黄金二百两。他告诉魏家父子，明日在堂上做好被杖责的准备。

　　赔钱事小，一听会被当堂杖责，那魏家林竟被吓得两股颤颤，"咚"的一声，跪在了林典史面前，老泪纵横："典史大人救命！我这老骨头断然受不得那棍棒之苦，余下的银两我一家承担亦可，还望您出面求情，免我父子皮肉之苦。"

　　魏家林愿多出二百两黄金，林典史动了心："如无人承受杖责，这恶意兴讼之事难了。但你那把老骨头又确实难以扛责。既然你愿花钱，我就帮你渡这一劫。明日堂上，让你儿提出替父受责，将你的责罚一并揽下，我把你多出的银钱使于执杖衙役，让他们高举轻落，不伤及筋骨就是。"

　　魏家林乃一老讼棍，律例自熟。知道非此难以过关，虽十万分不情愿，也只得答应。

　　次日上午，县令携崔通判一道升堂。林典史将卷宗上呈的同时，也将魏家林父子带到堂上。王秉正这边，两个伙计也一起上了堂。依例，无功名在身的人上堂诉讼，均应下跪。但王秉正一上堂，崔通判就发了话，免其不跪，站着答话。而那老讼棍魏家林平日里虽可见知县不跪，但有崔通判在，却被命同其子魏掌柜一道，跪着回话。

　　升堂后，崔通判先问了王秉正，可同意将案子交由江油正堂问裁。王秉正因昨夜已有许诺，当堂明言同意。之后，崔通判换位监审，案子交由江油县令问理。

　　此前官司中，伙计所见的，多是讼师魏家林，对于出堂的当事人，并未有异议。但堂上未见到林烧酒，王秉正感觉诧异。因为当初和自己谈生意，在上告之前和自己交涉的人，都是林烧酒，现在怎么就成了别人？

　　"大人，虽说堂上的魏掌柜我一开始就认识，可赖我酒账，恶意告我之人应该是太白酒铺的掌柜林烧酒。"他提出了疑议。

"那太白酒铺此前确为林姓商人所有,但在此案提诉前,酒铺早已转与魏家。向本衙提诉之人,也是魏姓掌柜。此中原委,下官在初审时已经查明,详录于卷宗之内,请通判和知县大人明察。"林典史揖手回话。

"下跪之人,那太白酒铺与你有何关系?"县令发问。

"回大人,这太白酒铺是我两年前从林掌柜处购得。小人购买酒铺时就与林掌柜约定,连酒铺人脉关系和牌子一并买下,成交后,林掌柜有义务帮衬我继续打理经营。"魏掌柜跪着,按事先串好的说辞回应。

魏掌柜应下太白酒铺是自己的,江油县令在卷宗内也翻出炮制好的买卖契约,递与王秉正。王秉正看到契约上买卖的时间确实很早,联想到从与太白酒铺接触开始,林烧酒总是带着魏掌柜,而手下伙计对最初提讼之人也无异议。虽有疑惑,但也默认了这一事实。

"你此前提诉,说谪仙酒铺盗了你家酒铺牌子卖谪仙烧酒,坏了你家酒铺名声,要官家封铺追赔。你可知这谪仙烧究竟是谁家所有?"县令喝问。

"当初盘下太白酒铺时,原掌柜确实告诉过我,这谪仙烧是绵州府一家烧坊所供。还说过此酒在江油,只有太白酒铺一家经营。谪仙酒铺开张后,我们只见其卖谪仙烧,却并不知道其与谪仙烧坊之间的关系,只当其是沽名卖假,抢我家酒铺生意,所以就仗着家父熟悉衙门和律法,提诉求赔了。"魏掌柜伏地回答。

"你说这谪仙烧是谪仙烧坊许你一家在江油经营,可有契约为凭?"县令继续问。

"当初盘下酒铺时,原掌柜说有此约定,但无书面契约转来。"魏掌柜回答。

"谪仙烧坊王掌柜,你和太白酒铺可有独家代卖约定?"县令转头问王秉正。

"当初确有这样的口头约定,但前提是太白酒铺诚信经营,及时支付酒款。可从去年秋天开始，我就发现这江油市面上的谪仙烧严重掺假坑人。且其买我烧坊之酒，至今未付分文。我不想坏了自家烧坊招牌，不得已才派人到江油开铺，自己售卖的。"王秉正据实回答。

"开铺前你可曾通知对方？"县令又问。

"我本人确未通知，下面伙计应找过太白酒铺。"

"你等可找过太白酒铺？"县令转头问两个伙计。

"找过几次。主要为追收酒款。开铺之事，事前确实未明确通告。"两伙计说。

"既然对方找过你等，你等怎会不知这谪仙酒铺和谪仙烧坊间的关系？既知二者是一家，别人卖自家的酒，何来坏你等招牌之说？我看你等就是恶意兴讼，意在讹财！"县令回头呵斥魏掌柜父子。

"大人，草民冤枉。酒铺拖欠酒款是实，往谪仙烧中掺杂也是真。但那谪仙烧坊王掌柜小的是认得的。这谪仙酒铺开张和两伙计来催账，都不见王掌柜引荐，小的心中存疑，就当其为假冒，所以才提告到官府，确非恶意兴讼讹财。"魏掌柜辩解。

"你呢？身为讼师，常出入衙门，当熟知律法。不弄清事实就擅兴提告，误导官府，坑害他人。这不是恶意兴讼又是什么？"县令拍案呵责魏家林。

"小人受犬子所蒙，提诉前确未弄清真相原委，还请大人责罚。"魏家林说。

"恶意兴讼，构陷他人，你这罚自是免不了。来呀，依律杖责二十。"县令大声呼喝。

"喳！"堂上差役应声出列。

"大人，大人，千错万错都是小人之错，是小人贪心，让家父提告。也是小人蒙骗，让家父和典史大人失察。请念在家父年迈，这顿责打就让小人替家父受了。"按预先安排，魏掌柜立即出头揽责。

这些安排，升堂前林典史同县令和堂上差役都有沟通。差役放慢动作，等县令往下发话。

"赖账不付,掺杂坑人,还恶人先告状,责罚自不会免。但念你尚有孝心,替父受责,本官就成全了你。本要罚你杖责四十,你替父受责二十,两项加一起共该六十,本官免你十下,就罚你五十吧。"县令随后下令:"动手。"

县令指令一下,差役们立即动手,把魏掌柜按在堂上,一名差役挥起棍杖冲着屁股就打了下去。事先得了林典史授意,行刑时,为逼真,头几杖差役打得还是认真,随着棍杖落下,那魏掌柜疼得杀猪般嚎叫。

听到魏掌柜号叫,不仅那魏家林心痛如绞,就连王秉正也备觉不忍。杖责完毕,县令对案子重新裁断,除解谪仙酒铺封禁外,还罚太白酒铺倒赔其银六百两,责令魏家父子下堂后立即停售谪仙烧,并即刻支付所欠酒款。

对县令的裁断,魏家父子一一应诺。县令又问王秉正,对自己的裁断还有啥不满意。王秉正上告,不愿输的只是口气,现在自己的气出了,酒铺可以重开,还得到六百两银子,已远超心中所期。就回复说:"谢大人明断!草民听大人裁决。"

坐在堂上,崔通判虽未直接问案,但堂上堂下的那些弯弯绕,他心里明镜似的。只是受了别人银两,王秉正也对新的裁断满意,他乐得装个糊涂。

案子问完,王秉正同崔通判回到官驿。不一会,江油县衙上下官员都赶到驿站,林典史也在列。

县令找到崔通判和王秉正,把新的裁断文书和六百两银子交给了王秉正。说已在外面酒楼定了酒菜,请崔通判和王秉正赏光。

王秉正收了文书,对六百两银子却不想收。

"诬告反坐,依朝廷律法,这六百两银子该拿,你收下就是。"崔通判劝他。

银子收下,王秉正就与崔通判一道,去赴江油县令的宴请了。

林典史也在座。席间,他频繁敬酒赔罪,并承诺,今后对谪仙烧坊在江油卖酒,一定多加照应。如此这般,竟弄得王秉正不好意思起来。

次日，王秉正心满意足地返回铜牟镇。江油县令跟随崔通判，带着林典史和金银去了龙安府，向陈于朝陈情。

三年清知府，十万雪花银。陈于朝不是贪婪之人，但身在官场，自然深谙其厚黑之理。王秉正的事已打理平顺，他也不愿违了官场和谐。收下三百两黄金，召见了江油县令，略作训诫，事情就这样过去了。至于当初说的要整饬一方吏治，自然也作了烟云。

九十六

去江油打了几天官司，王秉正回到铜牟时，新宅修建又进展不少。烧坊那边，夏粮收储已开秤。

当夜，爷仨在晚餐酒桌上，就各自手上的事情做了通报。听了王秉正讲述，左钧自然明白其中蹊跷。他端着酒杯捋须笑道："有这结果其实最好，大家都赢了。"

天大的事，经多人方圆，虽说花了银两，担了惊怕，终究平了。松了口气，林典史兄弟和魏家父子合计，还是不能放手谪仙烧。几人懂得那酒的品质，知道一旦放手，让谪仙烧坊自己去卖，加上王秉正强大的背景，整个江油的烧酒，都不是谪仙烧的对手。这样，就等于把两家在江油多年打下来的市场彻底丢了。

怎么办？商量来商量去，两家人一致认为，酒必须得卖，哪怕以后就是规规矩矩地卖，生意也万万不可丢。接下来的问题是，如果还卖谪仙烧，就得把王秉正重新搞定。谁去做这事？魏家父子和林烧酒明显不合适。林典史知道，这次只能自己出面，问题才可能有转圜。

在林典史心里，还有另一番盘算。一场官司，他看到了王秉正后面的人。他不仅想继续卖王秉正的酒，更想通过卖酒把与王秉正的关系筑牢，给自己在官场上加一座靠山。

王秉正回铜牟镇时，两个伙计仍留在江油。官司虽赢了，几个月江油卖酒的经历，让两人知道了个中的苦辣酸甜。将来这酒咋卖？两人心中一时了无头绪。

两人在盘算下一步生意该如何做时，林典史找来酒铺，说自己答应过王掌柜，要帮他卖酒。希望两人同他一起回铜牟镇，去找王秉正商量细节。

经过官司，两个伙计对典史老爷自是认得。听官老爷说要出面帮自己卖酒，两个伙计喜不自胜，当即闭了铺门，同林典史回到铜牟。

对林典史到访，王秉正很觉意外。他安顿好学生，把林典史迎到学馆小院，吩咐顾嫂泡上好茶来。

"当着崔通判和县令诸上官，我答应要帮王掌柜卖酒，这是来兑现了。从现在起，您谪仙烧坊的酒在江油，就由在下包了。什么价钱？怎么卖？还有啥别样要求，只管吩咐，在下管保做好。从今往后，酒我派人上门拉，现银现付。"喝几口茶调匀气息，林典史也不绕弯，直接说了自己此行的目的。

林典史如此爽直，让王秉正更感意外："您公务那么繁忙，哪好真劳你为我卖酒？"

"这是我在上官面前的承诺，是我做人的形象问题，哪里谈得上劳烦。您可不能变我为言而无信之人！"林典史见王秉正有动摇的意思，一句话断了王秉正的退路。他诚恳地说："况且，公务再忙，这酒我也卖定了。您只管告诉我，酒如何卖就是。"

王秉正不再好拒绝，只好接了林典史的话说："也无啥要求。只要不像那魏掌柜一样掺杂使假、坑害百姓就可。至于价钱，做买卖，低进高卖，赚些差价是必须的。"

"请王掌柜放心，林某用身上官袍担保，从今往后，江油市场上的谪仙烧，断不会再有假冒。价钱嘛，也比着绵州这里的酒价来算。如您允许，我还可加少许运费。我保证，谪仙烧在江油每年售卖不低于五百坛，且都以现银进货。"林典史拍着胸脯担保。

"典史大人，大人大面，你说了，秉正岂有不信之理。只是如此一来，我江油那铺子，是留还是不留？"王秉正问。

"您要信得过，那铺子也作价二百两银子，盘给我如何？"林典史以商量的口吻试探问。

"你们，有啥意见？"王秉正转头问那两个伙计。

"典史大人出面卖我们的酒，自然会比我俩在那卖好得多。"两个伙计一对视，领头伙计说。对于这俩人而言，江油的经历实在是不堪回首。

王秉正想，两种方式，最终的目的都是要在江油把自己的酒卖好。林典史既然给出那么些承诺，自己再在江油留人设店，仿佛也真无必要。就说："既然典史大人如此诚意，那酒铺就一百两银子给你。只是你在经营时，一定要找好伙计，切不可做那坑人之事。"

"王掌柜放心。今天，我现银先购一百坛酒走。只望王掌柜在往后，保障我江油酒的供应。酒卖得如何，王掌柜可随时到江油查看。"说话间，林典史让随从捧上一个包袱："这里是六百两纹银，是这次一百坛酒的酒资，加上盘您店铺的银子，还有太白酒铺差的酒款。您看看够不？要不够，下次来拉酒，我让人补上。"

"够了，够了。"王秉正让王法天收了银两，然后叫回左钧。

生意谈好，爷仨陪林典史一起去了桂园酒楼。

当晚酒桌上，王秉正让酒楼掌柜拿出了太白醉。这酒在江油无售，林典史自然没机会品尝。宴饮中，林典史不停叫好。他要王秉正把太白醉也予他一起售卖。王秉正细思后，爽快地答应了。

第二天，林典史和随从到谪仙烧坊时，王秉正已为其备好了酒。两辆马车，一百五十坛酒。谪仙烧一百四十坛，是王秉正按林典史所付银两减去另几项费用该得的酒，另十坛太白醉，则是他送给林典史和江油县令饮用及试卖的。

王秉正的爽直让林典史有些感动。他拉着王秉正的手说："王掌柜如此仁义，今后在江油，我一定会把谪仙烧坊的酒卖出个名堂来，才对得起您和几位上官。"

"有劳你了！"王秉正扶着马车，把林典史送出谪仙烧坊。

九十七

王秉正和崔通判去江油期间，陈于朝也没闲着。虽说妹妹和王秉正的讲述合情合理，让他了解了这个未来妹夫的很多过往，但他心里仍不很踏实。毕竟事关于珍的终身大事，他不想有一点马虎，务要查明王秉正所言是否属实。如果王秉正欺骗了妹妹，他不免要治罪。如果他所言不虚，他要端了这帮马匪，挖出马匪身后的官家势力，彻底清除这些以后可能会影响到王秉正夫妻的黑暗力量。

凤翔府并非自己辖地，陈于朝决定向自己的主子杰书王爷求助。

陈于朝伴自己征讨福建、台海，竭心尽力。康亲王杰书对这个家奴，是打心眼里喜爱的。接到陈于朝的求助信时，杰书刚陪皇上征完噶尔丹。他没有丝毫耽搁，修书一封，让亲信侍卫连同陈于朝的信一起带着，连夜送给陕甘总督葛思泰，着令其即刻查清办理。

接到康亲王手谕，葛思泰不敢懈怠。又见陈于朝的信中说马匪背后有当地官家势力，决定绕开凤翔进行调查。

当年被王秉正从手里夺走肉票王法天，杀了江掌柜，烧了好运来后，那伙马匪只消停了很短时间，见无异样，就在姜守备的支持下，重建了赌坊，继续着原来的营生。黑龙寨在进行了一系列的修葺完善后，仍作为他们拘人、藏赃的匪窝在使用。除被王秉正和众兄弟所杀的匪徒外，马匪们大多也仍在寨内生活。

葛思泰先派出亲近密探去黑龙寨摸了底。确认里面的人都不是普通乡民后，便在西安城内派出一队八旗骑兵，亲率着赶到凤翔围了黑龙寨。

没费多少事，黑龙寨内的马匪就被尽数缉拿。一番刑讯，姜守备等背后势力被挖了出来。

豢养马匪为害百姓，本人又曾参与吴三桂叛乱。理清这些事情，葛思泰抄没了姜守备和马匪们的财产，将一伙匪徒悉数就地正法后，向康亲王扯了回销。

杰书王爷自然要把情况写信告知陈于朝。消除了所有疑虑，陈于朝除对王秉正增加了信任之外，还生了出许多钦佩。

九十八

豆麦采买结束，王法天开始制曲。

七月后，新宅修建也进入尾声。左钧的重心，转移到了添置家具和院内景观的打造上。

王法天忙过制曲，在建堤围出的空地上修了粮仓和窖池，还同步改造了旧窖池。旧窖池都是沿袭柳林酒的泥窖。照在铜牟镇摸索出的经验，王法天与王秉正商量，决定新窖池和改扩的老窖池都以桑木铺底装壁，把原来不便摆放的桑木桶全部拆解淘汰。

有左钧和王法天的支撑，忙碌多年的王秉正一下就闲了下来，每日里除在学馆授课，就是早茶晚酒和练习拳脚刀法。

一天，王秉正午睡醒来，准备下午的课程时，梓潼曹家富到访。

得了王秉正扶持，曹家富为谪仙烧坊收粮，凭着一个勤字，这几年积下些家底。虽然仍做杂粮生意，他的铺子在梓潼粮市已算规模最大的一家。原来的粗布汗衫换成了绫罗绸缎，早没了小粮贩的苦相。

虽衣饰光鲜，对王秉正，曹家富仍然谦恭有加。被顾嫂领进王秉正房内，他将手中拎着的酥饼等伴手礼往桌上一放，又退后半步，正经向王秉正鞠躬揖礼。腰还没弯下去，就被王秉正伸手托了起来。

"都老朋友了，咋还这么客套！"王秉正把曹家富让到桌旁，请他坐了。

从暑热的室外进房，曹家富脸上挂满汗珠。王秉正递一把蒲扇给他，吩咐顾嫂把凉茶壶和茶碗送进来。

"大热的天，你老远来铜牟，有啥事要办？"待曹家富喝尽一碗凉茶，摇着蒲扇缓过气，王秉正拎了壶，为曹家富续茶。

"这几年给您办酒粮，我一直喝着谪仙烧坊的好酒。喝惯了这好酒，现在我绝对是咽不下苞谷烧了。"曹家富笑得豁达。

"难不成你冒着酷暑跑这么远，只为了找酒喝？有啥想法直说，别绕弯子。"王秉正瞪曹家富一眼，大致猜出了他的意思。

"我是说，您烧坊的酒这么好，梓潼那边的老乡都没机会喝到，这是不是对他们有点不公平？这几年得您帮助，我也积下点本钱。这次到铜牟，就是想跟您商量，买点酒回去卖。一来让那边的老乡喝到谪仙烧坊的好酒，二来，不收粮的时候，我也有钱赚。"曹家富摊了牌。

私下，曹家富跟赵昶来往频繁，晓得赵昶以粮换酒挣了大钱。多年在市场上摸爬滚打，他也慢慢明白，卖酒比他贩粮的利更大。

梓潼那边怎么卖酒？王秉正正想着这事。先前他是想走绵州府的路子，觅一酒商代卖。现在，和赵昶一样知根知底的曹家富找上门来，自己又何乐而不为呢？

"不就是想卖酒嘛！你一个买卖粮食的，可晓得这酒该咋卖？"王秉正装出一副不放心的样子。

"买卖的道理是相通的。谪仙烧坊的酒那么好，只要价钱不离谱，就不愁卖不掉。我这个人您还不了解，做买卖心也不厚，就求一点蒜皮葱头的薄利。梓潼地界我熟络，卖点酒出去，没啥问题。"

"你要卖酒，谁又在梓潼为我收粮？"

"这您就更得放心了。这几年，收粮的渠道我早已打理通泰，种粮的老乡也都尝到了甜头，对我也很信任。再说，卖酒也耽误不了给您办粮。我还可保证，您要的酒粮，我一定会一年比一年更多地送来。"

"那你准备买多少酒？"

"来铜牟前，我已在梓潼酒市摸了个底，还请一些酒楼、饭馆及酒铺掌柜品尝了从您这带回去的酒，大家都说好。我知道您在别地的售价，在梓潼方向，我要卖个三五百坛，自然不在话下。但我的家底您清楚，这次我只筹得一百坛酒的酒钱。"曹家富说的都是实在话。

"只要你好好卖，酒钱可以卖了再给。这次我给你二百坛，太白醉和谪仙烧各一百坛。但你要跟我保证，卖酒时绝不掺杂使假，不要太重利。"王秉正要求道。

"做买卖，诚信是天。您说的这些，我自然都会做到。"曹家富认认真真地保证。

说话间，已到下午授课时间。王秉正让曹家富在小院先坐会，到学堂内领着学子们先诵读了一篇文章，又听部分学生诵一回书，才回到小院。

日头西沉，室外的酷热渐消，王秉正领着曹家富到烧坊和新建的宅子参观了一圈，然后安排烧坊伙计雇车，以便第二天为曹家富装酒。

次日一早，曹家富留下三百两银子，带着价值五百两银子的酒回了梓潼。

九十九

壬申年夏秋两季，巴蜀之地雨水虽能足稼穑，天气却较往年更旱热。时至八月中旬，秋收大部结束，一场缠绵的华西秋雨开始了。这场雨下得比往年的时间更长，雨量也较往年更大。整个夏季一直不见涨水的涪江，入秋后水量竟一天比一天丰沛。

在缠绵不绝的秋雨中，中秋过去了。

八月十七午后，铜牟镇的雨倒是停住了。学馆下午课前，王秉正趁空到烧坊与王法天商量秋粮收储诸事。

按往年，这个时间正是收秋粮的旺季，可这阴雨连绵，到烧坊卖粮的，还只有一些附近挑担而来的农户，不仅往年的小粮贩不见踪影，就连曹家富和赵昶还都没消息过来。王秉正担心，这高粱要不及时收上来，会耽误了重阳后的立窖，影响下一个酿酒季。

照此前计划，父子俩打算在新酿酒季，把谪仙烧坊的酿酒量再提高几成。现在一切都已备好，可不能在酒粮收储环节出了闪失。

几年酒粮收下来，铜牟镇周边老乡散种的那千把石高粱，已解不了谪仙烧坊的需求之渴。要保证酒粮供应，盐亭的赵昶和梓潼曹家富成了定海神针。

按时令推算，这个季节，高粱和稻谷应该都已入仓。为啥没有音讯？父子俩决定派人去看一下。

就在这时，王秉正父子忽听得烧坊围墙外人声嘈杂，喊叫声此起彼伏。

"不得了了！大水来了，快跑啊！……"

已到铜牟多年，涪江年年夏秋涨水，王秉正父子见得多了。可听到街坊邻居喊叫声如此惶恐，还是头一遭。

父子俩闻声跑出烧坊，只见那些在江边讨生活的人们，慌乱地向镇子高处奔逃。在他们身后，往日不过几十丈宽的涪江，已是一片汪洋。翻滚的浊浪中，禾秆、树木，还有被打翻的船只、屋棚和牲畜，甚至还有人头在浪里起伏，随流疾下。

谪仙烧坊虽处江边，却建在靠山的台地上，比烧坊前的街面高出数尺。王秉正父子跑出门时，烧坊前台阶上已挤满了避水的人。有此前填土筑起的堤坝拦阻，洪水在烧坊前被削了势头，没有直冲入镇内，但上涨的江面形成的洄水，还是漫过了江堤，涌入了街道。

王秉正让值守的伙计打开烧坊大门，让避水的人们进入院内歇息。心中牵挂着学馆里的学子，安顿好这批人，他又带着王法天和几个伙计蹚水赶去学馆。

原来长长的码头石阶，已全部没在了洪水里，街面上的水有齐膝深。好在，洪峰过后，水位未再上涨。王秉正带人赶回学馆时，学馆周遭的房屋都已进水，但学馆垫高了几级台阶，洪水并未灌进去。见到学子们安然，王秉正悬着的心放了下来。

午后未时初，洪峰过了铜牟镇，但直到晚上戌时正，水才开始消退。近三个时辰，铜牟镇低处的街道普遍进了水，连王秉正家新修的宅子也未能幸免。所幸，洪水不是直接冲进镇子的，整个铜牟镇虽也有低处失修的房屋倒塌，但无人员伤亡。

左钧平日里虽忙着督造新宅，大多心思不放在学馆，但一见大水汹涌，他心里瞬间就又都是学子了。不等水退，他就由一木匠陪着，推根浮木绕了回来。见学馆尚未进水，王秉正父子和学生们都平安，他也松了口气。

确定身边人无恙，左钧父子以及学馆的学子们都守在学馆大门前的台阶上，看洪水奔流。

"瞧这水势，上游哪个城镇一定是被水打了！也不晓得于珍他们有不有事。"望着漂满江面的房屋木制构件，左钧非常担心。

"于珍他们府衙地势那么高，就算涨水，也不会有啥事。只是这架势，沿河肯定有不少地方会遭殃。"王秉正本想安慰左钧，但自己的担心却掩饰不住。

就如左钧父子的担心。

壬申年涪江涨的这水，实是千年难遇。绵州往上的江油、石泉、平武等地，在似无尽头的绵绵秋雨之后，于八月十五、十六两日，又迎来了如注的暴雨。早已吸饱水分的山川大地，再也容不下这从天上奔涌而至的雨，只能从地表汇集，并倾数流入了涪江，形成了汹涌的洪水。奔入绵州城后，洪水又从护城河引水口涌入，一举就将城墙基脚淘空，冲毁了两座城门和一方城墙，硬生生地把绵州城洗掉了三分之一，毁房卷人无数。

入夜，洪水消退，大水漫过的街道上积满泥浆，铜牟镇一片狼藉。

很多人家都忙着清舀家中积水，整理被洪水浸湿的家具。

学馆和烧坊都未进水，左钧一家三口倒不用忙碌。但这洪水严重影响了他们的心情，总会有人家破人亡，这件事犹如一块石头，沉沉地压在三人心头，以至顾嫂弄好酒菜，都没有多少心情饮食。

"明天起，学馆散学两天，让学生们都回家去看看。"饭桌上，王秉正建议。

"不仅是学生家，我想把伙计们家里的情况也摸一下，要是哪家被水淹了，也好帮忙处理。"王法天接着父亲的话说。

"我也在想这事。洪水这样大，受灾的人肯定不少。我们要有个打算，不仅要去帮学生和伙计，如果有逃荒避难的人来求助，也要尽力周济！"左钧赞许地看了王法天一眼，心里眼里分明在说，如此年纪，就有乃父的襟怀，真是后生可畏啊！

"我这就去烧坊安排伙计们。明天一早，先分头去找那些没上工的伙计，把各自家里的情况摸一摸。损失严重的，看如何帮他们。没受灾的，把大家都喊回来，集中力量去帮那些需要帮忙的人。"王法天站了起来。

"你去办，顺便看看烧坊仓里还有多少存粮。烧坊出门就是码头渡口，到时一定会有逃难的人过来，我们得有打算，支个施粥台，给过往的饥民施些吃食。"王秉正交代。

王法天去了烧坊。左钧又跟王秉正商量说："新宅子也进了些水，但问题不大。烧坊那边的伙计要有空，喊几个人先把新宅积水和泥浆清理下。这些事你得领着去做。如果明天水消退到可以过河，我想回左家大院看看。不晓得这河水，咱家会有多大损失。"

"从镇里进水的情况来看，对岸的大院应该淹不到。您回去看一下是应该的。明天只要渡口可以通船，就安排两个伙计陪您回去。镇上的事您就放心，我会安排好的。"王秉正应承着。

隔日一早，学馆学生和烧坊伙计都依安排散去。到下午，家在涪江铜牟一侧的伙计们陆续返回。所幸这洪水主要是上游来水，当地伙计的家中，大多平安。只有几个房屋靠在近河低处的伙计家出现了房毁人伤的情况。他们回烧坊时，把家里的老少也都带了回来，大大小小有几十口。

洪水持续消退，江面却依旧开阔。水急浪高，过江的渡船无法开行。尽管牵挂对岸的家人和伙计，左钧父子却无可奈何。

领着伙计们清理干净新宅空屋内的泥浆积水，又去镇外农家买回大量干稻麦秸秆铺垫，王秉正父子把伙计们无家可归的亲人安顿在了自己的新宅内。

另一边，王法天盘存出仓库里还有五百多石小麦，这些小麦本是计划添入高粱酿酒用的，现在也顾不得那么多。他领着伙计将小麦碾磨成粉，以便煮糊糊蒸馒头，用来解决灾民的吃食。

尽管洪水第二天左钧父子就做好了赈济灾民的准备，但接下来的两天，铜牟镇上并没有灾民出现。正当爷仨以为附近灾情不重时，灾民却随着渡口通船，陆续涌来。

渡船开通后，左钧回了趟左家大院。家里无事，他当天就赶回了铜牟镇。这个时间，江对岸的伙计也都联系上了，也有几家受灾。王秉正安排那些伙计，也把家人接到铜牟镇自己的新宅内暂住济养。

灾民还在涌来，最多时，每天在镇上过渡和停留的就多过千人。王秉正父子及烧坊伙计整日忙碌，每天要施出数石小麦的面糊糊和馒头外，还把那些实在无家可归、无处可去的逃难者也收留到新宅里暂避。

铜牟镇上灾民徙流一直持续了一个多月才渐渐减少。无论人多人少，谪仙烧坊的赈施粥棚都全力施助。对流落镇上和暂被收留的，每日管饱两餐。对于过渡前往他地的，不仅管饱一餐，临行还每人施予一天食量的馒头。不觉间，施去的小麦已超过了两百石。

受灾流民减少后，王秉正又开始帮助那些房屋被毁的伙计家里重建房屋。他给每个家庭资助二十两银子购置竹木茅草，以再起新居。到立冬时节，所有安置在新宅的灾民陆续搬回了各自的新家。临行，王秉正按人头每人赠银一两，用以购粮度荒。

一〇〇

一河的洪水，成了当年华西秋雨的休止符。八月下旬，又是长时间的秋高气爽。

江中水退，陆上路干。梓潼曹家富和盐亭赵昶的高粱先后送到。重阳之日，新酿酒季仍如期点火立窖。

赵昶依旧是用高粱换酒，曹家富用粮价抵偿了上次拉酒的欠账，又拉走三百坛酒。按照王秉正要求的诚信低利，曹家富卖酒的生意远比预期要好，占领了梓潼周边市场后，又往北，把生意做到了剑州、昭化。

继赵昶和曹家富后，一些小粮贩的高粱也陆续送到。到封秤时，所得酒粮仅高粱就超过了三千石。按已摸索出的配粮比例，烧坊所存小麦又有了严重缺口。本来补购几百石小麦，在铜牟镇上就可解决，但因洪灾，当地粮贵。为不再影响当地粮价，王秉正把这事拜托给了赵昶。

不到半月，赵昶送粮的船就再次到达了铜牟。至此，烧坊一切事务又都回到了正轨。

改了甑灶，两间作坊每天粮耗超过了三十石。有强大的产出为保障，对各处酒的需求，谪仙烧坊都基本能保证。

壬申年冬，铜牟镇周边诸县县城及较大的乡镇，烧酒市场八成被谪仙烧和太白醉占了，原来风靡的小灶苞谷烧只能退到小乡镇，也逐渐因无利可图，多数小作坊只能熄火封灶，改营他业。

冬至，新宅基本告成。左钧找来镇里最知名的八字先生，两人根据王秉正和陈于珍的四柱五行算了好半天，把王秉正和陈于珍的婚期定在癸酉年（1693）正月十八，且在同一天乔迁新居。

选好日子，左钧备好期礼，写了期帖，带着王秉正安排的一个伙计，前往龙安府。报期之外，他和王秉正父子已商量好，要把陈于珍接到铜牟，安排家里的铺成软装和衣饰等等。

　　左钧到访时，陈于朝尚未去前衙理事。看了左钧送来的期帖，陈于朝连声称好。

　　听左钧恳请让陈于珍去铜牟帮忙制办家什，陈于朝当即答允，但要求陈于珍在年前必须赶回平武。他想同妹妹在一起再好好过个春节。

　　陈于珍临行之前，陈于朝和夫人把她叫到跟前，送给她一个楠木大箱，说里面是五千两现银："你找到一个可依靠的人，要成家了，我们打心里高兴。把这些带上，该置办啥把手打直，别抠抠缩缩的，也不要去难为秉正。这些要不够，带信上来说就是。"

　　青瓦白墙，画栋雕梁。到了铜牟镇，陈于珍看到左钧忙碌了一年多的结果。这新起的宅子不仅是铜牟镇最好的宅第，规模气势，甚至不输哥哥陈于朝的府衙后院。

　　"花不少银子吧？"逛完新宅，陈于珍问身边的王秉正。

　　"我所用不多，估计这宅子已掏空父亲的积蓄了。"

　　"立业安家，我孤独一生，快到晚年，老天给了我你们这样两个孝顺懂事的儿女，让我也能享受天伦之乐，我常常是睡到半夜都会笑醒，钱财算个啥？再说，这宅子将来我也住的。"听王秉正说起花钱的事，左钧接过话说。

　　"一家人过日子，你们为这个家做这么多了，接下来的事就让我来操持。"陈于珍心怀感激。

　　"以后家里的事，真得劳你费心！"王秉正客气起来，但他说的也是实情。

　　"就是嘛，女人家，女人家，有了女人才算有一个齐活家。等你过门，不，从现在开始，这个家就归你打理了！"左钧在一旁帮腔。

　　次日一大早，王秉正领着烧坊账房，跟两个伙计一道，抬了一千两银子，雇一辆马车到客栈接陈于珍。昨天已把新宅逛遍，家里需要

369

添置些啥，陈于珍心里已经了然，剩下来就是采买。

账房、伙计和马车在客栈外候着，王秉正进客栈去了陈于珍房间。除了外面的一千两银子，王秉正还带来五十两黄金，计划让陈于珍去打些钗饰。虽然前半生也成过亲，但过去的婚姻和女人，都没有让他太上心。对陈于珍却不一样，王秉正心里只想着把最好的都给她。

"拿这些干啥？你烧坊要用钱。哥嫂给了我一些银两，置个家，绰绰有余的。你把这些都拿回去，先支应烧坊开销吧。"对王秉正送来的金银，陈于珍不想接。

"烧坊现在已能赚钱，不需要这些银两。再说等你过了门，家里的银钱还不是得交你打理，分啥你的我的！你只管拿着，该花放手花就是。"王秉正见陈于珍不接钱，有些急眼。

"烧坊真不需要钱？"陈于珍不好再推拒，只好追问一句。

"真不用。烧坊现在库里有粮，窖里有酒，每天还有大量现银进账，钱宽裕着呢。"王秉正乐颠颠地。

从龙安到铜牟的船上，陈于珍看到绵州城墙倒屋塌、满目疮痍的样子。她与王秉正合计，决定下潼川府采购。因为需要陈于珍购置的，主要是几人的穿着和寝卧所需的绫罗绸缎、棉麻裘毛。汉女输潼布，这些东西，潼川府市面上本来一直就比绵州城丰富些。

临走，陈于珍还回了趟学馆，在王秉正给的金银之外，又从陈于朝赠她的楠木箱中取了一千两。新宅修得气派恢宏，既然条件许可，她也不愿在未来日子委屈自己和家人。紧家宽路，要办，她就要把这个家办出个样子。

到潼川府城，账房寻了城里最好的客栈，给陈于珍要了一间上房住下。

不过两天，家中所需就大体购置齐全。陈于珍打制的钗饰尚未完成，几人只好又等两天。

回到铜牟镇，左钧就请来了镇上最好的裁缝和几名附近擅长女红的妇道人家，在陈于珍的调度下，开始缝连浆洗、铺垫装挂。她为家里每人按春夏秋冬四季，里里外外缝制了几身衣物，这一忙就是七八天，大寒时节才做完。

按陈于朝行前嘱咐，大年前，陈于珍必须赶回龙安府。王秉正原本想全程陪同陈于珍回去，可新年在即，铜牟镇上还有许多事得做，陈于珍不同意王秉正再同自己去龙安府。商量来商量去，最后相互妥协，由王秉正把陈于珍送到江油，再由江油县令安排人护送她回龙安府。

送走陈于珍，操持婚礼就成了王秉正和左钧两人的大事。左家在当地原本就是大户，给儿女办婚礼，他的想法是，能有多热闹，就办多热闹。父子俩合计下来，需邀请的宾客单轮就超过了一百桌。

按铜牟乡俗，婚酒有支客、正酒、谢客三个阶段，有待客三天六顿的讲究。虽有五顿不必如正酒午宴隆重，但也凑合不得。拢共算下来，要接待的客人怎么算都不会少于三百桌。

这么大的阵仗，王秉正从未经历过。他想把规模动静弄小点，可左钧不依。好在，新宅子三进两跨，待客摆酒的空间还是充裕。

左钧张罗起请客和酒席的具体事务来。

婚期确定后，陈于朝也没有闲着。他遣人将要嫁妹的讯息向治内各衙门、各家土司和名绅巨贾做了通告。为配合铜牟镇的婚礼，他决定将酒席放在江油去办。酒席摆在江油，正酒之日早宴仪式后，夫家接走新娘，能在午时前赶到，不耽误拜堂。

学馆散学开学，烧坊散工开工。虽说当年因赈灾导致烧坊多了一大块支出，但酒粮充足，改甑改灶后产能增长，存酒开售也让资金快速流转起来，烧坊收益较往年又多出许多。自然，伙计们这年荷包里的银子，也比往年更重。

只是年事太高，左老太爷终究没熬到癸酉年春节。老人年过九十去世，算是喜丧，所以并没影响到王秉正和陈于珍的婚事。

忙碌中，左老太爷治丧结束，癸酉年春节也过去了。

王秉正与陈于珍佳期在即。

铜牟镇这边，烧坊改用大甑大灶提高了效率，生产压力并不大。新年点火开工后，除两口蒸酒的锅燃着，蒸粮的灶并未点火，伙计们把更多精力投到了东家办喜事的活计上。

办酒席的炉灶盘好，所需桌凳餐厨具到位，学馆、烧坊和新宅内外张灯结彩，喜庆的氛围浓烈起来。

—〇—

酒席酒席，酒自然少不得。前期准备中，诸事都办得顺畅，在酒水上，却出了点状况。

按铜牟喜宴旧俗，宾客被邀赴宴，几乎都是举家前往。自家开着烧坊，男宾饮用的烧酒从窖里取用就是。可也有不喜烧酒的妇孺孩童，席间需备些清甜柔和的米酒。

铜牟镇的酒水市场，早已是谪仙烧坊一家独大。镇上还在做酒的，除谪仙烧坊外，只有另一家叫富乐的老烧坊。

富乐烧坊东家姓杨，叫杨天宏。

与谪仙烧坊相比，富乐烧坊不仅历史悠久，在当地也曾赫赫有名。据传，杨天宏祖上煮的酒，东汉末年就曾被益州牧刘璋用来招待刚入川的刘备。刘备宴席上曾发出"富哉，今日之乐乎"之叹。此宴后，刘备西取成都，建立蜀汉，而煮酒之人也借了刘玄德这声感叹，给烧坊冠以"富乐烧坊"之名。虽说此后也因各种缘由开开停停，终究也断断续续传承了一千多年。

这个烧坊的特点是，坚持以纯糯稻为料，以甜曲发酵，所煮出的甜米酒，滋养了一代又一代人。

前朝中期，烧酒开始流行，为满足顾客需要，富乐烧坊也试着酿制过苞谷烧。与祖传的甜米酒不同，富乐烧坊的苞谷烧与别家烧坊一样,入嘴辣口,尾味酸苦,出酒量也少。

但世代在当地营生,杨天宏名下的生意不仅有煮酒的烧坊,还有一个富乐酒家。谪仙烧上市前,富乐烧坊的烧酒与别家的比也未见差次,再加上独家的甜米酒,在镇上,富乐酒家的生意一直都不错。

但谪仙烧大量上市以后,人们不再选择富乐烧坊的烧酒了。

对谪仙烧坊的酒,杨天宏私下也曾无数次买来品尝,对这酒的品质,他打心里是服气的。但对一个外地人,在几年时间里就把本地烧酒市场的格局完全打破了,杨天宏又是很不服气。他曾花很多心思去改良自己的苞谷烧,可无论怎样摆弄,自己酒的品质,不要说跟太白醉相比,就是对谪仙烧也是望尘莫及。所以,他家酿烧酒的锅子也与别的小作坊一样,熄了火。

按理,自己不做烧酒,购进谪仙烧坊的烧酒来卖,也是一条路。可杨天宏觉得,自己本就是做酒的,去买别人的酒来卖,面子实在挂不住。一倔起来,干脆就停了卖烧酒,连一些老顾客的劝说也不听。

酒家不卖烧酒,平日里冲着烧酒来消乏解疲的大小商贾、贩夫走卒这类主流客户,自然就开始流失。酒家的生意,也逐渐少去一半不止。

对这一结果,杨天宏嘴说不在意,心里却不好受。他把自己的损失,算在了谪仙烧坊的头上。

但在铜牟镇,要买好的米酒,还是得去富乐烧坊。左钧把这差事,交给了烧坊年轻的账房先生。

"备六十坛最好的米酒,送到上渡口新修的王家府邸。"接到差事,账房先生兴冲冲跑到富乐烧坊的酒铺,颐指气使地对值守的伙计说。在账房心里,这么大一笔上门的生意,无论是伙计还是掌柜,一定会对自己觍起笑脸。

"买多少?"守铺伙计问。

"六十坛,最好的!"账房先生很嘚瑟。

"铺子里没有这么多现货,您稍等,我去通报东家,让他来接待你。"守铺伙计请账房先生坐了饮茶,回头去找杨天宏。

生意本就不好，又过了饭点，无聊的杨天宏正在后院大石缸旁逗喂金鱼。

"要多少？"听了伙计汇报，杨天宏也以为自己听错了。

"六十坛。说要最好的！"伙计把账房的话转述一遍。

"谁那么豪气？一次买这么多。带我去看看。"杨天宏放下手里的鱼食，掸掸袍褂，就往外走。

六十坛酒，每坛按五十斤计，最少也是三千斤了。一次买这么多，还买最好最贵的，这样的买主，他已好久没遇到了。

走到酒铺，见坐在里面的账房先生不仅面生，衣着气度也不像豪商，杨天宏起了疑。

"客官，你要买六十坛上好的米酒？"

"对！六十坛，要最好的。"见到东家，账房先生的神气劲收了不少，但语气仍显喏瑟。

"这么多酒，做啥用？酒是您来拉还是我们送？送的话，给您送到哪里？是现银结账吗？"

"酒是我东家办喜事用。镇北谪仙烧坊就是我们东家的。您把酒送到镇上北街新修的王家府邸，我们付现银。他这次办喜酒，把镇上街坊都请了。您也接到邀请了吧？"账房先生问。

喜宴邀请一般街坊乡邻的事，左钧委托给了里长。账房先生这一说，杨天宏记起里长确实给过自己一个喜帖。因心里对谪仙烧坊有怨气，杨天宏也没打算赴宴。现在听账房先生说话这般趾高气扬，杨天宏心中忽地生出一种莫名的不爽。

"抱歉，我家这酒不卖给你！"杨天宏冲口而出。

"啊？！"一听这话，不仅买酒的账房，就连卖酒的伙计都觉得惊讶。

"啊啥啊？我这酒哪个都可以卖，就不卖你们。不是能吗？你们自己煮去。"杨天宏挥手赶客。

"生意不推上门客，不卖酒给我们是为啥呀？"账房不知所措。

"不卖就是不卖。你们把这一带烤酒人的活路都给断了，还问我为啥？快走，我这里不欢迎你！"

杨天宏态度坚决地逐客，账房先生只好悻悻地退出酒铺。

将拿钱买货如此简单的差事办砸了，不仅年轻的账房始料不及，王秉正父子俩也不敢相信。晚饭时，爷仨听了账房汇报，王法天第一个跳起来："放着上门的大好生意不做，这个人是不是脑子有问题？"

"镇上也不止他们一家煮米酒，他不卖，找别家，大不了多花点钱！"王秉正心里也不爽。

"平日里你不喝米酒，根本就不晓得在这方圆几十里，说起米酒，不论历史还是品质、口感，还真找不到第二家可以跟富乐烧坊相提并论的。这场酒席，我们不能有丝毫马虎，米酒更不能凑合！"左钧压住了王秉正父子激动的话头。作为一个土生土长的读书酒客，左钧对富乐烧坊还是了解的。

"别人不卖给我们，又咋整？"王秉正抬头问他。

"这边有句老话说，卖石灰的见不得卖面粉的。你们都做酒，谪仙烧坊的酒一出来，这里多年的烧酒市场都变了天，抢了多少人的生意，断了多少人的财路？我想这富乐烧坊的东家，肯定心里是憋着气呢。俗话说，冤家宜解不宜结。同在一个镇上，在一个行业讨生活，大家都不容易，退后一步自然宽。我听说那家东家人虽然倔点，却也读过书，识字懂理。这件事你们就别操心了，我来想办法转圜。"

左钧说得在理，王秉正父子就没再拗下去。

次日一早，左钧约了里长喝茶，把这事讲了讲，希望他能帮助缓和关系。

"细算起来，这富乐烧坊的杨掌柜跟您应该还有些渊源。当年您离开铜牟，镇上的潼绵学馆也在兵荒马乱中关了张。这杨掌柜家底殷实，他父亲就请了先生在家教他。他的先生听说姓沈，也出身潼绵学馆，现在绵州城东的治平书院坐馆。这杨掌柜倔起来，很少听得进别人的话，但对他先生的话，却是言听计从。每逢年节，他都会备下礼兴去看望先生。只要找到这位老先生，杨掌柜这把锁，好开得很！"里长成竹在胸地给左钧出主意。

治平书院,沈老先生,那不正是自己的学兄吗?想到此,左钧心里顿时有了主张。如确如里长所言,这杨掌柜算来还是他的师侄呢。

心里有了主意,左钧一刻也不想耽搁,付了茶钱,起身告辞。出门叫来一辆马车,奔治平书院去了。

赶到治平书院,沈老夫子正在授课。几年不见,老夫子须发更白,因身逢太平世道,心舒体适,老人精神却更加矍铄。

见左钧登门,老人不问缘由,当即吩咐厨房备菜,要和左钧对饮几盅。

菜肴摆好,老人拎出一罐酒来,左钧一看,原来是谪仙烧坊的太白醉。

"你喜欢这酒?"左钧笑问。

"对啊,这不是去年中秋,你差人送来的吗!"

左钧不记得自己啥时给学兄送过酒。

王秉正是有心人,自几年前跟左钧一起造访治平书院,认识了这位师伯后,每到逢年过节,都会遣人送酒送礼给老人。只是他业务繁忙,并不会把这些事一一向左钧叙说而已。但以左钧对他的了解,也能分析明白。见学兄并不明内情,也就没说破。

酒杯斟满,沈老先生提议先干一杯。二人干了一杯酒,左钧问:"这酒,你喝着咋样?"

"好!是我这辈子喝过的最好的酒。这酒是从哪里购得?莫非是你在前朝为官时,从皇宫御厨偷出来的?"沈老夫子一边斟酒,一边与左钧说笑。

"啥皇宫御厨,这酒其实是你大侄子,就是上次随我来你这的那个孩子,他自己酿的。你要喜欢,今后管够。"在学兄面前,左钧毫不掩饰内心的骄傲。

"我那侄子有这能耐,你有福啊!"

"也是上天垂怜哦!这孩子凄苦半生,不过马上就要成家了。我已给你送了喜帖来，收到没？"

"收到了，收到了，放那呢。"老人说着，指指一旁的书案。喜帖就放在一摞书的上面。

"你放心，我一准亲往祝贺。为这，你还亲自跑一趟？多余了。"老人又为左钧斟满了一杯。

"今天来，这事只是其一。关键是想请你出面，帮我们解个梁子。"左钧端起酒杯回敬沈老夫子。

"你饱读圣贤书，一贯与人为善，咋会和人结下梁子？"

"是这样……"左钧把谪仙烧坊和富乐烧坊的恩怨纠结一股脑地讲了出来。

"物竞天择，生意场上的优胜劣汰，这是天道。他有啥想不开的？你放心，这个梁子，我出面帮你解。天宏这人倔是倔，但孝顺听话。我去说，他会听的。"

"那就有劳学兄，陪我到铜牟镇走一趟！"借学兄的话势，左钧端杯敬酒。

"走一趟，走一趟。但先别急，把这台酒喝好，再把书院的事交代一下，和你同去就是。"老人端起酒杯，一饮而尽，再一次抱起酒罐斟酒。

"哎呀！今天的酒就喝到这里。到了铜牟镇，想在酒缸里洗澡都成。还是先吃些饭食，把书院的事安排了，我们早点动身吧。我身上，成堆的事要做，心焦火燎的，这酒也喝不出个味来。"左钧伸手挡住杯口。

"一把年纪了，做事还这么急躁！就算依你，这一杯总还是得喝吧？"老人腾出一只手，把左钧挡在杯口的手拿开，把酒斟满，边说话，边盖上了酒罐。

用了午饭，沈老夫子安排好书院事务，两人同乘左钧带来的马车，赶往铜牟镇。一路上，两人商定，晚上由左钧做东，在镇上最好的桂园酒楼摆上一桌酒，老人把杨天宏一家叫来，正儿八经把这师叔侄的关系明确了。

377

安排沈老夫子在新宅的客房品茶，左钧去桂园酒楼定好房间席桌。他忙完回来时，沈老夫子已只身去了富乐烧坊。

已是申正时刻。沈老夫子到富乐烧坊时，杨天宏刚午睡起来，正招呼伙计做晚间饭点的准备。

见先生进屋，杨天宏十分意外，忙停下手中活计迎了上来，还让伙计泡茶上来。

到正房坐定，沈老夫子抿一口茶，开始说话。他先问了些不咸不淡的家常事，才切入主题，说自己在镇上还有一情同手足的同窗学弟，学识渊博，为人仗义，古道热肠。今儿到铜牟镇来，就是要把两家关系接上，以后彼此多个照应。

杨天宏虽是商人，但自幼读书，对学有所成的读书人，一直特别敬重。听先生说这位师叔前朝时就取得了功名，就越发心仪。

听先生说晚上是师叔招集家宴，宴请的对象是他全家，就去后院唤妻女出来。

杨天宏膝下无子，只有女公子一枚，名叫杨兴碧，小名唤作碧儿。

这杨碧儿虽算不得大家闺秀，但跟一般养在深闺的女子相比，杨天宏是当男儿一样富养的。不仅许其从小读书习字，还不限制她在店内外出入。对生意经营，小碧儿耳濡目染，与店里的伙计相处融洽不说，就是招应客人之道，也谙熟于胸。在杨天宏心里，女儿不仅性格泼辣，而且通情达理、秀外慧中，是能撑起未来杨家的门面的。

"师爷爷，师爷爷，您有多长时间没来看我了？"杨天宏进去不久，一阵银铃般的声音传进堂屋。

声音之后，一高挑身影跨门进来。只见一女子，着银白丝质夹袄，青色棉布长裙，发髻高绾，鹅蛋脸上不着粉黛。纵是如此，那冬日厚重的衣衫也掩不住少女特有的青春气息。

进来的是杨碧儿和她的母亲。

"风风火火，大呼小叫，成何体统！"杨天宏装作把脸一板，责怪中更多疼爱。

"师爷爷就是我的亲爷爷，又不是外人，叫唤一下又咋了？"对父亲的责备，杨碧儿并不在意。

拿女儿，杨天宏也是无可奈何，只好转头向先生致歉："犬女少教，老师莫怪。"

"天性真率，怪啥子怪？这样就好！"沈老夫子哈哈大笑。

"对嘛，还是我师爷爷痛我！"杨碧儿偎到沈老夫子身旁，抱住他的手臂，冲杨天宏扮个鬼脸。

女儿和先生亲近，杨天宏何尝不高兴？他堂上双亲早殁，在心里，一向是把老先生当作父亲的。

让夫人和女儿陪着先生，杨天宏出去把店里的事安排好。等他回来，已快酉时正，晚餐饭点到了。四人起身离开富乐烧坊，去往桂园酒楼。

左钧已等候在桂园酒楼的雅间。考虑到杨天宏的接受程度，当天的酒局，左钧没安排王秉正父子出席。

沈老夫子领着杨天宏赶到时，桌上凉菜碟子已布好。酒是左钧自带的，还是最早那批王秉正留着给自己饮用的太白醉。酒罐已揭开，满屋飘着酒香。

看到左钧，杨天宏有点诧异。学馆的左老夫子，在镇上算得上是神一样的人物，他自然认得。但过去他没想到，这老夫子会和自己有如此渊源。

客人进屋坐定，左钧吩咐倒酒走热菜。待每人面前的酒杯都斟满，沈老夫子向杨天宏介绍："这就是我给你说过的，我的学弟左钧。他年轻时可是绵州有名的才子，现在你们镇上潼绵学馆坐馆授课。众多同窗中，唯他与我的情谊最深，是你亲亲的师叔。以前不知这层关系就罢了，从今往后，你要把这师门关系走动起来，要像待我一样，敬孝师叔，有事多向师叔请教，彼此多多照应。"

沈老夫子讲话期间，左钧一直捻须微笑。待学兄说完，他向杨天宏颔首示意。

"这是门生杨天宏和他家人。天宏资质不错，奈何生不逢时还投错师门，算是一个被家里买卖耽误了的读书人。他如生在当下，能投在你门下，博个功名不在话下。"介绍完左钧，沈老夫子又向左钧介绍了杨天宏。

与左钧的淡定不同，杨天宏在沈老夫子推介自己时，竟显得紧张。老师说话时，他一直站着。沈老夫子一说完，他就端起酒杯向左钧敬酒："先前和师叔虽未相认，但师叔的风采，小侄早听说过。小侄愚钝，读书无成，靠祖上传下的买卖糊口养家。今后还望师叔指教提点，有事但请吩咐，小侄一定鞍前马后孝敬。"

"好了，好了。你有这份心，为师就很高兴了。要敬师叔的酒，你还得等等。今天这个局是为师组的，这头三杯酒得由为师先来提。三杯酒后，你再敬师叔不迟。"沈老夫子抬手止住杨天宏，示意他坐下说。

"学生失态了！"杨天宏尴笑一下，坐回座位。

有沈老夫子润和，杨天宏一家虽跟左钧只是第一次正式认识，氛围可谓其乐融融。

杨天宏与左钧师叔非常对脾气，两人大有相见恨晚之感。而且，那杨碧儿毫不拘泥，频频跟着父亲一起大方敬酒。自幼生长在煮酒人家，又有父亲宠着，杨碧儿米酒烧酒伴饭佐食，酒量也非一般男子所能比。

"今天这酒咋样？"喝到高兴处，沈老夫子问杨天宏。

"好酒！说实话，算是我喝过的最好的烧酒。但是应了那句老话，本地猴子总被外地人牵，这么好的酒不仅我做不出来，这方圆百里那么多烧坊，也没一家烤得出来。这酒就出在我们镇上，是个外地人开的烧坊烤出来的。"看得出来，杨天宏私下里没少喝谪仙烧坊的酒。但是在他的言语里，也忍不住冒出了几分酸味。

"啥子外地人喔，这酒就是你师叔的儿子酿的。在这一带，我知道你家的米酒最香甜，现在，你兄弟又酿出了这等好烧酒。从今往后，我和你师叔，无论烧酒还是米酒，都可享用到最好的，余生算是有口福了。依我看，你们兄弟以后也可以联手，一个做米酒，一个做烧酒，都是最好的，把周遭的酒水市场都占下来！"沈老夫子敲开了边鼓。

先生一席话，让杨天宏心中一震。

虽然只是一瞬，沈老夫子已有察觉："是不是你兄弟的酒影响到你的生意了？"

杨天宏心中原本就不爽，但话从父亲一样的先生嘴里说出来，他又不好意思接茬。

"这说哪里话呢？生意各做各，生意场上，货不如人，输也服气。再说，如您所说，千百年来我家做得最好的是米酒，就算不卖烧酒，富乐烧坊照样可以活得好好的。"

"能这么想最好。你师叔还说，卖石灰的见不得卖面粉的，怕你和你兄弟互不待见。所以，原打算让你们兄弟相认，最后还是放弃了。"沈老夫子说。

"既然有这些渊源，兄弟相认是应该的。这样，明天我摆一桌，让师叔把兄弟请出来，我们叙叙，也向他讨教讨教，他是如何把烧酒烤得这般好的。"有了前面的表态，杨天宏只好顺着往下说。

"好，你有这心，我明天一定带你兄弟跟你一起坐坐。他也是个耿直人，你有什么要问，相信他会知无不言、言无不尽。"左钧接了话。

酒至深夜方散，虽答应了明日中午在自己酒家备酒招待左钧父子，但杨天宏心里还是有些不情愿。

"这算哪门子兄弟，还没见面，就抢了我一大半生意！"回到家后，杨天宏一边洗漱，一边抱怨。

"人家凭本事开烧坊，又不是使了啥子下三滥手段。再说在这方圆百里的烧酒市场，我们才做了多点？我看啊，影响我们生意的，不是你那干兄弟，是你的牛脾气。你做好你的米酒，烧酒拿别人的来卖，不就得了？好多人劝过你，你都不听，还好意思怪别人喔？"夫人一边侍候着杨天宏洗漱，一边说道他。

"就是嘛，老汉你太倔了。如果同样卖谪仙烧坊的烧酒，我们还有自家的米酒保底，生意肯定不会孬！"一旁的杨碧儿也来帮腔。

平时，夫人的话，杨天宏一般是听不进去的。但同样的话从女儿嘴里说出来，效果就不一样。见老婆和女儿站在同一阵线，杨天宏不好再拗。顺着妻女的话一想，觉得也真是在理，心里好受了许多。

由于有太多话想要聊，沈老夫子坚持要回学馆与左钧同榻而眠。两人回到学馆小院时，王秉正父子都还未睡。父子俩又同左钧和沈老夫子拉一会闲话，说定了明日去富乐酒家赴宴的事。

王秉正自幼习性就孤傲，不喜主动与人交际，但有左钧和师伯这层关系，自然就愿意认下这门干亲。而王法天正相反，天性爱打交道。一听说镇上多了一门亲戚，还是很期待的。

次日起床，杨夫人就到自己酒家后厨，指挥张罗中午的宴席。对这门干亲的缔结，她心里也是十分憧憬。

杨天宏祖上传下的家业不薄，在人丁方面，却一直不旺。到杨天宏这一辈是一脉单传不说，再往下，就杨碧儿一个女儿。

家无男丁继后，是杨夫人的一块心病。为此，她曾劝杨天宏买妾娶小，可杨天宏并不答应。虽杨天宏不说啥，但家无男丁，他人的闲言碎语总是难免。这还不算，更让她心生不安的是，杨天宏的一些同宗，已开始垂涎杨天宏名下的产业。她很担心再往下去，以杨碧儿一个弱女子，在他们老去以后要遭受欺凌。昨日的宴席上知道了左钧师叔，不仅有一个大的家族背景，知书达理，人品磊落，且镇上最大的烧坊竟是其子的产业。她觉得，结好这门干亲，家中会多一重依靠。

碍于先生撮合，老婆、女儿又一番说劝，杨天宏一夜思考，心中的那点梗顺了许多。生意各做各，靠本事抢市场，这些道理，在不犯倔的时候，他还是想得通透的。虽无深交，从镇上的传闻和昨日酒桌的交谈观察，他认可左钧这个师叔是一个值得敬重和交往的师长。有这样人品，他的儿子，也该是不会差的。

"能把烧酒烤出那样好的味道，他究竟是咋做到的？"对中午将宴请的王秉正，杨天宏心中也有些好奇和期待了。

待客的菜品由夫人打理，杨天宏不用操心。中午席桌上喝啥酒，却让他有些犯难。按理，招待男宾客，是要用烧酒的。可这镇上，除了谪仙烧坊的酒外，也找不到再好的烧酒。一个煮酒的人请客，喝的却是客人自己酿的酒，杨天宏咋想都觉得怪怪的。思前想后，他还是决定，中午宴席放弃烧酒选项，就喝自家煮的米酒。

与烧酒低水、低糖，有高浓度酒精，耐储存，越陈化越醇厚香浓相比，米酒的生产和储藏却不一样。一坛好米酒，讲究选料、用曲，要掌握好含水量和发酵温度外，更要讲究时间。生不得，老不得，刚熟就好。而这个"熟"的程度，又要看季节和环境温度、湿度。生了，酒不够香醇，老了，酒又会酸败。这一切，考验的都是匠人的技术和经验。把米酒做到最好，刚好是杨天宏最拿手的。

煮酒熬糖，充不得老行。就算自己这样的老匠人，也只能保证酒的品质相对稳定，不同批次的米酒，质量有起伏波动，也在所难免。因此，遇到特别满意的那些酒，杨天宏也会存下几坛不卖，只供自己、家人及招待至好亲友喝。在酿烧酒这方面比不上王秉正，杨天宏也要让王秉正一家尝尝，啥是最好的米酒！

家里要招待重要客人，杨碧儿刻意打扮了一番，换了崭新的裙襦，梳了高髻云鬟，更显靓丽可人。

午时初，左钧爷孙仨在沈老夫子的引领下前往富乐酒家。临来，三人亲自到镇上买了几盒最好的糕点做伴手。考虑到杨天宏有妻女，还在绸布庄里扯下几块好料子。本来，王秉正还打算带几坛最好的太白醉过去，被左钧制止了。给做酒的人送酒，左钧顾虑杨天宏的面子挂不住。

赴宴前，王秉正父子刻意换上了陈于珍为他们置办的衣衫。人靠衣裳马靠鞍，平日里各忙各事，总是一身青布素衣。这一换行头，父子俩平添几分气质。特别是王法天，活脱脱一个翩翩公子、俊朗少年。

中午，酒家的生意还不错。为求清静，杨天宏把待客的席桌设在酒家最靠里的大雅间内。午正前，凉菜上桌，酒碗和餐具布好，就等客人登门。

米酒度数不高，当地人喝米酒，都不用杯，而喜用那种浅敞口黑红釉的小碗。一口一碗，畅快尽兴。

顺了心态，杨天宏换个角度一想，一个外乡人来铜牟开烧坊酿酒，可以把本地因袭多年的烧酒市场掀个底朝天，确实值得人佩服。怀着对左钧的恭敬和对王秉正的好奇，他亲自到酒家大门外候客。

到了富乐酒家，沈老夫子将杨天宏和王秉正父子相互做了引介。

杨碧儿母女俩在雅间恭立候客。一行人入得雅间落座，杨天宏又将妻女向客人一一做了介绍。

杨碧儿特别注意到了王法天。西北血统，王法天不仅身形较铜牟镇当地同龄少年魁伟，且脸上轮廓分明。再配以陈于珍精心置办的华裳，一下就吸引住了情窦渐开的杨碧儿。

宴席依旧由沈老夫子主持。三碗开场酒后，杨天宏为东，率先向客人敬酒。由于他和左钧的师叔侄关系已在昨天明确，而他与王秉正同辈，当然就是兄弟。酒敬到王秉正处时，两人序齿，王秉正要长几岁，就是大哥。杨天宏和王秉正定了长幼称呼，再下一辈的王法天和杨碧儿也报了生辰，王法天大杨碧儿一岁，当了哥哥。待父辈的酒敬过，轮到王法天和杨碧儿，两人分别敬了长辈再互敬。此时，杨碧儿已对这个异姓哥哥有所心动。但男儿醒事较晚，王法天虽也对杨家小妹印象不错，却没有往别处想。

这一餐酒饭吃得畅快。米酒虽不甚醉人，但撑肚，到未正时分，酒喝不动了。原本杨天宏是要留客品茗，因烧坊、学馆和家中都有事忙，左钧爷仨婉拒了杨天宏的挽留。临别，左钧又再三亲邀杨天宏在王秉正大喜之日携全家赴宴，还提了买酒这事。

心气理顺后，对左钧的邀请，杨天宏满口应承不说，还表示到时不仅会携家人到贺，还会歇业两天，让自家烧坊和酒家上下伙计过去帮忙支应。关于米酒，杨天宏答应马上安排，还特别声明这酒不是卖，是自己送给王家哥哥喜事的贺礼。

一〇二

龙安府那边，陈知府嫁妹要到江油摆酒，下属自然为他尽心张罗。

正月十三，带着精心为妹妹准备的嫁奁，陈于朝一家人及府衙同僚顺江而下，到达江油。踩踏一番，对江油各项准备基本满意。

要离开生活了几年的龙安府，陈于珍舍不下的有很多。除最亲的哥哥、嫂子外，还有那对陪伴了她几年的白熊。

几年时间，圆圆和滚滚都已长大，虽可爱依旧，但已不太黏人。陈于珍动过心思，要把两个家伙带下山去。熟悉白熊的山里人告诉她，这种东西娇贵得很，一旦离开大山，不仅吃食不好侍候，还容易水土不服。因此，陈于珍不得不忍痛割爱，请陈于朝安排人将白熊送回发现它们的土官家，叮嘱土官一定要好好照顾。她还提出，如有可能，让土官将两个家伙放归山林。

龙安府知府嫁妹的消息不仅当地的官绅知晓，消息也传到了绵州官场。绵州州县官员对陈知府的出身和为人早有耳闻，有些也动了攀附之心。听闻陈知府妹妹的夫婿就在绵州铜牟镇，一些州县官员就备下贺礼派人送到铜牟，还知会，婚礼当天要亲自登门致贺。

这么多父母官要来贺婚，王秉正和左钧都颇觉意外。感动之余，他们将待客的酒桌做了一番调整。

正月十七，支客。

江油县城和铜牟镇同时热闹起来。

在江油，陈于朝包下两家酒楼，按官商分类分别接待。知府家喜事，不仅受邀者无一缺席，就连许多未收到邀请的三班六门、乡绅商贾也赶来祝贺。陈于朝与夫人一商量，决定喜宴贺礼一分一物不留，全陪嫁给陈于珍。

铜牟镇这边，由于酒席自办，几口临时大灶在新宅跨院天井里一字排开。从十六开始，一直灶火旺燃，烹制和蒸菜的香味弥漫了整个镇子。

正酒当天，左钧邀请沈老夫子、里长、杨天宏和自己家中子侄一起，到新宅帮忙迎客。来宾中的官宦由里长接待，安排入堂屋就座。沈老夫子接待同门师兄弟和晚辈，师兄弟也入堂屋就座，晚辈随大部客人在院内分区就座。客户则由杨天宏率烧坊伙计一道接待安排，家中寻常亲戚及乡邻，就由左家子侄们帮着安排。烧坊的账房则在院门口守着礼台报礼写礼，一切井然。

王秉正在当晚就赶到了江油。正酒当天，接亲队伍天不亮就起床洗漱。曙光一露，便吹吹打打地往陈于朝宴客的酒楼去了。

陈于珍这天也起很早。布置成闺阁的客房内，红烛通照。她一身大红锦缎裙襦，插钗挂翠，披了盖头。天未亮时，吃了一碗红糖荷包喜蛋，就等着王秉正登门接亲。

客栈大堂内，嫁奁摆满数十个抬货。

司仪先生领着陈于珍走完辞别仪程，王秉正穿锦袍，系红花，牵了陈于珍，在接送众亲人的簇拥下，一路吹吹打打，燃鞭放炮，前往城外码头登船。

喜船扬帆，顺风顺水，午时三刻前按计划到达铜牟码头。下船，又是一路吹打。午正，新人进了新宅。

新宅内宾客多已落座。

摆放好嫁奁，司仪先生主持拜堂，陈于珍被送进新房。

喜宴开始。

作为主宾，杨碧儿近距离观看了整个婚仪过程。虽才十几岁年纪，杨碧儿却已吃了不少喜酒。但像这种高朋满座的大喜大庆，在杨碧儿眼里还是头一次。同很多女宾一样，杨碧儿对新娘子充满了羡艳之情。

她希望有一天，自己也能有这样一场大气、体面、风光的婚礼。

乔迁新宅前，左钧考虑到日后的大院生活，虽然家里人不多，但事也不会少，就雇下了门房和几个年轻女佣，原在学馆的顾嫂，也一同迁了过来。

陈于珍到新房后，两个女佣陪着，顾嫂在主家专用的小厨房内煮了些吃食端进新房，替陈于珍垫底。按风俗，陈于珍在新房这一坐，要坚持到晚上闹洞房结束。

宴席热烈。

作为主家，左钧父子敬酒答谢自然难免。客人太多，对官绅师长和一些重要客人，两人逐人敬酒。对大多数宾客，只能以桌为单位，一桌一敬。

照例，新郎喜宴上的敬酒更多是一种礼仪，一般这个时候喝酒，可以耍水。以西北汉子的耿直，王秉正仗着自幼练就的酒量，愣是全部喝了烧酒。一圈下来，牛眼大小的酒杯，喝下百杯不止，算算也有好几斤。也是人逢喜事，这天，王秉正竟无一点醉意。

喜酒，喜酒，总吃很久。正酒这天的午宴，很多桌上客人闹到申时前后才告结束。那些前来道贺的官绅商贾，宴后由左钧、里长及杨天宏恭送，各自打道回府。近亲好友及乡邻，会留下来参加晚宴和次日谢客的早宴。

左钧父子没料到的是，很多洪灾时得过谪仙烧坊帮助的灾民得知王大掌柜新喜，也纷纷登门道喜。贺礼虽轻，总是一番心意。对这部分不速之客，事先没有准备，好在餐食备料充分，这些人也不讲究规格菜式。左钧让伙计到街邻处借来桌凳，搭在跨院，设流水席招待。厨师有啥上啥，客人也不讲究，道了贺，吃好就走。

晚宴规模小些，内容没有午宴讲究，酒也是各取所需，主宾都不劝、不敬。

借晚餐的宽松，王秉正没再沾酒。心里惦着陈于珍，吃得也就潦草。

宴后客散，该入洞房了。

王秉正年纪不小，平时里又显严肃，亲友乡邻原本想闹个意思就行。可是王法天却不想轻易饶了父亲和于珍娘，硬是撺掇起烧坊伙计和自己学兄学弟一帮年轻人，把洞房挤个水泄不通。

洞房三天无大小。

儿子挑头要闹，王秉正和陈于珍也无可奈何。铺床叠被，司仪先生讲完四言八句，一众小年轻就变着花样剜酸王秉正夫妻。好在陈于珍年纪尚轻，王秉正也是练家子，身体能够承受，备下的红包礼兴也够丰富，就配合着让年轻人闹了个够。

夜深兴尽，大伙散去，王秉正插了门。回头，陈于珍正在铜盆前为他倒洗脸水。红烛辉映，一身嫁衣红妆的陈于珍唇红齿白，面色如霞，娇艳欲滴，直把王秉正看得发呆。

"老嘴老脸，又不是头次见。看啥看？"陈于珍想着接下来的事，有些娇羞，伸手把已拧好的面巾递给王秉正。

"好看！"王秉正借接面巾，一把抓住陈于珍的手，也顾不得洗漱，将她拉进自己怀里。

新婚三日过了，诸事再入正轨。左钧还是学馆授课，王法天理着烧坊，王秉正依旧烧坊、学馆两头兼顾。家中的事情，自然由陈于珍接了手。

有了陈于珍，变化最大的当属王秉正和左钧。特别是王秉正，每日里的饮食茶水管到位，出门前的穿戴备衣都由陈于珍亲手伺候不说，每天回屋之后的洗脸水，上床之前脱鞋洗脚，也都由陈于珍亲自动手。开始王秉正坚决不让，但在陈于珍坚持下，也就习惯了。

外有王法天，内有陈于珍。除学馆的事仍由左钧和王秉正主要操心外，两人闲了许多。正事之外，左钧多了些茶酒应酬，也更爱串门访友，游山玩水。王秉正不仅每日坚持操练拳脚，还找铁匠铺子重新锻打了一把闯王刀，把刀也重新舞了起来。

两人的身体和精神，一下子又年轻了许多。

一〇三

烧坊每日耗粮、产酒的数量都在增加，王法天在管理上却很轻松。

把粮食变成酒，流程很复杂。吃透了所有细节，王法天同王秉正商量，从制曲开始，将整个流程分成十个环节。他尝试着放弃前辈所有环节技艺一手把持的习惯，总结出了一本秘法，分环节传授给领头的伙计。这样，自己可总揽全局，只巡视每个生产环节即可，轻易不需再插手某一具体活计。

对王法天的做法，王秉正开始并不放心。照前人的说法，这煮酒熬糖，都是靠手艺立足的营生。他一来担心伙计做不好，影响酒的品质，砸了烧坊招牌。二来担心技术外泄，出现手下人打翻天印，带着技术另立门户，抢自己生意的局面。

但观察一段时间发现，王法天设计的管理模式不仅合理，而且高效。负责不同生产环节的伙计，长期只干一个环节的事，积累起来的经验和熟练技艺，把活干得比他们父子预期的还要好。且每个环节的负责人，为保证自己的位置，都会严格守住王法天的规矩，除向他们父子汇报外，绝不把自己掌握的关键技艺，同上下游及外人交流。各关节的师傅在生产中摸索和改进的技艺，反能更加丰富他们父子所掌握的整体工艺。

这小子，天生就是干烧坊的料！

冥冥之中，天佑德善。新婚不到三月，陈于珍就断了月事，出现嗜酸厌食和呕吐等状况。顾嫂凭经验判断，主家奶奶是有身孕了。她向王秉正和左钧道了恭喜。

得知陈于珍有孕，举家自是欢喜异常。特别是王秉正，平日对陈于珍已经是捧在手里怕摔了，含在嘴里怕化了，如今更是恨不能当祖宗一样供起来。

陈于珍进门后，王秉正和杨天宏两家来往变得更为频繁。杨天宏、左钧父子常有酒局，陈于珍和杨天宏妻女也时常互相走动。杨碧儿更是三天两头来找陈于珍玩。明面，杨碧儿过来是找于珍婶婶讨教女红，可在碧儿心里，更多是为了瞅瞅王法天。

十余岁起，就在书院中成长，虽说不是读书的好料，王法天也不是胸无点墨之人。摆脱了烧坊一线活计，又有陈于珍捯饬，这时的王法天已是风流蕴藉，只是气质上还显稚嫩而已。在同龄的杨碧儿这里，一道牵绊在日渐明晰。

金秋，乡试发榜，潼绵学馆有弟子榜上有名，镇里准备设宴庆贺。

九月初三中午，几艘官船泊在镇外码头。船上下来一行官、便服饰混杂的人，径直向王秉正家走去。走在人群前面的是着便装的陈于朝、夫人以及随从，那些着官衣的，是他手下的州县同僚。

龙安府处在汉番杂处的大山腹地，历朝历代，土官争权夺地、番民啸聚悖逆的情况多有发生。但在陈于朝治下几年，这里竟世平宇静、民富物阜、教化昌达。陈于朝还主导编修了府志，对当地的经济社会发展和文化风俗进行了整理和记载。

在治地牧民有功，又有铁帽子王爷的关照，陈于朝再次被朝廷钦点，以正四品迁任广州知府。平日里相处甚好，加上对知府出身的巴结，同僚们倾巢出动为他送别。原本送到龙安府界的江油就该止步，听说陈于朝要到铜牟镇盘桓探妹，路程不远，又是顺水，同僚们就纷纷随行同往。

本要拒绝，陈于朝考虑到自己此一去关山隔阻，妹妹成了家无法随行照料，也有意带着一众官吏去给妹妹家撑撑门面，顺便做些托付，以便自己不在蜀中时，万一妹妹妹夫有事相求，让大家给个照应。

家佣通报舅老爷带一众官员登门时，陈于珍和杨碧儿正在房内给左钧父子缝制新衣。陈于珍得讯，放下手中活计出门迎接。她还嘱咐女佣，要立即到镇上去，叫左钧父子回家。

陈于珍刚把哥嫂一行迎进客堂安排坐下，茶水还没泡好，左钧和王秉正父子就先后匆匆回到家中。

爷仨先向陈于朝行了礼，又在陈于朝的介绍下，跟随行的众官员一一见礼。

茶叙，互问近况。

左钧向陈于朝了介绍自己学馆有生员中举，镇上正筹办折桂喜宴之事。陈于珍也将自己已有身孕之事告诉了嫂子。嫂子立即把这一喜讯转诉陈于朝。听闻妹妹有喜，再加镇上有如此喜事，陈于朝兴奋地告诉妹妹，自己虽已升调广州，但一定要留下来好好陪她几天，还要喝了庆贺折桂的喜酒再上路赴任。

寒暄茶叙之间，不觉已到酉时。

王秉正将王法天叫到一边，吩咐他去桂园酒楼订宴，将烧坊存放时间最长的太白醉沽一坛带着。王法天领命要走时，王秉正又叫住他，让他顺便把镇上最好的客栈包下来。

酉正，王法天落实好酒楼客栈之事，回家向王秉正禀报。见时辰已差不多，王秉正建议众人移步客栈换洗，稍后去酒楼赴宴。

原本，陈于朝和众同僚乘坐的官船均有寝卧，可是住在船上，风声水声，江流激荡，总不那么安稳。送行的故旧僚属客套一番，陈于朝一锤定音，都上船去收拾了行李衣物，到客栈按品阶选房住了。陈于朝夫妻就被王秉正和陈于珍留住在了自己家中。

一夜欢饮，送行的同僚有公私之事，先后向陈于朝拜辞后散去。

兄妹姑嫂，又将长别，总有说不完的话和太多不舍。王秉正把手上事做了安排，也尽量陪在兄嫂身边。

一〇四

喝过潼绵学馆折桂喜酒，重阳一过，陈于朝一行就打算起程。

王秉正夫妇和左钧一再挽留，陈于朝在铜牟镇又待了几天。查看皇历，九月十三宜远行，陈于朝将起身的日子定在这一天。

　　虽有千般不舍，陈于珍夫妇和左钧是明事理之人，知道陈于朝身系公务，只得依了他。

　　临行，陈于朝又为陈于珍夫妻留下一箱银两，还告诉二人，在凤翔的姜守备及所有马匪已被朝廷剿灭。现在，那一方土地，他们已无须禁足，有了空闲，可回乡看看，祭祭祖先。知道陈于朝为自己所做的事，王秉正当即就要下跪磕头，被陈于朝一把托住："都一家人了，这些都是我该做、能做的！"

　　王秉正安排王法天带人，将烧坊最好的太白醉装了几十个荆条坛，放在陈于朝船上。陈于朝也没客气。他知道，就任岭南，要想再喝到这样的美酒琼浆，定非易事。

　　天公作美，九月十三那天，秋阳老早就挂在天空，秋高气爽，空气通透。远望涪江两岸，铺天盖地的荻花在淡淡的江岚中摇曳，宛如仙境。

　　从宅子里起身出门到把哥嫂送上船，陈于珍双目含泪。

　　解缆扬帆，客舟驶向江心的那一刻，陈于珍终于控制不住，任泪水爬上面颊。

　　船行江中，陈于珍挽起裙裾，逐船奔跑，直跑到江堤尽头，望着帆影消失，才放下一直高举挥动的手臂，双手抱膝蜷作一团，任别离的泪肆意奔流。

　　一直随在她身后的王秉正鼻子也发酸发涩。他悄悄走过去，扶起陈于珍。两人紧紧相依，望着空茫的江面，久久不忍离去。

　　送走哥嫂，陈于珍的情绪一度低落，加上当天在江堤上逐船奔跑动了胎气，回来竟见了红。这一下把一家上下吓得好惨。

　　王秉正立即找来在附近最负盛名的先生把脉。几服汤药下去，血停了。先生考虑到陈于珍大龄初孕，要她卧床保胎。陈于珍仗着自己好体质，本不想遵医嘱。可左钧、王秉正和王法天却都不依，最后只得乖乖躺到床上去。

为让王秉正专心照顾好陈于珍。左钧天天待在学馆，王法天也尽量不拿烧坊的事去烦王秉正，大家尽力确保他能有更多时间跟陈于珍待在一起，照顾并安慰她。

那段时间，除王秉正的陪伴，杨碧儿也频频过来相陪。

在大家的努力下，陈于珍的胎气和心情都很快好了起来。

甲戌年暮春，陈于珍诞下一女。由于孕后期保胎少动，又是高龄生产，导致了难产。好在最终母女平安，只是陈于珍却失去了再生养的能力。

王秉正和左钧商量，为新生的女儿取名王珍。冠父姓，留母名，一来承袭父母之爱，二来也有宣示王秉正夫妇老来得女，上天垂爱，来之不易，非常珍贵的意思。

一〇五

岁月白驹过隙。

在王法天主持下，谪仙烧坊产销两旺，每年收回四五千石的酒粮，都逐渐满足不了烧坊吞吐。

"用粮量这么大，手上又有那么多银子，我想买些地开垦，自己种酒粮。"一天，王秉正夫妇抱着王珍到烧坊去看了一圈回来，陈于珍对王秉正说。

多年来，王秉正的心思都只在买粮酿酒上，自家购田置地种粮这事，他从来没想到过。经陈于珍这一点拨，考虑到各地各级官府都鼓励垦荒耕植，王秉正的心一下就活泛了。

"想法不错！铜牟镇附近的田地都已有主，去哪里买地呢？"王秉正问。

"集镇附近没有，沿江沿河没有，远点的地方总该有的。再说，烧坊的酒粮大部分还不是从别县运来？只要买得到田地，路远一点，算不了啥事。"陈于珍答。

"有理！晚上跟父亲和法天商量商量。要是可以，马上就动手办。"

备好餐，陈于珍差人去喊王法天回家晚饭。家中要商量买田置地这样的大事，作为少东家的王法天是断不可缺席的。

广交朋友是烧坊经营的需要。王法天脑瓜灵活，再加上少年贪玩的天性，遇人邀约，时间安排得过来，无论茶酒还是看戏听书，他一般都不会落下。只是长期受左钧和王秉正身教言传，他也懂得节制。

按计划，当晚王法天要跟几个朋友去桂园酒楼喝酒。因父亲和陈于珍当天到过烧坊，也没说啥要紧事。所以家里女佣传话时，他并没太在意，说自己晚上有应酬，就打发女佣回家了。

女佣带话回家时，左钧、王秉正和陈于珍已坐在餐堂里等候。餐桌上，凉菜碟子和酒杯碗筷都已布好。

王法天不能回来，陈于珍有点无奈，招呼左钧父子说："法天有事，今天先不说事了，父亲、秉正，我们吃饭吧。"

"啥应酬那么重要？专门请他回来都不回？你再去叫，就说他爷和他大都在等他。"王法天不听话回家，王秉正却不依。他让女佣再去传话，脸色和语气都不对了。

"不是啥非得要赶的事，娃娃不空，改天说就改天说呗！"看王秉正脸色不对，陈于珍劝道。

"不说事情赶不赶，是说还守不守规矩，服不服管！长辈传唤都敢推搪，我看他是要得不晓得天高地厚了！"王秉正把话说得很重。

"自己家的娃娃是啥样，我们自己还不知道？法天是个好娃娃，你把话说那么重干啥！"陈于珍听王秉正越说越气，急得瞪了他一眼。

"好了，好了。你两个争啥？法天是好孩子，但依我看，这小子现在真像匹无缰的野马。秉正说得也没错，该给他安个笼头了。"左钧发话，并挥手下压，示意王秉正两口子打住。

"安个笼头？父亲您啥意思？"王秉正不解。

"啥意思？我的意思是，法天也不小了，是该给他说门亲事，找个媳妇帮他收收心了。烧坊生意越做越大，我们家是业大了，但家还不大。我很想快点过上四世同堂的日子。"左钧拈须笑道。

"这是件该办的事！"陈于珍不禁赞同。

王法天已长成魁伟少年，做事也干练，但在王秉正心中，他依旧还是个孩子。此前，给王法天说亲这事，他还未曾想过。经左钧和陈于珍一说，他也动了心思。毕竟，生意做得再大，还得有人来支撑继承。在骨子里，添丁进口，也是他内心深处最深的渴望。

"那，现在就开始办吧。"想着要给儿子找媳妇，王秉正心里也美美的，生着的气也消了八成。

女佣再次赶到谪仙烧坊时，王法天和几个朋友刚好在烧坊门口汇聚，正要往桂园酒楼去。

"少东家，东家说让你马上回去！"女佣说。

王法天本就是懂事的人。刚才没答应回家吃饭，是因为下午父亲和于珍娘到过烧坊，他以为只是于珍娘想自己回家吃饭。因约好了酒局，所以做了推托，心底压根就没有违逆陈于珍的意思。现在女佣又一次来传话，而且是传父亲的话，他瞬间就明白了，今天这顿饭，不只吃那么简单。

"今天家里确实有事，只能抱歉了。兄弟们自管去尽兴，下次我做东！"王法天向朋友们拱手为揖，表示道歉。

在朋友眼里，王法天家在铜牟镇算地道的书香门第，知道这样的人家家教严格。一听女佣说有长辈召唤，就知当天酒局王法天注定是去不了了，理解地请王法天自便。

王法天回家，洗了手脸，一家人按平日方位入座就餐。打他到家，爷爷和于珍娘脸上都晕着笑容，可王秉正的脸，却始终对他绷着。

王法天晓得，是自己不听话回家的事惹着父亲了。背着父亲朝陈于珍吐了吐舌头，扮个鬼脸。陈于珍示意他，主动从侍立在旁的女佣手里拿过酒壶给爷爷和父亲斟酒。

王法天把斟满的酒杯放到自己面前时，王秉正终于说话了："你现在不得了了。我让你于珍娘喊你回家吃饭，有事情商量，都请不动你了！"

"大，瞧您说些啥！啥时你们支使我敢不动？开始没有回来，一来是和几个朋友的酒局早就约了。二来您和娘下午到过烧坊，也不见你俩有啥事说，以为娘传话给我，就是喊我回家吃顿晚饭，所以就没推那边的应酬。您看，您又让人传话，我不就立马回来了嘛。您要是为这事生气，可犯不着哦。"平日里父子俩相处本就随和，王法天放好酒杯，搂着王秉正的肩膀说。

"好了，好了，还有完没完？不是啥好大的事，娃娃把缘由讲明就是了。法天，回你座位上去。"陈于珍给王法天解围。

一家三口拌嘴，左钧只笑吟吟地端着酒杯坐看。他知道，经历过很多事情，这一家人是不会因任何事真吵真干的。现在老了，他很享受这种儿孙绕膝承欢的场面。

"搞这么隆重严肃，今天有什么重要的事要安排？法天全听差遣。"王法天回到自己座位，拖着戏腔贫。

"今天要说的，真是我们家的大事，还都和你有关。"左钧接过话说。

"就快说呗。"王法天有些按捺不住。

"莫急，莫急，吃杯酒再说。"左钧打断正准备说话的王秉正，端起杯子招呼。

"现在可以说了吧？"一杯酒下肚，王法天趁女佣给大家倒酒的空当，又问。

"你于珍娘今天和我商量了，现在我们烧坊进账日丰，你大舅走时又给你于珍娘留了些银两。这些钱现在没其他用场。你于珍娘的意思，我们也去买些田地，自家种些酒粮用。"王秉正慢条斯理。

"这是好事，世人都说，家里要想富，生意搭着庄稼做。从古至今，不管是做官的，还是经商下力的，有了钱，哪个不是买田置地？这个不用商量，我赞成。烧坊那边现在窖里有存酒，仓里有余粮。出来的钱只要留够明年收酒粮用，全部拿去买田买地都行。但是，用我娘的私房银子，不好吧？"听说家里要买田置地，王法天自是兴奋。

"啥你的我的，公房私房，我们是一家人，都是这个家的。"陈于珍接过了的话头。

"买田置地是大事。但，兴家立业，不仅要有产有业，还要有人。今天喊你回来，买地这事外，还有一件事主要是关系你的。你已不小了，你爷想抱重孙。所以今天还要商量的另一件事，就是给你说亲。"她接着说。

娶妻成家！这个问题对于王法天来说，压根就没想过。虽说身体已长成了大小伙子，偶尔也开始注意长相俊美的大姑娘小媳妇，但是在情感方面，王法天更多还是个小孩。说要找个女人成亲，他确实感觉突然。

"我才多大？现在谈成亲是不是早了点。"王法天笑嘻嘻地。

"你也不是小孩了。俗话说，男大当婚，女大当嫁，娶妻生子是男人该担的责任，你推不脱的。"左钧慈爱地笑着。

"可是我真还没想过这事啊！"王法天有点着急。

"你于珍娘生了珍妹后，已不能再生。这个家开枝散叶兴旺香火的事，你必须得担起来。不管以前你有没有想过，现在都必须想了。古人说成家立业，成家是排在前面的。你将烧坊打理得不错，但一个男人，只有成了家，才更晓得责任和担当。对外，生意往来时，别人也才会把你当成大人。对内，我们也才更放心你。所以，这事现在已由不得你。"王秉正讲得在情在理，语气也不容置疑。

听了王秉正的话，王法天一下看清了当下形势，晓得再推托搪塞，不仅不能让自己如愿，可能还会被爷爷、父亲和于珍娘联合针对，只好话锋一转："好，好，好，既然你们都决定了，我听话照办就是。但你们总不能随便找个女人就要我娶吧？要找，总得给我找一个懂事孝顺，我看得顺眼，喜欢得起来的人吧？"

"这你放心,我们家门槛高,一般女子进不来的。就算不考虑你娃娃的感受,我还得考虑我重孙的品相呢。到时候你可得多给我生几个,不仅要有人继承家里的产业,我还指望着我们家也能出个金榜题名的读书人喔。"见王法天妥协,左钧高兴地端起酒杯。话毕,自己先把杯里的酒一口干了,晃着杯子示意大家同饮。

王法天改口,王秉正夫妻很满意。把杯里的酒干了后,陈于珍问他:"给娘说说,你喜欢啥样的女孩?娘一定想办法给你找到。"

"现在也说不上来,但至少要像娘您一样,又好看,又能干。"

"娘老了,事倒是懂得些,但好看和能干,真说不上。你的想法娘晓得了,一定努力给你找个比娘强的女子,不然咋配得上我们法天这么英俊潇洒、德才兼备的好男儿呢?"陈于珍被王法天一夸,有些不好意思,下面的话就顺着将王法天的毛捋了。

"好了,好了,你娘俩不要相互吹捧哈,听得肉麻。事情就这样说定了。买田置地的事具体怎么办,我们下来商量,给法天说亲的事就请父亲和于珍费心了。"王秉正端起酒杯,打断王法天和陈于珍的对话,邀大家喝酒。

"我咋觉得人家娘俩说的都是实情呢!"左钧响应,端起酒杯。酒下肚之前,不阴不阳地冒出一句。

接下来,一家四口的话题又回到去哪里置办田地的事情上来。

本来,连年战火让蜀中人口锐减,荒野千里。但近二十来年,朝廷先是鼓励流民回迁,又奖励湖广等地移民蜀中。那些填川的移民入蜀后沿江、沿河、沿官道就近先占地垦植。绵州一带受战祸之伤不深,加上移民这一填补,现在水陆便捷的地方,可供开垦的荒田荒地已经不多。

一家人商量后,决定把买田置地的方向往涪江支流上的安县、石泉等地靠拢。一家人还商量好,从烧坊抽出人手,由账房先生带领,去这些地方打探寻觅,顺便查看自家的酒在这些地方的销售情况。

第二天,王法天依约定,把人派了出去。家里,陈于珍和左钧也在盘算，怎么给王法天结亲。

一〇六

左钧带着王秉正父子回铜牟镇的时间虽不长，但这家人坐馆教书培养得出举人，开家烧坊做得出好酒，一家人仗义疏财，体恤伙计雇佣不说，有灾有难时还真心行善，救护乡邻。官场的背景也颇为深厚。在铜牟镇周遭的州县官绅富贾中，这家人已成传奇。

谪仙烧坊少东家要说亲的消息传出后，那些家有及笄闺女的大户人家，都动起心思来，主动找到媒人帮忙荐亲。这些个媒人，要么到学馆联系左钧，要么直接上门找陈于珍。送上姑娘的庚帖后，都把对方描绘得貌若天仙，温良贤淑。

虽左钧和陈于珍此前对王法天多有自信，但有这么多人上门攀嫁，他们事先还是估计不足。选谁合适，成了让两人头痛的问题。

左钧初步合了八字命相后，留下的女子庚帖还有十多张。这时，还陆续有人登门送庚帖来。他和陈于珍都想给王法天挑一个更好的，可是选谁？却很不好拿主意。选择困难，陈于珍就用上了杨碧儿，要她帮忙去探查那些女子的人品、长相和身体情况。

这边，杨碧儿本来一有空就往王法天家跑，自然会碰到前来提亲的人。对杨碧儿来说，一种隐隐的酸痛不但不好表露出来，还要拿着庚帖去帮王法天打探提亲女子的情况，杨碧儿那个难受，难以言表。

其实，那些庚帖背后，少不了才貌俱佳、品德优秀的女子，但杨碧儿却认为，她们都配不上王法天。打探完情况向陈于珍回话时，虽会说上一堆好话，却也会轻描淡写地说一些瑕疵，借以影响陈于珍和左钧的决断。

王法天听说陈于珍托杨碧儿在为他打探提亲女子的情况，私下里也找到了她,要她帮忙把所有的亲事搅黄。他许诺杨碧儿,把事情办好,要重重酬谢。

王法天对说亲的态度让杨碧儿心里略有宽慰,但她仍觉酸楚。她知道,王法天不想成亲,是因为还不想被婚姻拘束,还有对陌生女子的恐惧,并不是因为心里装了她。对于王法天的请求,杨碧儿故作犹豫,却答应了。表面是被王法天的酬劳诱惑,骨子里却是因为自己的私心。这是她的意中之人,讨好王法天,也是为了让他能喜欢上自己。

每次打探完情况,杨碧儿都会先和王法天汇报。两个人密谋商量一番,再去给左钧和陈于珍回话。

两个年轻人的接触多起来,相处也越来越融洽,两颗心也越靠越近了。不过这种感觉,在王法天和杨碧儿心里,各自定位却是不同的。对此,杨碧儿有时也会对王法天恨得牙痒。

在王法天和杨碧儿共同糊弄下,说亲这事,火爆爆地开了头,渐渐就疲了下来。

说亲没成果,买田置地的事,却有好消息传来。派去买地的账房带人从铜牟出发,到绵州后沿安昌江逆流而上,一路向西北,翻过安县和石泉相接的擂鼓垭,在山下湔江边看到大片冲积而成的荒地。虽说是在山区,但那片滩地的面积却是不小,地势相对平坦,水肥条件也很好,很适合垦植。关键是,滩地上长满了荒草灌木,显然是无主的公地。按时下王法,只需支付很少的费用给官府,就可垦植归己。更有利的是,一旁的湔江,可行驶小船,经绵州直到铜牟镇。

接到账房的回报,一家人自是欣喜。王秉正决定亲自去看看,可铜牟这边的事又让他感觉无法放下。知道王秉正想什么,左钧、王法天和陈于珍各自表示,学馆、烧坊和家里完全照顾得开,请王秉正打消顾虑。在一家人的支持下,王秉正略作打点,带了伙计启程前往石泉,专程踏勘了账房说的那片荒地。

那一片荒地虽在龙安府石泉县的地界,位置却紧靠石泉县与成都府安县边界。滩地面积很大,一直沿湔江向下延伸,一旁的山坡也比较平缓，泥质深厚，全是可垦之地。

虽不是庄稼人出身，但这些年没少与种粮人打交道。对于土地的好孬，王秉正心里大致有数。一番现场踏勘，他对土地很中意，接下来就是考虑，怎样把这片荒地买过来。

看了土地，王秉正从河谷回到半山的川甘青小道。从那里往上到石泉县城，还有好几十里山路。当时天色已不早，王秉正一行向上走不多远，就找路边车马店歇了。

在车马店，王秉正向店主打探相中地块的情况。知道那片荒滩所在的地方叫曲山关，老人们也叫它回龙湾。据说很早之前，湔江之神是条逆龙，在当地兴风作浪。禹皇治水时要除掉它，逆龙不敌，想往西奔逃，被禹皇布在山上的鼓阵惊吓，又折头东向逃窜，带着湔江也在此折向东流，所以在当地有了回龙湾的名头。那片河滩早年也有人想去垦植，因惧怕水毁，很多人都不敢下手。年积月累，那滩地就越积越厚，越来越大。兵连祸结的年月，人口越来越少，很多良田沃土尚且撂荒，更不要说去开垦生荒之地了。

确定那片荒地确实无主，王秉正心里更加踏实。

第二天赶到石泉，一行人先找家客栈安顿。略作洗漱，王秉正借店家纸笔写了拜帖，去了县衙。

石泉县正堂是陈于朝的老僚属。送陈于朝时，曾到铜牟镇盘桓，自然认得王秉正夫妻。接到衙役递进的拜帖，知县下堂，把王秉正迎接到了自家后堂。

简单茶暄，王秉正说明来意。

听说王秉正要到石泉垦荒，县令很是重视。为繁荣蜀中经济民生，朝廷把引民填川作为国家策略强行推进。对于垦植，不仅有各种扶持奖励，还纳入了对各级官吏的考核当中。王秉正要来石泉置地垦荒，不仅从人情世故该照应，还可为自己充实政绩，何乐而不为？

他立即让衙役传唤主簿过来，交代迅即对那块土地进行核查协调。按王秉正所需，据朝廷规矩，从速从快办好。

一切商量好，县令又招来一众属官，隆重设宴款待了王秉正。酒宴上饮用的，自然是谪仙烧坊的酒。

宾主尽欢，各自散去。

王秉正畅睡醒来，拎着所携办事银两包袱去了主簿衙门。他将一千两银子交与主簿，委托其代为办理。知道王秉正的背景，又有县令直接安排，石泉主簿也未客套推托。收下银两，让王秉正只管去忙自己的事，待一切都办妥，他再着人通知。

临近年关，石泉主簿差人送来了相应的官文地契。地契所载，划与王秉正家的荒滩坡地不仅超过千亩，为方便其建房筑屋所需木材及入住垦植后的薪炭所需，还指定一大片山林为王秉正私家所有。

对这样的结果，王秉正一家喜出望外。打发了送契文的差人银两，还备下一车太白醉，做了标注分配，让其带回答谢石泉县令及主簿。

一〇七

喜庆的忙碌中，迎来乙亥年（1695）春节。

放完年假，王秉正父子在烧坊复工的同时，在码头脚夫和那些随客商而来的外乡纤夫中，雇请长年，寻找佃户去石泉垦荒种植。

谪仙烧坊善待雇佣名声在外，王秉正开的条件也的确优厚，去垦植的长年很快就招够了。王法天在烧坊挑选出两个不负责关键技术，又信得过的伙计领着去了石泉。

说亲的事仍无进展。那些送来庚帖的姑娘一个没被相中不说，杨碧儿和王法天，却因为说亲之事越走越近。

一天午后，杨碧儿又到王秉正家找陈于珍玩。提起王法天的亲事，陈于珍叹口气说："挑来挑去，把眼都挑花了！也不知什么人有那福气，能配上你法天哥哥。只怕这样下去，把你爷四世同堂的愿望给耽搁了哦！"

陈于珍兀自担心，杨碧儿心里却很畅快。她笑着安慰陈于珍："婶，你急啥嘛！法天哥哥聪明能干不说，人也长得好看，你还怕他找不到媳妇？再说，法天哥哥年纪不大，我爷身体也还硬朗得很。一家人四世同堂，还不是早晚的事？五世同堂也是能够的呀！"

"外面都说，我们家找媳妇挑剔得很。这样下去，今后就是有好闺女，只怕也没人来提亲了。"

"家有梧桐树，您还怕没有凤凰落？我相信，认识法天哥哥的女孩子，都会喜欢他。"杨碧儿说着，透露出小女儿的娇羞。

"你们两个一天打得火热。你是不是也喜欢你法天哥哥啊？"杨碧儿的娇羞被陈于珍捕捉到了。

"婶，看你说些啥。说法天哥哥的事，扯到我身上干啥？"心思被戳破，杨碧儿还是绷不住，脸一下就红了。

陈于珍终于明白了，为什么再好的女子，在杨碧儿嘴里，都找得到瑕疵。原来，这丫头有自己的盘算！

"喜欢就喜欢嘛！有啥不好意思的？"陈于珍转念一想，其实杨碧儿这娃懂事、漂亮又能干，如能撮合她和王法天到一起，也算得是金童玉女、佳偶天成。

"给婶说句掏心窝子的话，你喜不喜欢法天哥哥？要喜欢，婶来给你做主。如果不喜欢，婶可就在那些庚帖里挑一个应了哦？"陈于珍切切地盯着杨碧儿逼问。

"婶，不要欺负人嘛！"杨碧儿想说喜欢又羞于开口，要说不喜欢又很违心，只得红着脸撒娇。

"你不说我现在也明白了。下来我跟你爷和大伯商量商量，再问问你法天哥哥。看怎样去跟你爹你娘说。"陈于珍怜爱地戳了一下杨碧儿的脑门。

"婶，看您在说些啥！不和您说了，我回家去。"杨碧儿很不好意思，像怀揣着一只小兔子一样，心嘭嘭地狂跳着逃出了王家。

走出王家宅门不远，恰遇着王法天回来。见杨碧儿脸含春色，低头匆忙赶路，连自己到了跟前都没注意到，王法天很觉奇怪。待碧儿走到近前，王法天先是"嗨"地大吼一声，然后才问："你咋招呼都不晓得打？想啥呢？"

王法天突然的一声，把杨碧儿着实吓一大跳。抬头见是王法天，她心里更虚，嗔怪地说声："哎呀，你干啥嘛？"低下头跑开去。刚有缓解的小红脸儿，再次涨得通红。

"啥事情哦？神兮兮的！"王法天感觉杨碧儿表现奇怪。但这时，杨碧儿已跑开，他无法询问，只得冲着杨碧儿背影念一句，回头进了家门。

"娘，碧儿咋了？一副失魂落魄的样子，见面连个招呼不晓得打，直接跑了。"见到笑吟吟地站在院子里的陈于珍，王法天开口就问。

这时，陈于珍故意收起笑容，板起脸说："她咋了？你还来问我？你们自己干啥好事自己不知道？"

自遇到陈于珍以来，不论是当年叫姑，还是现在叫娘，陈于珍几乎从未对王法天严厉地说过话。哪里没做对招惹到陈于珍了？王法天丈二和尚摸不着头脑。他着急地解释："我们没做啥不对的事啊！啥事没做好，娘您直接说就是！"

见王法天被唬着了，陈于珍忍俊不禁，却又硬把这笑压了回去："哼，没做啥？你说亲这事，是不是串通了那妮子糊弄我们？"

"还以为啥事呢！我承认，是我让碧儿在你们面前打破事的。那不是因为我还小，不想这么早就成亲嘛。娘您也想想，要去跟一个面都没见过的人朝夕相处一辈子，不是太可怕了嘛？"王法天心无城府地问。

"那你，和那妮子每天见面，是不是喜欢她了？"

"碧儿妹妹？小丫头那么可爱，从我们两家人开始走动，我就喜欢她啊！这些你们又不是不晓得。"还是一脸茫然。

"那，把她娶回来给你做媳妇咋样？"陈于珍语气缓和了。

"哎呀，娘想哪里去了！我说的喜欢，是把她当妹妹。"

"不喜欢人家，你招惹人家作甚？我看得出，这妮子可是喜欢你呢。"

"不行不行，我真把碧儿看作妹妹的！"

"你们不是宗亲，不是姻亲，算不得真兄妹。经常腻在一起，你连人家妮子喜欢你都看不出来，我看你就是戏文里唱的呆头鹅。我把事情给你们说开了。你要不反对，我和你爷你大商量，就去给你提亲。"

"不行，不行！"

"你爷想四世同堂，你大要抱孙子，要觉得那妮子不好，你在那些庚帖里选一个。反正，这事不能再拖下去！"陈于珍向王法天下了通牒。

成亲的事看样子是拖不下去了。王法天回头一想，碧儿其实也蛮可爱的。最后，他向陈于珍妥协说："要喊我选那些不认识的人，还是碧儿妹妹靠谱些。"

一〇八

从王家放出风声为王法天说亲开始，杨天宏妻子对这事就很上心。女儿每每从王家回来，总会在母亲面前念叨这事。今天打探的张家姑娘瘦了，配不上法天哥哥，明天了解的姚家小姐脸上有雀斑，更不合适……看似讲得云淡风轻，作为过来人，母亲自然看得出来，女儿是真心喜欢上了王法天的。王法天外形俊朗，聪明能干，小小年纪就把偌大一个烧坊打理得顺顺溜溜。作为母亲，她对王法天也是很中意的。

私下，她也跟杨天宏商量过这件事，不想才一开口，杨天宏就让她打住。杨天宏不同意这门亲事，她不理解。一再追问，杨天宏急了，说出了自己的想法。

杨家人丁不旺，到他们跟前，膝下就杨碧儿一个女儿。杨天宏不想让家门香火绝在自己跟前，压根就没想过要把杨碧儿嫁出去。自己要招赘上门女婿，可师兄家也就王法天一个独子，且家大业大。要王法天入赘，杨天宏是想都不敢想。所以，他就是再喜欢王法天，也不能同意这门亲事。

没给杨家诞下男丁，连女儿也只生养了一个，恰恰是杨天宏妻子的心结。知道杨天宏要给杨碧儿招上门女婿，她只有对与王家结亲死了心。于是，她对女儿喜欢王法天的事假装看不懂，还时不时地旁敲侧击，让杨碧儿离王法天远点，别去影响人家找媳妇。

女儿是妈妈的心头肉。按理，女儿的心思妈妈该最懂，但杨碧儿对母亲的迟钝很是懊恼。一个女儿家，她又不敢说自己喜欢王法天。为影响父母，杨碧儿只好像讲别人家的事一样，经常在家里说说王法天这样那样好。可是，装睡的人是叫不醒的，无论她怎么讲，父母也只当作别人家的事来听。

但这边，在明确了王法天认可杨碧儿之后，陈于珍找了王法天不在的时间，向左钧父子摊了牌。对于杨碧儿，左钧父子也很中意。

但王法天说亲这事响动那么大，为什么杨天宏家就没反应呢？三人分析了很多种可能。大家的共识是，不管什么原因，杨天宏家没动静，说明他对这门亲事肯定有啥看法。看来要促成王法天和杨碧儿的亲事，不是件容易的事。商量来商量去，三人决定，找沈老夫子出面，先去探探杨天宏的口风再说。免得贸然提亲，万一亲事不成，把两家关系也搞僵了。

打定主意，左钧择一个晴好日子，布衣轻衫，一大早就叫王法天安排一辆马车，说要去找学兄喝酒，让王法天和自己同往。

爷孙俩带着几坛太白醉上了路。赶到治平书院时，时已近午，书院已经散课。爷孙两人进得书院，左钧大声呼叫，却不见学兄应声。书院内，学子们各自握卷吟诵，心无旁骛。

左钧的呼叫惊动了书院其他先生。治平书院里，坐馆先生都是沈老夫子的弟子，对于左钧都已熟识，忙把两人迎进书院客堂。

"我师兄呢？我师兄呢？"左钧不待奉茶，就不停地追问。

"先生好垂钓，现今春夏相交，芙蓉溪里鱼情甚好。今天天气不错，一大早就去溪边钓鱼了。"瞧左钧着急，一位师侄告诉他。

"喔，竟有这等闲情逸致。快带我去看看，要有渔获，正好煎来下酒。"听说学兄在钓鱼，左钧也来了兴致，不在客堂坐了，拉起王法天就往书院外走。那些师侄无奈，只好跑到前面引路。

出治平书院大门，是一条青石古道，往上通向仙渔桥。古道和芙蓉溪之间，隔着一小片农田。此时，油菜籽顶花已经凋尽，大麦的尖穗正在变黄。

穿过古道，一行人沿田垅小埂来到芙蓉溪边。

溪岸上，古柳枝条已经尽绿，一些老桩木芙蓉树相杂其间，新叶已有小茶碗大小。

大老远，左钧就看见学兄在一棵古柳的树荫下凝坐，一根细长竹竿从他的手上伸向溪面。

"那个钓翁，渔获可丰？"左钧老远就大声打起招呼。

"是你来了。今日鱼情甚好，收了好几条红尾鲤鱼。你我佐酒，想是够了。"沈老夫子笑答。

近到跟前，沈老夫子已收起渔竿，顺手递给走在前面的弟子，拱手与左钧见礼。

师兄弟行完礼仪，左钧急不可待地拎起浸在水里的笆篓。笆篓沉甸甸的，出水那一刻，鱼儿在里面甩尾的声音清脆悦耳。

"果然收获不少！"左钧啧啧称赞。

"快把这些鱼拿回厨房，鲤鱼烧了，鲫鱼做汤。我和你们师叔要好好喝上几杯。"沈老夫子吩咐弟子。

带路弟子在王法天的帮助下，拎着渔获、小凳和渔竿先回了书院。沈老夫子才拉着左钧的手，并肩往回走。

回到书院客堂，香茶早已沏好，凉热也正合适。沈老夫子端起主座上的茶碗，向左钧说了声"请"，然后用碗盖将漂在碗面的浮叶轻轻一刮，呷一大口。虽说天气还不算很热，可在溪边待得久了，沈老夫子感觉很渴，那一口下去，茶水竟蚀了小半。左钧不渴，只端起碗小抿一口，夸声"好茶"，把茶碗放下。

"今天上来，仅为找我吃酒，还是另有啥事？"沈老夫子一边示意侍立在旁的弟子给茶碗续水，一边问。

"既为吃酒，更有要事相托。"

"你我间不用客套，有事先说，免得记挂着，一会吃酒也放不开。"

"除了吃酒，今天还是为了孙子的亲事而来……"趁王法天不在跟前，左钧把事情的来龙去脉向学兄托了底。

"法天这孩子孝顺、能干、懂事，谁跟了他还不是天大的福分？这是好事，你放心，我去跟天宏一说，管保等着吃喜酒就是。"听完左钧的话，沈老夫子嘴都笑裂了，大包大揽。

师兄弟谈笑间，厨下已按吩咐将鱼做好，配上一些腊卤和时令小菜，摆了满满一桌。碗筷酒杯都布好，理事的弟子才和王法天一道，到客堂请沈老夫子和左钧入席。到了桌前，沈老夫子见桌上菜肴丰富，让再加两套碗筷，把另外两个坐馆授课的弟子也喊来，一同作陪。

菜丰、酒好、心悦，一顿好饮下来，不觉已到酉正时光。厨下又烹了新菜上桌，众人已经醺醺然，继续欢饮至深夜，才兴尽席散。这天，左钧爷孙俩就在书院住了。

次日早餐后，爷孙俩邀上沈老夫子，一同回了铜牟镇。

沈老夫子没到左钧家盘桓，直接去了杨天宏家。

许久不见，先生再次到访，令杨天宏甚是欢欣。恰在午饭点上，杨天宏吩咐一声，店里小二很快就摆好了一桌丰盛菜肴。

杨天宏知道先生好酒，就没再弄米酒，直接摆上了太白醉。本来，杨天宏要去通知左钧父子过来同饮，被沈老夫子阻止了。

师徒二人上桌，饮了三杯开场酒，沈老夫子引入了正题："碧儿年龄也不小了，咋还不寻思给人寻个婆家？"

"女子那么大了，咋会不寻思嘛！也有媒人上门说亲，却没一个合适，都被我给拒了。这事急不得，只能看缘分，慢慢来吧。"杨天宏呷一口酒说。

"想找个啥样的？我倒觉得，有个娃娃和碧儿般配得很。"老先生一手端杯拈须，十分认真。

"哦？谁家娃儿？"杨天宏隐约猜出了大概。

"这娃娃你也熟悉，就是你秉正师兄家的法天。小伙子能干、懂事、孝顺，长得一表人才。我相信，碧儿丫头也会中意。"

"果然是他！不瞒您说，法天这娃，我也喜欢得很，但要让他和碧儿到一起，不合适啊！"杨天宏摇头叹气。

"这么好一个娃娃，你咋会觉得不合适呢？"沈老夫子一口干了杯中酒，他想知道杨天宏到底在想什么。

"不是两个娃娃不合适，是我们两家不合适。"杨天宏执壶，给先生斟酒，"我们两家，我膝下就碧儿一女，秉正兄家也就法天一儿。人说，不孝有三，无后为大。要想老了有人捧灵戴孝，我只能让碧儿在家，就女招婿，让子孙续姓杨。以秉正兄家的情况，断然不会答应法天入赘。就算他们能忍痛答应，但君子不夺人之好，况子嗣乎？我再怎么喜欢法天，这门亲事也结不了啊！"

沈老夫子一时语塞。千百年来，国人讲究忠孝，对读书之人，这两个字更是玉律金科。细想一下，杨天宏所言，的确是两家面临的实情。事关香火祭祀，兹事体大，沈老夫子只好"哦"一声，打住了话头。

被杨天宏留住一宿，沈老夫子要回绵州。杨天宏安排车马要送他回去，却被沈老夫子拒绝。沈老夫子对他说，来趟铜牟，得去看看师弟。杨天宏于是把先生送到潼绵学馆，跟师叔打了招呼，自己回身忙去了。

沈老夫子去了杨天宏家，左钧就一直在等待结果。左钧认为，这本是一桩天造地设的好姻缘，又有师兄出面，十拿九稳会成功。师兄跟杨天宏进学馆时，两人表情愉悦，左钧更是以为事情已成。

"说得咋样？"杨天宏前脚一出学馆，左钧就迫不及待地问师兄。

"这个亲说不了!"沈老夫子叹了口气说?

"说不了,为啥?"左钧不理解。

"法天独子,碧儿独女,两家都要续香火,这局你能破?天宏的女儿坚决不外嫁,就算你和秉正同意法天入赘,人家也不忍心你家断了香火。只可怜这两个娃娃了!"

"法天去入赘,除非太阳打西边出来!既然走不到一起,也只好各寻其所了!"想想两家的情况,左钧倒是很快转过弯来,态度鲜明地说。

留沈老夫子用过午饭,左钧让王法天安排车马,送沈老夫子回了治平书院。当晚,他把沈老夫子从杨天宏处探来的口风,通报给王秉正和陈于珍。几人只得打消与杨天宏结亲的打算。

一〇九

经历过这事,王法天对说亲更加消极,并处处以杨碧儿为由回绝搪塞。因为他不配合,说亲这事越拖越无眉目了。

杨天宏家,对女儿的心思,老两口心若明镜。怕生出事端,杨天宏一面让妻子劝杨碧儿少往王法天家跑,另一方面,加大了为女儿找上门女婿的力度。

说亲不成,但家长把男女相悦的那层窗户纸捅破后,王法天回头再一看,这个妹妹竟有那么强大的吸引力,从哪方面看,都是优点。那边,杨碧儿对他,更是情切意浓。经过这一番折腾,两个年轻人走得更近了。

虽放弃了结亲,但王秉正家这边,对两个孩子间的往来并没有刻意限制。杨天宏虽更加谨慎,但也拉不下脸跟师叔一家断绝来往。没办法,为稳住杨碧儿,杨天宏只得把打理富乐酒家的事更多地交给女儿，期望忙碌能让她无暇顾及其他。

但是，没什么藩篱可以阻止两颗心向对方靠拢。明面上，杨碧儿到王法天家的次数确在减少，私底下，两人的约会却越来越频繁。山腰江畔，月下花前，两个人越走越近，两颗心越贴越紧。

两个家庭依旧在为自家孩子的亲事忙碌着。王法天这边，家人虽然着急，却也比较开明。一方面，王法天以烧坊事务繁忙为借口推托，另一方面，对媒人上门说合的女子百般挑剔。时间一久，说媒的人都觉得王家这门槛太高，登门说合的自然也就少了。

杨碧儿那边，杨天宏虽急，但在那样年月，家世稍好的人家，谁也不愿意让儿子上门入赘。穷家小户的小子，少有见过世面和进过学堂的。媒人领上门来的小伙子也不少，先不说杨碧儿同不同意，连杨天宏自己都看不过去，自然也就拒绝了。偶尔有一个看起来伶俐的，杨天宏想留在家里当学徒带带。杨碧儿明白父亲的心思，自然对这样的人不待见，想方设法刁难苛责，反正就是不让人留下来。

时光荏苒，转眼几个寒暑过去。

谪仙烧坊这边，在王秉正父子的操持下，生意越做越红火。附近州县，几乎所有酒楼饭店都卖烧坊的酒不说，因产出多而有价格优势，王法天把谪仙烧的价钱调得更亲民了。因此，周遭城镇的普通人家，也都喝上了谪仙烧坊的酒。

石泉垦荒之地也连年丰收。尝到甜头的王秉正父子用酿酒赚得的银两，用高价在铜牟镇周边也购置囤积了大片土地。

与王秉正家的风生水起相比，杨天宏家的生意，只是在惨淡经营。家中传承千年的手艺，辉煌时，曾经在一个赶集的日子就卖出了数十缸米酒。但是在谪仙烧亲民价格的冲击下，市场越来越小，现在日售只有几缸，境况大不如前。

壬申年大水后，西蜀诸州县又连续多年风调雨顺。在朝廷奖励移民垦植的政策下，铜牟镇附近人口大增，经济更加繁荣。太平盛世，不仅民间余粮更多，对谪仙烧坊的酒的需求也更巨大。原有客商的要货量逐年增长不说，更有更远处的商人上门求购。

对于做酒的问题，王家分成了三派。王法天和陈于珍一派，主张再度扩建烧坊，增加产量，把生意做得更大。王秉正为一派，不反对扩建增产，但要求慢慢来，确保烧坊出酒品质。左钧也自成一派，他坚持稳沉持中，知足常乐。并一再催促王法天结婚生子，延续香火。

与王家争执是否要把买卖做得更大不同，在杨天宏家，杨天宏正为女儿年龄一天天增大，而招郎入赘之事仍无着落而恼火。说一门，杨碧儿否一门，杨天宏渐渐没了耐性。在杨碧儿那，对于父亲无视自己的感受，只想拉郎配的做法，也开始不再忍让。父女俩常为这事发生争执。

戊寅年（1698）秋，又有媒人上门。说有一小富人家的儿子，父亲被人诱惑嗜赌，输了家业。现同意将儿子与人入赘。小伙子进过几年学堂，能写会算，人也精灵。

难得有这样条件的后生愿意入赘，杨天宏立即着媒人领来见了。对这小伙子，他看后印象不错。回家后，就在晚餐时与妻子和杨碧儿商量，要安排将人带回家，让杨碧儿相相。

听父亲又要给自己找入赘对象，还说得津津乐道，杨碧儿火不打一处来："不见，不见！要见你们见！这亲要结你们找人去结，反正我不结！"

"这个不见，那个不要，你到底想干啥？未必你非要我杨家绝后？你到底要怎样？"这样的争吵，似乎每隔一段时间，就会发生在父女之间。

"你们又不是看不出来。我喜欢的，是法天哥哥！"杨碧儿终于顾不得女儿家的娇羞，把真实的想法喊了出来。

"喜欢这个喜欢那个，这话从一个女儿家口里说出来，不嫌害臊？家里情况你是晓得的，你要喜欢谁，有本事去喊他来倒插门。要不然，你就死了这条心！"杨天宏怒不可遏。

"不管你们怎么说，这人我就是不见。如果再逼我，我不是死了这条心，是死了这个人！"杨碧儿把碗筷一推，起身离开，身下的鼓凳差点被带倒了。

白露刚过去，虽说在秋天了，但铜牟镇的天气依旧闷热。在镇外江滩上，漫滩的荻花已从顶节中爆出，呈现出一派淡淡的嫩紫色。

酉正光景，太阳还挂在镇后放羊山的山垭上，秋虫在热浪中拼命嘶叫。没有应酬，晚饭后的王法天穿着白绸短袖的对襟褂子，带一块白棉汗巾，向镇子下游江滩走去，那里有个早年被洪水冲出的沙凼，被大片荻花包围着。洪水带来了大量的细沙，在这里铺成了一个沙滩。只要不是洪水漫滩，不管外面江中的水如何浑浊，沙凼里的水也干净清凉。这隐蔽之处，是王法天夏秋季节的浴池。凼边的沙滩，是他跟杨碧儿幽会的地方。

杨碧儿赌气从富乐酒家出来，下意识地去了王法天家。

王家宅子大门洞开着。院子里，围着一个小茶几，摆着几张凉马扎。左钧父子和陈于珍带着小王珍在院子里乘凉，每人手里都摇着一把方篾扇。

"婶，法天哥哥呢？"向三人打过招呼问过好，杨碧儿问陈于珍。

"晚饭后就出门了，大概又去贪凉耍水了。"见杨碧儿情绪不佳，陈于珍又关心地问："丫头，你咋了？找你法天哥哥有事？"

"也没啥事。那我走了。"杨碧儿应了一声，向三人告辞，从院里退出来。

这时候的王法天在哪里，杨碧儿心里自然是清楚的。从王家宅子出来，她沿着镇前码头的半边街，向下游的沙凼走去。

荻草浓绿，荻花嫩紫，从一条熟悉的间隙穿过，借着暮里微光，沙滩上一块大人头石上，她看到了王法天的衣褂。没有声张，杨碧儿静静地坐在旁边的细沙上。沙凼中，王法天戏水的声音清晰可闻。

晴秋天气，夕阳才没入山背，一轮上弦月就早早挂上了中天。月

413

色朦胧，给整个江滩罩上一层白纱。

王法天耍水尽兴，准备上岸，发现了坐在那里的杨碧儿。赤条条的他本能一蹲，把身子浸到水里："啥时来的？也不招呼一声。这人吓人，是会吓死人的呀！"

"一个大男人，不晓得你在怕啥？我又不是吃人的女鬼。"杨碧儿闷闷地顶了一句。

"其实啊，你就是女鬼，这么乖的女鬼我是不会怕的。被你吃了，说不定很安逸呢。"王法天逗她。

"莫在那油嘴滑舌了，快上来穿好衣服，我有事跟你说。"杨碧儿起身，转身向荻花外走几步。

等杨碧儿走开，王法天利索地爬上岸，顾不得揩拭身上的水，先把青布长裤套上，然后赤裸着上半身，招呼杨碧儿。

杨碧儿回身走近王法天。

月色下，王法天健硕的身板上，水珠晶莹。出身酒坊世家，自己当垆卖酒，杨碧儿经常出入煮酒现场，酒工们光着膀子的形象，她见得多了。就是王法天，在她面前光膀子的时间也很多。只不过，王法天对她具有格外的吸引力。这时，虽有心事，看到王法天沐浴后勃发的活力，她竟有了隐隐的冲动。

"啥事，想我了？"等杨碧儿走近，王法天一边用棉巾擦拭身上的水珠，一边戏问。

"唉……我想死的心都有了，你还有心思说这些！"杨碧儿叹口气。

"啥事那么严重？你可不能死！我们说好的，同生共死。你要死了，那不是害我吗？我活得好好的，可不想死。遇到啥事了？说出来，哥哥来想办法。"王法天穿好褂子，到杨碧儿身边坐下，一把把杨碧儿揽到怀里。

杨碧儿眯上眼，有些陶醉："我爸今天又去看了个人，说要带回家让我看，逼我招婿！"她幽幽地诉说着自己的委屈。

"我们说好的，这辈子你只做我女人，可不能答应你大！"王法天把杨碧儿用力一揽,侧脸盯着杨碧儿的脸。

"要答应我早答应了。可一直这样下去,也不是个事啊!"杨碧儿睁开眼,盯着王法天的眼睛,似乎期待他能够给出答案。

月色朦胧。在皎洁的月光下,杨碧儿清亮的眼底满是忧郁,却也让她显得更加楚楚动人了。同样的冲动之情,在王法天心中升腾。

几年来,如何破解两家面临的困局,让自己和杨碧儿能够顺利走到一起,王法天一直在想办法。虽说还不成熟,但是他也已有了基本方案。此刻,他并不想直面这个问题,而是要把身体里压抑得太久的炙热释放出来。几年来,他已多次试图有更加亲密的动作,杨碧儿虽有响应,最后却都守住了底线。

"干脆一不做二不休,把生米做成熟饭,再去和他们理论?实在不行,要死我们一起死,一同去过奈何桥,去喝孟婆汤。"王法天把脸向杨碧儿凑得更近,他的心跳得更快,嘴里呼出的气流,吹动了杨碧儿的睫毛。杨碧儿有一丝痒痒的感觉。

每每和父亲发生争执,杨碧儿对王法天就更加依恋。此时,王法天的亲昵,更让她意乱情迷。她想,死也要和法天哥哥在一起!

月色如水,江风轻拂,荻花摇曳。

清清的沙函旁,细软的河滩上,两个年轻的身体重叠在一起。阵阵痛楚中,一种从未体验过的快感,油然而生。

缠绵过后,两人整理衣衫,拥卧在细软的沙滩上。

"抱紧点!"强烈的幸福感淡化了身体的痛楚,杨碧儿渴望这一刻能够永恒,但她又觉得这一切如梦般不真实。她枕着王法天手臂,紧紧搂着王法天的脖子说。

"没人可以把我们分开!"王法天把杨碧儿枕着的手臂使劲往怀里箍,另一只手轻捋着杨碧儿额前略显凌乱的头发,语声轻柔……

亥时中,江风渐劲,白日里秋老虎的淫威退却,丝丝凉意袭来。

"天不早了,我们回去吧,省得你爹、你娘又着急找你。我们的事情,我来想办法,你先拖着就是,也不用和你爹太拧。"松开搂着杨碧儿

415

的手,王法天起身扶起杨碧儿。

两人依偎着,穿过那片如水月光笼罩下的荻花丛,向镇子里走去。

一一〇

左钧几人虽放下与杨天宏家结亲的打算,但他们明白两个年轻人两情相悦,也明白他们心中的苦。

王法天看得出家里人心思。第二天,他一大早就起来,说要陪左钧一起出门散步。

爷孙俩从回廊穿过,出学馆来到半边街的江堤上。虽说时辰尚早,码头上人来船往,已很热闹。

"你小子今天不睡懒觉,要来陪我,是有事?"左钧手背在身后,一边缓行,一边问跟在身旁的王法天。

"您不是一直催我成亲吗?我想好了,就和她成亲。"王法天在左钧面前,从不拐弯抹角。

"她是哪个?"左钧心中一梗,但揣着明白装糊涂。

"哪个!您未必看不出来。我喜欢碧儿妹妹!"王法天眼光熠熠。

"唉……冤孽啊!你哪个不喜欢,咋非要喜欢碧儿那丫头?天下女子那么多,可就你俩最不合适!"左钧叹口气。

"为啥就不合适?"王法天也揣着明白装糊涂。

"为啥不合适?几年前,我和你娘就想撮合你俩,还专门请你沈师爷去碧儿家探过口风。你天宏叔家,就你碧儿妹妹一女,人家是要招赘女婿延续香火的。我们家可就你一根苗,还指着你开枝散叶兴旺人丁,怎么可能让你去入赘!你自己想想,你俩合不合适?我看啊,你还是对碧儿死了心,那么多人家都想跟我们家攀亲,好姑娘多的是,另挑一个满意的,爷爷马上就安排去提亲!"

"这心我可死不了,我也不会,不能死。我跟碧儿妹妹已经在一起了!"

"你说啥?再说一遍!"左钧以为自己听错了,板起脸,停住脚步,盯着王法天的脸问。

"我说,我跟碧儿妹妹已经在一起了。现在,这亲无论如何也得结了。"王法天没退缩改口。

"你个小畜生!我们家在镇上人眼里,好歹也算是书香门第、和善人家。从小我和你大没少教你读书做人,你咋就做出这等事呢?你闯祸了,知不知道?"左钧瞬间就激动起来。一时间,他想不出这事该如何收场,声调就提高许多,一旁很多人的目光都被吸引了过来。

"小声点!啥闯祸嘛?有情人终成眷属,我觉得这是好事。而且,您不是要四世同堂吗?这件事办好,您的愿望马上就能实现了!"王法天轻描淡写地说。

"你娃娃吃根灯草,说得轻巧!要是你天宏叔不同意,非要你入赘咋办?"左钧狠狠地瞪着他。

"啥轻巧不轻巧的,车到山前必有路。事到如今,有办法去解决就是了。"

"你有啥办法?说来听听!"

"办法我真就有一个。今天找爷爷,就是跟您商量,看怎么去办顺当些。"王法天很是认真。

"人不大,口气不小!你倒是说出来,我看你娃几斤几两。"到底是自己家的孩子,左钧依旧有着一般的家长作风。

"爷爷,我这么想。你们觉得我和碧儿妹妹不合适,顾虑的是无论是我娶她嫁还是我入赘上门,都会断了一家香火。我在想,我们可不可以我不娶,她不嫁,来个伙婚。把我们俩的亲事,变成两个家庭的结合。天宏叔那边,我是女婿也是儿。我们家里,碧儿是媳妇也是女儿,我们为两头老人都养老尽孝。至于香火嘛,我和碧儿辛苦些,多生几个,让您的左姓,大的王姓,碧儿家的杨姓和我血脉里的李姓,

417

都有人继承就是。"王法天说了自己的想法。

王法天说的不无道理,或许,这还真是一个破局之法。只是苦了孩子,一肩得挑上四家。左钧很是为这个孩子的情义担当而自豪,却又好奇,这小子的脑袋里咋会装着这么多的想法?

"都做成那样了,办法行不行得通,试试才知道。我就不明白,你这么多歪门邪道的主意,是哪个教你的?"

"用得着谁教?前些年兵荒马乱,世间很多亡夫丧妻的人家往拢一凑,还不就搭伙过起了日子?别人一个家庭几个姓,日子还不过得好好的?我和碧儿的情况,是她大不会把她外嫁,你们也不可能让我入赘。我们如果不想办法,肯定会被你们棒打鸳鸯,所以就有了这个想法。好在,我们两家同在一个镇上,照顾两头也轻松方便。现在天宏叔家的富乐烧坊生意要死不活的,很大的作坊场地闲置着。我们这边的买卖急需扩张,又找不到合适地方。我想,等我跟碧儿妹妹成了亲,两家产业还可拢作一盘考虑,既为我们的扩张找到新建烧坊的场地,也能把天宏叔家的资产盘活,这不是两全其美吗?"王法天向左钧托底了更深的打算。

"你娃娃真的很奸呢!惦记人家闺女不说,还把你天宏叔家产也盘算上了。"左钧听完,调侃他说。

"真不是惦记天宏叔家的家产。我们家,你和我大铺的底子那么厚,现在烧坊可说是日进斗金,我不稀罕他家那点家产。只要我和碧儿妹妹在一起,我就有责任把两个家都照顾好,所以得通盘考虑嘛。"王法天辩解。

"那成,晚上我和你爹你娘商量商量,尽量帮你娃娃把这好事办成。"别无他策,王法天的办法也确实有可行性,左钧的心情就豁然开朗起来。

"谢谢爷爷!就晓得我爷爷明事理,会疼我帮我!"王法天讨好地说。

———

  杨碧儿出走后,杨天宏心中的气更是不打一处来。
  "辛辛苦苦这么多年,咋就养了这么个白眼狼!为啥我这当爹的话,她就听不进去?"杨天宏一仰头把一杯酒灌进肚里,将杯子重重往桌上一放,恨恨地说。
  看着杨天宏父女俩置气互不相让,杨天宏妻子泪水忍不住流出来:"娃娃从小就任性,你又不是不知道。你就不要逼她了。真把她逼出个三长两短,杨家就真的无后了……都是我不好,没能给你们老杨家生出个儿子来,连闺女也没给你多生一个!"她一边给杨天宏倒酒,一边痛心自责。
  "你哭个啥嘛!这可能就是命。娃今天把要死的话都说了,性子太硬。看来,这事真是勉强不得了。就听你的,她实在喜欢法天,就等他们在一起吧。只是,老杨家我这一脉,在我这就要绝了!"杨天宏端起酒杯,两行老泪沿着脸颊往下流。泪水滴入酒杯,他端起来,一饮而尽。
  夫妻俩抵头痛哭。
  杨碧儿从江滩回家时,父母房里的灯仍亮着,直到她吹灯睡下很久后,那灯也没见熄灭。
  第二天醒来,杨碧儿心里置着的气未消,看父亲还是觉得不顺眼,话也不想跟他说一句。
  父女俩的僵持让杨夫人很为难。她知道杨天宏宠爱女儿,现在虽嘴上说同意嫁女,但也终究是不情愿的。此时,最好的处置,应是杨碧儿主动向父亲服个软,打破这僵局。只有让杨天宏气顺了,事情才能往下说。

419

忙过中午饭点，杨碧儿先把柜台上的事情打点完，想出门走走喘口气，就被母亲叫住。说后厨进了食材，让杨碧儿一起去帮忙清点。

母女俩到了后厨库房，一边理菜，杨夫人一边轻言细语地对杨碧儿说："女子吔，你妈我没出息，你爸就你一个女儿，他有将女抱儿继承香火的打算，你也要体谅。人常说，人算不如天算，你喜欢上法天哥哥，可人家也是家大业大，一根独苗。想让他上门，根本就不可能。你爸不同意也正常得很。我晓得你爸惯实你，你想和法天在一起，得慢慢去和你爸说，把他泡软了，说不定就同意了！"

"我爸硬得像块石头，把他泡软，我看艰难。反正我是铁了心，除了法天哥哥，哪个我都不嫁。你们要再逼我，我也学那戏文里的哪吒，大不了把骨肉都还给你们！"杨碧儿狠劲十足。

"你傻啊！你们是亲亲的父女，哪来那么大要死要活的气性？听妈的话，向你爸服个软，认个错，剩下的事，妈也拼上这张老脸帮你去说。千万不要有那个要死要活的想法。我跟你爸就你一个，你要出了啥事，先不管你爸，你不是要收了你妈的命嘛！"杨夫人又急又心疼。

"我爸那里，这事说得通？"看到母亲焦灼的样子，杨碧儿的心软了。

"不试，咋就知道说不通？"

这天晚上，左钧让王秉正早点回家，还叮嘱陈于珍，让她安排厨下多备两个菜。

饭桌上，三杯酒后，左钧很严肃地说："今天，把你们都叫齐了，因为家里有件大事得商量。"

"啥事您吩咐就是，这个家，您老人家的安排，还有谁敢不从？整这么隆重干嘛？"陈于珍搭言。

"还真是件很隆重的事，我一个人定不了，更办不了。所以得大家一起商量。"左钧盯一眼起身斟酒的王法天说。

"啥事您说就是，我们都听着呢。"知道有大事相商，王秉正正襟危坐起来。

"今天要说的，是法天结亲的事。想必你们和我一样，也早就看在眼里了，法天和碧儿两人是心有所属啊！我们得想点办法来促成这门亲事。"

"这事，几年前我们就试过，他天宏叔那关难过。"陈于珍仍不无顾虑。

"办法是人想出来的，我们这样做，你们看要不要得……"左钧把王法天早上的想法说了出来。

"我这里没意见。能让两个娃走到一起，一个孙子姓杨又有何妨？而且，只要天宏兄弟那边没意见，头一个孙子跟他姓，我都同意！"王秉正表态了。

"这个办法好，我同意。小两口以后生多了，还可以拿一个跟我姓陈。"感到了事情的处置会有转机，陈于珍高兴地凑个热闹。

"没得问题，以后我们一定努力多生几个，娘要儿要女姓陈都可以。"王法天见家人顺利过关，忍不住觍着脸承诺。

一家人统一了意见，接下来具体怎么办？大家觉得，还得是由左钧出面去做稳妥。

按母亲的意思，当天晚饭，杨碧儿亲自下厨，烧了两道杨天宏爱吃的菜。酒菜摆好后，杨碧儿去后院请已把自己关在屋内半天的杨天宏。

"爸，别生我气了。累了一天，也不见您好好吃东西。您快出来，我炒了您爱吃的菜，您喝两口，好睡些。"

想了一天一夜，杨天宏的心气已经顺了。只是面上还绷着，不想主动理女儿。杨碧儿来请他喝酒，他刚好就坡下驴，开门走出来："我吃不吃有啥关系，反正不饿死也会被你气死！"

在父亲面前任性惯了，杨天宏吃哪一杯，杨碧儿清楚得很。她偎上前抱着父亲的肩膀撒娇："说啥哦！您那么痛我，我才不舍得您死哈！您想让我子欲养而亲不在哇？我不答应哈。"

拢到桌边，杨碧儿把母亲也叫上桌，执壶把三人的酒杯斟满，端起杯子敬父母亲："爸，昨天顶撞您是我不对，我向您认错！"把杯里的酒干了。

女儿给了台阶，杨天宏夫妻也无可奈何，只得相视一笑，端起了酒杯。

一一二

左钧第二天上午去学馆打了一头，就往富乐酒家走去。他打算邀杨天宏一起吃早茶，好好和他摆谈摆谈。

与此同时，杨天宏也想找左钧摆谈。经过前两天妻子的开导，自己前后思考，他也已完全想通认命了。回头一想，由于自己固执，两个年轻人已被耽误了几年。既然两个娃娃分不开，不如早如了娃娃们的心愿。甚至，他已不在意由他这个养女儿的人来主动开口。

叫上杨天宏，左钧叔侄俩到半边街上找家茶馆，挑一清静临窗的位置坐了。左钧吆喝堂倌，要两碗龙安明前雀舌。

待茶温合适，左钧一手端起茶碗碗托，请杨天宏一起饮茶，另一手揭开碗盖，轻轻把水面一刮，用碗盖压住碗口，留出一道小隙，就着小隙里露出的通透茶汤，啜了一小口。含在嘴里一番品咂，压成一股细流，顺喉吞入腹中。一股雅淡茶香，在唇齿间弥散。"好茶！"左钧放下茶碗后，微眯着眼，拈须晃头。

杨天宏依样也呷下一口。心中有事，他竟没品出茶的香："茶味由人随心。能品出茶香，说明师叔事顺心喜啊……"发音拖得老长，刚好叹出了心中郁结。

"难道，你有烦心事？给师叔说说，一起商量个解决办法？"左钧小心试探。

"跟师叔家这些年的顺风顺水比，我家如今，到处都是烦心事。

您老是个明白人，这些年应该也看到了。买卖上，我家传了千年的米酒生意，已被烧酒抵到夹角了。虽说酒家里卖秉正兄的烧酒后，养家糊口不成问题，但碧儿一天天长大，她的婚事又开始让人焦心。原本我想招个上门女婿来延续香火。谁知这丫头芳心早已暗许，我找的人，她死活不答应。现在我也想通了，认命！香火该绝就让它绝吧，只要娃儿好过。"说到这，杨天宏把话停住。端起茶碗，揭盖猛喝一口。这一口下去，竟拉去了大半碗。放下茶碗，他冲堂倌喊了声"续水"。

"今天，师叔不来找我，我也要过来找您，想跟您商量一下，这事，下一步该怎么办？"

"啥事？你说就是。"堂倌过来，左钧也把自己的茶碗盖掀开，等堂倌给杨天宏的茶碗续到八成，示意给自己的碗里也添一点。

"唉，师叔和秉正兄夫妻都看得出来，我家丫头喜欢的人是你家法天。这娃读过书，能写会算明事理，做事精明能干，人长得也伸展。说实话，我心里也喜欢得很。但是人再好，您家也就这一棵独苗。我晓得我挖不来也不该挖。原想两个娃娃年轻心性不定，说不定可以分开。可拖这几年，现在看来都是徒劳。命里该我绝后，我认了！两个娃娃的事，我想尽量给他们办了。细想一下，这几年也苦了两个娃娃。我不想再做那棒打鸳鸯散的人，只想让他们得偿所愿，让有情人早成眷属。"说到这，杨天宏泪花闪闪，但话语里，全是温情。

左钧没想到，这层窗户纸，会由杨天宏来捅破。

"你把话都说开了，那我也不再藏着掖着。今天约你吃茶，也是想和你说法天和碧儿的事。两个娃娃，从年龄长相和家世，都是天造地设，般配得很。早几年，我们就有心结成这门亲，还专门请你师尊来打探过。但听说你要招赘，考虑到两家的情况，我们原本也打算放弃。但不管我们咋想，也左右不了娃娃。人家两情相悦分不开！我们做长辈的，硬要别人劳燕分飞，估计两家还会出事出丑。反过来想，我们心中的坎，不就是两家的香火吗？这个局好破。我们来个你不说嫁，我不谈娶，儿女结亲，两家相伙。你收法天做干儿，秉正认碧儿当义女。两个娃娃两头占，都把对方父母当亲爹亲妈侍候。至于香火，让他们开枝散叶多生几个儿女，拿些姓杨，拿些姓王，还可以姓左姓陈……只要你愿意，我跟秉正两口子说去。两个娃娃的后代，先姓你的杨，直接叫你两口子爷爷奶奶，这样，你杨家的香火不就续上了？说不定还会人丁兴旺哦。"左钧一口气把想法倒了出来。

山重水复疑无路，柳暗花明又一村。

杨天宏心中多年的块垒瞬间舒达。他有点不相信自己的耳朵："真可以这样做？"

左钧不明白杨天宏这话的意思，忙补充说："肯定可以！要信不过你师叔，我把你秉正兄夫妻和法天都叫来，立个字约如何？"

"立啥子字约喔！只要秉正兄夫妻没意见，今后我们就是一家人了！都大人大面，谁还信不过谁！"杨天宏跳起来就要下楼，说要回家把这个事说给妻子和杨碧儿听，好挑个日子尽快把这事给办了。

"你看你，急啥嘛！我们两家在这铜牟镇上，都算是有头有脸的人家。结亲这么大的事，哪能草率地说办就办？你先坐下来，我们爷俩好好吃会茶。接下来的事，我们叫上你秉正兄夫妻，一起好好商量商量再定。该有的仪礼一个不少，该有的过场一环不缺，要办就得办得漂漂亮亮、风风光光！"左钧叫住了杨天宏。

一一三

回家向王秉正夫妻通报了情况，左钧第二天就把王秉正和杨天宏两对夫妻叫到一起，商量确定两家结亲的细节。

请媒、下聘这些程序，很容易就统一了意见。在婚期的选定上，王法天却有自己的想法，爷孙俩为此还起了争执。

"好事不在忙上！目前天年和顺，不管是我们自己的田地还是周遭乡邻，粮食产出都不差。粮价低平，市面繁荣，好酒需求日增不说，价钱还在飙涨。我们得尽快扩建烧坊，待烧坊落成之日同办喜宴，这样我们两家就可以四喜临门。"王法天不愧为非常有想法的少东家。

"我同意扩建烧坊，但不同意等烧坊建成后再成亲。我们烧坊周遭已无可用的空地，要扩，只有打邻居街坊的主意。你们也打探过，那些房屋别人要居家谋生，根本就不同意卖。如果异地再建，淘神费事拖时间不说，你们又舍不得老烧坊里的那股泉水。这种情况下，等你把新烧坊建成再成亲，不是要到猴年马月？肯定耽搁我抱重孙。"左钧率先发表不同意见。

"这事以前不好办，但现在不难办。那些邻居不卖房子，不就担心房子卖了无地栖身谋生吗？现在我们不买了，用更好地段的房子去换。"王法天早有谋划。

"晓得你在打啥主意了。不过你想的事，在你和碧儿成亲前能不能成，我看悬。"左钧想起王法天此前向自己交过的底，明白了他想干啥，但仍觉有点不靠谱。

"爷爷您就放心吧，我会处理好的。"

"好吧！你去试试，如果不成，把亲成了再说。"左钧让了一步。

挑一个午饭饭点后的时间，王法天让伙计在酒窖里汲了坛最早一批的太白醉带上，去富乐酒家拜见杨天宏。

从杨碧儿的口中得知，杨天宏喜欢慢饮，因此，总会把的午饭时间安排在大多数客人散去之后。

赶到富乐酒家时，杨天宏刚把一壶烧酒、几碟腊卤和杯碗筷子摆上桌。

"叔，今天喝这个。我陪你吃几杯。"王法天让伙计将酒坛在邻桌放了，自己坐到杨天宏对面。

王法天进酒家，杨碧儿和母亲都瞧见了，杨碧儿还跟着一同到了杨天宏跟前。

她先去帮王法天取来碗筷杯子摆上，又去柜台拿来酒提和酒壶，将王法天带来的酒灌了满满一壶,将杨天宏先前放桌上的酒换了下去。

杨天宏是打心眼里喜欢王法天的。两家的亲事定下后,他对这个干儿女婿,更是越看越欢喜。等杨碧儿招呼着把零碎事情弄完,他先执起酒壶斟了酒,王法天想把酒壶抢过来都不行。

"按说,你该叫我爸了!说说,你那么忙,今天咋有闲心来陪我喝酒?是有啥事?"杨天宏一边倒酒,一边问。

"就是,我该叫您爸了。"王法天一边说,一边瞟眼忙完后陪坐在桌子另一边的杨碧儿。

"爱咋叫就咋叫,看我干啥?"杨碧儿脸有些红。

"来来来,先走一个再说。"杨天宏斟完酒,假装无视两个年轻人打情骂俏,招呼王法天喝酒。

一杯酒下肚,杨天宏咂巴着嘴连连称好。王法天把酒壶抢到手中,一边给杨天宏斟酒,一边说:"爸,您觉得这酒好,今后管您够,我也会经常过来陪您喝。今天来找您,确实是有事,想跟您老人家商量。"

"是一家人了,不管啥事,只要是我做得到,你说就是。"被王法天一声"爸"叫得心花怒放,杨天宏高兴地应道。

"我爷和我娘在忙着给我和碧儿妹妹定婚期。您也晓得,现今我们的烧酒供不应求,酿酒的粮食又多又便宜。我想把烧坊再扩建扩建。等新烧坊落成开张,把我们的亲事一起办,来个四喜临门。"

"好想法啊,只要时间不是拖得太长,我同意。"

"时间倒不会太长,至多一个寒暑就可完成。但目前被一点小问题卡住了。"

"啥子事卡起了?我能帮你忙不?"杨天宏停下筷子,盯着王法天。

"今天就是来请您帮忙的。"

"痛快说!"

"来,先敬您一个,咱们再说正事。"王法天端起酒杯。

干了杯中酒,王法天又想去拿酒壶,才发现酒壶已被杨碧儿抓在手中。

"我家烧坊那里的地势您知道,往外是涪江河道,已没空间。要扩建只有向镇内方向打主意。但镇内方向建有房屋。我原想用银子买下,可邻居们也要居家做买卖,不卖。我觉得,也在理,咱不能估买估卖,打别的歪主意,毕竟人家也有一家人要养活,要遮风避雨嘛。我想在镇子里找个更好的位置,买块地把房子修好,去跟他们换。"王法天趁杨碧儿倒酒的时间,对杨天宏说。

"与邻为亲,与人为善,你娃娃这个主意不错!"杨天宏赞道。

"那爸,您的富乐烧坊在镇子中心,现在您煮的酒也不多,那地方几乎就闲着的。可不可以把那地卖给我。"王法天试探着。

"憋半天,原来你娃娃是想说这事。"杨天宏笑了。

扩建烧坊的事,此前王法天和杨碧儿说过多次,他想打富乐烧坊那块地的主意。

"我们空着,法天哥哥他们家有用,就卖给他们吧。"给父亲斟满酒后,杨碧儿给王法天帮腔。

"还没成亲,胳膊肘就往外拐了!老子答应你,那块地你们有用,拿去用就是。不过,我不想听啥买卖的话。等你们成亲了,我的还不都是你们的。未必我会把它们带到棺材里去。"杨天宏一边调侃女儿,一边爽快地答应了王法天。

目的达成,相饮更欢。翁婿俩的酒一直喝到晚饭饭点前才结束。

王法天乘酒劲,兴冲冲地赶回家,把喜讯传达了一遍。一家人一致决定,马上动手扩建烧坊。

平时相处甚好,与烧坊附近几家邻居的置换协议很快达成。王法天补了邻居些营业损失,找地临时安置了几家人。之后,烧坊和要还给邻居们的街房,两边同时开工起建。

这次,王法天一口气建了两间作坊,添了四口甑灶,又依山凿了四口酒窖。

一一四

己卯年冬月，烧坊扩建工程完成。新修两间作坊外，王法天把原来的两间老作坊也翻了新，还建起一道青瓦白墙的围墙，把整个烧坊围了起来。弄了个高阔大门，门外摆上了一对霸气的石狮子。

建设完毕，左钧找人推算，吉日定在了庚辰年（1700）正月二十八。

佳期定下后，王秉正很是感慨。"法天这娃能活着，我们能有今天，还得感谢留坝的那些老兄弟们。"一天晚上，王秉正在床上搂着陈于珍说。

众兄弟舍命犯险一起救王法天的故事，陈于珍已听过多次。"想他们了，就去看看，邀来参加法天的婚礼。反正现在陕西那边的仇家已没了。"陈于珍温柔地说。

王秉正算了算，轻骑快马，年前去趟凤翔的来回时间还算富裕，于是决定回趟陕西。邀请留坝的众兄弟来参加婚礼外，也回去祭奠一下父亲、干大，还有义兄李有德。

第二天，王秉正把自己的想法跟左钧和王法天一说，爷孙俩都很支持。把家事交代一番后，他带个伙计就上了路。

晓行暮宿，不过五日，就赶到了留坝。留坝的兄弟们当年帮助了王秉正，也都得了不少银两馈赠，又积累了多年，多已子孙满堂，家道殷实。只可惜，太白酒楼的李掌柜已不在，酒楼由一个兄弟接着经营。

王秉正依旧入住这里，约齐众兄弟后好好喝了台酒。席间，除邀请众兄弟参加王法天的婚礼外，也向大家通报了姜守备及那帮马匪已被剿灭的事。

众兄弟家里都有了子孙可以支撑。听闻当年救出的孩子就要成亲，都欣然同意年后往贺。

在留坝驻留两天，王秉正起程赶往凤翔柳林。

阔别十多年后再回柳林铺，父亲和干大的坟茔上已长满了荒草。老谪仙烧坊的旧址也被他人建了房屋，街头已难遇到熟悉的面孔。悄悄祭奠了王耀文、李明道和李有德后，王秉正踏上了回程。大寒之前，回到铜牟。

万事俱备，新烧坊如何取名，成了困扰左钧和王秉正父子的一件大事。

谪仙烧坊老名从凤翔柳林承袭而来。到了铜牟镇，因其地理位置离谪仙李白故里太近，但凡一个酒坊酒楼酒铺，都傍着李白取名。陈于朝曾提起过，王秉正父子也早有更意。再者，新烧坊扩建部分的土地，是用杨天宏的富乐烧坊置换而来，毫无争议，新烧坊里应有杨天宏家的权益。按两家约定，王法天和杨碧儿的亲事是男不娶，女不嫁的伙婚，婚后两家的香火祭祀同时传承，因此新烧坊的名字，再沿用谪仙烧坊之名也不再合适。

王秉正父子想过沿用富乐烧坊的名字，但左钧前思后想还是觉得不妥。富乐烧坊始于东汉，已有千多年历史。千百年来，富乐烧坊给人的印象都只是煮米酒的，用这个名字统率在周遭州县早已声名远播的两大烧酒品牌，有些怪异。左钧顾虑的还有，如果用了富乐烧坊的名，会有谪仙烧坊被吞并的说辞，那样，王法天被议论是入赘上门的言语就在所难免。

"烧坊一定得有个响亮的新名！"瞻前顾后，思来想去，这件事成了所有人心中的共识。

四喜同临，王法天和杨碧儿的这场婚事，对王杨两家来说，都可谓是天大的事。请柬发到两家所有亲朋好友外，王汝、赵眹、曹家富等一批老友和附近州县的大小官员也都收到了请柬。

作为杨天宏亦师亦父的亲人，沈老夫子缘跨两家，更是上上之宾。老人接到喜帖后，喜不自胜，开始搜肠刮肚准备贺礼。与别的亲朋准备金银财物不同，老人想送点特别的东西。他知道，王、杨两家最不差的就是钱财，他的礼物，绝不能落俗，还要让大家都能记得。

一生教书，授业之余，老人尤爱楹联。考虑到酒文同宗，老人决定持制一副楹联，以让王家烧酒更有诗意文气。

前思后想，老人拟出一副能反映王家父子和左钧人品德行及其所制美酒声名的对联，写下后反复推敲修改，直到觉得满意，才差弟子去了铜牟镇，丈量下新烧坊大门两侧尺寸，找匠人刻制涂漆描金，制成后用红绸覆了，送到铜牟镇左钧的学馆存放，等大喜之日再行张挂。

虽新烧坊名字一时定不下来，定好的佳期却不能耽误。

庚辰年正月二十八，王杨两家的喜事如期举行，婚礼的仪式和喜宴，放在新烧坊的大院内。

迎新人之前，沈老夫子送来的楹联被匠人安排先行张挂。

揭下红绸，黑底木牌上的大字金光闪闪。上联书："集五谷酿琼浆人神同醉"，下联镌刻："行侠义重诚信天佑烧坊"。

望着这二十个大字，左钧拈须点头，思索片刻后，突然兴奋喊出："有了！有了！"随即让院口写礼的账房取来斗笔和整张红纸，依着楹联字体，挥笔写下"天佑烧坊"四个大字。

"就叫这个名，咱们烧坊就叫这个名，如何？"左钧征询王秉正父子和杨天宏的意见。

"诚信为商，侠义做人，酿百姓喝得起、有益身体的好酒。这样的烧坊，百姓会喜欢，老天也肯定会保佑！"王法天拍案叫绝。

王秉正和杨天宏也同声叫好。见大家都无异议，左钧现场就让挂联的匠人量了烧坊大门门楣尺寸，按楹联的风格，拿去做成匾额张挂。

公元1700年，大清康熙三十九年，农历庚辰龙年正月二十八，天佑烧坊创立！